SCIENCE FICTION

Herausgegeben
von Wolfgang Jeschke

**Von Frank Herbert erschienen in der Reihe
HEYNE SCIENCE FICTION & FANTASY:**

Atom-U-Boot 1881 · 06/3091
Die Leute von Santaroga · 06/3156
Gefangen in der Ewigkeit · 06/3298; auch als Sonderausgabe
  im Sammelband 06/3930
Die Riten der Götter · 06/3460
Hellstrøms Brut · 06/3536
Revolte gegen die Unsterblichen · 06/3125; auch als Sonderausgabe
  unter dem Titel: *Die Augen Heisenbergs* · 06/3926
Die weiße Pest · 06/4120
Auge · 06/4120
Mann zweier Welten · 06/4571
  (mit Brian Herbert)

»DUNE«-Zyklus:

Der Wüstenplanet · 06/3108
Der Herr des Wüstenplaneten · 06/3266
Die Kinder des Wüstenplaneten · 06/3615
Der Gott-Kaiser des Wüstenplaneten · 06/3916
Die Ketzer des Wüstenplaneten · 06/4141
Die Ordensburg des Wüstenplaneten · 06/4234
Die Enzyklopädie des Wüstenplaneten ·
Band 1 · 06/4142
Band 2 · 06/4143

»Schiff«-Zyklus (mit Bill Ransom):

Ein Cyborg fällt aus · 06/3384; auch / 06/4403
Der Jesus-Zwischenfall · 06/3834
Der Lazarus-Effekt · 06/4320
Der Himmelfahrts-Faktor · 06/4577

»CALEBAN«-Zyklus:

Der letzte Caleban · 06/3317
Das Dosadi-Experiment · 06/3699

Außerdem erschien in der
BIBLIOTHEK DER SCIENCE FICTION LITERATUR:
Hellstrøms Brut · 06/14

FRANK HERBERT

DIE KETZER DES WÜSTENPLANETEN

5. Band des »Dune«-Zyklus

Science Fiction Roman

Deutsche Erstveröffentlichung

WILHELM HEYNE VERLAG
MÜNCHEN

HEYNE SCIENCE FICTION & FANTASY
Nr. 06/4141

Titel der amerikanischen Originalausgabe
HERETICS OF DUNE
Deutsche Übersetzung von Ronald M. Hahn
Das Umschlagbild schuf H. R. Giger als Ausstattungsentwurf
für den »Dune«-Film
Die Illustrationen im Text zeichnete Klaus D. Schiemann
Die Illustration auf der gegenüberliegenden Seite
zeichnete John Schoenherr
Die Karte auf den Seiten 6/7 zeichnete Erhard Ringer

15. Auflage

Redaktion: Wolfgang Jeschke
Copyright © 1984 by Frank Herbert
Copyright © 1984 der deutschen Übersetzung by
Wilhelm Heyne Verlag GmbH & Co. KG, München
Printed in Germany 1994
Umschlaggestaltung: Atelier Ingrid Schütz, München
Satz: Schaber, Wels
Druck und Bindung: Elsnerdruck, Berlin

ISBN 3-453-31099-3

ARR
DER WÜS

PLA

HÖHLE DER
REICHTÜMER
TUONO BECKEN

**DIE EBENE DER
GEFALLENEN**

SIETCH TABR

(bis 4800 m)

SCHILDWALL

KLIPPENBUCHT — SPLITTER-
FELSEN

IDAHOBERG
(7400 m)

B

**DIE GROSSE
EBENE**

WIND PASS

**POL
NO**

WURMLINI

HABBANYA ERG

WESTL. WALL
(1200 m)

**HABBANYA-
ERHEBUNG**

HÖHLE DER VÖGEL

CIELAG

DIE GR

AKIS
ENPLANET

- K BECKEN
- OBSERVATORY MOUNTAIN (8110 m)
- **GEBROCHENES LAND** (4500 m)
- MPO
- SUNTO
- CARTHAG
- ARRAKEEN
- DAS ALTE TOR
- **WESTL. RANDWALL** (6240 m)
- BECKEN
- **SIHAYA-ERHEBUNG** (234 m)
- GA
- EN **IMPERIUMS BECKEN**
- **SCHILDWALL** (bis 4500 m)
- GARA KULON
- LOCH IM FELS
- ROTER SPALT
- ENKE
- POL
- **KLEINERE ERG**
- **MESA DER UNFRUCHTBARKEIT**
- **ÖSTL. WALL**
- HARGPASS
- SCHREIN
- KINNFELSEN
- SCHMUGGLER STÜTZPUNKTE
- TUCKS SIETCH
- **SÜDL. WALL**
- ENKE
- 60° LINIE
- SE BLED

- ■ PYONENDÖRFER
- ● BOTANISCHE TESTSTATIONEN
- ▲ SIETCH-GEMEINSCHAFTEN

*Auch dieses Buch
ist für Bev*

> *Disziplin dient insgeheim meist der Unterdrückung; sie wurde nicht zur Befreiung, sondern aus Gründen der Begrenzung geschaffen. Frage nicht Warum? Sei achtsam mit Wieso? Warum? führt unausweichlich in ein Paradoxon. Wieso? sperrt dich in ein Universum aus Ursache und Wirkung. Beide stellen das Unermeßliche in Abrede.*
>
> Die Apokryphen von Arrakis

»Taraza hat dir doch gesagt, daß wir elf dieser Duncan Idaho-Gholas durchhaben, nicht wahr? Dieser ist der zwölfte.«

Die alte Ehrwürdige Mutter Schwangyu sprach mit nachdenklicher Bitterkeit, als sie von der Brustwehr im dritten Stock auf das allein auf dem umzäunten Rasen spielende Kind hintersah. Das helle Mittagssonnenlicht des Planeten Gammu wurde von den weißen Hofmauern zurückgeworfen und füllte den unter ihnen liegenden Platz mit einer Leuchtkraft, als hätte jemand einen Scheinwerfer auf den jungen Ghola gerichtet.

Durchhaben! dachte die Ehrwürdige Mutter Lucilla. Sie gestattete sich ein kurzes Nicken und dachte daran, wie kalt und unpersönlich Schwangyus Verhalten und Wortwahl doch war. *Wir haben unseren Vorrat aufgebraucht; schickt uns mehr!*

Das Kind auf dem Rasen schien etwa zwölf Standardjahre alt zu sein, aber die äußere Erscheinung eines Gholas, dessen Originalerinnerungen noch nicht erwacht waren, war meist trügerisch. Das Kind nutzte den Augenblick, um zu jenen hinaufzusehen, die es von oben musterten. Der Junge war von kräftiger Gestalt und hatte einen direkten Blick, der unter einer schwarzen Kappe aus wolligem Haar sein Ziel ins Auge faßte. Das gelbe Sonnenlicht des beginnenden Frühlings warf einen kleinen Schatten auf seine Füße. Seine Haut war tiefbraun, aber als er eine kaum merkliche Bewegung machte, verschob sich sein Einteiler und offenbarte auf der linken Schulter einen blassen Fleck.

»Diese Gholas kosten uns nicht nur sehr viel, sie sind außerdem äußerst gefährlich für uns«, sagte Schwangyu. Ihre Stimme klang nun gelassen und gefühllos, aber das machte sie nur noch gefährlicher. Es war die Stimme einer Ehrwürdigen Mutter, die zu einer Helferin sprach, und für Lucilla wurde dadurch klar, daß Schwangyu zu denen gehörte, die öffentlich gegen das Ghola-Projekt protestierten.

Taraza hatte sie gewarnt: »Sie wird versuchen, dich umzustimmen.«

»Elf Fehlschläge sind genug«, sagte Schwangyu.

Lucilla musterte Schwangyus faltige Gesichtszüge und dachte plötzlich: *Irgendwann werde ich vielleicht auch alt und weise sein. Und möglicherweise habe ich bei den Bene Gesserit dann auch eine Machtposition.*

Schwangyu war eine kleine Frau und hatte sich während ihrer Tätigkeit für die Schwesternschaft zahlreiche Altersmerkmale erworben. Lucilla wußte aus ihrem Zielstudium, daß Schwangyus schlichte schwarze Robe eine magere Gestalt verbarg, die außer ihren Ankleidehelferinnen und den männlichen Angehörigen ihrer Familie nur wenige gesehen hatten. Schwangyu hatte einen breiten Mund, und ihre Unterlippe wurde eingeengt von den Falten, die in ihr vorstehendes Kinn überliefen. Was ihr Verhalten anging, so neigte sie zu einer barschen Abruptheit, die Uneingeweihte oft für Verärgerung hielten. Die Befehlshaberin der Gammu-Festung hielt sich mehr von der Öffentlichkeit fern als die meisten Ehrwürdigen Mütter.

Lucilla wünschte sich erneut, den Gesamtrahmen des Ghola-Projekts zu kennen. Taraza hatte die Grenzlinie zwar exakt genug gezogen, aber: »Soweit es die Sicherheit des Gholas betrifft, kann man Schwangyu nicht trauen.«

»Wir nehmen an, daß die Tleilaxu den größten Teil der bisherigen elf selbst umgebracht haben«, sagte Schwangyu. »Und das sollte uns etwas sagen.«

Um es Schwangyus Verhalten gleichzutun, nahm Lucilla eine ruhige und beinahe gefühllose Warteposition ein. Ihr Benehmen sagte nichts anderes als: *Ich mag zwar viel jünger sein als du, Schwangyu, aber auch ich bin eine vollwertige Ehrwürdige Mutter.* Sie konnte Schwangyus Blick fühlen.

Schwangyu hatte Holos von Lucilla gesehen, aber in Persona brachte diese Frau sie noch mehr außer Fassung. Eine Gedächtniskünstlerin mit bester Ausbildung, daran gab es keinen Zweifel. Die völlig blauen Augen, von keinerlei Linsen korrigiert, verliehen Lucilla einen durchdringenden Ausdruck, der zu ihrem langen, ovalen Gesicht paßte. Jetzt, mit der zurückgeklappten Kapuze ihrer schwarzen Aba-Robe, zeigte sie braunes Haar, das zu einer dichten Barette zusammengezogen war und dann über ihren Rücken fiel. Nicht einmal die förmlichste Robe konnte Lucillas volle Brüste ganz verbergen. Sie entstammte einer genetischen Linie, die bekannt war für ihre mütterliche Natur, und hatte bereits drei Kinder für die Schwesternschaft geboren, zwei davon für den gleichen Herrn. Ja, sie war eine braunhaarige, bezaubernde Frau mit vollen Brüsten und einer mütterlichen Natur.

»Du sprichst sehr wenig«, sagte Schwangyu. »Daraus ersehe ich, daß Taraza dich vor mir gewarnt hat.«

»Hast du einen Grund zu der Annahme, daß Meuchelmörder versuchen werden, den zwölften Ghola zu töten?« fragte Lucilla.

»Sie haben es schon versucht.«

Wie seltsam, daß einem das Wort ›Ketzerei‹ in den Sinn kam, wenn man an Schwangyu dachte, fiel Lucilla auf. Konnte es unter den Ehrwürdigen Müttern überhaupt Ketzerei geben? Die religiöse Bedeutung des Wortes schien im Zusammenhang mit den Bene Gesserit völlig falsch am Platze zu sein. Wie konnte es ketzerische Bewegungen innerhalb einer Gruppe von Menschen geben, die sich alle Mühe gaben, sämtliche religiösen Dinge nach bestem Wissen und Gewissen zu manipulieren?

Lucillas Aufmerksamkeit wechselte auf den Ghola über, der den Augenblick nutzte, um eine Reihe von Radschlägen auszuführen. Sie führten ihn in einem vollen Kreis an seine Ausgangsposition zurück. Dann stand er wieder da und musterte die beiden Beobachter auf der Brustwehr.

»Wie schön er das macht!« sagte Schwangyu höhnisch. Ihre altersschwache Stimme konnte den wütenden Unterton nicht verbergen.

Lucilla sah Schwangyu an. *Ketzerei.* ›Dissidenz‹ war nicht das passende Wort. Auch ›Opposition‹ deckte nicht das ab, was in der älteren Frau vor sich ging. Hier war etwas im Gange, das die Bene Gesserit spalten konnte. Ein Aufstand gegen Taraza, die Mutter Oberin? Unvorstellbar! Oberinnen waren so mächtig wie Monarchen. Nachdem Taraza die Vorschläge ihrer Beraterinnen akzeptiert und eine eigene Entscheidung gefällt hatte, waren die Schwestern zu Gehorsam verpflichtet.

»Dies ist nicht der Zeitpunkt, neue Probleme zu schaffen!« sagte Schwangyu. Ihr Standpunkt war fest. Die Verstreuten kehrten zurück, und die Entschlossenen unter diesen Verlorenen bedrohten die Schwesternschaft. *Geehrte Matres!* Es hörte sich fast so an wie ›Ehrwürdige Mütter‹.

Lucilla wagte einen erkundenden Ausfall. »Dann meinst du also, wir sollten uns auf das Problem dieser Geehrten Mütter der Verstreuten konzentrieren?«

»Konzentrieren? Hah! Sie haben nicht unsere Macht! Sie zeigen keine Vernunft. Und sie können die Melange nicht meistern! Das ist es, was sie von uns wollen, unser Wissen um das Gewürz.«

»Vielleicht«, stimmte Lucilla zu. Sie war nicht dazu bereit, auf diese dürftige Offensichtlichkeit hin einzulenken.

»Die Mutter Oberin Taraza hat zugunsten dieses Gholas sämtliche geistige Beweglichkeit aufgegeben«, sagte Schwangyu.

Lucilla blieb stumm. Das Ghola-Projekt hatte in den Reihen der Schwestern zu unguten Gefühlen geführt. Die – wenn auch nur geringe – Wahrscheinlichkeit, daß sie möglicherweise einen neuen Kwisatz Haderach hervorbrachten, hatte in ihnen Schauer wütender Angst erzeugt. Sich abzugeben mit den wurmgebundenen Überresten des Tyrannen! Das war eine extreme Gefahr.

»Wir dürfen diesen Ghola niemals nach Rakis bringen«, murmelte Schwangyu. »Schlafende Würmer soll man nicht wecken.«

Erneut wandte Lucilla dem Ghola-Kind ihre Aufmerksamkeit zu. Der Junge hatte den beiden Ehrwürdigen Müttern hinter dem hohen Geländer nun den Rücken zugewandt, aber irgend etwas an seiner Haltung verriet, daß er wußte, sie sprachen über ihn. Und er erwartete ihre Reaktion.

»Zweifellos bist du dir darüber im klaren, daß man dich hierhergerufen hat, obwohl er noch zu jung ist«, sagte Schwangyu.

»Ich habe noch nie davon gehört, daß man jemanden instruiert, der noch so jung ist«, gab Lucilla zu. Sie erlaubte sich einen Tonfall, der leicht nach Selbstverulkung klang, und sie wußte, daß Schwangyu ihn wahrnehmen und falsch interpretieren würde. Die Handhabung der Zeugung und sämtliche damit zusammenhängende Notwendigkeiten waren die allerhöchste Spezialität der Bene Gesserit. Nutze die Liebe aus, aber laß dich nicht mit ihr ein – das würde Schwangyu jetzt denken. Die Analytiker der Schwesternschaft kannten die Ursachen der Liebe. Sie waren ihnen zwar schon recht früh in ihrer Geschichte auf die Spur gekommen, aber sie hatten es nie gewagt, diesen Faktor aus jenen herauszuzüchten, die sie manipulierten. Toleriert die Liebe, aber wappnet euch gegen sie, das war die Parole. Wisse, daß sie tief im genetischen Aufbau der Menschen verankert ist – eine Sicherung, die festschreibt, daß die Spezies nicht ausstirbt. Man bediente sich ihrer, wo es notwendig war, instruierte ausgewählte Individuen (die manchmal füreinander bestimmt waren) über die Ziele der Schwesternschaft, weil man wußte, daß solche Individuen von starken Banden gehalten wurden, ohne daß sie ihnen je auffielen. Andere entdeckten vielleicht Verbindungen dieser Art und hintertrieben deren Konsequenzen, aber die so Verbundenen tanzten zu einer Musik, die für sie unhörbar war.

»Ich wollte damit nicht andeuten, daß es ein Fehler wäre, ihn zu instruieren«, sagte Lucilla tadelnd. Sollte Schwangyu doch denken, was sie wollte!

»Dann bist du also nicht dagegen, den Ghola nach Rakis zu bringen«, sagte Schwangyu. »Ich frage mich, ob du diesen Kadavergehorsam fortführen würdest, würdest du die ganze Geschichte kennen.«

Lucilla holte tief Luft. Würde sie jetzt den gesamten Plan, der hinter den Duncan Idaho-Gholas steckte, erfahren?

»Auf Rakis lebt ein Mädchen, das Sheeana Brugh heißt«, sagte Schwangyu. »Sie kann die Riesenwürmer kontrollieren.«

Lucilla verbarg ihre Aufregung. *Riesenwürmer. Nicht Shai-Hulud. Nicht Shaitan. Riesenwürmer.* Der Sandreiter, den der Tyrann prophezeit hatte, war endlich aufgetaucht!

»Das ist kein leeres Geschwätz«, sagte Schwangyu auf Lucillas fortwährendes Schweigen hin.

Bestimmt nicht, dachte Lucilla. *Und du benennst ein Ding nach seinem Äußeren, nicht mit dem Namen seiner mystischen Bedeutung. Riesenwürmer. Und du denkst wirklich an den Tyrannen, an Leto II., dessen endloser Traum in jedem dieser Würmer wie eine Perle des Bewußtseins weiterlebt. So sollen wir jedenfalls glauben.*

Schwangyu deutete mit dem Kopf auf das unter ihnen auf dem Rasen stehende Kind. »Glaubst du, ihr Ghola wird fähig sein, das Mädchen zu beeinflussen, das die Würmer kontrolliert?«

Zumindest entblättern wir endlich etwas, dachte Lucilla. Sie sagte: »Ich sehe keinen Grund, auf eine solche Frage eine Antwort zu geben.«

»Du bist eine *besonders* Vorsichtige«, sagte Schwangyu.

Lucilla krümmte ihren Rücken und reckte sich. *Vorsichtig? Ich? Aber gewiß!* Taraza hatte sie gewarnt: »Was Schwangyu angeht, so mußt du zwar schnell, aber mit äußerster Vorsicht handeln. Wir haben nur eine sehr kleine Chance, wenn wir erfolgreich sein wollen.«

Erfolgreich worin? fragte sich Lucilla. Sie musterte Schwangyu aus den Augenwinkeln. »Ich sehe nicht, wieso die Tleilaxu elfmal das Glück gehabt haben sollen, einen Ghola zu töten. Wie sind sie durch unsere Abwehr gekommen?«

»Wir haben den Bashar jetzt«, sagte Schwangyu. »Vielleicht kann er eine Katastrophe verhindern.« Ihr Tonfall strafte ihre Worte jedoch Lügen.

Die Mutter Oberin Taraza hatte gesagt: »Du bist die Instruktorin, Lucilla. Wenn du nach Gammu gehst, wirst du einen Teil der Verschwörung erkennen. Aber um dein Ziel zu erreichen, brauchst du keinen Gesamtüberblick.«

»Denk an die Kosten!« sagte Schwangyu und schaute auf den Ghola hinunter, der nun auf den Fersen hockte und Grasbüschel rupfte.

Lucilla wußte, daß die Kosten keine Rolle spielten. Viel wichtiger war das offene Einräumen eines Fehlschlags. Die Schwesternschaft durfte ihre Fehlbarkeit nicht offenbaren. Aber die Tatsache, daß man so früh schon eine Instruktorin gerufen hatte, deutete auf die Unerläßlichkeit des Projekts hin. Taraza hatte gewußt, daß die Instruktorin dies und einen Teil der Verschwörung erkennen würde.

Schwangyu deutete mit ihrer knochigen Hand auf das Kind, das nun zu seinem einsamen Spiel zurückgekehrt war und sich auf dem Gras tummelte.

»Politik«, sagte sie.

Kein Zweifel, daß die Politik der Schwesternschaft den Kern von Schwangyus *Ketzerei* ausmachte, wurde Lucilla klar. Die heikle Angelegenheit einer Auseinandersetzung in den eigenen Reihen konnte man von der Tatsache abziehen, daß man Schwangyu zur Befehlshaberin der Festung hier auf Gammu gemacht hatte. Wer zu Taraza in Opposition stand, weigerte sich auch, an ihrer Seite zu sitzen.

Schwangyu wandte sich um und schaute Lucilla offen an. Es war genug gesagt worden. Und man hatte auch genug gehört und aufgenommen. Beide Frauen verfügten über einen scharfen Verstand. Sie waren von den Bene Gesserit ausgebildet worden. Das Domstift hatte diese Lucilla mit größter Sorgfalt ausgewählt.

Lucilla spürte zwar, daß die ältere Frau sie vorsichtig abschätzte, aber sie ließ nicht zu, daß ihr Blick jenen inneren Bereich berührte, in den sich eine Ehrwürdige Mutter in Zeiten großer Belastung zurückziehen konnte. *Hier. Soll sie mich doch voll ansehen.* Lucilla drehte sich um, fabrizierte ein sanftes Lächeln und ließ den Blick über das gegenüberliegende Dach schweifen.

Ein Uniformierter mit einer schweren Hochdruck-Lasgun war dort aufgetaucht. Er warf einen Blick auf die beiden Ehrwürdigen Mütter und konzentrierte sich dann auf das Kind unter ihnen.

»Wer ist das?« fragte Lucilla.

»Patrin, die rechte Hand des Bashars. Er behauptet zwar, er sei lediglich dessen Bursche, aber man muß schon ein Narr und blind dazu sein, um das zu glauben.«

Lucilla musterte den Mann auf der anderen Seite mit großer Sorgfalt. Das also war Patrin. Ein Bewohner Gammus, hatte Taraza gesagt. Der Bashar hatte ihn höchstpersönlich für diese Aufgabe ausgewählt. Er war blond und hager und mittlerweile viel zu alt für den Soldatenberuf, aber schließlich hatte man ja auch den Bashar aus seinem Pensionärsdasein zurückgerufen. Und er hatte darauf bestanden, Patrin an seiner Seite zu haben.

Schwangyu bemerkte, daß Lucillas Aufmerksamkeit in ernsthafter Weise von dem Ghola auf Patrin überging. Ja, wenn man den Bashar zurückgerufen hatte, um diese Festung zu bewachen, war der Ghola in äußerster Gefahr.

Plötzlich überrascht sagte Lucilla: »Warum ... Er ist ...«

»Miles Teg hat es befohlen«, sagte Schwangyu und sprach den Namen des Bashars aus. »Was der Ghola spielt ... alles gehört zu seiner Ausbildung. Man muß seine Muskeln für jenen Tag vorbereiten, an dem er sein ursprüngliches Ich zurückerhält.«

»Aber es ist keine einfache Übung, die er da unten macht«, sagte Lucilla. Sie spürte, daß ihre Muskeln sich freudig an ihre eigene Ausbildung erinnerten.

»Wir halten lediglich das geheime Wissen der Schwesternschaft von diesem Ghola zurück«, sagte Schwangyu. »Fast alles andere aus unseren Wissensarchiven kann er erfahren.« Ihr Tonfall sagte aus, daß sie dies für außerordentlich fragwürdig hielt.

»Gewiß glaubt niemand, daß aus diesem Ghola ein neuer Kwisatz Haderach werden kann«, warf Lucilla ein.

Schwangyu zuckte lediglich die Achseln.

Lucilla zwang sich zur Ruhe und dachte nach. War es möglich, daß man den Ghola in eine männliche Version einer Ehrwürdigen Mutter verwandeln konnte? Konnte dieser Duncan Idaho lernen, wie man nach innen schaute – in Regionen, in die sich keine Ehrwürdige Mutter vorwagte?

Schwangyu setzte zum Sprechen an, aber ihre Stimme war eher ein grollendes Gemurmel. »Der Aufbau dieses Projekts ... sie haben einen gefährlichen Plan. Sie könnten den gleichen Fehler begehen ...« Sie brach ab.

Sie, dachte Lucilla. *Als gehörte sie nicht mehr dazu.*

»Ich würde etwas dafür geben, wenn ich genau wüßte, welche Position Ix und die Fischredner in dieser Sache einnehmen«, sagte Lucilla.

»Die Fischredner!« Schwangyu schüttelte den Kopf bei dem Gedanken an die Reste der weiblichen Armee, die einst nur dem Tyrannen gedient hatte. »Sie glauben an Wahrheit und Gerechtigkeit.«

Lucilla unterdrückte eine plötzliche Enge in ihrer Kehle. Schwangyu hatte alles getan; sie hatte nur keine Opposition eingenommen. Trotzdem führte sie hier das Kommando. Das politische Gesetz war einfach: Wer dem Projekt ablehnend gegenüberstand, mußte es überwachen, damit es beim ersten Anzeichen eines Fehlschlages aufgegeben werden konnte. Aber dort unten auf der Wiese befand sich ein echter Duncan Idaho-Ghola. Zellvergleiche und Wahrsagerinnen hatten es bezeugt.

Taraza hatte gesagt: »Du bringst ihm die Liebe in all ihren Formen bei.«

»Er ist noch so jung«, sagte Lucilla mit einem Blick auf den Ghola.

»Ja, er ist jung«, sagte Schwangyu. »Ich glaube, im Moment kann ich davon ausgehen, daß du seine kindlichen Reaktionen auf mütterliche Zuneigung erwecken wirst ... Später dann ...« Sie zuckte die Achseln.

Lucilla verbarg keine gefühlsmäßige Reaktion. Eine Bene Gesserit gehorchte. *Ich bin die Instruktorin ... Also ...* Tarazas Anweisungen und ihre spezielle Ausbildung setzten den Verlauf der Ereignisse fest.

Lucilla sagte zu Schwangyu: »Es gibt jemanden, der so aussieht wie ich und mit meiner Stimme spricht. Ich bin ein Klischee von ihr. Darf ich fragen, wer sie ist?«

»Nein.«

Lucilla blieb weiterhin ruhig. Zwar hatte sie keine Offenbarung erwartet, aber man hatte mehr als einmal bemerkt, daß sie eine starke Ähnlichkeit mit der Senior-Sicherheitsmutter Darwi Odrade aufwies. »*Eine junge Odrade.*« Lucilla hatte dies bei mehreren Gelegenheiten gehört. Sowohl Lucilla als auch Odrade entstammten natürlich der Atreides-Linie, in die man eine starke Rückzüchtung der Siona-Abkömmlinge eingebracht hatte. Die Fischredner hatten jedenfalls kein Monopol auf diese Gene! Aber die *Weitergehenden Erinnerungen* einer Ehrwürdigen Mutter, so begrenzt sie auch durch ihr lineares Wahrnehmungsvermögen und ihre Weiblichkeit sein mochten, gaben ihr wichtige Hinweise über die ausgedehnten Ziele des Ghola-Projekts. Lucilla, die sich ganz auf die Erfahrungen des Jessica-Egos verließ, die man vor etwa fünftausend Jahren während der genetischen Manipulationen der Schwesternschaft vergraben hatte, spürte nun aus ebendieser Quelle eine heraufziehende Bedrohung. Da war ein Muster, das ihr bekannt vorkam, und es strahlte ein dermaßen intensives Gefühl des Untergangs aus, daß sie automatisch in die Litanei gegen die Angst verfiel, die man sie während des Einführungsritus der Schwesternschaft gelehrt hatte:

»Ich darf keine Angst haben. Die Angst tötet das Bewußtsein. Sie ist der Kleine Tod, der die Vernichtung bringt. Ich werde der Angst ins Angesicht sehen. Sie wird mich durchdringen und von mir gehen. Und wenn sie gegangen ist, werde ich ihren Weg mit dem inneren Auge verfolgen. Dort, wo die Angst gegangen ist, wird nichts zurückbleiben. Außer mir.«

Die Gelassenheit kehrte wieder zu ihr zurück.

Schwangyu, die irgend etwas mitbekommen hatte, ließ ihren prüfenden Blick etwas sinken. Lucilla war kein Dummkopf, sie war keine *besondere* Ehrwürdige Mutter, die einen nichtssagenden Titel und zu wenig Hintergrund hatte, um zu funktionieren ohne die Schwesternschaft gegen sich aufzubringen. Lucilla war eine wichtige Frau, und manche Reaktionen konnte man nicht vor ihr verbergen – nicht einmal die Reaktionen einer Ehrwürdigen Mutter. Na schön, dann sollte sie eben in vollem Umfang von der Opposition gegen dieses närrische und *gefährliche* Projekt erfahren!

»Ich glaube nicht, daß ihr Ghola überleben wird, um Rakis zu sehen«, sagte Schwangyu.

Lucilla machte keinen Einwand. »Erzähle mir von seinen Freunden«, sagte sie.

»Er hat keine Freunde; nur Lehrer.«

»Wann werde ich sie kennenlernen?« Sie hielt den Blick auf die gegenüberliegende Brustwehr gerichtet, wo Patrin sich unbekümmert gegen eine niedrige Säule lehnte. Seine schwere Lasgun war schußbereit. Lucilla erkannte mit einem plötzlichen Schock, daß Patrin sie beobachtete. Patrin war eine Botschaft des Bashars! Schwangyu sah es offensichtlich auch, und sie verstand es. *Wir bewachen ihn!*

»Ich nehme an, es ist Miles Teg, den du gerne kennenlernen möchtest«, sagte Schwangyu.

»Unter anderem.«

»Möchtest du nicht zuerst mit dem Ghola Kontakt aufnehmen?«

»Das habe ich schon getan.« Lucilla deutete mit einem Kopfnicken in den Hof hinunter, wo der Junge jetzt wieder fast reglos stand und zu ihnen aufschaute. »Er ist ein nachdenklicher Charakter.«

»Ich habe zwar nur die Berichte, die die anderen betreffen«, sagte Schwangyu, »aber ich nehme an, er ist der nachdenklichste der ganzen Serie.«

Lucilla unterdrückte ein unfreiwilliges Frösteln, als sie spürte, welch starker Widerspruchsgeist sich in Schwangyus Worten und ihrem Verhalten breitmachte. Es gab nicht den geringsten Hinweis darauf, daß das Kind unter ihnen Anteil an ihrem Menschsein hatte.

Während Lucilla dies dachte, bedeckten Wolken die Sonne. Das taten sie um diese Stunde oft. Ein kalter Wind blies über die Festungsmauern und wirbelte über den Burghof. Das Kind wandte sich ab und begann wieder mit seinen Übungen. Es holte sich Wärme aus zunehmender Aktivität.

»Wohin geht er, wenn er allein sein will?« fragte Lucilla.

»Meist auf sein Zimmer. Er hat ein paar gefährliche Eskapaden versucht, aber das haben wir abgestellt.«

»Er muß uns sehr hassen.«

»Dessen bin ich mir sicher.«

»Ich werde mich sofort damit befassen.«

»Gewiß. Eine Instruktorin hat zweifellos Fähigkeiten, Haß zu überwinden.«

»Ich dachte an Geasa.« Lucilla maß Schwangyu mit einem wissenden Blick. »Ich finde es erstaunlich, daß du Geasa hast einen solchen Fehler machen lassen.«

»Ich mische mich nicht in den normalen Fortlauf der Ghola-Unterweisungen ein. Wenn einer seiner Ausbilder echte Zuneigung zu ihm entwickelt, ist das nicht mein Problem.«

»Ein gutaussehendes Kind«, sagte Lucilla.

Sie blieben noch eine Weile stehen, um dem Duncan Idaho-Ghola bei seinem Trainingsspiel zuzusehen. Beide dachten kurz an Geasa, eine der ersten Lehrerinnen, die man wegen des Ghola-Projekts hierhergebracht hatte. Schwangyus Standpunkt war einfach: *Geasa hatte sich als Fehlschlag entpuppt, weil die Vorsehung es so wollte.* Lucilla dachte lediglich: *Schwangyu und Geasa haben meine Aufgabe verkompliziert.* Keine der beiden Frauen hatte auch nur einen Moment lang erkannt, wie diese Gedanken ihre Loyalität erneut bestätigten.

Während sie das Kind auf dem Hof beobachtete, kam Lucilla allmählich zu einer neuen Einschätzung dessen, was der Tyrann tatsächlich erreicht hatte. Leto II. hatte diese Ghola-Gestalt ungezählte Lebensalter lang um sich gehabt – etwa dreitausendfünfhundert Jahre lang, einen nach dem anderen. Und der Gott-Kaiser Leto II. war keine gewöhnliche Naturgewalt gewesen. Er war die größte, alles niederwalzende Kraft in der Geschichte der Menschheit gewesen und hatte alles überrollt: Gesellschaftssysteme, natürliche und unnatürliche Formen des Hasses, Regierungsformen, Rituale (sowohl tabuisierte als auch obligatorische), unbeständige und beständige Religionen. Das alleszermalmende Gewicht, das der Tyrann in die Waagschale geworfen hatte, hatte niemanden ungezeichnet zurückgelassen, nicht einmal die Bene Gesserit.

Leto II. hatte von einem ›Goldenen Pfad‹ gesprochen, und dieser Ghola des Duncan Idaho-Typus dort unter ihr hatte während dieser schrecklichen Periode eine prominente Figur abgegeben. Lucilla hatte die Verzeichnisse der Bene Gesserit studiert; es waren wahrscheinlich die besten im Universum. Noch heute verschütteten die jungverheirateten Paare auf den meisten der alten kaiserlichen Planeten etwas Wasser nach Ost und West und sagten die örtliche Version von »Laß deinen Segen für dieses unser Opfer zu uns zurückfließen, o Gott der unendlichen Macht und unendlichen Gnade« auf.

Einst war es die Aufgabe von Fischrednern und deren zahmer Priesterschaft gewesen, dergleichen Gläubigkeit zu forcieren. Aber die Sache hatte schließlich ein Eigenleben entwickelt und war zu einem herrschenden Zwang geworden. Selbst die größten Glaubenszweifler sagten: »Nun ja, schaden kann es wohl nichts.« Es war eine Erfüllung, die selbst die besten Religionsmanipulatoren aus den Reihen der Bene Gesseritschen Missionaria Protectiva vor frustrierter Ehrfurcht erschauern ließ. Der Tyrann hatte die Bene Gesserit bestens übertroffen. Und fünfzehnhundert Jahre nach seinem Tode war die Schwesternschaft noch immer machtlos, den Hauptknoten dieser furchteinflößenden Erfüllung zu entwirren.

»Wer hat sich um die religiöse Ausbildung des Jungen gekümmert?« fragte Lucilla.

»Niemand«, sagte Schwangyu. »Warum auch? Wenn er wieder seine Originalerinnerungen hat, wird er auch seine eigenen Gedanken haben. Damit werden wir schon fertig, falls es je dazu kommt.«

Das Kind auf dem Hof beendete die ihm zugedachte Trainingszeit. Ohne den beiden Beobachtern auf der Brustwehr noch einen weiteren Blick zu schenken, verließ der Junge den von Mauern umgebenen Platz und verschwand in einem breiten Torweg zu seiner Linken. Patrin verließ seinen Posten ebenfalls. Auch er sah die beiden Ehrwürdigen Mütter nicht an.

»Laß dich von Tegs Leuten nicht narren!« sagte Schwangyu. »Sie haben Augen im Hinterkopf. Tegs Geburtsmutter, mußt du wissen, war eine von uns. Er bringt diesem Ghola Dinge bei, von denen besser niemand etwas wüßte!«

> *Explosionen sind ebenso Verdichtungen der Zeit. Sichtbare Veränderungen im natürlichen Universum sind bis zu einem gewissen Grad und von manchen Blickwinkeln her gesehen ausnahmslos explosiv, sonst würde man sie nicht wahrnehmen. Sanft fortschreitende Veränderungen werden, verlangsamt man sie wirkungsvoll, von Beobachtern, deren Zeit-/Aufmerksamkeitsspanne zu kurz ist, nicht gesehen. Wahrlich, ich sage euch, ich habe Veränderungen gesehen, die euch nicht einmal aufgefallen wären.*
>
> Leto II.

Die Frau, die im Morgenlicht der Domstiftwelt vor dem Tisch der Ehrwürdigen Mutter Oberin Alma Mavis Taraza stand, war von hochgewachsener, geschmeidiger Gestalt. Die lange Aba-Robe, die sie in leuchtendem Schwarz von den Schultern bis zum Boden umhüllte, konnte die Grazie, die ihr Leib mit jeder Bewegung ausdrückte, nicht gänzlich verbergen.

Taraza beugte sich in ihrem Stuhl vor und begutachtete den Aufzeichnungsfluß, der – nur für ihre Augen sichtbar – in Bene Gesserit-Kurzschrift auf die Tischplatte projiziert wurde.

»Darwi Odrade«, identifizierte das Schriftbild die stehende Frau, und dann in Stichworten ihre Biografie, die Taraza bereits in allen Einzelheiten kannte. Die Platte diente mehreren Zwekken: sie versorgte die Mutter Oberin mit sicheren Informationen und erlaubte ihr hin und wieder einen Aufschub zum Nachdenken, während sie vorgab, irgendwelche Unterlagen zu überprüfen. Außerdem war sie eine Art letzter Instanz, sollte sich aus diesem Gespräch etwas Negatives entwickeln.

Odrade hatte im Auftrag der Bene Gesserit neunzehn Kinder geboren, sah Taraza, als die Fakten vor ihren Augen dahinrollten. Jedes Kind hatte einen anderen Vater. Daran war zwar nicht viel Ungewöhnliches, aber selbst der forschendste Blick konnte erkennen, daß dieser für die Schwesternschaft lebensnotwendige Dienst ihrer Figur nicht geschadet hatte. Ihre Gesichtszüge vermittelten eine natürliche Nasen- und Wangenknochenhöhe. Sie hatte ein schmales Kinn, und ihre Lippen waren voll. Sie deuteten eine Leidenschaftlichkeit an, die sie sorgfältig zu zügeln wußte.

Auf die Gene der Atreides kann man sich ganz und gar verlassen, dachte Taraza.

Hinter Odrade flatterte ein Vorhang, und sie warf einen kurzen Blick darauf. Sie befanden sich in Tarazas Morgenraum, einem kleinen, elegant möblierten Zimmer, das in grünen Farben gehalten war. Nur das leuchtende Weiß von Tarazas Sitzgelegenheit hob sie vom Hintergrund ab. Die abgerundeten Fenster des Zimmers blickten nach Osten. Dahinter breitete sich ein Garten mit einem Rasen aus, und den Hintergrund bildeten die weit entfernten, schneebedeckten Gipfel der Berge der Domstiftwelt.

Ohne aufzuschauen sagte Taraza: »Ich habe mich gefreut, als Lucilla und du zusagtet. Es erleichtert mir meine Aufgabe sehr.«

»Ich hätte diese Lucilla gerne kennengelernt«, sagte Odrade und sah auf Tarazas Kopf hinab. Ihre Stimme klang nach einem weichen Alt.

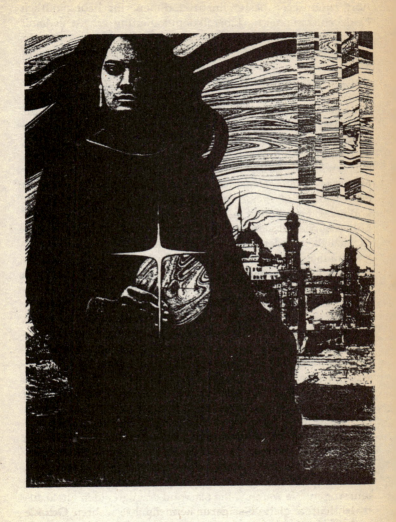

Taraza räusperte sich. »Dazu lag kein Grund vor. Lucilla gehört zu unseren besten Instruktorinnen. Ihr habt natürlich beide eine identische Liberalkonditionierung erhalten, damit ihr auf alles vorbereitet seid.«
Es war etwas beinahe Beleidigendes in Tarazas beiläufigem Tonfall, und es war nur der Gewohnheit der langen Verbindung zu verdanken, daß Odrades plötzlicher Verdruß verschwand. Es war teilweise das Wort ›liberal‹, wurde ihr klar. Nachkommen des Atreides rebellierten sofort, wenn sie es hörten. Als wären ihre gespeicherten weiblichen Erinnerungen gegenüber den unbewußten Annahmen und unerforschten Vorurteilen, die dieser Begriff verdeckte, ausfallend geworden.
»Nur liberale Menschen denken wirklich. Nur liberal denkende Menschen sind Geistesmenschen. Nur liberal denkende Menschen verstehen die Bedürfnisse ihrer Gefährten.«
Wieviel Gemeinheit lag in diesem Wort verborgen, dachte Odrade. Wieviel geheime Ichbezogenheit, die danach verlangte, sich über andere erhaben zu fühlen.
Odrade erinnerte sich daran, daß Taraza dieses Wort trotz ihres beiläufig beleidigenden Tonfalls lediglich im Sinne von ›aufgeschlossen‹ verwendet hatte. Lucillas Allgemeinerziehung war sorgfältig der Odrades angepaßt worden.
Taraza lehnte sich zurück. Sie nahm eine bequemere Position ein, hielt jedoch den Blick auf die vor ihr liegende Platte gerichtet. Das Licht aus den östlichen Fenstern fiel direkt auf ihr Gesicht und ließ unter Nase und Kinn Schatten entstehen. Obwohl sie kleiner und nur wenig älter war als Odrade, hatte auch Taraza sich einen Großteil jener Schönheit bewahrt, die sie zu einer sehr begehrten Partnerin schwieriger Herren machte. Ihr Gesicht war ein langes Oval mit sanft geschwungenen Wangen. Sie trug das schwarze Haar glatt nach hinten gekämmt und hatte eine hohe Stirn. Tarazas Mund öffnete sich, wenn sie redete, nur minimal: Sie war eine Meisterin der kontrollierten Bewegung. Wer sie ansah, konzentrierte sich unweigerlich auf ihre Augen. Sie waren völlig blau und erzeugten den Effekt, als trüge sie eine glatte Gesichtsmaske, die ihre wahren Gefühle vollständig verbarg.
Odrade durchschaute die gegenwärtige Pose der Mutter

Oberin. Gleich würde sie vor sich hinmurmeln. Und tatsächlich, wie auf ein Stichwort hin, fing Taraza damit an.

Während die Mutter Oberin mit äußerster Sorgfalt Odrades Biografie verfolgte, dachte sie nach. Viele Dinge beschäftigten ihre Aufmerksamkeit.

Für Odrade war dies ein beruhigender Gedanke. Taraza glaubte nicht, daß es so etwas wie eine wohlwollende Macht gab, die die Menschheit beschützte. Die Missionaria Protectiva und die Absichten der Schwesternschaft standen in Tarazas Universum für alles. Alles was diesen Absichten diente, sogar die Machenschaften des längst toten Tyrannen, konnte man gutheißen. Alles andere war böse. Fremde Einflüsse, die die Diaspora hervorgerufen hatte – besonders die nun zurückkehrenden Abkömmlinge, die sich ›Geehrte Matres‹ nannten – machten sie mißtrauisch. Tarazas eigene Leute, selbst jene Ehrwürdigen Mütter, die im Rat gegen sie opponierten, stellten die letzten Ressourcen der Bene Gesserit dar. Sie waren die einzigen, denen man vertrauen konnte.

Ohne aufzuschauen sagte Taraza: »Weißt du, wenn man die Jahrtausende, die dem Tyrannen vorangingen, mit denen nach seinem Tod vergleicht, ist der Rückgang größerer Konflikte phänomenal. Seit den Zeiten des Tyrannen ist die Zahl derartiger Auseinandersetzungen auf weniger als zwei Prozent zurückgegangen.«

»Soweit wir wissen«, sagte Odrade.

Tarazas Blick fuhr hoch, dann senkte er sich wieder. »Was?«

»Wir haben keine Möglichkeit, herauszufinden, wie viele Kriege außerhalb unseres Gesichtskreises geführt worden sind. Gibt es eine Statistik, die die Leute in der Diaspora betrifft?«

»Natürlich nicht!«

»Du sagst damit, daß Leto uns gezähmt hat«, sagte Odrade.

»Wenn du es auf diese Weise ausdrücken willst.« Taraza versah eine auf der Platte vorbeilaufende Information mit einer Markierung.

»Haben wir das nicht teilweise unserem geliebten Bashar Miles Teg zu verdanken?« fragte Odrade. »Oder seinen talentierten Vorgängern?«

»Wir wählen diese Leute aus«, sagte Taraza.

»Ich vermag nicht die Relevanz dieser martialischen Diskussion zu erkennen«, sagte Odrade. »Was hat das mit unserem gegenwärtigen Problem zu tun?«

»Es gibt Leute, die glauben, es könnte ganz plötzlich knallen und wir würden uns in Zeiten wiederfinden, wie sie vor dem Tyrannen geherrscht haben.«

»Oh?« Odrade schürzte die Lippen.

»Verschiedene Gruppen unserer zurückkehrenden Verlorenen verkaufen Waffen an jeden, der welche kaufen will oder *kann*.«

»Zum Beispiel?« fragte Odrade.

»Leistungsstarke Waffen überfluten Gammu. Wir haben so gut wie keinen Zweifel daran, daß die Tleilaxu die allerschlimmsten in ihren Arsenalen bunkern.«

Taraza lehnte sich zurück und rieb sich die Schläfen. Sie sprach mit leiser, beinahe schläfriger Stimme. »Wir sind der Meinung, daß wir Entscheidungen von größter Wichtigkeit und nach den allerhöchsten Prinzipien fällen.«

Auch dies hatte Odrade schon gesehen. Sie sagte: »Bezweifelt die Mutter Oberin die Korrektheit der Bene Gesserit?«

»Zweifeln? O nein. Aber ich verspüre Frustration. Wir arbeiten das ganze Leben lang für diese äußerst hehren Ziele, und am Ende, was stellen wir da fest? Wir finden heraus, daß viele der Dinge, denen wir unser Leben gewidmet haben, auf banalen Entscheidungen beruhen. Verfolgt man sie zurück, entspringen sie dem Bedürfnis nach Komfort oder persönlicher Bequemlichkeit und haben mit unseren hohen Idealen überhaupt nichts zu tun. In Wirklichkeit ging es um irgendein weltliches Arbeitsübereinkommen, das die Bedürfnisse *jener* befriedigte, die Entscheidungen treffen konnten.«

»Ich habe gehört, du nennst dies politische Notwendigkeiten«, sagte Odrade.

Während Taraza ihre Aufmerksamkeit wieder der vor ihr liegenden Platte widmete, hielt sie ihre Stimme unter kühler Kontrolle. »Wenn wir unsere Urteile institutionalisieren, ist das der beste Weg, die Bene Gesserit auszuschalten.«

»Du wirst in meiner Biografie keine banalen Entscheidungen finden«, sagte Odrade.

»Ich suche nach den Gründen der Schwäche, nach Mängeln.«

»Auch die wirst du nicht finden.«

Taraza unterdrückte ein Lächeln. Sie erkannte in dieser egozentrischen Bemerkung eine Absicht: Es war Odrades Art, die Mutter Oberin festzunageln. Odrade verstand es äußerst geschickt, die Ungeduldige zu spielen, während sie in Wirklichkeit gelassen in einem zeitlosen Strom der Geduld trieb.

Da Taraza ihren Köder nicht schluckte, nahm Odrade erneut ihre lässige Warteposition ein. Sie atmete ruhig und bereitete sich geistig auf alles vor. Geduld durchströmte sie, ohne daß sie daran denken mußte. Die Schwesternschaft hatte sie vor langer Zeit gelehrt, wie man Vergangenheit und Gegenwart in simultane Ströme teilt. Während sie ihre unmittelbare Umgebung musterte, konnte sie Einzelheiten ihrer Vergangenheit aufgreifen und sie durchleben, als spielten sie sich auf einem Bildschirm der Gegenwart ab.

Gedächtnisarbeit, dachte Odrade. Notwendige Dinge hervorheben und zur Ruhe legen. Entfernung der Barrieren. Wenn alles andere seinen Reiz verlor, hatte sie immer noch ihre verwirrende Kindheit.

Es hatte einst eine Zeit gegeben, in der Odrade gelebt hatte wie die meisten Kinder: In einem Haus, zusammen mit einem Mann und einer Frau, die – falls sie nicht ihre Eltern gewesen waren – als Elternstellvertreter fungiert hatten. Alle Kinder, die sie damals gekannt hatte, hatten in ähnlichen Situationen gelebt. Sie hatten Papas und Mamas gehabt. Papa arbeitete nur manchmal außer Haus. Manchmal ging nur Mama fort, um ihrer Tätigkeit nachzugehen. In Odrades Fall blieb die Frau zu Hause, und es gab kein Kindermädchen, das während der Arbeitszeit das Kind hütete. Viel später hatte Odrade erfahren, daß ihre Geburtsmutter eine beträchtliche Geldsumme ausgegeben hatte, um das kleine Mädchen aus dem Blickfeld der Welt zu entfernen.

»Sie hat dich bei uns versteckt, weil sie dich liebte«, erklärte die Frau, als Odrade alt genug war, um zu verstehen. »Deswegen darfst du auch nie verraten, daß wir nicht deine richtigen Eltern sind.«

Die Liebe hatte nichts damit zu tun, hatte Odrade später erfahren. Ehrwürdige Mütter handelten nicht nach solch weltlichen Motiven. Und Odrades Mutter war eine Schwester der Bene Gesserit gewesen.

All dies hatte man Odrade aufgrund des ursprünglichen Plans offenbart. Ihr Name: Odrade. Darwi hatte man sie stets genannt, wenn man sich nicht über sie ärgerte oder zärtlich zu ihr sein wollte. Ihre Spielgefährten hatten sie natürlich Dar genannt.

Alles schien jedoch nicht nach dem ursprünglichen Plan zu verlaufen. Odrade erinnerte sich an ein schmales Bett in einem Zimmer, dessen pastellblaue Wände von Tiergemälden und Märchenlandschaften erhellt wurden. Weiße Vorhänge flatterten während sanfter Frühlings- und Sommerbrisen an den Fenstern. Odrade erinnerte sich, daß sie auf dem schmalen Bett herumgesprungen war. Ein herrliches, wunderbares Spiel: auf und nieder, auf und nieder. Sie hatte viel gelacht. Dann hatten sie mitten im Sprung ein paar Arme aufgefangen und an sich gezogen. Die Arme eines Mannes mit rundem Gesicht und einem kleinen Schnauzbart, der sie dermaßen kitzelte, daß sie lachen mußte. Das Bett rumste gegen die Wand, wenn sie sprang, und die Wand trug Anzeichen dieser Behandlung.

Odrade gab sich augenblicklich ganz dieser Erinnerung hin. Sie zögerte, sie in den Born der Vernunft mit einzubeziehen. Spuren an der Wand. Anzeichen von Gelächter und Freude. Wie klein sie doch waren, und doch zeigten sie so viel.

Komisch, aber sie hatte in letzter Zeit öfter an Papa gedacht. Nicht alle ihre Erinnerungen waren glücklich. Es hatte Zeiten gegeben, in denen er traurig-wütend gewesen war; Zeiten, die Mama gesagt hatten, sich nicht ›zu sehr einzumischen‹. Er hatte ein Gesicht, das viele Frustrationen widerspiegelte. Seine Stimme klang wie ein Bellen, wenn er in dieser wütenden Stimmung war. Mama bewegte sich dann vorsichtig, und ihre Augen waren voller Sorge. Odrade spürte die Sorge und die Angst, und dann mochte sie den Mann nicht mehr. Die Frau wußte am besten, wie man mit ihm umging. Sie küßte ihn in den Nacken, streichelte seine Wange und flüsterte ihm etwas ins Ohr.

Diese uralten ›natürlichen‹ Gefühle hatten lange Zeit eine Analytiker-Prokuratorin der Bene Gesserit beschäftigt, die mit Odrade gearbeitet hatte, bevor sie sie ausprobierten. Und selbst jetzt noch konnte sie sie aufgreifen und beiseite legen. Sogar jetzt wußte Odrade, daß sie noch nicht völlig verschwunden waren.

Als sie sah, mit welcher Aufmerksamkeit Taraza ihre biografische Akte studierte, fragte sich Odrade, ob dies der Mangel war, den die Mutter Oberin sah.

Sicher wissen sie schon jetzt, daß ich mit den Emotionen der alten Zeiten umgehen kann.

Es war alles so lange her. Dennoch mußte sie sich eingestehen, daß sie die Erinnerung an diesen Mann und seine Frau noch immer in sich trug. Die Verbundenheit war dermaßen stark, daß sie möglicherweise niemals gänzlich verblich. Besonders die Erinnerung an Mama.

Die Ehrwürdige Mutter in extremis, die Odrade geboren hatte, hatte sie auf Gammu an einem Ort versteckt gehalten – aus Gründen, die sie nun ziemlich gut verstand. Odrade nahm es ihr nicht übel. Es war für ihr beiderseitiges Überleben notwendig gewesen. Die Probleme waren erst aus der Tatsache erwachsen, daß ihre Ziehmutter Odrade etwas gegeben hatte, das die meisten Mütter ihren Kindern geben – das, was der Schwesternschaft mißfiel: Liebe.

Als die Ehrwürdigen Mütter gekommen waren, hatte die Ziehmutter sich nicht gegen die Wegnahme *ihres* Kindes gewehrt. Es waren zwei Ehrwürdige Mütter gewesen – und mit ihnen war ein Kontingent männlicher und weiblicher Prokuratoren erschienen. Hinterher hatte es eine lange Zeit gedauert, bis Odrade die Bedeutung dieses beklemmenden Augenblicks verstand. Die Frau hatte in ihrem tiefsten Herzen stets gewußt, daß irgendwann der Tag des Abschieds kommen würde. Es war nur eine Frage der Zeit. Aber dennoch: als aus den Tagen Jahre geworden waren – beinahe sechs Standardjahre –, hatte die Frau zu hoffen gewagt.

Und dann waren die Ehrwürdigen Mütter mit ihren stämmigen Helfern erschienen. Sie hatten lediglich gewartet, bis alles sicher war, bis sie Gewißheit hatten, daß kein Jäger wußte, wer dieses Kind war: Ein von den Bene Gesserit geplanter Atreides-Sprößling. Odrade hatte gesehen, wie man ihrer Ziehmutter einen großen Geldbetrag übergab. Die Frau warf das Geld auf den Boden. Dennoch erhob sich keine Stimme, die Einhalt gebot. Die anwesenden Erwachsenen wußten, wer die Macht hatte.

Als Odrade diese komprimierten Gefühle in sich aufsteigen ließ, sah sie die Frau immer noch: Sie schleppte sich zu einem Lehnstuhl am Fenster zur Straße, kauerte sich zusammen und schaukelte vor und zurück, vor und zurück. Sie gab nicht einen Ton von sich.

Die Ehrwürdigen Mütter setzten die Kraft der Stimme, ihre beachtlichen Manipulationstalente, den Rauch betäubender Kräuter und ihre übermächtige Erscheinung ein, um Odrade in das wartende Bodenfahrzeug zu locken.

»Es ist ja nur für eine Weile. Deine richtige Mutter hat uns geschickt.«

Odrade durchschaute zwar ihre Lügen, aber schließlich siegte ihre Neugier. *Meine richtige Mutter!*

Ihr letzter Blick auf die Frau, die der einzige ihr bekannte weibliche Elternteil gewesen war, hatte eine Gestalt getroffen, die am Fenster gesessen hatte und vor- und zurückschaukelte. Ihr Gesicht hatte elend gewirkt, und sie hatte die Arme um die Schultern geschlungen.

Später, als Odrade davon gesprochen hatte, zu ihr zurückzukehren, gehörte diese Erinnerungsvision bereits zu einer Grundsatzlektion der Bene Gesserit.

»Liebe führt ins Elend. Liebe ist eine uralte Kraft, die zwar früher zweckdienlich war, heute jedoch für das Überleben der Spezies keine Bedeutung mehr hat. Erinnere dich an den Fehler dieser Frau, ihren Schmerz.«

Bis ins Alter einer Halbwüchsigen hinein bemühte Odrade sich, mit Tagträumen darüber hinwegzukommen. Sie würde *wirklich* zurückkehren, wenn sie erst einmal eine vollwertige Ehrwürdige Mutter war. Sie würde zurückkehren und diese liebenswerte Frau finden. Sie würde sie finden, obwohl sie außer ›Mama‹ und ›Sibia‹ keinen Namen hatte. Odrade erinnerte sich an das Lachen erwachsener Freunde, die die Frau ›Sibia‹ genannt hatten.

Mama Sibia.

Die Schwestern hatten jedoch von ihren Tagträumereien erfahren und nach deren Quellen gesucht. Auch dies hatte man in eine Lektion aufgenommen.

»Tagträumereien sind das erste Erwachen dessen, was wir Simulfluß nennen. Es ist ein grundsätzliches Werkzeug rationalen Denkens. Damit kann man den Geist zum besseren Denken bewegen.«

Simulfluß.

Odrade konzentrierte sich auf Taraza, die hinter dem Tisch ihres Morgenraums saß. Kindheitstraumata mußten sorgfältig in eine rekonstruierte Erinnerung eingepflanzt werden. All dies hatte sich fern von hier abgespielt; auf Gammu, dem Planeten, den das Volk von Dan nach den Zeiten des Hungers und der Diaspora wieder aufgebaut hatte. Das Volk von Dan – Caladan hatte der Planet einst geheißen. Odrade konzentrierte sich auf die Vernunft und nahm die Pose der *Weitergehenden Erinnerungen* ein, die während der Gewürzagonie, als sie wirklich eine vollwertige Ehrwürdige Mutter geworden war, durch ihren Geist geflossen waren.

Simulfluß ... der Bewußtseinsfilter ... Weitergehende Erinnerungen.

Welch mächtige Werkzeuge die Schwesternschaft ihr gegeben hatte. Welch gefährliche Werkzeuge. Sämtliche anderen Existenzen befanden sich nur knapp hinter dem Vorhang der Wahrnehmung. Werkzeuge zum Überleben, nicht dafür, um beiläufige Neugier zu befriedigen.

Während sie aus den Informationen übersetzte, die vor ihren Augen vorbeizogen, sagte Taraza: »Du gräbst zu oft in deinen Weitergehenden Erinnerungen. Damit legst du Energien brach, die du besser bereithalten solltest.«

Die völlig blauen Augen der Mutter Oberin sahen Odrade von unten her durchdringend an. »Manchmal bewegst du dich an den Grenzen der fleischlichen Toleranz. Dies könnte zu deinem vorzeitigen Ableben führen.«

»Ich bin vorsichtig mit dem Gewürz, Mutter.«

»Das solltest du auch sein! Ein Leib kann nur eine bestimmte Menge an Melange vertragen, und auch nur eine bestimmte Menge des Herumstreifens in der Vergangenheit!«

»Hast du meinen Mangel gefunden?« fragte Odrade.

»Gammu!« Ein Wort, aber es enthielt einen kompletten Vortrag.

Odrade wußte es. Das unvermeidliche Trauma der verlorenen Jahre auf Gammu. Sie waren eine Konfusion, die ausradiert und rational akzeptierbar gemacht werden mußten.

»Aber man hat mich nach Rakis entsandt«, sagte Odrade.

»Sieh zu, daß du die Aphorismen der Mäßigung nicht vergißt! Und vergiß nicht, wer du bist!«

Taraza beugte sich erneut über die Platte.

Ich bin Odrade, dachte Odrade.

In den Schulen der Bene Gesserit, wo Vornamen dazu neigten, in Vergessenheit zu geraten, wurde man beim Nachnamen aufgerufen. Freunde und Bekannte griffen die Gewohnheit auf. Man lernte früh, daß die Verwendung von geheimen oder Privatnamen ein uraltes Hilfsmittel war, jemanden mit Zuneigung zu betören.

Taraza, die drei Klassen über Odrade stand, war angewiesen worden, ›das jüngere Mädchen zu erziehen‹, eine bewußte Verbindung wachsamer Lehrer.

›Zu erziehen‹ bedeutete ein bestimmtes Maß an Herrschaft über die Jüngere, umfaßte jedoch auch Grundsätze, die besser jemand lehrte, der ihr gleichgestellt war. Taraza, die Zugang zu den Akten ihres Lehrlings hatte, fing an, das jüngere Mädchen ›Dar‹ zu nennen. Odrade reagierte darauf, indem sie Taraza ›Tar‹ nannte. Die beiden Namen klebten irgendwie aneinander – Dar und Tar. Selbst jene Ehrwürdigen Mütter, die sie gehört und behalten hatten, verwechselten sie dann und wann – und sei es nur aus Spaß.

Odrade, die jetzt zu Taraza hinuntersah, sagte: »Dar und Tar.«

Ein Lächeln zuckte in Tarazas Mundwinkeln.

»Was steht in meiner Akte, das du nicht schon mehrmals gelesen hast?« fragte Odrade.

Taraza setzte sich aufrecht hin und wartete darauf, daß ihr Sitz sich der neuen Position anpaßte. Dann legte sie die Hände auf die Tischplatte und sah zu der jüngeren Frau auf.

Soviel jünger ist sie ja nun nicht, dachte sie.

Dennoch hatte Taraza seit ihrer Schulzeit in Odrade stets eine Angehörige einer anderen Generation gesehen, die eine Kluft aufwarf, die keine Zahl von Jahren würde schließen können.

»Fang bitte am Anfang an, Dar!« sagte Taraza.

»Dieses Projekt hat seinen Anfang längst hinter sich«, sagte Odrade.

»Aber dein Anteil daran beginnt erst jetzt. Und wir steigen nun in einen Anfang ein, den niemand zuvor auch nur versucht hat.«

»Werde ich nun den Gesamtplan bezüglich dieses Gholas erfahren?«

»Nein.«

Das war es. Die ganze Offensichtlichkeit einer Auseinandersetzung auf höchster Ebene und das ›Bedürfnis, etwas zu wissen‹, wurden mit einem einzigen Wort vom Tisch gefegt. Aber Odrade verstand. Es gab eine organisationsinterne Regel, die seit Jahrtausenden bestand und nur minimale Veränderungen erfahren hatte. Das ursprüngliche Domstift der Bene Gesserit hatte sie festgelegt. Die einzelnen Abteilungen der Schwesternschaft waren von vertikalen und horizontalen Barrieren hart voneinander abgeschnitten und in isolierte Gruppen aufgeteilt, deren Fäden lediglich hier, auf höchster Ebene zusammenliefen. Man ging seiner Pflicht (was nur ein anderes Wort für ›vorgeschriebene Rolle‹ war) lediglich innerhalb abgeteilter Zellen nach. Aktive Teilnehmer innerhalb einer Zelle kannten ihre Altersgenossen, die anderen Zellen angehörten, nicht.

Aber ich weiß, daß die Ehrwürdige Mutter Lucilla einer Parallelzelle angehört, dachte Odrade. *Es ist die logische Antwort.*

Sie erkannte die Notwendigkeit. Es handelte sich um eine uralte Struktur, die man revolutionären Geheimgesellschaften abgeschaut hatte. Die Bene Gesserit hatten sich stets für permanente Revolutionäre gehalten. Ihre revolutionären Bestrebungen waren lediglich während der Herrschaft des Tyrannen Leto II. etwas eingedämmt worden.

Eingedämmt, aber nicht abgelenkt oder gestoppt, fiel Odrade ein.

»Sag mir«, warf Taraza ein, »ob du in dem, was du zu tun hast, irgendeine direkte Bedrohung der Schwesternschaft erkennen kannst.«

Dies war eine Frage, die für Taraza charakteristisch war, und Odrade hatte gelernt, Fragen dieser Art ohne zu überlegen und aus reinem Instinkt heraus zu beantworten, den sie dann in Worte faßte. Rasch sagte sie: »Sollten wir handlungsunfähig sein, käme es schlimm.«

»Wir wissen, daß uns Gefahr drohen könnte«, sagte Taraza. Sie sprach mit trockener, leiser Stimme. Sie erweckte dieses besondere Talent Odrades nicht sonderlich gern. Die jüngere Frau hatte einen wahrsagerischen Instinkt, um Bedrohungen der Schwesternschaft aufzuspüren. Natürlich war dafür der wilde Einfluß ihrer genetischen Linie verantwortlich – die Atreides mit ihren gefährlichen Talenten. Auf Odrades Zuchtunterlagen befand sich eine spezielle Markierung: ›Sorgfältige Untersuchung aller Nachkommen.‹ Zwei ihrer Nachkommen hatte man stillschweigend vom Leben zum Tode befördert.

Ich hätte ihr Talent jetzt nicht hervorrufen sollen, nicht einmal für kurze Zeit, dachte Taraza. Aber manchmal war die Versuchung eben groß.

Taraza versiegelte den Projektor in ihrer Tischplatte und blickte auf die glatte Oberfläche, während sie weitersprach. »Selbst wenn du einen perfekten Herrn findest, darfst du, während du von uns fort bist, kein Zuchtprogramm durchführen.«

»Der Fehler meiner natürlichen Mutter«, sagte Odrade.

»Es war der Fehler deiner natürlichen Mutter, daß sie erkannt wurde, während sie ein Zuchtprogramm durchführte!«

Odrade hatte davon schon gehört. Es war etwas an der Atreides-Linie, das die sorgfältigste Überwachung der Zuchtfrauen erforderlich machte. Natürlich, das unkontrollierbare Talent. Sie wußte davon; es war eine genetische Kraft, die den Kwisatz Haderach und den Tyrannen hervorgebracht hatte. Was jedoch suchten die Zuchtfrauen jetzt? War ihre Methode größtenteils negativ? Keine gefährlichen Geburten mehr! Sie hatte ihre Babies, nachdem sie zur Welt gekommen waren, nie mehr gesehen, und das war für die Schwesternschaft nichts Besonderes. Ebenso hatte sie nie die Aufzeichnungen ihrer persönlichen genetischen Akte zu Gesicht bekommen. Auch hier operierte die Schwesternschaft mit vorsichtiger Gewaltenteilung.

Und früher die Verbote, mich mit meinen Weitergehenden Erinnerungen zu befassen!

Sie hatte die leeren Stellen in ihren Erinnerungen gefunden und geöffnet. Es war möglich, daß lediglich Taraza und vielleicht zwei weitere Ratsmitglieder (sehr wahrscheinlich Bellonda und eine andere ältere Ehrwürdige Mutter) weitreichenden Zugang zu Zuchtunterlagen dieser Art hatten.

Hatten Taraza und die anderen wirklich geschworen, sie würden eher sterben, als diese Informationen einem Außenstehenden zugänglich machen? Immerhin gab es ein ausgeklügeltes Nachfolgesystem für den Fall, daß eine Ehrwürdige Mutter, die eine Schlüsselstellung einnahm, starb, während sie von ihren Schwestern getrennt und nicht in der Lage war, die Leben, die sie einschloß, weiterzugeben. Man hatte dieses Ritual während der Tyrannenherrschaft sehr oft aufgeführt. Eine schreckliche Periode! Man hatte gewußt, daß die revolutionären Zellen der Schwesternschaft für ihn durchsichtig gewesen waren! Ungeheuer! Sie wußte, daß ihre Schwestern sich nie darüber hatten hinwegtäuschen lassen, daß Leto II. die Bene Gesserit nur deswegen nicht vernichtete, weil er seiner Großmutter, Lady Jessica, eine tiefsitzende Loyalität entgegenbrachte.

Bist du da, Jessica?

Odrade spürte, wie sich tief in ihr etwas rührte. Das Versagen einer Ehrwürdigen Mutter. »Sie hat es zugelassen, daß sie sich verliebte!« Eine solch geringe Sache, aber wie groß waren die Konsequenzen gewesen. Dreitausendfünfhundertjährige Tyrannei!

Der Goldene Pfad. Unendlich? Was war mit den verlorenen Megatrillionen, die die Diaspora gefordert hatte? Welche Bedrohung repräsentierten jene Verlorenen, die nun zurückkamen?

Als hätte sie Odrades Gedanken gelesen, was sie manchmal zu tun schien, sagte Taraza: »Die Verstreuten sind dort draußen ... und sie warten nur darauf, daß sie zuschlagen können.«

Odrade hatte die Meinungen gehört: einerseits sprach man von einer drohenden Gefahr, andererseits von etwas anziehend Attraktivem. Und es gab so viele Unbekannte, die einen blendeten. Und die Schwesternschaft mit ihren Fähigkeiten, hervorgerufen seit Jahrtausenden von der Melange – welche Möglichkeiten standen ihnen nicht offen bei einem solch verfügbaren Strom an Menschen? Man brauchte nur an die unzähligen Gene dort draußen zu denken! An die potentiellen Talente, die frei in Universen dahintrieben und möglicherweise für immer verlorengingen!

»Es ist das Nichtwissen, das die größten aller Schrecken heraufbeschwört«, sagte Odrade.

»Und die größten Ambitionen«, sagte Taraza.

»Dann gehe ich also nach Rakis?«

»Sehr bald. Ich glaube, du wirst deiner Aufgabe gerecht werden.«

»Sonst hättest du sie mir nicht anvertraut.«

Es war der alte Wortwechsel zwischen ihnen, und er hatte schon in ihrer Schulzeit angefangen. Taraza machte sich jedoch klar, daß sie nicht bewußt in ihn eingetreten war. Zu viele Erinnerungen ketteten sie und Odrade aneinander: Dar und Tar. Sie mußte aufpassen!

»Vergiß nicht, wem deine Loyalität gehört!« sagte Taraza.

> *Die Existenz von Nicht-Schiffen wirft die Möglichkeit auf, ganze Planeten zu vernichten, ohne daß es zu Vergeltungsmaßnahmen kommt. Ein großer Körper – ein Asteroid oder etwas Ähnliches – kann gegen einen Planeten ausgeschickt werden. Man kann auch das Volk mit sexueller Subversion gegeneinander aufbringen und es dann bewaffnen, damit es sich selbst vernichtet. Die Geehrten Matres scheinen der letzteren Technik den Vorzug zu geben.*
>
> Analyse der Bene Gesserit

Von seiner Position im Hofgarten aus – und selbst wenn er nicht diesen Eindruck erweckte – hielt Duncan Idaho seine Aufmerksamkeit auf die beiden Beobachterinnen über sich gerichtet. Da war natürlich noch Patrin, aber Patrin zählte nicht. Es waren die Ehrwürdigen Mütter ihm gegenüber, denen seine Wachsamkeit galt. Als er Lucilla sah, dachte er: *Das ist die neue.* Der Gedanke erfüllte ihn mit plötzlicher Erregung, die er in einer erneuten Übung abbaute.

Er brachte die ersten drei Übungen des Trainingsspiels hinter sich, die Miles Teg ihm befohlen hatte, ohne groß darüber nachzudenken, daß Patrin darüber Bericht erstatten würde, wie gut er sie konnte. Duncan mochte Teg und den alten Patrin, und er spürte, daß sie ihm die gleichen Gefühle entgegenbrachten. Die neue Ehrwürdige Mutter jedoch – ihre Anwesenheit deutete auf interessante Veränderungen hin. Zum Beispiel war sie jünger als die anderen. Außerdem machte sie keinerlei Anstalten, die Augen zu verdecken, die den ersten Hinweis darauf gaben, daß sie zu den Bene Gesserit gehörte. Als er Schwangyu zum ersten Mal begegnet war, hatte er sich mit Augen konfrontiert gesehen, die hinter Kontaktlinsen verborgen waren und den Eindruck der Pupillen eines Nichtsüchtigen erweckten. Es war Weiße in ihnen gewesen. Er hatte gehört, wie eine Festungshelferin gesagt hatte, Schwangyus Linsen korrigierten ebenso »eine astigmatische Schwäche, die man in ihrer genetischen Linie akzeptiert hat, weil sie andere sie qualifizierende Fähigkeiten aufweist, die sie ihrer Nachkommenschaft weitervererbt«.

Damals war der größte Teil dieser Bemerkung für Duncan unverständlich gewesen, aber er hatte sich in der Festungsbibliothek umgesehen, wo es enzyklopädische Speicher gab, die zwar sowohl in ihrem Umfang als auch inhaltlich limitiert waren, aber wenigstens einige Informationen lieferten. Schwangyu hatte höchstpersönlich all seine Fragen zu diesem Thema abgeschmettert, aber das anschließende Verhalten seiner Lehrer hatte ihm gesagt, daß sie deswegen wütend gewesen war. Typischerweise hatte sie ihre Wut wieder einmal an anderen ausgelassen. Was ihr wirklich mißfiel, vermutete er, war sein Verlangen, zu erfahren, ob sie seine Mutter war.

Duncan wußte mittlerweile seit längerem, daß er etwas Besonderes war. Es gab Bereiche in diesem weitläufigen Verbund der Bene Gesserit-Festung, die er nicht betreten durfte. Er hatte seine eigenen Möglichkeiten entwickelt, derartigen Verboten auszuweichen, und er hatte des öfteren durch schmutzige Scheiben und offene Fenster geschaut und die Wachen und freien Plätze gesehen, die von strategisch postierten MG-Nestern aus mit Flankenfeuer bedeckt werden konnten. Miles Teg hatte ihn höchstpersönlich in die Wichtigkeit einer strategischen Position eingewiesen.

Der Planet hieß jetzt Gammu. Früher hatte man ihn unter dem Namen Giedi Primus gekannt, aber jemand namens Gurney Halleck hatte dies geändert. Es war alles Altertumsgeschichte. Langweiliger Kram. Es war noch immer ein schwacher Geruch bitteren Öls in der planetaren Krume – aus den Prä-Danischen Zeiten. Jahrtausende spezieller Bepflanzung hatten dies geändert, erklärten seine Lehrer. Einen Teil davon konnte er von der Festung aus sehen. Koniferenwälder und einzelne andere Bäume umgaben sie hier.

Die beiden Ehrwürdigen Mütter ständig im Auge behaltend, vollführte Duncan eine Serie von Radschlägen. Er zog bewußt seine außerordentlichen Muskeln zusammen, während er sich bewegte. So, wie Teg es ihm beigebracht hatte.

Teg unterrichtete auch in planetarischer Verteidigung. Gammu wurde von kreisenden Beobachtungssatelliten umringt, deren Mannschaften nicht mit ihren Familien zusammensein konnten. Die Familien blieben derweil hier auf Gammu, als Geiseln, damit die Beobachter wachsam blieben. Irgendwo zwischen den Schiffen, die sich im Weltraum aufhielten, befanden sich unaufspürbare Nicht-Schiffe, deren Mannschaften gänzlich aus den Leuten des Bashars und den Bene Gesserit-Schwestern bestanden.

»Ich hätte diesen Auftrag niemals angenommen, hätte man mir nicht die gesamte Kontrolle über alle Verteidigungssysteme gegeben«, hatte Teg erklärt.

Es war Duncan klar, daß *er* Tegs ›Auftrag‹ war. Die Festung diente zu seinem Schutz. Und Tegs kreisende Beobachtungseinheiten – einschließlich der Nicht-Schiffe – beschützten die Festung.

All dies war Bestandteil einer militärischen Ausbildung, deren einzelne Elemente Duncan irgendwie bekannt vorkamen. Wenn er lernte, wie man einen scheinbar schutzlosen Planeten gegen einen Angriff aus dem Weltraum wappnete, erkannte er sofort, ob die Verteidigungssysteme korrekt plaziert waren. Als Ganzes war es außerordentlich kompliziert, aber die Einzelheiten identifizierbar und für ihn verständlich. Zum Beispiel wurde die Atmosphäre Gammus ständig überwacht, und ebenso die Blutflüssigkeit der Bewohner dieser Welt. Suk-Ärzte, die in den Diensten der Bene Gesserit standen, befanden sich überall.

»Krankheiten sind Waffen«, sagte Teg. »Unsere Krankheitsabwehr muß bestens abgestimmt sein.«

Teg äußerte sich regelmäßig über Passivabwehr. Er bezeichnete sie als »das Produkt einer Belagerungsmentalität, von der man seit langem weiß, daß sie tödliche Schwächen erzeugt«.

Wenn Teg ihm militärische Unterweisungen gab, hörte Duncan sorgfältig zu. Patrin und die Bibliotheksunterlagen bestätigten, daß der Mentat-Bashar Miles Teg ein prominenter Feldherr der Bene Gesserit gewesen war. Patrin äußerte sich oft über ihren gemeinsamen Militärdienst – und Teg stand dann stets als Held da.

»Mobilität ist der Schlüssel des militärischen Erfolgs«, sagte Teg. »Wenn man an Forts gebunden ist, auch wenn sie ganze Planeten umspannen, ist man tödlich verwundbar.«

Teg hatte nicht viel für Gammu übrig.

»Ich sehe, du weißt schon, daß dieser Planet einst Giedi Primus geheißen hat. Die Harkonnens, die hier herrschten, haben uns ein paar Dinge gelehrt. Dank ihnen wissen wir jetzt besser, wie entsetzlich brutal Menschen sein können.«

Während er sich an diesen Ausspruch erinnerte, beobachtete Duncan, daß die beiden ihn musternden Ehrwürdigen Mütter auf der Brustwehr offenbar über ihn sprachen.

Bin ich der Auftrag der Neuen?

Duncan mochte es nicht, wenn man ihn beobachtete, und er hoffte, die Neue würde ihm etwas Zeit für sich selbst zugestehen. Sie sah nicht sonderlich hart aus. So wie Schwangyu war sie nicht.

Duncan setzte seine Übungen fort, und in einem bestimmten Rhythmus, der zu seinen Bewegungen paßte, dachte er: *Verdammte Schwangyu! Verdammte Schwangyu!*

Er hatte Schwangyu von seinem neunten Lebensjahr an gehaßt. Das war jetzt vier Jahre her. Sie wußte nichts von seinem Haß, glaubte er. Sie hatte möglicherweise vergessen, wann und bei welcher Gelegenheit der Haß in ihm aufgestiegen war.

Er war knapp neun gewesen, als es ihm gelungen war, durch den Inneren Wachkordon in einen Tunnel zu schleichen, der zu einem MG-Nest führte. Im Innern des Tunnels hatte es nach Pilzen gerochen. Matte Lichter. Feuchtigkeit. Er hatte gerade einen Blick durch die Schießscharten werfen können. Dann hatte man ihn erwischt und in den Innenteil der Festung zurückgeschleppt.

Sein Ausflug hatte ihm eine strenge Moralpredigt von Schwangyu eingetragen. Sie war für ihn damals eine geheimnisvolle und bedrohliche Gestalt gewesen, der man gehorchen mußte. Und dies war sie immer noch für ihn, obwohl er inzwischen erfahren hatte, daß die Bene Gesserit eine Fähigkeit auszeichnete, die ihresgleichen suchte: Kraft einer stimmlichen Besonderheit konnten sie den Willen eines unausgebildeten Zuhörers beeinflussen.

Man mußte ihr gehorchen.

»Du bist schuld, daß jetzt eine ganze Wachmannschaft diszipliniert wird«, hatte Schwangyu gesagt. »Man wird sie hart bestrafen.«

Das war der schrecklichste Teil ihrer Predigt gewesen. Duncan mochte eine ganze Reihe der Wächter, und manchmal gelang es ihm, sie mit irgendwelchen Faxen zu brüllendem Gelächter zu verführen. Und jetzt hatte seine Neugier dazu geführt, daß einige seiner Freunde leiden mußten.

Duncan wußte, wie es war, wenn man bestraft wurde.

Verdammte Schwangyu! Verdammte Schwangyu!

Nach Schwangyus Moralpredigt war Duncan zu seiner damaligen Hauptlehrerin gelaufen, der Ehrwürdigen Mutter Tamalane, die auch zu den weisen Alten gehörte. Sie war gelassen und kühl gewesen, mit weißem Haar über einem schmalen Gesicht, und lederner Haut. Von ihr hatte er erfahren wollen, auf welche Weise man die Wachen bestrafen würde. Tamalane war in eine überraschend nachdenkliche Stimmung verfallen, und ihre Stimme klang wie Sand, der sich an Holz rieb.

»Sie werden bestraft? Nun, ja.«

Sie hatten sich in einem kleinen Lernzimmer befunden, das abseits lag von dem Übungsraum, in den Tamalane sich jeden Abend begab, um die Lektionen des nächsten Tages vorzubereiten. Ein Raum, der Lesegeräte und andere komplizierte Gerätschaften enthielt, die zum Speichern und Abrufen von Informationen dienten. Duncan war dieser Raum zwar weitaus lieber als die Bibliothek, aber es war ihm nicht gestattet, ohne Begleitung das Lernzimmer zu betreten. Es war ein lichter Raum, der von zahlreichen suspensorisch gehaltenen Leuchtgloben erhellt wurde. Als er hereinkam, wandte sich Tamalane gerade von seinen vor ihr ausliegenden Arbeiten ab.

»Wenn es zu härteren Bestrafungen kommt«, sagte sie, »haftet ihnen stets etwas von einem Opferbankett an. Und Wachen bekommen natürlich die Höchststrafe.«

»Bankett?« Duncan war verwirrt.

Tamalane machte eine halbe Drehung mit ihrem Sitz und sah ihm geradewegs in die Augen. Ihre stählernen Zähne funkelten im hellen Licht. »Die Geschichte ist nur selten gut mit jenen verfahren, die bestraft werden mußten«, sagte sie.

Duncan dachte über das Wort ›Geschichte‹ nach. Wenn Tamalane es aussprach, war es ein Zeichen. Sie würde ihm eine Geschichtslektion erteilen. Schon wieder eine langweilige Lektion.

»Eine Strafe der Bene Gesserit wird niemand vergessen.«

Duncans Blick heftete sich auf Tamalanes alten Mund. Er erfaßte sofort, daß sie aus einer schmerzhaften persönlichen Erfahrung heraus sprach. Er würde etwas besonders Spannendes erfahren!

»Unsere Bestrafungen enthalten eine Lektion, der man sich nicht entziehen kann«, sagte Tamalane. »Sie ist viel stärker als der Schmerz.«

Duncan saß zu ihren Füßen auf dem Boden. Aus seinem Blickwinkel wirkte Tamalane wie eine schwarze, verschrumpelte, ominöse Figur.

»Wir strafen nicht mit der äußersten Agonie«, sagte sie. »Die ist den Ehrwürdigen Müttern vorbehalten, wenn sie mit dem Gewürz in Berührung kommen.«

Duncan nickte. Die Bibliotheksaufzeichnungen bezeichneten die ›Gewürzagonie‹ als eine rätselhafte Prüfung, aus der man als Ehrwürdige Mutter hervorging.

»Dennoch, Höchststrafen sind schmerzhaft«, sagte sie. »Und

zwar auch emotional schmerzhaft. Emotionen, die durch Bestrafung freigesetzt werden, sind stets jene Emotionen, die wir als die größte Schwäche des Delinquenten ansehen; also stärken wir den Delinquenten.«

Ihre Worte erfüllten Duncan mit einem unlokalisierbaren Gefühl der Bedrohung. Was würde man mit den Wachen anstellen? Er konnte nichts sagen, aber dazu gab es auch keinen Grund. Tamalane war noch nicht fertig.

»Die Bestrafung endet stets mit einem Dessert«, sagte sie und klatschte beide Hände auf ihre Knie.

Duncan runzelte die Stirn. Mit einem Dessert? Das war der Bestandteil eines Banketts. Aber wie konnte ein Bankett eine Bestrafung sein?

»Nun, es handelt sich nicht um ein Bankett im klassischen Sinn«, sagte Tamalane. Eine klauenartige Hand malte einen Kreis in die Luft. »Das Dessert kommt als etwas völlig Unerwartetes. Und der Delinquent denkt: *Ahhh, man hat mir schließlich doch verziehen!* Verstehst du?«

Duncan schüttelte heftig den Kopf. Nein, er verstand nicht.

»Es ist die Süße dieses Augenblicks«, sagte sie. »Man hat jede Sekunde eines schmerzhaften Banketts durchlebt, und am Ende steht man vor etwas, das man riechen kann. Aber! Sobald man es riecht, kommt der schmerzlichste Moment von allen, die Erkenntnis; man *versteht*, daß es kein gutes Ende nehmen kann. Wirklich nicht. Dies ist der äußerste Schmerz der Bestrafung. Und er schließt die Lektion der Bene Gesserit in sich ein.«

»Aber was wird sie mit den Wachen tun?« Duncan brachte diese Worte nur mühsam hervor.

»Ich kann dir nicht sagen, welches die besonderen Elemente ihrer Bestrafung sein werden. Ich will es auch gar nicht wissen. Ich kann dir nur sagen, daß es für jeden andere Auswirkungen haben wird.«

Mehr wollte Tamalane nicht sagen. Sie fuhr damit fort, ihre Unterlagen für den nächsten Tag vor sich auszubreiten. »Morgen werden wir weitermachen«, sagte sie. »Du erfährst dann, wie man die unterschiedlichen Akzente gesprochenen Galachs voneinander unterscheidet.«

Niemand, nicht einmal Teg oder Patrin, wollten seine Fragen

über die Bestrafung beantworten. Selbst die Wachen, die er hinterher traf, weigerten sich, über ihre leidvollen Erfahrungen zu reden. Manche reagierten barsch auf seine Annäherungsversuche; und mit ihm abgeben wollte sich keiner mehr. Die Bestraften verziehen ihm nicht. Soviel war ihm klar.

Verdammte Schwangyu! Verdammte Schwangyu!

Damals hatte der tiefe Haß, den er gegen sie empfand, angefangen. Und sein Haß galt all diesen alten Hexen gleichermaßen. Würde die junge Neue ebenso sein wie die Alten?

Verdammte Schwangyu!

Als er Schwangyu gefragt hatte: »Warum mußtet ihr sie bestrafen?«, hatte sie sich Zeit gelassen, bevor sie sich zu einer Antwort bequemte: »Hier auf Gammu ist es gefährlich für dich. Es gibt Menschen, die dir Böses wollen.«

Duncan fragte nicht nach dem Warum. Dies war auch eines der Gebiete, in dem man seine Fragen nie beantwortete. Nicht einmal Teg gab ihm Antwort, obwohl allein schon seine Anwesenheit die Tatsache hervorhob, daß ihm diese Gefahr drohte.

Und Miles Teg war ein Mentat, der viele Antworten kennen mußte. Duncan hatte die Augen des alten Mannes oft leuchten sehen, wenn seine Gedanken in der Ferne weilten. Aber es gab keine Mentaten-Antwort auf Fragen wie:

»Warum sind wir hier auf Gammu?«

»Gegen wen seid ihr gewappnet? Wer will mir etwas tun?«

»Wer sind meine Eltern?«

Auf solche Fragen gab es nur Schweigen zur Antwort, und manchmal sagte Teg brummend: »Ich kann dir keine Antwort geben.«

Die Bibliothek war nutzlos. Er hatte dies schon im Alter von acht Jahren entdeckt, als eine Ehrwürdige Mutter namens Luran Geasa seine Hauptinstruktorin gewesen war. Sie hatte versagt. Und sie war alt gewesen. Zwar noch nicht so uralt wie Schwangyu, aber fast; jedenfalls über hundert.

Wenn er es verlangte, versorgte ihn die Bibliothek mit Informationen über Gammu/Giedi Primus, über die Harkonnens und ihren Niedergang und zahlreiche Konflikte, in denen Teg das Kommando geführt hatte. Keine dieser Schlachten erweckte den Eindruck, sehr blutig gewesen zu sein, und zahlreiche Kommentatoren bezogen sich auf Tegs ›hervorragende Diplomatie‹. Aber von einem Datum zum anderen hatte Duncan von der Zeit des Gott-Kaisers und der Zähmung seines Volkes erfahren. Diese Ära hatte seine Aufmerksamkeit wochenlang beschäftigt. Er hatte zwischen den Aufzeichnungen eine alte Karte gefunden und sie mit Hilfe eines Projektors an die Wand geworfen. Die kommentierende Tonspur hatte ihm erklärt, daß eben diese Festung einst als Kommandozentrale der Fischredner gedient hatte, und zwar während der Diaspora.

Fischredner!

Duncan hatte sich damals gewünscht, während ihrer Zeit gelebt zu haben. Er wäre gern in die Reihen der wenigen männlichen Berater dieser Frauenarmee eingetreten. Sie hatten den großen Gott-Kaiser angebetet.

Oh, hätte ich in dieser Zeit auf Rakis gelebt!

Teg war überraschend mitteilsam, was den Gott-Kaiser anbetraf, aber er nannte ihn stets ›den Tyrannen‹. Ein Bibliotheksschloß wurde geöffnet. Duncan erfuhr immer mehr über Rakis.

»Werde ich je nach Rakis kommen?« fragte er Geasa.

»Man bereitet dich darauf vor, dort zu leben.«

Diese Antwort erstaunte ihn. Alles, was man ihm über den fernen Planeten beibrachte, sah er nun mit anderen Augen.

»Warum werde ich dort leben?«

»Das kann ich nicht beantworten.«

Mit erneuertem Interesse kehrte er zu seinen Studien über diesen rätselhaften Planeten und dessen schauderhafte Shai-Hulud-Kirche, die Kirche des Geteilten Gottes, zurück. *Würmer.* Aus dem Gott-Kaiser waren *Würmer* geworden! Der Gedanke erfüllte Duncan mit Abscheu. Vielleicht war gerade das der Grund, warum man ihn anbetete? Der Gedanke brachte etwas in ihm zum Klingen. Was hatte einen Menschen dazu getrieben, eine derart schreckliche Metamorphose durchzustehen?

Duncan wußte, was seine Wächter und die anderen in der Festung von Rakis und dem Kern der dortigen Priesterschaft hielten. Ihre höhnischen Bemerkungen und ihr Gelächter sagten ihm alles. Teg sagte: »Möglicherweise werden wir die ganze

Wahrheit niemals erfahren, aber ich sage dir eins, Junge: Für einen Soldaten ist das keine Religion.«

Und Schwangyu meinte: »Du sollst alles über den Tyrannen lernen, aber glaube nicht an seine Religion. Du stehst über ihr; sie ist verachtenswert.«

In jeder freien Minute führte sich Duncan das zu Gemüte, was die Bibliothek für ihn bereitstellte: das Heilige Buch des Geteilten Gottes, die Gardistenbibel, die Orange-Katholische Bibel, und sogar die Apokryphen. Er erfuhr vom längst nicht mehr existierenden Glaubensbüro und »der Perle, die die Sonne des Verstehens *ist*«.

Allein der Gedanke an die Würmer faszinierte ihn. Wie groß sie waren! Ein großer Wurm würde sich von einem Ende der Festung zum anderen erstrecken! Früher hatten Menschen die Würmer geritten – in den Tagen vor dem Tyrannen –, aber nun hatten die Priester von Rakis dies verboten.

Die Aufzeichnungen, die eine Gruppe von Archäologen in der primitiven Nicht-Kammer des Tyrannen auf Rakis gefunden hatten, packten ihn. Man nannte den Ort ›Dar-es-Balat‹.

Die Aufzeichnungen des Archäologen Hadi Benotto waren mit der Anmerkung ›Auf Befehl der Priesterschaft von Rakis unveröffentlicht‹ versehen. Die Aktennummer im Verzeichnis des Bene Gesserit-Archivs war äußerst lang, und das, was Benotto darlegte, faszinierend.

»Und in jedem Wurm ist ein Kern des Bewußtseins des Gott-Kaisers enthalten?« hatte er Geasa gefragt.

»So heißt es. Aber selbst wenn es stimmt – sie haben kein Bewußtsein, nehmen es nicht wahr. Der Tyrann hat selbst gesagt, er würde in einen endlosen Traum eintreten.«

Jede Unterrichtsstunde führte zu einem besonderen Thema und wurde aus dem Blickwinkel der Bene Gesserit erklärt. Schließlich kam er zum ersten Mal mit Dingen in Berührung, die unter den Bezeichnungen ›Die neun Töchter der Siona‹ und ›Die tausend Söhne Idahos‹ liefen.

Als er Geasa damit aufsuchte, sagte er: »Ich heiße auch Duncan Idaho. Was hat das zu bedeuten?«

Geasa bewegte sich stets so, als stünde sie im Schatten ihres eigenen Versagens. Ihr Gesicht war vornübergebeugt, und ihre wäßrigen Augen blickten zu Boden. Als Duncan auf sie gestoßen war, war es beinahe Abend. Sie standen in einem langen Korridor vor dem Übungsraum. Sie erbleichte bei seiner Frage.

Als sie nicht antwortete, fragte er: »Stamme ich von diesem Duncan Idaho ab?«

»Du mußt Schwangyu fragen.« Geasa hörte sich an, als würden ihre eigenen Worte sie schmerzen.

Diese Art der Reaktion war ihm nicht unbekannt. Sie verärgerte ihn. Sie meinte damit, man würde ihm etwas erzählen, damit er fortan den Mund hielt. Ohne wirklich etwas auszusagen. Schwangyu zeigte sich jedoch unerwartet offen.

»In dir ist das Blut des authentischen Duncan Idaho.«

»Wer sind meine Eltern?«

»Sie sind längst tot.«

»Wie sind sie gestorben?«

»Das weiß ich nicht. Wir haben dich als Waise aufgenommen.«

»Warum gibt es dann Leute, die mir Böses wollen?«

»Weil sie sich vor dem fürchten, was du eventuell tun wirst.«

»Was könnte das sein?«

»Lerne deine Lektionen! Irgendwann wirst du alles erfahren.«

Halt den Mund und lerne! Schon wieder eine Antwort, die er kannte.

Er gehorchte nur deswegen, weil er zu erkennen gelernt hatte, wann die Tore für ihn verschlossen waren. Aber nun stieß seine unstillbare Intelligenz auf andere Aufzeichnungen der Hungerjahre und der Diaspora. Er erfuhr von den Nicht-Kammern und Nicht-Schiffen, die man nicht aufspüren konnte – nicht einmal mit den besten Wahrsagerhirnen des Universums. Und hier begegnete er der Tatsache, daß die Nachfahren Duncan Idahos und Sionas, die Nachfahren jener Uralten, die in den Diensten des tyrannischen Gott-Kaisers gestanden hatten, für die Propheten und Hellseher ebenfalls unsichtbar waren. Nicht einmal ein Gildennavigator in tiefster Melange-Trance konnte solche Leute aufspüren. Siona, so behaupteten die Unterlagen, war eine echte Atreides gewesen. Und Duncan Idaho ein Ghola.

Ghola?

Duncan begab sich in die Bibliothek, um Erklärungen dieses seltsamen Wortes zu finden. *Ghola*. Die Bibliothek produzierte für ihn nicht mehr als harte Fakten: »Gholas: Menschen, die aus den Zellen von Leichnamen in den Axolotl-Tanks der Tleilaxu heranwachsen.«

Axolotl-Tanks?

»Eine Errungenschaft der Tleilaxu, um aus den Zellen eines Leichnams einen lebendigen Menschen zu reproduzieren.«

»Beschreib einen Ghola!« verlangte er.

»Ein reiner Körper, bar seiner ursprünglichen Erinnerungen. Näheres unter Axolotl-Tanks.«

Duncan hatte gelernt, wie man ein Schweigen interpretierte – jene leeren Stellen, in denen sich die Bewohner der Festung ihm offenbarten. Die Enthüllung überfiel ihn. Er wußte es! Er war erst zehn, und er wußte es!

Ich bin ein Ghola.

Am Spätnachmittag, während die gesamte esoterische Maschinerie, die ihn umgab, in den Hintergrund seines Wahrnehmungsbereiches zurückwich, saß der zehnjährige Junge stumm vor einem Bildschirm und wurde sich seines Wissens klar.

Ich bin ein Ghola!

Er konnte sich an die Axolotl-Tanks, in denen seine Zellen zu einem Kind herangewachsen waren, nicht erinnern. Seine ersten Erinnerungen bestanden aus Geasa, die ihn aus einer Wiege genommen hatte. In ihren Erwachsenenaugen, die bald darauf einen forschenden Blick gezeigt hatten, hatte er vorsichtiges Interesse erkannt.

Es war, als hätten die Informationen, die ihm die Bewohner der Festung und die Aufzeichnungen nur widerwillig gegeben hatten, endlich klare Umrisse angenommen: seine eigenen.

»Erzähl mir von den Bene Tleilax!« verlangte er von der Bibliothek.

»Ein Volk, das sich in zwei Gruppen aufteilt: die Gestaltwandler und die Meister. Gestaltwandler sind unfruchtbar und den Meistern ergeben.«

Warum haben sie das mit mir getan?

Die Informationsmaschinen der Bibliothek kamen ihm plötzlich fremdartig und gefährlich vor. Er hatte Angst – aber nicht vor der Vorstellung, seine Fragen könnten einen leeren Bildschirm hervorrufen, sondern davor, daß er Antworten bekam.

Warum bin ich für Schwangyu und die anderen so wichtig?

Er kam sich betrogen vor; sogar von Miles Teg und Patrin. Konnte man einfach die Zellen eines Menschen nehmen und daraus einen Ghola machen?

Die nächste Frage stellte er nach langem Zögern. »Kann sich ein Ghola an das erinnern, was er einmal gewesen ist?«

»Es ist machbar.«

»Wie?«

»Die psychologische Identität des Gholas mit dem Original setzt gewisse Empfindlichkeiten voraus, die durch Traumata entfacht werden können.«

Das war doch keine Antwort!

»Aber wie?«

An dieser Stelle kam Schwangyu herein. Sie betrat die Bibliothek unangemeldet. Also hatte irgend etwas an seinen Fragen sie auf den Plan gerufen!

»Du wirst alles irgendwann erfahren«, sagte sie.

Sie sprach ganz von oben herab. Er spürte die Ungerechtigkeit ihres Verhaltens, das Fehlen von Wahrheit. Irgend etwas in seinem Innern sagte ihm, daß er trotz seiner Unerfahrenheit über mehr Weisheit verfügte als all jene, die vorgaben, ihm überlegen zu sein. Sein Haß auf Schwangyu erreichte einen Höhepunkt. Sie war die Personifikation all dessen, was ihn quälte und seine Fragen in Frustration enden ließ.

Aber jetzt war seine Vorstellungskraft nicht mehr zu bremsen! Er würde seine ursprünglichen Erinnerungen wiederbekommen! Er spürte, daß es einfach so kommen mußte. Er würde sich an seine Eltern, an seine Familie, an seine Freunde ... und Feinde erinnern.

Und er stellte Schwangyu eine Frage: »Habt ihr mich wegen meiner Feinde gemacht?«

»Du hast bereits zu schweigen gelernt, Kind«, lautete ihre Antwort. »Halte dich an dein Wissen!«

Na schön. Deswegen werde ich dich bekämpfen, verdammte Schwangyu. Ich werde schweigen und lernen. Ich werde nicht zeigen, was ich wirklich fühle.

»Weißt du«, sagte sie, »ich glaube, wir ziehen einen Stoiker heran.«

Sie behandelte ihn gönnerhaft! Er wollte nicht gönnerhaft behandelt werden! Er würde sie bekämpfen, in aller Stille und Wachsamkeit! Duncan verschwand aus der Bibliothek und verkroch sich in seinem Zimmer.

In den folgenden Monaten bestätigten viele Dinge, daß er wirklich ein Ghola war. Selbst ein Kind merkt es, wenn die Dinge, die es umgeben, außergewöhnlich sind. Ab und zu sah er hinter den Mauern andere Kinder, die lachend und rufend die Ringstraße entlanggingen. Er fand Aufzeichnungen über Kinder in der Bibliothek. Diese Kinder wurden nicht von Erwachsenen aufgesucht, um ihnen eine Ausbildung zu geben, wie er sie erfuhr. Andere Kinder hatten keine Ehrwürdige Mutter Schwangyu, die selbst über den kleinsten Aspekt ihres Lebens bestimmte.

Diese Entdeckung führte zu einem erneuten Wechsel in Duncans Leben. Luran Geasa wurde abberufen und kehrte nicht wieder zurück.

Sie durfte nicht zulassen, daß ich etwas über Gholas erfuhr.

Die Wahrheit war etwas komplexer, wie Schwangyu Lucilla auf dem Beobachtungsbrustwehr am Tag ihrer Ankunft erklärte.

»Wir wußten, daß der unausweichliche Augenblick bevorstand und er von den Gholas erfahren und zielgerichtete Fragen stellen würde.«

»Es war höchste Zeit, daß eine Ehrwürdige Mutter seine Erziehung übernahm. Geasa war möglicherweise ein Fehler.«

»Du stellst meine Urteilsfähigkeit in Frage?« fragte Schwangyu brüsk.

»Ist dein Urteilsvermögen so perfekt, daß man es nicht in Frage stellen darf?« Lucillas weiche Altstimme sorgte dafür, daß diese Gegenfrage wie eine Ohrfeige klang.

Schwangyu schwieg beinahe eine Minute lang. Dann sagte sie: »Geasa hielt den Ghola für ein reizendes Kind. Sie weinte und sagte, sie würde ihn vermissen.«

»Hat man sie nicht davor gewarnt?«
»Geasa hatte nicht unsere Ausbildung.«
»Also hast du sie damals durch Tamalane ersetzt. Ich kenne Tamalane zwar nicht, aber ich nehme an, daß sie sehr alt ist.«
»Ziemlich.«
»Wie hat er auf die Abberufung Geasas reagiert?«
»Er fragte, wohin sie gegangen sei. Wir haben ihm keine Antwort gegeben.«
»Wie ist Tamalane vorangekommen?«
»Am dritten Tag ihrer Bekanntschaft hat er ihr ziemlich gelassen gesagt: ›Ich hasse dich. Ist es das, was man von mir erwartet?‹«
»So schnell!«
»In diesem Augenblick beobachtet er dich und denkt: ›Ich hasse Schwangyu. Werde ich auch die Neue hassen?‹ Er glaubt aber auch, daß du anders bist als die anderen alten Hexen. Du bist jung. Er wird wissen, daß das wichtig sein muß.«

> *Am besten leben die Menschen, wenn jeder seinen Platz hat, an den er gehört, wenn er weiß, welche Funktion er im Gesamtschema ausfüllt und wie weit er es eventuell bringen kann. Vernichte seine Position und du vernichtest den Menschen.*
>
> Lehrsatz der Bene Gesserit

Miles Teg hatte den Gammu-Auftrag nicht annehmen wollen. Waffenmeister eines Ghola-Kindes? Nicht einmal, wenn es um ein Ghola-Kind wie dieses hier ging, um das sich historische Mythen rankten. Er hatte die Anfrage als unerwünschtes Eindringen in sein wohlgeordnetes Pensionärsdasein empfunden.

Aber er hatte sein ganzes Leben als Militär-Mentat unter dem Willen der Bene Gesserit verbracht. Einen Akt des Ungehorsams konnte er sich nicht vorstellen.

Quis custodiet ipsos custodiet?

Wer soll die Wächter bewachen? Wer soll darauf achten, daß die Wächter keine Angriffe unternehmen?

Dies war eine Frage, die Teg bei zahlreichen Gelegenheiten überdacht hatte. Sie war ein Teil der grundsätzlichen Doktrin seiner Loyalität gegenüber den Bene Gesserit. Was auch immer man über die Schwesternschaft sagen konnte, sie zeigte eine bewundernswerte Beständigkeit in bezug auf ihre Ziele.

Rechtschaffene Ziele, nannte Teg sie.

Die rechtschaffenen Ziele der Bene Gesserit stimmten völlig mit Tegs Prinzipien überein. Daß die Bene Gesserit ihn dazu konditioniert hatten, diese Prinzipien zu haben, spielte keine Rolle. Wer vernünftig überlegte und sich der Vernunft eines Mentaten bediente, konnte zu keinem anderen Urteil gelangen.

Teg reduzierte die Angelegenheit auf ihren Kern: Wenn nur einer diesen Leitprinzipien folgte, war dieses Universum ein besseres. Es war niemals eine Frage der Gerechtigkeit. Gerechtigkeit erforderte Zuflucht zum Gesetz, und das Gesetz konnte eine wankelmütige Geliebte sein, die stets von den Launen und Vorurteilen jener abhängig war, die Gesetze beschlossen. Nein, es war eine Frage der Fairneß, eine Vorstellung, die viel tiefergehender war. Wen die Auswirkungen eines Urteils trafen, der mußte spüren, daß es fair war.

Behauptungen wie ›Den Buchstaben des Gesetzes muß genüge getan werden‹ waren nach Tegs Meinung gefährlich für seine Leitprinzipien. Fair zu sein erforderte Übereinstimmung, voraussehbare Beständigkeit und – was am allerwichtigsten war – Loyalität in der Hierarchie, die nach oben und nach unten ging. Eine Führerschaft, die von solchen Prinzipien geleitet wurde, erforderte keine Kontrolle von außerhalb. Man tat seine Pflicht, weil es richtig war. Und man zeigte sich ungehorsam, wenn dies *vorhersehbar* korrekt war. Man tat dies, weil die Rechtschaffenheit eine Sache dieses Augenblicks war. Vorhersagen und Vorhersehbarkeit hatten damit überhaupt nichts zu tun.

Teg wußte, daß die Atreides den Ruf hatten, verläßliche Voraussagen zu machen, aber gleichnishafte Äußerungen hatten in seinem Universum keinen Platz. Man nahm das Universum so, wie man es vorfand, und wandte seine Prinzipien an, wo man es konnte. Absoluter Befehlsgewalt in der Hierarchie wurde stets gehorcht. Nicht etwa, daß Taraza die absolute Befehlsgewalt in Frage gestellt hätte, aber die Implikationen waren dagewesen.

»Du bist der Perfekteste für diesen Auftrag.«

Er hatte ein langes Leben mit vielen Höhepunkten gehabt und sich mit allen Ehren zurückgezogen. Teg wußte, daß er alt und langsam war und alle Defekte aufwies, die das Alter mit sich brachte, aber der Ruf zur Pflicht machte ihn schon in dem Moment schneller, als er den Wunsch in sich unterdrückte, ›Nein‹ zu sagen.

Taraza hatte ihm diesen Auftrag höchstpersönlich erteilt. Die mächtigste Seniorin von allen (einschließlich der Missionaria Protectiva) ließ ihn ganz auf sich allein gestellt. Sie war nicht nur eine Ehrwürdige Mutter, sondern *die* Ehrwürdige Mutter Oberin.

Taraza hatte ihn in seiner Pensionärsfreistatt auf Lernaeus aufgesucht. Es war eine Ehre für ihn, daß sie dies tat, und er wußte es. Sie erschien unangemeldet an seinem Tor, und nur zwei Helferinnen und eine kleine Wacheinheit begleiteten sie. Manche der Gesichter waren ihm noch bekannt gewesen. Teg hatte die Leute selbst ausgebildet. Ihre Ankunftszeit war interessant. Morgens, kurz nach dem Frühstück. Sie kannte das System, nach dem er sein Leben gestaltete, und wußte, daß er um diese Stunde am aktivsten war. Sie wollte ihn wach antreffen, in einem Augenblick, wo er voll bei der Sache war.

Patrin, sein alter Bursche, brachte Taraza in den Salon des Ostflügels, einen kleinen, eleganten Raum, der mit solidem Mobiliar ausgestattet war. Tegs Abneigung gegen Stuhlhunde und andere lebendige Möbel war wohlbekannt. Patrins Gesicht zeigte einen säuerlichen Ausdruck, als er die schwarzgekleidete Mutter Oberin hineinbat. Teg erkannte den Blick augenblicklich. Anderen gegenüber wäre Patrins langes, blasses und von allerlei Altersrunzeln durchzogenes Gesicht möglicherweise wie eine unbewegliche Maske erschienen, aber Teg erkannte an den vertieften Falten, die den Mund des Mannes umgaben, und am Blick seiner alten Augen, daß etwas im Gange war.

Demnach hatte Taraza beim Eintreten etwas gesagt, das Patrin störte.

Hohe Gleittüren rahmten den Raum nach Osten hin ein. Dahinter lag ein großer, abschüssiger Rasen, der bei den Bäumen am Flußufer endete. Taraza hielt im Innern des Raumes kurz inne, um die Aussicht zu bewundern.

Ohne dazu aufgefordert worden zu sein, drückte Teg einen Knopf. Vorhänge glitten vor die Fenster, Leuchtgloben flackerten auf. Tegs Vorgehen sagte Taraza, daß er ihr Bedürfnis nach einer gewissen Intimsphäre erfaßt hatte. Und er drückte dies weiterhin dadurch aus, indem er Patrin anwies: »Achte bitte darauf, daß wir nicht gestört werden!«

»Aber die Bestellungen für die Südfarm, Herr«, wagte Patrin einen Vorstoß.

»Bitte kümmere dich selbst darum! Du und Firus, ihr wißt doch, was ich haben will.«

Patrin schloß die Tür ein wenig zu heftig, als er hinausging. Es war nur ein winziges Signal, aber Teg sagte es viel.

Taraza machte einen Schritt vorwärts und begutachtete den Raum. »Zitronellengrün«, sagte sie. »Eine meiner Lieblingsfarben. Deine Mutter hatte ein gutes Auge.«

Diese Bemerkung erwärmte Teg. Er hegte eine tiefe Zuneigung für dieses Gebäude und sein Land. Seine Familie war zwar erst seit drei Generationen hier ansässig, aber sie hatte der Umgebung ihren Stempel aufgedrückt. Das, was seine Mutter geschaffen hatte, war in diesen Räumen noch immer spürbar.

»Es gibt einem Sicherheit, an einem bestimmten Platz zu sein«, sagte Teg.

»Besonders die orangefarbenen Teppiche im Korridor und die Metallglaslaterne über dem Eingang gefallen mir«, sagte Taraza. »Ich bin sicher, die Laterne ist eine echte Antiquität.«

»Du bist doch nicht gekommen, um dich mit mir über Innenarchitektur zu unterhalten«, sagte Teg.

Taraza lachte.

Sie hatte eine hohe, schrille Stimme, aber die Ausbildung der Schwesternschaft hatte sie gelehrt, sie mit einer verheerenden Wirkung einzusetzen. Es war keine Stimme, die man leicht ignorieren konnte, selbst dann nicht, wenn sie den Eindruck erweckte, einen gewollt beiläufigen Tonfall anzuschlagen – wie jetzt. Teg hatte sie während einer Ratsversammlung der Bene Gesserit gehört. Wenn sie dort auftrat, war ihr Verhalten von

Stärke und Redegewandtheit geprägt, und jedes Wort, das sie sagte, war ein Indikator des scharfen Verstandes, der ihre Entscheidungen leitete. Und auch jetzt spürte er, daß sich hinter ihrem Verhalten eine wichtige Entscheidung verbarg.

Teg deutete auf einen grünen Polstersessel zu seiner Linken. Taraza musterte das Möbelstück kurz. Dann schweifte ihr Blick erneut durch den Raum, und sie unterdrückte ein Lächeln.

Es befand sich kein Stuhlhund in diesem Haus; sie war bereit, darauf zu wetten. Teg war eine Antiquität, die sich selbst ausschließlich mit Antiquitäten umgab. Sie nahm Platz und glättete ihre Robe, während sie darauf wartete, daß Teg sich ebenfalls einen Sessel heranzog und ihr gegenüber Platz nahm.

»Ich bedaure die Notwendigkeit, dich zu bitten, dein Pensionärsdasein aufzugeben, Bashar«, sagte sie. »Aber leider lassen mir die Umstände keine andere Wahl.«

Teg legte seine langen Arme auf die Sessellehnen. Er war jetzt ganz der abwartende Mentat. Seine Haltung sagte: »Fülle meinen Geist mit Daten!«

Taraza war für eine Weile beinahe beschämt. Sie nutzte ihn aus. Teg war immer noch eine beeindruckende Figur; er war hochgewachsen und hatte einen mächtigen Kopf mit grauem Haar. Er war, das wußte sie, zweihundertsechsundneunzig Standardjahre alt. Auch unter Berücksichtigung der Tatsache, daß das Standardjahr etwa zwanzig Stunden kürzer war als das sogenannte Primitivjahr, war es immer noch ein beeindruckendes Alter, und er hatte im Dienst der Bene Gesserit Erfahrungen gesammelt, die es verlangten, daß sie ihn respektierte. Ihr fiel auf, daß Teg eine hellgraue Uniform ohne Rangabzeichen trug: sorgfältig geschneiderte Hosen, ein Jackett, und ein weißes Hemd, das am Hals offen war und den Blick frei ließ auf seine Runzeln. An seiner Hüfte befand sich etwas, das golden glitzerte, und sie erkannte darin den Sonnenorden eines Bashars. Man hatte ihn ihm verliehen, als er aus dem Dienst ausgeschieden war. Einem Mann, der dem Nützlichkeitsprinzip verhaftet war wie Teg, sah das mal wieder ähnlich! Er hatte die hohe Auszeichnung zu einer Gürtelschnalle umfunktioniert. Dies verlieh ihr Zuversicht. Teg würde ihr Problem verstehen.

»Könnte ich einen Schluck Wasser haben?« fragte Taraza. »Es war eine lange und ermüdende Reise. Das letzte Stück der Strecke haben wir in einem Transporter zurückgelegt, den man besser vor fünfhundert Jahren verschrottet hätte.«

Teg erhob sich aus seinem Sessel, begab sich an ein Wandpaneel und entnahm dem dahinterliegenden Schränkchen eine Wasserflasche und ein Glas. Er stellte beides rechterhand von Taraza auf einem niedrigen Tisch ab. »Ich habe Melange«, sagte er.

»Nein, danke, Miles. Ich habe meinen eigenen Vorrat.«

Teg nahm seinen Platz wieder ein. Taraza bemerkte, daß er allmählich steif wurde. Wenn man allerdings sein Alter in Betracht zog, war er immer noch sehr beweglich.

Taraza schenkte sich ein halbes Glas Wasser ein und leerte es in einem Zug. Mit äußerster Sorgfalt setzte sie das Glas auf dem Seitentischchen ab. Wie sollte sie anfangen? Tegs Verhalten konnte sie nicht narren. Es gefiel ihm nicht, sein Pensionärsdasein aufzugeben. Ihre Analytikerinnen hatten sie davor gewarnt. Seit er sich zurückgezogen hatte, hatte er mehr als ein beiläufiges Interesse an der Landwirtschaft entwickelt. Seine weitläufigen Ländereien hier auf Lernaeus waren im wesentlichen eine Forschungsstätte.

Sie hob den Blick und musterte ihn ganz offen. Breite Schultern betonten Tegs schmale Hüften noch mehr. Also hielt er sich immer noch fit. Sein langes Gesicht mit den scharfen Linien, die die starken Wangenknochen betonten: typisch für einen Atreides. Teg erwiderte ihren Blick, wie immer, aufmerksamkeitsheischend, aber offen für alles, was die Ehrwürdige Mutter vielleicht sagen würde. Sein schmaler Mund deutete ein Lächeln an. Sein Mund offenbarte glänzende und ebenmäßige Zähne.

Er weiß, daß ich mich nicht wohlfühle, dachte sie. *Verdammt nochmal! Er ist ebenso ein Diener der Bene Gesserit wie ich!*

Teg bedrängte sie nicht mit Fragen. Sein Verhalten blieb untadelig und seltsam zurückhaltend. Taraza fiel ein, daß dies bei Mentaten nicht ungewöhnlich war und man aus diesem Verhalten nichts Besonderes herauslesen durfte.

Teg stand plötzlich auf und begab sich an ein Sideboard zu

ihrer Linken. Er wandte sich um, verschränkte die Arme vor der Brust und beugte sich vor. Er sah sie von oben herab an.

Taraza sah sich gezwungen, den Sessel herumzuschwingen, um ihn anzusehen. *Verdammt nochmal!* Teg hatte offenbar nicht vor, es leichter für sie zu machen. Sämtliche Examinatoren der Ehrwürdigen Mütter hatten darauf hingewiesen, daß es schwierig war, Teg während eines Gesprächs zum Sitzen zu bewegen. Er zog es vor zu stehen, hielt seine Schultern mit militärischer Steifheit, und sein Blick zielte nach unten. Nur wenige Ehrwürdige Mütter konnten es mit ihm an Größe aufnehmen. Er maß über zwei Meter. Diese Eigentümlichkeit, meinten die Analytikerinnen übereinstimmend, war Tegs (möglicherweise unbewußte) Methode, der Autorität, die die Schwesternschaft über ihn hatte, Protest entgegenzubringen. Jedoch zeigte sich davon nichts in seinem regulären Verhalten. Teg war stets der verläßlichste Militärkommandeur gewesen, den die Schwesternschaft je beschäftigt hatte.

In einem Multigesellschaftsuniversum, dessen Hauptverbundskräfte trotz der Einfachheit der Klassifikation auf vielgestaltige Weise miteinander verkehrten, waren verläßliche Militärkommandeure mehrfach ihr Gewicht in Melange wert. Religionen und die gemeinsamen Erinnerungen imperialer Tyrannei spielten in den Verhandlungen zwar stets eine Rolle, aber es waren die wirtschaftlichen Kräfte, die schließlich den Sieg errangen, und die militärische *Münze* konnte in jedermanns Rechenmaschine ihren Platz finden. Sie war Bestandteil jener Verhandlung, und sie würde es auch bleiben, solange eine Notwendigkeit das System des Handels steuerte – der Bedarf an bestimmten Dingen (etwa Gewürz oder den Technoprodukten von Ix), der Bedarf an Spezialisten (etwa Mentaten oder Suk-Ärzten). Und das gleiche galt für alle anderen weltlichen Bedürfnisse, für die es einen Markt gab: Arbeitskräfte, Architekten, Designer, Bequemlichkeiten des Lebens, Künstler, exotische Genüsse ...

Kein rechtmäßiges System konnte eine derartige Komplexität zu einem Ganzen verbinden, und diese Tatsache führte wiederum zu einer anderen Notwendigkeit: ein gleichbleibendes Bedürfnis nach ehrlichen Unparteiischen. Die Ehrwürdigen

Mütter waren innerhalb dieses ökonomischen Netzes auf natürliche Weise in diese Rolle gedrängt worden, und Miles wußte es. Ebenso wußte er, daß man ihn erneut als Zahlungsmittel in diesen Handel einbringen wollte. Ob er an dieser Rolle seinen Spaß hatte, hatte auf die Verhandlungen keinen Einfluß.

»Es ist doch nicht so, als hättest du eine Familie, die dich hier festhalten würde«, sagte Taraza.

Teg mußte ihr dies stumm eingestehen. Ja, seine Frau war nun seit achtunddreißig Jahren tot. Seine Kinder waren ausnahmslos erwachsen – ausgenommen eine Tochter, die das Nest aber verlassen hatte. Er hatte zwar viele persönliche Interessen, aber keinerlei familiäre Verpflichtungen. Das stimmte.

Dann erinnerte Taraza ihn an seine langen und treuen Dienstjahre für die Schwesternschaft und wies auf verschiedene erinnerungswürdige Großtaten hin. Zwar wußte sie, daß Lobpreisungen nur wenig bei ihm bewirkten, aber sie erleichterten es ihr, auf das zu sprechen zu kommen, was irgendwann folgen mußte.

»Man hat dich von deiner familiären Ähnlichkeit in Kenntnis gesetzt«, sagte sie.

Teg beugte den Kopf um nur einen Millimeter.

»Deine Ähnlichkeit mit dem ersten Leto Atreides, dem Großvater des Tyrannen, ist wirklich bemerkenswert«, fuhr sie fort.

Teg ließ nicht erkennen, ob er sie verstanden hatte oder mit ihr übereinstimmte. Dies war nicht mehr als Gegebenheit, etwas, das bereits in seinem weitläufigen Gedächtnis gespeichert war. Er wußte, daß er ein Träger der Atreides-Gene war. Er hatte die Ähnlichkeit mit Leto II. im Domstift bemerkt. Es war ein seltsames Gefühl gewesen – als hätte er in einen Spiegel geschaut.

»Du bist etwas größer«, sagte Taraza.

Teg sah weiterhin auf sie herab.

»Verdammt nochmal, Bashar«, sagte Taraza, »kannst du nicht wenigstens versuchen, mir zu helfen?«

»Ist das ein Befehl, Mutter Oberin?«

»Nein, es ist *kein* Befehl!«

Teg lächelte verhalten. Die Tatsache, daß Taraza sich in seinem Beisein einen solchen Ausbruch erlaubte, sagte ihm allerhand. Leuten gegenüber, die sie nicht für vertrauenswürdig hielt, hätte sie dies niemals getan. Und gewiß hätte sie sich eine derartige Zurschaustellung ihrer Gefühle niemals in Gegenwart eines Menschen erlaubt, den sie *höchstenfalls* als Lakaien einstufte.

Taraza lehnte sich in ihrem Sessel zurück und lächelte schelmisch. »Na schön«, sagte sie. »Du hast deinen Spaß gehabt. Patrin meinte, du würdest aus der Haut fahren, wenn ich dich in den Dienst zurückriefe. Ich versichere dir, daß wir auf deine Unterstützung nicht verzichten können.«

»Um was geht es, Mutter Oberin?«

»Wir ziehen auf Gammu einen Duncan Idaho-Ghola auf. Er ist fast sechs Jahre alt und bereit für eine militärische Ausbildung.«

Teg erlaubte es sich, einen etwas erstaunten Blick zu zeigen.

»Du wirst zwar nach einem festgelegten Plan arbeiten müssen«, sagte Taraza, »aber ich möchte, daß du seine Ausbildung und Erziehung so schnell wie möglich aufnimmst.«

»Meine Ähnlichkeit mit dem Atreides-Herzog«, sagte Teg. »Man wird mich also dazu benutzen, seine ursprünglichen Erinnerungen wiederherzustellen, wie?«

»Ja, in acht oder zehn Jahren.«

»So lange!« Teg schüttelte den Kopf. »Warum auf Gammu?«

»Seine Prana-Bindu-Vererbung ist auf unsere Anweisung hin von den Bene Tleilax verändert worden. Seine Reflexe werden, was ihr Reaktionsvermögen angeht, sich mit denen eines jeden messen können, der in unserer Zeit geboren wurde. Gammu ... Der ursprüngliche Duncan Idaho ist dort geboren worden und aufgewachsen. Wegen der Veränderungen seines Zellularerbes müssen wir alles andere so eng an die ursprünglichen Bedingungen anlehnen wie möglich.«

»Warum tut ihr das?« Es war der datenbewußte Tonfall eines Mentaten.

»Man hat auf Rakis ein Mädchen entdeckt, das die Würmer kontrollieren kann. Wir werden unseren Ghola dort einsetzen.«

»Ihr wollt sie miteinander kreuzen?«

»Ich engagiere dich nicht als Mentat. Was wir brauchen, sind deine militärischen Kenntnisse und deine Ähnlichkeit mit dem ursprünglichen Leto. Du weißt, wie du seine Originalerinnerungen wiederherstellst, wenn es an der Zeit ist.«

»Du setzt mich also wirklich wieder als Waffenmeister ein.«

»Glaubst du, dies ist ein Abstieg für einen Mann, der einst oberster Bashar unserer gesamten Streitkräfte gewesen ist?«

»Mutter Oberin, du befiehlst, und ich gehorche. Aber ich werde diesen Posten nicht akzeptieren, wenn ich nicht auch das Oberkommando über Gammus Abwehrsysteme übernehmen kann.«

»Das ist bereits arrangiert worden, Miles.«

»Du hast stets gewußt, wie mein Geist arbeitet.«

»Und ich bin mir stets deiner Loyalität bewußt gewesen.«

Teg stieß sich von dem Sideboard ab und blieb einen Augenblick lang nachdenklich stehen. Dann sagte er: »Wer wird mich in die Sache einweisen?«

»Bellonda aus dem Archiv, dieselbe wie früher. Sie wird dir eine Ziffer zuweisen, die der sicheren Übermittlung von Botschaften zwischen uns dient.«

»Ich werde eine Namensliste vorbereiten«, sagte Teg. »Von alten Kameraden und einigen ihrer Kinder. Ich möchte, daß sie mich alle auf Gammu erwarten, wenn ich dort eintreffe.«

»Glaubst du, daß sich welche von ihnen weigern?«

Sein Blick sagte: *Red keinen Unsinn!*

Taraza kicherte und dachte: *Es gibt da eine Sache, die wir sehr gut von den alten Atreides gelernt haben: Wie man Menschen produziert, die das Äußerste an Verehrung und Loyalität kommandieren.*

»Patrin wird sich um die Rekrutierungen kümmern«, sagte Teg. »Ich weiß, daß er keinen Dienstgrad annehmen wird, aber er muß den vollen Sold und alle Privilegien eines Bashar-Adjutanten kriegen.«

»Du wirst natürlich deinen Rang als Ober-Bashar zurückbekommen«, sagte sie. »Wir werden ...«

»Nein. Ihr habt Burzmali. Wir werden ihn nicht dadurch schwächen, indem wir seinen alten Kommandeur über ihn stellen.«

Sie musterte ihn eine Weile, dann sagte sie: »Wir haben Burzmali noch nicht zum ...«

»Ich bin mir dessen sehr gut bewußt. Meine alten Kameraden halten mich in bezug auf die Politik der Schwesternschaft voll auf dem laufenden. Aber du und ich, Mutter Oberin, wissen, daß es nur eine Frage der Zeit ist. Burzmali ist der Beste.«

Sie konnte es nur hinnehmen. Es war mehr als die Bewertung eines Militär-Mentaten. Die Bewertung kam von Teg. Plötzlich fiel ihr noch etwas ein.

»Dann weißt du also schon von unserem Disput in der Ratsversammlung!« rief sie aus. »Und du läßt mich ...«

»Mutter Oberin, wäre ich der Meinung, ihr würdet auf Rakis ein neues Ungeheuer heranziehen, hätte ich es gesagt. Ich traue deinen Entscheidungen; vertraue du den meinen!«

»Verdammt nochmal, Miles, wir haben uns zu lange nicht gesehen.« Taraza stand auf. »Jetzt, wo ich weiß, daß du deine Rüstung wieder anziehst, geht es mir gleich besser.«

»Rüstung«, sagte er. »Ja. Setzt mich als Bashar mit Spezialauftrag wieder ein. Auf diese Weise wird niemand dumme Fragen stellen, wenn Burzmali davon erfährt.«

Taraza zog ein Blatt ridulianischen Papiers unter ihrer Robe hervor und reichte es ihm. »Ich habe es bereits unterschrieben. Trag deine Position selber ein. Sämtliche anderen Vollmachten sind ebenfalls dabei, Marschbefehle und so weiter. Ich erteile dir persönlich diese Befehle. Du unterstehst mir. Du bist *mein* Bashar, verstehst du?«

»War ich das nicht immer?« fragte er.

»Aber diesmal ist es wichtiger als je zuvor. Sorge für die Sicherheit dieses Gholas und bilde ihn gut aus! Du haftest mir für ihn. Und ich werde dir gegen jedermann den Rücken stärken.«

»Ich habe gehört, daß Schwangyu auf Gammu die Befehle erteilt.«

»Gegen jedermann, Miles. Traue Schwangyu nicht!«

»Ich verstehe. Wirst du mit uns essen? Meine Tochter hat ...«

»Verzeih mir, Miles, aber ich muß so bald wie möglich zurück. Ich werde dir Bellonda sofort schicken.«

Teg brachte sie zur Tür, wechselte ein paar Floskeln mit alten

Bekannten, die zu ihrem Begleitpersonal gehörten, und schaute ihr nach, als sie verschwand. Ein gepanzertes Bodenfahrzeug erwartete sie, eins der neuen Modelle, das sie offenbar selbst mitgebracht hatten. Der Anblick des Fahrzeugs erzeugte in Teg ungute Gefühle.

Sie sind in Eile!

Taraza war höchstpersönlich gekommen. Die Mutter Oberin als Eilbote. Sie mußte wissen, was ihm das sagte. Und da er selbst am besten wußte, wie die Schwesternschaft auftrat, erkannte er in dem, was gerade geschehen war, eine Offenbarung. Der Disput in der Ratsversammlung der Bene Gesserit ging viel tiefer, als seine Informanten angedeutet hatten.

»*Du bist* mein *Bashar.*«

Teg warf einen Blick auf die Vollmachten und Marschbefehle, die Taraza bei ihm zurückgelassen hatte. Sie hatte sie bereits unterschrieben und gesiegelt. Das Vertrauen, das darin lag, war zusammen mit den anderen Dingen, die er gefühlsmäßig erfaßte, dazu angetan, seine Unruhe noch zu steigern.

»*Traue Schwangyu nicht!*«

Er schob die Papiere in die Tasche und machte sich auf die Suche nach Patrin. Patrin mußte eingewiesen und vergattert werden. Sie mußten darüber reden, wenn sie ihn in diesen Auftrag miteinbeziehen sollten. Er fing an, einige Namen in seinem Kopf aufzulisten. Eine gefährliche Sache lag da vor ihnen. Sie verlangte nach den besten Männern. Verdammt! Er würde alles auf seinem Landsitz in die Hände von Firus und Dimela legen müssen! So viele Einzelheiten! Als er durch das Haus streifte, spürte er, wie sich sein Pulsschlag beschleunigte.

Bei einem Hauswächter – einem seiner alten Soldaten – blieb Teg stehen und sagte: »Martin, sag alle Termine für heute ab! Such meine Tochter und sag ihr, sie soll in mein Arbeitszimmer kommen!«

Die Botschaft verbreitete sich im Haus und von dort aus auf Tegs gesamtem Besitz. Die Angestellten und die Familie, die bereits wußten, daß die Mutter Oberin gerade zu einem Privatbesuch bei ihm gewesen war, schirmten Teg sofort von der Außenwelt ab, damit ihn niemand mit unwichtigen Angelegenheiten aufhielt. Dimela, seine älteste Tochter, unterbrach ihn auf der Stelle, als er ihr in allen Einzelheiten klarzumachen versuchte, was notwendig war, um seine landwirtschaftlichen Experimente weiterzuführen.

»Vater, ich bin doch kein Kind mehr!«

Sie befanden sich in dem kleinen Treibhaus, das seinem Arbeitszimmer angeschlossen war. Überreste von Tegs Mittagessen lagen auf einer Beeteinfassung. Patrins Notizbuch hing an einer Wand hinter dem Eßtisch.

Teg musterte seine Tochter eingehend. Dimela sah besser aus als er, aber sie war kleiner. Sie war zu eckig, um eine Schönheit zu sein, aber sie war eine gute Partie gewesen. Firus und sie hatten drei nette Kinder.

»Wo ist Firus?« fragte Teg.

»Er sieht sich die Neuanpflanzung auf der Südfarm an.«

»Ach ja. Patrin hat es erwähnt.«

Teg lächelte. Es hatte ihm immer gefallen, daß Dimela das Angebot der Schwesternschaft abgelehnt und statt dessen Firus geheiratet hatte. Er war auf Lernaeus geboren, und Dimela blieb mithin in der Umgebung ihres Vaters.

»Ich weiß nicht mehr, als daß sie dich wieder in den Dienst zurückrufen«, sagte Dimela. »Geht es um einen gefährlichen Auftrag?«

»Weißt du was?« sagte Teg. »Du hörst dich genau wie deine Mutter an.«

»Es ist also gefährlich! Verdammt sollen sie sein! Hast du denn noch nicht genug für sie getan?«

»Offenbar nicht.«

Als Patrin von der anderen Seite her das Treibhaus betrat, wandte sie sich ab. Er hörte, daß sie mit ihm redete, als sie an ihm vorbeikam.

»Je älter er wird, desto ähnlicher wird er einer Ehrwürdigen Mutter!«

Was hätte sie sonst erwarten können? fragte sich Teg. Als Sohn einer Ehrwürdigen Mutter, gezeugt von einem kleinen Funktionär der Merkantilen Allianz für Fortschritt und Entwicklung im All, war er in einem Haushalt großgezogen worden, der nach der Pfeife der Schwesternschaft tanzte. Schon in jungen Jahren war ihm klargewesen, daß die Treue seines Vaters zum interplanetaren Handelsnetz der MAFEA sich in Nichts auflöste, wenn seine Mutter einen Einwand erhob.

Dieses Haus war das Haus seiner Mutter gewesen – und zwar bis zu ihrem Tod. Sie war ein knappes Jahr nach seinem Vater gestorben. Die Auswirkungen ihrer Entscheidungen waren überall um ihn herum verstreut.

Patrin blieb vor ihm stehen. »Ich bin wegen meines Notizbuches gekommen. Haben Sie ihm neue Namen hinzugefügt?«

»Ein paar. Du kümmerst dich am besten sofort darum!«

»Ja, Herr!« Patrin setzte eine gescheite Miene auf und ging den Weg zurück, den er gekommen war. Dabei klopfte er mit dem Notizbuch gegen seinen Oberschenkel.

Er spürt es auch, dachte Teg.

Erneut sah er sich um. Das Haus war immer noch das seiner Mutter. Und das nach all den Jahren, die er hier verbracht und in denen er eine Familie gegründet hatte! Es war immer noch ihr Heim. Oh, gewiß, er hatte das Treibhaus gebaut, aber sogar das Arbeitszimmer war das ihre gewesen.

Janet Roxbrough von den Lernaeus-Roxbroughs. Die Möbel, das ganze Dekor, alles ihres. Taraza hatte es bemerkt. Obwohl er und seine Frau einiges von dem, was an der Oberfläche lag, verändert hatten, deutete im Kern alles auf Janet Roxbrough hin. Keine Frage, daß Fischrednerblut in ihren Ahnen gewesen war. Welch ein Gewinn sie für die Schwesternschaft gewesen war! Daß sie Loschy Teg geheiratet und ihr Leben an diesem Ort verbracht hatte – das war das Sonderbare. Eine unverdauliche Tatsache, wenn man nicht wußte, wie sich die Zuchtprogramme der Schwesternschaft über Generationen auswirkten.

Sie haben es schon wieder getan, dachte Teg. *Sie haben mich all diese Jahre bloß für diesen Augenblick im Hintergrund verschwinden lassen.*

Hat die Religion nicht seit Jahrtausenden behauptet, ein Schöpfungspatent zu haben?

Die Tleilaxu-Frage,
aus den Reden Muad'dibs

Die Atmosphäre von Tleilax war kristallklar und von einer Bewegungslosigkeit ergriffen, die sowohl für die morgendliche Kälte als auch das spürbar ängstliche Sich-Ducken typisch war – als warte draußen in der Stadt Bandalong das Leben erwartungsvoll und begierig auf ein persönliches Zeichen, damit es sich rühren könne. Der Mahai Tylwyth Waff, der Meister aller Meister, genoß diese Stunde mehr als jede andere des Tages. Jetzt, als er aus dem offenen Fenster sah, gehörte die Stadt ihm allein. Bandalong würde nur auf seinen Befehl hin zum Leben erwachen (sagte er sich). Die Angst, er könne spüren, was sich dort draußen tat, war sein Halt gegenüber jeder Wirklichkeit, die eventuell aus diesem Brutreservoir des Daseins erwachsen konnte: Die Tleilaxu-Zivilisation hatte hier ihren Anfang genommen und ihre Macht dann immer weiter ausgedehnt.

Sein Volk hatte Jahrtausende auf diesen Tag gewartet. Waff genoß die momentane Lage. Während der schlechten Zeiten des Propheten Leto II. (nicht Gott-Kaiser, aber Gottes Sendbote), während der Hungerjahre und der Diaspora, während aller schmerzlichen Niederlagen, die man von niedrigeren Geschöpfen hatte einstecken müssen, während all dieser Agonien hatten die Tleilaxu ihre geduldigen Kräfte auf diesen Augenblick vorbereitet.

Jetzt sind wir am Zuge, Prophet!

Die Stadt, die unterhalb seines großen Fensters lag, war ein Symbol für ihn, ein festes Zeichen auf der Seite eines Tleilaxu-Bauplans. Weitere Tleilaxu-Welten, andere Großstädte, die miteinander verbunden und voneinander abhängig waren und auf seinen Gott und seine Stadt vertrauten, warteten auf das Zeichen; und alle wußten, daß es bald kommen mußte. Die vereinten Kräfte der Gestaltwandler und Masheikh hatten ihre Stärke bewußt zurückgehalten – für den kosmischen Sprung. Die Jahrtausende des Wartens näherten sich dem Ende.

Für Waff begann nun ›der lange Anfang‹.

Ja. Er nickte vor sich hin, als er über die sich duckende Stadt hinwegsah. Von Anfang an, seit der Entwicklung des winzigkleinen Kernpunktes einer Idee, hatten die Führer der Bene Tleilax die Gefahren eines jeden Planes in jeder Hinsicht vor sich ausgebreitet gesehen. Sie hatten gewußt, daß sie immer und immer wieder hatten das Risiko eines Desasters eingehen müssen. Sie hatten bittere Verluste, Unterwerfung und Demütigung hingenommen. All dies und noch viel mehr hatte dazu beigetragen, den Bene Tleilax ein bestimmtes Image zu verschaffen. Die Jahrtausende der Heuchelei hatten einen Mythos begründet.

»Die verdorbenen, widerlichen, schmutzigen Tleilaxu! Die dummen Tleilaxu! Die berechenbaren Tleilaxu! Die impulsiven Tleilaxu!«

Selbst die Jünger des Propheten waren diesem Mythos zum Opfer gefallen. Eine gefangene Fischrednerin hatte einst in ebendiesem Raum gestanden und einem Tleilaxu-Meister entgegengeschrien: »Wer sich lange verstellt, erschafft eine Realität! Ihr seid wahrhaftig verkommen!« Da hatte er sie umgebracht, und der Prophet hatte nichts getan.

Wie wenig doch all diese fremden Welten und Völker die Zurückhaltung der Tleilaxu verstanden. Impulsiv sollten sie sein? Sie sollten noch einmal darüber nachdenken, nachdem die Bene Tleilax gezeigt hatten, wie viele Jahrtausende sie auf ihren Aufstieg warten konnten.

»Spannungsbogen!«

Waff ließ das uralte Wort auf seiner Zunge zergehen. Wie weit spannte man einen Bogen, bevor man den Pfeil von der Sehne schnellen ließ? Dieser Pfeil würde tief in sein Ziel eindringen!

»Die Masheikh haben länger gewartet als alle anderen«, sagte Waff leise. Hier, in seiner Turmfeste, wagte er das Wort auszusprechen: »Masheikh.«

Während die Sonne höherstieg, funkelten unter ihm die Dächer. Er hörte, daß sich in der Stadt das Leben rührte. Die süße Bitterkeit der Tleilaxu-Gerüche trieb mit der Luft durch sein Fenster. Waff atmete tief ein. Dann schloß er das Fenster wieder.

Der Augenblick einsamer Beobachtung hatte ihn gestärkt. Er

wandte sich vom Fenster ab und zog das weiße Khilat-Ehrengewand an, vor dem sich alle Domel verbeugen mußten. Das Gewand verhüllte seinen untersetzten Körper völlig und erweckte in ihm das ausgeprägte Gefühl, es sei in Wirklichkeit eine Rüstung.

Die Rüstung Gottes!

»Wir sind das Volk des Yaghisten«, hatte er die Mitglieder des Rates erst am vergangenen Abend ermahnt. »Alles andere ist nur Maske. Wir haben den Mythos unserer eigenen Schwäche und Lasterhaftigkeit seit Jahrtausenden nur mit einem Ziel genährt. Und selbst die Bene Gesserit glauben daran!«

Er hatte in dem tiefen, fensterlosen Sagramit, dem Nicht-Kammer-Schild, gesessen, während seine neun Berater seinen Worten mit einem zustimmenden, stummen Lächeln gelauscht hatten. Beim Scharfsinn des Ghufran, sie wußten Bescheid. Die Bühne, auf der die Tleilaxu ihr eigenes Schicksal festlegten, war stets dem Ghufran vorbehalten gewesen.

Dazu gehörte, daß sogar Waff, der mächtigste aller Tleilaxu, seine Welt nicht verlassen konnte, ohne sich selbst dem Ghufran zu stellen und um Vergebung dafür zu bitten, daß er mit den unvorstellbaren Sünden der Fremden in Berührung gekommen war. Wenn man sich unter den Powindah bewegte, beschmutzte sich selbst der Mächtigste. Die Khasadar, die sämtliche Tleilaxu-Grenzen sicherten und die Selamliks der Frauen bewachten, mißtrauten sogar Waff – und zwar mit Recht. Er gehörte zum Volk und zu seinen Führern, gewiß, aber er mußte dies jedesmal aufs neue beweisen, wenn er die Heimat verließ und zurückkehrte, und auch jedesmal dann, wenn er einen Selamlik betrat, um sein Sperma abzuliefern.

Waff ging an einem langen Spiegel vorbei und überprüfte den Sitz seines Gewandes. Für die Powindah, das war ihm klar, mußte er mit seiner Körpergröße von knapp einem Meter und fünfzig wie ein Zwerg erscheinen. Seine Augen, sein Haar und seine Haut – alles war angegraut und bildete eine Bühne für das ovale Gesicht mit dem kleinen Mund und dessen scharfen Zahnreihen. Ein Gestaltwandler konnte seine Mimik und seine Pose vielleicht imitieren und auf den Befehl eines Masheikhs anstatt seiner auftreten, aber kein Masheikh oder Khasadar würde sich von ihm täuschen lassen. Nur einen Powindah würde man damit an der Nase herumführen können.

Aber keine Bene Gesserit!

Dieser Gedanke verfinsterte sein Gesicht. Na gut, die neuen Gestaltwandler mußten die Hexen erst noch kennenlernen. *Kein anderes Volk hat die Sprache der Genetik so gut gemeistert wie die Bene Tleilax,* redete er sich ein. *Es ist unser Recht, sie ›die Sprache Gottes‹ zu nennen, da Gott selbst uns diese gewaltige Macht verliehen hat.*

Waff begab sich zur Tür und wartete auf das Morgengeläut. Es gab keine Möglichkeit, überlegte er, die Reichhaltigkeit der Gefühle, die er nun verspürte, in Worte zu kleiden. Die Zeit breitete sich vor ihm aus. Er fragte nicht danach, wieso nur die Bene Tleilax die wahre Botschaft des Propheten vernommen hatten. Es war ein Werk Gottes gewesen, und der Prophet hatte dabei als sein verlängerter Arm gewirkt. Man mußte ihm den Respekt entgegenbringen, der einem göttlichen Sendboten zustand.

Du hast sie für uns vorbereitet, o Prophet.

Und der Ghola auf Gammu, dieser Ghola zu dieser Zeit, war das Warten gänzlich wert gewesen.

Das Morgengeläut erklang, und Waff ging in den Korridor hinaus, gesellte sich zu anderen jetzt auftauchenden weißgewandeten Gestalten und wandte sich zum Ostbalkon, um die Sonne zu begrüßen. Als Mahai und Abdl seines Volkes konnte er sich nun höchstpersönlich mit allen Tleilaxu identifizieren.

Wir sind die Legalisten des Shariat, die letzten unserer Art im Universum.

Nirgendwo außerhalb der geheimen Kammern seiner Malik-Brüder konnte er einen derartigen Gedanken offenbaren, aber er wußte, daß dies ein Gedanke war, den in diesem Augenblick jeder Geist, der ihn umgab, teilte. Und was dieser Gedanke bewirkte, konnte er sowohl auf den Gesichtern der Masheikh als auch in denen der Domel und Gestaltwandler ablesen. Das Paradoxon der verwandtschaftlichen Bindungen und das Gefühl der gesellschaftlichen Identität, das die Khel von den Masheikh bis hinunter zum niedrigsten Domel durchdrang, war für ihn nicht existent.

Wir dienen dem gleichen Gott.

Ein Gestaltwandler in der Maske eines Domel verbeugte sich und öffnete die Balkontüren. Waff, der umgeben von zahlreichen Gefährten in das Sonnenlicht hinaustrat, lächelte, als er das Gesicht des Gestaltwandlers erkannte.

Jetzt schon ein Domel! Es war ein Familienwitz, aber die Gestaltwandler gehörten nicht zur Familie. Sie waren Konstruktionen, Werkzeuge, ebenso wie ein Ghola ein Werkzeug war. Die Sprache Gottes, die nur die Masheikh sprachen, hatte sie erschaffen.

Während die anderen sich eng um ihn drängten, ehrte Waff die Sonne. Er stieß den Ruf des Abdl aus und hörte, wie er von zahllosen Stimmen aus den weitesten Bereichen der Stadt zurückgegeben wurde.

»Die Sonne ist nicht Gott!« rief er aus.

Nein, die Sonne war lediglich ein Symbol seiner unendlichen Macht und Gnade – eine weitere Konstruktion, ein weiteres Werkzeug. Sich vom Ghufran des vergangenen Abends gereinigt und von seinem Morgenritual bestärkt fühlend, konnte Waff jetzt daran denken, wie er nach draußen, in die Bereiche der Powindah, vorgestoßen war – was den Ghufran notwendig gemacht hatte. Andere Gläubige machten ihm den Weg frei, als er in die Innenkorridore zurückkehrte und den Gleitgang betrat, der ihn in den Hauptgarten trug. Er hatte seine Berater gebeten, ihn hier zu treffen.

Es war ein erfolgreicher Raubzug bei den Powindah, dachte er.

Jedesmal wenn er die inneren Welten der Bene Tleilax verließ, hatte Waff das Gefühl, er befände sich auf einem Lashkar, einem Einsatzkommando, das auf jenen letzten Rachefeldzug aus war, den sein Volk im geheimen ›Bodal‹ nannte (und dessen man sich während jedes Ghufrans als erstes rückversicherte). Und sein letzter Lashkar war äußerst erfolgreich gewesen.

Waff verließ den Gleitgang und trat in den Hauptgarten, der von Prismenreflektoren, die auf den Dächern standen, in helles Sonnenlicht getaucht wurde. Ein kleiner Springbrunnen nahm das Herz der ringförmigen Anlage ein. Ein niedriger Zaun aus weißen Latten grenzte an einer Seite einen kurzgeschnittenen Rasen ab, eine Zone, die zwar nahe genug am Brunnen lag, damit die Luft feucht genug war, aber weit genug entfernt, damit das plätschernde Wasser eine mit leiser Stimme geführte Konversation nicht stören konnte. Rings um die grasbewachsene Fläche hatte man zehn schmale Bänke aus einem uralten Kunststoff aufgestellt – neun davon umgaben in einem Halbkreis die zehnte, die sich räumlich von ihnen etwas abhob.

Waff legte am Rande der grasbewachsenen Umzäunung eine Pause ein, sah sich um und fragte sich, warum er beim Anblick dieses Platzes noch nie die gleiche Freude empfunden hatte wie jetzt. Das dunkle Blau der Bänke war genau richtig und paßte zu ihrem Material. Jahrhundertelange Benutzung hatte den Bänken an den Armlehnen und dort, wo sich zahllose Hinterteile breitgemacht hatten, sanfte Kurven verliehen, aber die Farbe war selbst an den abgeschliffenen Stellen noch immer so intensiv wie anderswo.

Waff setzte sich hin, musterte seine neun Berater und wägte die Worte ab, die er – wie er wußte – würde benutzen müssen. Das Dokument, das er von seinem letzten Lashkar mitgebracht hatte und das ausdrücklich der Grund seiner Reise gewesen war, hätte gar nicht besser aufgesetzt werden können. Seine Aufschrift und sein Text umfaßten eine gewaltige Botschaft für die Tleilaxu.

Waff entnahm einer Innentasche das dünne Blatt aus ridulianischem Kristall. Er bemerkte das erwachende Interesse seiner Berater: neun Gesichter, die dem seinen glichen, Masheikh des innersten Khel. Alle zeigten freudige Erwartung. Sie hatten dieses Dokument gemeinsam gelesen: ›Das Atreides-Manifest‹. Sie hatten eine ganze Nacht damit verbracht, über die Botschaft des Manifests nachzudenken. Und jetzt mußte man sich seinen Worten stellen. Waff legte das Dokument auf seinen Schoß.

»Ich schlage vor, diese Botschaft überall zu verbreiten«, sagte er.

»Ohne Korrektur?« Es war Mirlat, der sich am meisten von ihnen mit der Ghola-Aufzucht befaßte. Mirlat war zweifellos darauf aus, Abdl und Mahai zu werden. Waffs Blick konzentrierte sich auf die breiten Kiefer des Ratsmitgliedes. Der Knorpel, der dort seit Jahrhunderten wuchs, war ein sichtbares Anzeichen dafür, daß sein momentaner Leib sehr, sehr alt sein mußte.

»Genauso, wie es uns in die Hände gefallen ist«, sagte Waff.

»Das ist gefährlich«, sagte Mirlat.

Waff wandte den Kopf nach rechts; sein kindliches Profil hob sich vor dem Springbrunnen ab. Seine Berater konnten es sehen. *Gottes Hand ist zu meiner Rechten!* Der Himmel über ihm war polierter Karneol, als hätte man Bandalong, die älteste Stadt der Tleilaxu, unter einem jener gigantischen Kuppeldächer errichtet, die man benutzte, um die Pioniere auf rauheren Welten zu schützen. Als seine Aufmerksamkeit sich wieder seinen Beratern zuwandte, blieben Waffs Gesichtszüge sanft.

»Nicht gefährlich für uns«, sagte er.

»Das ist eine Frage des Standpunkts«, sagte Mirlat.

»Dann wollen wir alle Standpunkte mit einbeziehen«, sagte Waff. »Haben wir einen Grund, Ix oder die Fischredner zu fürchten? Nein. Sie sind unser, obwohl sie es nicht wissen.«

Waff ließ dies erst einmal einsickern; sie alle wußten, daß in den höchsten Gremien von Ix und denen der Fischredner Gestaltwandler saßen. Niemand hatte bemerkt, gegen wen sie ausgetauscht worden waren.

»Die Gilde wird sich nicht gegen uns wenden oder uns Kontra geben, weil wir ihre einzig sichere Quelle für die Melange sind«, sagte Waff.

»Und was ist mit diesen Geehrten Matres, die aus der Diaspora zurückgekehrt sind?« wollte Mirlat wissen.

»Wenn es erforderlich ist, werden wir mit ihnen schon fertig«, sagte Waff. »Und dabei werden uns die Nachfahren derjenigen unterstützen, die aus den Reihen unseres Volkes einst freiwillig an der Vertreibung teilgenommen haben.«

»Die Zeit scheint mir nicht recht zu sein«, murmelte ein anderes Ratsmitglied.

Es war Torg der Jüngere, der gesprochen hatte, erkannte Waff. Gut. Eine Stimme war gesichert.

»Die Bene Gesserit!« sagte Mirlat verächtlich.

»Ich glaube, daß die Geehrten Matres die Hexen für uns aus dem Weg räumen werden«, sagte Waff. »Sie knurren sich jetzt schon gegenseitig an wie Bestien in der Arena.«

»Was ist, wenn der Verfasser dieses Manifests identifiziert wird?« verlangte Mirlat zu wissen. »Was ist dann?«

Mehrere der Ratsmitglieder nickten jetzt. Waff reihte sie in die Kategorie der Besiegbaren ein.

»Es ist in diesen Zeiten gefährlich, Atreides zu heißen«, sagte er.

»Ausgenommen vielleicht auf Gammu«, sagte Mirlat. »Und der Name Atreides steht auf diesem Dokument!«

Wie komisch, dachte Waff. Der MAFEA-Vertreter auf der Powindah-Tagung, der ihn von den inneren Welten der Tleilax geholt hatte, hatte auf diesen Punkt ausdrücklich hingewiesen. Aber der größte Teil der MAFEA-Leute waren insgeheim Atheisten, denen jede Religion suspekt war, dabei waren die Atreides gewiß eine starke religiöse Kraft gewesen. Die Bedenken der MAFEA waren beinahe fühlbar gewesen.

Waff rief sich noch einmal in Erinnerung zurück, wie er darauf reagiert hatte.

»Dieser MAFEA-Mietling, verdammt sei seine gottlose Seele, hat recht«, sagte Mirlat hartnäckig. »Das Dokument ist hinterhältig.«

Mit Mirlat muß man noch fertigwerden, dachte Waff. Er nahm das Manifest von seinem Schoß und las die erste Zeile vor:

»Am Anfang war das Wort, und das Wort war Gott.«

»Direkt aus der Orange-Katholischen Bibel«, sagte Mirlat. Erneut nickten ihm die anderen in übereinstimmender Sorge zu.

Waff zeigte in einem flüchtigen Lächeln seine Fangzähne. »Wollt ihr damit andeuten, daß es unter den Powindah jemanden gibt, der die Existenz der Shariat und Masheikh vermutet?«

Es war ein gutes Gefühl, diese Worte in der Öffentlichkeit auszusprechen, denn es erinnerte seine Zuhörer daran, daß sie nur hier, im innersten Zirkel der Tleilaxu, existierten und die alte Sprache ohne Veränderung bewahrt worden war. Fürchtete Mirlat oder einer der anderen, daß die Worte der Atreides die Shariat korrumpieren würden?

Waff untermalte seine Frage durch eine entsprechende Pose. Er sah, daß die anderen besorgte Gesichter machten.

»Ist jemand unter euch«, fragte Waff, »der glaubt, daß auch

nur ein Powindah weiß, wie wir die Sprache Gottes anwenden?«

So! Darüber sollen sie erst einmal nachdenken! Jeder einzelne von ihnen war unzählige Male in einem Gholakörper wiedererwacht. Es gab in dieser Ratsversammlung eine körperliche Kontinuität, die kein anderes Volk je errungen hatte. Mirlat hatte den Propheten noch mit eigenen Augen gesehen. Scytale hatte mit Muad'dib gesprochen! Nachdem sie herausgefunden hatten, wie man einen Körper erneuerte und ihm seine Erinnerungen wiedergab, hatten sie diese Macht in einer Regierung verdichtet, deren Potenz nur dann begrenzt war, wenn sie sich um alles kümmern mußte. Nur die Hexen konnten auf ein ähnliches Erfahrungsarchiv zurückgreifen, und sie handelten mit ängstlicher Vorsicht, weil sie vor der Vorstellung zitterten, einen neuen Kwisatz Haderach hervorzurufen!

All das sagte Waff zu seinen Ratsmitgliedern, und er fügte hinzu: »Die Zeit des Handelns ist gekommen!«

Als niemand dagegen aufbegehrte, sagte er: »Dieses Manifest hat nur einen Autor, darin sind sich alle Analysen einig. – Mirlat?«

»Es wurde von einer Person geschrieben, und daß diese Person ein echter Adreides war, steht außer Frage«, stimmte Mirlat zu.

»Alle Teilnehmer der Powindah-Tagung haben dies bestätigt«, sagte Waff. »Selbst ein drittklassiger Gildennavigator würde der gleichen Meinung sein.«

»Aber diese Person hat eine Sache erzeugt, die unter verschiedenen Völkern gewalttätige Reaktionen hervorrufen wird«, gab Mirlat zu bedenken.

»Haben wir die spalterischen Fähigkeiten der Atreides je in Frage gestellt?« fragte Waff. »Als die Powindah mir dieses Dokument zeigte, wußte ich, Gott hat uns ein Zeichen gegeben.«

»Bestreiten die Hexen die Verfasserschaft noch immer?« fragte Torg der Jüngere.

Wie bereitwillig er sich doch zeigt, dachte Waff.

»Jede Powindah-Religion wird von diesem Manifest in Frage gestellt«, sagte er. »Jeder Glaube, ausgenommen der unsere, hängt jetzt völlig in der Luft.«

»Und genau das ist das Problem!« polterte Mirlat.

»Aber nur wir wissen es«, sagte Waff. »Denn wer vermutet auch nur die Existenz des Shariat?«

»Die Gilde«, sagte Mirlat.

»Sie hat nie ein Wort darüber fallenlassen, und sie wird es auch niemals tun. Sie weiß genau, wie unsere Antwort lauten würde.«

Waff nahm das Blatt erneut von seinem Schoß und las weiter vor: »Kräfte, die wir nicht erfassen können, breiten sich in unserem Universum aus. Wir sehen die Schatten dieser Kräfte, wenn wir sie auf einen Bildschirm werfen, der unseren Sinnen verfügbar ist, aber erfassen tun wir sie nicht.«

»Der Atreides, der das geschrieben hat, weiß vom Shariat«, murmelte Mirlat.

Waff las weiter, als hätte es nicht die geringste Unterbrechung gegeben: »Es erfordert Worte, etwas zu erfassen. Manche Dinge jedoch kann man nicht auf Worte reduzieren. Es gibt Dinge, die man ausschließlich wortlos erfahren kann.«

Als handele es sich um eine religiöse Reliquie, legte Waff das Dokument in seinen Schoß zurück. Leise, damit seine Zuhörer gezwungen waren, sich vorzubeugen und eine Hand hinter das Ohr zu legen, sagte er: »Dies sagt aus, daß unser Universum magisch ist. Es sagt aus, daß jeder willkürliche Zustand vorübergehend und magischen Veränderungen unterworfen ist. Die Wissenschaft hat uns zu dieser Interpretation geführt, als hätte sie uns auf eine Fährte gesetzt, von der wir nicht abweichen können.«

Waff ließ diese Worte eine Weile auf sie einwirken, dann sagte er: »Kein Priester des Geteilten Gottes von Rakis, nicht einmal ein x-beliebiger Powindah-Scharlatan wird das hinnehmen. Nur wir wissen es, weil unser Gott ein magischer Gott ist, dessen Sprache wir sprechen.«

»Man wird uns beschuldigen, wir hätten es geschrieben«, sagte Mirlat. Und im gleichen Moment schüttelte er heftig den Kopf. »Nein. Ich verstehe es. Ich verstehe, was du meinst!«

Waff schwieg. Er konnte sehen, daß jetzt alle an ihre Sufi-Abstammung dachten und sich den Großen Glauben und die Ökumene der Zensunni in Erinnerung zurückriefen, die die Bene Tleilax ausgebrütet hatte. Sie wußten von den gottgegebenen Tatsachen ihrer Abstammung, aber Generationen der Geheimnistuerei hatten dazu geführt, daß kein Powindah von ihrem Wissen eine Ahnung hatte.

Stumme Worte flossen durch Waffs Bewußtsein: »*Annahmen, die auf Einsichten basieren, enthalten den Glauben an einen festen Grund, aus dem alle Dinge sprießen wie Pflanzen aus der Saat.*«

Und da er wußte, daß die Ratsmitglieder sich gleichermaßen an diesen Katechismus des Großen Glaubens erinnerten, wies Waff sie auf die Ermahnung der Zensunni hin: »Hinter Annahmen dieser Art liegt ein Glaube, den die Powindah nicht in Frage stellen. Nur die Shariat fragen, aber wir tun es im stillen.«

Die Ratgeber nickten.

Waff hob leicht den Kopf und fuhr fort: »Indem man sagt, daß es Dinge gibt, die man mit Worten nicht beschreiben kann, muß man ein Universum, in dem das Wort den höchsten Glauben bestimmt, zum Erzittern bringen.«

»Powindah-Gift!« schrien die Ratsmitglieder.

Nun hatte er sie. Waff versetzte seinem Sieg den letzten Schliff, indem er fragte: »Was ist das Sufi-Zensunni-Credo?«

Sie konnten nicht sprechen, aber sie dachten es alle: *Um das S'tori zu erlangen, ist kein Verständnis nötig. Das S'tori existiert ohne Worte; es hat nicht einmal einen Namen.*

Gleich darauf schauten alle auf und tauschten wissende Blicke. Mirlat nahm es auf sich, das Tleilaxu-Gelöbnis zu rezitieren.

»Ich kann Gott sagen, aber das ist nicht mein Gott. Es ist nur ein Laut, der nicht überzeugender ist als andere.«

»Jetzt sehe ich«, sagte Waff, »daß ihr alle die Macht spürt, die durch dieses Dokument in unsere Hände gefallen ist. Millionen und Abermillionen Ausgaben davon kursieren bereits unter den Powindah.«

»Wer tut dies?« fragte Mirlat.

»Wen kümmert das?« konterte Waff. »Sollen die Powindah sich darum kümmern. Sollen sie der Quelle nachspüren und versuchen, sie zum Schweigen zu bringen. Sollen sie dagegen predigen. Mit jeder Handlung dieser Art geben sie diesen Worten neue Kraft.«

»Sollten wir nicht auch gegen diese Worte predigen?« fragte Mirlat.

»Nur wenn es die Lage erfordert«, sagte Waff. »Erst dann!« Er schlug das Papier gegen seine Knie. »Die Powindah haben ihren Geist völlig auf seine engste Bestimmung begrenzt, und das ist ihre Schwäche. Wir müssen dafür sorgen, daß dieses Manifest so weit verbreitet wird wie möglich.«

»Die Magie unseres Gottes ist unsere einzige Brücke«, intonierten die Ratsmitglieder.

Waff bemerkte, daß sie ausnahmslos zur Hauptgewißheit ihres Glaubens zurückgefunden hatten. Es war eine leichte Sache gewesen. Es gab keinen Masheikh, der in der Art der dummen Powindah winselte: »Bei deiner unendlichen Gnade, Gott, warum gerade ich?« Die Powindah beschworen in einem einzigen Satz die Unendlichkeit und straften sie Lügen; sie erkannten ihre eigene Torheit nicht einmal.

»Scytale«, sagte Waff.

Der jüngste und am jugendlichsten aussehende Angehörige des Rates, der, wie es sich gehörte, ganz links saß, beugte sich diensteifrig vor.

»Bewaffne die Gläubigen!« sagte Waff.

»Es verwundert mich, daß uns ein Atreides diese Waffe gegeben hat«, sagte Mirlat. »Wie kommt es, daß die Atreides stets mit einem Ideal in Verbindung gebracht werden, das Milliarden verpflichtet, ihnen zu folgen?«

»Es sind nicht die Atreides, es ist Gott«, sagte Waff. Dann hob er beide Arme und sprach die Worte des Abschlußrituals: »Die Masheikh haben sich im Khel getroffen und die Gegenwart ihres Gottes verspürt.«

Waff schloß die Augen und wartete darauf, daß die anderen gingen. *Masheikh!* Wie gut es war, sich im Khel selbst benennen zu können und die Sprache des Islamiyat zu sprechen, derer sich kein Tleilaxu außerhalb des geheimen Rates bediente; nicht einmal die Gestaltwandler sprachen sie. Nirgendwo in der Wekht von Jandola, nicht einmal in den fernsten Machtbereichen des Tleilaxu-Yaghist, gab es einen lebenden Powindah, der dieses Geheimnis kannte.

Yaghist, dachte Waff, als er sich von seiner Bank erhob, *das Land derer, die niemand beherrscht.*

Er glaubte, das Dokument in seiner Hand vibrieren fühlen zu

können. Dieses Atreides-Manifest war genau die richtige Sache, dem die Powindah-Massen in den Untergang folgen würden.

> *An manchen Tagen ist es Melange,*
> *an anderen nur bitterer Dreck.*
>
> Rakis-Aphorismus

In ihrem dritten Jahr bei den Priestern von Rakis lag das Mädchen Sheeana ausgestreckt auf dem Kamm einer abschüssigen Düne. Sie spähte in die morgendliche Ferne, wo jetzt ein gewaltiges, rumpelndes Beben erklang. Das Licht war gespenstisch silbern und ließ den Horizont wie verschleierten Nebel erscheinen. Noch immer lag die Kälte der Nacht auf dem Sand.

Sie wußte, daß die Priester sie aus der Sicherheit ihres von einem Wassergraben umzogenen Turms beobachteten. Etwa zwei Kilometer trennten sie, aber das störte sie wenig. Der bebende Sand unter ihr verlangte ihre ganze Aufmerksamkeit.

Es ist ein großer, dachte sie. *Mindestens siebzig Meter lang. Ein herrlich Großer.*

Der graue Destillanzug legte sich glatt und weich um ihre Haut. Im Gegensatz zu dem Modell aus zweiter Hand, das sie getragen hatte, bevor die Priester sie in ihre Obhut genommen hatten, wies er keinerlei abgenutzte Stellen auf. Sie war ihnen dankbar für den schönen Destillanzug und die feste, weiß-purpurne Robe, die ihn verdeckte, aber am meisten genoß sie das aufregende Erlebnis, hier zu sein. In Augenblicken wie diesen erfüllte sie etwas Reiches und Gefährliches.

Die Priester verstanden nicht, was hier geschah. Das wußte sie. Die Priester waren Feiglinge. Sie warf einen Blick über die Schulter, musterte den fernen Turm und sah, daß sich das Sonnenlicht auf ihren Ferngläsern spiegelte.

Sie war ein frühreifes Kind von elf Standardjahren, schlank und dunkelhäutig, mit von der Sonne gebleichtem Haar, und sie konnte sich lebhaft vorstellen, was die Priester durch ihre Ferngläser erblickten.

Sie sehen mich das tun, was sie selbst nicht wagen. Sie sehen mich auf dem Pfade Shaitans. Ich sehe auf dem Sand sehr klein aus, und Shaitan sehr groß. Sie können ihn schon sehen.

Aufgrund des knirschenden Geräuschs wurde ihr klar, daß auch sie den riesigen Wurm bald sehen würde. Für Sheeana war das sich nähernde Ungeheuer keinesfalls der Shai-Hulud, der Sandgott, das Ding, das die Priester jeden Morgen besangen, um die Perle des Geistes von Leto II. zu ehren, die verkapselt in jedem der vielgefurchten Herrscher der Wüste existierte. Für sie waren die Würmer hauptsächlich »die, die mich verschont haben« – oder Shaitan.

Sie gehörten jetzt ihr.

Ihre Beziehung hatte vor knapp drei Jahren begonnen, im Monat ihres achten Geburtstages – nach dem alten Kalender im Monat Igat. Sie hatte in einem armen Dorf gelebt, einem Außenposten, der hinter weit weniger sicheren Barrieren lag als Keen mit seinen Qanats und Ringkanälen. Orte wie dieser wurden höchstens von einem feuchten Sandgraben geschützt. Shaitan mied das Wasser, aber der Sandforellenvektor nahm jede Feuchtigkeit schnell auf. Man mußte die kostbare Feuchtigkeit in Windfallen auffangen, um die Barriere jeden Tag zu erneuern. Ihr Dorf war eine elende Ansammlung von Schuppen und Ställen. Es gab dort nur zwei Windfallen, die gerade genug Trinkwasser – und hin und wieder einen kleinen Überschuß – erzeugten. Den verwendete man für die Wurmbarriere.

An jenem Morgen – er war dem heutigen sehr ähnlich gewesen mit seiner schwindenden Nachtkälte, die sie in Nase und Lungen gespürt hatte, während ein gespenstischer Nebel den Horizont einhüllte – waren die meisten Dorfkinder in die Wüste hinausgegangen, um dort nach Melangebruchstücken zu suchen, die Shaitan manchmal auf seinem Weg zurückließ. Während der Nacht hatten sich zwei große Würmer in der Umgebung aufgehalten. Melange konnte den Dorfbewohnern – auch in Anbetracht der momentan deflationären Preise – dazu verhelfen, die glasierten Ziegel zu kaufen, die man benötigte, um eine dritte Windfalle aufzustellen.

Jedes der suchenden Kinder hielt aber nicht nur Ausschau nach Melangespuren, sondern auch nach Anzeichen, die auf die Gegenwart einer Sietch-Festung der alten Fremen hinwiesen. Es gab zwar nur noch Überbleibsel solcher Orte, aber deren

Felsbarrieren boten eine größere Sicherheit gegen Shaitan. Und manche der übriggebliebenen Sietchs verbargen dem Vernehmen nach Unmengen verlorengegangener Melangereserven. Jeder Dörfler träumte von einer solchen Entdeckung.

Sheeana, die einen abgeschabten Destillanzug und ein fadenscheiniges Gewand trug, ging allein nach Nordosten, auf die weitentfernte, nebelartige Luftsäule zu, die über der Großstadt Keen schwebte und davon erzählte, welcher Wasserreichtum dort einfach in die sonnenerwärmten Brisen aufstieg.

Wer im Sand Melangestücke aufspüren wollte, tat am besten daran, seine Aufmerksamkeit ganz allein auf den Geruchssinn zu konzentrieren. Dies war eine Form der Konzentration, die nur noch einen geringen Teil des Wahrnehmungsvermögens auf den knirschenden Sand richtete, der von Shaitans Ankunft kündete. Die Beinmuskeln bewegten sich automatisch in einer unrhythmischen Gangart, die sich mit den natürlichen Geräuschen der Wüste vermischte.

Zuerst hörte Sheeana den Schrei überhaupt nicht, denn er schien zum ständigen Reiben des von der Luft über die Barracans, die das Dorf vor ihrem Blick abschirmten, gewehten Sandes zu passen. Langsam durchdrang das Geräusch ihr Bewußtsein, bis es schließlich all ihre Aufmerksamkeit erforderte.

Da schrien viele Stimmen!

Sheeana vergaß den Gedanken, daß man sich in der Wüste besser nicht von Geschehnissen am Rande ablenken ließ. So rasch sie ihre kindlichen Muskeln trugen, kletterte sie den Abhang des Barracans hinauf und hielt nach der Quelle des schrecklichen Geräusches Ausschau. Sie kam gerade zur rechten Zeit, um zu sehen, was den letzten Schrei zum Verstummen brachte.

Der Wind und die Sandforellen hatten einen Teil der Schutzbarriere am anderen Ende des Dorfes ausgetrocknet. Sie erkannte es am Farbunterschied. Ein wilder Wurm hatte die Öffnung durchbrochen und schlängelte sich an der verbliebenen Feuchtigkeit vorbei. Sein gigantisches, flammenumschattetes Maul wirbelte Menschen und Hütten durch die Luft, als er immer näher herankreiste.

Sheeana sah, wie sich die letzten Überlebenden im Zentrum

der Zerstörung sammelten – auf einem Platz, an dem es jetzt keine Hütten mehr gab und der mit den Überresten der Windfallen überhäuft war. Und während sie noch zusah, versuchten einige der Leute in die Wüste zu entkommen. Unter denen, die in panischer Eile flohen, erkannte Sheeana ihren Vater. Niemand entkam. Das große Maul verschluckte sie alle, bevor es sich wieder darauf konzentrierte, den Rest des Dorfes dem Erdboden gleichzumachen.

Rauchender Sand – das war alles, was von dem kleinen Dorf übrigblieb, das es gewagt hatte, ein Stückchen von Shaitans Reich urbar zu machen. Die Stelle, an der das Dorf gestanden hatte, wies keinerlei Anzeichen einer menschlichen Gegenwart mehr auf. Alles wirkte so, wie es in jenen Zeiten gewesen war, als es hier noch keine Menschen gegeben hatte.

Sheeana schnappte krampfhaft nach Luft. Sie inhalierte durch die Nase, um – wie jedes gute Kind der Wüste – ihre Körperflüssigkeit nicht zu verschwenden. Sie suchte den Horizont nach Anzeichen anderer Kinder ab, aber Shaitans Spur hatte auf der anderen Seite des Dorfes riesige Kurven und Schleifen hinterlassen. In ihrem Blickfeld befand sich kein Mensch. Sie rief, stieß einen schrillen Schrei aus, der in der trockenen Luft weit getragen wurde. Aber niemand antwortete ihr.

Allein.

Wie in Trance ging sie über den Dünenkamm auf jene Stelle zu, an der einst das Dorf gelegen hatte. Als sie sich dem Platz näherte, erfüllte starker Zimtgeruch ihre Nase. Der Wind trug ihn heran, der immer noch die Dünenkämme abstaubte. Erst dann wurde ihr klar, was geschehen war. Das Dorf war katastrophalerweise genau auf einer Vorgewürzblase errichtet worden. Als das riesige Reservoir zu gären angefangen hatte und die Melange explodiert war, war Shaitan gekommen. Jedes Kind wußte, daß Shaitan einer Gewürzblase nicht widerstehen konnte.

Allmählich wurde Sheeana von Wut und wilder Verzweiflung erfaßt. Außer sich rannte sie die Düne hinab auf Shaitan zu und tauchte hinter ihm auf, als er durch die trockene Stelle, die sein Eindringen in das Dorf ermöglicht hatte, den Rückzug antrat. Ohne darüber nachzudenken, prügelte sie auf seinen Schwanz ein, kletterte an ihm empor und rannte über den gewaltigen, zerklüfteten Rücken des Wurms nach vorn. An dem Höcker hinter seinem Maul warf sie sich auf die Knie und drosch mit den Fäusten auf die unnachgiebige Oberfläche ein.

Der Wurm hielt an.

Als sich ihr Zorn plötzlich in Entsetzen verwandelte, hielt Sheeana mit ihren Schlägen inne. Erst jetzt wurde ihr bewußt, daß sie die ganze Zeit über geschrien hatte. Ein entsetzliches Gefühl des Ausgesetztseins überkam sie. Sie wußte nicht, wie sie hergekommen war. Sie wußte nur, wo sie war, und diese Erkenntnis versetzte sie in schreckliche Angst.

Der Wurm blieb weiterhin reglos auf dem Sand liegen.

Sheeana wußte nicht, was sie tun sollte. Der Wurm konnte sich jeden Augenblick zur Seite drehen und sie zermalmen. Oder er konnte in den Sand tauchen und sie an der Oberfläche zurücklassen, um irgendwann sein Spiel mit ihr zu treiben.

Plötzlich bahnte sich ein langes Beben vom Schwanz des Wurmes einen Weg bis zu Sheeanas Position hinter seinem Maul. Der Wurm setzte sich langsam geradeaus in Bewegung. Er beschrieb einen weiten Bogen, wandte sich nach Nordosten und wurde schneller.

Sheeana beugte sich vor und packte den Leitsaum eines Ringsegments des Wurmrückens. Sie hatte Angst davor, er könne jeden Moment in den Sand hinabtauchen. Was sollte sie dann tun? Aber Shaitan grub sich nicht ein. Als die Minuten vergingen, ohne daß er seinen direkten und raschen Kurs durch die Dünenlandschaft änderte, stellte Sheeana fest, daß ihr Geist wieder arbeitete. Sie wußte, daß man auf den Würmern reiten konnte. Die Priester des Zerlegten Gottes verbaten es zwar, aber die Geschichte – sowohl die geschriebene als auch die mündlich überlieferte – behauptete, daß die Fremen in den alten Zeiten so auf ihnen geritten waren. Sie hatten sich aufrecht auf Shaitans Rücken gestellt, unterstützt von dünnen Stangen, die in Haken ausliefen. Die Priester hatten verfügt, daß dies geschehen war, bevor Leto II. seinen Geist mit dem Gott der Wüste geteilt hatte. Jetzt war alles verboten, was die zersplitterten Stückchen von Leto II. herabwürdigen konnte.

Mit einer Geschwindigkeit, die sie erstaunte, trug der Wurm Sheeana auf den nebelverhangenen Umriß von Keen zu. Die große Stadt lag wie eine Fata Morgana am verzerrten Horizont. Sheeanas fadenscheinige Robe peitschte gegen die dünne Außenhaut ihres zerschlissenen Destillanzugs. Ihre Finger schmerzten an jenen Stellen, wo sie den Leitsaum des gewaltigen Ringsegments festhielt. Die nach Zimt, verbranntem Gestein und Ozon riechende Hitze, die der Wurm ausstrahlte, schwebte im Wind abwechselnd über ihr dahin.

Keen nahm vor ihr allmählich Konturen an.

Die Priester werden mich sehen und schimpfen, dachte sie.

Sie erkannte die niedrigen Ziegelbauten, die die erste Qanat-Reihe markierten. Dahinter lag die alles umschließende Krümmung eines Oberflächen-Aquädukts. Über diesen Bauten erhoben sich die Mauern der Terrassengärten und die hochaufragenden Profile gigantischer Windfallen. Dann kam der Tempelkomplex, der eigene Wasserbarrieren aufwies.

Ein Tagesmarsch durch die Wüste – in kaum mehr als einer Stunde!

Ihre Eltern und Nachbarn im Dorf hatten diese Reise sehr oft gemacht, um zum Markt zu gehen oder einem Tanz beizuwohnen, aber Sheeana hatte sie nur zweimal begleitet. Sie erinnerte sich hauptsächlich an den Tanz und die Schlägerei, die sich daran angeschlossen hatte. Die Größe Keens erfüllte sie mit Ehrfurcht. So viele Gebäude! So viele Menschen! Einem Ort wie diesem konnte Shaitan gewiß nichts anhaben.

Aber der Wurm eilte weiter, als wolle er über den Qanat und das Aquädukt hinwegfegen. Sheeana blickte auf die Stadt, die vor ihr immer höher und höher wuchs. Die Faszination unterdrückte ihr Entsetzen. Shaitan würde nicht anhalten!

Dann kam der Wurm zum Stehen.

Die röhrenförmige Oberfläche des Qanats war kaum mehr als fünfzig Meter von seinem klaffenden Maul entfernt. Sie roch seinen heißen Zimtatem, hörte das tiefe Grollen seines inneren Fegefeuers.

Endlich wurde ihr bewußt, daß die Reise nun zu Ende war. Langsam ließ Sheeana den Leitsaum los. Sie stand aufrecht und erwartete, daß der Wurm jeden Moment wieder Bewegung aufnahm. Aber nichts dergleichen geschah. Mit vorsichtigen Bewegungen glitt sie von ihrem Platz und fiel in den Sand. Sie verhielt sich ruhig. Würde er sich jetzt bewegen? Ihr kam der Gedanke, die Chance beim Schopfe zu ergreifen und auf den Qanat zuzurennen, aber der Wurm faszinierte sie. Indem sie durch den aufgewühlten Sand glitt, bewegte Sheeana sich auf die Vorderseite des Wurmes zu und schaute in sein furchteinflößendes Maul. Zwischen den Kristallzähnen zuckten Flammen hin und her. Ein durchdringender Zimtgeruch hüllte sie ein.

Sie erinnerte sich an ihre Wahnsinnstat, von der Düne zu springen und auf den Wurm zu steigen. »Verdammt sollst du sein, Shaitan!« rief sie aus und drohte seinem abscheulichen Maul mit geballter Faust. »Was haben wir dir getan?«

Die Worte hatte sie von ihrer Mutter nach der Zerstörung eines Knollengärtchens gehört. Sheeanas Bewußtsein hatte weder den Namen Shaitan noch den Zorn ihrer Mutter je in Frage gestellt. Sie gehörte zum ärmsten Bodensatz der Massen von Rakis, und das wußte sie. Ihresgleichen glaubte erst einmal an Shaitan, und erst in zweiter Linie an Shai-Hulud. Würmer waren Würmer, und oft noch etwas Schlimmeres. Es gab keine Gerechtigkeit in der offenen Wüste. Dort lauerten nur Gefahren. Die Armut und die Angst vor den Priestern hatten ihre Leute zwar in die gefährlichen Dünen hinausgetrieben, aber auch dort bewegten sie sich noch mit der gleichen zornigen Beharrlichkeit, die einst die Fremen ausgezeichnet hatte.

Diesmal hatte Shaitan allerdings gewonnen.

Langsam wurde Sheeana klar, daß sie in seinem tödlichen Weg stand. Ihre Gedanken, auch wenn sie noch nicht ganz ausgeformt waren, sagten ihr, daß sie eine Verrücktheit begangen hatte. Erst viel später, wenn die Lehren der Schwesternschaft ihr Bewußtsein ausgeprägt hatten, würde ihr klar werden, daß das Grauen der Einsamkeit für alles verantwortlich gewesen war. Sie hatte sich gewünscht, Shaitan würde auch sie umbringen.

Ein Knirschen drang unter dem Wurm hervor.

Sheeana unterdrückte einen Aufschrei.

Zuerst langsam, dann schneller, zog sich der Wurm mehrere

Meter zurück. Dort vollbrachte er eine Drehung und jagte durch die Furche, die er erzeugt hatte, dorthin zurück, woher er gekommen war. Die Wälle, die er zu beiden Seiten aufwarf, verloren sich in der Ferne. Sheeana hörte jetzt ein anderes Geräusch. Sie blickte zum Himmel. Über ihr ertönte das *Thwock-thwock* eines priesterlichen Ornithopters, in dessen Schatten sie sich jetzt aufhielt. Die Maschine glitzerte im Licht des Morgens, als sie sich anschickte, dem Wurm in die Wüste hinaus zu folgen.

Und dann verspürte Sheeana eine Angst, die ihr vertrauter war.

Die Priester!

Sie hielt den Blick auf den Thopter gerichtet. Er verharrte in der Ferne, dann drehte er ab, um in ihrer Nähe sanft auf einem wurmgeglätteten Fleck zu landen. Sie konnte die Schmiermittel und den ätzenden Gestank des Thoptertreibstoffes riechen. Das Ding sah aus wie ein Rieseninsekt, das sich auf den Sand duckte und darauf wartete, sie anzuspringen.

Eine Luke öffnete sich.

Sheeana schob die Schultern zurück und blieb eisern stehen. Na schön; man hatte sie halt erwischt. Sie wußte, was sie nun zu erwarten hatte. Mit einer Flucht konnte sie nichts erreichen. Nur die Priester benutzten Thopter. Sie konnten überall hinfliegen und alles sehen.

Zwei kostbar gekleidete Priester, deren goldweiße Roben eine purpurne Paspelierung aufwiesen, tauchten auf und liefen über den Sand auf sie zu. Sie warfen sich so nahe vor Sheeana auf die Knie, daß sie ihre Ausdünstung und den würzigen Melangeduft roch, der ihren Kleidern entströmte. Sie waren zwar beide noch jung, aber sie unterschieden sich in keiner Weise von den Priestern, die sie kannte: Sie hatten weiche Gesichtszüge, gepflegte Hände und gingen sorglos mit ihrer Körperflüssigkeit um. Keiner der beiden trug unter seiner Robe einen Destillanzug.

Der Priester zu ihrer Linken, dessen Augen mit denen Sheeanas auf einer Ebene waren, sagte: »Kind des Shai-Hulud, wir sahen, wie dein Vater dich aus seinen Landen brachte.«

Für Sheeana ergaben diese Worte keinen Sinn. Priester waren Menschen, die man fürchten mußte. Ihre Eltern und alle anderen Erwachsenen, denen sie je begegnet war, hatten ihr dies mit Worten und Taten beigebracht. Priester besaßen Ornithopter. Priester verfütterten einen an Shaitan – und zwar bei der geringsten Aufmüpfigkeit. Manchmal taten sie das sogar, wenn man nicht aufmüpfig war, einfach aus priesterlichen Launen heraus. Sheeanas Volk hatte viele Beispiele dafür.

Sheeana wich vor den knienden Männern zurück und sah von einem zum anderen. Wohin konnte sie fliehen?

Der Priester, der zu ihr gesprochen hatte, hob flehentlich eine Hand. »Bleib bei uns!«

»Ihr seid schlecht!« Sheeanas Stimme überschlug sich beinahe.

Beide Priester warfen sich unterwürfig in den Sand.

In weiter Ferne, auf den Türmen der Stadt, warfen Linsen das Sonnenlicht zurück. Sie kannte derartige Blitze. Die Priester beobachteten einen, wenn man in der Stadt war. Wenn man die Linsen aufblitzen sah, war dies das Zeichen, unauffällig zu werden, »brav« zu sein.

Sheeana faltete die Hände, damit sie aufhörten zu zittern. Sie sah nach rechts, dann nach links, und dann auf die unterwürfigen Priester. Irgend etwas stimmte hier nicht.

Die beiden Priester lagen mit dem Gesicht im Sand, bebten vor Angst und warteten ab. Keiner sagte ein Wort.

Sheeana wußte nicht, wie sie darauf reagieren sollte. Ein achtjähriges Kind wie sie konnte mit dem urplötzlichen Zusammenbruch aller ihrer Erfahrungen nicht fertigwerden. Sie wußte, daß ihre Eltern und Nachbarn vom Shaitan geholt worden waren. Sie hatte es mit eigenen Augen gesehen. Und Shaitan hatte sie hierhergebracht, hatte sich geweigert, sie mit seinem abscheulichen Feuer zu verschlingen. Sie war verschont geblieben.

Dies war ein Wort, das sie verstand. *Verschont.* Man hatte es ihr erklärt, als sie das Tanzlied gelernt hatte.

»Shai-Hulud, verschone uns!
Hole Shaitan zurück ...«

Langsam, um die unterwürfigen Priester nicht aufzuschrekken, begann Sheeana mit den schleifenden, arhythmischen

Bewegungen des Tanzes. Während die Melodie in ihrem Innern immer deutlicher wurde, löste sie die Hände wieder voneinander und schwang beide Arme durch die Luft. Ihre Füße hoben sich, machten eindrucksvolle Bewegungen. Ihr Körper drehte sich, erst langsam, aber dann immer schneller, und die Ekstase des Tanzes nahm zu. Ihr langes, braunes Haar peitschte in ihr Gesicht.

Endlich wagten es die beiden Priester, den Kopf zu heben. Das seltsame Kind tanzte *den Tanz*! Sie erkannten die Bewegungen: Es war der Tanz der Versöhnung. Sie bat Shai-Hulud um Vergebung für sein Volk. Sie bat Gott, *ihnen* zu vergeben!

Die beiden wandten sich um und sahen einander an. Dann erhoben sie sich gemeinsam auf die Knie und fingen rhythmisch an zu klatschen, um die Tänzerin zu begleiten. Ihre Hände machten die gleichen Bewegungen, als sie die uralten Worte sangen:

»Unsere Väter aßen Manna in der Wüste,
an den brennenden Orten der Wirbelstürme!«

Die Priester konzentrierten sich nur noch auf das Kind. Es war ein mageres Ding, das sahen sie, und es hatte zähe Muskeln und dünne Arme und Beine. Das Gewand und der Destillanzug des Mädchens waren abgetragen und schäbig – wie die Kleidung der Ärmsten. Ihre Wangenknochen waren so hoch, daß sie Schatten über ihre olivfarbene Haut warfen. Ihnen fiel auf, daß sie braune Augen hatte. Da und dort hatte die Sonnenbestrahlung ihr Haar mit rötlichen Strähnen versehen. Die Schärfe ihrer Züge zeigte, daß sie sparsam mit Wasser umgegangen war. Nase und Kinn waren schmal, sie hatte eine hohe Stirn, einen breiten, dünnlippigen Mund und einen langen Hals. Sie sah aus wie die Porträts der alten Fremen im heiligsten aller Heiligtümer von Dar-es-Balat. Natürlich! Genauso mußte das Kind des Shai-Hulud aussehen.

Und sie tanzte gut. Nicht der kleinste wiederholbare Rhythmus schlich sich in ihre Bewegungen ein. Sie hatte Rhythmus, aber er war von einer bewundernswerten Vielfalt. Und während die Sonne höher und höher kletterte, behielt sie ihn bei. Es war beinahe Mittag, als sie erschöpft in den Sand fiel.

Die Priester standen auf und schauten in die Wüste hinaus,

in der Shai-Hulud verschwunden war. Das Gestampfe des Tanzes hatte ihn nicht zurückgerufen. Also war ihnen vergeben.

Und damit fing Sheeanas neues Leben an.

Viele Tage lang dauerte der Disput, in dem sich die Seniorpriester engagierten. Sie waren laut, diskutierten aber in ihren Quartieren. Schließlich brachten sie ihre Berichte und Argumente vor den Hohepriester Hedley Tuek. Sie trafen sich an einem Nachmittag im Kleinen Versammlungssaal – Tuek und sechs priesterliche Ratsmitglieder. Wandmalereien, die Leto II. darstellten – ein menschliches Gesicht mit der Gestalt eines großen Wurmes –, schauten wohlwollend auf sie herab.

Tuek nahm auf einer Steinbank Platz, die man aus dem Windkluft-Sietch geborgen hatte. Muad'dib hatte den Legenden zufolge selbst einst auf ihr gesessen. Eins der Beine zeigte immer noch den eingemeißelten Atreides-Falken.

Seine Berater nahmen mit weniger wertvollen Bänken vorlieb, um ihm gegenüber Platz zu nehmen.

Der Hohepriester war von imposanter Gestalt; seidig-graues Haar hing glattgekämmt auf seine Schultern herab. Es war ein passender Rahmen für sein viereckiges Gesicht mit dem breiten, massigen Mund und dem schweren Kinn. Tueks Augen hatten das ursprüngliche Weiß, das seine dunkelblauen Pupillen umgab, behalten. Seine Augen wurden von buschigen, ungeschnittenen grauen Brauen beschattet.

Die Ratsmitglieder waren eine bunte Gruppe. Als Sprößlinge alter Priesterfamilien gab es keinen unter ihnen, der nicht in seinem tiefsten Innern davon überzeugt war, daß alles viel glatter laufen würde, säße *er* auf Tueks Bank.

Der dürre, verkniffen wirkende Stiros schob sich freiwillig nach vorn und mimte den Sprecher der Opposition: »Sie ist nichts als eine arme Wüstenwaise, die Shai-Hulud geritten hat. Und da dies verboten ist, muß die Bestrafung auf dem Fuße folgen.«

Andere wandten sich sofort gegen ihn. »Nein! Nein, Stiros! Du irrst dich! Sie stand nicht auf dem Rücken Shai-Huluds, wie einst die Fremen. Sie hatte weder Bringerhaken noch ...«

Stiros tat alles, um sie zum Schweigen zu bringen.

Tuek sah ein, daß sie in der Klemme saßen. Umphrud eingerechnet, der ein fetter Hedonist war und als Advokat einer ›Akzeptanz als reiner Vorsichtsmaßnahme‹ auftrat, stand es drei zu drei.

»Sie hatte keine Möglichkeit, den Kurs des Shai-Hulud zu beeinflussen«, gab Umphrud zu bedenken. »Wir haben alle gesehen, daß sie furchtlos in den Sand hinabsprang und mit ihm redete.«

Ja, das hatten sie alle gesehen – entweder in diesem Augenblick oder auf der Holoaufzeichnung, die ein geistesgegenwärtiger Beobachter gemacht hatte. Wüstenwaise oder nicht, sie hatte sich vor Shai-Hulud aufgebaut und sich mit ihm unterhalten. Und Shai-Hulud hatte sie nicht verschlungen. Nein, wirklich nicht. Der Gotteswurm hatte sich auf den Befehl des Kindes hin zurückgezogen und war in der Wüste untergetaucht.

»Wir werden sie prüfen«, sagte Tuek.

Früh am nächsten Morgen brachte ein Ornithopter, der von den beiden Priestern geflogen wurde, die Sheeana aus der Wüste mitgebracht hatten, das Mädchen aus dem Blickfeld der Bevölkerung von Keen. Die Priester brachten sie auf einen Dünenkamm und pflanzten die Nachbildung eines Fremen-Klopfers in den Sand. Als der Klopfer entsichert worden war, brachte ein lautes Klopfen den Boden zum Erbeben. Auf diese Weise hatte man in den alten Zeiten Shai-Hulud herbeigerufen. Die Priester flohen zu ihrem Thopter und warteten hoch in der Luft ab, während die verschreckte Sheeana, deren schlimmste Ängste sich verwirklicht hatten, allein in der Wüste stand – zwanzig Meter von dem Klopfer entfernt.

Zwei Würmer kamen. Es waren nicht die größten, die die Priester je gesehen hatten, aber sie maßen dreißig Meter. Einer der beiden warf den Klopfer in die Luft und zerstörte ihn. Zusammen nahmen sie dann einen parallelen Kurs auf und hielten sechs Meter von Sheeana entfernt nebeneinander an.

Sie blieb fügsam stehen, ballte die Hände an ihren Seiten zu Fäusten. Genau das taten die Priester mit einem. Sie verfütterten einen an den Shaitan.

Die beiden Priester in ihrem schwebenden Thopter beobachteten die Szene mit Faszination. Ihre Gläser übertrugen das, was sich dort abspielte, in der gleichen Sekunde in das Quartier der nicht minder faszinierten Hohepriester von Keen. Jeder von ihnen hatte einem Ereignis dieser Art schon einmal beigewohnt. Es war eine Standardstrafe, eine bequeme Methode, sich Leute vom Halse zu schaffen, die einem hinderlich waren – stammten sie nun aus der Priesterschaft oder der Bevölkerung. Gleichermaßen konnte man auf diese Weise den Weg für eine neue Konkubine freimachen. Aber noch niemals zuvor hatten sie ein einsames Kind als Opfer gesehen. Und was für ein Kind!

Nach ihrem ersten Halt krochen die Gotteswürmer langsam näher. Drei Meter von Sheeana entfernt erstarrten sie erneut in Bewegungslosigkeit.

Ihrem Schicksal ergeben lief Sheeana nicht davon. Sie war der Meinung, bald wieder bei ihrer Familie und ihren Freunden zu sein. Als die Würmer sich auch weiterhin nicht rührten, wurde aus ihrem Entsetzen Wut. Diese gemeinen Priester hatten sie alleingelassen! Sie konnte den Thopter über sich hören. Das heiße Gewürzaroma, das von den Würmern kam, erfüllte die sie umgebende Luft. Plötzlich riß sie einen Arm hoch und deutete auf den Thopter.

»Nun fangt schon an und freßt mich! Sie wollen es so!«

Die Priester, die sich über ihr befanden, konnten ihre Worte zwar nicht verstehen, aber die Geste war ihnen nicht entgangen – und ebenso nahmen sie wahr, daß sie zu den beiden Gotteswürmern sprach. Der auf sie gerichtete Finger ließ sie nichts Gutes ahnen.

Die Würmer bewegten sich nicht.

Sheeana ließ ihre Hand sinken. »Ihr habt meinen Vater, meine Mutter und alle meine Freunde umgebracht!« rief sie anklagend. Sie machte einen Schritt vorwärts und schwang drohend die Faust.

Die Würmer zogen sich zurück, hielten Abstand.

»Wenn ihr mich nicht wollt, dann geht dahin, wo ihr hergekommen seid!« Sie bedeutete ihnen mit einem Winken, in die Wüste zurückzukehren.

Gehorsam zogen sich die Würmer zurück. Dann drehten sie zusammen ab.

Die Priester in ihrem Thopter verfolgten sie, bis sie in einer Entfernung von über einem Kilometer in den Sand tauchten. Erst dann kehrten sie zurück, zitternd und zagend. Sie holten das Kind des Shai-Hulud aus der Wüste und brachten es nach Keen zurück.

Als die Sonne unterging, verfügte die Botschaft der Bene Gesserit bereits über einen detaillierten Bericht der Ereignisse. Am nächsten Morgen war die Botschaft unterwegs zum Domstift.

Es war endlich geschehen!

> *Das Ärgerliche an manchen Arten der Kriegsführung (und man kann gewiß sein, daß auch der Tyrann davon weiß, da seine Lehren dies implizieren) ist, daß sie in empfindlichen Charakteren jegliche moralische Zurückhaltung eliminiert. Kriegsführung dieser Art wirft die geschlagenen Überlebenden in eine Bevölkerung zurück, die nicht fähig ist, sich auch nur vorzustellen, was zurückgekehrte Soldaten dieser Art anrichten können.*
> Lehren des Goldenen Pfades
> Bene Gesserit-Archiv

Eine der frühesten Erinnerungen Miles Tegs bezog sich auf ein Essen mit seinen Eltern und seinem jüngeren Bruder Sabin. Teg war zu dieser Zeit erst sieben gewesen, aber dennoch hatten sich die Ereignisse fest in sein Gedächtnis eingegraben: das Eßzimmer auf Lernaeus mit den bunten Farben frisch geschnittener Blumen, das sanfte Licht der gelben Sonne, das die antiken Vorhänge leicht dämpften. Hellblaues Porzellan und funkelndes Silber auf dem Tisch. Personal stand dienstbereit in der Nähe, denn auch wenn seine Mutter ständig besondere Pflichten erfüllte, durfte ihre Funktion als Bene Gesserit-Erzieherin keinesfalls verschwendet werden.

Janet Roxbrough-Teg, eine hagere Frau, die für den Part einer Grande Dame geradezu erschaffen schien, saß an einem Ende des Tisches und wachte mit einem aufmerksamen Blick darüber, daß das Personal in der Besteckanordnung den Regeln genüge tat. Loschy Teg, Miles' Vater, beobachtete ihr Verhalten dann stets mit einem leicht amüsierten Ausdruck. Er war ein dünner Mann mit hoher Stirn, und sein Gesicht war so schmal, daß seine dunklen Augen an dessen Seiten plaziert schienen. Sein Haar war schwarz und mithin das genaue Gegenstück zu dem seiner Frau.

Über die unterdrückten Geräusche und den reichhaltigen Duft gewürzter Edu-Suppe hinweg instruierte seine Mutter seinen Vater, wie man mit einem lästigen Freihändler umgehen mußte. Als sie ›Tleilaxu‹ sagte, galt ihr Miles' volle Aufmerksamkeit. Er hatte erst kürzlich während seiner Ausbildung von den Bene Tleilax erfahren.

Sogar Sabin, der viele Jahre später einem Giftmörder auf Romo zum Opfer gefallen war, hörte mit soviel Interesse zu, die ein Vierjähriger aufbringen konnte. Sabin betete seinen Bruder geradezu an. Alles, was Miles' Aufmerksamkeit erregte, war auch für ihn von Interesse. Beide Jungen hörten schweigend zu.

»Der Bursche ist ein Strohmann der Tleilaxu«, sagte Lady Janet. »Ich höre es an seiner Stimme.«

»Ich bezweifle ja nicht deine Fähigkeit, solche Dinge zu spüren, meine Liebe«, sagte Loschy Teg, »aber wer bin ich denn, daß ich dagegen etwas tun kann? Der Mann genießt Ansehen, und er will nun einmal das kaufen, was ...«

»Die Reisbestellung ist im Moment völlig unwichtig. Du solltest dich nicht in dem Glauben wiegen, daß ein Gestaltwandler wirklich hinter dem her ist, hinter dem er herzusein vorgibt.«

»Ich bin mir sicher, daß er kein Gestaltwandler ist. Er ...«

»Loschy! Ich weiß, daß du meine Instruktionen gut verstanden hast und einen Gestaltwandler erkennen kannst. Ich bin ja auch der Meinung, daß dieser Freihändler keiner ist. Aber die Gestaltwandler sitzen auf seinem Schiff. Weil sie wissen, daß ich hier bin.«

»Sie wissen, daß sie dich nicht täuschen können. Ja, aber ...«

»Die Strategie der Tleilaxu wird stets von einem strategischen Netz verhüllt, hinter dem sich ihre wirkliche Strategie verbirgt. Das haben sie von uns gelernt.«

»Meine Liebe, wenn wir mit den Tleilaxu ein Geschäft machen – und ich ziehe dein Urteil nicht in Zweifel –, wird alles plötzlich zu einer Frage der Melange.«

Lady Janet nickte leicht. Tatsächlich, sogar Miles wußte von der Verbindung der Tleilaxu mit dem Gewürz. Das war eines der Dinge, die ihn an den Tleilaxu faszinierten. Für jedes Milligramm Melange, das auf Rakis produziert wurde, stellten die Tleilaxu ganze Tonnen her. Man brauchte Unmengen an Melange-Nachschub, und selbst die Raumgilde beugte das Knie vor dieser Macht.

»Aber der Reis ...«, wagte Loschy Teg einen Vorstoß.

»Mein lieber Gatte, die Bene Tleilax haben überhaupt keinen Bedarf für soviel Pongi-Reis in unserem Sektor. Sie benötigen ihn als Tauschobjekt. Wir müssen herausfinden, wer den Reis wirklich braucht.«

»Ich soll also das Geschäft hinauszögern?«

»Genau! Du hast genau erfaßt, was die momentane Lage erfordert. Gib diesem Freihändler gar nicht erst eine Chance, ja oder nein zu sagen! Jemand, den die Gestaltwandler ausgebildet haben, wird eine solche Spitzfindigkeit gut verstehen.«

»Wir locken die Gestaltwandler aus dem Schiff, während du anderswo Nachforschungen einholst.«

Lady Janet lächelte. »Du bist einfach herrlich, wenn du mir dermaßen vorauseilst.«

Sie tauschten einen verstehenden Blick.

»In diesem Sektor kann er zu keinem anderen Lieferanten gehen«, sagte Loschy Teg.

»Er wird sich nicht gern einer unschlüssigen Situation stellen«, sagte Lady Janet und klopfte auf den Tisch. »Verzögerung, Verzögerung, noch mehr Verzögerung. Du mußt die Gestaltwandler dazu kriegen, daß sie herauskommen.«

»Sie werden es natürlich mitkriegen.«

»Ja, mein Lieber, und das ist gefährlich. Man muß sich ihnen stets auf eigenem Boden entgegenstellen – mit den eigenen Wachen in der Nähe.«

Miles Teg erinnerte sich daran, daß es seinem Vater tatsächlich gelungen war, die Gestaltwandler aus dem Schiff zu holen. Seine Mutter hatte ihn an den Gucker geholt, von dem aus man in den mit Kupfer ausgeschlagenen Raum sehen konnte, in dem sein Vater jenes Geschäft betrieb, das der MAFEA ein großes Lob und einen fetten Bonus eingebracht hatte.

Die ersten Gestaltwandler, die Miles Teg je zu Gesicht bekam, waren zwei kleine Männer, die einander ähnelten wie Zwillinge. Ihre Gesichter waren fast kinnlos rund. Sie hatten Stupsnasen, einen kleinen Mund, schwarze Knopfaugen und kurzgeschnittenes, weißes Haar, das aufrecht stand wie die Haare einer Bürste. Die beiden waren gekleidet wie der Freihändler: in schwarze Jacken und Hosen.

»Illusionen, Miles«, sagte seine Mutter, »Illusionen sind ihr Geschäft. Sie bauen Illusionen auf, um ihre Ziele zu erreichen, wie es die Art der Tleilaxu ist.«

»Wie der Zauberer in der Winterschau?« fragte Miles, ohne den Blick vom Gucker und der Spielzeugfiguren-Szenerie abzuwenden.

»So ähnlich«, stimmte seine Mutter zu. Sie schaute ebenfalls durch den Gucker, während sie dies sagte, aber sie legte dabei schützend einen Arm um die Schulter ihres Sohnes.

»Du schaust auf das Böse, Miles. Sieh es dir genau an! Die Gesichter, die du siehst, können sich von einem Moment zum anderen verändern. Sieh die Gestalten! Sie können größer werden und eine schwerere Statur annehmen. Sie könnten deinen Vater so täuschend nachahmen, daß nur ich den Unterschied bemerken würde.«

Miles Tegs Mund formte ein stummes ›O‹. Er schaute durch den Gucker und hörte zu, wie sein Vater erklärte, daß der Preis des Pongi-Reises, den die MAFEA anzubieten hatte, sprunghaft angestiegen sei.

»Und das Allerschlimmste«, sagte seine Mutter, »ist, daß einige der neueren Gestaltwandler einen Teil der Erinnerungen ihres Opfers absorbieren können, wenn sie es kurz berühren.«

»Sie können Gedanken lesen?« Miles schaute mit großen Augen zu seiner Mutter auf.

»Nicht genau. Wir glauben, daß sie einen Abdruck dieser Erinnerungen machen, etwa wie bei der Entwicklung eines Holofotos.«

Miles verstand. Er durfte niemals darüber sprechen, weder in Gegenwart seines Vaters noch in der seiner Mutter. Sie hatte ihm beigebracht, daß die Bene Gesserit Geheimnisse für sich behielten. Er faßte die Gestalten auf dem Bildschirm genau ins Auge.

Die Gestaltwandler zeigten auf die Worte seines Vaters hin keinerlei Gefühlsregung. Lediglich ihre Augen schienen heller zu funkeln.

»Wie sind sie so böse geworden?« fragte Miles.

»Sie sind Kommunalwesen, die man gezüchtet hat, keinerlei feste Formen oder Gesichter anzunehmen. Die Erscheinung, in der sie jetzt auftreten, haben sie nur für mich angelegt. Sie wissen, daß ich sie beobachte. Sie haben sich in ihrer natürlichen Kommunalform entspannt. Sieh näher hin!«

Miles neigte den Kopf zur Seite und studierte die Gestaltwandler eingehend. Sie sahen umgänglich und unscheinbar aus.

»Sie haben kein eigenes Bewußtsein«, sagte seine Mutter. »Sie haben nur den Instinkt, ihr Leben zu schützen – es sei denn, ihre Herren befehlen ihnen, für sie zu sterben.«

»Würden sie das tun?«

»Sie haben es sehr oft getan.«

»Wer sind ihre Herren?«

»Männer, die die Planeten der Bene Tleilax nur selten verlassen.«

»Haben sie Kinder?«

»Gestaltwandler nicht. Sie sind unfruchtbar, steril. Aber ihre Herren können Kinder haben. Wir haben ein paar von ihnen erbeutet, aber ihre Sprößlinge sind seltsam. Sie bekommen nur wenige Mädchen, und selbst deren Weitergehende Erinnerungen sind unauffindbar.«

Miles' Gesicht verfinsterte sich. Er wußte, daß seine Mutter eine Bene Gesserit war. Er wußte, daß die Ehrwürdigen Mütter über ein wundersames Reservoir an Weitergehenden Erinnerungen verfügten, das durch alle Jahrtausende der Schwesternschaft zurückreichte. Er wußte sogar etwas über das Zuchtprogramm der Bene Gesserit. Die Ehrwürdigen Mütter wählten sich bestimmte Männer aus und bekamen von diesen Kinder.

»Wie sehen die Tleilaxu-Frauen aus?« fragte er.

Diese scharfsinnige Frage ließ einen Strom des Stolzes durch Lady Janet fließen. Ja, es war fast sicher, daß sie hier einen potentiellen Mentaten hatte. Die Zuchtmeisterinnen hatten recht gehabt, was das genetische Potential Loschy Tegs anging.

»Niemand, der außerhalb der Tleilaxu-Planeten lebt, hat je davon berichtet, einen weiblichen Tleilaxu gesehen zu haben«, sagte Lady Janet.

»Gibt es überhaupt welche? Oder kommen sie aus den Tanks?«

»Es gibt sie.«

»Gibt es unter den Gestaltwandlern Frauen?«

»Sie können, wenn sie wollen, als Mann oder als Frau auftreten. Sieh sie dir sorgfältig an! Sie wissen, was dein Vater vorhat, und das ärgert sie.«

»Werden sie versuchen, ihm wehzutun?«

»Ihnen liegt nichts daran. Wir haben Vorbereitungen dafür getroffen, und das wissen sie. Da sie kein eigenes Bewußtsein haben, könnten sie sogar über das Schrecklichste hinausgehen. Nichts von dem, was sie sagen oder tun, kann man trauen.«

Miles fröstelte.

»Wir haben es nie geschafft, ihnen einen ethischen Code nachzuweisen«, sagte Lady Janet. »Sie sind aus Fleisch gemachte Automaten. Ohne eigenes Ich haben sie nichts, was sie achten oder auch nur anzweifeln. Man züchtet sie nur, damit sie ihren Herren gehorchen.«

»Und man hat ihnen gesagt, sie sollen herkommen und Reis kaufen.«

»Genau. Man hat ihnen gesagt, sie sollen ihn hier kaufen. Aber es gibt keinen anderen Ort in diesem Sektor, wo sie ihn bekommen können.«

»Sie müssen also bei Vater kaufen?«

»Er ist ihre einzige Quelle. Genau in diesem Moment, Sohn, bezahlen sie in Melange. Siehst du?«

Miles sah, wie die orange-braunen Gewürzgutscheine von einer Hand in die andere überwechselten, ein großer Stapel, den einer der Gestaltwandler aus einem Kasten nahm, der auf dem Boden stand.

»Der Preis liegt weit höher, als sie je erwartet haben«, sagte Lady Janet. »Dieser Spur wird man leicht folgen können.«

»Wieso?«

»Wer diese Ladung gekauft hat, wird bankrott machen. Wir glauben, daß wir den Käufer kennen. Wer immer er ist, wir werden es erfahren. Und dann werden wir wissen, welcher Handel hier wirklich vor sich gegangen ist.«

Schließlich verdeutlichte Lady Janet ihm die identifizierbaren Ungereimtheiten, die einen Gestaltwandler ausmachten und einem geübten Auge nicht verborgen bleiben konnten. Die Anzeichen waren kaum auszumachen, aber Miles kapierte sie augenblicklich. Dann erzählte seine Mutter ihm, daß sie glaube, aus ihm könne ein Mentat werden ... möglicherweise sogar noch mehr.

Kurz vor seinem dreizehnten Geburtstag wurde Miles Teg in die Vorschule der Bene Gesserit-Festung von Lampadas geschickt, die das Gutachten seiner Mutter bestätigte. Sie erhielt folgende Botschaft:

»Du hast uns den Krieger-Mentaten geschenkt, auf den wir gehofft haben.«

Teg bekam dieses Schreiben erst zu Gesicht, als er nach dem Tod seiner Mutter ihre Papiere ordnete. Die Worte standen auf einem kleinen Bogen ridulianischen Kristalls und trugen das Siegel des Domstifts. Als er es sah, kam er sich vor, als hielte er sich in der falschen Zeit auf. Seine Erinnerung führte ihn plötzlich zurück nach Lampadas, wo die Liebe und Ehrfurcht, die er für seine Mutter empfunden hatte, sofort auf die Schwesternschaft übergegangen war – wie man es von Anfang an geplant hatte. Er hatte dies erst später, während seiner Ausbildung zum Mentaten, verstanden, ohne daß dies große Veränderungen bewirkt hätte. Wenn es überhaupt etwas bewirkte, dann höchstens eine noch stärkere Bindung an die Bene Gesserit. Dies bestätigte, daß die Schwesternschaft eine seiner Kraftquellen war. Er wußte bereits, daß die Schwesternschaft der Bene Gesserit zu den mächtigsten Kräften in seinem Universum gehörte – sie waren der Raumgilde mindestens ebenbürtig und den Fischrednern, die den Kern des alten Atreides-Imperiums geerbt hatten, überlegen. Überlegen waren sie auch bei weitem der MAFEA, und was die Fabrikatoren von Ix und die Bene Tleilax anging, standen sie ihnen irgendwie gleich. Ein winziger Nachteil der weitreichenden Autorität der Schwesternschaft bestand darin, daß die Tleilaxu mit ihrer tankerzeugten Melange das Gewürzmonopol von Rakis und die ixianischen

Navigationsmaschinen das Gildenmonopol auf die Raumfahrt gebrochen hatten.

Zu diesem Zeitpunkt hatte Miles Teg seine Geschichte bereits bestens gekannt. Die Gildennavigatoren waren nicht mehr die einzigen, die ein Schiff durch die Falten des Raumes fädeln konnten – in dieser Galaxis in einem Augenblick, in einer weiter entfernten in zwei Herzschlägen.

Die Schulschwestern hatten nur wenig von ihm ferngehalten, und sie hatten ihm erstmals offenbart, daß er von den Atreides abstammte. Diese Eröffnung war notwendig aufgrund der Tests, denen sie ihn unterzogen. Sie prüften offenbar, ob er über hellseherische Fähigkeiten verfügte. War er in der Lage, wie ein Gildennavigator Hemmnisse aufzuspüren, die sich fatal auswirken konnten? Es gelang ihm nicht. Dann versuchten sie es mit Nicht-Kammern und Nicht-Schiffen. Aber was diese Dinge anging, war er so blind wie der Rest der Menschheit. Für diese Prüfung verabreichte man ihm jedoch zunehmende Gewürzdosen, und er spürte das Erwachen seines persönlichen Ichs.

»Der Beginn des Bewußtseins«, nannte es eine Lehrschwester, als er nach einer Erklärung dieses seltsamen Gefühls fragte.

Eine Zeitlang erwies sich das Universum, wenn er es durch sein neues Wahrnehmungsvermögen betrachtete, als magisch. Sein Geist war ein Kreis, dann eine Kugel. Willkürliche Formen wurden vergänglich. Ohne daß man ihn vorwarnte, fiel er in einen Trancezustand, aber dann lehrten ihn die Schwestern, wie man ihn kontrollierte. Sie stopften ihn voll mit den Erklärungen von Heiligen und Mystikern und zwangen ihn, mit jeder Hand einen Kreis in die Luft zu zeichnen und der Linie eines gefaßten Gedankens zu folgen.

Am Ende des Semesters hatte sein Bewußtsein zwar die Verbindung zu konventionellen Klassifizierungen nicht verloren, aber die Erinnerung an das Magische verließ ihn nie. Er fand heraus, daß das Gedächtnis in schwierigen Augenblicken ein Born der Stärke war.

Nachdem er den Auftrag angenommen hatte, als Waffenmeister des Gholas tätig zu werden, stellte er fest, daß die Erinnerung an das Magische in ihm wieder zunahm. Dies war für ihn von besonderer Nützlichkeit während seines ersten Gesprächs mit Schwangyu in der Festung auf Gammu. Sie trafen sich im Arbeitszimmer der Ehrwürdigen Mutter, einem mit glänzenden Metallwänden ausgestatteten Raum, der voller Gerätschaften war, die das Siegel von Ix aufwiesen. Sogar der Stuhl, auf dem sie saß, während hinter ihr die Morgensonne durch das Fenster schien und ihr Gesicht schwer erkennbar machte – selbst er kam aus einer ixianischen Werkstatt. Teg sah sich gezwungen, auf einem Stuhlhund Platz zu nehmen, obwohl er sich darüber im klaren war, daß sie von seiner Abneigung wußte. Er mochte es nicht, daß man Lebewesen dazu erniedrigte, Möbelstücke abzugeben.

»Man hat dich ausgewählt, weil du eine perfekte Großvaterfigur bist«, sagte Schwangyu. Das helle Sonnenlicht formte eine Korona um ihr kapuzenbedecktes Haupt. *Wie planmäßig!* »Deine Weisheit wird die Liebe und den Respekt des Kindes hervorrufen.«

»Schade, daß ich keine Vaterfigur sein kann.«

»Laut Taraza weist du genau jene Charakteristika auf, derer sie bedarf. Ich weiß von deinen ehrenvollen Narben und dem Wert, den sie für uns haben.«

Dies bestätigte lediglich die Mentatenschlüsse, die er im voraus gezogen hatte: *Sie haben dies seit langer Zeit geplant. Sie haben dafür gezüchtet. Ich wurde dafür gezüchtet. Ich bin ein Teil ihres Plans.*

Er sagte nicht mehr als: »Taraza erwartet, daß aus dem Kind ein furchtbarer Krieger wird, wenn es sein ursprüngliches Ich zurückerhält.«

Schwangyu musterte ihn bloß eine Weile, dann sagte sie: »Du darfst keine Frage beantworten, die er möglicherweise über Gholas stellt, falls er auf dieses Thema kommen sollte. Du darfst nicht einmal das Wort aussprechen, bevor du nicht meine Erlaubnis dazu hast. Wir werden dich mit allen Ghola-Daten versorgen, die deine Pflichten erfordern.«

Teg wägte ihre Worte sorgfältig ab und suchte nach ihrem Schwerpunkt. Dann sagte er: »Vielleicht wurde die Ehrwürdige Mutter nicht darüber informiert, daß ich bestens mit den

Lehren der Tleilaxu-Gholas vertraut bin. Ich habe den Tleilaxu bereits in Schlachten gegenübergestanden.«

»Glaubst du, du weißt genug über die Idaho-Serie?«

»Man sagt ihnen nach, sie seien brillante militärische Strategen gewesen«, sagte Teg.

»Dann hat man den großen Bashar möglicherweise nicht über die weiteren Charakteristiken unseres Gholas informiert.«

Kein Zweifel, in ihrer Stimme klang Spott mit. Und ebenso noch etwas anderes: Eifersucht und Ärger, kaum verhehlt. Seine Mutter hatte ihm beigebracht, wie man die Maske einer Bene Gesserit durchschaute – auch wenn es verboten gewesen war. Teg hatte niemanden davon wissen lassen. Und so gab er auch diesmal klein bei und zuckte die Achseln.

Es war allerdings offensichtlich: Schwangyu wußte, daß er für Taraza arbeitete. Die Grenzlinien waren klar abgesteckt.

»Auf Wunsch der Bene Gesserit«, sagte Schwangyu, »haben die Tleilaxu an der gegenwärtigen Idaho-Serie eine signifikante Veränderung vorgenommen. Sein Nerven- und Muskelsystem wurde den heutigen Erfordernissen angeglichen.«

»Ohne die Originalpersönlichkeit zu verändern?« Teg sprach seine Frage ganz offen aus. Er fragte sich, wie weit sie mit ihren Enthüllungen gehen würde.

»Er ist ein Ghola, kein Klon!«

»Ich verstehe.«

»Tatsächlich? Er muß in allen Stadien die sorgfältigste Prana-Bindu-Ausbildung erhalten.«

»Das entspricht genau Tarazas Anweisungen«, sagte Teg. »Und wir werden allen Anweisungen entsprechen.«

Schwangyu beugte sich vor; sie verheimlichte ihre Verärgerung jetzt nicht mehr. »Man hat dich gebeten, einen Ghola auszubilden, dessen Rolle in gewissen Plänen für uns alle äußerst gefährlich werden kann. Ich glaube, du verstehst nicht einmal ansatzweise, was du ausbilden wirst!«

WAS *du ausbilden wirst*, dachte Teg, *nicht* WEN. Dieses Ghola-Kind würde für Schwangyu und die anderen, die Taraza Opposition entgegenbrachten, niemals ein WER sein. Vielleicht würde der Ghola, bevor man ihm nicht seine ursprünglichen Erinnerungen zurückgab, für niemanden je ein WER sein. Zuerst mußte er seine ursprüngliche Identität als Duncan Idaho annehmen.

Teg sah nun ganz deutlich, daß Schwangyu dem Ghola-Projekt mehr als nur verborgene Reservation entgegenbrachte. Sie war, wie Taraza angedeutet hatte, eine oppositionelle Aktivistin. Schwangyu war ein Feind. Tarazas Befehle waren deutlich gewesen.

»Du wirst das Kind gegen jegliche Bedrohung beschützen.«

> *Zehntausend Jahre nachdem die Metamorphose Letos II. begann und er sich von einem Menschen in einen Sandwurm verwandelte, streiten sich die Historiker noch immer über seine Motive. War das Herbeisehnen eines langen Lebens seine Triebkraft? Zwar hat er zehnmal länger als die normale Zeitspanne von dreihundert Standardjahren gelebt, aber was war der Preis, den er dafür zahlte? Waren es die Verlockungen der Macht? Man nannte ihn nicht grundlos einen Tyrannen, aber was hat die Macht ihm gegeben, das für einen Menschen wünschenswert gewesen wäre? Bestand seine Antriebskraft darin, die Menschheit vor sich selbst zu bewahren? Um diese Fragen zu beantworten, haben wir nur seine persönlichen Worte über den ›Goldenen Pfad‹, und ich kann die selbstdienlichen Aufzeichnungen von Dar-es-Balat nicht akzeptieren. Hat es vielleicht andere Belohnungen gegeben, die nur seine Erfahrungen beleuchten könnten? Ohne weitere Anhaltspunkte ist diese Frage müßig. Alles, was wir sagen können, ist: »Er hat es getan!« Die physikalische Tatsache selbst ist unbestreitbar.*
>
> Die Metamorphose Letos II.,
> Zehntausendster Jahrestag
> Zusammenfassung von Gaus Andaud

Und erneut wußte Waff, daß er sich auf einem Lashkar befand. Diesmal war das Risiko so hoch wie noch nie. Eine Geehrte Mater der Diaspora verlangte seine Gegenwart. Eine Powindah der Powindahs! Nachfahren der Tleilaxu der Diaspora hatten ihm alles über diese schrecklichen Frauen erzählt, was sie wußten.

»Sie sind viel gefährlicher als die Ehrwürdigen Mütter der Bene Gesserit«, hatte es geheißen.

Und viel zahlreicher, erinnerte Waff sich selbst.

Allerdings traute er den zurückgekehrten Tleilaxu-Nachfahren auch nicht ganz. Sie sprachen einen seltsamen Akzent, ihr Verhalten war noch seltsamer, und die Art, wie sie ihre Rituale abhielten, fragwürdig. Wie konnte man sie dem Großen Khel wieder zuführen? Gab es überhaupt Ghufran-Riten, die sie nach all diesen Jahrhunderten noch reinigen konnten? Es war kaum zu glauben, daß sie das Geheimnis der Tleilaxu all diese Generationen hindurch für sich behalten hatten.

Obwohl sie keine Malik-Brüder mehr waren, stellten sie doch die einzige Informationsquelle dar, die die Tleilaxu bezüglich der heimkehrenden Verlorenen hatten. Und die Enthüllungen, die sie aus der Diaspora mitgebracht hatten! Enthüllungen, die sie den Duncan Idahos eingepflanzt hatten – und dies war sehr wohl alle Risiken wert, die die schrecklichen Powindah über sie bringen konnten.

Er traf sich mit den Geehrten Matres in der potentiell neutralen Zone eines ixianischen Nicht-Schiffes, das in einer engen Kreisbahn einen Gasriesen umzog, auf den man sich beiderseits geeinigt hatte. Der Planet gehörte zu einem all seiner Reichtümer entkleideten Sonnensystem des alten Imperiums. Der Prophet hatte höchstpersönlich diesem System den letzten Rest an Wohlstand entzogen. Neu-Gestaltwandler befanden sich, als Ixianer getarnt, in der Mannschaft des Schiffes, aber dennoch schwitzte Waff vor der ersten Begegnung. Wenn die Geehrten Matres wirklich noch entsetzlicher waren als die Bene Gesserit-Hexen – würden sie dann auch bemerken, daß man einen Teil der ixianischen Besatzung gegen Gestaltwandler ausgetauscht hatte?

Die Auswahl des Treffpunktes und die Arrangements hatten Waff in einen Zustand versetzt, der ihm zu schaffen machte. War er hier auch sicher? Noch einmal versicherte er sich der beiden versiegelten Waffen, die er bei sich trug und die man außer auf den Kernwelten der Tleilaxu noch nie eingesetzt hatte. Es handelte sich dabei um das gewissenhafte Ergebnis langer Anstrengungen seiner Feuerwerker: zwei winzige Pfeilwerfer, die in seinen Ärmeln verborgen waren. Er hatte jahrelang damit trainiert, bis das Beiseiteschieben der Ärmel und die Entsicherung der Giftpfeile fast nur noch ein instinktiver Reflex geworden waren.

Die Wände des Raumes, in dem sie sich trafen, waren von einer satten Kupferfarbe, was bedeutete, daß sie vor ixianischen Spionagegeräten abgeschirmt waren. Aber welche Instrumente waren während der Diaspora entwickelt worden, von denen die Ixianer keine Ahnung hatten?

Waff betrat zögernd den Raum. Die geehrte Mater war bereits da und saß in einem Lederschlingensessel.

»Sie reden mich an wie alle anderen«, begrüßte sie ihn. »Geehrte Mater.«

Er verbeugte sich so, wie man es ihn gelehrt hatte.

»Geehrte Mater.«

Ihre Stimme wies auf keine Spur zurückgehaltener Macht hin. Eine tiefe Altstimme, deren Obertöne anzeigten, daß sie ihn verachtete. Sie sah aus wie eine in die Jahre gekommene Athletin oder Akrobatin, die sich zwar von ihrer Arbeit zurückgezogen hat und langsamer geworden ist, dennoch aber ihre Muskeln und einen Teil ihrer Fähigkeiten souverän beherrscht. Ihr Gesicht war ausgemergelt und wies hohe Wangenknochen auf. Ihr dünnlippiger Mund zeigte einen Anflug von Hochmut, als sie sprach, als äußere sie sich gegenüber einem Menschen von weit niedrigerer Geburt.

»Nun, dann kommen Sie herein und nehmen Sie Platz!« befahl sie, während sie auf einen Schlingensessel deutete, der ihr gegenüberstand.

Waff hörte, daß sich die Luke zischend hinter ihm schloß. Er war allein mit ihr! Sie hatte einen Schnüffler bei sich. Er konnte sehen, daß die dazugehörige Leitung in ihrem linken Ohr verschwand. Aber seine Pfeilwerfer waren versiegelt und gegen Schnüffler ›ausgespült‹ worden. Danach hatte man sie bei 0 Kelvin fünf Standardjahre lang in einem Strahlungsbad gehalten, damit sie für Schnüffler unauffindbar wurden. War es lange genug gewesen?

Höflich ließ er sich in dem Sessel nieder, auf den sie gedeutet hatte.

Orangegefleckte Kontaktlinsen bedeckten die Augen der Geehrten Mater und verliehen ihr ein bizarres Aussehen. Sie wirkte furchteinflößend. Und ihre Kleidung! Ein rotes Trikot unter einem dunkelblauen Umhang. Die Oberfläche des Umhangs war mit perlenartigen Zierstücken dekoriert, die seltsame Arabesken und Drachenformen bildeten. Sie saß in ihrem Sessel wie auf einem Thron, und eine ihrer klauenartigen Hände ruhte gelassen auf einer Lehne.

Waff sah sich im Zimmer um. Seine Leute hatten diesen Ort zusammen mit den ixianischen Technikern und Vertretern der Geehrten Mater inspiziert.

Wir haben unser Bestes getan, dachte er und versuchte sich zu entspannen.

Die Geehrte Mater lachte.

Waff musterte sie. Er versuchte einen möglichst gelassenen Eindruck zu erwecken. »Jetzt schätzen Sie mich ein«, sagte er anklagend. »Und sagen sich, daß Sie gewaltige Mittel gegen mich ins Feld schicken können – und allerlei subtile und direkte Instrumente, die nur auf Ihre Befehle warten.«

»Kommen Sie mir nicht in diesem Ton!« Ihre Worte waren ruhig und leise, aber sie enthielten dermaßen viel Gift, daß Waff sich beinahe duckte.

Er musterte die harten Beinmuskeln der Frau und das tiefrote Trikotgewebe, das sich über ihre Haut legte, als sei es ein Stück von ihr.

Man hatte den Zeitpunkt des Treffens so gelegt, daß er beiden paßte: auf den frühen Vormittag, damit sie sich von der Reise ausruhen konnten. Dennoch fühlte Waff sich nicht nur fehl am Platze, er hatte auch den Eindruck, im Nachteil zu sein. Was war, wenn die Geschichten seiner Informanten stimmten? Sie mußte hier irgendwo Waffen haben.

Sie lächelte ihn humorlos an.

»Sie wollen mich einschüchtern«, sagte Waff.

»Und das werde ich.«

Eine Welle der Verärgerung durchspülte ihn, aber er tat alles, um seine Stimme in der Balance zu halten. »Ich bin auf Ihre Einladung hin erschienen.«

»Ich hoffe, daß Sie nicht gekommen sind, um eine Konfron-

tation heraufzubeschwören, die Sie sicherlich verlieren würden«, sagte sie.

»Ich bin gekommen, um zwischen uns einen Bund zu schmieden«, sagte Waff. Und er fragte sich: *Was brauchen sie, das wir haben? Ganz gewiß brauchen sie etwas.*

»Welchen Bund kann es zwischen uns geben?« fragte sie. »Würden Sie auf einem auseinanderbrechenden Floß ein Gebäude errichten? Hah! Verträge kann man brechen, und oft werden sie auch gebrochen.«

»Um welche Werte handeln wir?« fragte er.

»Handeln? Ich handele nicht. Ich bin an dem Ghola interessiert, den ihr für die Hexen gemacht habt.« Ihr Tonfall verriet nichts, aber dennoch wurde Waffs Herzschlag schneller.

Während einer seiner Ghola-Existenzen war Waff von einem abtrünnigen Mentaten ausgebildet worden. Die Fähigkeiten eines Mentaten hatte ihm dies zwar nicht eingetragen, und davon abgesehen verlangte das Urteilsvermögen Worte. Man hatte sie gezwungen, den Powindah-Mentaten umzubringen, aber diese Erfahrung hatte ihm einige Dinge von Wert gebracht. Waff gestattete sich bei der Erinnerung daran ein leichtes Schaudern, aber die wertvolle Erkenntnis hatte er nicht vergessen.

Man muß die Daten, die ein Angriff freigibt, ergreifen und absorbieren!

»Ohne daß Sie mir dafür einen Gegenwert bieten!« sagte er mit lauter Stimme.

»Ich werde Sie mit meiner Diskretion belohnen«, sagte sie.

Waff warf ihr einen finsteren Blick zu. »Spielen Sie mit mir?«

Ihr tödliches Grinsen entblößte weiße Zähne. »Sie würden mein Spiel nicht überleben. Sie würden es sich nicht einmal wünschen.«

»Dann bin ich also von Ihrem guten Willen abhängig?«

»Abhängig!« Das Wort floß über ihre Lippen, als sei es ihr höchst unangenehm. »Warum verkaufen Sie all diese Gholas an die Hexen und bringen sie anschließend um?«

Waff preßte die Lippen aufeinander und blieb stumm.

»Sie haben diesen Ghola irgendwie verändert«, sagte sie, »während er andererseits dennoch seine ursprünglichen Erinnerungen zurückerhalten kann.«

»Sie wissen sehr viel!« sagte Waff. Es war nicht einmal höhnisch gemeint und, wie er hoffte, auch nicht allzu offenbarend. *Spione!* Sie hatten Spione bei den Hexen! Gab es auch im Zentrum der Tleilaxu einen Verräter?

»Auf Rakis lebt ein kleines Mädchen, das in den Plänen der Hexen eine Rolle spielt«, sagte die Geehrte Mater.

»Wieso wissen Sie davon?«

»Die Hexen gehen keinen Schritt, ohne daß wir davon erfahren! Sie denken jetzt an Spione, aber Sie wissen gar nicht, wie weit unsere Arme reichen!«

Waff war bestürzt. Konnte sie seine Gedanken lesen? Hatte die Diaspora irgend etwas Neues hervorgebracht? Ein wildes Talent, das dort draußen entstanden war und von dem die ursprüngliche Menschheit nichts ahnte?

»Wie haben Sie diesen Ghola verändert?« fragte sie.

Die STIMME!

Waff, der von seinem Mentaten-Lehrer gegen ihre Anwendung konditioniert worden war, hätte die Antwort beinahe ausgespuckt. Diese Geehrte Mater verfügte über die Kräfte der Hexen! Er hatte es einfach nicht von ihr erwartet. Derlei Dinge erwartete man höchstens von einer Ehrwürdigen Mutter – und darauf war man vorbereitet. Er brauchte eine Weile, um sein Gleichgewicht wiederzuerlangen. Waff drückte beide Hände gegen sein Kinn.

»Sie machen interessante Ausflüchte«, sagte sie.

Auf Waffs Zügen zeigte sich der Ausdruck eines Ertappten. Er wußte, wie entwaffnend elfenhaft er wirken konnte.

Angriff!

»Wir wissen, wieviel Sie von den Bene Gesserit erfahren haben«, sagte er.

Ein wütender Ausdruck glitt über ihr Gesicht und löste sich jedoch schnell wieder auf. »Beigebracht haben sie uns jedenfalls nichts!«

Waff verstellte seine Stimme. Sie klang jetzt hoch, bittend und einschmeichelnd. »Aber so kann man doch keine Geschäfte machen!«

»Nicht?« Sie schien wirklich überrascht zu sein.

Waff ließ die Arme sinken. »Ich bitte Sie, Geehrte Mater. Sie haben Interesse an diesem Ghola. Sie sprechen über Dinge auf Rakis. Wofür halten Sie uns?«

»Für sehr wenig. Sie werden mit jedem Augenblick bedeutungsloser.«

Waff spürte in ihrer Antwort die kälteste Logik, zu der eine Maschine fähig war. Irgend etwas an ihr roch für ihn nach einem Mentaten, aber es war viel kälter. *Sie bringt es fertig und macht mich auf der Stelle nieder!*

Wo waren ihre Waffen? Brauchte sie überhaupt welche? Der Anblick ihrer strammen Muskeln, die Schwielen an ihren Händen und der Jägerblick ihrer orangefarbenen Augen – all das gefiel ihm überhaupt nicht. Ob sie die in seinen Ärmeln verborgenen Pfeilwerfer erahnte (oder gar von ihnen wußte)?

»Wir sehen uns einem Problem gegenüber, das man mit den Mitteln der Logik nicht lösen kann«, sagte sie.

Waff starrte sie schockiert an. Das hätte ein Zensunni-Meister sagen können! Er selbst hatte sich dies mehr als einmal gesagt.

»Wahrscheinlich haben Sie eine derartige Möglichkeit niemals in Erwägung gezogen«, sagte sie.

Als hätten diese Worte plötzlich eine Maske von ihrem Gesicht gezogen, sah Waff hinter all diesen Posen plötzlich eine kalkulierende Persönlichkeit. Hielt sie ihn etwa für irgendeinen lahmfüßigen Schleicher, der gerade gut genug war, Pferdeäpfel einzusammeln?

Indem er soviel zögernde Verwunderung wie nur möglich in seine Stimme legte, fragte er: »Wie könnte man ein solches Problem denn lösen?«

»Der natürliche Verlauf der Ereignisse wird es erledigen«, sagte sie.

Waff starrte sie weiterhin in gespielter Verwirrung an. Ihre Worte rochen nicht einmal nach einer Offenbarung. Und trotzdem – sie sagte etwas damit aus! »Sie sprechen in Rätseln«, sagte er.

»Die Menschheit ist zu einer unendlichen Größe geworden«, sagte sie. »Das ist das wahre Geschenk, das uns die Diaspora gebracht hat.«

Waff suchte das Durcheinander, das diese Worte in ihm erzeugten, zu verbergen. »Unendliche Universen ... Zeit ohne Grenzen ... alles mögliche kann passieren«, sagte er.

»Ahhh, Sie sind ein schlaues kleines Kerlchen«, sagte sie. »Läßt man denn alles geschehen? Das ist nicht logisch.«

Für Waff hörte sie sich an wie einer der alten Führer von Butlers Djihad, der versucht hatte, die Menschheit von mechanischen Gehirnen zu befreien. Diese Geehrte Mater war seltsamerweise hinter der Zeit zurück.

»Unsere Vorfahren haben nach einer Antwort auf die Computer gesucht«, wagte er sich vor. *Damit soll sie erst einmal fertigwerden!*

»Sie wissen doch wohl, daß Computer nicht über eine unendliche Speicherkapazität verfügen«, sagte sie.

Erneut brachte ihre Antwort ihn aus dem Konzept. Konnte sie wirklich Gedanken lesen? War dies eine Form des Bewußtseins-Abdrucks? Das, was die Tleilaxu mit den Gestaltwandlern und Gholas taten, konnten andere vielleicht ebenso! Waff dachte angestrengt und konzentriert an die Ixianer und ihre schrecklichen Maschinen. Powindah-Maschinen!

Die Geehrte Mater sah sich um. »Machen wir einen Fehler, indem wir den Ixianern trauen?« fragte sie.

Waff hielt den Atem an.

»Ich glaube nicht, daß Sie ihnen voll vertrauen«, sagte sie. »Nun kommen Sie schon, Kleiner. Ich biete Ihnen meinen guten Willen.«

Etwas spät begann Waff zu vermuten, daß sie den Versuch unternahm, freundlich und umgänglich zu werden. Ihre anfängliche wütende Überlegenheitspose hatte sie jetzt abgelegt. Waffs Informanten aus den Reihen der Verlorenen hatten gesagt, daß die Geehrten Matres ähnlich wie die Bene Gesserit sexuelle Entscheidungen trafen. Wollte sie ihn etwa verführen? Aber sie hatte ganz gewiß *verstanden* und die Schwächen der Logik demonstriert.

Es war äußerst verwirrend!

»Wir bewegen uns im Kreis«, sagte er.

»Im Gegenteil. Kreise schließen sich. Kreise begrenzen. Die Menschheit ist nicht darauf begrenzt, an einem bestimmten Ort zu wachsen.«

Sie kam schon wieder darauf zu sprechen! Mit trockener Kehle sagte Waff: »Es heißt, daß man das, was man nicht kontrollieren kann, hinnehmen muß.«

Sie beugte sich vor, richtete den Blick ihrer orangefarbenen Augen auf sein Gesicht. »Akzeptieren Sie die Möglichkeit einer letztendlichen Katastrophe für die Bene Tleilaxu?«

»Wäre dies der Fall, würde ich nicht hier sein.«

»Wenn die Logik versagt, verläßt man sich auf andere Werkzeuge.«

Waff grinste. »Das hört sich logisch an.«

»Spotten Sie nicht! Wie können Sie es wagen!«

Waff hob abwehrend die Hände und schlug einen versöhnlicheren Tonfall an: »An welches Werkzeug denkt die Geehrte Mater dabei?«

»Energie!«

Ihre Antwort überraschte ihn. »Energie? In welcher Form und welcher Menge?«

»Sie verlangen logische Antworten«, sagte sie.

Mit einem Gefühl von Trauer machte Waff sich klar, daß sie trotz alledem keine Zensunni war. Die Geehrte Mater verlor sich in Wortspielen am Rande der Nicht-Logik. Sie spielte nur, aber ihr Werkzeug war die Logik.

»Was innerlich verrottet ist, drängt nach außen«, sagte er.

Es schien, als hätte sie seine prüfende Behauptung gar nicht wahrgenommen. »In den Tiefen eines jeden Menschen, den wir zu berühren uns herablassen, ist ungezapfte Energie«, sagte sie. Sie streckte einen skelettartigen Finger aus, bis er sich nur noch wenige Millimeter vor seiner Nase befand.

Waff lehnte sich in seinen Sessel zurück, bis sie den Arm wieder sinken ließ. Er sagte: »Haben das nicht auch die Bene Gesserit gesagt, bevor sie ihren Kwisatz Haderach hervorbrachten?«

»Sie haben die Kontrolle über sich selbst und über ihn verloren«, sagte die Geehrte Mater abfällig.

Erneut machte Waff sich klar, daß sie Logik verwendete, wenn sie das Nicht-Logische überdachte. Wieviel hatte sie ihm doch mit diesen kleinen Fehlern verraten. Er konnte die Entwicklungsgeschichte dieser Geehrten Matres beinahe vor sich sehen. Eine der *natürlichen* Ehrwürdigen Mütter von den Fremen auf Rakis hatte sich dem Auszug in die Diaspora angeschlossen. Gleich nach Ausbruch der Hungerjahre waren die unterschiedlichsten Menschen in Nicht-Schiffen geflohen. Eines dieser Nicht-Schiffe hatte die Saat der wilden Hexe und ihre Vorstellungen überall verbreitet. Und jetzt war ihre Saat in Form dieser orangeäugigen Jägerin zurückgekehrt.

Sie wandte erneut Die Stimme auf ihn an, als sie zu wissen verlangte: »Was habt ihr mit diesem Ghola vor?«

Diesmal war Waff vorbereitet und setzte sich zur Wehr. Man würde diese Geehrte Mater entweder ablenken oder – falls möglich – umbringen müssen. Er hatte viel von ihr erfahren, aber leider wußte er nicht, wieviel sie mit ihren schwer abschätzbaren Talenten aus ihm herausgeholt hatte.

Sie sind sexuelle Ungeheuer, hatten seine Informanten ausgesagt. *Sie versklaven Männer mit der Macht der Sexualität.*

»Wie wenig Sie doch von den Freuden wissen, die ich Ihnen schenken könnte«, sagte sie. Ihre Stimme legte sich um ihn wie eine zusammengerollte Peitsche. Wie verführerisch! Wie verlockend!

Waff sagte abwehrend: »Sagen Sie mir, warum ...«

»Ich brauche Ihnen gar nichts zu erzählen!«

»Dann sind Sie auch nicht wegen eines Geschäfts gekommen.« Seine Stimme klang traurig. Die Nicht-Schiffe hatten wirklich sämtliche Universen mit Abschaum gefüllt. Waff spürte das Gewicht der Notwendigkeit auf seinen Schultern. Was war, wenn er sie nicht töten konnte?

»Wie können Sie es wagen, einer Geehrten Mater ein Geschäft zu unterstellen?« fragte sie. »Sie sollten wissen, daß *wir* den Preis bestimmen!«

»Ich kenne leider Ihre Gepflogenheiten nicht, Geehrte Mater«, sagte Waff, »aber an Ihren Worten merke ich, daß ich unbotmäßig war.«

»Entschuldigung angenommen.«

Ich habe mich gar nicht entschuldigen wollen! Waff starrte sie ausdruckslos an. Von der Vorstellung, die sie hier gab, konnte man vielerlei in Abzug bringen. Auf Grund seiner jahrtausendealten Erfahrungen analysierte Waff alles, was er mittlerweile erfahren hatte. Diese Frau, die aus der Diaspora kam, war hier, um eine grundlegende Information aus ihm herauszulocken. Das bedeutete also, daß sie keine andere Quelle hatte. Er spürte Verzweiflung in ihr. Sie war zwar gut maskiert, aber zweifellos vorhanden. Sie brauchte die Bestätigung oder Widerlegung einer Sache, die sie befürchtete.

Wie ähnlich sie doch einem Raubvogel war, wie sie da saß, während ihre Klauenhände scheinbar leicht auf den Sessellehnen ruhten! *Was innerlich verrottet ist, drängt nach außen.* Er hatte es gesagt, und sie hatte es nicht wahrgenommen. Die atomare Menschheit explodierte fortgesetzt an ihrer Zersplitterung der Zersplitterungen. Das Volk, das von den Geehrten Matres repräsentiert wurde, hatte keine Möglichkeit gefunden, Nicht-Schiffe aufzuspüren. Das war es, natürlich. Sie jagten die Nicht-Schiffe ebenso, wie die Bene Gesserit-Hexen sie jagten.

»Sie suchen nach einer Möglichkeit, die Unsichtbarkeit eines Nicht-Schiffes aufzuheben«, sagte er.

Diese Behauptung erweckte sie sichtlich zum Leben. Von einem elfenähnlichen *Männlein*, das vor ihr saß, hatte sie so etwas offenbar nicht erwartet. Waff entdeckte Angst, dann Verärgerung in ihren Zügen, bevor sie Erleichterung zeigte und wieder ihre Raubvogelmaske anlegte. Aber sie wußte es. Sie wußte, daß er sie durchschaut hatte.

»Also das machen Sie mit dem Ghola«, sagte sie.

»Es ist das, was die Bene Gesserit-Hexen in ihm suchen«, log Waff.

»Ich habe Sie unterschätzt«, sagte sie. »Haben Sie den gleichen Fehler auch bei mir gemacht?«

»Ich glaube nicht, Geehrte Mater. Das Zuchtprogramm, das Sie hervorgebracht hat, ist ganz offensichtlich hervorragend. Ich glaube, wenn ich Ihnen auf den Fuß treten würde, würden Sie mich umbringen, ehe ich auch nur ein Lid bewegt hätte. Die Hexen haben nicht Ihre Klasse.«

Ein erfreutes Lächeln ließ ihre Züge weicher werden. »Sind die Tleilaxu bereit, uns als willige Lakaien zu dienen, oder müssen wir sie dazu zwingen?«

Waff verbarg seinen Zorn nicht. »Sie bieten uns einen Sklavenstatus an?«

»Das ist eine der Möglichkeiten, für die Sie optieren können.«

Jetzt hatte er sie! Ihre Schwäche hieß Arroganz. Unterwürfig fragte er: »Wie lauten Ihre Befehle?«

»Sie werden zwei jüngere Geehrte Matres als Gäste mit zurücknehmen. Man wird sie mit Ihnen kreuzen und ... und Sie unsere Methoden der Ekstase lehren.«

Waff holte zweimal tief Luft und atmete langsam aus.

»Sind Sie steril?« fragte sie.

»Lediglich unsere Gestaltwandler sind unfruchtbar.« Das mußte sie schon wissen. Jeder wußte es.

»Sie nennen sich Meister«, sagte sie, »und dabei beherrschen Sie noch nicht einmal sich selbst.«

Besser als du dich, Geehrte Schlampen-Mater! Und ich nenne mich einen Masheikh, das ist eine Tatsache, die dich noch vernichten wird!

»Die beiden Geehrten Matres, die ich Ihnen mitgeben werde, werden alles, was die Tleilaxu betrifft, inspizieren und mit einem Bericht zu mir zurückkehren«, sagte sie.

Waff seufzte. Er täuschte Resignation vor. »Sind die beiden jüngeren Frauen hübsch?«

»Geehrte Matres!« korrigierte sie ihn.

»Ist das die einzige Bezeichnung, die man bei Ihnen anwendet?«

»Wenn sie sich entscheiden, Ihnen ihren Namen zu sagen, ist das ihr Privileg, nicht das Ihrige.« Sie beugte sich zur Seite und stieß mit einem knochigen Finger gegen den Boden. An ihrer Hand leuchtete Metall. Sie konnte die Abschirmung irgendwie durchdringen!

Die Luke öffnete sich. Zwei Frauen, die ähnlich angezogen waren wie die Geehrte Mater, traten ein. Ihre dunklen Umhänge waren weniger verziert, und beide Frauen waren jünger. Waff musterte sie eingehend. Waren die beiden ... Er wollte keine gehobene Stimmung zeigen, aber er wußte, daß ihm dies nicht gelang. Egal. Die Ältere würde glauben, daß er die Schönheit der beiden anbetete. Anhand gewisser Merkmale, die nur ein Meister erkennen konnte, sah er, daß eine der beiden ein Gestaltwandler der neuen Art war. Man hatte erfolgreich einen Austausch zustandegebracht, und niemand hatte es bemerkt! Die Tleilaxu hatten mit Leichtigkeit eine Hürde genommen! Würden die Bene Gesserit diesen neuen Gholas gegenüber ebenso blind sein?

»Ihre wohlüberlegte Zustimmung«, sagte die alte Geehrte Mater, »wird dazu führen, daß man sie reichlich belohnt.«

»Ich erkenne Ihre Macht, Geehrte Mater«, sagte Waff. Und das stimmte. Er senkte den Kopf, um seine Entschlossenheit, die er, wie er wußte, nicht aus seinem Blick verbannen konnte, zu verbergen.

Die Geehrte Mater deutete auf die beiden Neuankömmlinge. »Diese beiden werden Sie begleiten. Ihr leisester Wunsch ist für Sie ein Befehl. Sie werden mit allen Ehren und allem Respekt behandelt.«

»Natürlich, Geehrte Mater.« Mit weiterhin gesenktem Kopf hob Waff beide Arme, als wolle er salutieren und seine Unterwerfung bekunden. Aus jedem seiner Ärmel zischte ein Pfeil. Und während er sie abfeuerte, warf er sich seitwärts aus seinem Sessel. Aber die Bewegung war nicht ausreichend schnell genug. Der rechte Fuß der alten Geehrten Mater zuckte vor, traf ihn in die linke Hüfte und warf ihn in den Sessel zurück.

Das war das letzte, was die Geehrte Mater in ihrem Leben tat. Der Pfeil aus Waffs linkem Ärmel hatte sie durch den offenen Mund in die Kehle getroffen. Ihr Mund klaffte noch immer überrascht auf. Das narkotische Gift hatte jeden Aufschrei unterbunden. Der andere Pfeil hatte die junge Frau, die kein Gestaltwandler war, ins rechte Auge getroffen. Der Gestaltwandler selbst hatte jedes Geräusch aus ihrem Mund mit einem festen Handkantenschlag gegen ihren Hals verhindert.

Zwei im Tode zusammengesunkene Körper.

Waff befreite sich unter Schmerzen aus seinem Sessel und richtete ihn, als er stand, wieder aus. Seine Hüfte pulsierte. Wäre sie ihm nur den Bruchteil eines Meters näher gewesen – sie hätte ihm die Hüfte gebrochen! Ihm wurde allmählich klar, daß ihre Reaktion nicht im Einklang mit ihrem zentralen Nervensystem erfolgt war. Wie bei manchen Insekten konnte man einen Angriff nur mit dem erforderlichen Netz an Muskeln ausführen. Eine Entwicklung, die eingehender Untersuchung bedurfte!

Sein gestaltwandlerischer Helfershelfer lauschte an der offenen Luke. Er – sie – machte einen Schritt zur Seite, um einen weiteren ihrer Art, der wie ein ixianischer Gardist aussah, einzulassen.

Während die Gestaltwandler die toten Frauen entkleideten, massierte Waff seine verletzte Hüfte. Der angebliche Ixianer glich sein Gesicht der toten alten Geehrten Mater an. Danach ging alles sehr schnell. Plötzlich gab es keinen ixianischen Gardisten mehr, nur noch eine Kopie der alten Geehrten Mater und einer jüngeren Frau. Ein zweiter Pseudo-Ixianer trat ein und kopierte die jüngere Tote. Und bald darauf befand sich dort, wo vorher zwei Leichen gewesen waren, nur noch Asche. Eine der neuen Geehrten Matres kehrte die Asche in einen Beutel und verbarg ihn unter ihrer Robe.

Waff untersuchte den Raum sehr sorgfältig. Die Konsequenzen einer Entdeckung ließen ihn frösteln. Die Arroganz, die ihm an dieser Stelle begegnet war, konnte nur von entsetzlichen Mächten hervorgerufen werden. Er hielt den Gestaltwandler fest, der die Alte kopiert hatte.

»Du hast alles in dich aufgenommen?«

»Ja, Meister. Ihre Wacherinnerungen waren noch intakt, als ich sie kopierte.«

»Auf die da überspielen.« Er deutete auf jenen, der vorher ein ixianischer Gardist gewesen war. Die beiden legten einige Herzschläge lang die Stirn gegeneinander, dann trennten sie sich wieder.

»Es ist geschehen«, sagte die Pseudo-Alte.

»Wie viele Kopien der Geehrten Matres haben wir gemacht?«

»Vier, Meister.«

»Keine wurde entdeckt?«

»Keine, Meister.«

»Diese vier müssen in die Heimat jener Geehrten Matres zurückkehren und alles lernen, was man über sie wissen muß. Eine dieser vier soll dann zu uns zurückkehren – mit allem, was sie erfahren haben.«

»Das ist unmöglich, Meister.«

»Unmöglich?«

»Diese hier haben sich freiwillig von ihrer Heimat gelöst.

Dies ist ihre Bestimmung, Meister. Sie bilden eine neue Zelle, die sich auf Gammu niedergelassen hat.«

»Aber sicherlich könnten wir ...«

»Verzeihung, Meister. Die Koordinaten ihrer Heimat in der Diaspora wurden lediglich in den Geräten eines Nicht-Schiffes festgehalten, und das seit Jahrtausenden.«

»Also sind ihre Spuren absolut nicht verfolgbar?«

»Absolut, Meister.«

Eine Katastrophe! Er mußte sich beherrschen, seine Gedanken im Zaum zu halten. »Sie dürfen nicht erfahren, was hier geschehen ist«, murmelte er.

»Von uns werden sie nichts erfahren, Meister.«

»Welche Fähigkeiten haben sie entwickelt? Welche Kräfte? Schnell!«

»Sie sind das, was man von einer Ehrwürdigen Mutter der Bene Gesserit erwarten würde, aber ohne deren Gewürz-Gedächtnis.«

»Bist du sicher?«

»Es gibt keine Spur davon. Wie du weißt, Meister, wir ...«

»Ja, ja, ich weiß.« Er brachte den Gestaltwandler mit einem Wink zum Schweigen. »Aber die Alte war so arrogant, so ...«

»Verzeihung, Meister, aber die Zeit drängt. Diese Geehrten Matres haben die Freuden der Geschlechtlichkeit weiter entwickelt als alle anderen.«

»Also stimmt es, was meine Informanten sagen.«

»Sie sind zu den primitiven Tantric-Methoden zurückgekehrt und haben ihre eigene Art sexueller Stimulation entwickelt, Meister. Durch sie nehmen sie die Huldigungen ihrer Jünger entgegen.«

»Huldigungen.« Er stieß das Wort förmlich hervor. »Sie sind den Zuchtgeliebten der Schwesternschaft überlegen?«

»Die Geehrten Matres glauben es, Meister. Sollen wir eine Demon ...«

»Nein!« Waff ließ aufgrund dieser Entdeckung seine elfenhafte Maske fallen und nahm den Ausdruck eines dominanten Herrschers an. Die Gestaltwandler nickten unterwürfig. Ein Ausdruck von Fröhlichkeit zeigte sich auf Waffs Gesicht. Die aus der Diaspora heimgekehrten Tleilaxu hatten also die

Wahrheit gesagt! Und mit einem simplen Bewußtseinsabdruck hatte er seinem Volk diese neue Waffe verschafft!

»Wie lauten deine Befehle, Meister?« fragte die Pseudo-Alte.

Waff legte seine Elfenmaske wieder an. »Wir werden diese Sache erst untersuchen, wenn wir nach Bandalong, ins Herz der Tleilaxu, zurückgekehrt sind. Bis dahin – darf selbst ein Meister einer Geehrten Mater keine Befehle erteilen. Ihr seid *meine* Meister, bis wir frei von neugierigen Blicken sind.«

»Natürlich, Meister. Soll ich deine Befehle jetzt an die anderen, die draußen sind, weitergeben?«

»Ja, und sie lauten folgendermaßen: Dieses Nicht-Schiff darf niemals nach Gammu zurückkehren. Es muß spurlos verschwinden. Ohne Überlebende.«

»So wird es geschehen, Meister.«

> *Technik – das hat sie mit vielen anderen Aktivitäten gemein – neigt dazu, Risiken von Investoren zu umgehen. Ungewißheiten werden, wenn möglich, für unzulässig erklärt. Die Investition des Kapitals folgt diesem Gesetz, da man das Vorhersehbare bevorzugt. Wenige erkennen nur, wie zerstörerisch dies sein kann, wie es der Unbeständigkeit sichere Grenzen auferlegt und so ganze Völker verletzlich gegenüber den schlimmen Umständen macht, die unser Universum in die Waagschale werfen kann.*
>
> Einschätzung von Ix
> Bene Gesserit-Archiv

Am Morgen nach der ersten Prüfung in der Wüste erwachte Sheeana im priesterlichen Gebäudekomplex und stellte fest, daß ihr Bett von einer Gruppe weißbekleideter Menschen umgeben war.

Priester und Priesterinnen!

»Sie ist wach«, sagte eine Priesterin.

Sheeana wurde von Angst ergriffen. Während sie in die gespannten Gesichter starrte, zog sie die Bettdecke dicht an ihr Kinn. Wollten sie sie wieder in der Wüste aussetzen? Zwar hatte sie ihren Erschöpfungsschlaf im weichsten und mit dem saubersten Leinen ausgestatteten Bett geschlafen, das ihr in ihren acht Lebensjahren untergekommen war, aber sie wußte, daß alles, was Priester taten, von Falschheit geprägt war. Man konnte ihnen nicht trauen!

»Hast du gut geschlafen?« Es war die Priesterin, die als erste gesprochen hatte. Es war eine ältere, grauhaarige Frau, deren Gesicht aus einer weißen Kapuze mit purpurner Paspelierung hervorschaute. Ihre alten Augen waren wäßrig, aber aufmerksam. Blaßblau. Sie hatte eine Himmelfahrtsnase, einen schmalen Mund und ein vorstehendes Kinn.

»Willst du mit uns sprechen?« drängte die Frau. »Ich bin Cania, deine Nachthelferin. Erinnerst du dich? Ich habe dich zu Bett gebracht.«

Zumindest klang ihr Tonfall nicht falsch. Sheeana setzte sich aufrecht hin und sah sich die Leute etwas genauer an. Sie hatten Angst! Die Nase eines Wüstenkindes konnte so etwas auf der Stelle riechen. Für Sheeana war es eine einfache, offen erkennbare Beobachtung: *Dieser Geruch drückt Angst aus.*

»Ihr habt gedacht, ihr würdet mir wehtun«, sagte sie. »Warum habt ihr das getan?«

Die sie umgebenden Menschen tauschten konsternierte Blicke. Sheeanas Angst schwand. Sie hatte die neue Ordnung der Dinge gespürt, und ihr gestriger Ritt durch die Wüste deutete auf neuerliche Veränderungen hin. Ihr fiel ein, wie diensteifrig die ältere Frau ... Cania? Sie hatte sich in der vergangenen Nacht beinahe überschlagen. Sheeana hatte später gelernt, daß jeder, der trotz der Entscheidung seines Todes weiterlebte, ein neues emotionales Gleichgewicht entstehen ließ. Ängste waren nur eine vorübergehende Sache. Dieser neue Umstand war interessant.

Canias Stimme zitterte, als sie erwiderte: »Wirklich, Kind Gottes, wir wollten dir nichts Böses tun.«

Sheeana richtete die Bettdecke auf dem Schoß. »Mein Name ist Sheeana.« Die Höflichkeit der Wüste. Cania hatte bereits einen Namen genannt. »Wer sind die anderen?«

»Man wird sie fortschicken, wenn du sie nicht magst ... Sheeana.« Cania deutete auf eine frischgesichtige Frau zu ihrer Linken, die ein Gewand trug, das dem ihren glich. »Alle außer Alhosa, natürlich. Sie ist deine Tageshelferin.«

Alhosa machte einen Knicks.

Sheeana sah in ein Gesicht, das von zuviel Wasser aufgedunsen war. Die Frau war schwer und hatte weiches blondes Haar. Indem sie ihre Aufmerksamkeit abrupt von den Frauen abwandte, sah Sheeana sich die Männer in der Gruppe an. Die Männer beobachteten sie mit gespannter Entschlossenheit, und manche wirkten so, als würden sie vor Mißtrauen beben. Der Angstgeruch war stark.

Priester!

»Schickt sie weg!« Sheeana winkte mit der Hand in Richtung auf die Priester. »Sie sind *haram*!« Sie benutzte ein Wort aus der Gossensprache; den niedrigsten Ausdruck für etwas absolut Böses.

Die Priester zuckten schockiert zusammen.

»Weg!« befahl Cania. Es war keine Frage, und das sah man ihrem erfreuten Gesicht an, daß es ihr so gefiel. Cania wurde nicht zu den Verkommenen gezählt. Aber diese Priester gehörten eindeutig zu jenen, die *haram* waren! Sie mußten etwas Unaussprechliches getan haben, daß Gott eine Kinderpriesterin geschickt hatte, um über sie zu richten. Cania traute den Priestern alles zu. Sie behandelten sie nur selten so, wie es sich gehörte.

Wie geprügelte Hunde verbeugten die Priester sich und verließen rückwärtsgehend Sheeanas Kammer. Unter denjenigen, die in den Korridor hinausgingen, befand sich auch ein Historiker und Redner namens Dromind, ein finsterer Mann, dessen Geist, hatte er sich erst einmal eine Frage gestellt, diese ebenso hartnäckig verfolgte wie der Schnabel eines Aasvogels ein Stückchen Fleisch. Als sich die Tür der Kammer hinter ihnen schloß, erzählte Dromind seinen zitternden Gefährten, daß der Name Sheeana die moderne Form des alten Namens Siona sei.

»Ihr alle wißt vom Stellenwert dieses Namens in der Geschichte«, sagte er. »Sie diente Shai-Hulud während seiner Umwandlungsphase vom Menschen in den Zerlegten Gott.«

Stiros, ein faltiger alter Priester mit dunklen Lippen und blassen, flackernden Augen, sah Dromind fragend an. »Es ist äußerst seltsam«, sagte Stiros. »Die Mündlichen Überlieferungen behaupten, daß Siona dem Einen dabei behilflich war, sich in Viele zu verwandeln. Sheeana. Glaubst du ...«

»Wir sollten die Hadi-Benotto-Übersetzung von Gottes heiligen Worten nicht vergessen«, unterbrach ein anderer Priester. »Shai-Hulud verwies sehr oft auf Siona.«

»Nicht immer mit Wohlwollen«, gab Stiros zu bedenken. »Erinnert euch an ihren vollen Namen: Siona Ibn Fuad al-Seyefa Atreides.«

»Atreides«, murmelte ein anderer Priester.

»Wir müssen sie sorgfältig beobachten«, sagte Dromind.

Ein junger Kurier-Helfer eilte die Treppen herauf, näherte sich der Gruppe und suchte unter den Männern, bis er Stiros erspäht hatte. »Stiros«, sagte er, »Sie müssen sofort diesen Korridor freimachen.«

»Auf wessen Anordnung?« fragte Stiros.

»Auf Anordnung von Hohepriester Tuek persönlich«, erwiderte der Kurier. »Man hat zugehört.« Er deutete mit der Hand in die Richtung, aus der er gekommen war.

Die gesamte Gruppe auf dem Korridor verstand. Man konnte Räume so formen, daß man die Gespräche, die dort geführt wurden, anderswo mithören konnte. Es gab immer Lauscher.

»Was haben sie gehört?« verlangte Stiros zu wissen. Seine alte Stimme zitterte.

»Sie hat gefragt, ob ihre Unterkunft die beste sei. Man ist dabei, mit ihr umzuziehen, und sie darf niemanden hier draußen finden.«

»Aber was sollen wir tun?« fragte Stiros.

»Wir beobachten sie«, sagte Dromind.

Der Korridor wurde sofort freigemacht, und dann machten sie sich alle an die Arbeit, Sheeana zu studieren. Das, was sich hier tat, würde ihrer aller Leben in den folgenden Jahren beeinflussen. Die Routine, die in Sheeanas Umgebung allmählich Formen annahm, brachte Veränderungen hervor, die man sogar in den entferntesten Winkeln des Einflußbereiches des Zerlegten Gottes zu spüren bekam. Und zwei Worte hatten sie bewirkt: »Studiert sie!«

Wie naiv sie doch war, dachten die Priester. Wie eigenartig naiv. Aber sie konnte lesen und zeigte ein starkes Interesse an den Heiligen Büchern, die sie in Tueks Quartier fand. Das jetzt ihr gehörte.

Jeder sühnte – vom Obersten zum Untersten. Tuek zog in das Quartier seines Stellvertreters, und so schob einer den anderen eine Stufe tiefer. Techniker warteten auf Sheeana und maßen sie. Man produzierte den schönsten Destillanzug für sie und wurde mit neuen Gewändern versehen – in priesterlichem Goldweiß, mit purpurnen Paspeln.

Die Leute fingen an, dem Historiker und Redner Dromind aus dem Wege zu gehen. Dieser wiederum ging seinen Kameraden damit auf die Nerven, daß er sie mit der Geschichte der Original-Siona verfolgte. Als hätte dies etwas von Wichtigkeit über die gegenwärtige Trägerin dieses uralten Namens aussagen können!

»Siona war die Gefährtin des Heiligen Duncan Idaho«, erinnerte Dromind jeden, der ihm zuhören wollte. »Ihre Nachkommen sind überall.«

»Tatsächlich? Entschuldige, daß ich dir nicht weiter zuhören kann, aber ich bin in einer äußerst wichtigen Mission unterwegs.«

Anfangs war Tuek noch geduldiger mit Dromind. Die Geschichte war interessant und die daraus zu ziehende Lehre offensichtlich. »Gott hat uns eine neue Siona gesandt«, sagte Tuek. »Damit sollte alles klar sein.«

Dromind marschierte nach Hause und kehrte mit weiteren Leckerbissen der Vergangenheit zurück. »Die Aufzeichnungen von Dar-es-Balat bekommen nun einen ganz neuen Sinn«, äußerte er gegenüber seinem Hohepriester. »Sollten wir das Kind nicht besser noch einigen Prüfungen unterziehen?«

Dromind hatte den Hohepriester gleich nach dem Frühstück festgenagelt. Die Überreste von Tueks Mahlzeit lagen immer noch auf dem Balkontisch. Durch das offene Fenster hörten sie, daß sich über ihnen, in Sheeanas Unterkunft, etwas regte.

Tuek legte beschwichtigend einen Finger auf seine Lippen und sagte leise: »Das Heilige Kind begibt sich auf eigenen Wunsch in die Wüste.« Er begab sich an eine Wandkarte und deutete auf ein Gebiet, das südwestlich von Keen lag. »Allem Anschein nach ist dies ein Gebiet, das sie interessiert ... oder ... sie ruft, sollte ich vielleicht sagen.«

»Man hat mir erzählt, daß sie regelmäßig Wörterbücher wälzt«, sagte Dromind. »Das kann doch gewiß nicht ...«

»Sie prüft *uns*«, sagte Tuek. »Laß dich davon nicht narren!«
»Aber ... Lord Tuek, sie stellt Cania und Alhosa äußerst kindische Fragen.«
»Stellst du mein Urteilsvermögen in Frage, Dromind?«
Dromind sah verlegen ein, daß er die Grenzen des guten Geschmacks überschritten hatte. Er verfiel in Schweigen, aber sein Blick drückte aus, daß er viele Dinge in seinem Innern unterdrückte.
»Gott hat sie gesandt, um das Böse, das sich in die Reihen der Gesalbten eingeschlichen hat, auszuradieren«, sagte Tuek. »Geh! Bete und frage dich, ob es sich nicht auch schon in dir festgefressen hat.«
Als Dromind gegangen war, rief Tuek einen vertrauenswürdigen Berater zu sich. »Wo ist das Heilige Kind?«
»Sie ist in die Wüste hinausgegangen, um mit ihrem Vater zu kommunizieren, Herr.«
»Nach Südwesten?«
»Ja, Herr.«
»Man soll Dromind ergreifen, ihn weit nach Osten bringen und in der Wüste aussetzen. Und stellt mehrere Klopfer auf, damit sichergestellt ist, daß er nie wieder zurückkehrt.«
»Dromind, Herr?«
»Dromind.«
Selbst nachdem Dromind in den Schlund Gottes verbracht worden war, folgten die Priester seinem ursprünglichen Rat. Sie studierten Sheeana.
Und Sheeana studierte ebenfalls.
Schrittweise, so langsam, daß sie den Punkt ihrer Transition gar nicht mitbekam, erkannte sie ihre gewaltige Macht über jene, die sie umgaben. Zuerst war alles nur ein Spiel, ein fortwährender Kindergeburtstag, an dem die Erwachsenen eilten, um jede ihrer Launen zu erfüllen. Aber es hatte den Anschein, als sei keine ihrer Grillen ihnen zuviel.
Wollte sie eine seltene Frucht auf dem Tisch haben?
Die Frucht wurde ihr auf einem goldenen Teller serviert.
Hatte sie tief unter sich auf der Straße ein Kind erspäht und wollte sie es als Spielgefährten?
Das Kind wurde in Sheeanas Tempelquartier gebracht.

Nachdem es die Angst und den Schock überwunden hatte, spielte es dann mit – während die Priester und Priesterinnen aufmerksam zusahen. Wenn Sheeana in unschuldiger Weise durch den Dachgarten hüpfte und ihm kichernd etwas zuflüsterte – alles wurde einer intensiven Analyse unterzogen. Sheeana empfand die Ehrfurcht dieser Kinder jedoch als eine Bürde. Es kam selten vor, daß sie das gleiche Kind ein zweites Mal rufen ließ; sie hatte es lieber, wenn sie von neuen Spielgefährten neue Dinge lernte.

Die Priester kamen zu keiner übereinstimmenden Einschätzung der Unschuld solcher Begegnungen. Man unterzog ihre Spielgefährten furchteinflößenden Verhören, bis Sheeana davon erfuhr und ihre Wächter beschimpfte.

Es war unausweichlich, daß die Nachricht von ihrer Existenz sich auf Rakis verbreitete und schließlich auch anderswo bekannt wurde. Die Berichte, die bei der Schwesternschaft eingingen, wurden zahlreicher. Die Jahre vergingen in einer Art sublim-autokratischer Routine und erfüllten Sheeana weiterhin mit Neugier. Ihre Neugier schien keine Grenzen zu kennen. Keiner derjenigen, die sich in ihrer unmittelbaren Nähe aufhielten, hielt das, was geschah, für einen erzieherischen Akt: Sheeana belehrte die Priester von Rakis, und diese wiederum brachten ihr etwas bei. Die Bene Gesserit jedoch erkannten diesen Aspekt ihres Lebens sofort und beobachteten ihn sorgfältig.

»Sie ist in guten Händen. Laßt sie dort, bis sie für uns bereit ist«, ordnete Taraza an. »Eine Verteidigungseinheit soll ständig auf dem Posten bleiben, und sorgt dafür, daß ich regelmäßig unterrichtet werde.«

Nicht ein einziges Mal offenbarte Sheeana ihre wahre Herkunft. Sie verriet auch nicht, was Shaitan ihrer Familie und ihren Nachbarn angetan hatte. Dies war ganz allein eine private Sache zwischen Shaitan und ihr. Sie war der Meinung, ihr Schweigen müsse der Preis dafür sein, daß sie verschont geblieben war.

Manche Dinge verblaßten allmählich für sie. Sheeana ging weniger als zuvor in die Wüste. Ihre Neugier blieb jedoch erhalten, und es wurde offensichtlich, daß man eine Erklärung für das Verhalten Shaitans ihr gegenüber nicht in der Wüste finden würde. Zwar wußte sie, daß es auf Rakis Stützpunkte anderer Mächte gab, aber die Bene Gesserit-Spitzel, die sich in den Reihen ihres Personals befanden, sorgten schon dafür, daß sie kein allzu großes Interesse an der Schwesternschaft zeigte. Man hatte nichtssagende Antworten vorbereitet, die ein etwaiges Interesse Sheeanas erstickten und sie, wenn erforderlich, ins Leere laufen ließen.

Die Botschaft Tarazas an ihre Beobachter auf Rakis war direkt und kam sofort zum Kern der Sache: »Aus den generationenlangen Vorbereitungen sind Jahre der Verfeinerung geworden. Wir werden nur im passenden Augenblick eine Bewegung machen. Wir können nicht länger daran zweifeln, daß dieses Kind dasjenige ist.«

> So wie ich es einschätze, haben die Reformatoren mehr Elend geschaffen als jede andere Macht in der Geschichte der Menschheit. Zeigt mir jemanden, der sagt: »Es muß etwas getan werden!«, und ich zeige euch einen Kopf voller bösartiger Absichten, die sich anderswo nicht austoben können. Wonach wir stets streben müssen, ist das Auffinden des natürlichen Flusses, und mit ihm müssen wir gehen.
>
> Die Ehrwürdige Mutter Taraza
> Gesprächsaufzeichnung
> BG-Akte GSXXMAT9

Der Himmel über ihm hob sich, als die Sonne Gammus höherstieg. Sie saugte den Geruch des Grases und der umliegenden Wälder auf, mitsamt der morgendlichen Feuchtigkeit.

Duncan Idaho stand an einem Verbotenen Fenster und inhalierte die Gerüche. An diesem Morgen hatte Patrin zu ihm gesagt: »Du bist fünfzehn Jahre alt. Du solltest dich als einen jungen Mann ansehen. Du bist jetzt kein Kind mehr.«

»Habe ich heute Geburtstag?«

Sie befanden sich in Duncans Schlafraum, und Patrin hatte ihn gerade geweckt und ein Glas Zitronensaft gebracht.

»Ich weiß nicht, wann du Geburtstag hast.«

»Haben Gholas überhaupt Geburtstag?«

Patrin blieb stumm. Es war verboten, mit dem Ghola über Gholas zu sprechen.

»Schwangyu sagt, daß du diese Frage nicht beantworten kannst«, sagte Duncan.

Sichtlich überrascht erwiderte Patrin: »Der Bashar hat mir aufgetragen, dir zu sagen, daß deine Ausbildung heute verspätet beginnt. Er wünscht, daß du deine Bein- und Knieübungen machst, bis man dich ruft.«

»Die habe ich gestern schon gemacht!«

»Ich übermittle lediglich den Befehl des Bashars.«

Patrin nahm das leere Glas und ließ Duncan allein.

Duncan zog sich schnell an. Man würde ihn zum Frühstück im Kommissariat erwarten. *Verdammt sollen sie sein!* Er brauchte ihr Frühstück nicht. Was hatte der Bashar vor? Warum konnte er nicht pünktlich mit dem Unterricht beginnen? *Bein- und Knieübungen. Kniebeugen!* Das war doch reine Arbeitstherapie, weil Teg irgendeine unerwartete Aufgabe hatte übernehmen müssen. Wütend nahm Duncan den Verbotenen Weg zu einem Verbotenen Fenster. *Sollen sie die verdammten Wachen doch bestrafen!*

Die durch das offene Fenster hereinwehenden Düfte schienen ihn wachzurufen, aber er konnte die Erinnerungen, die an den Rändern seines Bewußtseins lauerten, nicht klassifizieren. Er wußte, daß es Erinnerungen waren. Duncan fand dies zwar furchteinflößend, aber magnetisch – als ginge er am Rande einer Klippe spazieren, oder als stünde er Schwangyu in einer offenen Konfrontation gegenüber, die er selbst heraufbeschworen hatte. Er war nie am Rande einer Klippe entlanggewandert, er hatte Schwangyu auch noch nie offen den Gehorsam verweigert, aber er konnte sich solche Dinge vorstellen. Und dabei verengte sich schon sein Magen, wenn er nur das Filmbuch-Holofoto eines Pfades sah, der an einer Klippe entlangführte. Und was Schwangyu anbetraf – er hatte sich schon oft vorgestellt, ihr wütend und ungehorsam gegenüberzutreten. Mit der gleichen körperlichen Reaktion.

Irgend jemand ist in meinem Geist, dachte er.

Nicht nur in seinem Geist – *in seinem Körper.* Er nahm in sich Kenntnisse wahr ... als sei er gerade erst erwacht, als hätte er im Traum Erfahrungen gemacht, an die er sich nicht mehr erinnern konnte. Diese Traumdinge bezogen sich auf ein Wissen, das er nicht haben konnte.

Und doch hatte er es!

Obwohl die Namen einiger Bäume, die er dort draußen sah und roch, nicht in den Speichern der Bibliothek verzeichnet waren, wußte er, wie sie hießen.

Dieses Verbotene Fenster war verboten, weil es sich in einer Außenmauer der Festung befand und geöffnet werden konnte. Es war meist offen – wie jetzt, aus Gründen der Ventilation. Man erreichte das Fenster von seinem Zimmer aus, indem man über ein Balkongeländer kletterte und durch den Luftschacht eines Lagerraums glitt. Er hatte dies zu tun gelernt, ohne dabei das kleinste Geräusch zu erzeugen. Er hatte ziemlich früh erfahren, daß jene, die die Bene Gesserit ausgebildet hatten, auch die schwächsten Spuren bestens zu lesen verstanden. Einige Spuren dieser Art konnte er sogar selbst lesen – dank der Lehren Tegs und Lucillas.

Da er gut geschützt in den Schatten des oberen Korridors stand, konnte Duncan sich auf die abschüssigen Waldhänge konzentrieren, die sich gegen die aufragenden Felshänge der Berge hinzogen. Der Wald war für ihn unwiderstehlich, und die steilen Felsnadeln dahinter übten auf ihn eine fast magische Anziehungskraft aus. Es war leicht, sich vorzustellen, daß kein Mensch dieses Land je berührt hatte. Wie gut es sein würde, sich in ihm zu verlieren, nur noch man selbst zu sein, ohne sich darüber zu sorgen, daß jemand seinem Geist innewohnte. Ein Fremder.

Duncan seufzte, machte eine Wendung und kehrte über den geheimen Weg zu seinem Zimmer zurück. Erst nach seiner Rückkehr in die Sicherheit seiner vier Wände gestand er sich ein, es schon wieder getan zu haben. Niemand würde wegen seines Vorstoßes bestraft werden.

Strafe und Schmerz umgaben alle Orte, die ihm verboten waren, wie eine Aura und ließen Duncan stets mit äußerster Vorsicht zu Werke gehen, wenn er die Gesetze brach.

Der Gedanke an die Schmerzen, die Schwangyu über ihn bringen würde, wenn sie ihn an einem Verbotenen Fenster

entdeckte, behagte ihm nicht. Aber selbst der stärkste Schmerz würde ihn nicht zum Weinen bringen, redete er sich ein. Er hatte nicht einmal bei ihren schäbigsten Tricks geweint. In solchen Fällen sah er sie nur stumm an, nahm ihre Moralpredigt hin und haßte sie. Sämtliche Lehren, die sie ihm erteilte, hatten nur eine Auswirkung: Er verfeinerte sein Talent, unbeobachtet, ungesehen und unhörbar herumzuschleichen und keine Spur zu hinterlassen, die über seinen Weg Aufschluß geben konnte.

In seinem Zimmer saß Duncan auf dem Rand einer Liege und musterte die Leere Wand, die sich vor ihm ausbreitete. Einmal, als er die Leere Wand angestarrt hatte, war dort ein Bild erschienen – das Bild einer jungen Frau mit bernsteinfarbenem Haar und hübschen Gesichtszügen. Sie schaute ihn aus der Wand heraus geradewegs an und lächelte. Ihre Lippen bewegten sich stumm. Duncan hatte jedoch bereits gelernt, wie man jemendem etwas von den Lippen ablas. Und er hatte ihre Worte deutlich verstanden.

»Duncan, mein lieber Duncan.«

War das seine Mutter? fragte er sich. Seine richtige Mutter?

Selbst Gholas mußten einmal richtige Mütter gehabt haben. Irgendwann vor der Zeit, die er in den Axolotl-Tanks verbracht hatte, mußte es eine lebende Frau gegeben haben, die ihn geboren und ... geliebt hatte. Ja, geliebt hatte, weil er ihr Kind gewesen war. Wenn das Gesicht auf der Wand nicht das seiner Mutter war, wie hatte ihr Abbild ihn hier aufgestöbert? Er konnte das Gesicht zwar nicht identifizieren, aber er wollte, daß es das seiner Mutter war.

Diese Erfahrung flößte ihm zwar Angst ein, hielt ihn aber nicht davon ab, sie sich erneut herbeizuwünschen. Wer immer die junge Frau auch war, ihre dahinschwindende Gegenwart verlockte ihn. Und der Fremde in ihm kannte die junge Frau ebenfalls. Er war sich dessen sicher. Manchmal wünschte er sich, dieser Fremde zu sein – nur für einen Augenblick, gerade lange genug, um all diese verschütteten Erinnerungen zu durchstöbern –, aber er fürchtete sich vor diesem Verlangen. Er war der Meinung, sein wahres Ich zu verlieren, wenn der Fremde in sein Bewußtsein vordrang.

Wäre es so ähnlich wie der Tod? fragte er sich.

Duncan hatte schon vor seinem sechsten Lebensjahr mit dem Tod Bekanntschaft gemacht. Seine Wachen hatten Eindringlinge abgewehrt, und dabei war einer von ihnen umgekommen. Vier der Eindringlinge waren ebenfalls gestorben. Duncan hatte zugesehen, wie man fünf Leichen in die Festung gebracht hatte – schlaffe Muskeln, herabhängende Arme. Irgend etwas Wesentliches war von ihnen gegangen. Nichts war geblieben, das Erinnerungen heraufbeschwören konnte – weder eigene Erinnerungen noch die eines Fremden.

Man hatte die fünf Männer irgendwo in den Tiefen der Festung verschwinden lassen. Später hatte Duncan einen der Wächter sagen hören, die vier Eindringlinge seien mit ›Shere‹ vollgepumpt gewesen. Damals hatte er zum ersten Mal von den ixianischen Sonden gehört.

»Eine ixianische Sonde kann sogar den Geist eines Toten befallen«, erklärte Geasa. »Shere ist eine Droge, die dich vor der Sonde schützt. Bevor die Wirkung der Droge nachläßt, sind deine Zellen völlig abgestorben.«

Geschicktes Zuhören machte Duncan klar, daß man die vier Eindringlinge jetzt auf andere Weise ›sondierte‹. Wie das geschah, erklärte man ihm zwar nicht, aber er vermutete dahinter ein weiteres Geheimnis der Bene Gesserit. Dahinter konnte nur ein neuer teuflischer Trick der Ehrwürdigen Mütter stecken. Wahrscheinlich erweckten sie die Toten wieder zum Leben und entzogen ihren Körpern alle Informationen. Duncan stellte sich entpersönlichte Muskeln vor, die nach dem Willen eines teuflischen Zuschauers tanzten.

Der Zuschauer war immer Schwangyu.

Obwohl sich seine Ausbilder alle Mühe gaben, derartige ›Torheiten, die nur ein Unwissender erfinden kann‹, zu zerstreuen, war Duncans Vorstellungswelt von Bildern dieser Art gefüllt. Seine Lehrer waren der Meinung, derartig haarsträubender Unsinn diene nur dazu, unter jenen Angst vor den Bene Gesserit zu erzeugen, die *un*eingeweiht seien, aber Duncan weigerte sich zu glauben, daß er zu den Eingeweihten gehörte. Jedesmal, wenn er eine Ehrwürdige Mutter ansah, dachte er: *Ich bin keiner von denen!*

Lucilla war seit einiger Zeit äußerst hartnäckig. »Religion ist

eine Quelle der Energie«, sagte sie. »Du mußt diese Energie erkennen. Man kann sie seinen eigenen Zielen dienlich machen.«
Euren Zielen, nicht meinen, dachte er.

Er stellte sich seine eigenen Ziele vor und sah, wie sein Abbild über die Schwesternschaft triumphierte – ganz besonders über Schwangyu. Er hatte den Eindruck, als seien seine Vorstellungen eine Art unterirdische Wirklichkeit, die von da auf ihn einwirkte, wo der Fremde sich aufhielt. Aber er lernte es, zu nicken und so zu tun, als fände auch er eine solch religiöse Leichtgläubigkeit amüsant.

Lucilla erkannte den Zwiespalt in ihm. Zu Schwangyu sagte sie: »Er glaubt, daß man mysteriöse Kräfte fürchten und – wenn möglich – umgehen muß. Solange er an diesem Glauben festhält, kann er unser wesentliches Wissen nicht aufnehmen.«

Sie trafen sich zu etwas, das Schwangyu ›eine reguläre Lagebesprechung‹ nannte; nur sie zwei, in Schwangyus Arbeitszimmer. Es war kurz nach dem Abendessen. Die Geräusche, die in der Festung zu hören waren, kündeten von den üblichen Veränderungen: die nächtlichen Patrouillen rückten aus, die Mannschaften, die abgelöst worden waren, genossen ihre kurze Freizeitperiode. Schwangyus Arbeitszimmer war nicht gänzlich von Dingen dieser Art isoliert – ein bewußter Dreh der Erneuerer der Schwesternschaft. Die ausgebildeten Sinne einer Ehrwürdigen Mutter konnten in den sie umgebenden Geräuschen eine Menge entdecken.

Schwangyu fühlte sich während dieser ›Lagebesprechung‹ mehr und mehr im Nachteil. Es wurde zunehmend offensichtlicher, daß sie Lucilla nicht dazu bringen konnte, sich auf die Seite derer zu schlagen, die gegen Taraza opponierten. Lucilla war ebenso immun gegen die manipulativen Möglichkeiten, die einer Ehrwürdigen Mutter zur Verfügung standen. Und was das Schlimmste war: Lucilla und Teg verliehen dem Ghola höchst fragwürdige Fähigkeiten. Extrem gefährliche Fähigkeiten. Und was noch zu allen anderen Problemen hinzukam: Schwangyu hegte zunehmenden Respekt Lucilla gegenüber.

»Er glaubt, daß wir okkulte Kräfte einsetzen, um unsere Künste zu praktizieren«, sagte Lucilla. »Wie ist er bloß auf eine solch eigenartige Idee gekommen?«

Schwangyu spürte, daß diese Frage sie ins Hintertreffen brachte. Lucilla wußte also schon, daß man etwas getan hatte, um den Ghola zu schwächen. Und dann sagte sie auch noch: »*Ungehorsam ist ein Verbrechen gegen die Schwesternschaft!*«

»Wenn er unser Wissen haben will, wirst du es ihm gewiß vermitteln«, sagte Schwangyu. Egal wie gefährlich es auch war, aus Schwangyus Blickwinkel war dies gewiß eine Wahrheit.

»Sein Verlangen nach Wissen ist mein bester Hebel«, sagte Lucilla, »aber wir wissen beide, daß das nicht genügt.« In Lucillas Stimme klang zwar kein Tadel mit, aber Schwangyu spürte ihn dennoch.

Verflucht soll sie sein! Sie versucht mich für sich zu gewinnen! dachte Schwangyu.

Mehrere Antworten zugleich fielen ihr ein: »*Ich habe den Befehlen keinen Ungehorsam entgegengebracht.*« Pah! Eine abscheuliche Ausrede! »*Der Ghola ist in Übereinstimmung mit den Standardbestimmungen der Bene Gesserit-Ausbildung behandelt worden.*« Unzutreffend und unwahr! Davon abgesehen war der Ghola nicht einmal ein Standardobjekt, was Erziehungsmethoden anging. In ihm waren Tiefen, mit denen nur eine potentielle Ehrwürdige Mutter fertigwerden konnte. Und das war das Problem!

»Ich habe Fehler gemacht«, sagte Schwangyu.

Da! Das war eine doppelzüngige Antwort, die eine Ehrwürdige Mutter schätzen würde.

»Du hast keinen Fehler gemacht, als du ihn beeinträchtigtest«, sagte Lucilla.

»Aber ich habe nicht vorausgesehen, daß eine andere Ehrwürdige Mutter seine Schwächen herausstellen würde«, erwiderte Schwangyu.

»Er will unsere Kräfte nur, um uns zu entwischen«, sagte Lucilla. »Er denkt: *Irgendwann weiß ich genausoviel wie sie, und dann laufe ich weg.*«

Als Schwangyu keine Antwort gab, sagte Lucilla: »Wie gerissen. Wenn er wegläuft, werden wir hinter ihm herjagen und ihn selber umbringen müssen.«

Schwangyu lächelte.

»Ich werde deinen Fehler nicht begehen«, sagte Lucilla. »Ich will es dir ganz offen sagen, und ich bin überzeugt, daß du es auch so sehen wirst. Ich verstehe jetzt, warum Taraza mich trotz der Tatsache, daß er noch so jung ist, geschickt hat.«

Schwangyus Lächeln löste sich auf. »Was hast du vor?«

»Ich binde ihn auf die gleiche Weise an mich, wie wir auch alle anderen Neulinge an ihre Lehrer binden. Ich werde ihm mit der Aufrichtigkeit und Loyalität begegnen, die wir den Unsrigen entgegenbringen.«

»Aber er ist ein Mann!«

»Deswegen wird man ihm die Gewürz-Agonie verweigern, aber sonst nichts. Er ist, glaube ich, willig.«

»Und wenn es an der Zeit ist, das letzte Stadium der Programmierung in Angriff zu nehmen?« fragte Schwangyu.

»Ja, das wird etwas heikel werden. Du glaubst, es wird ihn vernichten. Und das war natürlich auch dein Plan.«

»Lucilla, du weißt sicherlich, daß die Schwesternschaft, was Tarazas Plan angeht, nicht hundertprozentig einer Meinung ist.«

Es war Schwangyus stärkstes Argument, und die Tatsache, daß sie es in diesem Augenblick vorbrachte, war äußerst vielsagend. Die Ängste, daß sie einen neuen Kwisatz Haderach hervorbrachten, saßen tief, und die Uneinigkeit in den Reihen der Bene Gesserit war durchaus kein Geheimnis.

»Er entstammt einer primitiven genetischen Linie und wurde nicht gezüchtet, um ein Kwisatz Haderach zu sein«, sagte Lucilla.

»Aber die Tleilaxu haben in sein genetisches Erbe eingegriffen!«

»Ja, auf deine Anweisungen hin. Sie haben seine Nerven- und Muskelreflexe auf den neuesten Stand gebracht.«

»Ist das alles, was sie getan haben?« fragte Schwangyu.

»Du hast die Zellstudien gesehen«, sagte Lucilla.

»Wenn wir soviel tun könnten wie die Tleilaxu, würden wir sie nicht brauchen«, sagte Schwangyu. »Dann hätten wir unsere eigenen Axolotl-Tanks.«

»Du glaubst, daß sie etwas vor uns verbergen«, sagte Lucilla.

»Sie hatten ihn neun Monate lang außerhalb unseres Blickfeldes!«

»Ich habe all diese Argumente schon einmal gehört«, sagte Lucilla.

Schwangyu warf mit einer kapitulierenden Geste beide Arme in die Luft. »Dann gehört er allein dir, *Ehrwürdige Mutter*. Und du wirst die Konsequenzen zu tragen haben. Aber von diesem Posten hier wirst du mich nicht vertreiben, egal wie dein Bericht an das Domstift auch ausfallen mag.«

»Vertreiben? Bestimmt nicht. Ich möchte nicht, daß uns deine Fraktion eine Unbekannte schickt.«

»Die Beleidigungen, die ich von dir hinnehme, haben irgendwo eine Grenze«, sagte Schwangyu.

»Aber für den Verrat, den Taraza hinzunehmen bereit ist, gibt es keine Grenze«, sagte Lucilla.

»Wenn wir einen neuen Paul Atreides bekommen oder einen neuen – die Götter mögen es verhüten! – Tyrannen, wird Taraza die Schuld daran tragen«, sagte Schwangyu. »Das kannst du ihr sagen.«

Lucilla stand auf. »Dann sollst du ebenso wissen, daß Taraza es allein meinem Ermessen überlassen hat, wieviel Gewürz ich diesem Ghola gebe. Ich habe bereits damit angefangen, seine Gewürzration zu erhöhen.«

Schwangyu schlug mit beiden Fäusten auf den Tisch. »Verdammt sollt ihr sein, ihr alle! Ihr werdet uns noch vernichten!«

> *Das Geheimnis der Tleilaxu muß in ihrem Sperma liegen. Unsere Untersuchungen beweisen, daß ihr Sperma sich nicht auf eine konsequent genetische Weise fortsetzt. Es gibt Unterbrechungen. Jeder Tleilaxu, den wir bisher untersucht haben, hat sein Innerstes vor uns verborgen. Sie weisen eine natürliche Immunität gegenüber ixianischen Sonden auf! Geheimhaltung selbst auf der untersten Ebene – das ist ihr äußerster Schutz und ihre äußerste Waffe.*
> Bene Gesserit-Analyse
> Archiv-Kode: BTXX441WOR

An einem Morgen im vierten Jahr, das Sheeana im priesterlichen Heiligtum verbrachte, erweckten die Spionageberichte unter den Bene Gesserit-Beobachtern von Rakis besonderes Interesse.

»Sie war auf dem Dach, sagst du?« fragte die Mutter Kommandant der Rakis-Festung.

Tamalane, die nun in dieser Funktion tätig war, hatte vorher auf Gammu Dienst getan. Sie wußte mehr als die meisten von dem, was die Schwesternschaft hier zu verbinden hoffte. Der Spionagebericht hatte Tamalanes Frühstück unterbrochen, das aus melangegewürzter Zifruchtkonfit bestand. Der weibliche Kurier stand dienstbereit neben ihrem Tisch, während Tamalane weiteraß und den Bericht noch einmal las.

»Auf dem Dach, ja, Ehrwürdige Mutter«, sagte sie.

Tamalane schaute zu ihr auf. Kipuna stammte von Rakis, und man hatte sie zur Helferin gemacht, weil sie mit den örtlichen Gegebenheiten bestens vertraut und ihnen gegenüber empfänglich war. Tamalane schluckte ein Stück Konfit hinunter und sagte: »›*Bringt sie zurück!*‹ Genau das waren ihre Worte?«

Kipuna nickte knapp. Sie verstand die Frage. Hatte Sheeana in einem Befehlston gesprochen?

Tamalane sah sich den Bericht noch einmal an und suchte nach Anzeichen, die diese Empfindung ausdrückten. Sie freute sich, daß sie Kipuna persönlich geschickt hatte. Sie respektierte die Talente dieser Frau. Kipuna hatte die weichen, rundlichen Züge und das struppige Haar, das in einem Großteil der Priesterklasse verbreitet war, aber was ihren Geist anging, so war an ihm von Struppigkeit nichts zu bemerken.

»Sheeana war ungehalten«, sagte Kipuna. »Der Thopter flog in der Nähe des Daches vorbei, und so konnte sie die beiden gefesselten Gefangenen ziemlich deutlich sehen. Sie wußte, daß man sie zum Sterben in die Wüste hinausbringen wollte.«

Tamalane legte den Bericht beiseite und lächelte. »Sie hat also befohlen, daß man die beiden Gefangenen zu ihr zurückbringt. Ich finde ihre Wortwahl faszinierend.«

»Bringt sie zurück?« fragte Kipuna. »Das ist doch ein ganz simpler Befehl. Was ist daran faszinierend?«

Tamalane bewunderte die Direktheit der Helferin. Kipuna würde niemals verstehen, wie der Geist einer Ehrwürdigen Mutter funktionierte.

»Es war nicht dieser Teil ihres Auftritts, der mich interessierte«, sagte Tamalane. Sie beugte sich über den Bericht und las

vor: ›Ihr seid die Diener Shaitans, nicht Diener von Dienern.‹«
Tamalane schaute zu Kipuna auf. »Und du hast all dies selbst gehört und gesehen?«

»Ja, Ehrwürdige Mutter. Man hielt es für so wichtig, daß ich dir sofort Bericht erstatten sollte, falls du weitere Fragen hast.«

»Sie nennt ihn immer noch Shaitan«, sagte Tamalane. »Wie sie das aufbringen muß. Aber natürlich hat der Tyrann selbst gesagt: ›Sie werden mich Shaitan nennen.‹«

»Ich habe die Berichte gesehen, die man draußen bei Dar-es-Balat gefunden hat«, sagte Kipuna.

»Und man hat nicht versucht, die Rückkehr der beiden Gefangenen zu verzögern?« fragte Tamalane.

»Sie kamen so schnell, wie man dem Thopter die Nachricht übermitteln konnte, Ehrwürdige Mutter. Innerhalb von zwei Minuten waren sie zurück.«

»Also beobachten sie sie und hören ihr die ganze Zeit über zu. Gut. Hat Sheeana irgendwie durchblicken lassen, daß sie die beiden Gefangenen kannte? Hat sie mit ihnen irgendeine Verbindung gehabt?«

»Ich bin mir sicher, daß sie ihr fremd waren, Ehrwürdige Mutter. Es waren zwei gewöhnliche Leute aus den unteren Schichten, ziemlich schmutzig und ärmlich gekleidet. Sie rochen wie die Ungewaschenen, die am Stadtrand in den Schuppen leben.«

»Sheeana hat befohlen, sie von ihren Handschellen zu befreien, und dann hat sie zu den beiden Ungewaschenen gesprochen. Wie lauteten ihre Worte?«

»›Ihr seid mein Volk.‹«

»Lieblich, lieblich«, sagte Tamalane. »Und dann hat sie angeordnet, die beiden hinauszuführen, ihnen ein Bad zu gewähren und ihnen neue Kleider zu geben, bevor man sie freiließ. Sag mir mit deinen eigenen Worten, was dann geschah.«

»Sie rief Tuek zu sich, der mit drei Beratern kam. Es wurde beinahe ein ... ein Streit daraus.«

»Gedächtnistrance, bitte«, sagte Tamalane. »Wiederhole den Wortwechsel für mich.«

Kipuna schloß die Augen, atmete tief ein und verfiel in den Zustand der Gedächtnistrance. Dann: »Sheeana sagt: ›Ich mag es nicht, wenn ihr mein Volk Shaitan zum Fraße vorwerft.‹ Ratsmitglied Stiros sagt: ›Sie werden Shai-Hulud geopfert!‹ Sheeana sagt: ›Shaitan!‹ Sie stampft wütend auf den Boden. Tuek sagt: ›Genug, Stiros. Ich will von dieser Uneinigkeit nichts mehr wissen.‹ Sheeana sagt: ›Wann werdet ihr endlich verstehen?‹ Stiros will etwas sagen, aber Tuek bringt ihn mit einem Blick zum Schweigen und sagt: ›Wir *haben* verstanden, Heiliges Kind.‹ Sheeana sagt: ›Ich möchte ...‹«

»Das reicht«, sagte Tamalane.

Die Helferin öffnete die Augen und wartete schweigend.

Plötzlich sagte Tamalane: »Geh zurück auf deinen Posten, Kipuna! Du hast wirklich gute Arbeit geleistet.«

»Vielen Dank, Ehrwürdige Mutter.«

»Unter der Priesterschaft wird es zu Verwirrung kommen«, sagte Tamalane. »Sheeanas Wunsch ist ihnen Befehl, da Tuek an sie glaubt. Sie werden damit aufhören, die Würmer als Instrument der Bestrafung einzusetzen.«

»Die beiden Gefangenen«, sagte Kipuna.

»Ja, sehr gut beobachtet! Die beiden Gefangenen werden erzählen, was ihnen passiert ist. Die Geschichte wird Entstellung erfahren. Die Leute werden sagen, Sheeana habe die beiden vor den Priestern beschützt.«

»Ist dies nicht genau das, was sie tut, Ehrwürdige Mutter?«

»Ahhh, aber ziehe doch in Betracht, welche Möglichkeiten dies den Priestern öffnet! Sie werden ihre alternativen Formen der Bestrafung steigern – Auspeitschungen und bestimmte Amtsenthebungen. Während die Angst vor Shaitan wegen Sheeana abnimmt, wird die Angst vor den Priestern zunehmen.«

Innerhalb von zwei Monaten konnten Tamalanes Berichte an das Domstift ihre ursprünglichen Worte bestätigen.

»Verkürzte Rationen – besonders verkürzte Wasserrationen – sind die dominierende Form der Bestrafung geworden«, berichtete sie. »Die unglaublichsten Gerüchte haben die abgelegensten Winkel von Rakis erreicht und werden bald auch auf vielen anderen Planeten Verbreitung finden.«

Tamalane wägte die Implikationen ihres Reports sorgfältig ab. Viele Augen würden ihn zu sehen bekommen, darunter auch jene, die Taraza keine Sympathien entgegenbrachten. Jede Ehrwürdige Mutter war fähig, sich eine Vorstellung dessen zu machen, was auf Rakis vor sich ging. Viele Bewohner dieser Welt hatten Sheeana auf dem wilden Wurm aus der Wüste kommen sehen. Die priesterliche Geheimhaltung war von Anfang an zum Scheitern verurteilt gewesen. Unbefriedigte Neugier tendierte dazu, sich die Antworten selbst zu geben. Vermutungen waren oftmals gefährlicher als Tatsachen.

Vorherige Reports hatten von den Kindern berichtet, die man Sheeana zum Spielen brachte. Die entstellten Geschichten, die man sich von diesen Kindern erzählte, erfuhren bei jeder weiteren Wiederholung eine neue Verzerrung, und diese verdrehten Wahrheiten hatte man pflichtgemäß an das Domstift weitergeleitet. Die beiden Gefangenen, die man in ihren neuen Kleidern in ihren Wohnbezirk zurückgebracht hatte, trugen zu dem wachsenden Mythos nur noch mehr bei. Die Schwesternschaft, wahre Künstler im Ersinnen von Mythen, gebot auf Rakis über eine Energie im Wartezustand. Man brauchte sie jetzt nur noch subtil zu verstärken und in eine bestimmte Richtung zu lenken.

»Wir haben der Bevölkerung Wünsche eingeredet, die nach Erfüllung schreien«, berichtete Tamalane. Sie dachte an die von den Bene Gesserit entwickelte Phrase, als sie ihren letzten Report noch einmal durchlas.

»Sheeana ist diejenige, die wir seit langem erwartet haben.«

Dieses Statement war so simpel, daß seine Bedeutung verbreitet werden konnte, ohne daß es zu unannehmbaren Verdrehungen kam.

»Das Kind Shai-Huluds kommt, um die Priester zu züchtigen!«

Das war schon etwas komplizierter gewesen. Einige Priester hatten in dunklen Gassen ihr Leben gelassen – als Resultat völkischer Inbrunst. Jene priesterlichen Ankläger, von denen man wußte, daß sie dem Volk gegenüber ungerecht handelten, waren in höchsten Alarmzustand versetzt worden.

Tamalane dachte an die priesterliche Delegation, die auf Grund der Uneinigkeit unter Tueks Ratsmitgliedern auf Sheeana gewartet hatte. Sieben Männer, angeführt von Stiros, waren mit einem Kind von der Straße während des Mittagsmahls bei Sheeana eingedrungen. Da Tamalane gewußt hatte, daß dies passieren würde, war sie darauf vorbereitet gewesen. Man hatte ihr eine geheime Aufzeichnung des Zwischenfalls gebracht. Jedes Wort war verständlich, jeder Ausdruck sichtbar – und was die Gedanken der Beteiligten anging, so entgingen sie dem ausgebildeten Auge einer Ehrwürdigen Mutter ebenfalls nicht.

»Wir haben Shai-Hulud ein Opfer gebracht!« protestierte Stiros.

»Tuek hat gesagt, du sollst darüber nicht mit mir streiten«, sagte Sheeana.

Wie die Priesterinnen über die Zurechtweisung Stiros' und der anderen Priester lächelten!

»Aber Shai-Hulud ...«, begann Stiros.

»Shaitan!« korrigierte Sheeana ihn. Ihr Gesichtsausdruck war einfach zu lesen: *Verstanden diese dummen Priester denn überhaupt nichts?*

»Aber wir haben immer gedacht ...«

»Ihr habt euch geirrt!« Sheeana stampfte mit dem Fuß auf.

Stiros tat so, als benötige er eine Belehrung. »Sollen wir glauben, daß Shai-Hulud, der Zerlegte Gott, ebenso Shaitan ist?«

Welch ein kompletter Narr er doch war, ging es Tamalane durch den Sinn. Sogar ein kleines Mädchen konnte ihn aus der Fassung bringen, wie Sheeanas Vorgehen bewies.

»Jedes Kind von der Straße weiß das, kaum daß es richtig laufen kann!« schimpfte Sheeana.

Stiros sagte listig: »Woher weißt du, was Straßenkinder glauben?«

»Du bist schlecht, wenn du daran zweifelst!« sagte Sheeana anklagend. Sie hatte gelernt, diese Antwort oft zu geben, denn sie wußte, daß Tuek davon erfahren und daß es dann Ärger geben würde.

Stiros wußte dies nur zu gut. Er wartete mit gesenktem Blick ab, während Sheeana ihm mit geduldigen Worten – als erzähle sie einem Kleinkind eine Fabel – erklärte, daß entweder Gott oder der Teufel, wenn nicht sogar beide, einem Wüstenwurm innewohnen konnten. Menschen mußten sich damit abfinden. Es war nicht die Sache der Menschen, darüber eine Entscheidung zu treffen.

Stiros hatte Leute in die Wüste geschickt, weil sie derartige Ketzereien verbreitet hatten. Sein Gesichtsausdruck (den man sorgfältig aufgezeichnet hatte, um ihn einer Bene Gesserit-Analyse zu unterziehen) sagte nichts anderes, als daß dergleichen haarsträubende Vorstellungen stets vom niedrigsten Abschaum der rakisianischen Randständigen aufgebracht wurden. Und jetzt das! Nun sah er sich Tueks Beharren gegenüber, daß Sheeana die reine Wahrheit sagte!

Während Tamalane sich die Aufzeichnung ansah, glaubte sie zu erkennen, daß der Kessel nahe am Überkochen war. Auch dies berichtete sie dem Domstift. Stiros war von Zweifeln geplagt; überall herrschte der Zweifel – ausgenommen in der Bevölkerung, die Sheeana verehrte. Spitzel in Tueks unmittelbarer Nähe berichteten, er begänne sogar daran zu zweifeln, ob seine Entscheidung, den Historiker und Redner Dromind vom Leben zum Tode zu befördern, weise gewesen sei.

»Hat Dromind sie mit Recht angezweifelt?« fragte er jene, die um ihn waren.

»Unmöglich!« erwiderten die Speichellecker.

Was hätten sie sonst sagen sollen? Wenn ein Hohepriester Urteile fällte, konnte er keine Fehler machen. Gott würde es nicht zulassen. Sheeana bekämpfte ihn jedoch, das war klar. Sie setzte die Entscheidungen mancher vorherigen Hohepriester einfach außer Kraft. Auf allen Seiten verlangte man nach Neuinterpretationen.

Stiros wurde nicht müde, Tuek zu fragen: »Was wissen wir wirklich über sie?«

Tamalane besaß eine komplette Aufzeichnung der allerneuesten Konfrontation dieser Art. Stiros und Tuek waren allein gewesen und hatten bis tief in die Nacht hinein debattiert. Sie hatten sich in Tueks Quartier unbeobachtet geglaubt, sich bequem in ihre seltenen blauen Sesselhunde gelehnt. Neben ihnen stand melangegewürzte Konfit. Tamalanes Holofoto-Aufzeichnung des Treffens zeigte einen einsamen gelben Leuchtglobus, der auf Suspensoren über den beiden schwebte. Sein

Licht war nur matt, um die streßgeplagten Augen der beiden zu schonen.

»Vielleicht war unsere erste Prüfung – als wir sie mit dem Klopfer in der Wüste aussetzten – keine gute«, sagte Stiros.

Eine listige Bemerkung. Tuek war bekannt dafür, daß seine Gedanken nicht eben in sonderlich komplizierten Bahnen verliefen. »Keine gute Prüfung? Was meinst du damit? – Du hast doch selbst gesehen, wie oft sie in der Wüste zu Gott gesprochen hat!«

»Ja!« Stiros wäre beinahe aufgesprungen. Ganz offensichtlich war dies die Antwort, derer er bedurfte. »Wenn sie unbehelligt in der Nähe Gottes sein kann, kann sie vielleicht auch anderen beibringen, wie man dies zuwegebringt.«

»Du weißt, daß es sie verärgert, wenn man dies zur Sprache bringt.«

»Vielleicht sind wir das Problem einfach nicht von der richtigen Seite angegangen.«

»Stiros! Was ist, wenn das Kind recht hat? Wir dienen dem *Zerlegten* Gott. Ich habe lange und ernsthaft darüber nachgedacht. Warum würde Gott klassifizieren? Ist dies nicht Gottes allerletzte Prüfung?«

Der Ausdruck auf Stiros' Gesicht zeigte, daß dies genau jene geistige Gymnastik war, die seine Fraktion fürchtete. Er versuchte den Hohepriester abzulenken, aber Tuek konnte man nicht von einem geradlinigen Weg abbringen, um ihn der Metaphysik zu überantworten.

»Die allerletzte Prüfung«, bestand Tuek. »Wir sehen das Gute im Bösen und das Böse im Guten.«

Stiros' Ausdruck konnte nur als konsterniert beschrieben werden. Tuek war Gottes Oberster Gesalbter. Es war keinem Priester erlaubt, daran zu zweifeln! Aber Tatsache war, daß es die Basis aller priesterlichen Autorität zum Erzittern bringen würde, wenn Tuek mit einer solchen Vorstellung an die Öffentlichkeit ginge! Ganz offensichtlich fragte sich Stiros in diesem Moment, ob es nicht an der Zeit war, seinen Hohepriester vom Leben zum Tode zu befördern.

»Ich möchte nicht den Eindruck erwecken, daß ich mir wünschen würde, derartig grundlegende Gedanken mit meinem

Hohepriester zu diskutieren«, sagte Stiros, »aber vielleicht kann ich einen Vorschlag anbieten, der möglicherweise viele Zweifel auflöst.«

»Dann mach diesen Vorschlag!« sagte Tuek.

»Man könnte ihre Kleidung eventuell mit feinen Instrumenten durchsetzen. Dann könnten wir zuhören, wenn sie mit Gott ...«

»Glaubst du, Gott würde davon nicht erfahren?«

»Solch ein Gedanke ist mir nie gekommen!«

»Ich werde nicht anordnen, sie in die Wüste zu bringen«, sagte Tuek.

»Aber wenn sie aus freien Stücken gehen will?« Stiros mimte einen treuherzigen Augenaufschlag. »Sie hat es doch schon oft getan.«

»Aber in letzter Zeit nicht. Es scheint, als hätte sie das Bedürfnis, Gott zu konsultieren, verloren.«

»Könnten wir ihr nicht irgendwelche Vorschläge unterbreiten?« fragte Stiros.

»Zum Beispiel?«

»Sheeana, wann wirst du wieder mit deinem Vater sprechen? Sehnst du dich nicht danach, ihn aufzusuchen?«

»Das klingt eher nach Überreden, aber kaum nach einem Vorschlag.«

»Ich schlage ja nur vor, daß ...«

»Dieses Heilige Kind ist doch kein Dummkopf! Sie redet mit Gott, Stiros! Gott könnte uns ernstlich für eine solche Anmaßung bestrafen.«

»Hat Gott sie uns nicht geschickt, damit wir sie studieren?« fragte Stiros.

Dies kam Drominds Ketzerei zu nahe, als daß es Tuek gefallen hätte. Er musterte Stiros mit einem unheilvollen Blick.

»Ich meine damit«, sagte Stiros, »daß Gott damit beabsichtigt, daß wir von ihr lernen sollen.«

Tuek hatte dies selbst sehr oft gesagt, ohne daß ihm aufgefallen war, wie sehr seine Worte doch ein Echo Drominds abgaben.

»Sie darf nicht aufgestachelt und geprüft werden«, sagte Tuek.

»Da sei der Himmel vor!« sagte Stiros. »Ich werde die Seele der Heiligen Vorsicht sein. Und alles, was ich von dem Heiligen Kind lerne, werde ich dir auf der Stelle mitteilen.«

Tuek nickte nur. Er hatte seine eigene Methode, um zu gewährleisten, daß Stiros auch wirklich die Wahrheit sagte.

Die darauf erfolgenden Aufstachelungs- und Prüfungsversuche wurden von Tamalane und ihren Untergebenen sofort dem Domstift weitergeleitet.

»Sheeana macht einen nachdenklichen Eindruck«, berichtete Tamalane.

Unter den Ehrwürdigen Müttern auf Rakis und denjenigen, denen sie berichtete, fand dieser nachdenkliche Ausdruck eine klare Interpretation. Von Sheeanas Vergangenheit hatte man schon vor langer Zeit erfahren. Stiros' Übergriffe machten das Kind einfach krank vor Heimweh. Sheeana. Klug, wie sie nun einmal war, plauderte Sheeana jedoch nichts aus, obwohl sie sehr oft über ihr Leben in dem kleinen Pionierdorf nachdachte. Trotz all ihrer Ängste und der vergangenen Gefahren waren diese Zeiten für sie offenbar die glücklichsten gewesen. Sie erinnerte sich an das Lachen, an die Befestigung der Dünen aufgrund der Wetterlage, und daran, daß sie in den Schuppen der Dorfhütten nach Skorpionen gesucht hatte. Und in den Dünen hatte es nach Gewürzrückständen gerochen. Aufgrund der wiederholten Reisen, die Sheeana in diese Gegend unternahm, verdichtete sich in der Schwesternschaft die wohlbegründete und zutreffende Vermutung, daß hier das verlorene Dorf gelegen hatte. Und was hier passiert war. Sheeana musterte des öfteren die alten Karten Tueks, die in ihrer Unterkunft an der Wand hingen.

Wie Tamalane erwartet hatte, deutete Sheeana eines Morgens mit dem Finger auf die Gegend, in der sie des öfteren gewesen war. »Bringt mich dorthin!« befahl sie ihren Helferinnen.

Man schickte nach einem Thopter.

Und während in einem anderen Thopter, der weit über ihr dahinschwebte, eine Gruppe von Priestern neugierig mithörte, stellte sich Sheeana erneut ihrer Sand-Nemesis. Tamalane und ihre Berater, die den priesterlichen Schaltkreis angezapft hatten, beobachteten sie ebenso begierig.

Nicht das geringste deutete darauf hin, daß sich dort, wo Sheeana sich absetzen ließ, einst ein Dorf befunden hatte. Diesmal jedoch setzte sie einen Klopfer ein. Auch dies war einer der wohlüberlegten Vorschläge Stiros' gewesen. Er hatte sie sorgfältig in der Handhabung des uralten Instruments, das dem Herbeirufen des Zerlegten Gottes diente, unterweisen lassen.

Ein Wurm kam.

Tamalane beobachtete ihn auf einem eigenen Relaisprojektor, und für sie war der Wurm nicht mehr als ein mittelgroßes Ungeheuer. Sie schätzte seine Länge auf etwa fünfzig Meter. Sheeana stand nur drei Meter von dem klaffenden Maul entfernt. Die furchteinflößenden Innenfeuer des Wurms waren für jeden Beobachter deutlich sichtbar.

»Wirst du mir sagen, warum du es getan hast?« fragte Sheeana.

Der heiße Atem des Wurms machte sie nicht zurückweichen. Unter dem Ungeheuer knisterte Sand, aber sie erweckte keinen Anschein, daß sie dies hörte.

»Antworte!« befahl Sheeana.

Obwohl der Wurm keinen Laut von sich gab, schien Sheeana mit schiefgelegtem Kopf in sich hineinzuhorchen.

»Dann geh dorthin zurück, wo du hergekommen bist!« sagte sie. Und mit einem Wink bedeutete sie ihm, sich zu trollen.

Gehorsam wich der Wurm zurück und tauchte in den Sand.

Tagelang – während die Schwesternschaft sie freudig erregt ausspionierte – debattierten die Priester diese spärliche Begegnung. Sheeana zu verhören war unmöglich – sonst hätte man zugeben müssen, daß man sie belauscht hatte. Und wie zuvor lehnte sie es ab, über irgend etwas, das ihre Besuche in der Wüste anging, zu diskutieren.

Dennoch verfolgte Stiros seine tückischen Aufstachelungspläne weiterhin. Das Resultat entsprach dem, was die Schwesternschaft erwartet hatte, hundertprozentig. Irgendeines Tages mußte Sheeana erwachen und ohne Vorankündigung sagen: »Heute werde ich in die Wüste gehen.«

Manchmal setzte sie einen Klopfer ein, dann wieder tanzte sie ihren Ruf. Und irgendwo draußen im Sand, dort, wo man von der Stadt Keen aus nichts sehen konnte, oder in der Nähe einer anderen bewohnten Zone, kamen die Würmer zu ihr. Sheeana saß dann allein vor einem Wurm und sprach mit ihm. Und die anderen hörten zu. Tamalane fand die sich ansammelnden Aufzeichnungen immer faszinierender, wenn sie auf dem Weg zum Domstift durch ihre Hände gingen.

»Ich sollte dich hassen!«

Zu welchem Aufruhr hatte das unter den Priestern geführt! Tuek verlangte eine offene Debatte: »Sollten wir alle den Zerlegten Gott gleichzeitig lieben und hassen?«

Stiros brachte diesen Vorschlag mit dem Argument zu Fall, daß sie sich über die Wünsche Gottes keinesfalls im klaren seien.

Sheeana fragte einen ihrer gewaltigen Besucher: »Läßt du mich mal wieder auf dir reiten?«

Als sie näherkam, zog der Wurm sich zurück und wollte sich nicht besteigen lassen.

Bei einer anderen Gelegenheit fragte sie: »Muß ich bei den Priestern bleiben?«

Gerade dieser Wurm erwies sich als das Ziel mancherlei Fragen, unter anderem dieser:

»Was wird aus den Menschen, wenn du sie frißt?«

»Warum sind die Leute mir gegenüber so falsch?«

»Sollte ich die schlechten Priester bestrafen?«

Tamalane mußte über ihre letzte Frage lachen, denn sie dachte an das Durcheinander, zu dem es nun unter Tueks Leuten kommen mußte. Sie erfuhr täglich von ihren Spitzeln, wie bestürzt die Priester waren.

»Wie antwortet er ihr?« fragte Tuek. »Hat irgend jemand Gott antworten hören?«

»Vielleicht spricht er direkt in ihre Seele hinein«, wagte sich ein Ratsmitglied anzudeuten.

»Das ist es!« Diese Eröffnung ließ Tuek aufspringen. »Wir müssen sie fragen, was Gott ihr aufträgt.«

Sheeana lehnte es ab, in solche Diskussionen hineingezogen zu werden.

»Sie kennt ihre Stärke und ihre Grenzen ziemlich genau«, berichtete Tamalane. »Obwohl Stiros sie auf äußerst subtile

Weise drängt, geht sie nicht mehr oft in die Wüste. Wie zu erwarten war, hat der Reiz nachgelassen. Angst und Begeisterung werden sie gerade so weit leiten, bis er verblaßt. Sie hat jedoch einen wirkungsvollen Befehl gelernt: ›Geh weg!‹«

Die Schwesternschaft sah dies als wichtige Weiterentwicklung an. Wenn ihr sogar der Zerlegte Gott gehorchte, würde kein Priester und keine Priesterin ihre Autorität, einen solchen Befehl zu geben, in Frage stellen.

»Die Priester bauen Türme in der Wüste«, berichtete Tamalane. »Es verlangt sie nach mehr sicheren Plätzen, von denen aus sie Sheeana und das, was sie dort tut, beobachten können.«

Die Schwesternschaft hatte diese Entwicklung nicht nur erwartet, sondern sogar etwas dafür getan, daß diese Projekte schneller abliefen. Jeder Turm hatte seine eigene Windfalle, seine eigene Instandhaltungsmannschaft, seine eigene Wasserbarriere, Gärten und andere Zivilisationsbestandteile. Jeder Turm war eine kleine Lebensgemeinschaft, und sie schoben sich von den befestigten Zonen des Planeten Rakis aus immer weiter in das Reich der Würmer hinaus.

Nun brauchte man keine Pionierdörfer mehr, und diese Entwicklung verdankte man Sheeana.

»Sie ist *unsere* Priesterin«, sagte die Bevölkerung.

Tuek und die Mitglieder seines Rates saßen im wahrsten Sinne des Wortes auf einem Stecknadelkopf und rotierten: *Shaitan und Shai-Hulud in einem Körper?* Stiros lebte täglich in der Angst, Tuek würde dies der Öffentlichkeit als Tatsache verkünden. Stiros' Ratgeber wiesen schließlich den Vorschlag zurück, sich Tueks zu entledigen. Ein dahingehender Vorschlag, die Priesterin Sheeana möge bei einem fatalen Unfall das Leben verlieren, wurde mit Entsetzen von allen abgelehnt, und sogar Stiros fand einen Vorstoß wie diesen eine Nummer zu groß für sie.

»Selbst wenn wir diesen Dorn herausreißen«, sagte er, »Gott kann uns immer noch mit einer viel schrecklicheren Bürde heimsuchen.« Und er warnte: »Die ältesten Bücher sagen, daß ein kleines Kind uns leiten wird.«

Stiros gehörte zu jenen, die als letzte zu dem Glauben stießen, Sheeana sei in gewissem Sinne keine Sterbliche. Es war offensichtlich, daß jene, die sich in ihrer Nähe aufhielten – einschließlich Cania –, angefangen hatten, das Mädchen zu lieben. Sie war so aufrichtig, intelligent und verständnisvoll.

Vielen fiel auf, daß diese wachsende Zuneigung Sheeana gegenüber nicht einmal vor Tuek haltmachte.

Für die Leute, die von dieser Macht berührt wurden, hatte die Schwesternschaft sofort Anerkennung parat. Die Bene Gesserit hatten eine Bezeichnung für diesen uralten Effekt: *expandierende Verehrung*. Tamalane berichtete von grundlegenden Veränderungen, die sich auf Rakis taten: Die Bevölkerung ging mehr und mehr dazu über, statt Shaitan oder gar Shai-Hulud Sheeana direkt anzubeten.

»Sie erkennen, daß Sheeana sich für die Schwächsten einsetzt«, lautete ihr Bericht. »Ein Muster, das uns nicht unbekannt ist. Alles geht wie vorbestimmt. Wann schickt ihr den Ghola?«

> *Die Außenfläche eines Ballons ist stets größer als der Mittelpunkt des verdammten Dings! Das ist der wesentliche Punkt, der die Diaspora ausmacht!*
>
> Antwort der Bene Gesserit
> auf den ixianischen Vorschlag, neuartige Spionsonden
> zu den Verlorenen zu schicken

Einer der schnelleren Leichter der Schwesternschaft brachte Miles Teg zu dem Gildentransporter hinauf, der Gammu umkreiste. Es gefiel ihm nicht, die Festung zu diesem Zeitpunkt zu verlassen, aber es war offensichtlich, wo die Prioritäten lagen. Außerdem reagierte sein Magen auf dieses Unternehmen. In den drei Jahrhunderten seines Daseins hatte Teg gelernt, daß er sich auf die Reaktionen seines Magens verlassen konnte. Die Sache auf Gammu stand nicht zum besten. Jede Patrouille, jeder Bericht von Lauschern aus der Ferne, alles, was Patrins Spitzel in den Städten herausfanden – all das trug zu Tegs Unbehagen bei.

Da er ein Mentat war, spürte Teg, daß sich innerhalb und außerhalb der Festung etwas bewegte. Sein Ghola-Schüler wurde bedroht. Der Befehl, der ihn dazu aufforderte, an Bord des Gildentransporters einen Bericht abzuliefern, kam allerdings von Taraza persönlich und war mit einem unmißverständlichen Krypto-Identifikator versehen. Man war auf Schwierigkeiten vorbereitet.

Auf dem ihn nach oben bringenden Leichter machte Teg sich kampfbereit. Alle Vorbereitungen, die getroffen werden konnten, waren getroffen worden. Lucilla war gewarnt. Er fühlte sich für Lucilla verantwortlich. Schwangyu war eine andere Sache. Er hatte die volle Absicht, mit Taraza ein paar grundlegende Veränderungen bezüglich der Festung zu diskutieren. Zuerst jedoch mußte er eine weitere Schlacht gewinnen. Teg hatte nicht den leisesten Zweifel, daß er sich auf einen interessanten Kampf einließ.

Als der Leichter andockte, schaute Teg aus einem Bullauge und sah das gigantische Symbol der Ixianer inmitten des Gildenrahmens auf der dunklen Seite des Transporters. Dies war ein Schiff, das die Gilde für ixianische Mechanismen umgebaut hatte. Der traditionelle Navigator wurde hier von Maschinen ersetzt. Es mußten ixianische Techniker an Bord sein, die die Maschinen warteten. Aber an Bord mußte sich auch ein echter Gildenavigator befinden. Die Gilde hatte es nie gelernt, ganz und gar auf Maschinen zu vertrauen, auch wenn dieser umgebaute Transporter den Tleilaxu und Rakisianern sagte: »*Ihr seht, wir brauchen eure Melange absolut nicht!*«

Dies – und nichts anderes – sagte das gigantische Symbol Ix' auf der Seitenwand des Schiffes.

Teg spürte das leichte Taumeln, das die Dockgreifer erzeugten, und atmete tief ein, um sich zu beruhigen. Er hatte das gleiche Gefühl wie vor jeder Schlacht: Er war bar aller falschen Träume. Man hatte versagt. Das Reden hatte einem nichts eingebracht, und jetzt kam der blutige Streit ... es sei denn, man konnte noch auf irgendeine andere Weise weiterkommen. Zweikämpfe waren heutzutage selten von Bedeutung, aber tödlich verliefen sie zweifelsohne. Dies deutete auf eine noch permanentere Art des Versagens hin. *Wenn wir unsere Differenzen nicht friedlich regulieren können, sind wir nicht einmal menschlich.*

Ein Aufseher mit der unmißverständlichen Sprechweise eines Ixianers führte Teg in den Raum, in dem Taraza wartete. In sämtlichen Korridoren und den Pneumoröhren, die ihn Taraza entgegenführten, hielt Teg nach Anzeichen dessen Ausschau, wovor ihn die geheime Botschaft der Mutter Oberin gewarnt hatte. Aber alles erschien ihm sauber und gewöhnlich – und der Aufseher war ihm gegenüber in passender Weise ehrerbietig. »Ich war einmal Tireg-Kommandant in Andioyu«, sagte der Aufseher und nannte damit eine der Fast-Schlachten, in der Teg sich hatte behaupten können.

Sie gelangten an eine gewöhnlich aussehende, ovale Luke, die sich in der Wand eines gewöhnlich aussehenden Korridors befand. Sie öffnete sich, und Teg betrat einen Raum mit weißen Wänden, der bequeme Dimensionen aufwies. Hier gab es Schlingensessel, niedrige Seitentischchen und Leuchtgloben, die gelbes Licht verbreiteten. Hinter ihm glitt die Luke mit einem soliden Klang in ihre Verschlüsse zurück. Sein Führer blieb draußen auf dem Korridor.

Eine Bene Gesserit-Helferin teilte die Gazevorhänge, die rechterhand von ihm einen Durchgang verbargen. Sie nickte ihm zu. Man hatte ihn gesehen. Taraza würde davon erfahren.

Teg unterdrückte ein Beben in seinen Oberschenkelmuskeln.

Gewalt?

Er hatte Tarazas geheime Warnung nicht fehlinterpretiert. Waren seine Vorbereitungen ihr gerecht geworden? Linkerhand von ihm befand sich ein schwarzer Schlingensessel, davor stand ein langer Tisch, und an dessen anderem Ende befand sich ein weiterer. Teg begab sich auf seine Seite des Raums und wartete mit dem Rücken zur Wand. Der braune Staub Gammus, fiel ihm auf, klebte noch immer an seinen Stiefelspitzen.

Dem Raum haftete ein bestimmter Geruch an. Er schnüffelte. *Shere!* Hatten Taraza und ihre Leute sich gegen eine ixianische Sonde präpariert? Teg hatte – wie üblich – auch eine Sherekapsel genommen, bevor er an Bord des Leichters gegangen war. Das reichhaltige Wissen, das er in seinem Kopf mit sich trug, konnte für einen Feind sehr nützlich sein. Die Tatsache, daß Taraza den Sheregeruch in diesem Raum nicht zerstäubt hatte, implizierte noch etwas: Damit wurde einem Beobachter, dessen Anwesenheit sie nicht verhindern konnte, ein Hinweis gegeben.

Taraza betrat den Raum durch die Gazevorhänge. Sie kam Teg müde vor. Er fand dies bemerkenswert, weil die Schwestern fähig waren, einen Erschöpfungszustand so lange zu verheimlichen, bis sie die Besinnung verloren. Hatte sie tatsächlich soviel an Energie eingebüßt, oder war auch dies ein Hinweis für heimliche Beobachter?

Im Innern des Raumes stehenbleibend, sah Taraza Teg eingehend an. Der Bashar erschien ihr viel älter als bei ihrem letzten Zusammentreffen, glaubte Taraza zu erkennen. Seine Pflichten auf Gammu zeigten ihre Auswirkungen, erkannte sie mit Zuversicht. Teg tat seine Arbeit.

»Deine schnelle Reaktion ist begrüßenswert, Miles«, sagte sie.

Begrüßenswert! Sie waren übereingekommen, dieses Wort als Kürzel für den Satz ›*Wir werden heimlich von einem gefährlichen Gegner überwacht*‹ zu benutzen.

Teg nickte, während sein Blick auf die Vorhänge fiel, durch die Taraza eingetreten war.

Taraza lächelte und kam weiter auf ihn zu. Keine Anzeichen des Melange-Zyklus in Teg, registrierte sie. Tegs fortgeschrittenes Alter erhob den Verdacht, daß er sich auf die lebensverlängernde Wirkung des Gewürzes verließ. Aber rein gar nichts an ihm ergab den kleinsten Hinweis auf die Melange-Abhängigkeit, der sich manchmal sogar die Stärksten zuwandten, wenn sie ihr Ende nahen fühlten. Teg trug seine alte Bashar-Uniformjacke, aber ohne die goldenen Sternzeichen an Schultern und Kragen. Dies war ein Zeichen, das sie erkannte. Er sagte: »Vergiß nicht, daß ich mir dies in deinen Diensten erwarb. Auch dieses Mal bin ich zur Stelle.«

Die sie musternden Augen waren ausdruckslos; nichts in ihnen verriet, daß er sie verstanden hatte. Seine gesamte Erscheinung zeigte, daß er innerlich völlig ruhig war. Obwohl er sie genau verstanden hatte, zeigte er nichts. Er erwartete ihr Signal.

»Unser Ghola muß bei erstbester Gelegenheit erweckt werden«, sagte sie und winkte ab, als er zu einer Erwiderung ansetzen wollte. »Ich habe Lucillas Berichte gelesen und weiß, daß er zu jung ist. Aber es ist erforderlich, daß wir handeln.«

Ihm wurde klar, daß sie für die Beobachter sprach. Aber waren ihre Worte ernst gemeint?

»Ich erteile dir hiermit den Befehl, ihn zu erwecken«, fuhr sie fort und spannte das linke Handgelenk in der bestätigenden Geste ihrer Geheimsprache.

Sie meinte es also wirklich! Teg warf einen Blick auf die Vorhänge, durch die Taraza eingetreten war. Wer lauschte da?

Er setzte seine Mentatfähigkeiten auf des Problem an. Trotz der fehlenden Daten ließ er sich nicht aufhalten. Ein Mentat brauchte nicht unbedingt sämtliche Daten, um einer bestimmten Sache auf die Spur zu kommen. Manchmal reichte ihm schon die magerste Synopsis: denn sie enthielt im Grunde schon die heimliche Endfassung. Hatte er eine Synopsis, konnte er ihr die fehlenden Daten anpassen und alles zu einem kompletten Ganzen zusammenfügen. Mentaten hatten nur in den seltensten Fällen alle Daten, die sie gerne gehabt hätten, aber man hatte ihn ausgebildet, Systeme in ihrer Gänze zu durchschauen. Und Teg erinnerte sich daran, daß man ihn gleichermaßen den äußersten militärischen Spürsinn gelehrt hatte: Rekruten wurden ausgebildet, damit sie eine Waffe so *hinbekamen*, daß sie *korrekt zielte*.

Taraza zielte nun auf ihn. Seine Einschätzung der Lage bestätigte sich also.

»Man wird verzweifelte Versuche unternehmen, unseren Ghola gefangenzunehmen oder umzubringen, bevor du ihn erwecken kannst«, sagte sie.

Er durchschaute ihren Tonfall. Es war die analytische Kälte, mit der man einem Mentaten Daten offerierte. Also hatte sie bemerkt, daß seine Sinne bereits das Problem umkreisten.

Und wie sie es umkreisten! Zunächst war da der von der Schwesternschaft bestimmte Auftrag des Ghola, von dem er so gut wie nichts wußte, der aber irgend etwas mit einem jungen Mädchen zu tun hatte, das auf Rakis lebte und (angeblich) den Würmern Befehle erteilen konnte. Idaho-Gholas: Charmante Persönlichkeiten, die etwas Besonderes waren, was dazu geführt hatte, daß der Tyrann und die Tleilaxu zahllose Kopien seiner selbst in den Verkehr brachten. Duncans in ganzen Schiffsladungen! Welchen Dienst hatte dieser Ghola dem Tyrannen erwiesen, daß er ihn nicht bei den Toten ließ? Und die Tleilaxu: Sie hatten seit Jahrtausenden in ihren Axolotl-Tanks Duncans erzeugt, selbst nach dem Tode des Tyrannen. Die Tleilaxu hatten diesen Ghola zwölfmal an die Schwesternschaft verkauft, und die Schwesternschaft hatte dafür in der härtesten Währung gezahlt – in Melange, die aus ihren eigenen kostbaren Lagern kam. Warum ließen sich die Tleilaxu für einen Dienst in einer Währung bezahlen, die sie selbst so fleißig produzierten? Die Antwort war offensichtlich: Um das Vorratslager der Schwesternschaft zu verkleinern. Die Tleilaxu erkauften sich die Vorherrschaft – *ein Spiel um die Macht!* Es war eine besondere Form der Habgier.

Teg studierte die stumm abwartende Mutter Oberin. »Die Tleilaxu haben unsere Gholas umgebracht, um eine Kontrolle über unseren Zeitplan zu haben«, sagte er.

Taraza nickte, sagte aber nichts. Es ging also um mehr. Erneut verfiel Teg in die Denkweise eines Mentaten.

Die Bene Gesserit waren ein geschätzter Absatzmarkt für die Tleilaxu-Melange. Die Tleilaxu waren zwar nicht die einzigen Lieferanten, weil hin und wieder auch etwas von Rakis kam, aber die Bene Gesserit waren als Abnehmer geschätzt, sehr geschätzt sogar. Es entsprach nicht der Vernunft, daß die Tleilaxu sich einen geschätzten Absatzmarkt entfremdeten – es sei denn, sie hatten einen anderen aufgetan, den sie zu beliefern gedachten.

Wer hatte überhaupt ein Interesse an den Aktivitäten der Bene Gesserit? Zweifellos die Ixianer. Aber die Ixianer stellten keinen guten Absatzmarkt für Melange dar. Die ixianische Präsenz auf diesem Schiff deutete auf ihre Unabhängigkeit hin. Und da die Ixianer und Fischredner miteinander gemeinsame Sache machten, konnte man die Fischredner ebenfalls bei dieser Suche nach den Hintergründen außer acht lassen.

Welche Großmacht oder Machtvereinigung in diesem Universum hatte ...

Teg hielt bei diesem Gedanken inne. Er fror ihn ein und ließ seinen Geist ungehindert treiben. Gleichzeitig zog er andere Aspekte in Betracht.

Nicht in diesem Universum.

Der Hintergrund nahm Formen an. *Überfluß*. Gammu nahm in seinen Berechnungen eine neue Position ein. Vor langer Zeit hatten die Harkonnens Gammu ausgeplündert. Sie hatten den Planeten als abgenagten Leichnam zurückgelassen, und die Rakisianer hatten ihn wieder aufgebaut. Es hatte jedoch eine Zeit gegeben, als man sogar auf Gammu keine Hoffnungen mehr gehabt hatte. Und ohne Hoffnungen hatte man auch keine Träume gehabt. Nachdem sie aus diesem Pfuhl hervorgekrochen war, hatte die Bevölkerung sich nur noch eines geringfügigen Pragmatismus befleißigt. *Wenn es funktioniert, ist es gut.*

Überfluß.

Als er sich erstmals auf Gammu umgesehen hatte, waren ihm die vielen Bankhäuser aufgefallen. Manche von ihnen galten sogar als Bene Gesserit-sicher. Gammu diente als Angelpunkt der Manipulation enormer Überflüsse. Die Bank, die er aufgesucht hatte, um sich über ihre Zuverlässigkeit in Notstandssituationen zu informieren, kehrte voll in sein Mentatenbewußtsein zurück. Ihm war gleich aufgefallen, daß sie sich nicht nur auf rein planetarische Geschäfte beschränkte. Es war eine Bank für Banken.

Also nicht nur Überfluß, sondern ÜBERFLUSS.

Tegs wahrnehmender Geist hatte damit zwar noch keinen Gesamtüberblick gewonnen, aber er hatte genug, um eine Testprojektion vorzunehmen. Überfluß, der nicht aus diesem Universum kam. Leute aus der Diaspora.

All dieses Abwägen und Kalkulieren dauerte nur wenige Sekunden. An seinem Testpunkt angekommen, entspannte Teg Muskeln und Nerven, warf Taraza einen kurzen Blick zu und näherte sich dem Vorhang. Er stellte fest, daß Taraza kein Alarmsignal gab, als er sich in Bewegung setzte. Teg riß den Vorhang beiseite und stand vor einem Mann, der fast so groß war wie er selbst. Er trug uniformähnliche Kleidung, und auf seinen Jackenaufschlägen prangten gekreuzte Lanzen. Der Mann hatte ein viereckiges Gesicht mit einem ausgeprägten Kinn und grünen Augen. Ein überraschter Blick traf Teg, und eine Hand näherte sich vorsichtig einer Tasche, die so ausgebeult war, daß sie nur eine Waffe enthalten konnte.

Teg lächelte dem Mann zu, ließ den Vorhang sinken und kehrte zu Taraza zurück.

»Wir werden von Leuten aus der Diaspora beobachtet«, sagte er.

Taraza entspannte sich. Die Vorstellung, die Teg gegeben hatte, war denkwürdig.

Die Vorhänge wurden zur Seite gefegt. Der hochgewachsene Fremde trat ein und blieb zwei Schritte vor Teg stehen. Ein Ausdruck kalter Wut zeigte sich auf seinem Gesicht.

»Ich habe Sie davor gewarnt, ihm etwas zu sagen!« Die Stimme klang nach einem rauhen Bariton, ihr Akzent war neu für Teg.

»Und ich habe Sie vor den Fähigkeiten dieses Bashar-Mentaten gewarnt«, sagte Taraza. Auf ihrem Gesicht zeigte sich Verachtung.

Der Mann sank etwas in sich zusammen, und so etwas wie Angst zeigte sich auf seinen Zügen. »Geehrte Mater, ich ...«

»Wagen Sie es nicht, mich so zu nennen!« Tarazas Leib spannte sich zu einer dermaßen kämpferischen Pose, wie Teg sie an ihr noch nie gesehen hatte.

Der Mann richtete sich leicht wieder auf. »Teure Dame, Sie haben keine Kontrolle über die momentane Situation. Ich muß Sie daran erinnern, daß meine Befehle ...«

Teg hatte genug gehört. »Sie übt hier die Kontrolle durch mich aus«, sagte er. »Bevor ich hierherkam, habe ich gewisse Schutzmaßnahmen ergriffen. Dies ...« – er sah sich um und wandte seine Aufmerksamkeit dann wieder dem Eindringling zu, dessen Gesicht nun einen bedächtigen Ausdruck zeigte – »... ist kein Nicht-Schiff. Zwei unserer Nicht-Schiff-Beobachtungseinheiten haben Sie in genau diesem Augenblick in ihrem Blickfeld.«

»Das würden Sie nicht überleben!« sagte der Mann schroff.

Teg lächelte liebenswürdig. »Niemand auf diesem Schiff würde überleben.« Er preßte die Zähne aufeinander, um das Nervensignal zu geben und den winzigen Impuls-Timer in seinem Schädel zu aktivieren, der vor seinem visuellen Mittelpunkt graphische Signale abspielte. »Und Sie haben nicht mehr viel Zeit, wenn Sie noch eine Entscheidung treffen wollen.«

»Erzähl ihm, wie du darauf gekommen bist!« sagte Taraza.

»Die Mutter Oberin und ich verständigen uns auf unsere eigene Art«, sagte Teg. »Aber darüber hinaus gab es gar keinen Grund, mich zu warnen. Daß sie mich herbestellt hat, genügte. Die Mutter Oberin auf einem Gildentransporter zu einer Zeit wie dieser? Unmöglich!«

»Eine ausweglose Situation«, knurrte der Mann.

»Vielleicht«, sagte Teg. »Aber weder die Gilde noch Ix wird einen Frontalangriff der Bene Gesserit-Streitkräfte unter einem Kommandanten riskieren, den ich ausgebildet habe. Ich spreche von Bashar Burzmali. Ihre Verstärkung hat sich soeben aufgelöst und verdünnisiert.«

»Ich habe ihm nichts davon erzählt«, sagte Taraza. »Sie haben gerade gesehen, was ein Bashar-Mentat kann, und ich bezweifle, daß es irgendwo in diesem Universum jemanden gibt, der ihm ebenbürtig ist. Das sollten Sie bedenken, bevor Sie sich gegen Burzmali wenden, einen Mann, den dieser Mentat ausgebildet hat.«

Der Eindringling sah Taraza an. Dann wanderte sein Blick über Teg zu ihr zurück.

»Ich sage Ihnen, wie Sie aus dieser Sackgasse herauskommen«, sagte Teg. »Die Mutter Oberin Taraza und ihr Gefolge verlassen dieses Schiff mit mir zusammen. Sie müssen sich sofort entscheiden. Die Zeit wird knapp.«

»Sie bluffen doch.« Aber hinter diesen Worten lag keine Festigkeit.

Teg schaute Taraza an und verbeugte sich. »Es war mir eine große Ehre, dir zu dienen, Mutter Oberin. Ich entbiete dir meinen Abschiedsgruß.«

»Vielleicht wird der Tod uns nicht trennen«, sagte Taraza. Es war der traditionelle Abschiedsgruß, den eine Ehrwürdige Mutter einer Mitschwester entgegenbrachte.

»Geht!« Der vierschrötige Mann eilte auf die Korridorluke zu und schwang sie auf. Dahinter standen zwei ixianische Wachen, deren Gesichter nichts als Überraschung zeigten. Mit heiserer Stimme befahl der Mann: »Bringt sie zu ihrem Leichter!«

Immer noch kühl und gelassen sagte Teg: »Rufe deine Leute, Mutter Oberin!« Zu dem Mann, der an der Luke stand, sagte er:

»Sie sind zu sehr auf Ihre eigene Haut bedacht, um ein guter Soldat zu sein. Keiner meiner Männer hätte einen solchen Fehler gemacht.«

»Es sind reinrassige Geehrte Matres an Bord dieses Schiffes«, rasselte der Mann. »Ich habe geschworen, sie zu beschützen.«

Teg zog eine Grimasse und wandte sich dorthin, wo Taraza mit ihrem Gefolge aus dem Nebenraum kam: zwei Ehrwürdige Mütter und vier Helferinnen. Eine der Ehrwürdigen Mütter erkannte er: Darwi Odrade. Er hatte sie schon einmal aus der Ferne gesehen, aber das ovale Gesicht und die lieblichen Augen waren auffallend: sie sah aus wie Lucilla.

»Haben wir noch Zeit, uns einander vorzustellen?« fragte Taraza.

»Natürlich, Mutter Oberin.«

Teg schüttelte jeder der Anwesenden die Hand und nickte, als Taraza sie ihm vorstellte.

Als sie gingen, wandte sich Teg noch einmal dem uniformierten Fremden zu und sagte: »Man sollte stets die Feinheiten beachten. Sonst sind wir weniger als menschlich.«

Erst als sie auf dem Leichter waren, Taraza neben ihm saß und das Gefolge in der Nähe Platz genommen hatte, fragte er: »Wie haben sie dich erwischt?«

Der Leichter schoß dem Planeten entgegen. Der Bildschirm, vor dem Teg saß, zeigte, daß das mit dem ixianischen Symbol versehene Gildenschiff seinem Befehl gehorchte, so lange im Orbit zu bleiben, bis seine Gruppe sich in der Sicherheit der planetaren Abwehrsysteme befand.

Bevor Taraza eine Antwort geben konnte, beugte sich Odrade über die sie trennende Sitzlehne und sagte: »Ich habe den Befehl des Bashars, das Gildenschiff zu vernichten, aufgehoben, Mutter.«

Teg drehte ruckartig den Kopf zur Seite und maß Odrade mit einem finsteren Blick. »Aber sie haben euch gefangengenommen, und ...«, stieß er hervor. »Woher wußtet ihr, daß ich ...«

»Miles!«

Tarazas Stimme enthielt einen überwältigenden Tadel. Teg grinste reuevoll. Ja, sie kannte ihn beinahe ebensogut wie er sich ... was manche Aspekte anging, kannte sie ihn sogar besser.

»Sie haben uns nicht einfach gefangengenommen«, sagte Taraza. »Wir haben uns die Freiheit genommen, uns gefangennehmen zu lassen. Nach außen hin habe ich Dar nach Rakis begleitet. Wir verließen unser Nicht-Schiff bei Junction und erkundigten uns nach dem schnellsten Gildentransporter. Mein gesamter Rat, einschließlich Burzmali, stimmte darin überein, daß diese Eindringlinge aus der Diaspora den Transporter übernehmen und uns zu dir bringen würden. Ihr Ziel war dabei, alles über das Ghola-Projekt zu erfahren.«

Teg war entsetzt. *Das Risiko!*

»Wir wußten, daß du uns retten würdest«, sagte Taraza. »Hättest du es nicht geschafft – Burzmali hat die ganze Zeit bereitgestanden.«

»Das Gildenschiff, das ihr verschont habt«, sagte Teg, »wird Verstärkung anfordern und einen Angriff auf unsere ...«

»Sie werden Gammu nicht angreifen«, sagte Taraza. »Auf Gammu halten sich zu viele Kräfte aus der Diaspora auf. Sie würden es nicht wagen, dermaßen viele Leute vor den Kopf zu stoßen.«

»Ich wünschte, ich wäre mir meiner Sache so sicher, wie ihr es zu sein scheint«, sagte Teg.

»Du kannst dir ihrer sicher sein, Miles. Abgesehen davon gibt es noch andere Gründe dafür, das Gildenschiff nicht zu vernichten. Ix und die Gilde haben Partei ergriffen; wir haben sie ertappt. Das ist schlecht fürs Geschäft, und sie wollen so viele Geschäfte machen, wie sie nur können.«

»Es sei denn, sie haben wichtigere Kundenkreise aufgetan, die ihnen größere Profite offerieren!«

»Ahhh, Miles.« Tarazas Stimme klang nachdenklich. »Was wir heutigen Bene Gesserit wirklich tun, ist der Versuch, die Dinge friedfertiger zu vollbringen, ihnen ein Gleichgewicht zu verleihen. Das weißt du doch.«

Teg war zwar der Meinung, daß dies der Wahrheit entsprach, aber an einer Phrase biß er sich fest: »... wir heutigen Bene Gesserit ...« Die Worte transportierten beinahe eine Todessehnsucht. Bevor er sie in Frage stellen konnte, fuhr Taraza fort: »Wir möchten die hitzigsten Situationen lieber von den Schlachtfeldern fernhalten. Ich muß gestehen, daß wir diese

Einstellung dem Tyrannen zu verdanken haben. Ich weiß nicht, ob du dich je selbst als Produkt der Konditionierung des Tyrannen gesehen hast, Miles, aber du bist es.«

Teg akzeptierte dies ohne Kommentar. Es war ein Faktor in der gesamten Ausdehnung der menschlichen Gesellschaft. Kein Mentat konnte dies als angenommene Größe außer acht lassen.

»Dein besonderer Wert, Miles, hat uns als erstes angezogen«, sagte Taraza. »Du kannst zwar manchmal verdammt frustrierend sein, aber so wie du bist, brauchen wir dich.«

Aufgrund ihres durchdringenden Tonfalls und subtilen Verhaltens erkannte Teg, daß sie nicht nur zu ihm sprach, sondern ihre Worte auch auf das Gefolge einwirken ließ.

»Hast du irgendeine Vorstellung, Miles, wie es einen zur Weißglut treiben kann, wenn du These und Antithese mit gleicher Überzeugungskraft vertrittst? Aber dein Charakter ist eine starke Waffe. Wie schrecklich muß es für unsere Gegner sein, sich dir plötzlich gegenüberzusehen, wenn sie nicht einmal im Traum mit deinem Erscheinen gerechnet haben!«

Teg gestattete sich ein leichtes Lächeln. Er musterte die Frauen, die – vom Zwischengang von ihnen getrennt – auf der anderen Seite saßen. Warum richtete Taraza Worte dieser Art an die Gruppe? Darwi Odrade schien zu ruhen. Sie hatte den Kopf zurückgelegt und die Augen geschlossen. Einige der anderen unterhielten sich miteinander. Nichts von dem, was er sah, verleitete ihn zum Ziehen eines Schlusses. Selbst Bene Gesserit-Helferinnen konnten mehreren Gedankenströmen gleichzeitig folgen. Er wandte seine Aufmerksamkeit wieder Taraza zu.

»Du fühlst die Dinge wirklich genauso wie der Gegner«, sagte Taraza. »Das meine ich damit. Und natürlich gibt es, wenn du im Rahmen deines Geistes arbeitest, keinen Gegner für dich.«

»Oh, aber gewiß!«

»Mißverstehe meine Worte nicht, Miles. Wir haben deine Loyalität niemals angezweifelt. Aber es ist unheimlich, wie du es schaffst, uns Dinge sehen zu lassen, die wir sonst nicht sehen. Es gibt Zeiten, in denen du unser Auge bist.«

Darwi Odrade, sah Teg, hatte die Augen geöffnet und schaute ihn an. Sie war eine liebliche Frau. Irgend etwas an ihrer Erscheinung brachte ihn in Verwirrung. Sie erinnerte ihn – ebenso wie Lucilla – an jemanden aus seiner Vergangenheit. Bevor Teg diesen Gedanken weiterverfolgen konnte, ergriff Taraza das Wort und sagte: »Hat der Ghola die Fähigkeit, zwischen einander gegenüberstehenden Mächten das Gleichgewicht zu wahren?«

»Er könnte ein Mentat sein«, sagte Teg.

»In einer seiner Inkarnationen *war* er ein Mentat, Miles.«

»Willst du ihn wirklich schon in diesem Alter erwecken?«

»Es ist notwendig, Miles. Es geht um Leben und Tod.«

> *Das Versäumnis der MAFEA? Ganz einfach: Sie ignoriert die Tatsache, daß dort, wo ihre Aktivitäten enden, große kommerzielle Mächte bereitstehen; Mächte, die die MAFEA verschlingen könnten, und zwar so, wie ein Slig Müll verschlingt. Dies ist die wirkliche Bedrohung durch die Diaspora – für die MAFEA und uns alle.*
>
> Bene Gesserit-Ratsprotokoll
> Archive SXX90CH

Odrades Bewußtsein richtete sich nur zum Teil auf die zwischen Teg und Taraza stattfindende Konversation. Der Leichter war nur klein, und der Raum, der für Passagiere zur Verfügung stand, gering. Sie wußte, daß man Atmosphärentriebwerke einsetzen mußte, damit der Abstieg sanft vonstatten ging, deswegen bereitete sie sich auf den Landungsruck vor. Um Energie zu sparen, würde der Pilot die Suspensoren einer Maschine wie dieser nur kurz einsetzen.

Sie nutzte Momente dieser Art immer auf die gleiche Weise – indem sie sich auf die kommenden Notwendigkeiten einstellte. Die Zeit drängte; ein besonderer Kalender trieb sie an. Bevor sie das Domstift verlassen hatte, hatte sie sich ihn noch einmal angesehen, gefangengenommen wie so oft von der Beharrlichkeit der Zeit und ihrer Sprache: Sekunden, Minuten, Stunden, Tage, Wochen, Monate, Jahre ... Standardjahre, um genau zu sein. Beharrlichkeit war ein inadäquates Wort für dieses Phänomen. Unverletzlichkeit war wohl passender. Tradition.

Bring nie die Tradition durcheinander. Sie behielt diese Vergleiche streng in ihrem Geist, den seit Äonen dauernden Zeitfluß, der Planeten aufgebürdet wurde, die nicht nach der primitiven menschlichen Uhr gingen. Eine Woche, das waren sieben Tage. Sieben! Wie mächtig diese Zahl geblieben war. Mystisch. In der Orange-Katholischen Bibel hatte man sie verewigt. In sechs Tagen hatte der Herr die Welt erschaffen, »und am siebenten ruhte er«.

Gut für ihn! dachte Odrade. *Wir alle sollten nach harter Arbeit ruhen.*

Sie wandte leicht den Kopf und sah Teg über den Gang hinweg an. Er hatte keine Ahnung, wie viele Erinnerungen sie an ihn hatte. Sie konnte erkennen, wie die Jahre sein straffes Gesicht verändert hatten. Sie sah, daß die Ausbildung des Gholas an seinen Kräften gezehrt hatte. Das Kind in der Gammu-Festung mußte ein Schwamm sein, der alles und jedes in seiner Umgebung aufsaugte.

Und sie fragte sich: *Miles Teg, weißt du, warum wir gerade dich einsetzen?*

Obwohl der Gedanke sie schwächte, gestattete sie es sich, mit einem Gefühl, das beinahe einer Mißachtung gleichkam, bei ihm zu verweilen. Wie leicht es doch wäre, diesen alten Mann zu lieben! Natürlich nicht so wie einen Gemahl ... aber lieben konnte man ihn. Sie spürte das an ihr ziehende Band und erkannte darin die subtile Kraft ihrer Bene Gesserit-Fähigkeiten. Liebe, verdammenswerte Liebe, schwächende Liebe.

Odrade hatte dieses sanfte Ziehen auch bei dem ersten Mann gespürt, zu dem man sie geschickt hatte, um ihn zu verführen. Ein seltsames Gefühl. Die jahrelange Bene Gesserit-Konditionierung hatte es ihr behutsam vermittelt. Keine ihrer Prokuratorinnen hatte ihr den Luxus bedingungsloser Wärme erlaubt, und mit der Zeit hatte sie gelernt, daß die sorgfältige Isolation, der man sie unterzog, einer bestimmten Absicht diente. Und dann hatten die Zuchtmeisterinnen sie ausgesandt und ihr den Befehl erteilt, sich einem Einzelwesen so weit zu nähern, daß dieses in sie eindringen konnte. Sämtliche klinische Daten lagen offen vor ihr, und sie konnte die geschlechtliche Erregung ihres Partners ebenso in ihrem Bewußtsein lesen wie die, die sie sich selbst gestattete. Schließlich hatte man sie auf diese Rolle bestens vorbereitet. Die Zuchtmeisterinnen waren darüber hinaus auch für die Auswahl und Konditionierung der Männer zuständig gewesen, an denen man sie ausgebildet hatte.

Odrade seufzte. Sie wandte den Blick von Teg ab und schloß die Augen. Sie erinnerte sich. Die zur Ausbildung dienenden Männer ließen ihren Gefühlen niemals einen so freien Lauf, daß sich zwischen ihnen und den Auszubildenden etwas entwickelte. Dies war ein notwendiger Defekt in der Sexualerziehung.

Und was jene erste Verführung anging, zu der man sie geschickt hatte: Sie war so gut wie gar nicht auf die verschmelzende Ekstase eines beiderseitigen Orgasmus vorbereitet gewesen, eine Sache, die so alt war wie die Menschheit ... älter! Ebensowenig hatte sie von den Kräften gewußt, die man anwandte, um eine solche Entwicklung zu verhindern. Der Ausdruck auf dem Gesicht ihres männlichen Partners, der süße Kuß, seine totale Preisgabe aller Reserven, die dem Selbstschutz dienten. Er war völlig ungeschützt und überaus verletzlich gewesen. Kein zur Ausbildung dienender Mann hatte sich je so verhalten! Verzweifelt hatte sie nach den Bene Gesserit-Lehren getastet. Und aufgrund dieser Lehren sah sie das Wesentliche dieses Mannes – in seinem Gesicht. Und sie fühlte sein Wesentliches in ihrem tiefsten Innern. Einen sehr kurzen Moment lang gestattete sie sich eine gleichartige Reaktion und erlebte so einen dermaßen ekstatischen Höhepunkt, den niemand aus den Reihen ihrer Ausbilderinnen jemals erreichen zu können glaubte. In diesem Moment verstand sie, was Lady Jessica und anderen Bene Gesserit-*Versagerinnen* passiert war.

Dieses Gefühl war die Liebe!

Die Stärke dieses Gefühls ängstigte sie (und dies hatten die Bene Gesserit gewußt), so daß sie sich wieder der Konditionierung unterwarf und den kurzen natürlichen Ausdruck ihres Gesichts hinter einer lüsternen Maske verbarg. Von nun an waren ihre Liebkosungen kalkuliert. Natürliche wären zwar leichter gewesen, aber auch weniger effektiv.

Wie erwartet reagierte der Mann dumm. Es half einem, wenn man seine Reaktion für dumm hielt.

Ihre zweite Verführung war leichter verlaufen. Allerdings konnte sie sich immer noch an die Züge des ersten Mannes erinnern, was sie manchmal mit einer eher gefühllosen Neugier tat. Manchmal drängte sich sein Gesicht ihr wie von selbst auf – grundlos, und ohne daß sie wußte, warum.

Was die anderen Männer anging, zu denen man sie zu Zuchtzwecken geschickt hatte: die Erinnerungen an sie fielen unterschiedlich aus. Sie mußte ihre Vergangenheit durchstöbern, um ihre Gesichter wiederzufinden. Die sensorischen Aufzeichnungen dieser Erfahrungen gingen nicht so tief. Bei dem ersten war dies anders!

Und darin lag die gefährliche Stärke der Liebe.

Man brauchte sich nur einmal die Schrecknisse zu vergegenwärtigen, die diese geheime Kraft seit Jahrtausenden über die Bene Gesserit brachte. Lady Jessica und die Liebe, die sie ihrem Herzog entgegengebracht hatte, war lediglich ein Beispiel für zahllose andere. Die Liebe umwölkte die Vernunft. Sie trennte die Schwestern von ihren Pflichten. Man konnte sie nur dann tolerieren, wenn sie keine sofortigen oder vorhersehbaren Brüche hervorrief oder den weitergehenden Zielen der Bene Gesserit diente. Ansonsten mußte man ihr aus dem Weg gehen. Aber damit blieb sie immer noch eine Angelegenheit, die man wachsam im Auge behielt.

Odrade öffnete die Augen und warf Teg und Taraza erneut einen kurzen Blick zu. Die Mutter Oberin hatte das Thema gewechselt. Wie irritierend Tarazas Stimme manchmal sein konnte! Odrade schloß die Augen wieder und lauschte der Konversation. Irgend etwas in ihrem Geist, dem sie sich nicht verschließen konnte, schien mit den beiden Stimmen verbunden zu sein.

»Nur wenige Leute machen sich klar, wieviel von der Basis einer Zivilisation Basiszubehör ist«, sagte Taraza. »Wir haben eine ausführliche Studie zu diesem Thema angefertigt.«

Liebe ist Basiszubehör, dachte Odrade. Warum hatte Taraza dieses Thema ausgerechnet jetzt angeschnitten? Die Mutter Oberin tat selten etwas ohne einen triftigen Grund.

»Basiszubehör ist ein Terminus, der alle notwendigen Dinge einschließt, die eine menschliche Bevölkerung braucht, um bei konstanter oder steigender Kopfzahl zu überleben«, sagte Taraza.

»Melange?« fragte Teg.

»Natürlich. Aber die meisten Leute sehen nur das Gewürz und sagen: ›Wie schön, daß wir es haben können, und daß es unser Leben noch länger macht als das, an dem sich unsere Vorfahren erfreuen konnten.‹«

»Vorausgesetzt, sie können es sich leisten.« Odrade fiel auf, daß Tegs Stimme leicht ironisch klang.

»Solange der gesamte Markt nicht von einem Monopol beherrscht wird, haben die meisten Leute genug«, erwiderte Taraza.

»Das Thema Wirtschaft«, sagte Teg, »habe ich gehabt, als ich noch auf dem Schoß meiner Mutter saß. Nahrung, Wasser, atembare Luft, Wohnraum, der nicht von Giften verseucht ist – es gibt viele Arten von *Geld*, und sein Wert ändert sich im Verhältnis zu Abhängigkeiten.«

Odrade hörte ihm zu und hätte beinahe zustimmend genickt. Seine Erwiderung war auch die ihre. *Renne keine offenen Scheunentore ein, Taraza! Komm zur Sache!*

»Ich möchte, daß du dich ganz genau an die Lehren deiner Mutter erinnerst«, sagte Taraza. *Wie milde ihre Stimme plötzlich war!* Doch dann änderte sie sich abrupt und stieß hervor: »Hydraulischer Despotismus!«

Es gelingt ihr gut, den Schwerpunkt zu verschieben, dachte Odrade. Ihr Gedächtnis spuckte die Daten aus wie ein überlaufendes Faß. *Hydraulischer Despotismus:* Zentralsteuerung einer lebensnotwendigen Energie ... etwa Wasser, Elektrizität, Treibstoff, Medikamente, Melange ... Wenn du der Zentralsteuerung der Energiewirtschaft keinen Gehorsam erweist, dreht sie dir den Saft ab und du stirbst!

Taraza ergriff wieder das Wort: »Es gibt noch ein anderes Konzept, das nutzbar ist. Ich bin mir sicher, daß deine Mutter dir davon erzählt hat: der Schlüsselstamm.«

Odrade wurde jetzt neugieriger. Taraza zielte mit diesem Gespräch auf etwas sehr Wichtiges ab: *Schlüsselstamm.* Ein wirklich alter Begriff aus der Prä-Suspensoren-Ära. Damals hatten die Holzfäller die Stämme gefällter Bäume über Wasserwege zentral gelegenen Sägewerken zugeleitet. Dabei war es vorgekommen, daß sich die Stämme im Wasser verhedderten und stauten. In einem solchen Fall mußte man sich der Hilfe eines Experten bedienen, der nach dem Schlüsselstamm Ausschau hielt. Wenn er ihn fand und aus dem Durcheinander löste, konnte das aufgelaufene Holz den Weg fortsetzen. Sie wußte, daß Teg diesen Terminus intellektuell erfassen würde, aber Taraza und sie konnten noch weit mehr: ihre Weitergehenden Erinnerungen konnten echte Augenzeugen beibringen; Menschen, die selbst gesehen hatten, wie beim Befreien eines Schlüsselstamms Holzbruchstücke und Wasser in die Luft geschossen waren.

»Der Tyrann war der Schlüsselstamm«, sagte Taraza. »Er hat den Stau erzeugt und wieder aufgelöst.«

Als der Leichter in die oberen Schichten der Lufthülle Gammus eindrang, durchlief ein Vibrieren die Maschine. Odrade spürte die Enge der sie haltenden Gurte nur einen Augenblick lang, dann bewegte sich der Leichter auch schon wieder sanfter voran. Während dieses Intervalls war das Gespräch verstummt. Nun sagte Taraza: »Außer dem sogenannten Zubehör gibt es noch einige Religionen, die man aus psychologischen Gründen erschaffen hat. Selbst natürliche Notwendigkeiten können einen solchen Bestandteil aufweisen.«

»Eine Tatsache, die die Missionaria Protectiva zu schätzen weiß«, sagte Teg. Wieder hörte Odrade einen Anflug tiefen Vorbehalts in seiner Stimme. Taraza hörte ihn gewiß auch. Was machte sie da? Sie konnte Teg auf diese Weise schwächen!

»Ahhh, ja«, sagte Taraza. »Unsere Missionaria Protectiva. Die Menschen zeichnet das starke Verlangen aus, daß sich ihre Glaubensgrundsätze als der ›wahre Glaube‹ erweisen. Wenn es dich erfreut, dir eine gewisse Sicherheit verleiht *und* in deine Glaubensgrundsätze eingebettet ist, welch starke Basis ruft dies hervor!«

Als der Leichter die nächste Luftschicht durchstieß, verfiel Taraza wieder in Schweigen.

»Es wäre besser, er würde die Suspensoren einsetzen«, beschwerte sich Taraza.

»So spart er Treibstoff«, sagte Teg. »Weniger Zubehör.«

Taraza kicherte. »Oh, ja, Miles. Du kennst deine Lektion gut.

Ich bemerke die Hand deiner Mutter. Wenn das Junge in eine gefährliche Richtung ausschlägt, verdamme das Muttertier!«

»Du siehst ein Kind in mir?« fragte er.

»Ich sehe jemanden in dir, der gerade seine erste Begegnung mit den Machenschaften der sogenannten Geehrten Matres gehabt hat.«

Das ist es also, dachte Odrade. Und mit Schrecken wurde ihr klar, daß Tarazas Worte nicht nur Teg, sondern einer größeren Zielgruppe galten.

Sie redet mit mir!

»Diese Geehrten Matres, wie sie sich nennen«, sagte Taraza, »haben sexuelle Ekstase und Verehrung kombiniert. Ich bezweifle, daß sie sich auch nur Gedanken darüber gemacht haben, welche Gefahren darin stecken.«

Odrade öffnete die Augen und schaute die Mutter Oberin über den Gang hinweg an. Tarazas Blick galt einzig und allein Teg. Ihr Gesicht war – abgesehen von den Augen, in denen das Verlangen brannte, man möge sie verstehen – völlig ausdruckslos. »Gefahren«, wiederholte Taraza. »Die große Masse der Menschheit zeichnet sich durch eine unmißverständliche Einheits-Identität aus. Sie vermag eins: Sie kann wie ein einziger Organismus reagieren.«

»Sagte der Tyrann«, konterte Teg.

»Der Tyrann hat es bewiesen! Er konnte die Gruppenseele manipulieren. Es gibt Zeiten, Miles, in denen es das Überleben verlangt, daß wir mit der Seele kommunizieren. Du solltest wissen, daß Seelen ständig nach einem Ventil suchen.«

»Ist die Kommunikation mit der Seele in letzter Zeit nicht etwas aus der Mode gekommen?« fragte Teg. Der spöttische Tonfall seiner Stimme gefiel Odrade nicht. Sie registrierte, daß auch Taraza ärgerlich wurde.

»Glaubst du, ich rede über religiöse Moden?« fragte sie, wobei ihre schrille Stimme eindringlich und scharf wurde. »Wir wissen doch beide, daß man Religionen erschaffen kann! Ich rede über diese Geehrten Matres, die uns in einem gewissen Sinn nachäffen, ohne jedoch unser Bewußtsein aufzuweisen. Sie wagen es, sich selbst zum Mittelpunkt der Verehrung zu machen!«

»Eine Sache, die die Bene Gesserit stets vermeiden«, sagte Teg. »Meine Mutter sagte, daß Anbeter und Angebetete in ihrem Glauben vereint seien.«

»Aber man kann sie spalten!«

Odrade sah, daß Teg auf der Stelle in das Verhalten eines Mentaten verfiel. Seine Augen richteten auf nichts Bestimmtes, seine Züge blieben glatt. Jetzt erkannte sie einen Teil dessen, was Taraza vorhatte. *Der Mentat reitet im römischen Stil, mit jedem Fuß auf einem Roß. Jeder Fuß steht auf einer anderen Wirklichkeit, während die Suche nach dem Motiv ihn vorwärtsschleudert. Er muß auf unterschiedlichen Realitäten reiten, will er sein Ziel erreichen.*

Mit der nachdenklichen, unakzentuierten Stimme eines Mentaten sagte Teg: »Uneinige Kräfte werden um die Vorherrschaft kämpfen.«

Taraza stieß einen erleichterten Seufzer aus, der beinahe sinnlich klang.

»Basiszubehör«, sagte sie. »Diese Frauen aus der Diaspora wollten die Macht über alle uneinigen Kräfte erlangen, über alle Kräfte, die nach der Führung streben. Dieser Militär-Offizier auf dem Gildenschiff ... Als er über seine Geehrten Matres sprach, sprach er sowohl mit Ehrfurcht als auch mit Haß. Ich bin sicher, du hast es auch in seiner Stimme gehört, Miles. Ich weiß, wie gut dich deine Mutter unterrichtet hat.«

»Ich habe es gehört.« Teg konzentrierte sich wieder auf Taraza. Er lauschte – ebenso wie Odrade – jedem ihrer Worte.

»Zubehör«, sagte Taraza. »Wie einfach kann es sein – und wie komplex. Nimm zum Beispiel Zahnfäule.«

»Zahnfäule.« Teg wurde förmlich aus seinem Mentat-Bewußtsein herausgerissen, und Odrade, die dies beobachtete, stellte fest, daß seine Reaktion genau dem entsprach, was Taraza erwartete. Taraza hatte ihren Bashar-Mentaten voll in der Hand.

Und ich soll es sehen und daraus lernen, dachte Odrade.

»Zahnfäule«, wiederholte Taraza. »Ein einfaches Implantat bei der Geburt bewahrt den größten Teil der Menschheit vor diesem Verhängnis. Trotzdem müssen wir unsere Zähne putzen und uns anderweitig um sie sorgen. Es ist so natürlich für uns, daß wir nur selten darüber nachdenken. Die Geräte, die wir benutzen, werden für ganz und gar alltägliche Dinge unserer Umgebung gehalten. Und dennoch stehen all diese Geräte, die Materialien, die sie enthalten, die Zahnpflege-Instruktoren und die Suk-Überwacher in einer dicht verflochtenen Beziehung zueinander.«

»Man braucht einem Mentaten das Prinzip gegenseitiger Abhängigkeiten nicht zu erklären«, sagte Teg. In seiner Stimme schwang zwar immer noch Wißbegier mit, aber sie enthielt ebenso einen verdrießlichen Unterton.

»Eben«, sagte Taraza. »Denn es macht die natürliche Welt seines Gedankenprozesses aus.«

»Weshalb weist du mich dann ausdrücklich darauf hin?«

»Mentat, konzentriere dich auf das, was du momentan über diese Geehrten Matres weißt, und dann sage mir: Wo befindet sich ihr schwacher Punkt?«

Teg sagte ohne zu zögern: »Sie können nur überleben, wenn sie damit fortfahren, die Basis jener, die sie unterstützen, zu verbreitern. Das ist die Sackgasse, in der sich jemand befindet, der von etwas abhängig ist.«

»Genau. Und worin steckt die Gefahr?«

»Sie könnten bei ihrem Niedergang einen Großteil der Menschheit mit sich reißen.«

»Das war das Problem des Tyrannen, Miles. Ich bin mir sicher, daß er es wußte. Und jetzt hör mir sehr genau zu! Und du auch, Dar!« Taraza schaute über den Gang hinweg, und ihr Blick traf sich mit dem Odrades. »Hört mir beide zu! Wir, die Bene Gesserit, werfen äußerst starke ... *Elemente* in den vorbeidriftenden Menschenstrom. Vielleicht erzeugt dies einen Stau. Auf jeden Fall rufen sie Schäden hervor. Und wir ...«

Der Leichter drang in eine tiefere Luftschicht vor. Während sie an ihren Sitzen klebten und dem Brüllen und Knirschen lauschten, das sie umgab, war eine Konversation unmöglich. Als die Unterbrechung endete, hob Taraza wieder die Stimme.

»Sollten wir diese verdammte Maschine überstehen und auf Gammu landen, mußt du dich mit Dar zusammentun, Miles. Du hast das Atreides-Manifest gesehen. Sie wird dir alles sagen und dich vorbereiten. Das ist alles.«

Teg drehte sich um und sah Odrade an. Wieder setzte ihre

Erscheinung etwas in seinen Erinnerungen in Gang: Sie ähnelte Lucilla bemerkenswert stark, aber da war noch etwas anderes. Er schob den Gedanken beiseite. *Das Atreides-Manifest?* Er hatte es gelesen, weil Taraza es ihm mit der Anweisung, genau dies zu tun, hatte zukommen lassen. *Mich vorbereiten? Auf was?*

Odrade sah den fragenden Blick in Tegs Gesicht. Jetzt verstand sie Tarazas Motiv. Die Befehle der Mutter Oberin bekamen ebenso eine neue Bedeutung wie die Worte des Manifests.

»So wie das Universum unter Mitwirkung von Bewußtsein erzeugt wird, hat der vorausschauende Mensch diese schöpferische Befähigung zu einem letztendlichen Extrem in sich. Dies war die gründlich mißverstandene Macht des Atreides-Bastards, die Macht, die auf seinen Sohn, den Tyrannen überging.«

Odrade kannte diese Worte mit der Vertrautheit eines Autors, aber jetzt kamen sie zu ihr zurück, als hätte sie sie nie zuvor gelesen.

Verdammt sollst du sein, Tar! dachte sie. *Was ist, wenn du dich irrst?*

> *Auf der Ebene einer Menge kann man unser Universum als einen unbestimmten Ort ansehen, der statistische Vorausberechnungen nur zuläßt, wenn man Daten hat, die hinlänglich sind. Zwischen diesem Universum und einem relativ vorausberechenbaren, in dem man die Umlaufbahn eines einzelnen Planeten auf die Picosekunde bestimmen kann, kommen andere Kräfte ins Spiel. Denn das Zwischen-Universum, wo wir unseres täglichen Lebens ansichtig werden – das, woran man glaubt –, ist eine bestimmende Kraft. Euer Glaube bestimmt die sich entwickelnden Ereignisse des Alltäglichen. Wenn genug von uns an etwas glauben, kann man eine Neuheit ins Dasein entlassen. Glaubenssätze erschaffen einen Filter, durch den das Chaos in eine Ordnung gesiebt wird.*
>
> Analyse des Tyrannen
> Taraza-Akten
> Bene Gesserit-Archiv

Als Teg vom Gildenschiff nach Gammu zurückkehrte, waren seine Gedanken in Unordnung. Er stieg am schwarz-rußigen Rand der privaten Festungslandebahn aus dem Leichter und sah sich um, als wäre er zum ersten Mal hier. Es war fast Mittag. So wenig Zeit war vergangen, und doch war so viel passiert.

Er fragte sich, wei weit die Bene Gesserit gehen würden, um jemandem eine grundlegende Lektion zu erteilen. Taraza hatte ihn aus dem geistigen Verarbeitungsprozeß eines Mentaten herausgebracht. Er hatte das Gefühl, als sei der gesamte Zwischenfall auf dem Gildenschiff ausschließlich für ihn inszeniert worden. Man hatte ihn von einem vorhersehbaren Kurs abgebracht. Wie seltsam Gammu ihm erschien, als er den bewachten Weg zu den Eingangsschächten überquerte.

Teg hatte viele Planeten gesehen. Er hatte ihre Eigenarten kennengelernt und wußte, auf welche Weise sie ihren Bewohnern einen Stempel aufdrückten. Manche Planeten hatten eine große, gelbe Sonne, die ihnen ziemlich nahe war und alles Leben wärmte, entwickelte und wachsen ließ. Andere Planeten hatten kleine Glitzersonnen, die in weiter Ferne in dunklen Himmeln schwebten, und deren Licht wenig berührte. Innerhalb und außerhalb dieses Bereichs gab es allerlei Variationen. Gammu war eine gelbgrüne Variante, mit einem Tag, der 31:27 Standardstunden dauerte. Der Planet umkreiste seine Sonne in 2,6 Standardjahren. Teg hatte geglaubt, daß er Gammu kannte.

Als man die Harkonnens gezwungen hatte, ihn aufzugeben, waren beim Auszug in die Diaspora zurückgelassene Kolonisten aus der Dan-Gruppe gekommen und hatten ihm den Halleck-Namen gegeben – damals, während der großen Kartenreform. Man hatte die Kolonisten seinerzeit Caladanier genannt, aber die Jahrtausende hatten dazu beigetragen, manche Bezeichnungen zu verkürzen.

Am Eingang zu den Abwehrsystemen, die von der Landebahn aus unter die Festung führten, blieb Teg stehen. Taraza und ihr Gefolge waren noch weit hinter ihm. Taraza unterhielt sich eindringlich mit Odrade.

Das Atreides-Manifest, dachte er.

Selbst auf Gammu gaben nur wenige zu, Harkonnen- oder Atreides-Nachfahren zu sein, obwohl die Genotypen erkennbar waren – besonders die der dominierenden Atreides. Sie hatten eine lange, scharfgeschnittene Nase, eine hohe Stirn und einen sinnlichen Mund. Oft fand man diese Merkmale auch verstreut vor: hier den Mund, dort den eindringlichen Blick. Und zahllose Mischungen. Manchmal jedoch wies jemand sämtliche dieser Anzeichen auf, und dann sah man auch den Stolz, das innere Wissen: »*Ich bin einer von ihnen!*«

Die Eingeborenen von Gammu nahmen es zwar zur Kenntnis, aber nur wenige redeten darüber.

Die Grundlage all dessen war das, was die Harkonnens zurückgelassen hatten – genetische Linien, deren Spuren sich im Dunkel der Zeiten bei den Griechen, Pathanern und Mamelukken verloren, Schatten einer uralten Geschichte, deren Namen außer berufsmäßigen Historikern und solchen, die die Bene Gesserit ausgebildet hatten, nur wenige beim Namen kannten.

Taraza und ihr Gefolge holten Teg ein. Er hörte, wie sie zu Odrade sagte: »Das mußt du Teg alles erzählen.«

Na schön, sie würde ihm also alles erzählen, dachte er. Er drehte sich um und führte sie an den Innenwachen vorbei in den langen Gang und unter den MG-Nestern hindurch in die Festung.

Verdammt sollen sie sein! dachte er. *Was tun sie wirklich hier auf Gammu?*

Man konnte auf diesem Planeten zahlreiche Merkmale der Bene Gesserit sehen: Rückzüchtungen, um bestimmte Charaktereigenschaften zu bewahren, und hie und da – bei den Frauen – einen sichtlichen Schwerpunkt bezüglich verführerischer Augen.

Teg erwiderte die Begrüßung eines Hauptmanns der Wache, ohne zur Seite zu sehen. *Verführerische Augen, ja.* Er hatte dies gleich nach seiner Ankunft in der Festung des Gholas und besonders während der ersten Inspektionsreise auf diesem Planeten gesehen. Und er hatte sich in vielen Gesichtern wiedergesehen, wobei ihm eine Sache eingefallen war, die Patrin des öfteren erwähnt hatte.

»Sie haben einen Gammu-Blick, Bashar.«

Verführerische Augen! Der weibliche Wachhauptmann von eben hatte sie auch. Sie, Odrade und Lucilla waren sich darin gleich. Nur wenige Leute zollten den Augen gebührende Aufmerksamkeit, wenn eine Verführung anstand, machte er sich klar. Es bedurfte einer Bene Gesserit-Erziehung, um sich diesen Punkt bewußt zu machen. Bei Frauen waren ein üppiger Busen und bei Männern starke Lenden bei sexuellen Spielen von naturgemäßer Wichtigkeit. Aber ohne die Augen war der Rest überhaupt nichts wert. Die Augen waren das Wesentliche. In den richtigen Augen, diese Erfahrung hatte er gemacht, konnte man ertrinken; man konnte in ihnen versinken, und man bemerkte erst dann, was mit einem angestellt wurde, wenn die Vagina den Penis umschloß.

Nach seiner Ankunft auf Gammu waren ihm Lucillas Augen sofort aufgefallen. Von da an hatte er sich vorsichtig bewegt. Kein Zweifel, die Schwesternschaft wußte ihre Talente einzusetzen!

Und da war Lucilla auch schon. Sie wartete an der Hauptinspektions- und Entgiftungskammer. Ein kurzes Handzeichen sagte ihm, daß mit dem Ghola alles in Ordnung war. Teg entspannte sich und schaute zu, als Lucilla und Odrade einander begegneten. Trotz des Altersunterschiedes war ihre Ähnlichkeit bemerkenswert. Körperlich unterschieden sie sich allerdings: Lucilla wirkte neben der graziösen Erscheinung Odrades fester und solider.

Der weibliche Wachhauptmann mit den verführerischen Augen näherte sich Teg und beugte sich ihm entgegen.

»Schwangyu hat gerade erst erfahren, wen Sie mitgebracht haben«, sagte die Frau und deutete mit einem Kopfnicken auf Taraza. »Ahhh, da ist sie ja.«

Schwangyu trat aus einer Liftröhre und ging auf Taraza zu, wobei sie Teg nur mit einem wütenden Blick streifte.

Taraza wollte dich überraschen, dachte er. *Wir wissen alle, warum.*

»Du scheinst nicht gerade glücklich zu sein, mich zu sehen«, sagte Taraza zu Schwangyu.

»Ich bin *überrascht*, Mutter Oberin«, sagte Schwangyu. »Ich hatte keine Ahnung.« Wieder sah sie Teg kurz an; in ihrem Blick war Gift.

Odrade und Lucilla brachen ihre beiderseitige Untersuchung ab. »Ich habe natürlich davon gehört«, sagte Odrade, »aber es macht einen tatsächlich sprachlos, wenn man seinem Gesicht in einem anderen begegnet.«

»Ich habe dich gewarnt«, sagte Taraza.

»Wie lauten deine Befehle, Mutter Oberin?« fragte Schwangyu. Auf eine andere Weise konnte sie wohl den Grund für Tarazas überraschenden Besuch nicht in Erfahrung bringen.

»Ich möchte mit Lucilla unter vier Augen sprechen«, sagte Taraza.

»Ich werde Räumlichkeiten dafür bereitstellen«, versicherte Schwangyu.

»Nicht nötig«, sagte Taraza. »Ich bleibe nicht. Miles hat schon alles für die Weiterreise arrangiert. Die Pflicht ruft mich zum Domstift zurück. Lucilla und ich werden uns draußen unterhalten, auf dem Hof.« Taraza legte einen Finger auf ihre Wange. »Oh, und ich möchte unbeobachtet ein paar Minuten lang den Ghola sehen. Ich bin sicher, Lucilla kann das arrangieren.«

»Er bewältigt das Intensivtraining sehr gut«, sagte Lucilla, als sich die beiden in Richtung auf die Liftröhre in Bewegung setzten.

Teg wandte seine Aufmerksamkeit Odrade zu. Als sein Blick dabei Schwangyu streifte, bemerkte er die Heftigkeit ihrer Verärgerung. Sie tat nichts, um sie zu verbergen.

War Lucilla eine Schwester oder Tochter Odrades? fragte sich Teg. Plötzlich wurde ihm klar, daß hinter dieser Ähnlichkeit eine Absicht der Bene Gesserit stecken mußte. Ja, natürlich – Lucilla war eine Einprägerin!

Schwangyu überwand ihren Ärger. Sie sah Odrade neugierig an. »Ich wollte gerade eine Mahlzeit einnehmen, Schwester«, sagte sie. »Hättest du vielleicht Lust, mich zu begleiten?«

»Ich muß mit dem Bashar unter vier Augen sprechen«, erwiderte Odrade. »Wäre es vielleicht möglich, daß wir unser Gespräch hier erledigen? Der Ghola darf mich nicht sehen.«

Schwangyus Gesicht verfinsterte sich. Sie versuchte erst gar nicht, ihre Verstimmung von Odrade fernzuhalten. Im Domstift wußte man, wer loyal war! Aber niemand – *niemand!* – würde sie ihres hiesigen beobachtenden Kommandos entheben. Auch die Opposition hatte ihre Rechte!

Was sie dachte, war sogar für Teg offensichtlich. Als Schwangyu sie allein ließ, fiel ihm die Steifheit ihres Rückens auf.

»Es ist übel, wenn eine Schwester sich gegen die andere wendet«, sagte Odrade.

Teg gab dem weiblichen Wachhauptmann ein Handzeichen. Die Umgebung mußte geräumt werden. *Unter vier Augen*, hatte Odrade gesagt. *Also unter vier Augen.* »Dies hier ist eines meiner Gebiete«, sagte Teg zu ihr. »Es gibt hier weder Spione noch andere Lauschmöglichkeiten.«

»Das habe ich mir gedacht«, sagte Odrade.

»Dort drüben haben wir ein Dienstzimmer.« Teg deutete mit dem Kopf nach links. »Möbliert. Sogar Sesselhunde, wenn nötig.«

»Ich mag es nicht, wenn sie einen umarmen wollen«, erwiderte Odrade. »Können wir nicht hier reden?« Sie hakte sich bei Teg ein. »Vielleicht könnten wir dabei ein bißchen gehen. Die Sitzerei im Leichter hat mich ganz steif gemacht.«

»Was ist es, das du mir erzählen sollst?« fragte er, als sie dahinschlenderten.

»Meine Erinnerungen sind nicht mehr selektiv gefiltert«, sagte sie. »Ich habe sie alle – natürlich nur die der weiblichen Seite.«

»So?« Teg schürzte die Lippen. Dies war nun nicht gerade die Ouvertüre, die er erwartet hatte. Odrade war ihm eher wie jemand erschienen, der nicht unbedingt auf geradem Weg zur Sache kam.

»Taraza sagt, du hättest das Atreides-Manifest gelesen. Gut. Du weißt, daß es in vielen Gegenden Verstimmungen hervorrufen wird.«

»Schwangyu hat es schon zum Gegenstand einer Hetzkampagne gegen ›euch Atreides‹ gemacht.«

Odrade sah ihn ernst an. In Übereinstimmung mit sämtlichen Berichten war Teg eine imposante Figur geblieben, aber das hatte sie auch so gewußt.

»Wir sind beide Atreides, du und ich«, sagte Odrade.

Teg fühlte sich sofort in Alarmzustand versetzt.

»Deine Mutter hat es dir in aller Ausführlichkeit erläutert«, sagte sie, »als du in den ersten Schulferien zurück nach Lernaeus kamst.«

Teg blieb stehen und sah auf sie hinab. Wie konnte sie das wissen? Soweit er sich erinnern konnte, war er dieser entfernten Verwandten namens Odrade nie begegnet. Und er hatte auch nie mit ihr gesprochen. Hatte man etwa im Domstift über ihn geredet? Er schwieg weiterhin und zwang sie so, das Gespräch wieder aufzunehmen.

»Ich erinnere mich an ein Gespräch zwischen einem Mann und meiner Geburtsmutter«, sagte Odrade. »Sie liegen im Bett, und der Mann sagt: ›Früher, als ich mich für einen unabhängigen Menschen hielt, der in die Dienste eines jeden treten und kämpfen konnte, wo er wollte – als ich der Umarmung der Bene Gesserit erstmals entkam, habe ich einige Kinder gezeugt.‹«

Teg versuchte nicht, seine Überraschung zu verbergen. Seine eigenen Worte! Seine Mentat-Erinnerung sagte ihm, daß Odrade sie wortwörtlich wiedergegeben hatte – wie ein mechanisches Aufzeichnungsgerät. Sogar der Tonfall stimmte!

»Noch etwas?« fragte sie, als er sie nur anstarrte. »Na schön. Der Mann sagt: ›Das war natürlich, bevor man mich zur Mentatenausbildung schickte. Wie es mir die Augen geöffnet hat! Ich bin nie auch nur einen Moment unbeobachtet geblieben. Ich war niemals ein freier Mensch.‹«

»Ich war es nicht einmal, als ich dies sagte«, sagte Teg.

»Stimmt.« Mit einem Druck auf seinen Arm brachte sie ihn dazu, weiterzugehen. »Die Kinder, die du gezeugt hast, gehörten der Bene Gesserit. Die Schwesternschaft riskiert es nicht, daß unser Gentyp außer Kontrolle gerät.«

»Selbst wenn man Shaitan meinen Leib vorwirft, über ihren kostbaren Gentyp wachen sie immer noch«, sagte Teg.

»Und ich«, sagte Odrade. »Ich bin eine deiner Töchter.«

Erneut zwang er sie zu einem Halt.

»Ich glaube, du weißt, wer meine Mutter war«, sagte sie, und als er antworten wollte, brachte sie ihn mit erhobener Hand zum Schweigen. »Namen sind nicht nötig.«

Teg musterte Odrades Züge. Er sah deutliche Hinweise.

Mutter und Tochter waren einander gleich. Aber was war mit Lucilla?

Als hätte sie seine Frage gehört, sagte Odrade: »Lucilla entstammt einer parallelen Zuchtlinie. Ist es nicht bemerkenswert, was ein sorgfältiges Zuchtprogramm hervorbringen kann?«

Teg räusperte sich. Er fühlte sich keineswegs emotional zu der Frau hingezogen, die sich als seine Tochter zu erkennen gegeben hatte. Es waren ihre Worte und andere wichtige Gesten ihrer Haltung, die vorrangig seine Aufmerksamkeit erweckten.

»Dieses Gespräch«, sagte Teg, »hat doch einen Hintergrund. Ist das alles, was du mir zu sagen hast? Ich dachte, die Mutter Oberin hätte gesagt ...«

»Es geht um mehr«, gab Odrade zu. »Das Manifest – ich habe es geschrieben. Ich schrieb es auf Tarazas Anweisung hin und bin dabei ihren detaillierten Instruktionen gefolgt.«

Teg sah sich in der großen Halle um, als wolle er sichergehen, daß niemand sie belauschte. Dann sagte er leise: »Die Tleilaxu verbreiten es überall!«

»Genau wie wir gehofft haben.«

»Warum erzählst du mir das? Taraza hat gesagt, du solltest mich vorbereiten auf ...«

»Irgendwann ist die Zeit da, an der du unsere Ziele kennen mußt. Taraza wünscht, daß du dann deine eigenen Entscheidungen triffst, daß du wirklich zu einem freien Menschen wirst.«

Als sie dies sagte, erkannte Odrade, daß seine Augen wieder den Blick eines Mentaten annahmen.

Teg holte tief Luft. *Basiszubehör und Schlüsselstämme!* Innerlich spürte er, daß hinter den angesammelten Daten eine greifbar nahe Motivation verborgen lag. Nicht einmal einen Augenblick lang zog er in Erwägung, daß eine Art kindlicher Verehrung diese Offenbarungen hervorgebracht hatte. Obwohl man jede Anstrengung unternahm, dies zu vertuschen, enthielt jede Form der Bene Gesserit-Ausbildung eine fundamentalistische, dogmatische und rituale Wesentlichkeit. Odrade, seine aus der Vergangenheit aufgetauchte Tochter, war eine kompetente Ehrwürdige Mutter mit außergewöhnlichen Muskulatur- und

Nervenkräften – und sie hatte alle Erinnerungen der weiblichen Seite! Sie gehörte zu den Besonderen! Sie kannte Kampftricks, die sich nur wenige Menschen vorstellen konnten. Und diese Ähnlichkeit, dieses Wesentliche, blieb. Ein Mentat sah dies stets.

Was will sie?

Eine Bestätigung seiner Vaterschaft? Sie hatte Zugang zu allen Bestätigungen, die sie brauchte.

Während er sie ansah und ihre Haltung musterte, wie sie geduldig darauf wartete, daß seine Gedanken zu einem Entschluß führten, dachte er daran, daß man oft und mit Recht sagte, die Ehrwürdigen Mütter wären nicht mehr gänzlich Mitglieder der menschlichen Rasse. Sie bewegten sich irgendwie außerhalb der Hauptströmung, vielleicht parallel zu ihr. Vielleicht tauchten sie dann und wann aus Eigennutz wieder in ihn ein, aber von der Menschheit hatten sie sich entfernt. Sie hatten sich selbst entfernt. Es war das Identifikationsmerkmal der Ehrwürdigen Mutter. Sie umgab eine spezielle Identität, die sie dem seit langem toten Tyrannen näherstehen ließ als dem Menschenvolk, das sie hervorgebracht hatte.

Manipulation. Das war ihr Merkmal. Sie manipulierten alles und jeden.

»Man verlangt von mir, das Auge der Bene Gesserit zu sein«, sagte Teg. »Taraza möchte, daß ich für euch eine *menschliche* Entscheidung treffe.«

Ganz offensichtlich erfreut drückte Odrade seinen Arm. »Was habe ich doch für einen Vater!«

»Hast du wirklich einen Vater?« fragte Teg und wiederholte für sie das, was er über die Entfernung der Bene Gesserit von der Menschheit gedacht hatte.

»Außerhalb der Menschheit«, sagte sie. »Welch kuriose Vorstellung. Stehen die Gildennavigatoren auch außerhalb der Originalmenschheit?«

Er dachte darüber nach. Die Gildennavigatoren unterschieden sich äußerst stark von der allgemeinen menschlichen Daseinsform. Da sie im Raum geboren wurden und ihr Leben in Melange-Gastanks verbrachten, waren sie nur noch ein Zerrbild des Menschen mit verlängerten und verlagerten Gliedern und Organen. Aber ein Jungnavigator konnte sich, bevor er in den Tank ging, mit einer Normalen fortpflanzen. Man hatte es bewiesen. Gildennavigatoren verloren zwar ihre Menschlichkeit, aber auf eine andere Weise als die Bene Gesserit.

»Navigatoren sind nicht eure geistigen Verwandten«, sagte er. »Sie denken menschlich. Das Führen eines Schiffes durch den Weltraum, selbst mit Hilfe von Hellseherei, um einen sicheren Weg zu finden, weist ein Muster auf, das für Menschen akzeptabel ist.«

»Aber unser Muster akzeptierst du nicht?«

»Ich akzeptiere es, so weit ich kann, aber irgendwo in eurer Entwicklung bewegt ihr euch nach außerhalb. Ich glaube allerdings, daß ihr manche Handlungen nur deswegen ausführt, um menschlich zu erscheinen. Deswegen hältst du jetzt auch meinen Arm, als wärst du wirklich meine Tochter.«

»Ich bin deine Tochter, aber ich bin überrascht, daß du uns so gering einschätzt.«

»Das genaue Gegenteil ist der Fall: Ich stehe in Ehrfurcht vor euch.«

»Auch vor deiner eigenen Tochter?«

»Vor jeder Ehrwürdigen Mutter.«

»Du glaubst, ich existiere nur, um niedrigere Geschöpfe zu manipulieren?«

»Ich glaube, daß ihr nicht mehr menschlich fühlt. Da ist eine Kluft in euch, irgend etwas fehlt; etwas, dessen ihr euch entledigt habt. Ihr gehört nicht mehr zu uns.«

»Danke«, sagte Odrade. »Taraza hat gesagt, du würdest nicht zögern, wahrheitsgemäß zu antworten, aber das habe ich auch so gewußt.«

»Für was habt ihr mich ausersehen?«

»Du wirst es erfahren, wenn es soweit ist; mehr kann ich nicht sagen ... mehr darf ich nicht sagen.«

Schon wieder diese Manipulation! dachte Teg. *Verdammt sollen sie sein!*

Odrade räusperte sich. Sie schien noch etwas hinzufügen zu wollen, aber dann, als sie Teg wenden ließ und mit ihm durch die Halle zurückschlenderte, schwieg sie doch.

Obwohl sie gewußt hatte, was Teg sagen würde, taten seine

Worte ihr weh. Sie verspürte den Wunsch, ihm zu sagen, daß sie noch immer menschliche Regungen hatte, aber sein Urteil über die Schwesternschaft war damit nicht aus der Welt.

Man hat uns gelehrt, Liebe zurückzuweisen. Wir können sie simulieren, aber jede von uns kann sie von einem Moment zum anderen erkalten lassen.

Hinter ihnen erklangen Geräusche. Sie blieben stehen und wandten sich um. Lucilla und Taraza entstiegen einer Liftröhre und unterhielten sich über ihre Beobachtung des Gholas.

»Du hast absolut recht, wenn du ihn wie einen von uns behandelst«, sagte Taraza.

Teg hörte zu, gab aber keinen Kommentar ab, während sie auf die sich nähernden Frauen warteten.

Er weiß es, dachte Odrade. *Er wird mich nicht nach meiner Geburtsmutter fragen. Es gab keine Bindung, keine echte Einprägung. Ja, er weiß es.*

Sie schloß die Augen, und ihre Erinnerung verblüffte sie damit, daß sie aus sich selbst heraus das Abbild eines Gemäldes produzierte. Es hing an einer Wand in Tarazas Morgenzimmer. Ein ixianisches Wundermittel hatte das Gemälde in seinem feinen, versiegelten Rahmen hinter einer unsichtbaren Folie bewahrt. Odrade hatte sehr oft vor diesem Gemälde gestanden, und jedesmal hatte sie den Drang unterdrücken müssen, die uralte Leinwand, die das ixianische Konservierungsmittel erhielt, zu berühren.

Landhäuser bei Cordeville.

Der Titel des Bildes und der Name des Künstlers waren auf einer polierten Plakette unter dem Bild angebracht: *Vincent van Gogh.*

Das Bild stammte aus einer Zeit, die so lange zurücklag, daß nur noch seltene Überbleibsel wie dieses Gemälde geblieben waren, um einem einen physischen Eindruck jener Zeitalter zu vermitteln. Sie hatte sich vorzustellen versucht, welchen Weg das Gemälde gegangen war, bis der Zufall es intakt in Tarazas Zimmer gebracht hatte.

Die Ixianer hatten ihr Bestes getan, um es zu restaurieren und zu erhalten. Wer genau hinsah, konnte in der unteren linken Ecke des Rahmens einen dunklen Fleck ausmachen. Man wurde sich der Tatsache sofort bewußt, daß hier zwei Genies am Werk gewesen waren: nicht nur der Künstler, sondern auch der Ixianer, der sein Werk vor dem Verfall bewahrt hatte. Sein Name stand auf dem Rahmen: Martin Buro. Berührte man den Fleck mit dem Finger, verwandelte er sich in einen Sinnesprojektor – ein hilfsbereites Nebenprodukt jener Technologie, die auch die ixianische Sonde hervorgebracht hatte. Buro hatte nicht nur das Gemälde restauriert, sondern auch den Maler – die Gefühle, die van Gogh bei jedem Pinselstrich begleitet hatten. All dies war in seinen Pinselstrichen enthalten; sie hatten die Bewegungen des menschlichen Körpers aufgezeichnet.

Odrade hatte so oft vor dem Bild gestanden und es auf sich einwirken lassen, daß sie glaubte, sie könne es unabhängig von der Vorlage kopieren.

Als sie sich dieser Erkenntnis kurz nach Tegs Beschuldigung bewußt wurde, wußte sie sofort, warum ihr Gedächtnis dieses Abbild produziert hatte und das Gemälde sie noch immer faszinierte. In diesen kurzen Momenten der Erinnerung fühlte sie sich stets völlig menschlich. Sie war sich der Landhäuser ebenso bewußt wie der Orte, in denen echte Menschen gelebt hatten. Sie wußte, daß sich hier eine Lebenskette fortsetzte, die in der Person des verrückten Vincent van Gogh eine Pause gemacht hatte, um sich selbst zu verewigen.

Taraza und Lucilla hielten zwei Schritte vor Teg und Odrade an. Tarazas Atem zeugte von leichtem Knoblauchgeruch.

»Wir haben rasch noch einen Bissen zu uns genommen«, sagte sie. »Möchtet ihr auch noch etwas?«

Es war genau die falsche Frage. Odrade löste ihre Hand von Tegs Arm. Sie wandte sich ab und wischte sich mit dem Ärmel über die Augen. Als sie sich Teg wieder zuwandte, sah sie Überraschung in seinem Gesicht. *Ja*, dachte sie, *diese Tränen waren echt!*

»Ich glaube, wir haben alles getan, was wir hier tun konnten«, sagte Taraza. »Du solltest schon auf dem Weg nach Rakis sein, Dar.«

»Schon lange«, sagte Odrade.

*Das Leben kann keine Gründe finden, die es erhalten.
Es kann auch keine Quelle wechselseitiger Betrachtung
sein – außer wir entschließen uns alle dazu, ihm diese
Qualitäten einzuhauchen.*

Chenoeh:
»Gespräche mit Leto II.«

Hedley Tuek, der Hohepriester des Zerlegten Gottes, wurde immer wütender auf Stiros. Obwohl er selbst viel zu alt war, um hoffen zu dürfen, er könne einst auf der Hohepriesterbank Platz nehmen, hatte Stiros Söhne und Enkel – und zahlreiche Neffen. Stiros hatte seine persönlichen Ambitionen auch an seine Familie weitergegeben. Stiros war ein zynischer Mensch. Er repräsentierte eine starke Fraktion in der Priesterschaft, die sogenannte ›wissenschaftliche Gemeinschaft‹, deren Einfluß sich mit List und Tücke ausbreitete. Diese Gruppe bewegte sich hart am Rande der Ketzerei.

Tuek rief sich in Erinnerung zurück, daß mehr als ein Hohepriester in der Wüste *verlorengegangen* war – aufgrund bedauerlicher Unfälle. Stiros und seine Fraktion waren durchaus fähig, einen solchen Unfall zu arrangieren.

In Keen herrschte Nachmittag. Stiros war gerade gegangen – offenbar frustriert. Er hatte den Vorschlag unterbreitet, Tuek möge sich in die Wüste begeben, um Sheeanas nächstes Unternehmen persönlich zu beobachten. Da die Einladung Tuek mißtrauisch gemacht hatte, hatte er abgelehnt.

Daraus hatte sich ein heftiger Disput entwickelt – voller Anspielungen und vager Verweise auf Sheeanas Benehmen. Dazu kamen noch harte Angriffe auf die Bene Gesserit. Stiros, der Schwesternschaft gegenüber stets mißtrauisch eingestellt, hatte verlauten lassen, daß er die neue Kommandantin der Bene Gesserit-Festung auf Rakis nicht mochte. Wie hieß sie doch gleich? O ja, Odrade. Ein komischer Name, aber die Schwestern nahmen oft komische Namen an. Das war ihr Vorrecht. Gott hatte sich persönlich nie gegen die grundsätzliche Güte der Bene Gesserit ausgesprochen. Gegen einzelne Schwestern schon, aber die Organisation als solche teilte die Heilige Vision Gottes.

Es gefiel Tuek nicht, wie Stiros von Sheeana sprach. Zynisch.

Er hatte ihn schließlich zum Schweigen gebracht, indem er ihm im hiesigen Heiligtum, am Hochaltar, bei den Abbildern des Zerlegten Gottes, mit den Verkündigungen entgegengetreten war. Prismenstrahl-Relais warfen dünne Lichtkeile durch den treibenden Weihrauch aus verbrannter Melange auf die Doppelreihen der großen Säulen, die zum Altar hinaufführten. Tuek wußte, daß seine Worte von diesem Ort aus direkt Gott zugeleitet wurden.

»Gott wirkt durch unsere neue Siona«, hatte Tuek Stiros begreiflich gemacht und dabei die Verwirrung auf dem Gesicht des alten Ratsmitglieds gesehen. »Sheeana ist die lebende Mahnung Sionas, jenes menschlichen Instruments, das ihn in seinen gegenwärtigen, zerlegten Zustand versetzt hat.«

Stiros schäumte. Er ließ sich sogar dazu hinreißen, Dinge zu sagen, die er vor einer Ratsversammlung niemals wiederholt hätte. Er verließ sich zu sehr auf seine lange Bekanntschaft mit Tuek.

»Und ich sage dir, sie sitzt nur einfach da, zwischen den Erwachsenen, die nichts anderes tun, als sich vor ihr zu rechtfertigen! Und ...«

»Und vor Gott!« Solche Sprüche konnte Tuek nicht ohne weiteres durchgehen lassen.

Stiros beugte sich nahe an seinen Hohepriester heran und knurrte: »Sie ist der Mittelpunkt eines Erziehungssystems, das auf alles eingestellt ist, was ihre Vorstellung verlangt. Wir schlagen ihr nichts ab!«

»Das sollten wir auch nicht.«

Als hätte Tuek überhaupt nichts gesagt, fuhr Stiros fort: »Cania hat sie mit den Aufzeichnungen von Dar-es-Balat versorgt!«

»Ich bin das Buch des Schicksals«, intonierte Tuek und zitierte damit die eigenen Worte des Gottes von Dar-es-Balat.

»Genau! Und sie hört es sich Wort für Wort an!«

»Und was gefällt dir daran nicht?« fragte Tuek in einem äußerst ruhigen Tonfall.

»Wir prüfen nicht *ihr* Wissen. Sie prüft das *unsere*!«

»Gott wird es so wollen.«

Die bittere Wut auf Stiros' Gesicht war unverkennbar. Tuek

bemerkte sie und wartete eine Weile, während sich das alte Ratsmitglied neue Argumente zurechtlegte. Material für Auseinandersetzungen dieser Art gab es natürlich in ausreichender Zahl. Tuek stritt dies gar nicht ab. Aber schließlich ging es doch um die Interpretation. Aus diesem Grund mußte ein Hohepriester das letzte Wort haben. Trotz (oder vielleicht wegen) dieser Methode, die Geschichte zu sehen, wußte die Priesterschaft sehr viel darüber, wie Gott nach Rakis gekommen war, um dort zu leben. Sie hatten Dar-es-Balat und alles, was es enthalten hatte – die allererste Nicht-Kammer des Universums. Seit Jahrtausenden, in denen Shai-Hulud den grünen Planeten Arrakis in die Wüstenwelt Rakis verwandelt hatte, hatte Dar-es-Balat unter dem Sand gewartet. Dieser geheiligte Hort hatte der Priesterschaft Gottes Stimme gegeben, seine gedruckten Worte – und sogar Holofotos. Alles war erklärt, und sie wußten, daß die Wüstenoberfläche Rakis' eine Reproduktion der Ursprungsform des Planeten war. Er sah nun wieder so aus wie am Anfang, als er die einzige bekannte Quelle des Heiligen Gewürzes gewesen war.

»Sie fragt nach Gottes Familie«, sagte Stiros. »Warum sollte sie uns nach ...«

»Weil sie uns prüft. Haben wir der Familie den richtigen Platz zugewiesen? Der Ehrwürdigen Mutter Jessica und ihrem Sohn Muad'dib, und dessen Sohn Leto II. – der heiligen himmlischen Dreifaltigkeit?«

»Leto II.«, murmelte Stiros. »Und was ist mit dem anderen Leto, den die Sardaukar umgebracht haben? Was ist mit dem?«

»Vorsicht, Stiros!« sagte Tuek. »Du weißt, wie mein Urgroßvater über diese Frage entschieden hat, als er meinen Platz einnahm. Unser Zerlegter Gott wurde in einem Teil von ihm wiedergeboren, um im Himmel zu bleiben und in Fragen der Macht zu vermitteln. Dieser Teil seines Ichs wurde daraufhin namenlos, wie es die Wahre Essenz Gottes stets sein sollte!«

»Oh?«

Tuek hörte den ätzenden Zynismus in der Stimme des Alten. Stiros' Worte schienen in der weihrauchgeschwängerten Luft zu beben und ein nicht minder ätzendes Echo zu erzeugen.

»Und warum fragt sie dann, wie unser Leto in den Zerlegten Gott verwandelt wurde?« wollte Stiros wissen.

Stellte er etwa die Heilige Metamorphose in Frage? Tuek war entsetzt. »Wenn die Zeit da ist, wird sie uns erleuchten«, sagte er.

»Unsere mageren Erklärungen müssen sie mit Angst erfüllen«, höhnte Stiros.

»Du gehst zu weit, Stiros!«

»Wirklich? Ist es für dich nicht erleuchtend, wenn sie fragt, wie die Sandforellen den größten Teil unseres Wassers in sich einkapseln und so die Wüste neu erschaffen?«

Tuek versuchte, seine zunehmende Verärgerung zu vertuschen. Stiros vertrat *tatsächlich* eine starke Fraktion der Priesterschaft, aber seine Worte warfen Fragen auf, die andere Hohepriester bereits vor langer Zeit beantwortet hatten. Die Metamorphose Letos II. hatte unzähligen Sandforellen das Leben gegeben, von denen jede einzelne ein Stück seines Ichs enthielt. Von der Sandforelle zum Zerlegten Gott: diese Reihenfolge war bekannt und geheiligt. Wer sie in Frage stellte, verleugnete Gott.

»Und du sitzt hier und tust nichts!« klagte Stiros. »Wir sind nur Bauern in einem ...«

»Das reicht!« Tuek hatte jetzt genug vom Zynismus dieses Alten. Mit der Würde seines Amtes wiederholte er die Worte Gottes: »Dein Herr weiß sehr wohl, was in deinem Herzen ist. Deine Seele rechnet diesen Tag gegen dich auf. Ich brauche keine Zeugen. Du hörst nicht auf deine Seele, sondern auf deinen Zorn und deine Verärgerung.«

Stiros zog sich frustriert zurück.

Nach langem Nachdenken legte Tuek seine kleidsamste Robe an und ging zu einem Besuch zu Sheeana.

Sie befand sich im Dachgarten des zentralen Priesterkomplexes. Bei ihr waren Cania und zwei weitere – ein junger Priester namens Baldik, der privat in Tueks Diensten stand, und eine Priesterhelferin, die Kipuna hieß und sich zu sehr wie eine Ehrwürdige Mutter verhielt, als daß Tuek sie hätte mögen können. Natürlich hatte die Schwesternschaft ihre Spione auch hier, aber Tuek tat stets so, als sei ihm dies nicht bewußt. Kipuna hatte einen Großteil der körperlichen Ausbildung Sheeanas übernommen, und die enge Beziehung, die daraus zwischen dem Kind und der Priesterhelferin erwachsen war, hatte in Cania Eifersucht erzeugt. Jedoch konnte auch sie sich Sheeanas Befehlen nicht in den Weg stellen.

Die Viergergruppe stand neben einer steinernen Bank, die fast im Schatten eines Ventilatorturms stand. Kipuna hielt Sheeanas rechte Hand und manipulierte die Finger des Mädchens. Sheeana wurde groß, fiel Tuek auf. Sechs Jahre lebte sie nun bei ihnen. Er registrierte, daß sie unter der Robe allmählich einen Brustansatz entwickelte. Auf dem Dach war es absolut windstill, und die Luft fühlte sich in Tueks Lungen schwer an.

Er sah sich um und prüfte, ob seine Sicherheitsvorkehrungen getroffen waren. Man wußte nie, aus welcher Richtung einem Gefahr drohte. Vier seiner Leibwächter, die gut bewaffnet waren, dies aber nicht zur Schau stellten, hielten sich in einiger Entfernung von ihm auf – einer in jeder Ecke. Die Brustwehr, die den Garten umschloß, war hoch. Die Wächter konnten sie gerade überblicken. Das einzige Gebäude, das höher war als dieser priesterliche Turm, war die Primär-Windfalle der Stadt Keen, die einen Kilometer weiter westlich lag.

Trotz der Offenkundigkeit, daß man seinen Sicherheitsanweisungen Folge leistete, spürte Tuek eine Gefahr. Warnte Gott ihn? Er fühlte sich aufgrund von Stiros' Zynismus noch immer verunsichert. War es falsch, Stiros so viel Bewegungsfreiheit zu lassen?

Als Sheeana Tuek näherkommen sah, hörte sie mit den seltsamen Fingerübungen, die sie laut Kipunas Instruktionen absolvieren mußte, auf. Mit einem Ausdruck zurückhaltender Beharrlichkeit blieb das Kind still stehen und musterte den Hohepriester, was ihre Gefährten dazu zwang, sich umzudrehen und ihrem Blick zu folgen.

Tuek war für Sheeana keine furchteinflößende Gestalt. Sie mochte den alten Mann beinahe, auch wenn manche seiner Fragen so verunsichernd waren. Und seine Antworten! In einer zufälligen Situation hatte sie entdeckt, welche Frage Tuek am meisten verstörte.

»Warum?«

Manche der anwesenden Priester hatten ihre Frage laut als »Warum glaubst du das?« interpretiert. Sheeana hatte sich diese Interpretation sofort zunutze gemacht. Und von nun an überraschte sie Tuek und die anderen stets mit der Frage: »Warum glaubt ihr daran?«

Tuek blieb zwei Schritte vor Sheeana stehen und verbeugte sich. »Guten Tag, Sheeana.« Er rieb seinen Hals nervös am Kragen seiner Robe. Die Sonne machte sich heiß auf seinen Schultern bemerkbar, und er fragte sich, warum das Kind so oft hier draußen war.

Sheeana unterzog Tuek weiterhin einem prüfenden Blick. Sie wußte, daß ihn dies verstörte.

Tuek räusperte sich. Wenn Sheeana ihn so ansah, fragte er sich stets: *Sieht Gott mich durch ihre Augen an?*

Cania sagte: »Sheeana hat heute nach den Fischrednern gefragt.«

Im salbungsvollsten Tonfall, zu dem er fähig war, sagte Tuek: »Gottes Heilige Armee.«

»Es sind alles Frauen?« fragte Sheeana. Sie klang so, als könne sie es nicht glauben. Für jene, die am unteren Ende der Rakis-Gesellschaft standen, waren die Fischredner nur ein Name aus der alten Geschichte – Leute, die man während der Hungerjahre vertrieben hatte.

Sie prüft mich, dachte Tuek. Die Fischredner. Die heutigen Träger dieses Namens unterhielten auf Rakis nur eine kleine Handels- und Spionagedelegation, die aus Männern und Frauen bestand. Ihr Ursprung hatte auf ihre gegenwärtigen Aktivitäten so gut wie keinen Einfluß mehr; sie arbeiteten Ix in die Hände.

»Männer dienten den Fischrednern stets in beratender Funktion«, sagte Tuek. Er achtete sorgfältig darauf, wie Sheeana reagieren würde.

»Und dann gab es noch die Duncan Idahos«, sagte Cania.

»Ja, natürlich, die Duncans.« Tuek bemühte sich, kein finsteres Gesicht zu machen. Daß diese Frau sich auch ständig einmischen mußte! Tuek ließ sich nicht gern an diesen Aspekt von Gottes historischer Gegenwart auf Rakis erinnern. Der periodisch wiederkehrende Ghola und seine Position in der Heiligen

Armee signalisierten Willfährigkeit gegenüber den Bene Tleilax. Aber man konnte sich der Tatsache nicht verschließen, daß die Fischredner die Duncans stets vor Schäden bewahrt hatten. Natürlich handelten sie dabei in Übereinkunft mit Gott. Die Duncans waren heilig, daran gab es keinen Zweifel, aber in einer besonderen Weise. Laut Gottes persönlichen Aufzeichnungen hatte er einige der Duncans selbst umgebracht – und offensichtlich direkt in den Himmel versetzt.

»Kipuna hat mir von den Bene Gesserit erzählt«, sagte Sheeana.

Wie sprunghaft die Gedanken des Kindes waren!

Tuek räusperte sich und dachte an die widerstreitenden Gefühle, die er den Ehrwürdigen Müttern entgegenbrachte. Natürlich mußte man jenen, die zu den ›Geliebten Gottes‹ gehörten – wie die Heilige Chenoeh – seine Reverenz erweisen. Und der erste Hohepriester hatte eine logische Aufrechnung konstruiert, laut der die Heilige Hwi Noree, Gottes Braut, eine geheime Ehrwürdige Mutter gewesen war. Um diesen besonderen Umständen die Ehre zu erweisen, verspürte die Priesterschaft eine irritierende Verpflichtung gegenüber den Bene Gesserit, der man hauptsächlich dadurch gerecht zu werden versuchte, indem man Melange zu einem Preis an die Schwesternschaft verkaufte, der weit unter dem lag, den die Tleilaxu verlangten.

In der unschuldigsten Art und Weise sagte Sheeana: »Erzähl mir was über die Bene Gesserit, Hedley!«

Tuek warf den anderen, die Sheeana umgaben, einen scharfen Blick zu und versuchte sie bei einem Lächeln zu erwischen. Er wußte nicht, wie er mit Sheeana fertigwerden sollte, wenn sie ihn einfach bei seinem Vornamen ansprach. Auf irgendeine Weise war es erniedrigend. Aber andererseits ehrte sie ihn mit einer Intimität wie dieser.

Gott prüft mich nach Strich und Faden, dachte er.

»Sind die Ehrwürdigen Mütter gute Menschen?« fragte Sheeana.

Tuek seufzte. Sämtliche Aufzeichnungen bewiesen, daß Gott gegenüber der Schwesternschaft starke Vorbehalte hatte. Man hatte Gottes Worte sorgfältigst untersucht und die schließlich einem Hohepriester zur Interpretation überlassen. Gott ließ nicht zu, daß die Bene Gesserit seinen Goldenen Pfad bedrohten. Soviel war klar.

»Viele von ihnen sind gut«, sagte Tuek.

»Welche Ehrwürdige Mutter ist uns am nächsten?« fragte Sheeana.

»Die in der Botschaft der Schwesternschaft, hier in Keen«, sagte Tuek.

»Kennst du sie?«

»Es sind viele Ehrwürdige Mütter in der Bene Gesserit-Festung«, erwiderte er.

»Was ist eine Festung?«

»So nennen sie ihr Haus.«

»Eine Ehrwürdige Mutter muß das Kommando haben. Kennst du sie?«

»Ich kenne ihre Vorgängerin, Tamalane, aber die jetzige ist neu. Sie ist gerade erst angekommen. Ihr Name ist Odrade.«

»Das ist ein komischer Name.«

Das meinte Tuek auch, aber er sagte: »Von einem unserer Historiker weiß ich, daß es eine andere Form des Namens Atreides ist.«

Sheeana dachte darüber nach. *Atreides.* Das war die Familie, die Shaitan zum Leben erweckt hatte. Vor den Atreides hatte es nur die Fremen und Shai-Hulud gegeben. Die mündliche Überlieferung, die ihr Volk gegen alle priesterlichen Verbote beschützte, besang die Erzeuger des wichtigsten Volkes von Rakis. Sheeana hatte ihre Namen in vielen Nächten in ihrem Dorf gehört.

»*Muad'dib zeugte den Tyrannen.*«

»*Der Tyrann zeugte Shaitan.*«

Sheeana hatte keine Lust, sich mit Tuek zu streiten. Außerdem sah er heute müde aus. Deswegen sagte sie nur: »Bring mir diese Ehrwürdige Mutter Odrade.«

Kipuna verbarg ein freudiges Lächeln hinter ihrer Hand.

Tuek machte einen Schritt zurück. Er war bestürzt. Wie konnte er sich einem solchen Verlangen fügen? Nicht einmal die Priesterschaft von Rakis konnte die Bene Gesserit herumkommandieren! Was war, wenn die Schwesternschaft dieses Ansinnen zurückwies? Sollte er ihnen vielleicht im Austausch ein Melangegeschenk machen? Aber das konnten sie ihm als Schwäche auslegen. Dann würden sie womöglich noch zu handeln anfangen! Es gab niemanden, der härter verhandelte als eine hartäugige Ehrwürdige Mutter. Und diese neue, diese Odrade, sah aus, als gehörte sie zu den Schlimmsten.

All dies ging Tuek in einem Sekundenbruchteil durch den Kopf.

Cania mischte sich wieder ein, aber diesmal gab sie ihm einen entscheidenden Hinweis. »Vielleicht könnte Kipuna Sheeanas Einladung übermitteln«, sagte sie.

Tuek maß die Priesterhelferin mit einem kurzen Blick. *Ja!* Viele vermuteten (und Cania offenbar auch), daß Kipuna für die Bene Gesserit spionierte. Natürlich, denn auf Rakis spionierte jeder für irgend jemand. Tuek setzte sein wohlwollendstes Lächeln auf, als er Kipuna zunickte.

»Kennst du eine der Ehrwürdigen Mütter, Kipuna?«

»Einige von ihnen sind mir bekannt, Milord Hohepriester«, sagte Kipuna.

Zumindest zollt sie mir noch den gebührenden Respekt!

»Ausgezeichnet«, sagte Tuek. »Würdest du dann so freundlich sein und dafür sorgen, daß diese wohlwollende Einladung Sheeanas die Botschaft der Schwesternschaft erreicht?«

»Ich werde tun, was in meinen begrenzten Kräften steht, Milord Hohepriester.«

»Dessen bin ich mir sicher!«

Kipuna wandte sich mit einem Gefühl des Stolzes Sheeana zu. Das Wissen um ihren Erfolg wuchs in ihr. Mit den Techniken, die die Bene Gesserit sie gelehrt hatten, war es lächerlich einfach gewesen, Sheeanas Forderung zu initiieren. Kipuna öffnete den Mund und wollte etwas sagen. Dann erregte eine Bewegung an der Brustwehr – etwa vierzig Meter hinter Sheeana – ihre Aufmerksamkeit. Da funkelte etwas im Sonnenlicht. Etwas Kleines und ...

Mit einem erstickten Schrei packte sie Sheeana, stieß sie auf den überraschten Tuek zu und schrie: »Lauf!« Und dann warf sie sich der rasch herannahenden Helligkeit entgegen – einem winzigen Sucher, der ein langes Band aus Shigadraht hinter sich herzog.

Tuek hatte in seiner Jugend Schlagball gespielt. Er fing Sheeana instinktiv auf, zögerte einen Moment und erkannte dann die Gefahr. Mit dem sich krümmenden und wehrenden Mädchen in den Armen jagte Tuek durch die offene Tür auf die Turmtreppe zu. Er hörte, wie die Tür hinter ihm ins Schloß fiel. Canias aufgeregte Schritte waren direkt hinter ihm.

»Was ist? Was ist?« Sheeana trommelte mit beiden Fäusten gegen Tueks Brust.

»Pssst, Sheeana! Pssst!« Tuek hielt auf dem ersten Treppenabsatz an. Von hier aus führte sowohl eine Rutsche als auch ein Suspensorschacht zum Kern des Gebäudes. Cania blieb neben Tuek stehen; ihr Keuchen war in diesem engen Raum laut zu hören.

»Es hat Kipuna und zwei Wachen umgebracht«, röchelte sie. »Es hat sie glatt zerschnitten! Ich habe es gesehen! Gott steh uns bei!«

Tueks Geist war ein einziger Mahlstrom. Die Rutsche und das Suspensorschachtsystem durchdrangen den Turm wie die Gänge eines Wurmes. Man konnte sie sabotieren. Der Angriff auf dem Dach konnte benso nur ein Element einer weitaus komplexeren Verschwörung sein.

»Laß mich runter!« flehte Sheeana. »Was ist denn überhaupt los?«

Tuek stellte sie auf den Boden, hielt sie jedoch mit einer Hand fest. Er beugte sich zu ihr hinab und sagte: »Sheeana, meine Liebe, jemand will uns etwas Böses antun.«

Sheeanas Lippen formten ein stummes ›O‹. Dann sagte sie: »Haben sie Kipuna etwas getan?«

Tuek starrte zur Dachtür hinauf. War das ein Ornithopter, den er da hörte? *Stiros!* Für eine Verschwörergruppe war es kein Problem, drei hilflose Menschen in der Wüste verschwinden zu lassen!

Cania war inzwischen wieder zu Atem gekommen. »Ich höre einen Thopter«, sagte sie. »Sollten wir nicht besser von hier verschwinden?«

»Wir nehmen die Treppe«, sagte Tuek.

»Aber die ...«

»Tu, was ich dir gesagt habe!«

Indem er Sheeanas Hand fest in der seinen hielt, führte Tuek sie zum nächsten Absatz hinab. Zusätzlich zu der Rutsche und dem Suspensorzutritt war dieser mit einer Tür versehen, die in einen geräumigen, abgerundeten Saal hineinführte. Nur wenige Schritte hinter der Tür lag der Eingang zu Sheeanas Unterkunft, die einst das Quartier Tueks gewesen war. Erneut zögerte er.

»Auf dem Dach geht etwas vor«, flüsterte Cania.

Tuek maß das neben ihm stehende, ängstlich schweigende Kind mit seinem Blick. Sheeanas Hand war schweißnaß.

Ja, auf dem Dach schien irgend etwas zugange zu sein. Er hörte Rufe, das Zischen von Brennern und das Getrappel rennender Füße. Die Tür zum Dach, die jetzt außerhalb ihres Blickfeldes lag, wurde aufgerissen. Dies brachte Tuek zu einem Entschluß. Er riß die Saaltür auf und landete geradewegs in den Armen einer keilförmig auf ihn zukommenden Gruppe von Frauen in schwarzen Roben. Obwohl er sich leer und geschlagen fühlte, erkannte er die Frau an der Spitze der Gruppe sofort: *Odrade!*

Jemand zog Sheeana von ihm fort; sie verschwand inmitten der Mauer aus dunkelgekleideten Frauen. Bevor Tuek und Cania protestieren konnten, legten sich Hände über ihren Mund. Andere Hände drängten sie gegen eine Saalwand. Einige der Gestalten verließen den Saal durch die Tür und verschwanden im Treppenhaus.

»Das Kind ist sicher. Das ist alles, was im Augenblick wichtig ist«, flüsterte Odrade. Sie sah Tuek in die Augen. »Keinen Laut!« Sie nahm ihre Hand von seinem Mund. Und indem sie die Stimmkraft der Bene Gesserit einsetzte, sagte sie: »Was ist dort oben vorgefallen?«

Tuek stellte fest, daß er gegen seinen Willen redete. »Ein Sucher ... er zog einen langen Shigadraht. Er kam über die Brustwehr. Kipuna sah ihn und ...«

»Wo ist Kipuna?«

»Tot. Cania hat es gesehen.« Tuek beschrieb, wie Kipuna sich tapfer der Bedrohung entgegengeworfen hatte.

Kipuna ist tot! dachte Odrade. Wie nahe ihr dies ging, verbarg sie. Welch ein Verlust. Man konnte ihrer tapferen Selbstaufopferung nur Verehrung entgegenbringen – aber der Verlust! Die Schwesternschaft hatte stets solcher Courage und Ehrerbietigkeit bedurft, aber ebenso bedurfte sie des genetischen Reichtums, den Kipuna dargestellt hatte. *Ihn gab es jetzt nicht mehr. Diese vor nichts zurückschreckenden Narren hatten ihn zerstört!*

Auf eine Geste Odrades hin nahm man auch die Hand von Canias Mund. »Sag mir, was du gesehen hast!« sagte Odrade.

»Der Sucher peitschte den Shigadraht um Kipunas Hals und ...« Cania fröstelte.

Über ihnen erklang das dumpfe Krachen einer Explosion, dann war Stille. Odrade gab ihren Leuten einen Wink. Die Frauen verteilten sich im Innern des Saales, bewegten sich schweigend hinter der nächsten Kurve. Nur Odrade und zwei andere – kaltäugige Frauen mit scharfen Gesichtszügen – blieben bei Tuek und Cania zurück. Sheeana war nirgends zu erblicken.

»Irgendwie stecken die Ixianer in dieser Sache«, sagte Odrade.

Tuek stimmte ihr zu. *So viel Shigadraht ...* »Wo habt ihr das Kind hingebracht?« fragte er.

»Wir beschützen es«, sagte Odrade. »Sei still!« Sie neigte lauschend den Kopf.

Eine der Frauen kam hinter der Biegung hervor und flüsterte Odrade etwas ins Ohr. Odrade lächelte. »Es ist vorbei«, sagte sie. »Wir werden zu Sheeana gehen.«

Sheeana saß auf einem weichen blauen Sessel im Hauptraum ihrer Unterkunft. Schwarzgekleidete Frauen standen in einem schützenden Halbkreis hinter ihr. In Tueks Augen erweckte das Kind den Eindruck, als habe es sich bereits etwas vom Schock des Angriffs und der anschließenden Flucht erholt. Dennoch zeigte ihr Blick ein erregtes Funkeln und zeugte von ungestellten Fragen. Die Aufmerksamkeit Sheeanas galt einer Sache, die sich rechts von Tuek befand. Er verhielt und sah es sich an. Als er es erkannte, schnappte er nach Luft.

An der Wand lag in einer grotesk verrenkten Stellung der nackte Körper eines Mannes, dessen Kopf so weit zur Seite gedreht war, daß sein Kinn auf der linken Schulter ruhte. Offene Augen glotzten Tuek an; sie zeigten die Leere des Todes.

Stiros!

Die zerrissenen Fetzen seines Gewandes, die man ihm offenbar mit Gewalt vom Leibe gezerrt hatte, lagen in einem unordentlichen Haufen zu seinen Füßen.

Tuek sah Odrade an.

»Er steckte mit drin«, sagte sie. »Und unter den Ixianern waren Gestaltwandler.«

Trotz seiner trockenen Kehle versuchte Tuek zu schlucken.

Cania schlurfte an ihm vorbei auf die Leiche zu. Tuek konnte zwar ihr Gesicht nicht sehen, aber Canias Gegenwart erinnerte ihn daran, daß es in früheren Zeiten einmal etwas zwischen ihr und Stiros gegeben hatte. Instinktiv machte er einen Schritt, um sich zwischen Cania und das sitzende Kind zu schieben.

Cania blieb vor der Leiche stehen und berührte sie mit einem Fuß. Sie warf Tuek einen hämischen Blick zu und sagte: »Ich wollte nur wissen, ob er wirklich tot ist.«

Odrade sah eine ihrer Gefährtinnen an. »Schafft die Leiche weg!« Sie musterte Sheeana. Es war Odrades erste Gelegenheit, das Kind eingehender zu studieren, seit sie die Leitung der Abwehrmaßnahmen während des Angriffs auf den Tempelkomplex übernommen hatte.

Hinter ihrem Rücken sagte Tuek: »Ehrwürdige Mutter, könntest du bitte erklären, was ...«

Ohne sich umzudrehen fiel Odrade ihm ins Wort. »Später!«

Auf Tueks Worte hin wurde Sheeana wieder munter. »Ich *dachte* mir schon, daß du eine Ehrwürdige Mutter bist!«

Odrade nickte nur. Welch ein faszinierendes Kind. Sie empfand jetzt beinahe das gleiche Gefühl wie jenes, das sie überkam, wenn sie in Tarazas Unterkunft vor dem Gemälde stand. Ein Teil des Feuers, der in dieses Kunstwerk eingegangen war, inspirierte sie jetzt. Wilde Inspirationen! Das war die Botschaft des verrückten van Gogh. Das Chaos in eine prächtige Ordnung bringen. Gehörte dies nicht zu den ungeschriebenen Gesetzen der Bene Gesserit?

Dieses Kind ist meine Leinwand, dachte Odrade. Sie spürte, wie ihre Hand auf das Gefühl des uralten Pinsels reagierte. Ihre Nasenlöcher weiteten sich beim Geruch der Öle und Farbstoffe.

»Laßt mich mit Sheeana allein!« befahl sie. »Geht alle hinaus!«

Tuek wollte protestieren, als eine der dunkelgekleideten Begleiterinnen Odrades seinen Arm packte. Odrade sah ihn nur kurz an.

»Die Bene Gesserit sind euch schon zuvor zu Diensten gewesen«, sagte sie. »Diesmal haben wir euer Leben gerettet.«

Die Frau, die Tueks Arm hielt, zerrte an ihm.

»Beantwortet seine Fragen!« sagte Odrade. »Aber tut es anderswo!«

Cania machte einen Schritt auf Sheeana zu. »Dieses Kind ist mein ...«

»Hinaus!« rief Odrade und legte die ganze Kraft ihrer Stimme in dieses Wort.

Cania erstarrte.

»Du hättest sie fast einer skrupellosen Verschwörerbande anheimfallen lassen!« sagte Odrade und maß Cania mit einem finsteren Blick. »Wir werden uns überlegen müssen, ob du in Zukunft noch in irgendeiner Beziehung zu Sheeana stehen wirst.«

Canias Augen füllten sich mit Tränen, aber Odrades Mißbilligung war verständlich. Cania wandte sich um und eilte mit den anderen hinaus.

Odrade schenkte ihre Aufmerksamkeit wieder dem abwartenden Kind.

»Wir haben seit langer Zeit auf dich gewartet«, sagte sie. »Und wir werden diesen Narren nicht noch einmal eine Gelegenheit geben, dein Leben aufs Spiel zu setzen.«

> *Das Gesetz ist stets auf seiten derer, die es durchsetzen. Ethik und juristische Gewissenhaftigkeit haben wenig damit zu tun, wenn die wirkliche Frage lautet: Wer hat die Macht?*
>
> Die Bene Gesserit-Ratsversammlung
> über Verfahrensfragen
> Archiv XOX232

Sofort nachdem Taraza und ihr Gefolge Gammu verlassen hatten, stürzte Teg sich in die Arbeit. Neue Innendienstpläne mußten festgelegt werden, um Schwangyu stets eine Armeslänge von dem Ghola entfernt zu halten. Taraza hatte es befohlen.

»Sie kann alles beobachten, was sie will. Sie darf nur nichts anrühren.«

Trotz der Arbeitshetze fand sich Teg gelegentlich dabei wieder, daß er zum Himmel hochstarrte, ein Opfer frei schwebender Beklemmung. Die Erkenntnis, Taraza und ihre Begleiter aus dem Gildenschiff gerettet zu haben, und Odrades rätselhafte Offenbarungen paßten in keine Datenklassifikation, die er konstruierte.

Zubehörteile ... Schlüsselstämme ...

Er fand sich schließlich in seinem Arbeitszimmer wieder – vor ihm, an die Wand projiziert der Dienstplan mit den Schichtwechseln, die er bearbeiten wollte. Und dann hatte er einen Moment lang keine Ahnung, wie spät und welcher Tag es war. Es kostete ihn einen Augenblick, zu sich selbst zurückzufinden.

Es war kurz vor Mittag. Taraza und ihr Gefolge waren vor zwei Tagen abgereist. Er war allein. Ja, Patrin hatte den heutigen Unterrichtstag übernommen, damit er sich auf andere Dinge konzentrieren konnte.

Das Arbeitszimmer, in dem er sich befand, kam Teg irgendwie fremdartig vor. Betrachtete er jedes Ding, das er enthielt, einzeln, war ihm alles vertraut. Da war seine persönliche Datenkonsole. Seine Uniformjacke hing sauber zusammengelegt über der Lehne eines neben ihm stehenden Stuhls. Als er in die Denkweise eines Mentaten einzutauchen versuchte, stellte er fest, daß sein Gesicht sich ihm widersetzte. Dieses Phänomen war ihm seit seinen Ausbildungstagen nie wieder untergekommen.

Ausbildungstage.

Taraza und Odrade hatten ihn in irgendeine Form der Ausbildung zurückgeworfen.

Selbstausbildung.

Wie von selbst drängte ihm sein Gedächtnis eine vor langer Zeit erfolgte Konversation mit Taraza auf. Wie vertraut sie ihm war. Jetzt saß er hier und war gefangen im Augenblick seiner eigenen Gedächtnisfalle.

Taraza und er waren ziemlich müde gewesen, nachdem sie die Entscheidungen und Schritte festgelegt hatten, um eine blutige Konfrontation zu verhindern – der Barandiko-Zwischenfall. Heute galt die ganze Sache lediglich als kleiner Rülpser in der Geschichte, aber damals hatte sie ihre gesamte und gemeinsame Energie erfordert.

Taraza hatte ihn in den kleinen Salon ihres Quartiers gebeten, nachdem die Vereinbarung unterschrieben worden war. Sie waren auf einem Nicht-Schiff gewesen. Taraza redete wenig, aber sie lobte seinen Scharfsinn, mit dem er nach Schwächen Ausschau gehalten hatte, die einen Kompromiß erzwingen würden.

Sie waren seit fast dreißig Stunden wach und aktiv gewesen, und Teg war für die Gelegenheit, sich setzen zu können, äußerst dankbar. Taraza bediente die Wählscheibe ihrer Nährtrunkanlage, die augenblicklich zwei Gläser einer cremig-braunen Flüssigkeit produzierte.

Als sie ihm das Glas reichte, erkannte Teg den Geruch. Es handelte sich um einen sogenannten Energiestoß; ein Getränk, das die Angehörigen der Bene Gesserit Außenstehenden nur selten zukommen ließen. Aber Taraza hielt ihn schon seit langem nicht mehr für einen Außenstehenden.

Teg legte den Kopf in den Nacken, nahm einen tiefen Zug aus dem Glas und musterte die verzierte Decke von Tarazas Salon. Dieses Nicht-Schiff war ein altmodisches Modell, das man in jenen Tagen gebaut hatte, als Dekorationen noch mit Sorgfalt ausgeführt worden waren. Sein Blick fiel auf schweren Eckenstuck und barocke Figuren, die überall zu sehen waren.

Der Geschmack des Getränks ließ ihn an seine Kindheit denken, an eine starke Melange-Infusion ...

»Als ich einmal in einer starken Streßsituation war«, sagte er, »hat meine Mutter mir dasselbe gemacht.« Er sah sich das Glas an. Schon jetzt konnte er spüren, wie beruhigende Energien durch seinen Körper flossen.

Taraza ging mit ihrem Getränk zu einem ihm gegenüberliegenden Stuhlhund. Es war ein pelziges, weißes Ding; ein lebendiges Möbelstück, das sich ihr mit der Bereitwilligkeit einer langen Vertrautheit anschmiegte. Für Teg hatte sie einen traditionellen grünen Polstersessel besorgt. Als sie sah, wie sein Blick auf den Stuhlhund fiel, grinste sie ihn an.

»Die Geschmäcker sind verschieden, Miles.« Sie nippte an ihrem Getränk und seufzte. »Jemineh – es war eine harte, aber gute Arbeit. Und es hätte nicht viel gefehlt, und ich wäre ziemlich ausfallend geworden.«

Ihre entspannte Art fand Teg beinahe rührend. Es war keine Pose, keine rasch aufgesetzte Maske, um den Unterschied zwischen ihnen zu verdeutlichen und ihre festgelegten Rollen in der Bene Gesserit-Hierarchie festzuschreiben. Sie war einfach offen freundlich – ohne den Hintergedanken, ihn irgendwie gefügig zu machen. Es war also das, was es zu sein schien – soviel, wie man über jede Begegnung mit einer Ehrwürdigen Mutter sagen konnte.

Mit zunehmender Freude machte Teg sich klar, daß er ziemlich geschickt darin war, Alma Mavis Taraza zu durchschauen, selbst wenn sie eine ihrer Masken anlegte.

»Deine Mutter hat dir mehr beigebracht, als sie dir beibringen sollte«, sagte Taraza. »Eine Weise Frau, wenn auch eine Ketzerin. Es sieht so aus, als würden wir heutzutage nichts anderes mehr hervorbringen.«

»Ketzerin?« Verstimmung ergriff ihn.

»Das ist ein Privatwitz der Schwesternschaft«, sagte Taraza. »Wir sind angewiesen, den Befehlen einer Mutter Oberin mit absoluter Ehrerbietung zu folgen. Und das tun wir auch, wenn wir nicht gerade anderer Meinung sind.«

Teg lächelte und nahm einen weiteren großen Schluck.

»Es ist komisch«, sagte Taraza, »aber als wir uns dieser winzigkleinen Konfrontation gegenübersahen, habe ich festgestellt, daß ich mich dir gegenüber verhalte, als wärst du eine meiner Schwestern.«

Teg spürte, wie das Getränk seinen Magen erwärmte. In seinen Nasenflügeln kitzelte es. Er stellte das leere Glas auf einem Beistelltischchen ab und sagte, während er es ansah: »Meine älteste Tochter ...«

»Das müßte Dimela sein. Du hättest sie uns überlassen sollen, Miles.«

»Ich habe diese Entscheidung nicht getroffen.«

»Aber ein Wort von dir ...« Taraza zuckte die Achseln. »Nun, das ist Vergangenheit. Was ist mit ihr?«

»Sie ist der Meinung, ich wäre euch oft sehr ähnlich. Zu oft.«

»Zu oft?«

»Sie ist mir absolut ergeben, Mutter Oberin. Ich glaube nicht, daß sie unsere Beziehung ganz und gar versteht, und ...«

»Worin besteht unsere Beziehung denn?«

»Du befiehlst, ich gehorche.«

Taraza sah ihn über den Rand ihres Glases hinweg an. Als sie es abstellte, sagte sie: »Ja, du bist nie ein echter Ketzer gewesen, Miles. Vielleicht ... eines Tages ...«

Um sie von derartigen Gedankengängen abzubringen, fiel er ihr rasch ins Wort: »Dimela glaubt, daß man so wird wie ihr, wenn man über lange Zeiträume hinweg Melange zu sich nimmt.«

»Tatsächlich? Ist es nicht komisch, Miles, daß ein geriatrisches Mittel so viele Nebenwirkungen haben soll?«

»Ich finde es nicht komisch.«

»Nein, natürlich findest du es nicht komisch.« Sie leerte ihr Glas und stellte es beiseite. »Ich meinte an sich die Tatsache, daß eine sichtbare Lebensverlängerung in manchen Leuten – besonders in dir – zu einem wesentlichen Verständnis der menschlichen Natur geführt hat.«

»Wir leben länger, deswegen bekommen wir mehr mit«, sagte Teg.

»Ich glaube nicht, daß es so einfach ist. Manche Leute bekommen überhaupt nichts mit. Sie leben einfach vor sich hin. Ihre Existenz ist kaum mehr als eine Art dumpfen Fortbestehens, und sie widersetzen sich stur und verärgert allem, was sie möglicherweise aus ihrer falschen Gemütsruhe aufschrekken könnte.«

»Ich bin nie fähig gewesen, das rechte Gewürzmaß zu finden«, sagte Teg und bezog sich damit auf den alltäglichen Prozeß der Datensortierung eines Mentaten.

Taraza nickte. Offensichtlich sah sie darin auch ein Problem. »Wir von der Schwesternschaft neigen dazu, uns eher wie eingleisig denkende Mentaten zu verhalten«, sagte sie. »Zwar haben wir einen Mechanismus, der uns darauf hinweist, aber wir können es nicht abschütteln.«

»Unsere Vorfahren haben dieses Problem über eine lange Zeit hinweg gehabt«, sagte Teg.

»Bevor es das Gewürz gab, war es anders«, sagte sie.

»Aber damals war das Leben nur kurz.«

»Fünfzig, hundert Jahre; uns mag das nicht sehr lange vorkommen, aber ...«

»Hat man damals schneller gelebt?«

»Man hat sich geradezu überschlagen.«

Sie ließ ihn Einblick in ihre Weiterreichenden Erinnerungen nehmen, bemerkte er. Es war nicht das erste Mal, daß er ein solch altes Wissen teilte. Seine Mutter hatte gelegentlich ebenfalls Wissen dieser Art hervorgeholt, aber stets nur, um ihn zu unterrichten. Tat Taraza dies jetzt auch? Lehrte sie ihn etwas?

»Melange ist ein Ungeheuer mit vielen Händen«, sagte sie.

»Wünschst du dir manchmal, wir hätten sie nie entdeckt?«

»Ohne sie könnten die Bene Gesserit nicht existieren.«

»Auch die Gilde nicht.«

»Aber dann hätte es auch keinen Tyrannen und keinen Muad'dib gegeben. Das Gewürz gibt einem etwas mit der einen Hand. Und es nimmt mit allen anderen.«

»Welche Hand enthält das, was wir uns ersehnen?« fragte er.

»Ist das nicht immer die Frage?«

»Du bist ein Original, Miles, weißt du das? Mentaten befassen sich nur selten mit Philosophie. Ich glaube, dies ist eine deiner Stärken. Du bist im Übermaß zu Zweifeln fähig.«

Teg zuckte die Achseln. Die Wendung, die ihr Gespräch nahm, war ihm nicht ganz geheuer.

»Es erfreut dich zwar nicht«, sagte sie, »aber du bleibst trotzdem an deinen Zweifeln kleben. Ein Philosoph muß Zweifel haben.«

»Wie uns die Zensunni versichern.«

»Alle Mystiker stimmen darin überein, Miles. Unterschätze nie die Macht des Zweifels. Sehr überzeugend. S'tori behindert und verbürgt den Zweifel in einer Hand.«

Ziemlich überrascht fragte Teg: »Praktizieren Ehrwürdige Mütter Zensunni-Riten?« Er hatte dies bisher nicht einmal vermutet.

»Nur einmal«, sagte Taraza. »Wir erlangen eine erhabene Form des S'tori, eine totale. Es bezieht jede Zelle mit ein.«

»Die Gewürz-Agonie«, sagte er.

»Ich dachte mir, daß deine Mutter dir davon erzählt hat. Anscheinend hat sie die Verbindung mit den Zensunni erklärt.«

Teg schluckte einen Kloß hinunter, der sich in seinem Hals gebildet hatte. Faszinierend! Das warf ein völlig neues Licht auf die Bene Gesserit. Es veränderte die gesamte Vorstellung, die er von ihnen hatte, einschließlich derjenigen seiner Mutter. Sie hatten sich an einen unerreichbaren Ort begeben, an den er ihnen niemals würde folgen können. Vielleicht sahen sie hin und wieder einen Gefährten in ihm, aber in ihren inneren Zirkel würde er niemals gelangen. Er konnte nachahmen, mehr nicht. Er würde niemals wie Muad'dib oder der Tyrann sein.

»Vorhersehen«, sagte Taraza.

Das Wort verlagerte seine Aufmerksamkeit. Sie hatte das Thema gewechselt und doch nicht gewechselt.

»Ich dachte gerade über Muad'dib nach«, sagte Teg.

»Du glaubst, er hat die Zukunft vorhergesehen«, erwiderte sie.

»So wird es den Mentaten beigebracht.«

»Ich höre den Zweifel in deiner Stimme, Miles. Hat er sie vorausgesagt, oder hat er sie erschaffen? Hellsichtigkeit kann tödlich sein. Die Leute, die verlangen, daß das Orakel ihnen weissagt, wollen in Wirklichkeit doch nur die Walfellpreise des kommenden Jahres oder irgendeine andere weltliche Sache erfahren. Keiner von ihnen möchte eine minutiöse Vorhersage seines persönlichen Lebens.«

»Keine Überraschungen«, sagte Teg.

»Genau. Hättest du die Fähigkeit, derartige Dinge im voraus zu sehen, dein Leben würde zu einem langweiligen Dasein ohnegleichen.«

»Du glaubst, daß Muad'dib sich gelangweilt hat?«

»Und der Tyrann ebenfalls. Wir glauben, daß sie zeit ihres Lebens nie etwas anderes versucht haben, als aus der Ereigniskette, die sie selbst verursacht haben, auszubrechen.«

»Aber sie glaubten ...«

»Vergiß deine philosophischen Zweifel nicht, Miles! Gib acht! Das Bewußtsein des Gläubigen stagniert. Es gelingt ihm nicht, hinauszuwachsen in ein grenzenloses, unendliches Universum.«

Einen Moment lang blieb Teg schweigend sitzen. Er verspürte zwar, daß das Getränk die Abgespanntheit aus seinem unmittelbaren Bewußtsein verdrängt hatte, aber ebenso verspürte er, daß diese auf ihn eindringenden neuen Vorstellungen seinen Geist reizten. Dies waren Dinge, die einen Mentaten, wie es in der Ausbildung geheißen hatte, schwächen. Trotzdem fühlte er sich von ihnen bestärkt.

Sie bringt mir etwas bei, dachte er. *Dahinter verbirgt sich eine Lektion.*

Als würde etwas geradewegs in sein Bewußtsein projiziert und dort in hellen Buchstaben vor ihm ausgebreitet, konzentrierte sich sein Mentaten-Wahrnehmungsvermögen auf die Mahnung der Zensunni, die jeder lernte, der sein Studium auf der Mentatenschule begann:

Durch deinen Glauben an die granuläre Singularität lehnst du jegliche Fortbewegung ab – sei sie evolutionär oder devolutionär. Glaube läßt ein granuläres Universum erstarren und erwirkt dessen Beständigkeit. Nichts darf verändert werden, weil sich dadurch dein starres Universum auflöst. Aber es bewegt sich von selbst, wenn du dich nicht bewegst. Es entfaltet sich hinter dir und ist dir nicht mehr zugänglich.

»Und das Seltsamste ist«, sagte Taraza und gab sich ganz der Stimmung hin, die sie selbst hervorgerufen hatte, »daß die ixianischen Wissenschaftler nicht erkennen können, wie stark ihr eigener Glaube ihr Universum dominiert.«

Teg sah sie schweigend und aufnahmebereit an.

»Das, was die Ixianer glauben, unterwirft sich absolut ihrem jeweiligen Standpunkt, wenn sie ihr Universum interpretieren«, sagte Taraza. »Ihr Universum handelt nicht aus sich heraus, sondern funktioniert aufgrund der von ihnen erwählten Experimente.«

Teg zuckte plötzlich zusammen, tauchte aus seinen Erinnerungen hervor und wachte auf, um sich wieder in der Festung von Gammu wiederzufinden. Er saß noch immer in dem vertrauten Sessel seines Arbeitszimmers. Ein Blick in die Runde zeigte ihm, daß alle Gegenstände dort waren, wo er sie hingelegt hatte. Es waren nur wenige Minuten vergangen, aber jetzt kamen ihm der Raum und dessen Inhalt keineswegs mehr fremdartig vor. Er testete sein Mentatengedächtnis. Positiv. *Alles wieder da.*

Der Geruch und der Geschmack des Getränks, das Taraza ihm damals serviert hatte, war noch immer in seiner Nase und auf seiner Zunge. Er brauchte nur die Augen zu schließen – sofort wußte er, daß er die gesamte Szene noch einmal vor sich ablaufen lassen konnte. – Das matte Licht der Leuchtgloben, das Gefühl des Sessels unter ihm, den Klang ihrer Stimmen. Es war alles da, bereit für eine Wiederholung, eingefroren in eine Zeitkapsel isolierter Erinnerungen.

Wenn er an diese alten Erinnerungen dachte, tat sich vor ihm ein magisches Universum auf, in dem sich seine Fähigkeiten über alle Erwartungen hinaus verstärkten. In diesem magischen Universum gab es keine Atome, nur Wellen und ehrfurchtgebietende Bewegung, die ihn umgab. Dort war er gezwungen, sämtliche Barrieren aus Glauben und Verstehen niederzureißen. Dieses Universum war transparent. Er konnte es ohne irgendwelche störenden Bildschirme, die seine Formen wiedergaben, überblicken. Das magische Universum reduzierte ihn zu einem Kern aktiver Imagination, in dem seine eigenen Vorstellungskräfte der einzige Bildschirm waren, auf dem man eine Projektion erfassen konnte.

Dort bin ich Regisseur und Darsteller zugleich!

Das Teg umgebende Arbeitszimmer flimmerte in seine Gefühlswirklichkeit herein und hinaus. Er hatte den Eindruck, sein Bewußtsein sei begrenzt auf seinen ureigensten Zweck, und doch füllte dieser Zweck sein Universum aus. Er war der Unendlichkeit gegenüber geöffnet.

Taraza hat es absichtlich getan! dachte er. *Sie hat meine Kräfte verstärkt!*

Ein Gefühl der Ehrfurcht überfiel ihn. Er erkannte, wie Odrade, seine Tochter, von derlei Kräften gezehrt hatte, um für Taraza das Atreides-Manifest zu schaffen. Seine Mentatenkräfte waren in diesem großen Plan von völlig untergeordneter Bedeutung.

Taraza verlangte von ihm, daß er eine furchterregende Darstellung lieferte. Daß es einer solchen Vorgehensweise überhaupt bedurfte, entsetzte ihn und forderte ihn gleichzeitig heraus. Es konnte sehr gut das Ende der Schwesternschaft bedeuten.

> *Die Grundregel heißt:*
> *Unterstütze nie die Schwäche.*
> *Unterstütze stets die Stärke.*
>
> Bene Gesserit-Maxime

»Wie kommt es, daß du den Priestern Befehle geben kannst?« fragte Sheeana. »Sie sind doch hier zu Hause.«

Beiläufig, aber mit gewählten Worten, die, wie sie wußte, sich in Sheeanas Wissen einfügten, antwortete Odrade: »Die Priester stammen von den Fremen ab. In ihrer Umgebung haben sich immer Ehrwürdige Mütter aufgehalten. Davon abgesehen, Kind, kommandierst du sie doch auch herum.«

»Das ist etwas anderes.«

Odrade unterdrückte ein Lächeln.

Etwas über drei Stunden waren vergangen, seit ihre Truppen den Angriff auf den Tempelkomplex zurückgeschlagen hatten. In dieser Zeit hatte Odrade Sheeanas Räume in eine Kommandozentrale umfunktioniert, um die notwendigen Geschäfte der Schadensbewertung und Vorbereitungen für Vergeltungsmaßnahmen in die Wege zu leiten. Gleichzeitig soufflierte und beobachtete sie Sheeana.

Simulfluß.

Odrade musterte den Raum, den sie als Hauptquartier ausgewählt hatte. Vor ihr, in der Nähe der Wand, lag immer noch ein Fetzen der zerrissenen Kleider Stiros'. *Verluste.* Der Raum war ein seltsam geformter Ort. Keine zwei Wände verliefen parallel. Sie schnüffelte. In der Luft befand sich noch immer der leichte Ozongeruch der Schnüffler, mit denen ihre Leute sich versichert hatten, daß diese Räume nicht belauscht wurden.

Warum die seltsame Form? Das Gebäude war uralt. Es war sehr oft umgebaut und mit Anbauten versehen worden – aber dies erklärte nicht diesen Raum. Der gefällig grobe Stuck an den Wänden und der Decke. Die genau ausgearbeiteten Gewürzfaser-Vorhänge, die die beiden Türen umsäumten. Es war früher Abend, und das von Gitterrollos gefilterte Sonnenlicht bemalte die den Fenstern gegenüberliegende Wand mit hellen Streifen. Silbergelbe Leuchtgloben schwebten unterhalb der Decke, alle waren darauf abgestimmt, sich dem Sonnenlicht anzupassen. Gedämpfte Straßengeräusche drangen durch die unterhalb der Fenster liegenden Ventilatoren. Das weiche Muster der orangefarbenen Läufer und grauen Bodenplatten kündete von Wohlstand und Sicherheit, aber plötzlich kam Odrade sich nicht mehr sicher vor.

Eine hochgewachsene Ehrwürdige Mutter kam aus dem nebenan liegenden Kommunikationsraum. »Mutter Kommandant«, sagte sie, »die Botschaften sind an die Gilde, die Ixianer und die Tleilaxu abgegangen.«

Geistesabwesend sagte Odrade: »Ich habe es zur Kenntnis genommen.«

Die Frau ging an ihre Arbeit zurück.

»Was tust du?« fragte Sheeana.

»Ich sehe mich etwas um.«

Odrade schürzte nachdenklich die Lippen. Ihre Führer durch den Tempelkomplex hatten sie durch einen Irrgarten aus Korridoren und Treppen geleitet; sie hatten durch die unterschiedlichsten Fensterbögen zahlreiche Innenhöfe gesehen und waren dann in ein großartiges ixianisches Suspensor-Röhrensystem übergewechselt, das sie lautlos in einen anderen Korridor gebracht hatte. Auch hier: Treppenfluchten, gekrümmt verlaufende Korridore ... Und schließlich: dieser Raum.

Odrade sah sich erneut um.

»Warum siehst du dich hier um?« fragte Sheeana.

»Pssst, Kind!«

Der Raum war ein unregelmäßiger Polyeder, dessen schmalere Seite nach links verlief. Er war etwa fünfunddreißig Meter lang und etwa halb so breit. Zahlreiche niedrige Diwane und Sessel unterschiedlicher Bequemlichkeitsstufen. Sheeana saß in königlicher Pracht auf einem hellgelben Sessel mit weichen Armlehnen. Nirgendwo ein Stuhlhund. Sehr viel blaues und gelbes Gewebe. Odrade musterte das weiße Gitterwerk eines Ventilators über einem Gemälde, das am weiter von ihr entfernten Ende des Zimmers ein Gebirge zeigte. Ein kühler Luftzug kam durch die Ventilatoren unterhalb der Fenster und wehte gegen den Ventilator oberhalb des Gemäldes.

»Dies war Hedleys Zimmer«, sagte Sheeana.

»Warum ärgerst du ihn, indem du ihn bei seinem Vornamen ansprichst, Kind?«

»Ärgert ihn das?«

»Nimm mich nicht auf den Arm, Kind! Du weißt, daß es ihn ärgert, und deswegen tust du es auch.«

»Warum hast du dann danach gefragt?«

Odrade ging nicht darauf ein. Statt dessen fuhr sie mit ihrer Untersuchung des Zimmers fort. Die dem Gemälde gegenüberliegende Wand stand in einem schrägen Winkel zur Außenmauer. Jetzt hatte sie es. *Wie gerissen!* Man hatte diesen Raum so konstruiert, daß jemand, der hinter dem erhöhten Ventilator lauschte, selbst das leiseste Flüstern mitbekam. Sie zweifelte nicht daran, daß das Gemälde einen weiteren Luftschacht verbarg, der alle Klänge dieses Raumes nach außerhalb trug. Weder ein Schnüffler noch irgendein anderes Instrument würde eine solche Vorrichtung aufspüren. Nichts würde auch nur einen Pieps von sich geben angesichts eines spionierenden Auges oder Ohrs. Nur die wachen Sinne eines Menschen, der wirklich wahrzunehmen verstand, mußten mißtrauisch werden.

Ein Handzeichen rief eine wartende Helferin heran. Odrades Finger übermittelten ihr eine stumme Botschaft: »*Finde heraus, wer uns hinter diesem Ventilator belauscht.*« Sie deutete mit dem

Kopf auf den Ventilator über dem Gemälde. »*Aber laß ihn weiterlauschen. Wir müssen erfahren, wer seinen Bericht erhält.*«

»Woher wußtet ihr, daß ich in Gefahr war?« fragte Sheeana.

Das Kind verfügte über eine gute Stimme, fand Odrade, aber ihr fehlte Training. Aber sie zeichnete sich durch eine gewisse Festigkeit aus, aus der man ein machtvolles Instrument würde entwickeln können.

»Antworte!« befahl Sheeana.

Der gebieterische Tonfall überraschte Odrade, und sie fühlte Ärger in sich aufsteigen, den sie sich zu unterdrücken gezwungen sah. Das Kind mußte sofort einer Behandlung unterzogen werden!

»Reg dich nicht auf, Kind!« sagte sie. Sie wandte die ausgebildete Stimme einer Bene Gesserit an und hatte sofort Erfolg damit.

Aber erneut versetzte Sheeana sie in Erstaunen. »Das ist eine ganz andere Stimmlage«, sagte sie. »Du willst mich beruhigen. Kipuna hat mir alles über die Stimme erzählt.«

Odrade drehte sich schwerfällig um, sah Sheeana an und musterte sie. Der erste Kummer des Mädchens war zwar verflogen, aber es zeigte immer noch Zorn, wenn es von Kipuna sprach.

»Ich bin damit beschäftigt, unseren Gegenschlag auf diesen Angriff zu planen«, sagte Odrade. »Warum lenkst du mich ab? Man sollte doch annehmen, du wünschst, daß diese Leute bestraft werden.«

»Was werdet ihr mit ihnen machen? Sag's mir! Was werdet ihr tun?«

Ein überraschend rachsüchtiges Kind, dachte Odrade. Man mußte sie an die Kandare nehmen. Haß war eine ebenso gefährliche Emotion wie Liebe. Die Leistungsfähigkeit des Hasses war die Leistungsfähigkeit für sein Gegenteil.

Odrade sagte: »Ich habe der Gilde, Ix und den Tleilaxu die Botschaft geschickt, die wir stets übermitteln, wenn man uns verärgert. Sie besteht aus vier Worten: ›Dafür werdet ihr bezahlen.‹«

»Und wie werden sie es bezahlen?«

»Wir werden uns eine Strafe ausdenken, die zu den Bene

Gesserit paßt. Sie werden die Folgen ihres Verhaltens zu spüren bekommen.«

»Aber *was* werdet ihr tun?«

»Du wirst es irgendwann erfahren. Vielleicht erfährst du sogar, wie wir unseren Strafplan aufbauen. Im Moment gibt es keinen Grund, daß du mehr erfährst.«

Sheeanas Gesicht zeigte einen verdrießlichen Ausdruck. »Ihr seid nicht mal wütend«, sagte sie. »Nur verärgert. Das hast du selbst gesagt.«

»Zügle deine Ungeduld, Kind! Es gibt Dinge, von denen du nichts verstehst.«

Die Ehrwürdige Mutter aus dem Kommunikationsraum kehrte zurück, schenkte Sheeana einen kurzen Blick und sagte dann zu Odrade: »Das Domstift bestätigt den Eingang deiner Botschaft. Man billigt deine Antwort.«

Da sie nicht sofort an ihre Arbeit zurückkehrte, fragte Odrade: »Ist noch etwas?«

Ein kurzer Blick auf Sheeana kündete davon, daß die Ehrwürdige Mutter irgendwelche Vorbehalte hatte. Odrade drehte ihre Handfläche nach oben. Es war das Zeichen für ein stummes Gespräch.

Die Ehrwürdige Mutter reagierte darauf; ihre Finger sagten in heller Aufregung: »*Tarazas Botschaft ... Die Tleilaxu sind das Hauptelement. Die Gilde soll für die Melange teuer bezahlen. Rakis als Nachschubquelle für sie abschneiden. Gilde und Ix in einen Topf werfen. Sie werden sich im Übermaß ausweiten angesichts der erdrückenden Konkurrenz der Diaspora. Fischredner im Augenblick ignorieren. Sie gehen mit Ix unter. Meister aller Meister von Tleilaxu antwortete uns. Er geht nach Rakis. In eine Falle locken.*«

Odrade lächelte leicht, um zu zeigen, daß sie verstanden hatte. Sie sah zu, wie die Frau den Raum verließ. Das Domstift war nicht nur mit dem einverstanden, was sie auf Rakis unternommen hatte, man hatte sich auch mit faszinierender Schnelligkeit eine passende Strafe ausgedacht. Taraza und ihre Beraterinnen hatten diesen Moment offenbar vorausgesehen.

Odrade erlaubte sich einen Seufzer der Erleichterung. Die Botschaft an das Domstift war nur knapp gewesen: eine kurze Beschreibung des Angriffs, eine Verlustliste ihrer eigenen Leute, die Identifikation der Angreifer und eine bestätigende Notiz an Taraza, daß sie die vorschriftsmäßige Warnung an die Schuldigen bereits übermittelt hatte: »Dafür werdet ihr bezahlen.«

Ja, jetzt wußten diese tölpelhaften Angreifer, daß sie mitten ins Wespennest gestochen hatten. Dies würde Angst erzeugen – und das war ein wesentlicher Bestandteil der Strafe.

Sheeana räkelte sich in ihrem Sessel. Ihr Verhalten drückte aus, daß sie es auf einen neuen Versuch ankommen lassen wollte. »Eine von deinen Gefährtinnen sagte, da seien Gestaltwandler gewesen.« Sie deutete mit dem Kinn zum Dach hinauf.

Welch ein Riesenreservoir an Unwissenheit dieses Kind ist, fiel Odrade auf. Man würde diese Leere füllen müssen. *Gestaltwandler!* Sie dachte an die Leichen, die sie untersucht hatten. Die Tleilaxu hatten endlich ihre neuen Kreaturen zum Einsatz gebracht. Natürlich wollte man die Bene Gesserit damit testen. Die Neuen waren äußerst schwierig aufzuspüren. Allerdings strömten sie noch immer den charakteristischen Geruch ihrer einmaligen Pheromone aus. Odrade hatte diese Tatsache in ihrer Botschaft zum Domstift weitergegeben.

Das Problem bestand jetzt darin, dieses Wissen der Bene Gesserit geheimzuhalten. Odrade rief eine Kurierhelferin herbei. Während sie den Ventilator mit einem kurzen Blick ansah, gab sie ihr stumm mit den Fingern zu verstehen: ›*Tötet die Lauscher!*‹

»Du interessierst dich zu sehr für die Kraft der Stimme, Kind«, sagte Odrade zu der immer noch in ihrem Sessel hockenden Sheeana. »Schweigen ist das wertvollste Werkzeug, wenn man lernen will.«

»Aber könnte ich die Kraft der Stimme auch erlernen? Ich würde es gerne.«

»Ich sage dir, du sollst still sein und aus der Stille heraus lernen.«

»Ich befehle dir, mir die Kraft der Stimme beizubringen!«

Odrade dachte kurz an Kipunas Berichte. Was die Menschen in Sheeanas Umgebung anging, so hatte das Kind schon jetzt eine wirkungsvolle Stimmkontrolle über sie. Sheeana hatte es von selbst erlernt. Sie hatte eine Zwischenebene der Stimmkraft gemeistert, die in einem begrenzten Umfeld Wirkung zeigte. Es war ihr angeboren. Tuek, Cania und die anderen fürchteten sich vor ihr. Natürlich trugen religiöse Vorstellungen zu dieser Furcht bei, aber Sheeanas Beherrschung der entsprechenden Stimm- und Tonlage zeugte von einer bewundernswerten unbewußten Trennschärfe.

Und Odrade wußte, wie die übliche Reaktion ausfiel, wenn Sheeana ihre Stimmkraft einsetzte: Ehrlichkeit. Es war ein äußerst mächtiger Reiz, und er diente mehr als einem Ziel.

»Ich bin hier, um dich viele Dinge zu lehren«, sagte Odrade, »aber ich tue es nicht auf deinen Befehl hin.«

»Jeder gehorcht mir!« sagte Sheeana.

Sie ist kaum in der Pubertät und führt sich schon auf wie eine Aristokratin, dachte Odrade. *Götter, die wir selbst erschaffen haben! Was kann denn noch alles aus ihr werden?*

Sheeana glitt aus ihrem Sessel, stand auf und sah Odrade mit einem fragenden Ausdruck an. Die Augen des Mädchens waren mit Odrades Schultern auf einer Höhe. Sheeana würde einmal groß werden, eine Befehle erteilende Persönlichkeit. Falls sie überlebte.

»Manche meiner Fragen beantwortest du«, sagte Sheeana, »aber andere nicht. Du sagst, daß ihr auf mich gewartet habt, aber du erklärst mir nicht, warum. Warum willst du mir nicht gehorchen?«

»Welch dumme Frage, Kind.«

»Warum nennst du mich immer Kind?«

»Bist du etwa keins?«

»Ich menstruiere schon.«

»Aber du bist immer noch ein Kind.«

»Die Priester gehorchen mir.«

»Sie haben Angst vor dir.«

»Und du nicht?«

»Nein, ich nicht.«

»Gut! Es langweilt einen, wenn die Leute Angst vor einem haben.«

»Die Priester glauben, daß Gott dich geschickt hat.«

»Glaubst du es nicht?«

»Warum sollte ich? Wir ...« Odrade brach ab, als eine Kurierhelferin eintrat. Ihre Finger sagten in stummer Beredsamkeit: ›*Vier Priester haben zugehört. Sie sind tot. Es waren Jünger Tueks.*‹

Odrade schickte sie mit einem Wink hinaus.

»Sie spricht mit den Fingern«, sagte Sheeana. »Wie macht sie das?«

»Du stellst zu viele falsche Fragen, Kind. Und du hast mir noch nicht erzählt, warum ich in dir ein Instrument Gottes sehen sollte.«

»Shaitan verschont mich. Ich gehe in die Wüste, und wenn Shaitan kommt, rede ich mit ihm.«

»Warum nennst du ihn Shaitan statt Shai-Hulud?«

»Jeder stellt mir diese gleiche dumme Frage!«

»Dann gib mir doch eine dumme Antwort.«

Sheeana erwiderte griesgrämig: »Es liegt daran, wie wir uns getroffen haben.«

»Und wie habt ihr euch getroffen?«

Sheeana legte den Kopf etwas schief, sah Odrade einen Moment lang an und sagte dann: »Das ist ein Geheimnis.«

»Und du weißt, wie man Geheimnisse bewahrt?«

Sheeana richtete sich nickend auf, aber Odrade sah in ihrer Bewegung Unentschlossenheit. Sheeana merkte es, wenn man sie an die Wand drückte!

»Ausgezeichnet!« sagte Odrade. »Das Bewahren von Geheimnissen ist eine wesentliche Lehre der Bene Gesserit. Es freut mich, daß wir wenigstens damit keine Schwierigkeiten haben.«

»Aber ich möchte alles erfahren!«

Welche Ungeduld in ihrer Stimme. Ihre Gefühlskontrolle war jämmerlich.

»Du mußt mir alles beibringen!« sagte Sheeana hartnäckig.

Zeit für die Peitsche, dachte Odrade. Sheeana hatte sich mit ihrem Verhalten und ihren Worten bereits soviel erlaubt, daß sich selbst eine Helferin aus der fünften Klasse hätte zum Eingreifen gezwungen gesehen.

Mit der vollen Kraft ihrer Stimme sagte Odrade: »Rede nicht in diesem Ton mit mir, Kind! Nicht, wenn du etwas lernen willst!«

Sheeana versteifte sich. Sie brauchte über eine Minute, um zu verstehen, was mit ihr geschehen war. Dann entspannte sie sich. Schließlich lächelte sie ein warmes, offenes Lächeln und meinte: »Oh, ich freue mich so, daß du gekommen bist! Es ist in letzter Zeit sooo langweilig gewesen.«

Nichts übersteigt die Kompliziertheit des menschlichen Geistes.

Leto II.: Die Aufzeichnungen von Dar-es-Balat

Die Gammu-Nacht, die in diesen Breitengraden oft rasches Unheil verkündete, würde in zwei Stunden anbrechen. Eine Wolkenansammlung überschattete die Festung. Auf Lucillas Befehl hin war Duncan zu einer selbstdirigierten Intensivübung in den Burghof zurückgekehrt.

Lucilla beobachtete ihn von der gleichen Brustwehr aus, von der sie ihn zum erstenmal gesehen hatte.

Duncan bewegte sich in der stolpernden Verdrehtheit des Bene Gesserit-Achtfachkampfes, wirbelte seinen Körper über das Gras, rollte weiter, warf sich von einer Seite auf die andere, sprang auf und nieder.

Es war eine gute Zurschaustellung seiner Tricks, fand Lucilla. Sie sah kein erkennbares Muster in seinen Bewegungen, und die Schnelligkeit, die er vorlegte, war schwindelerregend. Er war fast sechzehn Standardjahre alt und kam dem Gesamtpotential seines Prana-Bindu-Talents schon jetzt ziemlich nahe.

Die sorgfältig kontrollierten Bewegungen seiner Übungen offenbarten so viel! Er hatte schnell darauf angesprochen, nachdem sie ihm diese abendlichen Übungen zur Pflicht gemacht hatte. Der erste Schritt in Hinsicht auf die Instruktionen Tarazas war getan. Der Ghola liebte sie. Kein Zweifel. Sie war auf ihn fixiert wie eine Mutter. Und dies hatte sie vollbracht, ohne ihn ernsthaft zu schwächen. Trotz der Ängste Tegs.

Zwar ist mein Schatten auf diesem Ghola, redete sie sich ein, *aber er ist weder ein bittender noch ein abhängiger Jünger. Teg fürchtet sich ohne Grund.*

Noch an diesem Morgen hatte sie zu Teg gesagt: »Wo er seine Stärke ausdrückt, drückt er auch sich selbst offen aus.«

Teg sollte ihn jetzt sehen, dachte sie. Die Übungen, die Duncan machte, hatte er größtenteils selbst kreiert.

Lucilla unterdrückte ein anerkennendes Keuchen, als Duncan einen besonders behenden Sprung machte, der ihn fast in den Mittelpunkt des Hofes trug. Der Ghola war im Begriff, ein Nerven-Muskel-Gleichgewicht zu entwickeln, das irgendwann ein geistiges Gleichgewicht hervorbringen mußte, das dem Tegs zumindest ebenbürtig sein würde. Die zivilisatorische Stoßkraft einer solchen Leistung mußte Eindruck erwecken – bei allen, die Teg treu ergeben waren, und durch ihn auch der Schwesternschaft.

Vieles davon haben wir dem Tyrannen zu verdanken, dachte sie.

Vor Leto II. hatte kein ausgedehntes System zivilisatorischer Anpassung lange genug gedauert, um das Gleichgewicht zu erreichen, das die Bene Gesserit für ideal hielten. Es war dieses Gleichgewicht – ›*entlang der Schwertklinge zu fließen*‹ –, das Lucilla faszinierte. Deswegen widmete sie sich restlos einem Projekt, dessen Gesamtaufbau sie nicht kannte, das jedoch von ihr eine Leistung verlangte, das der Instinkt als unangenehm klassifizierte.

Duncan ist noch so jung!

Taraza hatte offen ausgesprochen, was die Schwesternschaft als nächstes von ihr verlangte: *die Sexual-Einprägung*. Erst an diesem Morgen hatte Lucilla nackt vor dem Spiegel posiert und die Haltung und die Gesichtszüge geübt, die sie nach Tarazas Befehl einsetzen würde. In der künstlichen Stille war ihr ihr eigenes Gesicht wie die Miene einer vorsintflutlichen Liebesgöttin erschienen – üppig im Fleisch und dem Versprechen einer Nachgiebigkeit, in die ein aufgestachelter Mann leicht abstürzen konnte.

Während ihrer Ausbildung hatte Lucilla uralte Statuen aus der Ersten Ära gesehen, kleine Steinfiguren menschlicher Frauen mit ausladenden Hüften und Hängebrüsten, die einem Säugling Überfluß verkündeten. Wenn sie wollte, konnte Lucilla eine jugendliche Simulation dieser alten Figur produzieren.

Unter ihr auf dem Hof legte Duncan eine kurze Pause ein und schien über seine nächsten Bewegungen nachzudenken. Plötzlich nickte er vor sich hin, sprang hoch in die Luft, drehte sich dort und landete wie ein Springbock auf einem Bein, das ihn seitwärts in eine Rotation versetzte und mehr Ähnlichkeit mit einem Tanz als mit einer Kampfbewegung aufwies.

Lucilla preßte die Lippen fest entschlossen aufeinander.

Sexual-Einprägung.

Das Geheimnis der Sexualität ist überhaupt kein Geheimnis, erinnerte sie sich. Ihre Wurzeln waren dem Leben selbst zugehörig. Dies erklärte natürlich, warum ihre erste auf Befehl der Schwesternschaft erfolgte Verführung ein männliches Gesicht in ihr Gedächtnis eingeprägt hatte. Die Zuchtmeisterin hatte ihr erklärt, dies sei zu erwarten und sie solle sich deswegen nicht ängstigen. Aber dann war Lucilla klargeworden, daß die Sexual-Einprägung ein zweischneidiges Schwert darstellte. Zwar konnte man an der Schwertklinge entlangfließen, aber man konnte sich dabei auch schneiden. Manchmal, wenn das männliche Gesicht ihrer ersten planmäßigen Verführung ungebeten in ihre Erinnerung zurückkehrte, fühlte Lucilla sich von ihm aus der Fassung gebracht. Die Erinnerung kam so regelmäßig auf dem Höhepunkt eines intimen Augenblicks, daß sie sich anstrengen mußte, es zu verheimlichen.

»Es kann dich nur stärken«, versicherten ihr die Zuchtmeisterinnen.

Dennoch gab es Zeiten, in denen sie den Eindruck hatte, etwas aufgerührt zu haben, das besser ein Rätsel geblieben wäre.

Ein Gefühl der Verstimmtheit überfiel Lucilla, als sie an das dachte, was sie tun mußte. Die Abende, an denen sie Duncans Übungen beobachtete, waren ihr stets die liebsten gewesen. Die Muskelentwicklung des Burschen wies auf einen unübersehbaren Fortschritt sämtlicher Prana-Bindu-Wunder hin, für die die Schwesternschaft berühmt war. Aber der nächste Schritt stand unmittelbar bevor. Jetzt konnte sie nicht mehr in der behutsamen Würdigung ihres Auftrages verharren.

Gleich würde Miles Teg herauskommen, das wußte sie. Dann würde sich Duncans Training in den Übungsraum verlagern, wo es um tödlichere Waffen ging.

Teg.

Lucilla dachte erneut über ihn nach. Sie hatte sich mehr als einmal auf eine bestimmte Weise von ihm angezogen gefühlt, die ihr nicht unbekannt war. Eine Einprägerin erfreute sich bei der Auswahl ihrer eigenen Zuchtpartner gewisser Privilegien – vorausgesetzt, sie hatte keine Dienstpflichten zu erfüllen oder gegenteiligen Anweisungen zu gehorchen. Teg war zwar alt, aber seine Unterlagen besagten, er könne durchaus noch zeugungsfähig sein. Natürlich würde sie das Kind nicht behalten können, aber schließlich hatte sie gelernt, auch damit fertigzuwerden.

Warum nicht? fragte sie sich.

Ihr Plan war extrem einfach gewesen: Bringe deine Einprägung bezüglich des Gholas zu Ende, laß deine Absicht von Taraza registrieren – und dann empfange ein Kind vom schrecklichen Miles Teg. Sie hatte alle Register gezogen, um ihn auf sich aufmerksam zu machen, aber Teg war nicht darauf hereingefallen. Mit dem Zynismus eines Mentaten hatte er sie eines Nachmittags im Umkleideraum bei der Waffenkammer von ihrem Vorhaben abgehalten.

»Meine Zuchtjahre sind vorbei, Lucilla. Die Schwesternschaft sollte mit dem zufrieden sein, was ich ihr schon gegeben habe.«

Teg, lediglich angetan mit einem schwarzen Übungstrikot, fuhr damit fort, sein schweißbedecktes Gesicht mit einem Handtuch trockenzureiben, und warf das Handtuch anschließend in einen Korb. Ohne sie anzusehen, sagte er: »Würdest du mich jetzt bitte allein lassen?«

Er hatte also schon die Ouvertüre durchschaut!

Nachdem sie wußte, wer Teg war, hätte sie es erwarten müssen. Lucilla wußte jedoch, daß noch nicht alle Chancen vertan waren. Eine Ehrwürdige Mutter ihres Kalibers fehlte nicht, nicht einmal bei einem Mentaten, der Tegs offensichtliche Stärke aufwies.

Lucilla blieb einen Augenblick lang unentschlossen stehen, während ihr Bewußtsein automatisch Schritte in Angriff nahm, um diese schon im Vorstadium erfolgte Zurückweisung zu überspielen. Etwas hielt sie an. Kein Ärger über die Zurückweisung, nicht die winzige Möglichkeit, er könne gegenüber ihren Reizen tatsächlich immun sein. Stolz und das Absinken desselben (diese Möglichkeit gab es immer) hatten damit nichts zu tun.

Würde.

Teg strahlte eine stille Würde aus, und sie wußte genau, was sein Mut und seine Tapferkeit der Schwesternschaft bereits gegeben hatten. Sich ihrer Motive nicht ganz sicher, wandte Lucilla sich von ihm ab. Vielleicht war es die unterschwellige Dankbarkeit, die die Schwesternschaft ihm gegenüber empfand. Teg jetzt zu verführen würde erniedrigend sein, nicht nur für ihn, sondern auch für sie. Sie konnte sich nicht zu einer solchen Handlung bewegen – nicht ohne den direkten Befehl einer Vorgesetzten.

Als sie an der Brustwehr stand, vernebelten einige dieser Erinnerungen ihre Sinne. In den Schatten am Torweg zum Waffenflügel war eine Bewegung. Sie erspähte Teg, schob ihre Erinnerung entschlossen beiseite und konzentrierte sich auf Duncan. Der Ghola hatte mit seinem kontrollierten Zickzackkurs über die Wiese aufgehört. Er stand still da, atmete tief und schaute aufmerksam zu Lucilla hinauf. Sie sah Schweiß auf seinem Gesicht und dunkle Flecke auf seiner hellblauen Montur.

Lucilla beugte sich über die Brustwehr und rief zu ihm hinunter: »Das war sehr gut, Duncan. Morgen zeige ich dir mehr von der Fuß-Faust-Kombination.«

Die Worte drangen unzensiert aus ihr heraus, und sie erkannte ihre Absicht sofort. Sie galten Teg, der in dem schattigen Torweg dort unten stand, nicht dem Ghola. Sie sagte Teg nichts anderes als: »Siehst du? Du bist nicht der einzige, der ihn tödliche Griffe lehrt.«

Anschließend wurde ihr bewußt, daß Teg auf dem besten Wege war, ihre Psyche mehr zu beschäftigen, als sie sich erlauben durfte. Grimmig warf sie einen Blick auf die große Gestalt, die nun aus den Schatten des Torwegs trat. Duncan rannte bereits auf den Bashar zu.

Als Lucilla sich auf Teg konzentrierte, durchfuhr es sie wie ein Blitz. Und ohne darüber eingehender nachzudenken, wurde ihr klar: *Da stimmt etwas nicht! Gefahr! Teg ist nicht Teg!* In dem nachfolgenden Blitz, der ihre Reaktion auslöste, kam davon jedoch nichts zum Ausdruck. Sie reagierte, indem sie sämtliche Kraft in ihre Stimme legte, derer sie habhaft werden konnte:

»*Duncan! RUNTER!*«

Duncan warf sich flach ins Gras. Seine Aufmerksamkeit galt ganz der Teg-Gestalt, die aus dem Waffenflügel kam. In der Hand des Mannes befand sich eine Nahkampf-Lasgun.

Gestaltwandler! dachte Lucilla. Nur seine Hyper-Wachsamkeit hatte ihn verraten. *Einer der Neuen!*

»Gestaltwandler!« schrie Lucilla.

Duncan stieß sich seitlich ab und sprang auf. Er drehte sich flach in der Luft, mindestens einen Meter über dem Boden. Die Schnelligkeit seiner Reaktion schockierte Lucilla. Sie hatte nicht gewußt, daß sich ein Mensch so schnell bewegen konnte! Der erste Lasgun-Bolzen traf unter Duncan in den Boden. Duncan selbst schien in der Luft zu schweben.

Lucilla sprang auf die Brustwehr und ließ sich auf den Fenstersims der darunterliegenden Etage fallen. Hier gab es einen Halt, und bevor sie stoppte, zuckte ihre Rechte vor und fand das vorstehende Abflußrohr der Regenrinne, von dem ihre Erinnerung wußte, daß es dort war. Ihr Leib bog sich zur Seite, und sie fiel auf den Fenstersims der nächsten Etage. Die Verzweiflung trieb sie an, obwohl sie wußte, daß sie zu spät kommen würde.

An der Wand über ihr knisterte etwas. Sie sah eine alles zerschmelzende Linie auf sie zukriechen, als sie sich nach links schwang, sich drehte und auf den Wiesenboden fiel. Noch während sie landete, erfaßte sie mit einem Blick die Situation.

Duncan bewegte sich auf den Angreifer zu, aber zuckte hin und her, wie bei einer Wiederholung der eben abgelaufenen Übungsstunde. Die Schnelligkeit seiner Bewegungen!

Lucilla sah Unentschiedenheit auf dem Gesicht des falschen Teg.

Sie schoß auf den Gestaltwandler zu und *fühlte* förmlich die Gedanken der Kreatur: *Jetzt habe ich es mit zweien zu tun!*

Ihr Versagen war jedoch unausweichlich, dies wurde Lucilla

schon während des Laufens klar. Der Gestaltwandler brauchte lediglich seine Waffe auf volle Kraft und kurze Entfernung einzustellen. Er konnte die Luft, die sich vor ihm befand, in Streifen schneiden. Nichts konnte eine solche Verteidigungsbarriere durchdringen. Als ihr all dies durch den Kopf ging und sie panisch nach einer Möglichkeit suchte, den Angreifer zu schlagen, sah sie, daß auf der Brust des falschen Teg roter Rauch erschien. Eine rote Linie lief in einem schrägen Winkel aufwärts über die Muskulatur des Arms, der die Lasgun hielt. Der Arm fiel ab, wie ein Stück einer Statue. In einer Blutfontäne riß die Schulter des Torsos auf. Die Gestalt wankte, löste sich in einer weiteren Welle roten Rauches und sprühenden Blutes auf und schrumpelte auf den Stufen zusammen, ein dunkler Klumpen aus blaugeflecktem Rot. Lucilla roch die charakteristischen Gestaltwandler-Pheromone, als sie stehenblieb. Duncan tauchte neben ihr auf. Über den toten Gestaltwandler hinweg konzentrierte er sich auf eine Bewegung im Torweg.

Hinter dem Toten erschien ein weiterer Teg. Lucilla identifizierte die Wirklichkeit: Dieser war echt.

»Das ist der Bashar«, sagte Duncan.

Es erfreute sie, daß Duncan seine Identifizierungslektion so gut gelernt hatte: Man mußte seine Freunde selbst dann erkennen können, wenn man nur Bruchteile von ihnen sah. Sie deutete auf den toten Gestaltwandler: »Riech mal!«

Duncan inhalierte. »Ja, ich hab's. Aber er war keine sehr gute Kopie. Ich habe es genauso schnell erkannt wie du.«

Teg erschien nun auf dem Hof. Er schleppte eine schwere Lasgun unter dem linken Arm. Seine rechte Hand hielt Griff und Drücker noch immer umklammert. Er sah sich kurz auf dem Hof um, dann musterte er Duncan und schließlich Lucilla.

»Bring Duncan rein!« sagte er.

Das war der Befehl eines Schlachtfeld-Kommandanten, der sich lediglich auf das bezog, was in einem Notfall zu tun war. Lucilla gehorchte, ohne eine Frage zu stellen.

Als sie Duncans Hand nahm und ihn an der blutigen Masse des einstigen Gestaltwandlers vorbei in den Waffenflügel führte, sagte der Junge kein Wort. Als sie drin waren, warf er einen

Blick auf den teigigen Haufen und fragte: »Wer hat ihn reingelassen?«

Lucilla fiel auf, daß er nicht »Wie ist er hereingekommen?« gesagt hatte. Duncan hatte bereits an den Unwichtigkeiten vorbei und ins Herz des Problems gesehen.

Teg ging ihnen auf dem Weg zu seiner Unterkunft voran. An der Tür blieb er stehen, sah hinein und bedeutete Lucilla und Duncan, ihm zu folgen.

In Tegs Schlafraum breitete sich der schneidende Geruch verbrannten Fleisches aus. Rauchwölkchen trieben einen Gestank vor sich her, den Lucilla abscheulich fand. Hier war jemand geröstet worden! Eine Gestalt, die eine von Tegs Uniformen trug, lag mit dem Gesicht nach unten auf dem Boden, wo sie vom Bett gefallen war.

Teg rollte die Gestalt mit der Stiefelspitze auf den Rücken, damit man ihr Gesicht sehen konnte: starrende Augen, ein schiefes Grinsen. Lucilla erkannte eine der Ringstraßen-Wachen, einen Mann, der laut den Unterlagen mit Schwangyu in die Festung gekommen war.

»Ihr Weichensteller«, sagte Teg. »Patrin hat sich um ihn gekümmert, dann haben wir ihm eine meiner Uniformen angezogen. Es reichte aus, um die Gestaltwandler in die Irre zu führen, denn wir ließen nicht zu, daß sie sich sein Gesicht ansahen, bevor wir angriffen. Sie hatten keine Zeit, um einen Bewußtseinsabdruck zu machen.«

»Du weißt davon?« fragte Lucilla überrascht.

»Bellonda hat mich bestens eingewiesen!«

Jetzt verstand Lucilla die tiefere Bedeutung dessen, was Teg gesagt hatte. Sie unterdrückte ein rasches Aufflackern von Verärgerung. »Wieso hast du einen von ihnen bis in den Hof vordringen lassen?«

Mit ruhiger Stimme sagte Teg: »Es ging ziemlich hektisch zu hier drinnen. Ich mußte eine Wahl treffen, die sich als die richtige herausgestellt hat.«

Lucilla versuchte nicht mehr, ihren Zorn zu verheimlichen. »Bestand deine Wahl darin, Duncan für sich selbst sorgen zu lassen?«

»Ich mußte ihn in deiner Obhut lassen oder das Risiko eingehen, noch mehr Eindringlinge in den Hof gelangen zu lassen. Patrin und ich hatten alle Hände voll zu tun, diesen Flügel hier zu säubern. Es war ziemlich schlimm.« Teg warf Duncan einen Blick zu. »Er hat sich, dank unseres Trainings, wacker geschlagen.«

»Dieses ... *Ding* hätte ihn beinahe erwischt!«

»Lucilla!« Teg schüttelte den Kopf. »Ich habe es genau kalkuliert. Ihr beide hättet mindestens eine Minute dort draußen ausgehalten. Ich wußte, daß du dich diesem *Ding* in den Weg werfen und dich opfern würdest, um Duncan zu retten. Das hätte noch einmal zwanzig Sekunden erbracht.«

Auf Tegs Worte hin bedachte Duncan Lucilla mit einem Blick aus leuchtenden Augen. »Hättest du das getan?«

Als Lucilla nicht antwortete, sagte Teg: »Sie hätte es getan.«

Lucilla stritt es nicht ab. Aber jetzt erinnerte sie sich wieder an die unheimliche Schnelligkeit, mit der Duncan sich bewegt hatte – und an die verwirrenden Finten seines Angriffs.

»Kampfentscheidungen«, sagte Teg und sah Lucilla an.

Sie nahm es hin. Wie üblich hatte Teg eine korrekte Wahl getroffen. Dennoch wußte sie, daß sie sich mit Taraza würde in Verbindung setzen müssen. Die Prana-Bindu-Beschleunigung, die diesen Ghola auszeichnete, ging über alles hinaus, was sie erwartet hatte. Als Teg sich aufrichtete und wachsam den hinter ihr liegenden Eingang in Augenschein nahm, versteifte sie sich. Lucilla wirbelte herum.

Schwangyu stand dort. Patrin war hinter ihr, mit einer weiteren schweren Lasgun über dem Arm. Die Mündung der Waffe, registrierte Lucilla, war auf Schwangyu gerichtet.

»Sie hat darauf bestanden«, sagte Patrin. Auf dem Gesicht des alten Kampfgefährten Tegs zeichnete sich ein ungehaltener Ausdruck ab. Die Falten neben seinen Mundwinkeln deuteten nach unten.

»Da liegen eine ganze Menge Leichen am MG-Nest Süd«, sagte Schwangyu. »Deine Leute wollen mich nicht durchlassen, um Untersuchungen anzustellen. Ich befehle dir, deine Anweisungen auf der Stelle zu widerrufen.«

»Nicht bevor meine Aufräum-Einheiten fertig sind«, sagte Teg.

»Sie bringen dort draußen noch immer Leute um! Ich kann es hören!« Ein haßerfüllter Klang machte sich jetzt in der Stimme Schwangyus breit. Sie funkelte Lucilla an.

»Dort draußen werden auch Leute verhört«, sagte Teg.

Schwangyus funkelnder Blick richtete sich auf Teg. »Wenn es hier zu gefährlich ist, bringen wir den ... das Kind in mein Quartier. Und zwar sofort!«

»Das werden wir nicht tun«, sagte Teg. Sein Tonfall war zwar gelassen, aber bestimmt.

Schwangyu versteifte sich vor Mißmut. Patrins auf dem Griff der Lasgun ruhende Knöchel wurden weiß. Schwangyus Blick wanderte über die Waffe zu Lucilla. Die beiden Frauen sahen einander in die Augen.

Teg nutzte den Moment, um eine Pause von der Länge eines Herzschlags einzulegen, dann sagte er: »Lucilla, bring Duncan in meinen Salon!« Er deutete mit dem Kopf auf die hinter ihm liegende Tür.

Lucilla gehorchte. Mit Vorbedacht achtete sie darauf, daß sie Duncan während der ganzen Zeit mit ihrem eigenen Körper deckte.

Als sie hinter der geschlossenen Tür standen, sagte Duncan: »Sie hätte mich beinahe ›den Ghola‹ genannt. Sie ist wirklich außer sich.«

»Schwangyu hat es zugelassen, daß verschiedene Dinge an ihr vorbeigegangen sind«, sagte Lucilla.

Sie sah sich in Tegs Salon um. Sie war zum ersten Mal in diesem Abschnitt seines Quartiers: im inneren Sanktum des Bashars. Der Raum erinnerte sie an ihre eigene Unterkunft – es war die gleiche Mischung aus Ordnung und beiläufiger Unordnung. Lesespulen lagen in einem Haufen auf einem kleinen Tisch neben einem altmodischen, weichen grauen Polstersessel. Der Spulenleser war beiseite geschoben, als sei sein Benutzer nur kurz hinausgegangen und würde gleich wieder zurückkehren. Die schwarze Uniformjacke eines Bashars lag über einem in der Nähe befindlichen Stuhl. Darauf lagen Nähutensilien in einer kleinen Schachtel. Eine Manschette der Jacke zeigte ein sorgfältig geflicktes Loch.

Er näht also auch selber.

Dies war ein Aspekt des berühmten Miles Teg, den sie nicht erwartet hatte. Hätte sie je darüber nachgedacht, wäre sie zu dem Schluß gekommen, daß Patrin derartige Arbeiten erledigte.

»Schwangyu hat die Angreifer hereingelassen, nicht wahr?« fragte Duncan.

»Ihre Leute.« Lucilla verbarg ihren Zorn nicht. »Sie ist zu weit gegangen. Einen Pakt mit den Tleilaxu zu schließen!«

»Wird Patrin sie umbringen?«

»Ich weiß nicht. Es kümmert mich auch nicht!«

Draußen, vor der Tür, sagte Schwangyu wütend und mit lauter, klarer Stimme: »Werden wir einfach hier warten, Bashar?«

»Du kannst jederzeit gehen, wenn du willst!« Das war Teg.

»Aber ich kann den Südtunnel nicht betreten!«

Schwangyus Stimme klang ungeduldig. Lucilla wußte, daß sie es mit Vorbedacht tat. Was hatte die alte Frau vor? Teg mußte jetzt besonders auf der Hut sein. Er hatte sich dort draußen ziemlich klug verhalten und es Lucilla ermöglicht, die Unterschiede in Schwangyus Tonfall wahrzunehmen, aber Schwangyus Reserven hatte man damit noch nicht ausgelotet. Lucilla fragte sich, ob sie Duncan hierlassen und an Tegs Seite zurückkehren sollte.

Teg sagte: »Du kannst jetzt gehen, aber ich rate dir, nicht in dein Quartier zurückzukehren.«

»Und warum nicht?« Schwangyus Stimme klang überrascht, wirklich überrascht, und sie verbarg es nicht einmal geschickt.

»Einen Moment«, sagte Teg.

Lucilla registrierte, daß irgendwo jemand einen Schrei ausstieß. Dann erklang in der Nähe eine schwere Explosion, und dann eine weitere aus größerer Entfernung. Staub rieselte von dem Sims herab, der sich über der Tür zu Tegs Salon befand.

»Was war das?« Wieder Schwangyu, ihre Stimme war überlaut.

Lucilla machte einen Schritt, um sich zwischen Duncan und den Flur zu schieben.

Duncan blickte auf die Tür, sein Körper war abwehrbereit.

»Mit der ersten Explosion hatte ich gerechnet.« Wieder Teg. »Mit der zweiten, fürchte ich, haben *sie* nicht gerechnet.«

In der Nähe erklang eine Pfeife. Sie war laut genug, um einen Teil dessen, was Schwangyu sagte, zu übertönen.

»Das ist es, Bashar!« Patrin.

»Was geht da vor?« fragte Schwangyu.

»Die erste Explosion, liebe Ehrwürdige Mutter, fand in deinem Quartier statt, das die Angreifer zerstört haben. – Die zweite kam von uns. Mit ihr haben wir die Angreifer vernichtet.«

»Ich habe gerade das Signal bekommen, Bashar!« Wieder Patrin. »Wir haben sie alle. Sie sind in einem Schweber aus einem Nicht-Schiff gekommen, genau wie erwartet.«

»Das Schiff?« Tegs Stimme spiegelte ein wütendes Begehren nach einer Antwort wider.

»Vernichtet, in dem Moment, als es aus der Raumfalte kam. Keine Überlebenden.«

»Ihr Narren!« kreischte Schwangyu. »Wißt ihr, was ihr da getan habt?«

»Ich bin meinen Befehlen gefolgt, um diesen Jungen vor jedweden Angriffen zu schützen«, sagte Teg. »Übrigens, sollte man nicht erwarten, daß du dich um diese Zeit in deinem Quartier aufhältst?«

»Was?«

»Sie waren hinter dir her, als sie dein Quartier in die Luft sprengten. Die Tleilaxu sind äußerst gefährlich, Ehrwürdige Mutter.«

»Ich glaube dir nicht!«

»Ich schlage vor, du schaust nach. Patrin, laß sie vorbei!«

Lucilla hörte zu, und sie hörte einen unausgesprochenen Streit. Man hatte dem Mentaten-Bashar mehr vertraut als einer Ehrwürdigen Mutter, und Schwangyu wußte dies. Sie mußte verzweifelt sein. Es war ein gerissener Schachzug gewesen, ihr einzureden, daß man ihr Quartier zerstört hatte. Aber vielleicht glaubte sie es nicht. In erster Linie würde sich nun in Schwangyus Bewußtsein festsetzen, daß Teg und Lucilla erkannt hatten, sie steckte mit den Angreifern unter einer Decke. Und sie hatte keine Ahnung, wer sich dessen sonst noch bewußt sein mochte. Patrin wußte es natürlich.

Duncan musterte die geschlossene Tür. Sein Kopf war leicht

nach rechts geneigt. Auf seinem Gesicht war ein neugieriger Ausdruck – als sähe er durch die Tür und könne die Leute dort draußen wirklich erkennen.

Schwangyu ergriff das Wort. Sie hatte ihre Stimme nun wieder unter sorgfältiger Kontrolle. »Ich glaube nicht, daß man mein Quartier zerstört hat.« Sie wußte, daß Lucilla zuhörte.

»Es gibt nur einen Weg, sich dessen sicher zu sein«, sagte Teg.

Clever! dachte Lucilla. Schwangyu konnte keine Entscheidung fällen, ehe sie nicht genau wußte, ob die Tleilaxu einen Verrat begangen hatten.

»Dann werdet ihr hier auf mich warten! Das ist ein Befehl!« Lucilla hörte das Rascheln ihrer Robe, als die Ehrwürdige Mutter hinausging.

Äußerst schlechte Gefühlskontrolle, dachte sie. Aber das, was dies ihr über Teg offenbarte, war gleichermaßen beunruhigend. *Er hat sie geschafft!* Teg hatte eine Ehrwürdige Mutter aus dem Gleichgewicht gebracht.

Die Tür vor Duncan flog auf. Teg stand auf der Schwelle, eine Hand auf der Klinke. »Schnell!« sagte er. »Wir müssen aus der Festung sein, bevor sie zurückkommt.«

»Aus der Festung?« Lucilla zeigte ihren Schreck ganz offen.

»Schnell, habe ich gesagt! Patrin hat einen Weg für uns vorbereitet.«

»Aber ich muß ...«

»Gar nichts mußt du! Komm, wie du bist! Komm mit, oder wir sind gezwungen, dich mit Gewalt mitzunehmen.«

»Glaubst du wirklich, du könntest eine ...« Lucilla brach ab. Der Teg, der vor ihr stand, war ihr neu. Sie wußte, daß er eine solche Drohung nicht ausgesprochen hätte, wäre er nicht darauf vorbereitet gewesen, sie wahrzumachen.

»Na schön«, sagte sie. Sie nahm Duncan an der Hand und folgte Teg aus seinem Quartier.

Patrin stand im Korridor und blickte nach rechts. »Sie ist weg«, sagte der alte Mann. Er sah Teg an. »Sie wissen, wo's langgeht, Bashar?«

»Pat!«

Lucilla hatte Teg niemals zuvor die Verkleinerungsform des Namens seines Burschen aussprechen hören.

Patrin grinste so, daß seine Zähne funkelten. »Verzeihung, Bashar. Die Aufregung, wissen Sie. Ich überlaß es also Ihnen. Ich hab' meinen Part zu spielen.«

Teg winkte Lucilla und Duncan durch den Korridor zur Rechten. Lucilla gehorchte und hörte, daß Teg ihr dicht auf den Fersen war. Duncans Hand wurde feucht in der ihren. Er machte sich frei und marschierte neben ihr her, ohne einen Blick zurückzuwerfen.

Der Suspensorschacht am Ende des Gangs wurde von zwei Männern aus Tegs Truppe bewacht. Er nickte ihnen zu. »Niemand kommt uns nach.«

Einstimmig sagten die Männer: »Zu Befehl, Bashar.«

Als Lucilla den Schacht zusammen mit Teg und Duncan betrat, wurde ihr klar, daß sie sich in einem Streit, dessen Hintergrund sie nicht ganz verstand, auf eine bestimmte Seite geschlagen hatte. Sie konnte die Bewegungen der Politik der Schwesternschaft wie einen rasenden Wasserstrudel überall um sich herum fühlen. Meist empfand sie die Bewegungen wie eine sanft über einen Strand rollende Welle, aber jetzt erschien es ihr, als breite sich irgendwo ein zerstörerischer Brecher darauf vor, sie unter sich zu begraben.

Als sie in der Sortenkammer des MG-Nestes Süd waren, sagte Duncan: »Wir sollten alle bewaffnet sein.«

»Wir werden es sehr bald«, sagte Teg. »Und ich hoffe, du bist darauf vorbereitet, jeden umzubringen, der den Versuch unternimmt, uns aufzuhalten.«

Die bedeutsame Tatsache ist die: Außerhalb des Schutzes ihrer Kernwelten hat man nie ein weibliches Mitglied der Bene Tleilax gesehen. (Die unfruchtbaren Gestaltwandler, die Frauen imitieren, zählen in dieser Analyse nicht: Sie können keinen Nachwuchs in die Welt setzen). Die Tleilaxu sondern ihre Frauen ab, damit sie uns nicht in die Hände fallen. Dies ist unsere Primärfolgerung. Die wesentlichen Geheimnisse der Tleilaxu-Meister müssen in den Eiern verborgen liegen.

Bene Gesserit-Analyse
Archiv XOXTM 99 ... 041

»Endlich treffen wir uns«, sagte Taraza.

Über die zwei Meter freien Raumes hinweg, der ihre Sessel voneinander trennte, sah sie Tylwyth Waff an. Ihre Analytiker hatten ihr versichert, daß dieser Mann der Meister aller Tleilaxu-Meister war. Wie klein doch diese elfenhafte Gestalt war, die über soviel Macht gebot. Aber sie durfte sich, was seine Erscheinung anbetraf, nicht von Vorurteilen verleiten lassen, ermahnte sie sich.

»Manche würden es kaum für möglich halten«, sagte Waff.

Er hatte eine beinahe flötende Stimme, registrierte Taraza; man mußte sie nach anderen Standards messen.

Sie befanden sich in der Neutralität eines Nicht-Schiffes der Gilde, auf dessen Hülle Beobachter der Bene Gesserit und der Tleilaxu klebten wie Raubvögel auf einem Kadaver. (Die Gilde hatte sich feige und ängstlich bemüht, die Bene Gesserit zu besänftigen. »*Dafür werdet ihr bezahlen.*« Die Gilde wußte es. Sie hatte schon mehr als einmal zahlen müssen). Der kleine, ovale Raum, in dem sie sich trafen, war auf konventionelle Weise mit Kupferwänden versehen und ›abhörsicher‹. Taraza glaubte nicht eine Sekunde lang daran. Und ebenso ging sie davon aus, daß das von der Melange geschmiedete Band zwischen der Gilde und den Tleilaxu weiterhin in voller Stärke existierte.

Waff machte keinen Versuch, sich in bezug auf Taraza etwas vorzumachen. Diese Frau war weitaus gefährlicher als jede Geehrte Mater. Wenn er Taraza umbrachte, würde man sie auf der

Stelle durch jemanden ersetzen, der ebenso gefährlich war. Mit einer Frau, die alle wesentlichen Informationen besaß, über die auch die gegenwärtige Mutter Oberin verfügte.

»Wir finden Ihre neuen Gestaltwandler sehr interessant«, sagte Taraza.

Waff verzog unbeabsichtigt das Gesicht. Ja, *viel* gefährlicher als die Geehrten Matres, die den Tleilaxu nicht einmal Vorwürfe wegen des Verlustes eines kompletten Nicht-Schiffes gemacht hatten.

Taraza warf einen Blick auf die kleine, zwei Zeitanzeigen aufweisende Digitaluhr auf dem niedrigen Tischchen zu ihrer Rechten. Sie diente dazu, daß jeder von seiner Position aus sehen konnte, was die Stunde geschlagen hatte. Die ihrem Besucher zugewandte Zeitanzeige war auf Waffs innere Uhr abgestimmt. Sie bemerkte, daß die Innenzeit-Anzeigen um zehn Sekunden asynchron verliefen. Die Uhr zeigte eine willkürliche Nachmittagsstunde an. Es war eine der Nettigkeiten dieser Konfrontation, in der man sogar die Stellung der Sitzgelegenheiten zueinander und den zwischen ihnen befindlichen Raum festgelegt hatte.

Die beiden waren allein in diesem Raum, der sechs Meter lang und etwa halb so breit war. Sie saßen in identischen Schlingensesseln aus gedübeltem Holz, die mit orangefarbenem Stoff bezogen waren. Die Sessel enthielten nicht die geringste Kleinigkeit von Metall oder künstlichem Material. Das einzige andere Möbelstück, das es in diesem Raum gab, war das Beistelltischchen mit der Uhr. Es wies eine dünne, schwarze Oberfläche aus Plaz auf und stand auf drei spindeldürren Beinen. Man hatte beide Teilnehmer dieses Treffens mit äußerster Sorgfalt untersucht. Jeder von ihnen hatte drei Wachen mitgebracht, die vor dem einzigen Raumausgang standen. Taraza glaubte jedoch nicht daran, daß die Tleilaxu es wagen würden, sie gegen einen Gestaltwandler auszutauschen, nicht unter den gegenwärtigen Umständen.

»Dafür werdet ihr bezahlen.«

Die Tleilaxu waren sich ihrer Verletzlichkeit bestens bewußt – besonders jetzt, wo sie wußten, daß eine Ehrwürdige Mutter über ihre neuen Gestaltwandler informiert war.

Waff räusperte sich. »Ich erwarte nicht, daß wir zu einer Übereinstimmung kommen«, sagte er.

»Warum sind Sie dann erschienen?«

»Ich suche nach einer Erklärung für die seltsame Botschaft, die wir von Ihrer Festung auf Rakis erhalten haben. Für was, meinen Sie, sollen wir bezahlen?«

»Ich bitte Sie, Ser Waff, lassen Sie diese närrische Heuchelei. Es gibt Tatsachen, die uns beiden bekannt sind. Man kann sie nicht einfach übergehen.«

»Zum Beispiel?«

»Keine weibliche Angehörige der Bene Tleilax ist uns je für ein Zuchtprogramm überlassen worden.« Und sie dachte: *Darüber soll er erst einmal nachdenken!* Es war äußerst frustrierend, keinen Zugang zu den Weitergehenden Erinnerungen der Tleilaxu zu haben, und das mußte Waff wissen.

Waff runzelte die Stirn. »Sie nehmen doch wohl nicht an, ich würde ein Geschäft machen mit dem Leben einer ...« Er brach ab und schüttelte den Kopf. »Ich kann einfach nicht glauben, daß dies die Bezahlung ist, die Sie sich vorstellen.«

Als Taraza nicht antwortete, sagte Waff: »Der dumme Angriff auf den Tempel von Rakis wurde von einer unabhängigen Gruppierung unternommen. Man hat diese Leute zur Verantwortung gezogen.«

Wie erwartet: Ausrede Nummer drei, dachte Taraza.

Vor diesem Treffen hatte sie an einer Reihe von Analyse-Sitzungen teilgenommen, falls man sie überhaupt als solche bezeichnen konnte. Man hatte alle Möglichkeiten durchgespielt. Über diesen Tleilaxu-Meister war nur sehr wenig bekannt. Man hatte alle Möglichkeiten durchdacht und war bezüglich der eventuell vorgebrachten Ausreden zu wichtigen Schlüssen gelangt. Leider hatte sich erwiesen, daß einige der interessantesten Daten aus unzuverlässigen Quellen kamen, aber auf eine feststehende Tatsache konnte man sich jedoch verlassen: Die kleine Gestalt, die Taraza gegenübersaß, war extrem gefährlich.

Waffs *Ausrede Nummer drei* erweckte ihre Aufmerksamkeit. Es war Zeit für eine Antwort. Taraza produzierte ein wissendes Lächeln.

»Das ist genau die Art Lüge, die wir von Ihnen erwartet haben«, sagte sie.

»Wollen wir mit Beleidigungen anfangen?« erwiderte Waff gelassen.

»Sie haben die Richtung angegeben. Lassen Sie mich eine Warnung aussprechen: Mit uns springt man nicht so um wie mit den Huren aus der Diaspora.«

Waffs eingefrorene Züge luden Taraza geradezu zu einem Schachzug ein. Die Folgerungen der Schwesternschaft, die teilweise auf dem Verschwinden eines ixianischen Konferenzschiffes basierten, stimmten also! Indem sie ihr Lächeln aufrechterhielt, verfolgte sie die vorgegebene Linie, als führe sie geradewegs zu den Tatsachen. »Ich glaube«, sagte sie, »daß die Huren gerne wissen würden, daß unter ihnen Gestaltwandler sind.«

Waff unterdrückte seinen Zorn. *Diese verdammten Hexen! Sie wissen es! Irgendwie wissen sie es!* Seine Berater hatten erhebliche Vorbehalte gegen dieses Treffen gehabt. Eine solide Minderheit hatte sich dagegen ausgesprochen. Die Hexen waren ... teuflisch. Und ihre Vergeltungsmaßnahmen!

Es ist an der Zeit, seine Aufmerksamkeit auf Gammu zu richten, dachte Taraza. *Er darf das Gleichgewicht nicht wiederfinden.* Sie sagte: »Selbst wenn ihr einige der Unseren korrumpiert, wie ihr es mit Schwangyu auf Gammu getan habt, werdet *ihr* nichts erfahren, was für euch von Wert ist.«

Waff sagte aufbrausend: »Sie wollte uns ... uns *anheuern*, wie eine Mörderbande! Wir haben ihr lediglich eine Lektion erteilt!«

Ahhh, sein Stolz regt sich, dachte Taraza. *Interessant. Wir müssen herausbekommen, wie das moralische Gefüge aussieht, das sich hinter diesem Stolz verbirgt.*

»Ihr habt uns nie wirklich unterwandern können«, sagte Taraza.

»Und ihr habt niemals die Tleilaxu unterwandert!« Waff brachte es fertig, seine Prahlerei in kühlem Tonfall vorzubringen. *Er brauchte Zeit zum Nachdenken! Um etwas zu planen!*

»Vielleicht möchten Sie gern den Preis für unser Schweigen erfahren«, stieß Taraza vor. Sie tat so, als hielte sie Waffs starren Blick für Zustimmung, und fügte hinzu: »Erstens werden Sie uns alles wissen lassen, was Sie über diese Saat der Diaspora, die sich selbst ›Geehrte Matres‹ nennen, in Erfahrung bringen.«

Waff lief es kalt den Rücken hinunter. Der Tod der Geehrten Matres hatte ihnen sehr viel bestätigt. Die sexuellen Verstrickungen! Nur die stärkste Psyche konnte sich den Verstrickungen derartiger Ekstasen widersetzen. Das Potential dieser Waffe war enorm! Und dieses Wissen sollten sie mit den Hexen teilen?

»*Alles*, was ihr über sie wißt«, sagte Taraza nachdrücklich.

»Warum nennen Sie sie Huren?«

»Sie versuchen uns nachzuahmen, und trotzdem verkaufen sie sich um der Macht willen und verhöhnen alles, was wir darstellen. Geehrte Matres! Pah!«

»Sie sind euch zahlenmäßig mindestens zehntausendmal überlegen! Dafür haben wir Beweise.«

»Eine von uns könnte sie alle schlagen«, sagte Taraza.

Waff blieb stumm, er musterte sie. Prahlte sie nur? Was die Bene Gesserit-Hexen anbetraf, konnte man sich nie sicher sein. Sie *konnten* etwas. Die finstere Seite des magischen Universums gehörte ihnen. Mehr als einmal hatten die Hexen es den Shariat gezeigt. War es Gottes Wille, daß die wirklichen Gläubigen noch einmal durch das Fegefeuer gingen?

Taraza nutzte die Stille, damit sich die Spannung noch weiter steigerte. Sie spürte Waffs Verwirrung. Es erinnerte sie an die Vorbereitungskonferenz, die dazu gedient hatte, alle Eventualitäten dieses Treffens vorauszusehen. Bellonda hatte eine Frage von trügerischer Einfachheit gestellt: »Was wissen wir *wirklich* über die Tleilaxu?«

Taraza hatte gespürt, wie sich die Antwort im Kopf aller Anwesenden am Konferenztisch des Domstifts von selbst breitmachte: *Mit Sicherheit wissen wir nur das, was zu wissen sie uns gestatten.*

Keine ihrer Analytikerinnen konnte sich dem Verdacht verschließen, daß sich die Tleilaxu absichtlich ein bestimmtes Image verschafft hatten. Man konnte ihre Schlauheit schon anhand der Tatsache messen, daß sie als einzige das Geheimnis der Axolotl-Tanks kannten. Hatten sie einfach nur Glück gehabt, wie manche meinten? Aber warum war es dann in all den Jahrtausenden keinem anderen gelungen, dieses Verfahren zu kopieren?

Gholas.

Wandten die Tleilaxu das Ghola-Verfahren an, um sich eine Art eigene Unsterblichkeit zu sichern? Sie konnte in Waffs Handlungen Hinweise erkennen, die diese Theorie erhärteten ... zwar nichts Konkretes, aber genug, um Mißtrauen zu empfinden.

Während der Domstift-Konferenzen war Bellonda wiederholt auf diesen Grundverdacht zurückgekommen. Sie hatte ihnen laut verständlich gemacht: »Alles ... alles, sage ich! Alles, was in unseren Archiven liegt, könnte Müll sein, den man nur noch als Sligfutter verwenden kann!«

Diese Anspielung brachte sogar einige der gelasseneren Ehrwürdigen Mütter am Konferenztisch zum Frösteln.

Sligs!

Diese langsamen, kriechenden Kreuzungen aus Schnecken und Schweinen gaben zwar das Fleisch für einige der teuersten Mahlzeiten dieses Universums ab, aber für die Schwesternschaft verkörperten diese Geschöpfe alles, was man an den Tleilaxu für widerlich hielt. Die Sligs hatten zu den ersten Tauschobjekten der Bene Tleilax gehört. Sie waren ein biotechnisches Produkt, das in ihren Tanks heranwuchs und sich aus dem spiralförmigen Kern entwickelte, aus dem alles Leben Formen annahm. Daß die Bene Tleilax sie produzierten, trug noch zu der obszönen Aura einer Kreatur bei, deren Mäuler sich unablässig über Müll jeder Art hermachten, ihn blitzschnell verdauten und Exkremente hinter sich ließen, die nicht nur nach Schweinestall rochen, sondern auch noch schleimig waren.

»Das süßeste Fleisch diesseits des Himmels«, hatte Bellonda einen Werbespruch der MAFEA zitiert.

»Und gezeugt von der Unanständigkeit«, hatte Taraza hinzugefügt.

Unanständigkeit.

Taraza dachte darüber nach, während sie Waff ansah. Welchen Grund konnte es für ein Volk geben, sich hinter der Maske eines Charakterschweins zu verbergen? Waffs aufbrausender Stolz paßte gar nicht so gut zu diesem Image.

Waff hustete leise in seine Hand. Er spürte den Druck der Einschnitte, die seine beiden Pfeilwerfer verbargen. Die Minderheit seiner Berater hatte gemeint: »Es gilt das gleiche wie bei den Geehrten Matres: Der Sieger dieser Begegnung mit den Bene Gesserit wird derjenige sein, der es schafft, dem anderen die geheimsten Informationen zu entlocken. Der Tod des Gegenspielers garantiert den Erfolg.«

Ich könnte sie umbringen, aber was dann?

Vor der Luke warteten drei weitere Ehrwürdige Mütter. Ohne Zweifel hatte Taraza mit ihnen ein Zeichen verabredet, das sie geben würde, sobald sich die Luke öffnete. Ohne dieses Zeichen würde es fraglos zu einer sofortigen Katastrophe kommen. Er glaubte keine Sekunde lang daran, daß seine neuen Gestaltwandler die draußen wartenden Ehrwürdigen Mütter überwältigen konnten. Die Hexen waren wachsam wie noch nie. Sie hätten den wahren Charakter seiner Begleiter sofort durchschaut.

»Wir lassen Sie an unserem Wissen teilhaben«, sagte Waff. Sein Einschwenken schmerzte ihn, aber er hatte keine Alternative. Tarazas Prahlerei über die relativen Fähigkeiten der Bene Gesserit konnten schon deswegen unzutreffend sein, weil sie so nachdrücklich darauf hinwies, aber daß in ihren Worten eine Wahrheit steckte, war unverkennbar. Waff hatte jedoch keine Illusionen über das, was passieren würde, wenn die Geehrten Matres erfuhren, was wirklich mit ihren Parlamentären geschehen war. Daß das verschwundene Nicht-Schiff auf das Konto der Tleilaxu ging, war zwar nicht zu beweisen, weil Schiffe tatsächlich hin und wieder verschwanden, aber vorsätzlicher Mord war eine andere Sache. Die Geehrten Matres würden alles tun, um einen solchen Gegenspieler aus dem Weg zu räumen. Und sei es auch nur deswegen, um andere abzuschrecken. Tleilaxu, die aus der Diaspora zurückgekommen waren, hatten daran keinen Zweifel gelassen. Und nachdem Waff die Geehrten Matres kennengelernt hatte, glaubte auch er diese Geschichten.

Taraza sagte: »Mein zweiter Tagungspunkt für dieses Treffen betrifft unseren Ghola.«

Waff krümmte sich in seinem Schlingensessel.

Die kleinen Augen Waffs, sein rundes Gesicht, die Himmelfahrtsnase und auch seine überscharfen Zähne stießen Taraza ab.

»Ihr habt unsere Gholas getötet, um die einzelnen Abläufe eines Projekts zu kontrollieren, an dem ihr nicht mehr Anteil habt als irgendein Zulieferer«, beschuldigte Taraza ihn.

Erneut fragte Waff sich, ob er sie töten sollte. Konnte man vor diesen verdammten Hexen denn gar nichts verbergen? Ihre Anspielung, daß sich im innersten Zirkel der Tleilaxu ein Spitzel der Bene Gesserit befand, war unüberhörbar. Woher sollten sie es sonst wissen?

»Ich versichere Ihnen, Ehrwürdige Mutter Oberin«, sagte er, »daß der Ghola ...«

»Versichern Sie mir nichts! Wir rückversichern uns selbst.« Mit einem traurigen Blick schüttelte Taraza heftig den Kopf. »Und Sie glauben, wir hätten keine Ahnung davon, daß ihr uns beschädigte Götter verkauft.«

Waff sagte schnell: »Er erfüllt alle Anforderungen, die man uns vertraglich abverlangt hat!«

Taraza schüttelte wieder den Kopf. Dieser winzige Tleilaxu-Meister hatte keine Ahnung, was er damit offenbarte. »Ihr habt euren eigenen Plan in seiner Psyche vergraben«, sagte sie. »Ich warne Sie, Ser Waff, wenn diese *Veränderungen* unseren Plan behindern, wird es Sie härter treffen, als Sie sich vorstellen können!«

Waff wischte sich mit einer Hand über das Gesicht und spürte den Schweiß auf seiner Stirn. Verdammte Hexen! Aber sie wußte nicht alles. Die aus der Diaspora heimgekehrten Tleilaxu und die Geehrten Matres, die sie abgrundtief verachtete, hätten sie mit einer sexuell geladenen Waffe versorgt, die sie *nicht* teilen würden, egal welche Versprechungen man sich hier machte!

Taraza nahm Waffs Reaktion schweigend hin und entschloß sich zu einer faustdicken Lüge. »Als wir Ihr ixianisches Konferenzschiff in die Hände bekamen, sind Ihre neuen Gestaltwandler nicht schnell genug gestorben. Wir haben eine Menge dazugelernt.«

Waff stand kurz vor der Explosion.

Ein Volltreffer! dachte Taraza. Dieser Schuß ins Blaue hatte ihr einen Weg geebnet, der noch mehr enthüllen würde, wenn sie den Ratschlägen ihrer Beraterinnen folgte. Was sie vorausgeplant hatten, war eine Unverschämtheit ersten Ranges, aber so kam sie ihr in diesem Augenblick nicht mehr vor. *»Die Tleilaxu streben danach, eine vollendete Prana-Bindu-Mimik zu produzieren«*, hatte man ihr klargemacht.

»Eine vollendete?«

Alle Schwestern auf der Konferenz hatten bezüglich dieser Vermutung Erstaunen gezeigt. Dies enthielt eine Form der Geisteskopie, die weiterging als der Bewußtseinsabdruck, von dem man bereits wußte.

Schwester Hesterion aus dem Archiv, die Beraterin, war mit einer ausgeklügelten Liste von Begleitmaterial angekommen. *»Wir wissen schon, daß die Tleilaxu das, was eine ixianische Sonde mechanisch tut, mit Nerven und Körpern erreichen. Der nächste Schritt ist offensichtlich.«*

Taraza sah Waffs Reaktion auf diese Lüge. Sie beobachtete ihn genau. Im Moment war er am gefährlichsten.

Ein zorniger Ausdruck legte sich über Waffs Gesicht. Die Dinge, die die Hexen wußten, waren zu gefährlich! Er bezweifelte Tarazas Behauptung nicht im geringsten. *Ich muß sie umbringen, ungeachtet der Konsequenzen, die mir damit drohen! Wir müssen sie alle töten. Abscheulichkeiten! Diesen Begriff haben sie selbst geprägt, und er kleidet sie perfekt.*

Taraza interpretierte seinen Ausdruck richtig. Rasch sagte sie: »Solange ihr unsere Pläne nicht stört, habt ihr absolut nichts zu befürchten. Eure Religion, eure Lebensart – all das ist eure Sache.«

Waff zögerte, aber nicht etwa wegen ihrer Worte. Er erinnerte sich an ihre Kräfte. Was wußten sie sonst noch? Er mußte die Rolle des Unterwürfigen also weiterspielen! Und das, nachdem er eine Allianz mit den Geehrten Matres abgelehnt hatte. Jetzt, wo der Aufstieg nach all diesen Jahrtausenden so nahe war. Bestürzung erfaßte ihn. Die Minderheit seiner Berater hatte also doch recht behalten: »*Es kann zwischen unseren Völkern keine Verbindung geben. Jede Übereinkunft mit den Kräften der Powindah ist ein Bund, der auf dem Bösen fußt.*«

Taraza spürte, daß er immer noch gewaltig erregt war. War sie zu weit gegangen? Sie hielt sich verteidigungsbereit. Ein unfreiwilliges Zucken seiner Arme alarmierte sie. *Er hatte Waffen in den Ärmeln!* Man durfte die Tücke der Tleilaxu eben nie unterschätzen. Ihre Schnüffler hatten nichts entdeckt.

»Wir wissen von den Waffen, die Sie bei sich haben«, sagte sie. Wieder eine Lüge, aus der Vermutung geboren. »Wenn Sie jetzt einen Fehler machen, werden die Huren auch noch erfahren, auf welche Weise Sie diese Waffen einsetzen.«

Waff holte dreimal tief Luft. Als er sprach, hatte er sich wieder unter Kontrolle. »Wir werden keine Satelliten der Bene Gesserit sein!«

In einem gleichmäßigen, glatten Tonfall erwiderte Taraza: »Ich habe weder mit Worten noch mit Handlungen angedeutet, daß ich mir Sie in dieser Rolle vorstelle.«

Sie wartete. Waffs Ausdruck veränderte sich nicht. Nicht einmal der unbestimmte Blick, der ihr galt, wanderte weiter.

»Ihr bedroht uns«, murmelte Waff. »Ihr verlangt, daß wir alles miteinander teilen, was wir ...«

»Teilen!« fauchte Taraza. »Man *teilt* nichts mit Partnern, die einem nicht ebenbürtig sind!«

»Und was würden Sie mit uns teilen?« wollte Waff wissen.

Mit dem besänftigenden Tonfall, den sie sonst nur Kindern gegenüber anwandte, sagte sie: »Ser Waff, stellen Sie sich doch selbst einmal die Frage, warum Sie, ein Angehöriger der herrschenden Oligarchie, überhaupt zu diesem Treffen gekommen sind.«

Mit ernster, kontrollierter Stimme konterte Waff: »Und warum sind Sie, die Mutter Oberin der Bene Gesserit, hierhergekommen?«

Taraza sagte sanft: »Um uns zu stärken.«

»Sie sagen aber nicht, was Sie mit uns teilen würden«, sagte Waff anklagend. »Sie erhoffen sich noch immer einen Vorteil.«

Taraza sah ihn weiterhin wachsam an. Nur selten hatte sie in einem Menschen eine derartig unterdrückte Wut gefühlt. »Fragen Sie mich offen, was Sie wollen«, sagte sie.

»Und Sie werden es mir zugestehen, großzügig wie Sie sind!«

»Ich werde darüber verhandeln.«

»Wo war denn Ihre Verhandlungsbereitschaft, als Sie mir befahlen ... als Sie MIR BEFAHLEN, zu ...«

»Sie sind hergekommen mit dem festen Entschluß, jeden Vertrag zu brechen, den wir geschlossen hätten«, sagte Taraza. »Sie haben nicht einmal *versucht*, zu verhandeln! Sie sitzen vor jemandem, der verhandlungsbereit ist, und alles, was Ihnen einfällt, ist ...«

»Ein Geschäft?« Waff erinnerte sich sofort an die Wut, die er bei der Erwähnung dieses Wortes durch die Geehrte Mater empfunden hatte.

»Ja, genau«, sagte Taraza. »Ein Geschäft.«

Etwas, das wie ein Lächeln aussah, zuckte um Waffs Mundwinkel. »Sie glauben, daß ich befugt bin, mit *Ihnen* ein Geschäft abzuschließen?«

»Passen Sie auf, Ser Waff!« sagte Taraza. »Sie haben *alle* Befugnis. Und sie erwächst daraus, daß Sie die entscheidende Fähigkeit haben, einen Opponenten restlos zu vernichten. Ich habe diese Bedrohung nicht hervorgerufen, aber Sie.« Sie warf einen Blick auf seine Ärmel.

Waff seufzte. Welch schwierige Lage! Sie war eine Powindah! Wie konnte man mit einer Powindah ein Geschäft machen?

»Wir haben ein Problem, das man mit den Mitteln der Vernunft nicht lösen kann«, sagte Taraza.

Waff verbarg seine Überraschung. Dies waren die gleichen Worte, die auch die Geehrte Mater benutzt hatte! Er duckte sich innerlich vor dem, was dies bedeuten mochte. Konnten die Bene Gesserit und die Geehrten Matres gemeinsame Sache machen? Tarazas Bitterkeit sprach dagegen, aber wann konnte man den Hexen schon trauen?

Wieder einmal fragte Waff sich, ob er es wagen sollte, sich selbst zu opfern, nur um diese Hexe loszuwerden. Welcher Sache würde es dienen? Es gab sicher noch andere hier, die das gleiche wußten wie sie. Es würde die Katastrophe nur noch beschleunigen. Zwar gab es wirklich einen Disput in den Reihen der Hexen, aber auch das konnte sich irgendwann als beilegbar erweisen.

»Sie haben mich gefragt, was wir mit Ihnen teilen könnten«, sagte Taraza. »Was würden Sie davon halten, wenn wir Ihnen einige unserer erstklassigsten menschlichen Genotypen anböten?«

Es war nicht zu verkennen, daß Waffs Interesse zunahm. »Warum sollten wir wegen solcher Dinge zu Ihnen kommen?« erwiderte er. »Wir haben unsere Tanks, und wir können uns genetische Musterexemplare beinahe überallher holen.«

»Fragt sich nur, welche«, sagte Taraza.

Waff seufzte. Man konnte der ironischen Schärfe einer Bene Gesserit einfach nicht entgehen. Sie war wie ein geworfenes Schwert. Er nahm an, daß sie auf dieses Thema zu sprechen gekommen war, weil er ihr unbewußt etwas offenbart hatte. Das Kind war also schon in den Brunnen gefallen. Sie vermutete zu recht (oder Spitzel hatten ihr davon berichtet), daß eine wilde Ansammlung menschlicher Gene für die Tleilaxu und ihr hochentwickeltes Wissen um die innerste Ausdrucksform des Lebens kaum von Interesse war. Es zahlte sich niemals aus, die Bene Gesserit oder die Produkte ihres Zuchtprogramms zu unterschätzen. Selbst Gott wußte, daß sie Muad'dib und den Propheten hervorgebracht hatten!

»Was würden Sie sonst noch für diesen Tausch verlangen?« fragte er.

»Endlich wird verhandelt!« sagte Taraza. »Wir beide wissen natürlich, daß ich Ihnen Zuchtmütter der Atreides-Linie offeriere.« Und sie dachte: *Das sollte als Köder genügen! Sie werden zwar wie Atreides aussehen, aber keine sein!*

Waff spürte, daß sein Puls sich beschleunigte. War das die Möglichkeit? Hatte sie überhaupt eine Vorstellung von dem, was die Tleilaxu aus der Untersuchung derartigen genetischen Materials erfahren würden?

»Wir würden aber die erste Wahl ihrer Nachkommenschaft haben wollen«, sagte Taraza.

»Nein!«

»Dann die erste Alternativ-Wahl?«
»Vielleicht.«
»Was meinen Sie mit ›vielleicht‹?« Taraza beugte sich vor. Waffs Heftigkeit zeigte ihr, daß sie auf einer heißen Spur war.
»Was würden Sie sonst noch von uns verlangen?«
»Unsere Zuchtmeisterinnen müssen unbeschränkten Zugang zu Ihren genetischen Laboratorien haben.«
»Sind Sie wahnsinnig?« Waff schüttelte entsetzt den Kopf. Glaubte sie etwa, die Tleilaxu würden ihre stärkste Waffe einfach so wegschenken?
»Dann nehmen wir einen voll einsatzbereiten Axolotl-Tank.«
Waff starrte sie nur an.
Taraza zuckte die Achseln. »Ich mußte es versuchen.«
»Und Sie haben es versucht.«
Taraza setzte sich wieder zurück und überdachte das, was sie erfahren hatte. Waffs Reaktion auf diese Zensunni-Probe war interessant gewesen. *Ein Problem, das man mit den Mitteln der Vernunft nicht lösen kann.* Die Worte hatten einen unterschwelligen Effekt auf ihn gehabt. Er hatte den Anschein erweckt, als würde er aus sich selbst herauswachsen. Dieser fragende Blick seiner Augen. *Götter, beschützt uns! Ist Waff ein heimlicher Zensunni?*

Wie groß die Gefahren auch sein mochten – dies mußte herausgefunden werden. Odrade mußte auf Rakis jeglichen Vorteil auf ihrer Seite haben.

»Vielleicht haben wir alles getan, was uns im Moment möglich ist«, sagte Taraza. »Wir können uns über die genauen Bedingungen unserer Abmachung noch verständigen. Gott in seiner unendlichen Gnade hat uns unendliche Universen gegeben, in denen alles geschehen kann.«

Waff klatschte ohne nachzudenken in die Hände. »Ein Überraschungsgeschenk ist das größte aller Geschenke!« erwiderte er.

Nicht nur ein Zensunni, dachte Taraza. *Auch ein Sufi.* Sie mußte die Tleilaxu in einem neuen Licht sehen. *Wie lange haben sie dies geheimgehalten?*

»Die Zeit selbst zählt nicht«, sagte Taraza und streckte noch einen Fühler aus. »Man muß nur auf die Kreise achten.«

»Sonnen sind Kreise«, sagte Waff. »Jedes Universum ist ein Kreis.« Er hielt den Atem an und wartete auf eine Antwort.

»Kreise sind Begrenzungen«, sagte Taraza und entnahm die passende Antwort ihren Weitergehenden Erinnerungen. »Was einschließt und begrenzt, muß sich selbst dem Unendlichen enthüllen.«

Waff hob die Hände, um ihr seine Handflächen zu zeigen, dann ließ er die Arme in seinen Schoß fallen. Seine Schultern verloren etwas von ihrer Anspannung. »Warum hast du das nicht schon am Anfang gesagt?« fragte er.

Ich muß jetzt mit äußerster Vorsicht zu Werke gehen, dachte Taraza. Die Zugeständnisse in Waffs Worten und seinem Verhalten erforderten sorgfältige Überlegung.

»Was zwischen uns gesprochen wurde, offenbart nichts, solange wir nicht offener reden«, sagte sie. »Und selbst dann würden wir nur Worte gebrauchen.«

Waff musterte ihr Gesicht und versuchte in ihrer Bene Gesserit-Maske eine Bestätigung jener Dinge zu finden, die ihre Worte und ihr Verhalten bestimmten. Sie war eine Powindah, erinnerte er sich. Einem Powindah konnte man niemals vertrauen ... – aber wenn auch sie den Großen Glauben teilte ...

»Hat Gott nicht seinen Propheten nach Rakis gesandt, um uns dort zu prüfen und zu lehren?« fragte er.

Taraza griff tief in ihre Weitergehenden Erinnerungen. *Ein Prophet auf Rakis? Muad'dib? Nein ... das paßte weder zum Sufi- noch zum Zensunni-Glauben an ...*

Der Tyrann! Ihr Mund schloß sich zu einer grimmigen Linie. »Was man nicht kontrollieren kann, muß man hinnehmen«, sagte sie.

»Weil es gewiß Gottes Werk ist«, erwiderte Waff.

Taraza hatte genug gesehen und gehört. Die Missionaria Protectiva hatte sie in jeder bekannten Religion unterwiesen. Weitergehende Erinnerungen erhöhten dieses Wissen und füllten es aus. Sie verspürte ein starkes Bedürfnis, aus diesem Raum zu verschwinden. Odrade mußte alarmiert werden!

»Darf ich einen Vorschlag machen?« fragte Taraza.

Waff nickte freundlich.

»Möglicherweise besteht zwischen uns ein stärkeres Band,

als wir uns vorgestellt haben«, sagte sie. »Ich biete dir die Gastfreundschaft unserer Festung auf Rakis und die Dienste unserer dortigen Kommandantin an.«

»Eine Atreides?« fragte Waff.

»Nein«, log Taraza. »Aber ich werde natürlich unsere Zuchtmeisterinnen sofort über euer Bedürfnis unterrichten.«

»Und ich werde für die Dinge sorgen, die du als Bezahlung verlangst«, sagte Waff. »Warum soll das Geschäft auf Rakis abgeschlossen werden?«

»Ist es nicht ein passender Ort?« fragte Taraza. »Wer könnte im Hause des Propheten lügen?«

Waff lehnte sich in seinen Sessel zurück. Seine Arme lagen entspannt in seinem Schoß. Taraza kannte natürlich alle passenden Antworten. Es war eine Enthüllung, die er niemals erwartet hatte.

Taraza stand auf. »Jeder von uns lauscht Gott allein«, sagte sie.

Und zusammen im Khel, dachte er. Er schaute zu ihr auf und erinnerte sich daran, daß sie eine Powindah war. Man konnte keinem von ihnen trauen. *Vorsicht!* Immerhin war diese Frau eine Bene Gesserit-Hexe. Man wußte, daß die Schwesternschaft zur Verfolgung ihrer ehrgeizigen Pläne ganze Religionen aus der Taufe hoben. *Powindah!*

Taraza begab sich zur Luke, öffnete sie und gab das Zeichen ihrer Sicherheit. Dann wandte sie sich noch einmal zu Waff um, der noch immer in seinem Sessel saß. *Er hat unseren wahren Plan nicht durchschaut*, dachte sie. *Jene, die wir zu ihm schicken, müssen äußerst sorgfältig ausgesucht werden. Er darf niemals erfahren, daß er ein Teil unseres Köders ist.*

Mit der Gelassenheit seiner elfenhaften Züge erwiderte Waff ihren Blick.

Wie umgänglich er wirkt, fiel Taraza auf. Aber gegen Fallen war er nicht gefeit! Eine Allianz zwischen der Schwesternschaft und den Tleilaxu hatte auch ihre Reize. *Aber zu unseren Bedingungen!*

»Dann bis Rakis«, sagte sie.

Welche völkische Eigenart zog mit der Zersplitterung in die Diaspora hinaus? Wir kennen diese Ära bestens. Wir kennen sowohl ihren geistigen als auch ihren körperlichen Rahmen. Die Verlorenen nahmen ein Bewußtsein mit, das hauptsächlich auf Muskelkraft und Technik begrenzt war. Der Freiheitsmythos verursachte ein panisches Bedürfnis nach Expansionsraum. Die meisten hatten den tieferen Sinn der Behauptung des Tyrannen, daß das Ungestüme seine eigenen Grenzen errichtet, nicht verstanden. Die Diaspora ging wild vonstatten, und die Bewegung zum Rand hin wurde als Wachstum interpretiert (Expansion). Sie wurde angetrieben von einer (oftmals unbewußten) unergründlichen Angst vor Stagnation und Tod.

Die Diaspora
Bene Gesserit-Analyse (Archiv)

Odrade lag voll ausgestreckt auf der Seite neben dem Sims des Bogenfensters, und ihre Wange berührte leicht das warme Plaz, durch das sie das Große Quadrat von Keen sehen konnte. Ihr Oberkörper wurde von einem roten Kissen angehoben, das – wie so vieles hier auf Rakis – nach Melange roch. Hinter ihr lagen drei Räume, klein, aber nützlich, und weit genug vom Tempel und von der Festung der Bene Gesserit entfernt. Diese Entfernung ging auf eine schwesternschaftliche Übereinkunft mit den Priestern zurück und war erforderlich gewesen.

»Sheeana muß besser bewacht werden!« hatte sie mit Nachdruck vorgebracht.

»Aber sie kann nicht nur zum Schützling der Schwesternschaft gemacht werden!« hatte Tuek dagegen eingewandt.

»Aber auch nicht nur zum Schützling der Priester!« hatte Odrade gekontert.

Sechs Etagen unter Odrades Erkerfenster breitete sich in einem mehr oder weniger organisierten Durcheinander ein gewalter Basar aus, der das Große Quadrat beinahe füllte. Das silberhelle Licht einer niedrigstehenden Sonne überschüttete die Szenerie mit Glanz und ließ die strahlenden Farben der Markisen noch bunter erscheinen. Die Sonne warf lange Schatten auf den unebenen Boden. Dort, wo die Menschenansammlungen unter rasch aufgestellten Sonnenschirmen die Warenauslagen umstanden, tanzten Staubflocken im Licht. Das Große Viereck war kein richtiges Quadrat. Es erstreckte sich von Odrades Fenster aus einen ganzen Kilometer um den Basar – und war nach rechts und links gut doppelt so lang; ein gewaltiges Rechteck aus festgetretener Erde und alten Steinen, deren Staubschicht von den Füßen derjenigen Kunden aufgewirbelt wurde, die es wagten, in der Mittagshitze einzukaufen, weil sie glaubten, um diese Zeit den besten Handel abzuschließen.

Je näher der Abend rückte, desto mehr nahm die Aktivität unter Odrades Fenster zu; immer mehr Menschen kamen, und das Tempo ihrer Bewegungen erhöhte sich.

Odrade sah mit schiefgelegtem Kopf und scharfem Blick nach unten. Einige der direkt unter ihrem Fenster arbeitenden Kaufleute waren in ihren nahegelegenen Unterkünften verschwunden. Sie würden bald zurückkehren – nach einer Mahlzeit und einer kurzen Siesta –, bereit, die günstigeren Stunden voll auszunutzen, denn jetzt konnten die Kunden atmen, ohne befürchten zu müssen, daß die Luft ihre Kehle versengte.

Odrade fiel auf, daß Sheeana überfällig war. Eine längere Verzögerung würden die Priester nicht wagen. Im Moment würden sie mit äußerster Eile zu Werke gehen. Sie würden eine Frage nach der anderen auf Sheeana abschießen und sie ermahnen, sie solle nicht vergessen, daß sie Gottes persönlicher Emissär zur Kirche sei. Sie würden Sheeana an viele Bürgerpflichten erinnern, die sie sich ausgedacht hatten; an Pflichten, die Odrade auskundschaften und lächerlich machen mußte, bevor sie diese Trivialitäten in die richtige Perspektive brachte und aus der Welt schaffte.

Odrade machte einen Buckel und nutzte die Gelegenheit zu einer stummen Minute der Entspannung. Sie gestand sich ein, daß sie eine gewisse Sympathie für Sheeana empfand. Im Moment mußten die Gedanken der Kleinen das reinste Chaos sein. Sheeana wußte entweder nichts oder nur sehr wenig von dem, was sie erwartete, wenn sie sich erst einmal unter dem Schutz einer Ehrwürdigen Mutter befand. Es war kaum anzuzweifeln, daß der Geist des jungen Mädchens mit Mythen und anderen Falschinformationen vollgestopft war.

So wie einst meiner, dachte Odrade.

In Augenblicken wie diesen konnte sie sich nicht gegen ihre Erinnerungen wehren. Ihre nächste Aufgabe war klar: ein Exorzismus – und zwar nicht nur für Sheeana, sondern auch für sie selbst.

Sie dachte die suchenden Gedanken einer Ehrwürdigen Mutter, deren Erinnerungen sie kannte: *Odrade, fünf Jahre alt, das gemütliche Haus auf Gammu. Die Straße, an dem das Haus liegt, wird umsäumt von Gebäuden, die den Wochenendhäusern der Mittelklasse ähneln, die man in den Küstenstädten des Planeten findet – niedrige, einstöckige Häuser an breiten Alleen. Sie reichen bis weit hinunter an die gebogene Küstenlinie, wo sie breiter sind als an den Alleen. Nur an der Seeseite breiten sie sich weiter aus, ohne sich um den Raum zu scheren, den sie in Anspruch nehmen.*

Odrades Erinnerungen, die sie den Bene Gesserit verdankte, kreisten um das ferne Haus, seine Bewohner, die Allee, ihre Spielgefährten. Als sich in ihrer Brust etwas verengte, wußte sie, daß diese Erinnerungen zu späteren Ereignissen gehörten.

Das Bene Gesserit-Kinderheim auf Al Dhanabs künstlicher Welt, einem der sicheren Ursprungsplaneten der Schwesternschaft. (Später hatte sie erfahren, daß die Bene Gesserit einst mit dem Gedanken gespielt hatten, den gesamten Planeten in eine Nicht-Kammer zu verwandeln, aber die dazu erforderliche Energiemenge hatte diesen Plan scheitern lassen.)

Das Kinderheim war eine Kaskade der Vielfalt für ein Kind, das nur die innere Ruhe und die Freundschaften Gammus kannte. Die Bene Gesserit-Erziehung schloß auch eine hochgradig körperliche Ausbildung mit ein. Man hatte sie regelmäßig daran erinnert, daß es hoffnungslos war, wenn man glaubte, man könne eine Ehrwürdige Mutter werden, ohne sich starkem Schmerz und bestimmten Perioden von scheinbar sinnlosen Muskelübungen auszusetzen.

In diesem Stadium hatten einige ihrer Gefährtinnen versagt. Sie waren gegangen, um Kinderschwestern, Bedienstete, Arbeiterinnen und Gelegenheitszuchtmaterial zu werden. Sie füllten dort die Lücken, wo die Schwesternschaft sie brauchte. Es hatte Zeiten gegeben, in denen Odrade geglaubt hatte, ein Versagen dieser Art könne auch ein gutes Leben sein: man hatte weniger Verpflichtungen und weniger Ziele. Aber das war gewesen, bevor sie die Primärausbildung hinter sich gebracht hatte.

Ich hielt es für einen Aufstieg, als hätte ich siegreich eine Oberfläche durchbrochen. Und dann war ich auf der anderen Seite.

Nur um festzustellen, daß sie sich nun auf einer Ebene befand, auf der man noch viel mehr von ihr verlangte.

Odrade setzte sich in ihrem Erker auf und stieß das Kissen beiseite. Sie wandte dem Basar den Rücken zu. Es wurde lauter draußen. Verdammte Priester! Sie streckten die Verspätung bis an die äußerste Grenze!

Ich muß an meine eigene Kindheit denken, dachte sie. *Es wird mir mit Sheeana weiterhelfen.* Und sofort verachtete sie sich wegen ihrer Schwäche. *Schon wieder eine Entschuldigung!*

Manche Kandidaten brauchten mindestens fünfzig Jahre, um zu einer Ehrwürdigen Mutter zu werden. Dies wurde ihnen während der Sekundärausbildung eingehämmert: jetzt ging es um die Geduld. Odrade hatte eine besondere Vorliebe für diese Ausbildungsphase gezeigt. Man sprach davon, daß aus ihr möglicherweise eine Mentatin oder auch eine Archivarin werden würde. Als man erkannte, daß ihre Fähigkeiten in gewinnbringenderen Richtungen lagen, wurde dieser Gedanke wieder fallengelassen. Im Domstift hatte man sie auf sinnlichere Pflichten angesetzt.

Sicherheit.

Das wilde Talent unter den Atreides ging oft dieser Beschäftigung nach. Sorgfalt im Umgang mit Einzelheiten, das war Odrades herausragendes Kennzeichen. Sie wußte, daß ihre Schwestern manche ihrer Handlungen schon deswegen voraussagen konnten, weil sie sie durch und durch kannten. Taraza konnte es regelmäßig. Odrade hatte die Erklärung dafür aus ihrem eigenen Munde zufällig mitgehört: »Odrades Persönlichkeit zeigt sich mit aller Deutlichkeit darin, wie sie ihre Pflichten erfüllt.«

Im Domstift gab es einen Witz: »Was macht Odrade, wenn sie Dienstschluß hat? Sie geht arbeiten.«

Das Domstift zeigte so gut wie kein Bedürfnis, jene Schutzmasken anzulegen, die eine Ehrwürdige Mutter automatisch benutzte, wenn sie draußen war. Dort konnte sie zeitweise ihre

Gefühle zeigen, offen über ihre eigenen und die Fehler von anderen reden, sich traurig und verbittert – und manchmal sogar glücklich zeigen. Dort standen einem Männer zur Verfügung – nicht für Zuchtzwecke, aber zum gelegentlichen Trost. Alle Bene Gesserit-Domstift-Männer waren ziemlich charmant, und ein paar von ihnen waren in ihrem Charme sogar aufrichtig. Aber natürlich waren diese wenigen stark beansprucht.

Gefühle.

Erkenntnis zuckte in Odrades Geist auf.

Ich komme immer wieder darauf zurück.

Sie spürte das wärmende Abendsonnenlicht Rakis' auf dem Rücken. Sie wußte, wo sich ihr Körper befand, aber ihr Bewußtsein öffnete sich für die kommende Begegnung mit Sheeana.

Liebe!

Es würde so leicht und so gefährlich sein.

In diesem Moment beneidete sie die »stationierten« Mütter; jene Frauen, denen man es gestattete, ihr ganzes Leben mit dem Zuchtpartner zu verbringen, mit dem sie verheiratet waren. Miles Teg war einer solchen Verbindung entsprungen. Ihre Weitergehenden Erinnerungen sagten ihr, wie es mit Lady Jessica und ihrem Herzog gewesen war. Sogar Muad'dib hatte diese Form des Zusammenlebens gewählt.

Aber ich darf es nicht.

Odrade empfand bitteren Neid darüber, daß man ihr ein solches Leben nicht gestattet hatte. Auf welche Weise kompensierte sie das Leben, das man für sie vorbereitet hatte?

»Ein Leben ohne Liebe bedeutet, daß man sich der Schwesternschaft intensiver widmet. Wir versorgen die Eingeweihten mit unserer eigenen Art der Unterstützung. Macht euch keine Sorgen wegen der Freuden der Sexualität. Sie sind für euch da, wann immer ihr das Bedürfnis dazu verspürt.«

Mit charmanten Männern!

Seit den Tagen von Lady Jessica, während der Ära des Tyrannen und hinterher hatten sich viele Dinge geändert ... einschließlich der Bene Gesserit. Das wußte jede Ehrwürdige Mutter.

Ein tiefer Seufzer ließ Odrade erschauern. Sie warf einen

Blick über die Schulter auf den Basar. Immer noch kein Anzeichen von Sheeana.

Ich darf dieses Kind nicht lieben!

Es war vollbracht. Odrade wußte, daß sie das mnemonische Spiel in der erforderlichen Form der Bene Gesserit ausgespielt hatte. Sie drehte ihren Körper und setzte sich mit gekreuzten Beinen auf den Fenstersims. Sie hatte einen überwältigenden Ausblick über den Basar, die Dächer der Stadt und das Becken, in dem sie lag. Die paar übriggebliebenen Hügel dort draußen im Süden, das wußte sie, waren die letzten Überbleibsel des einstigen Schildwalls, jenes hohen Felsfundaments, das Muad'dib und seine auf Sandwürmern reitenden Legionen durchbrochen hatten.

Hinter dem Qanat und dem Kanal, der Keen vor einem Eindringen der neuen Sandwürmer bewahrte, tanzte die Hitze. Odrade lächelte verhalten. Die Priester hielten es nicht mal für seltsam, daß sie ihre Untertanen dazu anhielten, den Zerlegten Gott vom Eindringen in die Stadt abzuhalten.

Wir werden dich anbeten, Gott, aber laß uns in Ruhe! Dies ist unsere Religion und unsere Stadt. Weißt du, wir nennen diesen Ort nicht mehr Arrakeen. Er heißt jetzt Keen. Der Planet heißt auch nicht mehr ›Wüstenplanet‹ oder Arrakis. Er heißt jetzt Rakis. Halt dich fern, Gott! Du bist die Vergangenheit, und die Vergangenheit hält uns nur von anderen Dingen ab.

Odrade musterte die entfernten Hügel, die in der Hitze flimmerten. Ihre Weitergehenden Erinnerungen konnten diese uralte Landschaft wieder sichtbar machen. Sie kannte die Vergangenheit.

Wenn die Priester es noch länger hinauszögern, werde ich sie bestrafen.

Immer noch erfüllte die Hitze den unter ihr liegenden Basar, denn die dicken Mauern, die das Große Viereck umgaben, ließen sie nicht entweichen. Die Temperaturstreuung wurde noch erhöht vom Rauch vieler kleiner Feuer, die man in den umliegenden Gebäuden und zwischen den zeltüberdachten Auslagen entzündet hatte. Im Basar wimmelte es nun von Menschen. Es war ein heißer Tag gewesen, mit einer Temperatur von über vierzig Grad. Dieses Gebäude war jedoch in den alten

Zeiten ein Fischredner-Zentrum gewesen und wurde von ixianischen Anlagen und von auf dem Dach befindlichen Verdunstungsbecken gekühlt.

Wir werden es hier bequem haben.

Und sie würden so sicher sein, wie die Abwehrmaßnahmen der Bene Gesserit die Umgebung sicher machen konnten. In den Korridoren patrouillierten Ehrwürdige Mütter. Zwar hatten auch die Priester ihre Vertreter in diesem Gebäude, aber keiner von ihnen würde dorthin vordringen, wo Odrade sie nicht haben wollte. Sheeana konnte sich dann und wann hier mit ihnen treffen, aber nur dann, wenn sie es erlaubte.

Wir sind mittendrin, dachte Odrade. *Tarazas Plan geht voran.*

Die Erinnerung an die letzte Nachricht des Domstifts war noch frisch in ihrem Gedächtnis. Was man ihr über die Tleilaxu offenbart hatte, erfüllte Odrade mit einer Erregung, die sie sorgfältig dämpfen mußte. Waff, der Tleilaxu-Meister, würde ein faszinierendes Studienobjekt abgeben.

Zensunni! Und Sufi!

»Ein rituelles Ideal, für Jahrtausende eingefroren«, hatte Taraza gesagt.

Aber ihre Nachricht enthielt auch eine unausgesprochene Botschaft. *Taraza setzt ihr gesamtes Vertrauen in mich.* Als ihr dies bewußt wurde, fühlte Odrade sich mit neuen Kräften versehen.

Sheeana ist der Angriffspunkt. Wir sind der Hebel. Unsere Kraft wird aus vielen Quellen kommen.

Odrade entspannte sich. Sie wußte, daß Sheeana den Priestern einen längeren Aufschub nicht mehr gestatten würde. Odrades persönliche Geduld hatte den Ansturm der Erwartung überstanden. Für Sheeana würde es schlimmer sein.

Sheeana und Odrade waren zu Verschwörern geworden. Der erste Schritt. Für Sheeana war es ein wunderbares Spiel. Aufgrund ihrer Geburt und ihrer Erziehung hatte sie den Priestern zu mißtrauen gelernt. Welchen Spaß mußte sie haben, daß endlich jemand auf ihrer Seite war!

Irgendwelche Aktivitäten direkt unterhalb von Odrades Fenster brachten die Menge in Bewegung. Neugierig blickte sie nach unten. Fünf nackte Männer hielten sich dort an den Armen und bildeten einen Kreis. Ihre Kleider und Destillanzüge lagen in einem Haufen aufeinander und wurden von einem dunkelhäutigen jungen Mädchen in einem langen, braunen Gewand aus Gewürzfasern bewacht. Ihr Haar wurde von einem roten Stoffetzen zusammengehalten.

Tänzer!

Odrade hatte eine Menge Berichte über dieses Phänomen gelesen, aber seit ihrer Ankunft sah sie es zum ersten Mal. Unter den Zuschauern befanden sich drei hochgewachsene Priestergardisten, die gelbe Helme mit hohen Helmbüschen trugen. Die Gardisten trugen kurze Roben, die ihre Beine freiließen, damit sie sich besser bewegen konnten. Des weiteren hielt jeder von ihnen einen metallüberzogenen Stock.

Als die Tänzer einen Kreis bildeten, wurde die zuschauende Menge – wie vorausgesehen – unruhiger. Odrade kannte diese Verhaltensweise. Bald würde es einen Aufschrei der Entrüstung und dann ein Handgemenge geben. Und eingeschlagene Schädel. Blut würde fließen. Die Menge würde aufschreien und das Weite suchen. Schließlich würde sich die Menge ohne einen Eingriff offizieller Kräfte trennen. Einige würden sich weinend und andere lachend entfernen. Und die Priester-Gardisten würden sich nicht einmischen.

Der bedeutungslose Schwachsinn dieses Tanzes und seine Konsequenzen hatten die Bene Gesserit seit Jahrhunderten fasziniert. Und nun galt ihm Odrades hingerissene Aufmerksamkeit. Die Missionaria Protectiva hatte den Ursprung dieses Rituals ausfindig gemacht. Die Bewohner Rakis' nannten die Angelegenheit ›ein getanztes Täuschungsmanöver‹. Sie hatten aber auch andere Bezeichnungen dafür, und der am meisten verbreitete Begriff lautete ›Siaynoq‹. Dieser Tanz stellte das vor, was aus dem größten Ritual des Tyrannen geworden war – der Augenblick des Teilens mit seinen Fischrednern.

Odrade anerkannte und respektierte die Energie dieses Phänomens. Keine Ehrwürdige Mutter würde sie übersehen. Es störte sie jedoch, wie sie verschwendet wurde. Dinge dieser Art sollten kanalisiert und zielgerichtet sein. Das Ritual bedurfte irgendeiner nützlichen Anwendung. Was es jetzt tat, war nichts anderes, als Kräfte abzuleiten, die sich für die Priester als vernichtend erweisen konnten, ließ man sie unangezapft.

Ein süßer Duft von Früchten wehte in Odrades Nase. Sie schnupperte und sah auf die Lüftungsklappen neben dem Fenster; die von der Menge und der erwärmten Erde abgegebene Hitze erzeugte einen Aufwind, der die Gerüche von unten in die ixianischen Lüftungsklappen drückte. Odrade preßte Stirn und Nase gegen das Plaz, damit sie direkt nach unten blicken konnte. Ahhh, die Tänzer – oder die Menge? – hatten einen Händlerstand umgestoßen und stampften im Obst umher. Gelber Matsch spritzte bis an ihre Schenkel.

Sie erkannte den Obsthändler zwischen den Zuschauern, ein vertrautes, verhutzeltes Gesicht, das sie mehrere Male an dem Stand neben dem Eingang des Gebäudes gesehen hatte. Der Verlust schien ihm nicht wehzutun. Wie auch die anderen Umstehenden, konzentrierte er seine Aufmerksamkeit auf die Tänzer. Die fünf nackten Männer bewegten die Beine in einer zusammenhanglosen Weise; ihre Vorstellung erschien unrhythmisch und unkoordiniert. Periodisch kam es jedoch zu einem sich wiederholenden Muster – dann hatten drei der Tänzer die Füße auf dem Boden und hoben die anderen beiden Tänzer hoch in die Luft.

Odrade erkannte es. Dies war eine Anspielung auf die uralte fremenitische Methode des Sandwanderns. Der komische Tanz war ein Fossil, dessen Wurzeln darin lagen, daß man sich in der Wüste auf arhythmische Art bewegte, damit man keinen Sandwurm anlockte.

Die Leute auf dem gewaltigen Rechteck, das den Basar beherbergte, begannen sich enger um die Tänzer zu scharen. Manche sprangen wie aufgezogene Puppen aus dem Stand in die Luft und reckten den Hals, um über die Menge hinweg einen kurzen Blick auf die fünf nackten Männer zu erhaschen.

Dann sah Odrade Sheeanas Eskorte. Sie kam aus einer breiten Allee zur Rechten, die dort auf den Platz mündete, und sie war noch weit entfernt. Symbole auf einem Gebäude, die Spuren verschiedener Tiere darstellten, sagten, daß die Alle ›Gottesweg‹ hieß. Das geschichtliche Wissen sagte ihr, daß Leto II. von dort aus in die Stadt gekommen war, wenn er die von ho-

hen Wällen umgebene Sareer im fernen Süden verlassen hatte. Wenn man sorgfältig auf die Einzelheiten achtete, konnte man immer noch einige der Formen und Muster wahrnehmen, die die Tyrannenstadt Onn ausgemacht hatten – das Zentrum der Feierlichkeiten, das man um die ältere Stadt Arrakeen herum errichtet hatte. Onn hatte viele markante Punkte Arrakeens ausradiert, aber einige Alleen waren erhalten geblieben: manche Gebäude waren zu nützlich, um sie durch andere zu ersetzen. Gebäude kennzeichneten unausweichlich die Straßen.

Dort, wo die Allee in den Basar einmündete, kam Sheeanas Eskorte zu einem Halt. Gelbbehelmte Gardisten schoben sich an die Spitze und machten den Weg mit ihren Knüppeln frei. Die Gardisten waren ausnahmslos hochgewachsen, und wenn sie ihre dicken, zwei Meter langen Knüppel auf den Boden stellten, reichten sie dem kleinsten unter ihnen gerade bis an die Schultern. Selbst in der ungeordnetsten Menge konnte man einen Priester-Gardisten nicht übersehen, aber Sheeanas Bewacher waren die größten der Großen.

Jetzt gingen sie weiter. Die Gruppe kam auf Odrade zu. Bei jedem Schritt klappten ihre Roben auf und enthüllten das glatte Grau ihrer erstklassigen Destillanzüge. Sie gingen geradeaus, fünfzehn Mann in einer spitzen V-Formation, und sie drängten sich an den Menschentrauben, die die Stände umgaben, vorbei.

Hinter ihnen kam eine lose Gruppe von Priesterinnen, in deren Mitte sich Sheeana befand. Odrade konnte hin und wieder einen Blick auf die unverwechselbare Gestalt des Mädchens werfen, das sich mit sonnengeflecktem Haar und stolz erhobenem Gesicht inmitten seiner Eskorte bewegte. Es waren jedoch die gelbbehelmten Priester-Gardisten, die Odrades Aufmerksamkeit erregten. Sie bewegten sich mit einer Arroganz, die man ihnen von Kindheit an eingebleut hatte. Diese Gardisten wußten, daß sie besser waren als das gewöhnliche Volk. Und das gewöhnliche Volk reagierte auf sie, indem es – wie vorauszusehen – eine Gasse für Sheeana und ihren Trupp öffnete.

All das geschah auf eine so natürliche Weise, daß Odrade darin eine uralte Verhaltensweise erkannte. Es war, als beobachte sie einen anderen rituellen Tanz; einen Tanz, der sich seit Jahrtausenden nicht verändert hatte.

Und wie schon oft zuvor, sah Odrade nun in sich eine Archäologin – und zwar nicht eine solche, die die staubbedeckten Überreste alter Zeiten sondierte, sondern eine Persönlichkeit, die sich auf etwas konzentrierte, dem die Schwesternschaft nur gelegentlich Aufmerksamkeit zollte: auf die Art, wie die Menschen ihre eigene Vergangenheit mit sich herumschleppten. Der persönliche Plan des Tyrannen wurde hier offenbar. Sheeanas Auftauchen war eine Sache, die der Gott-Kaiser von vornherein geplant hatte.

Unter Odrades Fenster fuhren die fünf nackten Männer mit ihrem Tanz fort. Allerdings erkannte Odrade unter den Zuschauern eine neue Art des Wahrnehmens. Ohne auf irgendeine besondere Art den Kopf zu wenden und die sich nähernde Phalanx der Priester-Gardisten anzusehen, *wußten* die Menschen, daß sich ihnen jemand näherte.

Tiere wissen stets, wann die Schäfer sich nähern.

Jetzt rief die Aufregung der Menge einen schnelleren Pulsschlag hervor. Man würde ihnen ihr Chaos nicht nehmen! Ein Dreckklumpen flog vom Rand der Zuschauermenge her durch die Luft und fiel den Tänzern vor die Füße. Die fünf Männer ließen in ihrem arhythmischen Gehopse zwar keinen Schritt aus, aber ihr Tempo nahm zu. Die Länge des Zyklus, der zwischen den Schrittwiederholungen lag, zeigte, daß sie ein ausgezeichnetes Erinnerungsvermögen besaßen.

Wieder flog ein Dreckklumpen über die Köpfe der Menge dahin. Diesmal traf er einen der Tänzer an der Schulter. Keiner der fünf Männer brach den Tanz ab.

Die Menge fing an zu schreien. Manche krakeelten, andere brüllten Flüche. Das Geschrei wurde zu einem rhythmischen Geklatsche, das die Bewegungen der Tänzer durcheinanderbringen sollte.

Immer noch gingen die Tänzer nach dem gleichen Muster vor.

Das Gebrüll der Menge wurde zu einem heiseren Rhythmus; fortgesetzt erklangen Verwünschungen, die von den hohen Mauern zurückgeworfen wurden. Der Mob wollte die Konzentration der Tänzer brechen. Odrade spürte, daß die sich unter ihr abspielende Szene von unergründlicher Wichtigkeit war.

Sheeanas Trupp hatte den Basar inzwischen zur Hälfte durchquert. Er bewegte sich nun durch die breiteren Gänge, die zwischen den Ständen lagen, und wandte sich nun direkt Odrade zu. Etwa fünfzig Meter vor den Priester-Gardisten war die Menge am dichtesten. Die Gardisten bewegten sich mit festem Schritt und hatten nur Verachtung für jene übrig, die sich zur Seite hin aus dem Staub machten. Unter den gelben Helmen schauten ihre Augen geradeaus, blickten über den Mob hinweg. Nicht einer der näherrückenden Gardisten gab zu erkennen, daß er die Menge, die Tänzer oder irgendeine ihm im Weg stehende Barriere überhaupt wahrnahm.

Und plötzlich, als hätte irgendein unsichtbarer Dirigent mit einer Handbewegung Stille befohlen, hörte das Gebrüll schlagartig auf. Die fünf Männer tanzten weiter. Die unter Odrade herrschende Stille war dermaßen mit Energie geladen, daß sich ihre Nackenhaare steil aufrichteten. Direkt unter ihr wandten sich die drei Priester-Gardisten, die zwischen den Zuschauern standen, um und entzogen sich Odrades Blicken, indem sie in dem Gebäude verschwanden, in dem auch sie sich aufhielt.

Irgendwo im Inneren der Menge schrie eine Frau eine Verwünschung.

Die Tänzer ließen nicht erkennen, ob sie es gehört hatten.

Die Menge drängte sich nach vorn und verringerte den Raum, der den Tänzern zur Verfügung stand, um mindestens die Hälfte. Das Mädchen, das die Destillanzüge und Gewänder der Tänzer bewacht hatte, war nirgendwo mehr zu sehen.

Sheeanas Phalanx marschierte weiter. Die Priesterinnen und ihr junges Mündel folgten direkt dahinter.

Zu Odrades Rechter kam es zu einem Ausbruch von Gewalt. Die Leute fingen an, aufeinander einzuschlagen. Weitere Geschosse flogen auf die fünf tanzenden Männer zu. Die Menge nahm ihr Gebrüll wieder auf, diesmal jedoch in einem schnelleren Rhythmus.

Gleichzeitig jedoch teilte sich ihr Ende, um für die Gardisten Platz zu machen. Obwohl die dort stehenden Zuschauer ihre

Aufmerksamkeit keine Sekunde von den Tänzern abwandten und in ihren Beiträgen zum allgemein anwachsenden Chaos nicht innehielten, öffneten sie einen Weg für den sich nähernden Trupp.

Völlig gefangen starrte Odrade nach unten. Viele Dinge geschahen dort zu gleicher Zeit: das Handgemenge, die fluchenden und einander prügelnden Zuschauer, das fortwährende Gebrüll, das unaufhaltsame Heranrücken der Gardisten.

Innerhalb der Schutzmauer aus Priesterinnen konnte man erkennen, daß Sheeana von einer Seite zur anderen blickte. Sie wollte von der sich in ihrer Umgebung abspielenden Aufregung etwas sehen.

Inmitten der Menge brachten einige Leute Knüppel zum Vorschein und droschen damit auf ihre Nachbarn ein, aber niemand bedrohte die Gardisten oder irgendein anderes Mitglied aus Sheeanas Trupp.

Innerhalb des sich weiterhin verengenden Raumes, der die Tänzer umgab, ging das Gehüpfe weiter. Die Menge drückte sich nun förmlich an Odrades Haus, was sie dazu zwang, den Kopf gegen das Plaz zu pressen und in einem steilen Winkel abwärts zu schauen.

Die Gardisten, die Sheeanas Trupp anführten, schoben sich durch einen breiter werdenden Weg, den das reinste Chaos umgab. Die Priesterinnen sahen weder nach rechts noch nach links. Die gelbbehelmten Gardisten schauten lediglich geradeaus.

Verachtung war nicht das passende Wort für ihr Verhalten, entschied Odrade. Und es war auch nicht korrekt, wenn man behauptete, daß der herumwirbelnde Mob die sich nähernde Gruppe ignorierte. Jeder war sich des anderen voll bewußt, aber man existierte in getrennten Welten und gehorchte strikt den Gesetzen, die diese Weltenteilung festschrieb. Nur Sheeana ignorierte dieses geheime Protokoll – sie hüpfte auf und nieder und wollte das, was sich hinter ihren Beschützerinnen abspielte, unbedingt mitbekommen.

Direkt unter Odrade schob sich die Menge nun nach vorn. Der Ansturm überrollte die Tänzer und warf sie zur Seite wie Schiffe, die von einer gigantischen Welle getroffen werden.

Odrade sah da und dort einen nackten Leib, der geprügelt und inmitten des brüllenden Durcheinanders weitergereicht wurde. Nur unter größter Anstrengung konnte sie die zu ihr hochgetragenen Geräusche voneinander unterscheiden.

Es war Wahnsinn!

Keiner der Tänzer setzte sich zur Wehr. Brachte man sie um? Waren sie ein Opfer? Die Analysen der Schwesternschaft hatten dieses Problem noch nicht einmal ansatzweise erfaßt.

Unter Odrade bewegten sich gelbe Helme seitwärts, öffneten einen Weg für Sheeana und die Priesterinnen, die das Gebäude betraten. Hinter ihnen bildeten die Gardisten eine Kette. Sie wandten sich um und formten einen schützenden Halbkreis um den Eingang des Gebäudes. Dabei hielten sie ihre Knüppel horizontal in Hüfthöhe, damit sie einander überlappten.

Das vor ihnen herrschende Chaos löste sich allmählich auf. Von den Tänzern war keiner mehr zu sehen, aber es gab Verletzte. Leute lagen auf dem Boden, andere taumelten. Man konnte blutige Köpfe sehen.

Sheeana und die Priesterinnen waren aus Odrades Blickfeld verschwunden und hielten sich im Gebäude auf. Odrade lehnte sich zurück und versuchte sich über das, was sie gerade gesehen hatte, klarzuwerden.

Es war unglaublich.

Nicht eine einzige Akte oder Holofoto-Aufzeichnung der Schwesternschaft hatte sich je mit dieser Sache befaßt! Ein Teil dieser Angelegenheit waren die Gerüche – Staub, Schweiß, eine starke Konzentration menschlicher Pheromone. Odrade holte tief Luft. Sie spürte, daß sie innerlich zitterte. Aus der Menge waren wieder Einzelwesen geworden, die im Basar untertauchten. Sie sah Weinende. Manche fluchten. Manche lachten.

Die hinter ihr liegende Tür flog auf. Sheeana trat lachend ein. Odrade wirbelte herum, erblickte einige ihrer persönlichen Wachen und mehrere Priesterinnen auf dem Korridor, bevor Sheeana die Tür wieder schloß.

Die dunkelbraunen Augen des Mädchens glitzerten vor Aufregung. Sheeanas schmales Gesicht, das allmählich jene Formen annahm, die sie als Erwachsene haben würde, war gespannt vor unterdrückten Emotionen. Als sie sich auf Odrade konzentrierte, schien ihre Spannung sich jedoch aufzulösen.

Sehr gut, dachte Odrade, als sie dies sah. *Lektion eins der Bindung an uns hat schon angefangen.*

»Hast du die Tänzer gesehen?« wollte Sheeana wissen und wirbelte hüpfend durch den Raum, um vor Odrade anzuhalten. »Waren sie nicht hübsch? Ich finde sie sehr hübsch! Cania wollte sie mich nicht sehen lassen. Sie sagt, es sei gefährlich für mich, am Siaynoq teilzunehmen. Das ist mir doch egal! Shaitan würde diese Tänzer niemals fressen!«

Mit einer sie schlagartig überkommenden Klarheit, die sie bisher nur während der Gewürzagonie erlebt hatte, durchschaute Odrade die Gesamtheit dessen, was sie gerade auf dem Großen Viereck mitangesehen hatte. Es hatte lediglich der Worte Sheeanas und ihrer Gegenwart bedurft, ihr diese Sache klarzumachen.

Eine Sprache!

Tief innerhalb des kollektiven Bewußtseins dieser Leute, gab es – ohne daß es ihnen bewußt war – eine Sprache, die ihnen Dinge sagen konnte, die sie nicht hören wollten. Die Tänzer sprachen sie. Sheeana sprach sie. Die Sache bestand aus stimmlichen Klängen, Bewegungen und Pheromonen; eine komplexe und subtile Kombination, die sich entwickelt hatte wie alle anderen Sprachen auch.

Aus der Notwendigkeit heraus.

Odrade lächelte das glücklich vor ihr stehende Mädchen an. Jetzt wußte sie, wie man die Tleilaxu in eine Falle locken konnte. Und jetzt erkannte sie auch mehr von Tarazas Plan.

Ich muß Sheeana bei der erstbesten Gelegenheit in die Wüste hinausbegleiten. Wir werden nur noch auf die Ankunft des Tleilaxu-Meisters Waff warten. Wir werden ihn mitnehmen!

> *Unabhängigkeit und Freiheit sind komplexe Vorstellungen. Sie gehen zurück auf die religiöse Idee des freien Willens und stehen in Bezug zum Souverän-Mystizismus, der absoluten Monarchen zu eigen ist. Ohne absolutistische Monarchen nach altgöttlichem Muster, die aufgrund der Gnade des Glaubens an die religiöse Hingabe herrschen, hätten Unabhängigkeit und Freiheit ihre gegenwärtige Bedeutung niemals errungen. Diese Ideale verdanken ihre Existenz den warnenden Beispielen vergangener Unterdrückung. Und die Kräfte, die dergleichen Vorstellungen aufrechterhalten, werden zerfallen – es sei denn, daß man sie mittels dramatischer Lehren oder wiederholter Unterdrückung erneuert. Dies ist der grundlegende Schlüssel zu meinem Leben.*
>
> Leto II., Gott-Kaiser von Arrakis
> Die Aufzeichnungen von Dar-es-Balat

Etwa dreißig Kilometer tief im dichten, nordöstlich der Gammu-Festung gelegenen Wald ließ Teg sie unter dem Schutz einer Schilddecke warten, bis die Sonne im Westen hinter den Hügeln versank.

»Heute nacht schlagen wir eine andere Richtung ein«, sagte er.

Seit drei Nächten führte er sie nun durch eine baumbestandene Finsternis und bewies mit jedem Schritt über den Weg, den Patrin ihm vorgegeben hatte, die meisterhaften Fähigkeiten seines Mentatengedächtnisses.

»Ich bin vom vielen Sitzen ganz steif«, beschwerte sich Lucilla. »Und diese Nacht wird auch wieder kalt werden.«

Teg faltete die Schilddecke zusammen und legte sie auf den Rest seines Gepäcks. »Ihr könnt euch jetzt ein bißchen die Beine vertreten«, sagte er. »Aber ehe es nicht ganz dunkel ist, brechen wir nicht auf.«

Teg setzte sich mit dem Rücken gegen den Stamm einer dickastigen Konifere und folgte aus dem tiefen Schatten heraus Lucilla und Duncan mit den Augen, als sie in das Unterholz vordrangen. Die beiden blieben einen Augenblick fröstelnd stehen, als die letzte Wärme des Tages der Kälte der Nacht wich. Ja, es würde heute nacht wieder kalt werden, dachte Teg, aber sie würden nur wenig Gelegenheit haben, darüber nachzudenken.

Das Unerwartete.

Schwangyu würde nie erwarten, daß sie zu Fuß unterwegs waren und sich noch so nahe bei der Festung aufhielten.

Taraza hätte etwas mehr Nachdruck in ihre Warnung vor Schwangyu legen sollen, dachte Teg. Schwangyus frecher und offener Ungehorsam der Mutter Oberin gegenüber mißachtete alle Tradition. Ohne zusätzliches Datenmaterial würde die Mentatenlogik die Lage nicht akzeptieren.

Seine Erinnerung ließ ihn an einen Spruch aus seiner Schulzeit denken; an einen jener warnenden Aphorismen, die die Logik eines Mentaten zügeln sollten:

»Wenn man einem Mentaten nur einen Hauch von Logik gibt und Occams Skalpell mit unfehlbaren Details vor ihm ausgebreitet ist, kann das Verfolgen dieser Spur zu seinem persönlichen Desaster führen.«

Also war bekannt, daß die Logik auch versagen konnte.

Er dachte an Tarazas Verhalten auf dem Gildenschiff und unmittelbar danach. *Sie wollte mich wissen lassen, daß ich ganz auf mich allein gestellt bin. Ich muß das Problem auf meine, nicht auf ihre Weise angehen.*

Also mußte die von Schwangyu ausgehende Bedrohung eine echte Bedrohung sein, die er entdecken und der er sich entgegenwerfen mußte. Und er würde – auf sich allein gestellt – mit ihr fertigwerden.

Taraza hatte nicht gewußt, was aufgrund all dieser Dinge mit Patrin geschehen würde.

Es interessiert sie nicht besonders, was mit Patrin geschieht. Oder mit mir. Oder Lucilla.

Aber was ist mit dem Ghola?

Um ihn muß sie sich doch kümmern!

Es war nicht logisch, daß sie ... Teg ließ diesen Gedanken wieder fallen. Taraza wollte nicht, daß er logisch vorging. Sie wollte, daß er genau das tat, was er stets getan hatte, wenn er mit dem Rücken zur Wand stand.

Das Unerwartete.

Es war also doch eine Logik in all diesen Dingen – nur warf

sie alle Beteiligten aus der Sicherheit eines Nestes ins absolute Chaos.

Und von dort aus müssen wir unser Vorgehen selbst bestimmen.

In seinem Geist machte sich Betroffenheit breit. *Patrin! Verdammt sollst du sein! Du hast es gewußt, aber nicht ich! Was soll ich ohne dich anfangen?*

Teg konnte die Antwort seines alten Kampfgefährten beinahe hören: jene steife und förmliche Stimme, derer er sich stets dann befleißigte, wenn er seinen Kommandanten auf die Schippe nahm.

»Sie werden Ihr Bestes tun, Bashar.«

Die kalte Vernunft sagte Teg, daß er Patrin weder jemals in Person wiedersehen noch je wieder seine tatsächliche Stimme hören würde. Trotzdem ... die Vorstellung seiner Stimme blieb ihm. Und die Person existierte weiterhin in seiner Erinnerung.

»Sollten wir nicht aufbrechen?«

Es war Lucilla. Dort, wo er unter dem Baum saß, stand sie; nahe bei ihm. Duncan wartete neben ihr. Sie hatten ihr Gepäck geschultert.

Während Teg unter dem Baum gesessen und nachgedacht hatte, war die Nacht hereingebrochen. Helles Sternenlicht erzeugte verwischte Schatten auf der Lichtung. Teg stand auf, nahm sein Gepäck, bückte sich wegen der niedrigen Äste und kam aus dem Schatten hervor. Duncan half ihm dabei, seine Last zu schultern.

»Schwangyu wird möglicherweise die gleiche Idee haben«, sagte Lucilla. »Ihre Suchtrupps werden uns hierher folgen. Das weißt du.«

»Aber erst dann«, erwiderte Teg, »wenn sie der falschen Fährte bis zum Ende gefolgt sind. Kommt!«

Er führte sie nach Westen, über einen Weg, der zwischen den Bäumen hindurchführte.

Drei Nächte lang hatte er sie über einen Weg geführt, den er insgeheim »Patrins Gedächtnispfad« nannte. Und jetzt, während der vierten Nacht, schalt er sich selbst, weil er die logischen Konsequenzen von Patrins Verhalten nicht vorhergesehen hatte.

Ich habe zwar die Tiefe seiner Loyalität gekannt, aber ich habe nicht vorausberechnet, zu welch offensichtlichem Endergebnis sie führen kann. Wir waren so viele Jahre zusammen, daß ich geglaubt habe, ich würde seine Gedanken ebenso kennen wie meine eigenen. Verdammt nochmal, Patrin! Es gab keinen Grund für dich, zu sterben!

Aber dann mußte Teg sich eingestehen, daß es *doch* einen Grund gegeben hatte. Patrin hatte ihn gesehen. Der Mentat jedoch hatte es sich nicht erlaubt, ihn zu sehen. Die Logik konnte sich ebenso blind bewegen wie jede andere Befähigung.

Wie die Bene Gesserit oft behaupteten und *bewiesen.*

Also gehen wir. Das erwartet Schwangyu nicht.

Teg fühlte sich gezwungen, zuzugeben, daß der Fußmarsch durch die Wildnis von Gammu ihm eine völlig neue Perspektive eröffnete. Man hatte es der gesamten Region während der Hungerjahre und der Diaspora gestattet, zu einem wahren Pflanzendschungel zu werden. Zwar hatte man das Gebiet später einigermaßen in Ordnung gebracht, aber irgendwie war es noch immer eine Art Wildnis. Geheime Schleichwege und private Landmarkierungen machten sie für sie zugänglich. Teg stellte sich vor, wie Patrin dieses Gebiet als Jugendlicher erfahren hatte – die felsige Erhebung, die im Sternenlicht zwischen den Bäumen sichtbar wurde, das gezackte Vorgebirge, die Pfade, die sich zwischen den Riesenbäumen hindurchzogen.

»*Sie werden damit rechnen, daß wir zu einem Nicht-Schiff fliehen*«, hatten sie übereinstimmend gemeint, als sie sich ihren Plan auseinandergelgt hatten. »*Der Lockvogel muß den Suchtrupp also in diese Richtung führen.*«

Patrin hatte nicht gesagt, daß *er* der Lockvogel sein würde.

Teg schluckte den Kloß hinunter, der sich in seiner Kehle gebildet hatte.

Duncan hatte in der Festung keinen ausreichenden Schutz mehr, redete er sich ein.

Und es stimmte.

Lucilla hatte sich während ihres ersten Tages und der Schilddecke, die sie vor einer Entdeckung durch Suchgeräte eventueller Luftbeobachter beschützte, ziemlich aufgeregt gezeigt.

»Wir müssen Taraza benachrichtigen!«

»Sobald wir können.«

»Was ist, wenn dir etwas zustößt? Ich muß deinen ganzen Fluchtplan kennen.«

»Wenn mir etwas zustoßen sollte, wirst du nicht mehr fähig sein, Patrins Pfad zu folgen. Wir haben nicht genügend Zeit, alles in deinem Gedächtnis zu verankern.«

Duncan hatte an diesem Tag nur wenig an ihren Gesprächen teilgenommen. Entweder musterte er sie schweigend oder schläfrig, oder er erwachte schlechtgelaunt und mit einem aufgebracht wirkenden Blick.

Am zweiten Tag unter der sie abschirmenden Decke wollte Duncan plötzlich von Teg wissen: »Warum will man mich überhaupt umbringen?«

»Um das zu hintertreiben, was die Schwesternschaft mit dir vorhat«, sagte Teg.

Duncan warf Lucilla einen finsteren Blick zu. »Und was habt ihr mit mir vor?«

Als Lucilla nicht antwortete, sagte er: »Sie weiß es. Sie weiß es, weil man erwartet, daß ich von ihr abhängig werde. Man erwartet, daß ich sie liebe!«

Nach Tegs Meinung verbarg Lucilla ihre Bestürzung sehr gut. Offenbar waren ihre Pläne, soweit sie den Ghola betrafen, durcheinandergeraten – all dies als Folge ihrer plötzlichen, unvorhergesehenen Flucht.

Duncans Verhalten legte jedoch noch eine andere Wahrscheinlichkeit offen: War der Ghola ein latenter Wahrsager? Welche zusätzlichen Fähigkeiten hatten die hinterhältigen Tleilaxu in ihn hineingezüchtet?

An ihrem zweiten Abend in der Wildnis war Lucilla voller Vorwürfe. »Taraza hat dir befohlen, ihm seine ursprünglichen Erinnerungen zurückzugeben! Wie kannst du das hier draußen tun?«

»Sobald wir einen Unterschlupf erreichen.«

In dieser Nacht zeigte sich Duncan schweigsam und äußerst aufgeweckt. In ihm war eine neue Vitalität. Er hatte etwas gehört! *Teg darf nichts zustoßen,* dachte er. Wo und was dieser Unterschlupf auch sein mochte, Teg mußte ihn unbeschadet erreichen. *Dann werde ich es erfahren!*

Duncan wußte zwar nicht, *was* er erfahren würde, aber von

nun an akzeptierte er den dafür zu zahlenden Preis. Diese Wildnis mußte zu ihrem Ziel führen. Ihm fiel ein, wie er sie von der Festung aus beobachtet und sich vorgestellt hatte, frei in ihr zu leben. Das Gefühl einer unberührten Zone der Freiheit war verschwunden. Die Wildnis war lediglich ein Weg zu etwas viel Wichtigerem.

Lucilla, die während des Marsches das Schlußlicht bildete, zwang sich dazu, kühl und wachsam zu bleiben und das, was sie nicht ändern konnte, hinzunehmen. Ein Teil ihres Bewußtseins klammerte sich an Tarazas Befehle:

»Bleib stets in der Nähe des Gholas, und wenn der Augenblick kommt, führe deinen Auftrag zu Ende!«

Bei jedem Schritt maß Teg die noch verbleibenden Kilometer. Es war die vierte Nacht. Patrin hatte geschätzt, daß sie vier Nächte brauchen würden, um das Ziel zu erreichen.

Und was für ein Ziel!

Der Notfall-Fluchtplan beruhte auf einer Entdeckung, die Patrin als Jugendlicher gemacht hatte und eines der zahlreichen Rätsel Gammus war. Teg erinnerte sich an die Worte seines Kampfgefährten: »Ich habe eine Erkundung der Umgebung vorgeschoben und bin vor zwei Tagen noch einmal dort gewesen. Der Platz ist unberührt. Ich bin immer noch der einzige, der je dort gewesen ist.«

»Wie kannst du dir dessen so sicher sein?«

»Als ich Gammu vor Jahren verließ, habe ich meine eigenen Vorsichtsmaßnahmen ergriffen. Nichts, was ein anderer bemerken würde. Es ist alles unangetastet.«

»Eine Nicht-Kugel der Harkonnens?«

»Sehr alt, aber die Kammern sind noch immer intakt und funktionstüchtig.«

»Was ist mit Nahrung, Wasser ...«

»Es ist alles da, was man braucht. In den Nullentropie-Silos im Mittelpunkt.«

Teg und Patrin hatten ihre Pläne gemacht, obwohl sie gehofft hatten, diesen Notstopfen nicht benutzen zu müssen. Sie hatten das Geheimnis dieser Anlage für sich behalten, während Patrin Teg den Schleichweg zu dieser Entdeckung seiner Jugendjahre wiederholt eingeprägt hatte.

Hinter Teg ließ Lucilla, die über eine Wurzel stolperte, ein leises Keuchen hören.

Ich hätte sie warnen sollen, dachte Teg. Duncan folgte seiner Spur offenbar, indem er sich an Geräuschen orientierte. Aber Lucilla, das war ebenso offensichtlich, konzentrierte einen beträchtlichen Teil ihrer Aufmerksamkeit auf private Gedanken.

Ihre äußerliche Ähnlichkeit mit Darwi Odrade war bemerkenswert, meinte Teg. In der Festung, als die beiden Frauen nebeneinander gestanden hatten, war ihm der Unterschied nur anhand ihrer verschiedenen Lebensalter aufgefallen. Lucillas Jugend zeigte sich vorrangig daran, daß sie üppiger war und ihr Gesicht runder. Aber die Stimmen! Timbre, Akzent, atonale Modulation – all das trug den allgemeinen Stempel jener Sprechweise, der die Bene Gesserit auszeichnete. Im Dunkeln würde man sie unmöglich auseinanderhalten können.

So wie Teg die Bene Gesserit kannte, war dies kein Zufall. Wenn man davon ausging, daß die Schwesternschaft dazu neigte, ihre kostbaren genetischen Schätze schon deswegen zu verdoppeln und verdreifachen, um ihre Investitionen zu schützen, mußten sie gemeinsame Vorfahren haben.

Wir sind alle Atreides, dachte er.

Taraza hatte nicht offenbart, was sie mit dem Ghola vorhatte, aber allein die Tatsache, daß man ihn in diesen Plan mit einbezogen hatte, ließ Teg die Umrisse ihres Vorhabens in wachsendem Maße erkennen. Zwar durchschaute er es noch nicht in seiner Gänze, aber schon jetzt spürte er, das sich vor ihm etwas formte.

Generation für Generation hatte sich die Schwesternschaft mit den Tleilaxu abgegeben und von ihnen Gholas erworben, die hier auf Gammu ausgebildet wurden – nur damit man sie anschließend umbrachte. Und sie hatte während all dieser Zeit auf den richtigen Augenblick gewartet. Es ähnelte einem schrecklichen Spiel, das zu einer wüsten Bedeutung gelangt war, seit auf Rakis ein Mädchen aufgetaucht war, das den Würmern befehlen konnte.

Auch Gammu mußte in diesem Vorhaben eine bestimmte Stellung einnehmen. Wohin man sah, alles wies Anzeichen Caladans auf. Danische Feinheiten stapelten sich auf den brutaleren Methoden alter Zeiten. Die dänische Zuflucht, in der Lady Jessica, die Großmutter des Tyrannen, den Rest ihres Lebens verbracht hatte, hatte mehr hervorgebracht als nur eine Bevölkerung.

Als Teg sich zu seiner ersten Erkundung Gammus aufgemacht hatte, waren ihm die offenkundigen und verborgenen Anzeichen dieser Tatsache nicht verborgen geblieben.

Reichtum!

Man mußte die Anzeichen nur lesen. Der Reichtum umgab ihr Universum und bewegte sich amöbengleich, um sich überall dort niederzulassen, wo es eine freie Stelle gab. Teg wußte, daß Gammu auch den Reichtum der Diaspora beherbergte. Einen dermaßen großen Reichtum, daß nur wenige vermuteten (oder sich vorstellen konnten), wie groß und mächtig er wirklich war.

Teg blieb abrupt stehen. Bestimmte Formen in der unmittelbaren Umgebung verlangten seine volle Aufmerksamkeit. Vor ihnen lag ein entblößter Vorsprung kahlen Gesteins. Patrin hatte ihn genau beschrieben, fiel ihm ein. Dieser Weg gehörte zu den gefährlicheren.

»*Keine Höhlen oder große Gewächse, wo man sich verbergen kann. Halten Sie die Decke bereit!*«

Teg entnahm die Decke seinem Tornister und legte sie sich über den Arm. Erneut gab er den anderen zu verstehen, daß sie weitergehen sollten. Das dunkle Gewebe der Schilddecke rieb sich knisternd an seinem Körper, als er weiterging.

Lucilla, dachte er, wird berechenbarer. Sie legte es darauf an, irgendwann mit *Lady* angesprochen zu werden. *Lady Lucilla*. Zweifellos hatte dies für sie einen erfreulichen Klang. Ein paar dermaßen titulierte Ehrwürdige Mütter gab es inzwischen – jetzt, wo die Großen Häuser wieder aus der langen Dunkelheit auftauchten, in die sie der Goldene Pfad des Tyrannen hatte hinabsinken lassen.

Lucilla, die Verführerin, die Einprägerin.

Alle derartigen Frauen der Schwesternschaft waren Jüngerinnen der Geschlechtlichkeit. Tegs Mutter hatte ihn persönlich darüber in Kenntnis gesetzt, wie dieses System funktionierte. Sie hatte ihm sorgfältig ausgewählte Frauen aus der Umgebung geschickt, als er noch ziemlich jung gewesen war, und sie hatte ihn empfindlich für jene Anzeichen gemacht, die er in sich selbst ebenso wie in den Frauen beobachten mußte. Natürlich war es verboten gewesen, ihm diese Kenntnisse ohne die Überwachung des Domstifts zu vermitteln, aber seine Mutter hatte eben zu den *Ketzerinnen* innerhalb der Schwesternschaft gehört.

»*Irgendwann wirst du sie brauchen können, Miles.*«

Zweifellos hatte sie ein wenig in die Zukunft sehen können. Sie hatte ihn gegen die Einprägerinnen gewappnet, denn sie waren in Orgasmussteigerung ausgebildet worden, um unterbewußte Bindungen zu erzeugen – von Mann zu Frau.

Lucilla und Duncan. Was man ihr eingeprägt hatte, galt auch für Odrade.

Teg konnte beinahe hören, wie sich die Einzelteile des Puzzles klickend an ihren Platz schoben. Und was war dann mit den jungen Frauen auf Rakis? Würde Lucilla dem von ihr beeinflußten Schüler die Verführungstechniken beibringen, um ihm eine Waffe zu geben, mit der er das Mädchen, das die Würmer befehligte, umgarnen konnte?

Noch nicht genug Daten für eine erste Hochrechnung.

Am Ende der gefährlichen und einsehbaren Felspassage legte Teg eine Pause ein. Er packte die Decke weg und verschloß seinen Tornister, während Duncan und Lucilla dicht hinter ihm warteten. Teg gab einen Seufzer von sich. Die Decke erzeugte in ihm stets Unbehagen. Sie besaß nicht die Abwehrkraft eines vollwertigen Kampfschildes, und wenn das Ding vom Strahl einer Lasgun getroffen wurde, konnte sich das daraufhin erfolgende Schnellfeuer als fatal erweisen.

Gefährliche Spielzeuge!

Teg hatte Waffen und mechanische Geräte immer so eingeordnet. Es war besser, wenn man sich auf seinen Grips, den eigenen Körper und die fünf Verhaltensweisen der Bene Gesserit verließ, die seine Mutter ihn gelehrt hatte.

Benutze nur dann Instrumente, wenn sie absolut erforderlich sind, um den Körper zu stärken: so hatte er es von der Schwesternschaft gelernt.

»Warum halten wir an?« flüsterte Lucilla.

»Ich höre mir die Nacht an«, sagte Teg.

Duncan, dessen Gesicht in dem von den Bäumen gefilterten Sternenlicht nur ein geisterhafter Fleck war, sah Teg eindringlich an. Die Gesichtszüge des Mannes gaben ihm eine Art Rückversicherung. Irgendwie, glaubte er, gehörten sie zu seinen Erinnerungen. *Ich kann diesem Mann vertrauen.*

Lucilla vermutete, daß sie deswegen anhielten, weil Tegs alter Körper eine Ruhepause benötigte, aber sie konnte sich nicht überwinden, dies auszusprechen. Teg hatte gesagt, daß sein Fluchtplan darauf abgestimmt war, Duncan nach Rakis zu bringen. Sehr gut. Das war alles, auf was es im Augenblick ankam.

Sie hatte sich bereits ausgerechnet, daß der irgendwo vor ihnen liegende Zufluchtsort mit einem Nicht-Schiff oder einer Nicht-Kammer zu tun haben mußte. Nichts anderes könnte ihnen dienlich sein. Und irgendwie war Patrin der Schlüssel dazu gewesen. Tegs magere Hinweise hatten offenbart, daß sie ihren Fluchtweg Patrin zu verdanken hatten.

Lucilla war die erste gewesen, der bewußt geworden war, auf welche Weise Patrin für ihr Entkommen würde zahlen müssen. Patrin war das schwächste Glied der Kette. Er war zurückgeblieben, dort, wo Schwangyu ihn fangen konnte. Daß man des Lockvogels habhaft wurde, war unausweichlich. Nur ein Narr konnte annehmen, daß eine Ehrwürdige Mutter mit ihren Fähigkeiten nicht in der Lage sei, einen Mann bis zum letzten auszuquetschen. Schwangyu brauchte ihm nicht einmal sonderlich wehzutun. Die Kraft ihrer Stimme und die Schmerzen einer Verhörmethode, die nur die Bene Gesserit beherrschten – die Agoniebox und etwas Nervenknotendruck –, mehr war nicht erforderlich.

Und dann war Lucilla klargeworden, welche Form Patrins Treue annehmen würde. Wie hatte Teg so blind sein können?

Liebe!

Jenes lange, vertrauliche Band zwischen den beiden Männern. Schwangyu würde rasch und brutal handeln. Patrin wußte es. Teg hatte seine eigene Gewißheit nicht näher untersucht. Duncans Stimme riß sie schlagartig aus ihren Gedanken.

»Thopter! Hinter uns!«

»Schnell!« Teg riß die Decke wieder aus seinem Tornister

und warf sie über sich und die anderen. Sie drängten sich in der erdig riechenden Dunkelheit aneinander und lauschten dem über sie herfliegenden Ornithopter. Das Ding hielt weder an, noch kehrte es zurück.

Als sie sicher waren, daß man sie nicht entdeckt hatte, führte Teg sie wieder auf Patrins Gedächtnispfad zurück.

»Das war ein Beobachter«, sagte Lucilla. »Allmählich vermuten sie ... oder Patrin ...«

»Spar deine Kräfte für den Marsch!« fauchte Teg.

Sie drang nicht weiter in ihn. Sie wußten beide, daß Patrin längst tot war. Es gab nichts mehr darüber zu sagen.

Dieser Mentat weiß viel, dachte Lucilla insgeheim.

Teg war das Kind einer Ehrwürdigen Mutter, und diese Mutter hatte ihm Dinge beigebracht, die über die Grenzen des Erlaubten hinausgingen. Erst dann hatte die Schwesternschaft ihn in ihre manipulierenden Hände bekommen. Der Ghola war nicht der einzige, dessen Kräfte sie nicht kannte.

Ihr Weg ging im Zickzackkurs voran, und einmal bestiegen sie inmitten des dichten Waldes einen steilen Hügel. Das Licht der Sterne durchdrang die Bäume nicht. Nur das wunderbare Gedächtnis des Mentaten sorgte dafür, daß sie nicht vom Weg abkamen.

Lucilla spürte, daß sie sich über weichen Boden bewegte. Sie lauschte Tegs Bewegungen, las an ihnen ab, wohin sie die Füße setzen mußte.

Wie still Duncan ist, dachte sie. *Wie selbstversunken.* Er gehorchte Befehlen. Er ging dahin, wohin Teg ihn führte. Sie spürte den Charakter seines Gehorsams. Er hielt seine eigene Meinung zurück. Duncan gehorchte, weil man es von ihm – im Augenblick – erwartete. Schwangyus Revolte hatte den Ghola mit einer stürmischen Selbständigkeit versehen. Und mit welchen eigennützigen Eigenschaften hatten ihn die Tleilaxu ausgestattet?

Teg hielt auf einem ebenen Fleck unter hohen Bäumen an, um wieder zu Atem zu kommen. Lucilla konnte hören, daß er schwer nach Luft schnappte. Dies erinnerte sie erneut daran, daß der Mentat ein sehr alter Mann war – viel zu alt für Anstrengungen dieser Art. Leise sagte sie:

»Alles in Ordnung mit dir, Miles?«

»Ich sag' dir Bescheid, wenn ich's nicht bin.«

»Wie weit ist es noch?« fragte Duncan.

»Nur noch eine kurze Strecke.«

Ganz plötzlich nahm er seinen Weg durch die Nacht wieder auf. »Wir müssen uns beeilen«, sagte er. »Nach diesem Sattelkamm haben wir es geschafft.«

Jetzt, wo er die Tatsache akzeptiert hatte, daß Patrin tot war, schwangen Tegs Gedanken wie eine Kompaßnadel zu Schwangyu zurück – und zu dem, was sie jetzt durchmachen mußte. Sie mußte den Eindruck haben, daß sich die sie umgebende Welt in ihre Bestandteile auflöste. Die Flüchtlinge waren nun seit vier Nächten verschwunden! Leute, die eine Ehrwürdige Mutter derart an der Nase herumführten, konnten zu allem möglichen in der Lage sein! Aller Wahrscheinlichkeit nach hatten die Flüchtlinge den Planeten inzwischen längst verlassen. Ein Nicht-Schiff. Aber was war, wenn ...

Schwangyus Gedanken mußten voller Was-Wenns sein.

Patrin war zwar das zerbrechlichste Glied der Kette gewesen, aber er war dazu ausgebildet worden, zerbrechliche Glieder zu entfernen. Er war von einem Meister ausgebildet worden – von Miles Teg.

Mit einem schnellen Kopfschütteln vertrieb Teg die Feuchtigkeit aus seinen Augenwinkeln. Die unmittelbare Notwendigkeit erforderte diese bis ins Innerste gehende Ehrlichkeit; er konnte ihr nicht ausweichen. Teg war niemals ein guter Lügner gewesen, nicht einmal sich selbst gegenüber. Schon am Anfang seiner Ausbildung war ihm klargeworden, daß seine Mutter und alle anderen, die an seiner Erziehung beteiligt gewesen waren, ihn dazu konditioniert hatten, in jedweder Weise rechtschaffen zu handeln.

Festhalten an einem Ehrenkodex.

Und als Teg die Umrisse des Kodex erkannte, den er verinnerlicht hatte, wandte er ihm fasziniert seine Aufmerksamkeit zu. Er begann mit der Erkenntnis, daß die Menschen nicht gleich geschaffen waren, daß sie unterschiedliche ererbte Fähigkeiten besaßen und während ihres Lebens unterschiedliche Erfahrungen machten. Dies brachte Menschen mit verschiedenen Fähigkeiten und von unterschiedlichem Wert hervor. Teg hatte sich sehr früh klargemacht, daß er sich mit Bedacht in den Strom der wahrnehmbaren Hierarchie einpassen und hinnehmen mußte, daß irgendwann eine Zeit kam, in der die Entwicklung für ihn zu Ende ging. So lautete der Kodex.

Diese Konditionierung war tief in ihm verankert. Wo die letzten Wurzeln des Kodex lagen, fand er niemals heraus. Offensichtlich waren sie mit etwas verbunden, das das Eigentliche seines Menschseins ausmachte. Der Kodex schrieb ihm mit enormer Kraft sein Verhalten und die Grenzen des Erlaubten vor – und zwar in bezug auf jeden, mochte er nun in der Pyramide der Hierarchie unter oder über ihm stehen.

Das Faustpfand des Gebens und Nehmens: Treue.

Loyalität gab es sowohl oben als auch unten; man fand sie überall, wo man ihrer bedurfte. Und Teg wußte, daß sie ein Bestandteil seiner Existenz war. Er zweifelte nicht im geringsten daran, daß Taraza ihn in jeder Lage unterstützen würde – außer in einer Situation, die verlangte, daß er sich um den Preis des Überlebens der Schwesternschaft opferte. Und das war an sich richtig. Hier war die Treue von ihnen allen festgeschrieben.

Ich bin Tarazas Bashar. Das sagt mir der Kodex.

Und dies war der Kodex, der Patrin das Leben gekostet hatte.

Ich hoffe, du hattest keine Schmerzen, alter Freund.

Erneut legte Teg unter den Bäumen eine Pause ein. Er zog sein Kampfmesser aus der Stiefelscheide und ritzte ein kleines Zeichen in den Baum, vor dem er stand.

»Was machst du da?« fragte Lucilla.

»Ein Geheimzeichen«, sagte Teg. »Nur die Leute, die ich ausgebildet habe, kennen es. Und natürlich Taraza.«

»Aber warum machst du ...?«

»Erkläre ich dir später.«

Teg ging weiter und blieb an einem anderen Baum stehen. Auch hier machte er das winzige Zeichen: einen kleinen Ritzer, den vielleicht ein Tier mit Klauen erzeugen würde. In der sie umgebenden Wildnis wirkte er völlig natürlich.

Als er weiterging, wurde Teg klar, daß er in bezug auf Lucilla zu einem Ergebnis gekommen war. Er mußte ihre Pläne, soweit sie Duncan betrafen, vereiteln. Alle Mentatprojektionen, die er bezüglich der Sicherheit und Gesundheit Duncans anstellte, verlangten danach. Der Junge mußte seine Prä-Ghola-Erinnerungen zurückerhalten, bevor Lucilla ihm eine Einprägung verpassen konnte. Teg wußte, es würde nicht einfach sein, sie abzublocken. Wer eine Ehrwürdige Mutter austricksen wollte, mußte ein besserer Lügner sein als er.

Er mußte es wie einen Zufall hinstellen, als normales Resultat der Umstände. Lucilla durfte nicht einmal eine Opposition wittern. Teg machte sich nur wenig Illusionen, daß er in einem engen Umfeld gegen eine Ehrwürdige Mutter bestehen konnte. Es war besser, er brachte sie um. Dies glaubte er schaffen zu können. Aber die Konsequenzen! Er würde es nie schaffen, Taraza einzureden, ein dermaßen blutiges Vorgehen hätte im Einklang mit ihren Befehlen gestanden.

Nein, er würde sich in Geduld üben müssen. Er würde warten, beobachten, zuhören.

Sie gelangten in ein kleines, offenes Gebiet. Vor ihnen erhob sich eine hohe Barriere aus vulkanischem Gestein. Struppige Büsche und niedrige Dornengewächse wuchsen in der Nähe der Felswand, im Sternenlicht wirkten sie wie dunkle Flecke.

Teg sah die dunklen Umrisse eines Kriechweges unter den Büschen.

»Ab hier geht's auf dem Bauch weiter«, sagte er.

»Es riecht nach Asche«, sagte Lucilla. »Hier hat etwas gebrannt.«

»Der Lockvogel ist hiergewesen«, sagte Teg. »Er hat zu unserer Linken ein Stück Wiese abgebrannt – um den Eindruck hervorzurufen, hier sei ein Nicht-Schiff gestartet.«

Lucilla atmete tief und hörbar auf. *Welche Dreistigkeit!* Sollte es Schwangyu einfallen, einen Sucher mit hellseherischen Fähigkeiten an Duncans Fersen zu setzen (weil er der einzige unter ihnen war, dessen Vorfahren kein Siona-Blut in den Adern gehabt hatten, das ihn abschirmte), würden alle Anzeichen darin übereinstimmen, daß sie hiergewesen waren und den Planeten mit einem Nicht-Schiff verlassen hatten ... sofern ...

»Aber wohin bringst du uns?« fragte sie.

»Es ist eine Nicht-Kugel der Harkonnens«, sagte Teg. »Es gibt sie seit Jahrtausenden, und jetzt gehört sie uns.«

> *Tatsächlich wollen die Träger der Macht ›zügellose‹ Forschungsarbeit unterdrücken. Die uneingeschränkte Suche nach Erkenntnissen ist identisch mit der langen Geschichte der unerwünschten Konkurrenz. Die Mächtigen wollen die ›vorsichtige Ermittlung‹, die nur jene Resultate und Ideen produziert, die man kontrollieren kann und – am allerwichtigsten – den Großteil der Früchte jenen zugänglich macht, die sie finanziert haben. Leider gewährleistet ein Zufallsuniversum voller relativer Variablen derartige ›vorsichtige Ermittlungen‹ nicht.*
>
> Einschätzung der Ixianer
> Bene Gesserit-Archiv

Hedley Tuek, der Hohepriester und Titularherrscher von Rakis, fühlte sich der Forderung, die man gerade an ihn gestellt hatte, nicht gewachsen.

Eine staubige und neblige Nacht hüllte die Stadt Keen ein, aber hier, in seinem privaten Audienzsaal, löste die Helligkeit zahlreicher Leuchtgloben die Schatten auf. Sogar hier, im Herzen des Tempels, konnte man jedoch den Wind hören. Es war ein fernes Geraune, eine Marter, die den Planeten periodisch heimsuchte.

Der Audienzsaal war ein unregelmäßig geformter Raum. Er war sieben Meter lang und maß an seiner breitesten Stelle vier. Das ihm gegenüberliegende Ende war fast unmerklich schmaler. Auch die Decke machte eine schwache Biegung in diese Richtung. Wandbehänge aus Gewürzfaser sowie hellgelbe und graue Vorhänge verbargen diese Unregelmäßigkeiten. Einer der Wandbehänge verbarg ein genau ausgerichtetes Horn, das sogar den leisesten Laut zu etwaigen Lauschern hinübertrug, die sich außerhalb des Raums befanden.

Nur Darwi Odrade, die neue Kommandantin der Bene Gesserit-Festung von Rakis, war zusammen mit Tuek im Audienzsaal. Die beiden saßen einander gegenüber. Nur ein kleiner Raum trennte sie; er war abgegrenzt durch weiche, grüne Kissen.

Tuek versuchte, seine Züge im Zaum zu halten, aber die Anstrengung verzerrte sein normalerweise würdig blickendes Gesicht zu einer vielsagenden Maske. Er hatte sich mit größter

Sorgfalt auf die Begegnung dieses Abends vorbereitet. Ankleider hatten das Gewand, das seine hochgewachsene, eher stämmige Gestalt bedeckte, glattgestrichen. An seinen großen Füßen trug er goldene Sandalen. Der Destillanzug, den er unter der Robe trug, war nur ein Schaustück. Er enthielt weder Pumpen noch Fangtaschen und wies nichts auf, was eine übermäßig lange Ankleidezeit erforderte. Er trug das seidige graue Haar schulterlang heruntergekämmt, so daß es einen kleidsamen Rahmen für sein viereckiges Gesicht, den breiten Mund und das kantige Kinn bildete. Sein Blick nahm plötzlich einen wohlwollenden Ausdruck an – eine Pose, die er seinem Großvater abgeschaut hatte. Mit diesem Blick hatte er den Audienzsaal betreten, um sich mit Odrade zu treffen. Er hatte sich zu diesem Zeitpunkt ziemlich eindrucksvoll gefühlt, aber jetzt kam er sich plötzlich nackt und verwirrt vor.

Er ist wirklich ein ziemlicher Hohlkopf, dachte Odrade.

Und Tuek dachte: *Ich kann dieses entsetzliche Manifest nicht mit ihr diskutieren! Nicht, wenn ein Tleilaxu-Meister und diese Gestaltwandler im Nebenzimmer mithören. Was hat mich geritten, als ich das zuließ?*

»Es ist Ketzerei, nichts anderes«, sagte Tuek.

»Aber eure Religion ist nur eine unter vielen«, konterte Odrade. »Und mit der Rückkehr der Leute aus der Diaspora nimmt die Anzahl der Schismen und abweichenden Religionen ...«

»Wir haben den einzig wahren Glauben!« sagte Tuek.

Odrade unterdrückte ein Lächeln. *Als hätte ich ihm ein Stichwort gegeben. Waff hat ihn sicher gehört.* Tuek war äußerst einfach zu führen. Wenn die Schwesternschaft in bezug auf Waff recht hatte, würden Tueks Worte den Tleilaxu-Meister zur Weißglut treiben.

In einem tiefen und unheimlich klingenden Tonfall sagte Odrade: »Das Manifest wirft Fragen auf, die alle angehen müssen, Gläubige und Ungläubige gleichermaßen.«

»Was hat das alles mit dem Heiligen Kind zu tun?« wollte Tuek wissen. »Sie haben gesagt, wir müßten uns treffen, um etwas zu besprechen, das ...«

»Das stimmt! Versuchen Sie nicht abzustreiten, daß Sie wissen, wie viele Menschen inzwischen angefangen haben, Sheeana anzubeten. Das Manifest impliziert ...«

»Das Manifest! Das Manifest! Es ist ein ketzerisches Dokument, das man auslöschen wird. Und was Sheeana angeht, so muß sie wieder allein unserer Aufsicht unterstellt werden!«

»Nein.« Odrade blieb leise.

Wie aufgebracht Tuek war, dachte sie. Sein steifer Hals bewegte sich kaum, wenn er von einer Seite zur anderen sah. Wenn er sich dem Wandteppich zu ihrer Rechten zuwandte, erschien es ihr, als würde Tueks Kopf einen leuchtenden Strahl aussenden. Welch ein durchsichtiger Mensch, dieser Hohepriester. Genausogut hätte er öffentlich verkünden können, daß Waff irgendwo hinter dem Wandteppich ihr Gespräch belauschte.

»Demnächst werden Sie sie noch von Rakis wegzaubern«, sagte Tuek.

»Sie bleibt hier«, sagte Odrade. »Wie wir es versprochen haben.«

»Aber warum kann sie nicht ...«

»Ich muß doch sehr bitten! Sheeana hat ihre Wünsche eindeutig artikuliert, und ich bin sicher, daß man Ihnen ihre Worte übermittelt hat. Sie möchte eine Ehrwürdige Mutter werden.«

»Aber sie ist doch schon die ...«

»M'Lord Tuek! Versuchen Sie nicht, mir etwas vorzuheucheln. Sie hat ihre Wünsche ausgedrückt, und wir sind glücklich, ihnen stattgeben zu können. Warum sollten Sie etwas dagegen haben? Die Ehrwürdigen Mütter haben dem Zerlegten Gott schon während der Fremen-Ära gedient? Warum nicht auch jetzt?«

»Ihr Bene Gesserit habt Methoden, die die Menschen Dinge sagen lassen, die sie gar nicht sagen wollen«, erwiderte Tuek anklagend. »Wir sollten dies nicht unter uns diskutieren. Meine Berater ...«

»Ihre Berater würden unsere Diskussion lediglich zerreden. Die Implikationen des Atreides-Manifests ...«

»Ich werde nur über Sheeana sprechen!« Tuek riß sich zusammen und nahm die Pose ein, die er der eines unnachgiebigen Priesters für angemessen hielt.

»Wir *sprechen* doch über sie«, sagte Odrade.

»Dann möchte ich Ihnen klarmachen, daß in ihrem Umfeld mehr von unseren Leuten sein müssen. Sie muß bewacht werden, und zwar um jeden ...«

»Etwa so, wie sie auf dem Dach bewacht wurde?« fragte Odrade.

»Ehrwürdige Mutter Odrade, dies ist der Heilige Planet Rakis! Sie haben hier keine Rechte, die *wir* nicht garantieren!«

»Rechte? Sheeana ist zu einer Zielscheibe – jawohl, zu einer Zielscheibe! – aller möglichen politischen Ambitionen geworden, und Sie wollen über Rechte diskutieren?«

»Meine Pflichten als Hohepriester sind eindeutig. Die Heilige Kirche des Zerlegten Gottes wird ...«

»M'Lord Tuek! Ich gebe mein Bestes, um die notwendige Höflichkeit aufrechtzuerhalten. Was ich tue, dient sowohl Ihren als auch unseren Plänen. Was wir unternommen haben ...«

»Unternommen? Was haben Sie denn unternommen?« Tuek stieß diese Worte mit einem beinahe heiseren Knurren aus. Diese verdammten Bene Gesserit-Hexen! In seinem Nacken saßen die Tleilaxu, und vor ihm eine Ehrwürdige Mutter! Tuek kam sich vor wie ein Ball in einem böse endenden Spiel, der von schrecklichen Kräften hin- und hergeworfen wurde. Der friedliche Planet Rakis, der sichere Ort, an dem er seiner täglichen Routine nachgegangen war – diese Welt war nicht mehr. Und ihn hatte man in eine Arena gestoßen, deren Spielregeln er nicht durchschaute.

»Ich habe nach Bashar Miles Teg geschickt«, sagte Odrade. »Das ist alles. Sein Voraustrupp müßte bald hier ankommen. Wir werden Ihre planetarischen Abwehrsysteme verstärken.«

»Sie wagen es, den Planeten zu überneh ...«

»Wir übernehmen gar nichts. Auf den Wunsch Ihres eigenen Vaters haben Tegs Leute die Abwehrsysteme auf den neuesten Stand gebracht. Der Vertrag, der damals abgeschlossen wurde, enthält unter anderem auch die Klausel, daß sie in bestimmten Abständen neu überprüft werden.«

Tuek saß in lähmendem Schweigen da. Waff, dieser undurchsichtige kleine Tleilaxu, hatte alles gehört. Es würde einen Konflikt geben! Die Tleilaxu wollten ein Geheimabkommen, was die Melangepreise anbetraf. Sie würden nicht zulassen, daß sich die Bene Gesserit einmischten.

Odrade hatte von seinem Vater gesprochen, und jetzt wünschte sich Tuek nichts sehnlicher, als daß sein längst verstorbener Erzeuger hier sitzen würde. Ein harter Mann. Er hätte gewußt, wie man mit diesen sich feindlich gegenüberstehenden Kräften fertig wurde. *Er* war stets mit den Tleilaxu ausgekommen, und zwar bestens. Tuek erinnerte sich daran, daß er einst (wie im Moment Waff!) einen Tleilaxu-Unterhändler namens Wose belauscht hatte ... und einen anderen namens Pook. Ledden Pook. Welch komische Namen sie hatten.

Tueks verwirrte Gedanken stießen abrupt auf einen weiteren Namen. Odrade hatte ihn gerade erwähnt: *Teg!* War das alte Ungeheuer immer noch aktiv?

Nun ergriff Odrade wieder das Wort. Tuek beugte sich vor. Er schluckte, obwohl seine Kehle völlig trocken war, und zwang sich selbst zur Aufmerksamkeit.

»Teg wird sich ebenso Ihre Bodenverteidigung ansehen. Nach dem Fiasko auf dem Dachgarten ...«

»Ich verbiete Ihnen offiziell, sich in unsere innenpolitischen Angelegenheiten einzumischen«, sagte Tuek. »Dazu besteht kein Grund. Unsere Priester-Gardisten sind bestens dazu in der Lage ...«

»Bestens?« Odrade schüttelte traurig den Kopf. »Welch unpassendes Wort, wenn man die neuen Umstände in Betracht zieht, die auf Rakis herrschen.«

»Welche neuen Umstände meinen Sie?« Tueks Stimme drückte jetzt Entsetzen aus.

Odrade saß nur da und sah ihn an.

Tuek versuchte, irgendeine Ordnung in seine Gedanken zu bringen. Ob sie von dem Tleilaxu wußte, der sie im Hintergrund belauschte? Unmöglich! Zitternd sog er die Luft ein. Was redete sie da von den planetaren Abwehrsystemen? Ihre Abwehr funktionierte ausgezeichnet, versicherte er sich. Sie hatten die besten ixianischen Aufklärer und Nicht-Schiffe. Darüber hinaus war es für alle unabhängigen Kräfte von Vorteil, daß Rakis als Gewürzlieferant ebenfalls unabhängig blieb.

Es ist für jeden von Vorteil – außer für die Tleilaxu und ihre verdammte Gewürz-Überproduktion, die aus den Axolotl-Tanks kommt!

Dies war ein Gedanke, der ihn schwindeln machte. Und ein Tleilaxu-Meister hörte jedes Wort, das in diesem Audienzsaal gesprochen wurde!

Tuek rief Shai-Hulud – den Zerlegten Gott – an, damit er ihn beschütze. Der schreckliche kleine Mann hatte gesagt, er spreche ebenso für die Ixianer und die Fischredner. Er hatte Dokumente vorgewiesen. Waren das die ›neuen Umstände‹, von denen Odrade redete? Vor den Hexen blieb nichts lange verborgen!

Als der Hohepriester an Waff dachte, konnte er ein leichtes Frösteln nicht unterdrücken: der kleine, runde Kopf, die glitzernden Augen; die Stupsnase, die scharfen Zähne, das spröde Lächeln. Waff sah so lange wie ein etwas zu groß geratenes Kind aus, bis man seine Augen gesehen und seine leicht quäkende Stimme gehört hatte. Tuek fiel ein, daß sein Vater einst über diese Stimmen gesagt hatte: »Mit ihren Kinderstimmen sagen die Tleilaxu die entsetzlichsten Dinge!«

Odrade änderte ihre Position auf den Kissen. Sie dachte an den nebenan lauschenden Waff. Hatte er genug gehört? Ihre eigenen geheimen Lauscher würden sich gewiß nun die gleiche Frage stellen. Ehrwürdige Mütter spielten sich diese mündlichen Wettkämpfe immer und immer wieder vor, wenn sie nach Verbesserungen und neuen Vorteilen für die Schwesternschaft suchten.

Waff hat genug gehört, sagte sich Odrade. *Wenden wir das Spiel einem anderen Thema zu.*

So sachlich wie möglich sagte sie: »M'Lord Tuek, eine wichtige Persönlichkeit belauscht unser Gespräch. Zeugt es von Freundlichkeit, daß sie dies im Geheimen tut?«

Tuek schloß die Augen. *Sie weiß es!*

Als er die Augen wieder öffnete, begegnete er Odrades ausdruckslosem Blick. Sie wirkte wie jemand, der bereit war, bis in alle Ewigkeit zu warten, nur um seine Antwort zu hören.

»Freundlich? Ich ... ich ...«

»Laden Sie den heimlichen Lauscher ein, sich zu uns zu setzen«, sagte Odrade.

Tuek strich sich mit der Hand über die feuchte Stirn. Sowohl sein Vater als auch sein Großvater, die beide Hohepriester gewesen waren, hatten für alle möglichen Zwischenfälle rituelle Antworten parat gehabt – aber keine für einen Moment wie diesen. Den Tleilaxu bitten, sich zu ihnen zu setzen? In diesem Raum mit ... Tuek fiel plötzlich ein, daß er den Geruch der Tleilaxu-Meister nicht mochte. Auch dazu hatte sein Vater etwas gesagt: »Sie riechen nach verdorbener Nahrung!«

Odrade stand auf. »Ich würde jene, die meine Worte hören, lieber sehen«, sagte sie. »Soll ich selbst gehen und den verborgenen Lauscher einladen, zu ...«

»Bitte!« Tuek blieb sitzen, erhob jedoch eine Hand, um sie daran zu hindern. »Ich hatte so gut wie keine Wahl. Er hat Dokumente der Fischredner und Ixianer. Er sagte, er würde uns helfen, daß Sheeana wieder zu uns zurück ...«

»Euch helfen?« Odrade maß den schwitzenden Priester von oben herab mit einem Blick, der beinahe Mitleid ausdrückte. Und dieser Mensch glaubte, er sei der Herrscher von Rakis?

»Er gehört zu den Bene Tleilax«, sagte Tuek. »Er nennt sich Waff, und ...«

»Ich weiß, wie er sich nennt, und ich weiß auch, warum er hier ist, M'Lord Tuek. Aber was mich in Erstaunen versetzt, ist, daß Sie ihm erlauben, hier herumzuspionieren ...«

»Er spioniert nicht! Wir haben verhandelt. Ich meine, es gibt da neue Kräfte, auf die wir uns einstellen müssen, wenn ...«

»Neue Kräfte? O ja: die Huren aus der Diaspora. Hat dieser Waff ein paar von ihnen mitgebracht?«

Bevor Tuek eine Antwort geben konnte, öffnete sich die Seitentür des Audienzsaals. Waff kam wie auf ein Stichwort. Hinter ihm waren zwei Gestaltwandler.

Die Gestaltwandler hat keiner eingeladen! dachte Odrade.

»Nur Sie«, sagte Odrade mit einer Handbewegung. »Die beiden anderen sind nicht eingeladen worden – oder doch, M'Lord Tuek?«

Tuek kam schwerfällig auf die Beine, erfaßte, wie schrecklich nahe Odrade ihm war und erinnerte sich an die furchtbaren Geschichten, die man sich über die Körperkräfte der Ehrwürdigen Mütter erzählte. Die Gegenwart der Gestaltwandler machte ihn nur noch konfuser. Sie erzeugten stets unangenehme Gefühle in ihm.

Tuek wandte sich der Tür zu, versuchte seinem Gesicht ein einladendes Aussehen zu verleihen und sagte: »Nur ... nur Botschafter Waff, bitte!«

Das Sprechen tat seiner Kehle weh. Es war schlimmer als nur entsetzlich! Vor diesen Leuten kam er sich geradezu nackt vor.

Odrade deutete auf ein in ihrer Nähe befindliches Kissen. »Es ist Waff? Bitte, kommen Sie und setzen Sie sich!«

Waff nickte, als hätte er sie nie zuvor gesehen. *Wie freundlich!* Mit einem Wink gab er den Gestaltwandlern zu verstehen, daß sie draußen warten sollten. Er ging auf das Sitzkissen zu, blieb aber abwartend daneben stehen.

Odrade sah, daß der Körper des kleinen Tleilaxu voller Spannung war. Er schien leicht die Zähne zu fletschen. Er hatte noch immer diese Waffen in den Ärmeln. Hatte er etwa vor, ihr Abkommen zu brechen?

Odrade wußte, daß es an der Zeit war, daß Waffs Mißtrauen seine ursprüngliche Stärke – und noch mehr – wieder annahm. Er mußte sich Tarazas Schachzügen ausgeliefert fühlen. Waff wollte Zuchtmütter! Der Geruch seiner Pheromone offenbarte seine tiefsten Ängste. Also hatte er seinen Teil der Abmachung – oder zumindest die Natur seiner Beteiligung – nicht vergessen. Taraza erwartete nicht, daß Waff tatsächlich das gesamte Wissen besaß, das er den Geehrten Matres entzogen hatte.

»M'Lord Tuek hat gesagt, daß Sie ... äh ... verhandelt haben«, sagte Odrade. *An das Wort soll er sich erinnern!* Waff wußte, wo die wirklichen Verhandlungen zu einem Abschluß kamen. Während ihrer Worte sank Odrade auf die Knie und nahm wieder auf ihrem Sitzkissen Platz. Sie sorgte jedoch dafür, daß ihre Beine eine Stellung einnahmen, die sie aus Waffs Schußlinie brachten.

Waff schaute auf sie hinab. Dann sah er das Kissen, das sie ihm angeboten hatte. Langsam ließ er sich darauf nieder. Er hielt die Arme auf den Knien, die Ärmel waren auf Tuek gerichtet.

Was hat er vor? fragte sich Odrade. Waffs Bewegungen sagten, daß er darauf aus war, ein eigenes Vorhaben durchzuführen.

Odrade sagte: »Ich habe dem Hohepriester die Wichtigkeit des Atreides-Manifestes dahingehend zu verdeutlichen versucht, daß wir gleichermaßen ...«

»Atreides!« platzte Tuek heraus. Er fiel beinahe auf sein Sitzkissen. »Es kann nicht von den Atreides sein.«

»Ein äußerst überzeugendes Manifest«, sagte Waff und trug damit nur noch mehr zu Tueks offensichtlichen Ängsten bei.

Zumindest *dies* folgte dem Plan, dachte Odrade. Und sie sagte: »Die Verheißung des S'tori kann nicht ignoriert werden. Viele Leute setzen den S'tori mit der Gegenwart ihres Gottes gleich.«

Waff maß sie mit einem überraschten und aufgebrachten Blick.

Tuek sagte: »Botschafter Waff meint, daß die Ixianer und Fischredner durch dieses Dokument in einen Alarmzustand versetzt wurden, aber ich habe ihm versichert, daß ...«

»Ich glaube, wir können die Fischredner aus dem Spiel lassen«, sagte Odrade. »Sie hören Gott überall lärmen.«

Waff stellte fest, daß sie Phrasen wiedergab. Wollte sie sich bei ihm anbiedern? Aber natürlich hatte sie recht, was die Fischredner anbetraf. Sie hatten sich so weit vom Objekt ihrer alten Verehrung entfernt, daß sie nur noch sehr wenig beeinflußten. Und was sie *wirklich* beeinflußten, konnte von den neuen Gestaltwandlern, die sie jetzt anführten, kanalisiert werden.

Tuek sandte Waff ein versuchsweises Lächeln. »Sie haben davon gesprochen, uns dabei zu helfen ...«

»Dafür ist später noch Zeit«, wandte Odrade ein. Sie mußte Tueks Aufmerksamkeit weiterhin auf das Dokument richten, das ihn so sehr verstörte. Sie zitierte einen Satz aus dem Manifest: »Euer Wille und euer Glaube – eure ganze Glaubensordnung – bestimmen euer Universum.«

Tuek erkannte die Worte. Er hatte das abscheuliche Dokument gelesen. Das Manifest behauptete, Gott und sämtliche seiner Werke seien lediglich Schöpfungen der Menschen. Er fragte sich, wie er darauf reagieren sollte. Kein Hohepriester konnte derlei Dinge unwidersprochen hinnehmen.

Bevor er jedoch die richtigen Worte fand, verband sich Waffs Blick mit dem Odrades, und Waff reagierte auf eine Weise, die sie, wie er wußte, korrekt interpretieren würde. So, wie Odrade war, würde sie nicht anders können.

»Der falsche Glaube an die Vorsehung«, sagte Waff. »Das ist es doch, wovon dieses Dokument redet? Sagt es nicht aus, daß der Geist des Gläubigen stagniert?«

»Genau!« sagte Tuek. Er war für diesen Einwurf des Tleilaxu dankbar. Genau das war der Kern dieser gefährlichen Ketzerei!

Waff sah ihn nicht an, sondern hielt den Blick weiterhin auf Odrade gerichtet. Hielten die Bene Gesserit ihre Absicht etwa für unergründlich? Sollten sie auf eine größere Macht stoßen; sie hielten sich für unüberwindlich! Aber natürlich konnten sie nicht wissen, inwiefern der Allmächtige über die Zukunft des Shariat wachte!

Tuek war nun nicht mehr zu halten. »Es greift alles an, was uns heilig ist! Und es wird überall verbreitet!«

»Von den Tleilaxu«, sagte Odrade.

Waff hob seine Ärmel etwas an und richtete die Geschosse auf Tuek. Er zögerte nur, weil er erkannt hatte, daß Odrade sein Vorhaben teilweise durchschaute.

Tuek sah von einem zum anderen. Entsprach Odrades Anschuldigung der Wahrheit? Oder handelte es sich schon wieder um einen Trick der Bene Gesserit?

Odrade sah Waffs Zögern und vermutete dessen Grund. Sie dachte rasch nach und suchte nach einer Antwort für sein Motiv. Welchen Vorteil konnten die Tleilaxu daraus ziehen, wenn sie Tuek töteten? Dem Anschein nach hatte Waff vor, den Hohepriester durch einen seiner Gestaltwandler zu ersetzen. Aber was würde ihm dies einbringen?

Um Zeit zu gewinnen sagte sie: »Sie sollten sehr vorsichtig sein, *Botschafter* Waff.«

»Wann hat die Vorsicht je große Notwendigkeiten beeinflußt?« fragte Waff.

Tuek richtete sich auf und bewegte sich schwerfällig zur Seite. Er rang die Hände. »Bitte! Dies ist ein geheiligter Bereich! Wir dürfen hier nicht über Ketzereien reden – es sei denn, wir haben vor, sie aus der Welt zu schaffen.« Er sah auf Waff hinab. »Es ist nicht wahr, oder? Sie gehören nicht zu den Verfassern dieses entsetzlichen Dokuments?«

»Von uns stammt es nicht«, gab Waff ihm recht. *Diese Spottgeburt eines Priesters! Verdammt soll er sein!* Tuek hatte sich ein gutes Stück nach abseits begeben. Er war noch immer ein sich bewegendes Ziel.

»Ich wußte es!« sagte Tuek, während er hinter Waff und Odrade auf und ab ging.

Odrade behielt Waff im Auge. Er plante einen Mord! Dessen war sie sich sicher.

Hinter ihrem Rücken sagte Tuek: »Sie haben ja keine Ahnung, wie sehr Sie uns Unrecht tun, Ehrwürdige Mutter. Ser Waff hat uns gebeten, mit ihm ein Melange-Kartell zu bilden. Ich erklärte ihm, daß die Preise, die wir von Ihnen verlangen, unverändert bleiben müßten, weil eine der Ihren die Großmutter Gottes war.«

Waff senkte abwartend den Kopf. Der Priester würde schon wieder in seine Reichweite kommen. Gott würde nicht zulassen, daß er fehlte.

Tuek stand hinter Odrade und sah auf Waff hinab. Ein Frösteln durchlief den Priester. Die Tleilaxu waren so ... so aufdringlich und unmoralisch. Man konnte ihnen nicht trauen. Wie konnte man einem Dementi Waffs nur glauben?

Ohne Waff aus den Augen zu lassen, sagte Odrade: »War die Aussicht auf erhöhte Einnahmen denn nicht attraktiv für Sie, M'Lord Tuek?« Sie sah, wie Waffs rechter Arm eine andere Richtung einschlug. Jetzt zielte er fast auf sie. Seine Absichten wurden immer klarer.

»M'Lord Tuek«, sagte Odrade, »dieser Tleilaxu hat vor, uns beide umzubringen.«

Sie hatte diese Worte noch nicht ganz ausgesprochen, als Waffs Arme hochzuckten und den Versuch unternahmen, beide Ziele gleichzeitig ins Auge zu fassen. Bevor seine Muskeln jedoch reagierten, war Odrade auf dem Sprung. Sie hörte das leise Zischen von Pfeilwerfern, spürte jedoch keinen Einstich. Ihr linker Arm kam hoch und zerschmetterte Waffs rechten Arm. Ihr rechter Fuß brach seinen linken.

Waff schrie auf.

Eine derartige Schnelligkeit hätte er in einer Bene Gesserit niemals vermutet. Es war beinahe dem ebenbürtig, was er auf dem ixianischen Konferenzschiff in der Geehrten Mater erkannt hatte. Trotz seiner Schmerzen wurde ihm klar, daß er dies melden mußte. Ehrwürdige Mütter, die unter Zwang über synoptische Ausweichmöglichkeiten geboten!

Die Tür hinter Odrade flog auf. Die beiden Gestaltwandler Waffs stürmten in den Saal. Aber Odrade befand sich bereits hinter ihrem Herrn und hatte beide Hände an seiner Kehle.

»Anhalten!« rief sie. »Oder er stirbt!«

Die beiden erstarrten.

Waff krümmte sich in ihrem Griff.

»Stillgestanden!« befahl sie. Odrade warf Tuek einen Blick zu. Er lag ausgestreckt zu ihrer Rechten auf dem Boden. Einer der Pfeile hatte sein Ziel nicht verfehlt.

»Waff hat den Hohepriester getötet«, sagte Odrade, damit ihre heimlichen Zuhörer Bescheid wußten.

Die beiden Gestaltwandler sahen sie fortgesetzt an. Ihre Unentschlossenheit war offenkundig. Keiner der beiden, bemerkte sie, hatte eine Ahnung, wie diese Situation den Bene Gesserit entgegenkam. Die Tleilaxu saßen tatsächlich in der Falle!

Odrade sagte zu den beiden Gestaltwandlern: »Verschwindet. Und nehmt die Leiche dort hinten mit! Schließt die Tür! Euer Herr hat eine Torheit begangen. Er wird eure Dienste später brauchen.« Waff zugewandt, sagte sie: »Im Augenblick brauchen Sie mich mehr als Ihre Gestaltwandler. Schicken Sie sie weg!«

»Geht!« quäkte Waff.

Da die Gestaltwandler den Blick nicht von ihr lösten, sagte Odrade: »Wenn ihr nicht sofort geht, bringe ich ihn um – und danach erledige ich euch.«

»Gehorcht ihr!« kreischte Waff.

Die Gestaltwandler sahen darin ein Kommando, ihrem Herrn zu gehorchen. Odrade hatte einen anderen Klang in Waffs Stimme gehört. Es lag nun an ihr, ob sie es fertigbrachte, ihn von seiner selbstmörderischen Hysterie zu heilen.

Als sie mit ihm allein war, entfernte sie die leergeschossenen Waffen aus seinen Ärmeln und steckte sie ein. Man konnte sie später in aller Ausführlichkeit untersuchen. Was Waffs gebrochene Knochen anging, so konnte sie nicht mehr tun, als ihrem Gefangenen für kurze Zeit das Bewußtsein zu nehmen und sie zu richten. Mit Hilfe zweier Kissen und einer grünen Gardinenschnur improvisierte sie ein paar Schienen.

Waff kam rasch wieder zu sich. Als er Odrade ansah, stöhnte er.

»Wir sind nun Alliierte«, sagte Odrade. »Was sich in diesem Raum abgespielt hat, ist von einigen meiner Leute und mehreren Vertretern einer Fraktion mitgehört worden, die Tuek durch jemanden aus ihren eigenen Kreisen ersetzen wollen.«

Es ging zu schnell für Waff. Er brauchte einen Moment, um überhaupt zu verstehen, was sie gesagt hatte. Sein Geist erfaßte jedoch zumindest das wichtigste.

»Alliierte?«

»Ich stelle mir vor, daß man mit Tuek nur schwer verhandeln konnte«, sagte sie. »Selbst wenn man ihm einen profitablen Vorschlag machte, fing er unweigerlich an, Blech zu reden. Sie haben einigen der Priester einen Gefallen damit getan, daß Sie ihn umgebracht haben.«

»Und sie hören uns jetzt zu?« quäkte Waff.

»Natürlich. Lassen Sie uns über das Gewürzmonopol reden, von dem Sie gesprochen haben! Der bedauerlicherweise verstorbene Hohepriester erwähnte es. Ich möchte versuchen, das Ausmaß Ihres Angebots einzuschätzen.«

»Meine Arme«, jammerte Waff.

»Immerhin leben Sie noch«, sagte Odrade. »Seien Sie meiner Weisheit dankbar. Ich hätte Sie töten können.«

Waff wandte das Gesicht von ihr ab. »Das wäre besser gewesen.«

»Nicht für die Bene Tleilax, und ganz gewiß nicht für die Schwesternschaft«, sagte Odrade. »Wollen wir mal sehen. Ja, Sie haben versprochen, Rakis mit vielen neuen Erntefabriken zu beliefern, und zwar mit denen, die schweben können und die Wüste nur noch mit Saugköpfen abtasten.«

»Sie haben gelauscht!« sagte Waff vorwurfsvoll.

»Aber nein! Ein sehr attraktiver Vorschlag, denn ich bin sicher, daß die Ixianer gratis liefern, weil sie eigene Pläne verfolgen. Soll ich weitermachen?«

»Sie haben gesagt, wir seien jetzt Alliierte.«

»Ein Monopol würde die Gilde zwingen, mehr ixianische Navigationsinstrumente zu kaufen«, sagte Odrade. »Dann hätten Sie die Gilde in der Zange.«

Waff hob den Kopf, um sie anzusehen. Die Bewegung jagte einen starken Schmerz durch seine Arme, und er stöhnte. Trotz der Schmerzen musterte er Odrade eingehend durch halbgeschlossene Lider. Glaubten die Hexen wirklich, alles über den Plan der Tleilaxu zu wissen? Er wagte kaum zu hoffen, daß sie wirklich derart im dunkeln tappten.

»Natürlich war dies nicht Ihr Grundsatzplan«, sagte Odrade.

Waff riß die Augen weit auf. Sie las seine Gedanken! »Ich bin entehrt worden«, stöhnte er. »Als Sie mein Leben retteten, haben Sie eine sinnlose Tat vollbracht.« Er sank zurück.

Odrade holte tief Luft. *Es ist an der Zeit, die Ergebnisse der Domstift-Analyse auszuspielen.* Sie beugte sich zu Waff hinüber und flüsterte in sein Ohr: »Der Shariat braucht Sie noch.«

Waff keuchte.

Odrade lehnte sich zurück. Sein Keuchen hatte ihr alles gesagt. Die Analyse war bestätigt.

»Sie glauben, Sie würden in den Leuten aus der Diaspora bessere Verbündete finden«, sagte Odrade. »Die Geehrten Matres und andere Hetären dieser Sorte. Ich frage Sie: Verbündet sich ein Slig mit dem Müll?«

Waff hatte diese Frage bisher nur in der Khel ausgesprochen gehört. Mit bleichem Gesicht atmete er in kurzen, heftigen Stößen. Die Implikationen ihrer Worte! Er zwang sich, die Schmerzen in seinem Arm zu verdrängen. *Alliierte* hatte sie gesagt. Sie wußte vom Shariat! Woher konnte sie das nur wissen?

»Wie könnte einer von uns die vielen Vorteile, die in einer Allianz zwischen den Bene Tleilax und den Bene Gesserit liegen, unbeachtet lassen?« fragte Odrade.

Ein Bündnis mit den Powindah-Hexen? Ein Chaos breitete sich in Waffs Gehirn aus. Er spürte seine schmerzenden Arme kaum noch. Wie hilflos er sich fühlte! Auf seiner Zunge machte sich ein galliger Geschmack bemerkbar.

»Ahhh«, sagte Odrade. »Hören Sie das? Der Priester Krutansik und seine Leute haben die Tür erreicht. Sie werden anregen, daß einer Ihrer Gestaltwandler das Aussehen des verstorbenen Hedley Tuek annimmt. Jeder andere Ausweg würde zuviel Durcheinander erzeugen. Krutansik ist ein äußerst weiser Mann, der sich bis jetzt im Hintergrund gehalten hat. Sein Onkel Stiros hat ihn bestens vorbereitet.«

»Was hat die Schwesternschaft von einem Bündnis mit uns?« brachte Waff schließlich heraus.

Odrade lächelte. Jetzt konnte sie die Wahrheit sagen. Die Wahrheit war stets leichter und oftmals das stärkste Argument.

»Unser Überleben angesichts des Sturms, der sich unter den Völkern der Diaspora zusammenbraut«, sagte sie. »Es geht auch um das Überleben der Tleilaxu. Was wir am wenigsten wollen, ist das Ende jener, die den *Großen Glauben* bewahren.«

Waff duckte sich. Sie sprach es offen aus! Dann verstand er. Was machte es, wenn jemand zuhörte? Niemand konnte das Geheimnis ihrer Worte durchdringen.

»Unsere Zuchtmütter sind bereit«, sagte Odrade. Sie sah ihm in die Augen und machte mit der Hand das Zeichen eines Zensunni-Priesters.

Waff spürte, wie sich das enge Band, das seinen Brustkorb einschnürte, löste. Das Unerwartete, das Undenkbare, das *Unglaubliche* – entsprach der Wahrheit! Die Bene Gesserit waren keine Powindah! Jetzt würde das ganze Universum den Bene Tleilax in den Wahren Glauben folgen! Gott würde es nicht anders zulassen. Schon gar nicht auf der Welt seiner Propheten!

> *Bürokratie vernichtet Initiative. Bürokraten hassen nichts mehr als Innovationen, und besonders jene Innovationen, die bessere Ergebnisse zeitigen als die alte Routine. Verbesserungen lassen jene, die an der Spitze der Pyramide stehen, immer unfähig erscheinen. Und wer hat es schon gern, wenn er diesen Eindruck erweckt?*
>
> Wenn Regierungen etwas ausprobieren
> Bene Gesserit-Archiv

Die Berichte, Zusammenfassungen und verstreuten Notizen lagen in Reihen auf dem langen Tisch, an dem Taraza saß. Abgesehen von der Nachtwache und dem wichtigsten Dienstpersonal lag das sie umgebende Domstift in tiefem Schlaf. Nur die altbekannten Geräusche der Wartungsaktivitäten drangen in ihre privaten Räume. Über dem Tisch schwebten zwei Leuchtgloben, die die dunkle Holzplatte und die ridulianischen Papierreihen in gelbes Licht tauchten. Das hinter dem Tisch liegende Fenster wirkte wie ein dunkler Spiegel, der den Raum reflektierte.

Archiv!

Der Holoprojektor fuhr fort, über die Tischplatte Bilder ablaufen zu lassen – Zusatzinformationen, die sie angefordert hatte.

Taraza hatte nicht viel Vertrauen in das Archivpersonal, aber sie wußte ebenso, daß diese Haltung zwiespältig war, denn sie anerkannte durchaus die Notwendigkeit der Datenbeschaffung. Aber man konnte die Aufzeichnungen des Domstifts nur als einen Dschungel von Abkürzungen, Spezialverweisen, kodierten Einschüben und Fußnoten ansehen. Material dieser Art verlangte sehr oft einen Mentaten als Übersetzer – oder was noch schlimmer war: in Zeiten extremer Erschöpfung die Vertiefung in ihre weitergehenden Erinnerungen. Natürlich waren sämtliche Archivare Mentaten, aber für Taraza war dies keinesfalls eine Rückversicherung. Man konnte das Archivmaterial niemals auf einem geraden Weg angehen. Ein Großteil der aus dieser Quelle stammenden Interpretationen ging auf jene Leute zurück, die sie eingaben, und so mußte man sie auch akzeptieren. Es sei denn, man verließ sich auf die mechanische Suche über das Holosystem. Aber dies erforderte wiederum die Mitarbeit jener, die das System bedienten. Es gab den Operateuren eine größere Macht, als Taraza zu delegieren wagte.

Zubehör!

Taraza mochte es nicht. Dies gestand sie sich reuevoll ein, als ihr einfiel, daß nur wenige sich entwickelnde Situationen genau jene Richtung einschlugen, die man von ihnen erwartete. Selbst die besten Mentatprojektionen türmten Fehler auf ... fanden sie über einen längeren Zeitraum statt.

Trotzdem, jeder Schritt, den die Schwesternschaft machte, erforderte die Konsultation des Archivs sowie scheinbar endlose Analysen. Nicht einmal der gewöhnliche Kommerz war davon ausgenommen. Taraza fand dies häufig irritierend. Sollte man sich dieser Gruppierung anschließen? Jenes Abkommen unterzeichnen?

Während jeder Konferenz kam sie an einen Punkt, an dem sie dazu gezwungen war, eine entscheidende Bemerkung wie ›Analyse von der Archivarin Hesterion gutgeheißen‹ einzugeben. Oder, was ebenso oft vorkam: ›Archivarbericht abgelehnt, nicht sachdienlich.‹

Taraza beugte sich vor, um die Holoprojektion zu studieren: ›In Frage kommender Zuchtplan in Sachen Waff.‹

Sie musterte die Zahlen und die Genübersicht des Zellmusters, das Odrade beschafft hatte. Hautfetzen, die man mit Hilfe der Fingernägel besorgte, gaben nur selten genügend Material für eine sichere Analyse her, aber als Odrade so getan hatte, als würde sie die Knochenbrüche des Mannes behandeln, hatte sie gute Arbeit geleistet. Als Taraza die Daten sah, schüttelte sie den Kopf. Eine Nachkommenschaft würde sich nicht von derjenigen unterscheiden, die sie schon vorher in Sachen Tleilaxu ausprobiert hatten: die Frauen waren gegen eine Gedächtnissondierung immun, und die Männer erzeugten auf natürliche Weise ein undurchdringliches Chaos.

Taraza lehnte sich seufzend zurück. Sobald es um Zuchtaufzeichnungen ging, nahmen die ohnehin schon riesigen Verweise geradezu phantastische Ausmaße an. Offiziell sprach man in Archivarkreisen von ihnen als ›Stammeignungsrolle‹ oder SER, aber im allgemeinen Sprachgebrauch der Schwestern redete man von der ›Zuchtliste‹. Diese Bezeichnung war zwar zutreffend, gab jedoch nicht den gesamten Sinn dessen wieder, was man unter einem Archiv-Stichwort verstand. Taraza hatte darum gebeten, eine Projektion der Waff-Nachkommen der nächsten dreihundert Generationen zu sehen. Es war eine leichte und schnell erfüllbare Aufgabe, die allen praktischen Zwecken genügte. Dreihundert Gen-Hauptlinien (so wie die Tegs, seiner Verwandten und Geschwister) hatten sich seit Jahrtausenden als verläßlich erwiesen. Der Instinkt sagte ihr, daß es zwecklos war, noch mehr Zeit an die Waff-Projektion zu vergeuden.

In Taraza machte sich Erschöpfung breit. Sie legte den Kopf

in die Hände, stützte sie auf der Tischplatte ab und fühlte die Kühle des Holzes.

Was ist, wenn ich mich in bezug auf Rakis irre?

Sie konnte die Argumente der Opposition nicht einfach im Archiv verstauben lassen. *Verdammt sei unsere Abhängigkeit von den Computern!* Die Schwesternschaft hatte selbst während der Verbotsära – in den Zeiten von Butlers Djihad, als die Maschinenstürmer mit wilder Wut gegen die ›denkenden Maschinen‹ losgegangen waren – ihre Hauptlinie von Computern festlegen lassen. In dieser ›erhellenderen‹ Epoche hatte man nicht eben dazu geneigt, die unterbewußten Motive jener Zerstörungsorgie zu hinterfragen.

Manchmal treffen wir äußerst verantwortungsbewußte Entscheidungen aus rein unbewußten Gründen. Eine bewußte Befragung des Archivs oder der Weitergehenden Erinnerungen liefert keine Garantie.

Taraza ließ eine Hand auf die Tischplatte fallen. Sie gab sich nicht gern mit Archivarinnen ab, die auf ihre Fragen immer eine *Antwort* hatten. Sie waren eine verächtliche Bande, die ihre privaten Witze pflegte. Einmal hatte sie sie ihre SER-Arbeit mit der Züchtung von Nutztieren vergleichen hören. Als hätten sie vor, irgendwelche Pferderennen zu veranstalten. Verdammte Witzeleien! Zum rechten Entschluß zu kommen war im Augenblick viel wichtiger, als sie es sich möglicherweise vorstellen konnten. Die dienenden Schwestern, die lediglich Befehlen gehorchten, hatten keine Ahnung von der auf Tarazas Schultern lastenden Verpflichtung.

Sie hob den Kopf und blickte auf die Nische, in der die Büste der Schwester Chenoeh stand. Sie hatte den Tyrannen vor Unzeiten persönlich getroffen und mit ihm geredet.

Du wußtest Bescheid, dachte Taraza. *Du warst zwar nie eine Ehrwürdige Mutter, aber du wußtest Bescheid. Deine Berichte zeigen es. Woher hast du gewußt, welches die richtige Entscheidung war?*

Odrades Anforderung von militärischer Verstärkung erforderte eine sofortige Antwort. Die Zeitbegrenzung war zu eng. Aber jetzt, wo Teg, Lucilla und der Ghola verschwunden waren, mußte der Eventualplan ins Spiel gebracht werden.

Verdammter Teg!

Schon wieder dieses unerwartete Verhalten. Natürlich konnte er den Ghola nicht in Gefahr bringen. Schwangyus Aktion war vorhersehbar gewesen.

Was hatte Teg getan? Hatte er sich in Ysai oder einer der anderen großen Städte Gammus verkrochen? Nein. Hätte er dies getan, hätte er sich inzwischen längst über eine der geheimen Kontaktstellen, die man vorbereitet hatte, gemeldet. Er besaß eine komplette Liste aller Anlaufstellen und hatte einige davon persönlich inspiziert.

Dem Anschein nach schien Teg diesen Stellen nicht voll zu vertrauen. Wahrscheinlich war ihm während seiner Inspektionsreise etwas aufgefallen, das er ihr nicht durch Bellonda hatte mitteilen lassen.

Sie würde Burzmali rufen und informieren müssen. Burzmali war der beste Mann. Teg hatte ihn selbst ausgebildet, er war der erste Kandidat für den Posten des Obersten Bashars gewesen. Sie mußte Burzmali nach Gammu schicken.

Ich verlasse mich auf meinen Riecher, dachte Taraza.

Aber wenn Teg sich verkrochen hatte, mußte man seine Spur auf Gammu aufnehmen. Auch wenn sie möglicherweise dort ins Leere verlief. Ja, Burzmali mußte nach Gammu. Rakis mußte warten. Dieser Schritt hatte etwas für sich. Er würde die Gilde nicht in einen Alarmzustand versetzen. Möglicherweise würden die Tleilaxu und die Leute aus der Diaspora nach diesem Köder schnappen. Wenn Odrade es nicht schaffte, die Tleilaxu hereinzulegen ... Nein, Odrade würde nicht versagen. Dies war eine fast sichere Gewißheit.

Das Unerwartete.

Siehst du, Miles? Ich habe von dir gelernt!

Aber die innerhalb der Schwesternschaft herrschende Opposition hatte sie damit noch nicht abgelenkt.

Taraza legte beide Handflächen auf die Tischplatte und dachte angestrengt nach, als könne sie so auf die Spur jener gelangen, die hier – im Domstift – Schwangyus Ansichten teilten. Die Opposition äußerte sich nicht mehr verbal, aber das konnte nur bedeuten, daß man sich auf handfeste Auseinandersetzungen vorbereitete.

Was soll ich tun?

Von einer Mutter Oberin erwartete man, daß sie während einer Krise gegen Unentschlossenheit immun war. Aber die Tleilaxu-Verbindung hatte ihre Daten aus dem Gleichgewicht gebracht. Einige der an Odrade gerichteten Empfehlungen waren offensichtlich erschienen und bereits übermittelt worden. Soviel des Plans war verständlich und einfach.

Bringe Waff in die Wüste, dorthin, wo ihn niemand mehr sehen kann. Denke dir eine Extremsituation und das nachfolgende religiöse Erleben nach Art des alten und verläßlichen Musters aus, das die Missionaria Protectiva vorschreibt. Überprüfe, ob die Tleilaxu den Ghola-Prozeß durchführen, um ihre eigene Art von Unsterblichkeit zu erreichen. Odrade war bestens in der Lage, diesen Teil des revidierten Plans auszuführen. Allerdings kam es dabei sehr auf die junge Frau namens Sheeana an.

Der Wurm selbst ist die Unbekannte.

Taraza fiel ein, daß der Wurm von heute nicht mehr der ursprüngliche Rakis-Wurm war. Obwohl Sheeana bewiesen hatte, daß sie sie kommandieren konnte, waren die Würmer nicht vorauszuberechnen. Wie das Archiv sagen würde: Man hatte nicht genügend Daten. Taraza bezweifelte kaum, daß Odrade eine zutreffende Schlußfolgerung über die Rakisianer und ihre Tänzer geliefert hatte. Das war ein Plus.

Eine Sprache.

Aber noch sprechen wir sie nicht. Das war ein Minus.

Ich muß heute nacht eine Entscheidung treffen!

Taraza dachte oberflächlich an die lückenlose Reihe ihrer Vorgängerinnen. Die Erinnerungen all dieser Mütter Oberinnen lagen eingekapselt im Innern der zerbrechlichen Geister dreier anderer: ihres eigenen sowie jener von Bellonda und Hesterion. Es war eine qualvolle Spur durch ihre Weitergehenden Erinnerungen, und sie fühlte sich jetzt zu müde, um ihnen zu folgen. Gleich am Rande dieser Spur lag das Wissen um Muad'dib, jenen Atreides-Bastard, der das Universum gleich zweimal erschüttert hatte: einmal, indem seine Fremen-Horden das Imperium unterworfen, und dann, als er den Tyrannen gezeugt hatte.

Wenn wir diesmal geschlagen werden, könnte es unser Ende bedeu-

ten, dachte sie. *Diese von der Hölle ausgespuckten Weiber aus der Diaspora könnten uns mit Haut und Haar verschlingen.*

Alternativen boten sich an: Man konnte das Rakis-Mädchen in die Obhut der Schwesternschaft aufnehmen und bis zum Ende seiner Tage auf einem in die Unendlichkeit reisenden Nicht-Schiff gefangenhalten. Ein schändlicher Rückzug.

Es hing so viel von Teg ab. Ob er etwa doch den kürzeren gezogen hatte? Oder hatte er unerwartet eine Möglichkeit gefunden, den Ghola zu verstecken?

Ich muß eine Aufschubmöglichkeit finden, dachte Taraza. *Wir müssen Teg Zeit geben, damit er mit uns Kontakt aufnehmen kann. Odrade muß das Rakis-Vorhaben in die Länge ziehen.*

Es war gefährlich, aber es führte nichts daran vorbei.

Mit steifen Gliedern stand Taraza auf und begab sich an das verdunkelte Fenster, das ihr gegenüberlag. Die Domstiftwelt lag in sternenüberschütteter Finsternis. Ein Refugium: die Domstiftwelt. Planeten dieser Art erhielten nicht einmal mehr Namen; sie waren nur Nummern in irgendwelchen Archiven. Dieser Planet wurde seit vierzehnhundert Jahren von den Bene Gesserit bewohnt, aber selbst das mußte man als vorübergehend ansehen. Sie dachte an die über ihr kreisenden Nicht-Schiffe: Tegs ureigenstes Abwehrsystem, bestens durchorganisiert. Trotzdem blieb das Domstift verletzlich.

Das Problem hatte sogar einen Namen: ›zufällige Entdeckung‹.

Es war ein ewigwährender Defekt. Draußen in der Diaspora hatte die Menschheit sich beispielhaft ausgebreitet, war in den grenzenlosen Raum hinausgeschwärmt. Endlich war der Goldene Pfad des Tyrannen gesichert. Oder nicht? Zweifellos hatte der Atreides-Wurm mehr geplant als nur das simple Überleben der Spezies.

Hat er uns etwas getan, das wir noch gar nicht entdeckt haben – selbst nicht nach all diesen Jahrtausenden? Ich glaube, ich weiß, was er getan hat. Auch wenn meine Gegenspieler anders reden.

Es fiel einer Ehrwürdigen Mutter nie leicht, über die Fesselung nachzudenken, die sie unter Leto II. während der dreitausendfünfhundertjährigen Ausdehnung seines Imperiums erlitten hatten.

Wenn wir diese Zeit ins Auge fassen, strauchelen wir.

Taraza sah ihr eigenes Abbild auf dem dunklen Platz des Fensters und nahm sich in Augenschein. Ihr Gesicht wirkte grimmig, und man sah ihr die Erschöpfung deutlich an.

Und ich habe das Recht, grimmig und müde auszusehen!

Sie wußte, daß man sie während ihrer Ausbildung absichtlich in ein Negativ-Image gezwängt hatte. Es diente ihrer Abwehr und ihrer Stärke. Sie schien allen menschlichen Regungen gegenüber kalt zu sein und war es auch während der Verführungsprüfung gewesen, die sie vor den Zuchtmeisterinnen hatte ablegen müssen. Taraza war in jeder Lage der Advocatus diaboli, und dies war in der gesamten Schwesternschaft zu einer treibenden Kraft geworden – eine natürliche Konsequenz ihrer Erhöhung zur Mutter Oberin. In einer Umgebung dieser Art entwickelte sich schnell Opposition.

Wie die Sufis sagten: *Die Fäulnis des Kerns zieht immer nach außen.*

Aber sie sagten nicht, daß Fäulnis manchmal edel und wertvoll war.

Sie befaßte sich nun mit verläßlicheren Daten: Die Völkerwanderung in die Diaspora hatte die Lehren des Tyrannen mit hinausgetragen. Die Lehren hatten sich zwar auf noch unbekannte Weise verändert, waren aber in ihrer Grundstruktur noch immer zu erkennen. Und irgendwann würde man eine Methode entdecken, um die Unsichtbarkeit eines Nicht-Schiffes auf Null zu bringen. Taraza glaubte nicht, daß die Völker der Diaspora schon soweit waren – zumindest nicht jene, die nun dorthin zurückkehrten, von wo sie einst aufgebrochen waren.

Es gab absolut keinen sicheren Kurs durch die Reihen der einander bekämpfenden Kräfte, aber sie glaubte, daß die Schwesternschaft sich nach bestem Wissen und Gewissen gewappnet hatte. Das Problem war vergleichbar mit dem eines Gildennavigators, der sein Schiff durch die Raumfalten führte, ohne daß es dabei zu Kollisionen kam oder man in eine Gravitationsfalle geriet.

Fallen! Sie waren der Schlüssel. Und Odrade stellte gerade die Fallen der Schwesternschaft für die Tleilaxu auf.

Wenn Taraza über Odrade nachdachte – was in diesen Zeiten des öfteren vorkam –, machte ihre lange Bekanntschaft sie zuversichtlich. Es war, als sähe sie auf einen verblaßten Baldachin, auf dem einige Muster hell geblieben waren. Und am allerhellsten, fußend auf Odrades Stellung, die der der Bene Gesserit-Kommandozentrale äußerst nahe war, war der Punkt, der ihre Fähigkeit symbolisierte, die Einzelheiten zu überblicken und einen überraschenden Konflikt heraufzubeschwören. Es hatte mit der gefährlichen Gabe der Hellseherei zu tun, die sie den Atreides verdankte und die ihr insgeheim von Nutzen war. Daß sie dieses verborgene Talent einsetzte, hatte die größte Opposition hervorgerufen. Und dieses Argument, das mußte sogar Taraza zugeben, hatte das größte Gewicht. Das Problem war, daß diese Fähigkeit tief in ihrem Inneren verankert war und sich nur bei gelegentlichen heftigen Turbulenzen offenbarte!

»Setzt sie ein, aber seid stets bereit, sie zu eliminieren!« hatte Taraza gesagt. »Immerhin haben wir noch den größten Teil ihrer Nachkommen.«

Taraza wußte, daß sie sich auf Lucilla verlassen konnte ... – vorausgesetzt, sie hatte es irgendwie geschafft, mit Teg und dem Ghola zusammen unterzutauchen. In der Festung auf Rakis lauerten natürlich schon andere Meuchelmörder. Die Waffe mußte sehr bald scharfgemacht werden.

Taraza spürte plötzlich, wie in ihr alles durcheinandergeriet. Ihre Weitergehenden Erinnerungen empfahlen ihr äußerste Vorsicht. Sie durften nie wieder die Kontrolle über die Zuchtreihen verlieren! Ja, wenn Odrade einem Eliminierungsversuch entkam, würde sie für immer eine Entfremdete sein. Odrade war eine vollwertige Ehrwürdige Mutter, und einige andere mußten sich immer noch draußen in der Diaspora aufhalten – zwar nicht unter den Geehrten Matres, die die Schwesternschaft observiert hatte, aber immerhin ...

Nie wieder! Das war das geltende Motto. Nie wieder einen neuen Kwisatz Haderach oder einen neuen Tyrannen.

Kontrolliert die Erzeuger! Kontrolliert ihren Nachwuchs!

Ehrwürdige Mütter starben nicht, wenn ihr Körper starb. Sie versanken immer tiefer im Lebenskern der Bene Gesserit, bis ihre beiläufige Schulung und sogar ihre unbewußten Beobachtungen zu einem Teil der weiterexistierenden Schwesternschaft wurden.

In bezug auf Odrade keine Fehler begehen!

Die an Odrade gerichtete Antwort erforderte eine spezielle Artikulation und außergewöhnliche Sorgfalt. Odrade, die bestimmte begrenzte Gefühle zuließ – sie nannte sie ›milde Wärme‹ –, verteidigte den Standpunkt, daß Gefühle wertvolle Erkenntnisse lieferten, wenn man darauf achtete, daß sie einen nicht leiteten. Taraza sah in dieser *milden Wärme* einen Weg in ihr Herz – eine tödliche Öffnung.

Ich weiß, was du von mir hältst, Dar, mit deiner milden Wärme gegenüber einer alten Schulkameradin. Du hältst mich für eine potentielle Gefahr für die Schwesternschaft, aber du glaubst, daß wachsame ›Freunde‹ mich retten könnten.

Taraza wußte, daß einige ihrer Beraterinnen Odrades Meinung teilten, ihr ruhig zuhörten und sich eines Urteils enthielten. Zwar folgten die meisten von ihnen immer noch der Führung der Mutter Oberin, aber viele wußten von Odrades Talent und anerkannten ihre Zweifel. Nur eine Sache hielt den Hauptteil der Schwestern in der Reihe, und Taraza wollte gar nicht erst versuchen, sich selbst etwas vorzumachen.

Jede Mutter Oberin handelte aus einer grundlegenden Treue zur Schwesternschaft heraus. Nichts durfte den Fortbestand der Bene Gesserit gefährden – nicht einmal sie selbst. In ihrer präzisen und äußerst selbstkritischen Art überdachte Taraza ihre Beziehung zum Fortbestand der Schwesternschaft.

Es gab offensichtlich keine Notwendigkeit für eine sofortige Eliminierung Odrades. Trotzdem – sie war dem Zentrum des Ghola-Plans so nahe, daß kaum etwas, das in ihrer Umgebung passierte, ihrer empfindlichen Wahrnehmungsfähigkeit entgehen konnte. Vieles von dem, was man ihr nicht gesagt hatte, würde ihr bekannt werden. Das Atreides-Manifest war schon ein Risiko gewesen. Odrade, die genau die Richtige gewesen war, um es zu verfassen, konnte im Zuge dieser Arbeit nur zu einem tieferen Verständnis der Dinge gekommen sein, auch wenn die Worte selbst die letzte Barriere der Offenbarung waren.

Taraza wußte, daß Waff dies zu würdigen wußte.

Sie wandte sich vom dunklen Fenster ab und ging zu ihrem Stuhlhund zurück. Der Augenblick der mißlichen Entscheidung – ob es Sinn hatte oder nicht – konnte verschoben werden, aber in der Zwischenzeit mußte sie bestimmte Schritte ergreifen. Sie legte sich eine Rohbotschaft zurecht und beschäftigte sich näher mit ihr, während sie gleichzeitig nach Burzmali schickte. Der Lieblingsschüler des Bashars mußte in Marsch gesetzt werden – aber nicht so, wie Odrade es sich wünschte.

Die Botschaft an Odrade war im wesentlichen einfach:

»Hilfe ist unterwegs. Du bestimmst die Lage, Dar! Wo die Sicherheit des Mädchens Sheeana gefährdet ist, vertraue deinem eigenen Urteil! In allen anderen Dingen, die nicht mit meinen Befehlen kollidieren, führe den Plan aus!«

Da. Das war es. Odrade hatte ihre Instruktionen, die Grundlagen, die sie als ›den Plan‹ hinnehmen würde, selbst wenn ihr auffallen sollte, daß er unvollständig aussah.

Odrade würde gehorchen. Das ›Dar‹ würde sie beschwichtigen, dachte Taraza. Dar und Tar. Aus der Dar-und-Tar-Richtung war der Weg zu Odrades *milder Wärme* nicht sonderlich gut geschützt.

> *Die lange Tafel zur Rechten ist für ein Bankett mit gebratenem Wüstenhasen in Sauce Cepeda gerichtet. Die anderen Teller, vom hinteren Tischende im Uhrzeigersinn gesehen, sind gefüllt mit Sirianischer Aplomage, Chukka unter Glas, Melangekaffee (man beachte das Falkensymbol der Atreides auf der Kaffeemaschine!) und Pot-a-oie. In der balutanischen Kristallflasche funkelt caladanischer Wein. Man beachte den uralten Giftdetektor, der im Kronleuchter verborgen ist!*
>
> Dar-es-Balat
> Beschreibung eines Museumsraums

Teg fand Duncan in dem winzigen Speisealkoven neben der funkelnden Küche der Nicht-Kugel. Als er in dem Gang, der zum Alkoven führte, stehenblieb, studierte er Duncan mit Sorgfalt. Sie waren jetzt acht Tage hier, und jetzt schien der Junge sich endlich von der eigenartigen Rage erholt zu haben, die ihn ergriffen hatte, als sie in die Einstiegsröhre der Kugel geklettert waren.

Sie waren durch eine kleine Höhle gegangen, in der es nach einem einheimischen Bären gerochen hatte. Der Fels, der die Höhlenrückwand ausmachte, war kein Fels, aber er hätte ohne weiteres der sorgfältigsten Überprüfung standgehalten. Ein winziger Felsvorsprung setzte sich in Bewegung, wenn man den geheimen Kode kannte – oder über ihn stolperte. Die kreisende, verdrehte Bewegung öffnete die gesamte Rückwand der Höhle.

Die Einstiegsröhre – sie wurde automatisch hell ausgeleuchtet, wenn man das Portal hinter sich schloß – wies an Wänden und Decke die Greifen der Harkonnens auf. Teg hatte sich vorgestellt, wie der junge Patrin irgendeines Tages auf diese Anlage gestoßen war. *(Der Schock! Die Ehrfurcht! Der Stolz!)* Er hatte deswegen nicht auf Duncans Reaktion geachtet – bis ein leises Knurren in dem engen Raum immer lauter geworden war.

Duncan stand knurrend (es war beinahe ein Stöhnen) mit geballten Fäusten an der Wand zur Rechten und musterte den Harkonnen-Greifen. Auf seinem Gesicht kämpften Wut und Verwirrung um die Oberhand. Er hob beide Fäuste und drosch damit auf das Symbol ein, bis sie bluteten.

»Sollen sie in den tiefsten Regionen der Hölle schmoren!« schrie er.

Es war ein seltsam erwachsener Fluch, der da aus einem jugendlichen Mund kam.

Nachdem die Worte heraus waren, verfiel Duncan in ein unkontrolliertes Zittern. Lucilla legte einen Arm um ihn und streichelte auf eine zärtliche, fast sinnliche Weise seinen Hals, bis das Zittern verebbte.

»Warum habe ich das getan?« fragte Duncan leise.

»Du wirst es wissen, wenn du deine ursprünglichen Erinnerungen wiederhast«, sagte sie.

»*Harkonnens*«, flüsterte Duncan hart und wurde rot. Er schaute zu Lucilla auf. »Warum hasse ich sie so?«

»Worte können es nicht erklären«, sagte sie. »Du wirst auf die Erinnerungen warten müssen.«

»Ich will keine Erinnerungen!« Duncan warf Teg einen überraschten Blick zu. »Doch! Doch, ich will sie!«

Später, als er im Speisealkoven der Nicht-Kugel in Tegs Gesicht sah, kehrten seine Gedanken offenbar an diesen Zeitpunkt zurück.

»Wann, Bashar?«

»Bald.«

Teg sah sich um. Duncan saß allein an einem sich selbst reinigenden Tisch. Vor ihm stand ein Becher mit einer braunen Flüssigkeit. Teg erkannte den Geruch: eine der vielen melangegewürzten Flüssigkeiten aus den Nullentropie-Behältern. Die Behälter waren eine Schatzkammer, was exotische Nahrung, Kleidung, Waffen und andere Artefakte anging – ein Museum, dessen Wert unschätzbar war. Die gesamte Kugel war von einer dünnen Staubschicht überzogen, aber die hier eingelagerten Dinge waren bestens erhalten. Sogar das kleinste Stückchen Nahrung war mit Melange gewürzt, in einer Menge, die nur dann süchtig machte, wenn man ein Vielfraß war. Trotzdem: der Geschmack war überall. Man hatte sogar das konservierte Obst mit dem Gewürz bestäubt.

Die braune Flüssigkeit in Duncans Becher gehörte zu den Dingen, die Lucilla gekostet und als ausdrücklich lebenserhaltend eingestuft hatte. Teg wußte nicht genau, wie die Ehrwürdigen Mütter dies fertigbrachten, aber seine Mutter hatte dies auch gekonnt. Ein Biß – und sie kannte die Bestandteile jedweder Nahrung oder eines Getränks.

Ein Blick auf die verzierte Uhr in der gegenüberliegenden Wand zeigte Teg, daß es später war, als er gedacht hatte: die dritte Stunde des örtlichen Nachmittags war angebrochen. An sich hätte Duncan noch im Übungsraum sein sollen, aber nachdem Teg Lucilla hatte in den oberen Regionen der Kugel verschwinden sehen, war er der Ansicht gewesen, dies sei eine gute Gelegenheit für ein Gespräch unter vier Augen.

Er zog sich einen Stuhl heran und setzte sich Duncan gegenüber an den Tisch.

»Ich hasse diese Uhren!« sagte Duncan.

»Du haßt alles hier«, sagte Teg, aber er warf einen erneuten Blick auf die Uhr. Es war eine Antiquität: sie hatte ein rundes

Zifferblatt, zwei einander ähnliche Zeiger und einen Digitalzähler für die Sekunden. Die beiden Zeiger waren priapisch – nackte menschliche Gestalten. Ein großer Mann mit einem gewaltigen Phallus und eine schlanke Frau mit weit gespreizten Beinen. Wenn die beiden Zeiger sich trafen, sah es so aus, als dringe der Mann in die Frau ein.

»Vulgär«, stimmte Teg ihm zu. Er deutete auf Duncans Getränk: »Schmeckt es dir?«

»Es ist in Ordnung, Sir. Lucilla meint, ich sollte es nach der Übung trinken.«

»Meine Mutter hat mir immer ein ähnliches Getränk gemixt – bevor ich zur Übungsstunde ging«, sagte Teg. Er beugte sich vor und inhalierte. Dabei erinnerte er sich an den Nachgeschmack, den würzigen Duft der Melange.

»Wie lange müssen wir noch hierbleiben, Sir?« fragte Duncan.

»Bis wir von den richtigen Leuten gefunden werden oder wir sicher sein können, daß uns niemand finden wird.«

»Aber ... wie werden wir das wissen, so abgeschnitten, wie wir hier sind?«

»Wenn ich der Meinung bin, der rechte Zeitpunkt sei da, nehme ich die Schilddecke und werde mich draußen umsehen.«

»Ich *hasse* diesen Ort!«

»Das sehe ich. Aber hast du nichts über Geduld gelernt?«

Duncan verzog das Gesicht. »Sir, warum verhindern Sie, daß ich mit Lucilla allein bin?«

Teg, der, während Duncan sprach, die Luft einsog, hielt den Atem an. Der Junge hatte es also gemerkt. Und wenn er es wußte, mußte Lucilla es auch wissen!

»Ich glaube nicht, daß Lucilla weiß, was Sie tun, Sir«, sagte Duncan, »aber allmählich müßte sie Ihnen draufkommen.« Er sah sich um. »Würde dieser Raum nicht so viel ihrer Aufmerksamkeit beanspruchen ... Wo geht sie sonst schon hin?«

»Ich glaube, sie ist oben in der Bibliothek.«

»Bibliothek!«

»Ganz meine Meinung: primitiv, aber faszinierend.« Teg hob den Blick und musterte die verschnörkelte Zimmerdecke. Der

Augenblick der Entscheidung war gekommen. Er konnte nicht davon ausgehen, daß er Lucilla noch länger an der Nase herumführen konnte. Teg teilte allerdings ihre Faszination. Es war leicht, sich angesichts dieser Wunder selbst zu verlieren. Der gesamte Nicht-Kugel-Komplex – er durchmaß etwa zweihundert Meter – war ein Fossil, aber ein gut gewartetes. Teg schätzte, daß sie viel älter war als die des Tyrannen.

Wenn Lucilla darüber sprach, nahm ihre Stimme einen heiseren, flüsternden Tonfall an. »Gewiß hat der Tyrann von diesem Ort gewußt.«

Tegs Mentatenbewußtsein hatte sich sofort in diese Vorstellung vertieft. *Warum hat der Tyrann es der Familie Harkonnen gestattet, einen so großen Teil ihres Restvermögens in ein solches Unternehmen zu investieren? Vielleicht aus einem einzigen Grund: um sie finanziell auszubluten.*

Die Kosten für die Bestechungsgelder und die Gildentransporte der ixianischen Anlagen mußten astronomisch gewesen sein.

»Hat der Tyrann gewußt, daß wir diesen Ort eines Tages brauchen würden?« hatte Lucilla gefragt.

Aufgrund der hellseherischen Kräfte, die Leto II. oft genug demonstriert hatte, konnte Teg ihr nur zustimmen.

Als er den Blick nun auf Duncan richtete, der ihm gegenübersaß, fühlte Teg, wie sich seine Nackenhaare aufrichteten. Irgend etwas an diesem Harkonnen-Versteck kam ihm gespenstisch vor – als wäre der Tyrann einst selbst hier gewesen. Was war aus den Harkonnens geworden, die die Kugel gebaut hatten? Teg und Lucilla hatten nicht den geringsten Hinweis auf die Frage gefunden, warum die Kugel nie benutzt worden war.

Keiner von ihnen konnte sich in der Nicht-Kugel bewegen, ohne das akute Gefühl der Geschichte zu verspüren. Teg sah sich ständig mit unbeantworteten Fragen konfrontiert.

Auch dazu hatte Lucilla einen Kommentar abgegeben.

»Wohin sind sie gegangen? In meinen Weitergehenden Erinnerungen gibt es nicht den allerkleinsten Hinweis.«

»Hat der Tyrann sie herausgelockt und umgebracht?«

»Ich sehe mich mal in der Bibliothek um. Vielleicht stoße ich irgendeines Tages auf etwas.«

Während der ersten beiden Tage, die sie hier verbracht hatten, hatten Teg und Lucilla die Kugel einer eingehenden Untersuchung unterzogen. Ein schweigender und schwermütiger Duncan war mit ihnen getrottet, als fürchtete er sich davor, alleingelassen zu werden. Jede neue Entdeckung hatte sie schokkiert oder mit Ehrfurcht erfüllt.

Einundzwanzig Skelette, konserviert in transparentem Plaz an einer Wand in der Nähe des Mittelpunkts! Makabre Beobachter eines jeden, der an ihnen vorbei zu den Maschinenräumen oder Nullentropie-Behältern ging.

Patrin hatte Teg von den Skeletten erzählt. Bei seinen ersten Untersuchungen der Kugel hatte Patrin Aufzeichnungen gefunden, die besagten, daß die Toten jene Handwerker gewesen seien, die die Anlage errichtet hatten. Die Harkonnens hatten sie umgebracht, um das Geheimnis ihres Verstecks zu bewahren.

Insgesamt gesehen war die Kugel eine bemerkenswerte Einrichtung, eine zeitlose Zone, abgeschottet von der gesamten Außenwelt. Nach all den Jahrtausenden erzeugte ihre reibungslos funktionierende Maschinerie noch immer eine Tarnprojektion, die nicht einmal die modernsten Instrumente vom echten Erd- und Felshintergrund unterscheiden konnten.

»Dieser Ort muß unbeschädigt der Schwesternschaft übergeben werden«, sagte Lucilla immer wieder. »Es ist eine Schatzkammer! Sie haben sogar ihre Familien-Zuchtunterlagen aufbewahrt!«

Aber das war nicht alles, was die Harkonnens hier konserviert hatten. Was immer Teg auch im Innern der Kugel berührte – er fühlte sich fortwährend abgestoßen. Wie etwa bei der Uhr. Kleider, Instrumente zur Instandhaltung der Einrichtung, für Bildungs- und Vergnügungszwecke – all dies trug den Harkonnensstempel, der protzend ihre sorglose Einstellung zur Schau stellte, daß sie allen anderen Menschen und Standards überlegen waren.

Erneut stellte Teg sich Patrin als Jugendlichen in dieser Umgebung vor. Er konnte kaum älter als der Ghola gewesen sein. Was hatte ihn dazu gebracht, dieses Geheimnis für sich zu behalten? Nicht einmal seine Frau wußte davon. Patrin hatte die Gründe seiner Verschwiegenheit niemals angesprochen, aber

Teg zog seine eigenen Schlüsse. Eine unglückliche Kindheit. Das Bedürfnis nach einem eigenen Geheimversteck. Freunde, die keine Freunde waren, sondern nur Leute, die darauf warteten, einen verhöhnen zu können. Mit Zeitgenossen dieser Art teilte man natürlich ein solches Wunder nicht. Das Geheimnis hatte ihm allein gehört! Dies hier war mehr als nur ein Ort einsamer Zurückgezogenheit. Für Patrin war es das Symbol seines Sieges gewesen.

»*Ich habe viele glückliche Jahre dort verbracht, Bashar. Alles funktioniert noch. Die Aufzeichnungen sind zwar uralt, aber vortrefflich, wenn man erst einmal den Dialekt versteht. Der Ort birgt eine Menge Wissen. Aber Sie werden es verstehen, wenn Sie erst einmal dort sind. Sie werden viele Dinge verstehen, von denen ich Ihnen nie erzählt habe.*«

Der antike Übungsraum zeugte davon, daß Patrin ihn regelmäßig benutzt hatte. Er hatte den Waffenkode der Automaten auf eine Weise verändert, die Teg erkannte. Die Zeitnehmer zeugten von schweißtreibenden Stunden und komplizierten Übungen. Die Kugel erklärte jene Fähigkeiten, die Teg an Patrin stets bemerkenswert gefunden hatte. Hier hatte sich ein Naturtalent den letzten Schliff gegeben.

Die Automaten der Nicht-Kugel waren eine andere Sache.

Die meisten bewiesen, daß ihre Besitzer sich wenig um das Verbot derartiger Anlagen geschert hatten. Aber mehr noch: manche waren so umfunktioniert worden, daß sie die übelkeiterzeugenden Geschichten, die man sich über die Harkonnens erzählte, geradezu bestätigten. Schmerz als Genuß! Diese Dinge erklärten die unbeugsamen Moralvorstellungen, die Patrin von Gammu mitgebracht hatte, auf ihre eigene Weise.

Der Abscheu erschuf seine eigene Verhaltensweise.

Duncan nahm einen großen Schluck aus seinem Becher und sah Teg über den Rand des Gefäßes hinweg an.

»Warum bist du allein hier heruntergekommen, obwohl ich dich bat, die letzte Übungsrunde abzuschließen?« fragte Teg.

»Die Übungen waren sinnlos.« Duncan stellte seinen Becher ab.

Nun, Taraza, du hast dich geirrt, dachte Teg. *Er ist jetzt schon auf völlige Unabhängigkeit aus – früher, als du vorhergesagt hast.*

Des weiteren sprach Duncan ihn nicht mehr mit ›Sir‹ an.

»Du zeigst Ungehorsam?«

»Das ist es nicht.«

»Was ist es *dann*?«

»Ich muß *wissen*.«

»Du wirst mich nicht mehr besonders mögen, wenn du Bescheid weißt.«

Duncan sah überrascht auf. »Sir?«

Ahhh, er sagt wieder ›Sir‹!

»Ich habe dich darauf vorbereitet, gewisse Arten äußerst starker Schmerzen auszuhalten«, sagte Teg. »Es ist notwendig, bevor wir dir deine ursprünglichen Erinnerungen zurückgeben können.«

»Schmerzen, Sir?«

»Wir kennen keine andere Methode, den ursprünglichen Duncan Idaho zurückzubringen – jenen, der starb.«

»Sir, wenn Sie das können, werde ich Ihnen nur dankbar sein.«

»Das sagst du jetzt. Aber es kann gut möglich sein, daß du in mir dann nichts anderes mehr siehst als eine der Peitschen in den Händen jener, die dich ins Leben zurückgerufen haben.«

»Ist es nicht besser, wenn man Bescheid weiß, Sir?«

Teg preßte den Handrücken gegen seinen Mund. »Falls du mich dann haßt ... Ich könnte nicht sagen, daß ich es dir übelnehmen würde.«

»Sir, wenn Sie an meiner Stelle wären ... – würden Sie dann genauso fühlen?« Duncans Haltung, der Ton seiner Stimmlage, sein Gesichtsausdruck – all das zeigte bebende Verwirrung.

So weit, so gut, dachte Teg. Die Vorgehensweise war mit einer Präzision in Angriff genommen worden, die verlangte, daß man jede Reaktion des Gholas mit außerordentlicher Sorgfalt interpretierte. Duncan war nun von Ungewißheit erfüllt. Er wollte etwas – und gleichzeitig fürchtete er es.

»Ich bin lediglich dein Lehrer, nicht dein Vater!« sagte Teg.

Duncan zuckte vor dem rauhen Tonfall zusammen. »Sind Sie nicht mein Freund?«

»Das ist eine zweischneidige Sache. Der Original-Duncan wird sich diese Frage selbst beantworten müssen.«

Auf Duncans Augen legte sich ein Schleier. »Werde ich mich an diesen Ort, an die Festung, an Schwangyu ... erinnern?«

»An alles. Du wirst eine Zeitlang einer Art Doppelerinnerung ausgesetzt sein, aber du wirst dich an alles erinnern.«

Ein zynischer Ausdruck legte sich auf das junge Gesicht, aber als Duncan sprach, klang er verbittert. »Also werden Sie und ich zu Genossen werden.«

Indem Teg die Kommandostimme eines Bashars einsetzte, folgte er genauestens den Wiedererweckungsvorschriften.

»Ich bin nicht sonderlich darauf aus, dein Genosse zu werden.« Er musterte Duncans Gesicht mit einem forschenden Blick. »Aus dir könnte eines Tages ein Bashar werden. Ich schließe nicht aus, daß du das Zeug dazu hast. Aber bis dahin werde ich längst tot sein.«

»Sie verbrüdern sich nur mit Bashars?«

»Patrin war mein Genosse, obwohl er nie über die Position eines Zugführers hinauskam.«

Duncan schaute in seinen leeren Becher, dann sah er Teg an. »Warum haben Sie sich nichts zu trinken bestellt? Sie haben dort oben doch auch hart gearbeitet.«

So fragt man Leute aus. Es brachte nichts ein, wenn man seine Jugend unterschätzte. Er wußte, daß die gemeinsame Einnahme von Speisen zu den ältesten Ritualen der Verbrüderung gehörte.

»Der Geruch deines Getränks war genug«, sagte Teg. »Alte Erinnerungen. Ich brauche sie im Augenblick nicht.«

»Warum sind Sie dann heruntergekommen?«

Da war es wieder. Die junge Stimme offenbarte es – Hoffnung und Furcht. Er wollte, daß Teg etwas Bestimmtes sagte.

»Ich wollte den Versuch unternehmen, einmal abzumessen, wie weit die Übungen dich schon gebracht haben«, sagte Teg. »Deswegen mußte ich herunterkommen und dich ansehen.«

»Warum so vorsichtig?«

Hoffnung und Furcht! Es war an der Zeit, den Brennpunkt genauestens zu verlagern.

»Ich habe noch nie einen Ghola ausgebildet.«

Ghola. Das Wort hing mitten in der Luft zwischen ihnen. Es haftete an den Kochdünsten, die die Filter der Kugel der Atmosphäre noch nicht entzogen hatten. *Ghola!* Es wurde verschärft vom Gewürzaroma aus Duncans leerem Becher.

Duncan beugte sich wortlos vor. Sein Ausdruck wirkte begierig. Teg fiel Lucillas Beobachtung ein: »*Er weiß, wie man mit dem Schweigen umgeht.*«

Als es offensichtlich wurde, daß Teg keine weiteren Ausführungen dazu machen würde, lehnte Duncan sich mit einem enttäuschten Gesichtsausdruck zurück. Sein linker Mundwinkel zog sich nach unten. Er wirkte düster und verbittert. Alles verlagerte sich nach innen, so wie es sein mußte.

»Du bist nicht hier heruntergekommen, um allein zu sein«, sagte Teg. »Du bist hier, um dich zu verstecken. Du versteckst dich immer noch hier – und du glaubst, niemand wird dich je finden.«

Duncan legte eine Hand vor seinen Mund. Es war das Signal, auf das Teg gewartet hatte. Die Instruktionen für diesen Moment waren klar: »*Der Ghola möchte seine ursprünglichen Erinnerungen zurückhaben. Gleichzeitig fürchtet er sich davor. Das ist die Hauptbarriere, die du durchbrechen mußt.*«

»Nimm die Hand vom Mund!« befahl Teg.

Duncan ließ die Hand fallen, als hätte er sie sich verbrannt. Er starrte Teg an wie ein in die Falle gegangenes Tier.

»*Sprich die Wahrheit!*« sagten Tegs Instruktionen. »*In diesem Augenblick wird der Ghola mit all seinen Sinnen in dein Herz blikken!*«

»Ich möchte, daß du folgendes weißt«, sagte Teg. »Ich verabscheue das, was die Schwesternschaft mir in bezug auf dich aufgetragen hat.«

Duncan schien sich in sich selbst zu verkriechen. »Was hat man Ihnen befohlen?«

»Die Fähigkeiten, die ich dir vermitteln sollte, sind mangelhaft.«

»M-mangelhaft?«

»Ein Teil davon war deine charakterliche Bildung. In dieser Hinsicht haben wir dich auf die Ebene eines Regimentskommandeurs gebracht.«

»Mehr als Patrin?«

»Warum mußt du mehr sein als Patrin?«

»War er nicht Ihr Kamerad?«

»Ja.«

»Sie sagten, er sei nie mehr geworden als Zugführer!«

»Patrin war durchaus in der Lage, das Kommando über eine ganze Multi-Planeten-Einheit zu übernehmen. Er war ein taktischer Zauberer, dessen Weisheit mir bei vielen Gelegenheiten dienstbar war.«

»Aber Sie sagten, er sei nie ...«

»Er hat es so gewollt. Der niedrige Rang verlieh ihm den Allerweltscharakter, der uns beiden sehr oft nützlich war.«

»Regimentskommandeur?« Duncans Stimme war kaum mehr als ein Flüstern. Er starrte auf die Tischplatte.

»Du hast das intellektuelle Verständnis, das man für diese Funktion braucht. Du bist zwar ein wenig ungestüm, aber das glättet gewöhnlich die Erfahrung. Wie du die Waffen einsetzt, ist ungewöhnlich für dein Alter.«

Ohne Teg anzusehen, sagte Duncan: »Wie alt bin ich ... Sir?«

Wie die Instruktionen ihn gewarnt hatten: *Der Ghola wird sich an der zentralen Frage festbeißen: »Wie alt bin ich?« Wie alt ist ein Ghola?*

Mit kalter und vorwurfsvoller Stimme sagte Teg: »Wenn du dein Ghola-Alter erfahren möchtest, warum fragst du nicht danach?«

»Wie ... wie hoch ist dieses Alter, Sir?«

In der jugendlichen Stimme schwang ein solches Elend mit, daß Teg spürte, wie seine Augenwinkel sich mit Tränen füllten. Aber auch davor hatte man ihn gewarnt. *»Zeigen Sie nicht zuviel Anteilnahme!«* Teg überspielte den Augenblick mit einem Räuspern. Dann sagte er: »Das ist eine Frage, die du nur selbst beantworten kannst.«

Die Instruktionen waren völlig klar: *»Geben Sie die Frage zurück! Er muß sich seinem Innern zuwenden. Emotionaler Schmerz ist während dieses Prozesses ebenso wichtig wie der körperliche.«*

Duncan fröstelte und gab einen tiefen Seufzer von sich. Er preßte die Lider aufeinander. Als Teg sich zu ihm an den Tisch gesetzt hatte, hatte er noch gedacht: *Ist es jetzt soweit? Wird er es jetzt tun?* Aber Tegs vorwurfsvoller Tonfall und seine verbalen

Angriffe kamen völlig unerwartet. Und jetzt sprach er auch noch gönnerhaft.

Er protegiert mich!

Zynische Verärgerung machte sich in Duncan breit. Hielt Teg ihn für einen solchen Narren, daß er glaubte, ihn mit der gewöhnlichsten List hereinlegen zu können? *Die Tonlage der Stimme und das Verhalten allein können den Willen eines anderen unterwerfen.* Duncan witterte in dieser Gönnerhaftigkeit jedoch noch etwas anderes: ein Kern aus Plastahl, der undurchdringlich war. Integrität ... Absicht. Und Duncan hatte das Wasser in seinen Augen ebenso gesehen wie die es verdeckende Geste.

Er öffnete die Augen, sah Teg geradeheraus an und sagte: »Ich möchte nicht respektlos, undankbar oder rüde wirken, Sir, aber ohne Antworten komme ich nicht weiter.«

Tegs Instruktionen besagten: »*Wenn der Ghola nicht mehr weiter weiß, werden Sie es erkennen. Kein Ghola wird dies zu verbergen versuchen. Es ist wesentlich für ihre Psyche. Sie werden es an seiner Stimme und seiner Haltung erkennen.*«

Duncan hatte den kritischen Punkt fast erreicht. Für Teg war Schweigen jetzt das Gebot der Stunde. Er mußte Duncan zwingen, seine Fragen zu stellen. Er mußte seinen eigenen Kurs einschlagen.

»Wußten Sie, daß ich einst mit dem Gedanken spielte, Schwangyu zu töten?« fragte Duncan.

Teg öffnete den Mund und schloß ihn wieder, ohne etwas gesagt zu haben. *Schweigen!* Aber der Junge meinte es ernst!

»Ich hatte Angst vor ihr«, sagte Duncan. »Und ich habe nicht gern Angst.« Er senkte den Blick. »Sie haben mir einmal erzählt, daß wir nur das hassen, was wirklich gefährlich für uns ist.«

»*Er wird näherkommen und sich zurückziehen, immer wieder. Warten Sie, bis er abstürzt!*«

»Sie hasse ich nicht«, sagte Duncan und sah Teg wieder an. »Ich habe mich zwar geärgert, als Sie mich als *Ghola* bezeichneten. Aber Lucilla hat recht. Man sollte sich über die Wahrheit nicht ärgern, auch wenn sie einem weh tut.«

Teg rieb sich die Lippen. Der Wunsch zu sprechen erfüllte ihn, aber es war noch zu früh.

»Überrascht es Sie nicht, daß ich den Gedanken ins Auge faßte, Schwangyu zu töten?« fragte Duncan.

Teg blieb bewegungslos. Selbst wenn er den Kopf geschüttelt hätte, wäre dies eine Antwort gewesen.

»Ich hatte vor, ihr etwas in ein Getränk zu schütten«, sagte Duncan. »Aber so geht nur ein Feigling vor, und ein Feigling bin ich nicht. Was immer ich auch bin – jedenfalls bin ich kein Feigling.«

Teg schwieg. Er bewegte sich nicht.

»Ich glaube, Sie sorgen sich wirklich um das, was mit mir geschieht, Bashar«, sagte Duncan. »Aber Sie haben recht: Wir werden niemals Genossen sein. Wenn ich überlebe, werde ich noch da sein, wenn Sie nicht mehr sind. Und dann ... wird es zu spät für uns sein, Genossen zu werden. Sie haben die Wahrheit gesagt.«

Teg konnte nicht verhindern, daß er tief Luft holte und sich auf Mentatenart klarmachte, daß die Anzeichen der Stärke in Duncan unübersehbar waren. Irgendwann, vor kurzer Zeit, möglicherweise gerade hier und jetzt, hatte Duncan aufgehört, ein Jugendlicher zu sein. Er war ein Mann geworden. Diese Erkenntnis stimmte Teg traurig. Es ging so schnell! Vom Kind zum Erwachsenen. Ohne zwischendurch ein Heranwachsender zu sein.

»Lucilla kümmert es im Grunde kaum, was mit mir passiert«, sagte Duncan. »Sie führt lediglich die Befehle der Mutter Oberin Taraza aus.«

Noch nicht! hielt Teg sich zurück. Er befeuchtete mit der Zunge seine Lippen.

»Sie haben Lucillas Pläne hintertrieben«, sagte Duncan. »Was hat man ihr aufgetragen, mir zu tun?«

Der Augenblick war gekommen. »Was, glaubst du, soll sie tun?« fragte Teg.

»Ich weiß es nicht!«

»Der echte Duncan Idaho würde es wissen.«

»Sie wissen es! Warum sagen Sie es mir nicht?«

»Ich soll nur dabei helfen, deine ursprünglichen Erinnerungen wieder hervorzuholen.«

»Dann tun Sie es!«

»Nur du kannst es wirklich tun.«

»Ich weiß nicht wie!«

Teg beugte sich auf der Kante des Stuhls vor, aber er sagte nichts. *Ist dies der Absturzpunkt?* Irgend etwas an Duncans Verzweiflung schien ihm noch zu fehlen.

»Sie wissen, daß ich von den Lippen ablesen kann, Sir«, sagte Duncan. »Ich war einmal auf dem Aussichtsturm. Und da sah ich Lucilla und Schwangyu, die sich unter mir unterhielten. Schwangyu sagte: ›Kümmere dich nicht darum, daß er noch so jung ist! Du hast deine Befehle!‹«

In erneutem vorsichtigem Schweigen sah Teg Duncan an. Das sah ihm ähnlich: heimlich in der Festung herumzuschleichen, zu spionieren, nach Wissen Ausschau zu halten. Selbst jetzt saß er in dieser Erinnerungshaltung da, ohne sich klarzumachen, daß er immer noch spionierte und suchte – wenn auch auf andere Weise.

»Ich nahm nicht an, daß sie mich töten sollte«, sagte Duncan, »aber Sie wissen, was sie tun sollte, weil Sie es verhindert haben.« Duncan schlug mit der Faust auf die Tischplatte. »Antworten Sie, verdammt noch mal!«

Ahhh, der Punkt ist erreicht!

»Ich kann dir nur sagen, daß ihre Absichten meine Befehle behindern. Taraza hat mich persönlich abkommandiert, um dich zu stärken und dich vor Schäden zu bewahren.«

»Aber Sie sagten – meine Ausbildung sei mangelhaft.«

»Notwendigerweise. Und zwar deswegen, um dich auf deine Original-Erinnerungen vorzubereiten.«

»Was erwartet man von mir?«

»Du weißt es schon.«

»Ich weiß es *nicht*, das sage ich doch! Bitte, sagen Sie mir ...!«

»Du weißt so viel über Dinge, die dich niemand gelehrt hat. Haben wir dir etwa Ungehorsam beigebracht?«

»Bitte, helfen Sie mir!« Es war ein verzweifeltes Jammern.

Teg zwang sich zu eiskalter Zurückhaltung. »Was, bei der niederen Hölle, glaubst du, tue ich?«

Duncan ballte die Hände zu Fäusten und schlug auf den Tisch. Sein Becher hüpfte. Er sah Teg an. Dann legte sich ein seltsamer Ausdruck über sein Gesicht. In seinen Augen war etwas Tastendes. »Wer sind Sie?« fragte Duncan leise.

Die Schlüsselfrage!

Tegs Stimme klang wie eine Peitsche, die auf ein schutzloses Opfer zuschnellte: »Für wen hältst du mich?«

Duncans Züge wurden von einem Anflug höchster Verzweiflung entstellt. Er brachte nur ein keuchendes Gestotter hervor: »Sie ... Sie ... sind ...«

»Duncan! Hör auf mit diesem Unsinn!« Teg sprang auf und sah mit zunehmender Verärgerung auf den Jungen hinab.

»Sie ... sind ...«

Tegs Rechte schoß in einem schnellen Bogen vor. Seine offene Handfläche klatschte gegen Duncans Wange. »Wie kannst du es wagen, mir den Gehorsam zu verweigern?« Seine Linke zuckte vor und traf die andere Wange Duncans. »Du *wagst* es?«

Duncan reagierte so schnell, daß Teg eine ihn elektrisierende, totale Schocksekunde erlebte. *Diese Schnelligkeit!* Obwohl Duncans Angriff mehrere Bewegungsphasen umfaßte, erschien ihm alles wie ein verwaschenes Etwas: ein Aufwärtssprung, beide Beine auf dem Stuhl, die Bewegung desselben und das Ausnutzen dieser Bewegung, um den rechten Arm auf Tegs verletzliche Schulternerven niedersausen zu lassen.

Aufgrund seiner antrainierten Instinkte warf Teg sich reaktionsschnell zur Seite und trat mit dem linken Bein über den Tisch hinweg nach Duncans Unterleib. Dennoch entkam er dem Angriff des Jungen nicht ganz. Die heruntersausende Handkante traf die Kniescheibe von Tegs Bein und lähmte es gänzlich.

Duncan fiel auf die Tischplatte und wollte trotz der ihn hindernden Schmerzen des Tritts zurückweichen. Teg riß sich zusammen, packte mit der Linken die Tischkante und drosch mit der Rechten auf Duncans Kreuz ein, das von den Übungen der letzten Tage – mit Vorbedacht – geschwächt war.

Duncan stöhnte auf, als der lähmende Schmerz seinen Leib durchzuckte. Jeder andere wäre jetzt bewegungsunfähig gewesen und hätte aufgeschrien. Aber Duncan stöhnte nur, während er sich vorwärtszog, um den Angriff fortzusetzen.

Unerbittlich – dies war eine Notwendigkeit des Augenblicks

– fuhr Teg damit fort, in seinem Opfer noch größeren Schmerz zu erzeugen. Und er sorgte dafür, daß Duncan stets im Moment der größten Agonie das Gesicht des Mannes sah, der auf ihn einschlug.

»*Achten Sie auf seine Augen!*« warnten die Instruktionen. Und Bellonda, die ihn auf die Prozedur vorbereitet hatte, hatte gesagt: »*Sein Blick wird Sie scheinbar durchdringen, aber er wird Sie Leto nennen.*«

Später war es Teg nicht sonderlich leichtgefallen, sich an jede entsprechende Einzelheit der Wiedererweckungsprozedur zu erinnern. Er wußte, daß es so funktionieren würde, wie man es ihm befohlen hatte, aber seine Gedanken waren anderswo gewesen. Er überließ es seinem Leib, die Befehle auszuführen. Seltsamerweise konzentrierte sich sein Erinnerungsvermögen jetzt auf einen anderen Akt des Ungehorsams: Er sah sich selbst inmitten der Cerbol-Revolte. Er war in den mittleren Jahren gewesen, aber immerhin schon ein Bashar von ausgezeichnetem Ruf. Er hatte die beste Uniform angelegt, und zwar ohne seine Orden (dies erschien ihm passender zu sein), und dann war er auf das hitzeflimmernde Schlachtfeld von Cerbol hinausgegangen. Völlig unbewaffnet. Er hatte sich den näherrückenden Rebellen gestellt!

Viele der Angreifer verdankten ihm das Leben. Die meisten von ihnen hatten ihm einst höchsten Respekt entgegengebracht. Und jetzt waren sie gewalttätig und meuterten. Daß er sich ihnen entgegengestellt hatte, hatte den anrückenden Soldaten gesagt: »Ich werde die Orden, die zeigen, was ich für euch getan habe, als wir noch Kameraden waren, nicht tragen. Ich will nichts von dem sein, das aussagt, ich wäre einer von euch. Ich trage lediglich die Uniform, die zeigt, daß ich noch immer Bashar bin. Bringt mich um, wenn ihr in eurem Ungehorsam so weit gehen wollt!«

Als die meisten der anrückenden Männer die Waffen niedergelegt hatten und herangekommen waren, fielen einige ihrer Befehlshaber vor ihrem alten Bashar auf die Knie. Teg hatte daraufhin gesagt: »Ihr habt euch nie vor mir verbeugen oder auf die Knie fallen müssen! Eure neuen Führer haben euch schlimme Dinge gelehrt.«

Später hatte er den Rebellen zugegeben, daß er einige ihrer Beschwerden anerkannte. Man hatte Cerbol übel mitgespielt. Aber er hatte die Männer auch gewarnt: »Zu den gefährlichsten Dingen im Universum gehört ein unwissendes Volk mit echten Beschwerden. Aber einer informierten und intelligenten Gesellschaft, die Grund zur Beschwerde hat, kommt es nicht einmal nahe. Den Schaden, den eine rachsüchtige Intelligenz anrichten kann, könnt ihr euch nicht einmal vorstellen. Im Vergleich mit dem, was ihr hättet bewirken können, wäre der Tyrann wie ein gütiger Vater erschienen!«

Dies entsprach natürlich alles der Wahrheit, aber in einem Bene Gesserit-Kontext. Und es half nur wenig in der Sache, die man ihm in bezug auf den Duncan Idaho-Ghola befohlen hatte; geistigen und körperlichen Schmerz in einem fast hilflosen Opfer zu erzeugen.

Am leichtesten erinnerte er sich an den Blick in Duncans Augen. Sie wechselten nicht das Objekt ihrer Betrachtung, sondern starrten geradewegs in Tegs Gesicht – sogar im Augenblick seines letzten, hervorgestoßenen Aufschreis: »Verdammt noch mal, Leto! Was hast du vor?«

Er hat mich Leto genannt.

Teg hinkte zwei Schritte zurück. Sein linkes Bein pulsierte, und dort, wo Duncan es getroffen hatte, schmerzte es. Teg fiel auf, daß er keuchte und am Ende seiner Reserven angelangt war. Er war viel zu alt für Anstrengungen dieser Art, und das, was er gerade getan hatte, bewirkte, daß er sich schmutzig fühlte. Die Wiedererweckungsprozedur war jedoch fest in seinem Bewußtsein verankert. Er wußte, daß Gholas, die einmal erwacht waren, unbewußt dazu neigten, jemanden zu töten, der ihnen nahestand. Die Ghola-Psyche, die noch ungefestigt war und gezwungen werden mußte, Formen anzunehmen, trug stets psychologische Narben. Diese neue Technik ließ die Narben in jenem zurück, der den Prozeß durchführte.

Langsam, um den Schmerz der Muskeln und Nerven nicht zu erhöhen, die seine Agonie gelähmt hatte, rutschte Duncan rückwärts vom Tisch ab und lehnte sich gegen den Stuhl. Er zitterte und sah Teg an.

Tegs Instruktionen sagten: »*Sie müssen äußerst ruhig stehen-*

bleiben! Bewegen Sie sich nicht! Wenn er will, lassen Sie sich von ihm ansehen.«

Teg blieb unbeweglich, wie es die Instruktionen vorschrieben. Die Erinnerung an die Cerbol-Revolte verschwand aus seinem Geist: Er wußte, was er damals und heute getan hatte. Auf eine gewisse Weise waren die beiden Fälle einander ähnlich. Er hatte den Rebellen keine letzten Wahrheiten verraten (falls es solche überhaupt gab); nur solche, die sie wieder ins Glied zurückbrachten. Schmerz und die vorhersehbaren Folgen. *»Es ist zu eurem eigenen Besten.«*

War es wirklich gut, was man mit diesem Duncan Idaho-Ghola vorhatte?

Teg fragte sich, was in Duncans Bewußtsein vor sich ging. Man hatte ihm zwar soviel über diesen Augenblick erzählt, wie man wußte, aber er konnte feststellen, daß die wörtlichen Erklärungen die Tatsachen nicht trafen. Duncans Augen und sein Gesicht spiegelten ganz offensichtlich sein inneres Durcheinander wider. Seine Gesichtsmuskeln waren verzerrt, sein Blick wirkte unstet.

Langsam – mit einer einmaligen Langsamkeit – entspannten sich jedoch seine Züge. Duncans Leib bebte jedoch weiterhin. Das Pulsieren seines Körpers erschien ihm wie eine in weiter Ferne stattfindende Sache. Der bohrende Schmerz schien einen anderen Menschen zu betreffen. Aber in diesem Augenblick war er hier – wo auch immer. Seine Erinnerungen würden sich nicht ineinander verstricken. Er kam sich plötzlich fehl am Platze vor – in einem Körper, der viel zu jung für ihn war und nicht zu seiner vorherigen Existenz paßte. Die Schmerzen und Verzerrungen seines Bewußtsein nahmen seine ganze Innenwelt ein.

Tegs Instruktionen hatten gesagt: *»Seine Prä-Ghola-Erinnerungen werden von einem speziellen Filter überlagert. Einige seiner Originalerinnerungen werden in einer Sturzflut zurückkehren. Andere werden langsamer kommen. Es wird jedoch erst zu Verstrickungen kommen, wenn er sich an den Augenblick seines ersten Todes erinnert.«* Bellonda hatte Teg alle bekannten Einzelheiten dieses fatalen Augenblicks mitgeteilt.

»Sardaukar«, flüsterte Duncan. Er schaute auf die Harkonnen-Symbole, die überall in der Nicht-Kugel zu finden waren. »Die Kerntruppen des Kaisers tragen Harkonnen-Uniformen!« Ein wölfisches Grinsen verzerrte seinen Mund. »Wie müssen sie es verabscheut haben!«

Teg blieb still und wachsam.

»Sie haben mich umgebracht«, sagte Duncan. Es war eine gelassene, gefühllose Aussage und deswegen noch viel furchterregender. Ein plötzliches Frösteln ergriff ihn, und das Beben erstarb. »Es waren mindestens ein Dutzend in dem kleinen Raum.« Er schaute Teg an. »Einer von ihnen drang zu mir durch, wie ein Hackmesser, das genau auf meinen Kopf zielte.« Er zögerte, während seine Kehle konvulsivisch arbeitete. Sein Blick blieb auf Teg haften. »Habe ich Paul genügend Zeit verschafft, damit er fliehen konnte?«

»Beantworten Sie all seine Fragen wahrheitsgemäß!«

»Er entkam.«

Jetzt kam der Moment der Prüfung. Wie waren die Tleilaxu an die Zellen Idahos gekommen? Zwar behaupteten die Tests der Schwesternschaft, daß sie dem Original entstammten, aber Zweifel hatte man immer noch. Die Tleilaxu hatten irgend etwas mit diesem Ghola angestellt. Und seine Erinnerungen konnten darauf vielleicht einen wertvollen Hinweis geben.

»Aber die Harkonnens...«, sagte Duncan. Seine Festungserinnerungen drangen auf ihn ein. »O ja. O – *ja*!« Ein unbändiges Lachen schüttelte ihn. Er stieß einen brüllenden Siegesschrei angesichts des längst toten Barons Wladimir Harkonnen aus: »Ich habe es Ihnen heimgezahlt, Baron! Oh, ich habe es für alle Männer getan, die Sie vernichtet haben!«

»Du erinnerst dich an die Festung – und an das, was wir dich gelehrt haben?« fragte Teg.

Ein verblüfftes Staunen ließ tiefe Runzeln auf Duncans Stirn erscheinen. Gefühlsschmerz bekämpfte seinen körperlichen Schmerz. Er nickte und beantwortete damit Tegs Frage. Da gab es zwei Leben, eins, das sich hinter den Wänden der Axolotl-Tanks abgespielt hatte, und ein anderes ... ein anderes ... Duncan fühlte sich unfertig. Irgend etwas in seinem Innern wurde unterdrückt. Die Wiedererweckung war noch nicht abgeschlossen. Er warf Teg einen ärgerlichen Blick zu. Kam noch etwas? Teg war brutal gewesen. Notwendigerweise? Gab man so einem Ghola sein Wissen zurück?

»Ich ...« Duncan schüttelte heftig den Kopf. Er käm sich vor wie ein großes, verwundetes Tier im Angesicht eines Jägers.

»Du hast all deine Erinnerungen?« fragte Teg.

»Alle? O ja. Ich erinnere mich an Gammu, als der Planet noch Giedi Primus hieß. Ein öldurchtränktes und blutdurchtränktes Höllenloch des Imperiums! Ja, tatsächlich, Bashar. Ich war Ihr pflichtbewußter Schüler. Regimentskommandeur!« Er lachte erneut und warf dabei den Kopf zurück, was nicht so recht zu seinem jugendlichen Körper passen wollte.

Teg erlebte in diesem Augenblick eine tiefe Befriedigung. Sie ging tiefer als pure Erleichterung. Es hatte so funktioniert wie vorausgesehen.

»Haßt du mich?« fragte er.

»Sie hassen? Habe ich nicht gesagt, ich würde Ihnen dankbar sein?«

Duncan hob abrupt die Hände und sah sie sich an. Dann fiel sein Blick auf seinen jugendlichen Körper. »Welch eine Versuchung!« murmelte er. Er ließ die Hände sinken und konzentrierte sich auf Tegs Gesicht. Er ging den Spuren seiner Identität nach. »Atreides«, sagte er. »Ihr seid euch alle so verdammt ähnlich!«

»Nicht alle«, sagte Teg.

»Ich rede nicht vom äußeren Erscheinungsbild, Bashar.« Duncans Blick wandte sich von Teg ab. »Ich habe nach meinem Alter gefragt.« Er machte eine lange Pause, dann sagte er: »Götter der Tiefe! Soviel Zeit ist vergangen!«

Teg sagte das, was seinen Instruktionen entsprach: »Die Schwesternschaft braucht dich.«

»In dieser unreifen Gestalt? Was erwartet man von mir?«

»Wirklich, Duncan, ich weiß es nicht. Dein Körper wird reifen, und ich nehme an, daß eine Ehrwürdige Mutter dich über alles in Kenntnis setzen wird.«

»Lucilla?«

Duncan musterte abrupt die verschnörkelte Decke, dann den Alkoven und die barocke Uhr. Er erinnerte sich daran, daß er mit Teg und Lucilla hierhergekommen war. Er befand sich zwar noch am gleichen Ort, aber es hatte sich etwas verändert. »Harkonnen«, sagte er leise. Er sah Teg mit einem prüfenden Blick an. »Wissen Sie, wie viele Angehörige meiner Familie von den Harkonnens gefoltert und umgebracht worden sind?«

»Eine von Tarazas Archivarinnen gab mir einen Bericht.«

»Einen Bericht? Sie glauben, daß man es in Worte kleiden kann?«

»Nein. Aber das ist die einzige Antwort, die ich auf deine Frage geben konnte.«

»Verdammt noch mal, Bashar! Warum müßt ihr Atreides stets so der Wahrheit verhaftet und ehrenwert sein?«

»Ich glaube, man hat uns diesen Charakterzug angezüchtet.«

»Ja, das stimmt.« Die Stimme, die diesen Einwurf machte, kam von hinten und gehörte Lucilla.

Teg drehte sich nicht um. Wieviel hatte sie gehört? Wie lange hatte sie dort gestanden?

Lucilla trat ein und stellte sich neben ihn, aber ihre Aufmerksamkeit gehörte Duncan. »Ich stelle fest, daß du es getan hast, Miles.«

»Ich habe Tarazas Befehl genau entsprochen«, sagte Teg.

»Du bist sehr clever gewesen, Miles«, sagte sie. »Viel gerissener, als ich von dir erwartet hätte. Man hätte deine Mutter für das, was sie dir beigebracht hat, unnachgiebig bestrafen sollen.«

»Ahhh, Lucilla – die Verführerin«, sagte Duncan. Er warf Teg einen Blick zu und schenkte dann Lucilla seine Aufmerksamkeit. »Ja, jetzt kann ich meine andere Frage beantworten – was man von *ihr* erwartet.«

»Man nennt sie Einprägerinnen«, sagte Teg.

»Miles«, sagte Lucilla, »wenn du meine Aufgabe so verkompliziert hast, daß ich meine Befehle nicht mehr befolgen kann, lasse ich dich auf einem Spieß grillen.«

Der gefühllose Tonfall ihrer Stimme ließ Teg erschauern. Er wußte zwar, daß ihre Drohung nur sinnbildlich gemeint war, aber die Implikationen, die sie enthielt, waren echt.

»Ein Strafbankett«, sagte Duncan. »Wie hübsch!«

Teg wandte sich an Duncan und sagte: »An dem, was wir mit dir gemacht haben, Duncan, ist nichts Romantisches. Ich habe den Bene Gesserit bei mehr als einer Aufgabe zur Seite gestanden, die mich mit dem Gefühl des Beschmutztwordenseins zurückgelassen hat – aber so schmutzig wie jetzt habe ich mich noch nie gefühlt.«

»Ruhe!« befahl Lucilla. Sie warf die volle Kraft ihrer Stimme in die Waagschale.

Teg ließ sich von ihr durchdringen und schüttelte sie ab, wie es seine Mutter ihn gelehrt hatte, denn: »Jene unter uns, die ihre wirkliche Treue der Schwesternschaft geben, haben nur eins im Sinn: das Überleben der Bene Gesserit. Nicht das Überleben irgendeines Individuums, sondern allein das der Schwesternschaft. Täuschungen, Unehrlichkeiten – dies sind leere Worte, wenn es um die Frage des Überlebens der Schwesternschaft geht.«

»Deine Mutter soll verdammt sein, Miles!« Es war geradezu ein Kompliment, daß Lucilla ihre Verärgerung nicht zu verheimlichen trachtete.

Duncan sah Lucilla an. Wer war sie? Lucilla? Er spürte, daß seine Erinnerungen von selbst in Bewegung gerieten. Lucilla war nicht die gleiche Persönlichkeit ... überhaupt nicht die gleiche ... und doch ... jedes einzelne Teil an ihr war sie. Ihre Stimme. Ihre Gesichtszüge. Plötzlich sah er wieder das Gesicht der Frau, die er auf der Wand seines Zimmers in der Festung gesehen hatte.

»Duncan, mein lieber Duncan.«

Tränen fielen aus seinen Augen. Seine Mutter – auch ein Harkonnen-Opfer. Gefoltert ... und wer wußte, was man ihr sonst noch angetan hatte? Ihr »lieber Duncan« hatte sie nie wiedergesehen.

»Götter«, knirschte Duncan, »ich wünschte, ich könnte jetzt einen von ihnen umbringen.«

Erneut faßte er Lucilla ins Auge. Seine Tränen ließen ihr Gesicht verschwimmen und machten den Vergleich leichter. Lucillas Gesicht wurde von dem Jessicas überlagert, der Geliebten von Leto Atreides. Duncan schaute Teg an, dann wieder Lucilla. Er schüttelte die Tränen ab, als er sich bewegte. Die Gesichter seiner Erinnerung lösten sich auf und wurden zu den Zügen der realen Lucilla, die vor ihm stand. Ähnlichkeiten ... aber das war alles. Es würde nie wieder so sein wie damals.

Einprägerin.

Er konnte sich etwas darunter vorstellen. Die reine Duncan Idaho-Wildheit erwachte in ihm. »Du willst ein Kind von mir, Einprägerin? Ich weiß, daß man euch nicht nur so ›Mütter‹ nennt.«

Mit kalter Stimme erwiderte Lucilla: »Darüber reden wir ein andermal.«

»Laß uns an einem passenden Ort darüber sprechen«, sagte Duncan. »Vielleicht singe ich dir ein Lied. Zwar nicht so gut, wie der alte Gurney Halleck es könnte, aber gut genug, um uns auf ein bißchen Bettsport einzustimmen.«

»Findest du das erheiternd?« fragte sie.

»Erheiternd? Nein, aber ich fühle mich an Gurney erinnert. Sagen Sie, Bashar, hat man ihn auch wieder zum Leben erweckt?«

»Meines Wissens nicht«, sagte Teg.

»Ahhh, das war ein Sänger!« sagte Duncan. »Er hätte Sie während des Singens umbringen können, ohne auch nur eine Note zu verpatzen.«

Immer noch eisig sagte Lucilla: »Wir, die Bene Gesserit, haben gelernt, der Musik aus dem Weg zu gehen. Sie erweckt in einem zu viele verwirrende Gefühle. Erinnerungsgefühle, meine ich natürlich.«

Sie sagte es, um in ihm Ehrfurcht vor den Weitergehenden Erinnerungen und der darin enthaltenen Macht der Bene Gesserit zu erzeugen, aber Duncan brach nur in Gelächter aus.

»Welch eine Schande«, sagte er. »Ihr verpaßt soviel vom Leben.« Und er fing an, einen alten Refrain von Gurney Halleck vor sich hinzusummen: »Seht zurück, Freunde, auf die Truppen, die längst vergangen sind ...«

Aber sein Geist wirbelte in der neuen, reichhaltigen Würze dieser Momente des Wiedergeborenseins in andere Gefilde, und erneut verspürte er die begierige Berührung von etwas Mächtigem; etwas, das tief in ihm vergraben war. Was es auch immer sein mochte – es war stark und betraf Lucilla, die Einprägerin. In seiner Phantasie sah er sie blutüberströmt und tot vor sich liegen.

> *Das Volk will stets etwas mehr als unmittelbare Freude, jenes tiefere Gefühl, das man Glücklichsein nennt. Dies ist eins der Geheimnisse, mit denen wir die Erfüllung unserer Pläne vorantreiben. Dieses ›etwas mehr‹ verleiht verstärkte Macht über Menschen, die es nicht benennen können oder (was meistens der Fall ist) sich dessen nicht einmal bewußt sind. Die meisten Menschen reagieren lediglich unbewußt auf verborgene Kräfte dieser Art. Das heißt also, wir brauchen nur ein genau berechnetes ›etwas mehr‹ zu erzeugen, es zu definieren und ihm eine Form zu geben – dann werden die Menschen uns folgen.*
>
> Führungsgeheimnisse
> der Bene Gesserit

Während Waff schweigend zwanzig Schritte vor ihnen ging, bewegten sich Odrade und Sheeana über einen von Sträuchern umsäumten Weg an einem Gewürzlager vorbei. Sie trugen allesamt neue Wüstengewänder und gleißende Destillanzüge. Der graue Nulplaz-Zaun, der den Lagerhof von ihnen trennte, war da und dort mit Grasbüscheln und wolligen Saatstengeln bewachsen. Als Odrade die Saatstengel musterte, kamen sie ihr wie Lebewesen vor, die den Versuch unternahmen, sich gegen die menschliche Intervention zur Wehr zu setzen.

Hinter ihnen wurden die eckigen Bauwerke, die sich rings um Dar-es-Balat erhoben hatten, vom Sonnenlicht des frühen Nachmittags gebacken. Heiße, trockene Luft versengte ihre Kehle, wenn sie die Luft zu schnell einatmete. Odrade fühlte sich schwindlig, und in ihrem Innern tobte ein Zwiespalt. Durst peinigte sie. Sie bewegte sich, als ginge es am Rand eines Steilhangs entlang. Die Situation, die sie auf Tarazas Befehl hin hervorgerufen hatte, konnte jeden Moment explodieren.

Wie zerbrechlich sie ist!

Es waren drei Mächte im Spiel, und obwohl sie einander nicht unterstützten, einte sie eine Motivation, die sich jeden Augenblick ändern und die gesamte Allianz umkippen lassen konnte. Die von Taraza geschickten Militärs gaben Odrade keine Zuversicht. Wo war Teg? Wo war Burzmali? Und außerdem: Wo steckte der Ghola? Er hätte längst hier sein müssen!

Warum hatte man ihr befohlen, die Dinge zu verzögern? Ihr heutiges Unternehmen würde gewiß einiges verzögern! Obwohl Odrade Tarazas Segen erhalten hatte, hielt sie diesen Ausflug in die Wüste der Würmer für einen möglicherweise permanenten Aufschub. Und da war Waff. Wenn er überlebte, konnte er das Spiel dann wieder aufnehmen?

Trotz der Heilkräfte der besten Wachstumsverstärker der Schwesternschaft behauptete Waff, daß seine Arme dort, wo Odrade sie gebrochen hatte, noch immer schmerzten. Er beschwerte sich nicht, sondern blieb rein sachlich. Und er schien ihre zerbrechliche Allianz ebenso hinzunehmen wie die Modifikationen, die das priesterliche Geheimnis hervorgerufen hatte. Zweifellos beruhigte es ihn, daß statt Tuek nun einer seiner ihm treu ergebenen Gestaltwandler auf dem Thron des Hohepriesters saß. Waff hatte energisch nach den ihm zugesagten ›Zuchtmüttern‹ verlangt, und folgerichtig hielt er seinen Teil des Abkommens erst einmal zurück.

»Es wird nur zu einer kleinen Verzögerung kommen«, hatte Odrade erklärt. »Die Schwesternschaft muß das neue Abkommen überprüfen. Bis dahin ...«

Und ›bis dahin‹ war heute.

Odrade verdrängte ihre bösen Ahnungen und gab sich der Stimmung des gegenwärtigen Unternehmens hin. Waffs Verhalten faszinierte sie, besonders seine Reaktion beim Zusammentreffen mit Sheeana: Er war tatsächlich ängstlich gewesen – und sehr, sehr ehrfurchtsvoll.

Ein Günstling seines Propheten.

Odrade schaute zur Seite und musterte das Mädchen, das zielstrebig neben ihr herging. Dort befand sich der wahre Hebelansatz, wenn man die Ereignisse dem Plan der Bene Gesserit anpassen wollte.

Daß die Schwesternschaft die hinter dem Verhalten der Tleilaxu liegende Wirklichkeit durchdrungen hatte, versetzte Odrade in einen Erregungszustand. Waffs fanatischer ›wahrer Glaube‹ nahm mit jeder seiner Reaktionen mehr und mehr Formen an. Sie schätzte es als Glück ein, hier zu sein und den Tleilaxu-Meister in geheiligter Umgebung studieren zu können. Sogar die Sandkörner, über die Waffs Füße schritten, erzeugten in ihm Verhaltensweisen, die zu entschlüsseln man Odrade gelehrt hatte.

Wir hätten es uns eigentlich denken sollen, dachte Odrade. *Die Manipulationen unserer Missionaria Protectiva hätten uns sagen müssen, wie die Tleilaxu dazu gekommen sind. Sie haben sich von der Außenwelt abgekapselt und seit Jahrtausenden jedes Eindringen von außen erfolgreich verhindert.*

Dem Anschein nach hatten sie die Struktur der Bene Gesserit nicht übernommen. Und welche andere Kraft konnte eine solche Sache sonst verwirklichen? Natürlich eine Religion. Der Große Glaube!

Es sei denn, sie setzen ihr Ghola-System für eine Art Unsterblichkeit ein.

Taraza konnte richtig liegen. Reinkarnierte Tleilaxu-Meister konnten Ehrwürdigen Müttern nicht ähnlich sein – sie besaßen keine weitergehenden Erinnerungen, sondern nur persönliche. Aber solche, die weit zurückreichten! Faszinierend!

Odrade warf einen Blick auf Waffs Rücken. *Ausdauer.* An ihm wirkte es ganz natürlich. Ihr fiel ein, daß er Sheeana ›Alyama‹ nannte. Noch ein beweiskräftiger linguistischer Einblick in Waffs Großen Glauben. Es bedeutete ›die Gesegnete‹. Die Tleilaxu hatten eine alte Sprache nicht nur bewahrt, sondern auch unverändert am Leben erhalten.

Wußte Waff nicht, daß nur mächtige Kräfte – etwa religiöse – dies taten?

*Wir haben die Wurzeln deiner Besessenheit im Griff, Waff! Sie ist manchen, die wir selbst hervorgerufen haben, nicht unähnlich. Wir wissen, wie man Dinge dieser A*t für unsere eigenen Ziele manipuliert!*

Tarazas Botschaft brannte noch immer klar in ihrem Geist: »Der Tleilaxu-Plan ist durchsichtig: An die Macht kommen! Das Universum der Menschen muß zu einem Tleilaxu-Universum werden. Ohne die Hilfe der Diaspora hatten sie keine Chance, dieses Ziel jemals zu erreichen. Ergo?«

Die Theorie der Mutter Oberin hatte etwas für sich. Sogar die oppositionellen Kräfte innerhalb der Auseinandersetzung, die die Schwesternschaft zu spalten drohte, waren ihrer Meinung. Aber der Gedanke an die ungeheuren Menschenmassen, die in der Diaspora lebten und zahlenmäßig ständig zunahmen, erzeugte in Odrade ein einsames Gefühl der Verzweiflung.

Im Vergleich zu ihnen sind wir so wenige!

Sheeana hielt an und hob einen Kieselstein auf. Sie sah ihn einen Augenblick lang an, dann warf sie ihn gegen den Zaun, an dem sie entlanggingen. Der Kiesel flog durch die Maschen, ohne sie zu berühren.

Odrade riß sich etwas zusammen. Der Klang ihrer Schritte auf dem wehenden Sand, der über den wenig benutzten Weg dahintrieb, erschien ihr plötzlich überlaut. Die sich windende Landstraße, die über den Ringqanat von Dar-es-Balat und den Wallgraben hinwegführte, lag am Ende dieses engen Weges, kaum zweihundert Schritte von ihnen entfernt.

Sheeana sagte: »Ich tue es nur, weil du es befohlen hast, Mutter. Aber ich weiß immer noch nicht, warum.«

Weil dies die Bewährungsprobe abgibt, während der wir Waff testen – und durch ihn die Tleilaxu eine andere Form annehmen lassen!

»Es geht um eine Demonstration«, sagte Odrade.

Und das stimmte. Es war zwar nicht die ganze Wahrheit, aber sie reichte aus.

Sheeana bewegte sich mit gesenktem Kopf, ihr Blick suchte jeweils den Punkt, auf den sie den nächsten Fuß setzte. Näherte sie sich ihrem Shaitan stets auf diese Weise? fragte sich Odrade. Nachdenklich und zurückhaltend?

Odrade hörte irgendwo hinter und über sich ein schwaches Klatschen. Die wachsamen Ornithopter näherten sich. Sie würden den Abstand einhalten, aber viele Blicke würden ihre *Demonstration* beobachten.

»Ich werde tanzen«, sagte Sheeana. »Dann kommt meist ein ganz Großer.«

Odrade spürte, wie ihr Herzschlag schneller wurde. Würde der ›Große‹ Sheeana auch noch gehorchen, wenn er die Anwesenheit ihrer beiden Begleiter wahrnahm?

Dies ist selbstmörderischer Wahnsinn!

Odrade warf einen Blick auf das eingezäunte Gewürzlager neben sich. Der Platz kam ihr seltsam bekannt vor. Es war mehr als ein déjà vu. Eine innere Gewißheit, die von ihren Weitergehenden Erinnerungen gespeist wurde, sagte ihr, daß dieser Platz seit uralten Zeiten tatsächlich unverändert geblieben war. Die Form der Gewürzsilos, die dort standen, war so alt wie Rakis: ovale Tanks auf hohen Beinen. Sie sahen aus wie Insekten aus Metall und Plaz, die steifbeinig auf eine Beute warteten. Sie fing eine unbewußte Botschaft der urspünglichen Erbauer auf: *Melange ist sowohl ein Segen als auch ein Fluch.*

Unter den Silos breitete sich neben schmutzigwandigen Gebäuden sandiges Ödland aus, auf dem nichts wuchs – ein amöbenhafter Arm Dar-es-Balats, der beinahe bis an den Rand des Qanats reichte. Die lange Zeit verborgen gebliebene Nicht-Kugel des Tyrannen hatte eine wimmelnde religiöse Gemeinschaft hervorgerufen, die ihre Aktivitäten größtenteils hinter fensterlosen Mauern und unter der Erdoberfläche betrieb.

Das geheime Wirken unseres unbewußten Verlangens!

Sheeana ergriff erneut das Wort: »Tuek ist so verändert.«

Odrade sah, daß sich Waffs Kopf ruckartig hob. Er hatte zugehört. Wahrscheinlich dachte er jetzt: *Können wir vor einem Kurier des Propheten etwas geheimhalten?*

Es wußten schon zu viele Leute davon, daß ein Gestaltwandler in Tueks Maske auftrat, dachte Odrade. Der priesterliche Klüngel glaubte natürlich, er gebe den Tleilaxu soviel Tarngeflecht, daß die Bene Tleilax sich darin ebenso verfangen würden wie die Schwesternschaft.

Odrade roch den beißenden Gestank der Chemikalien, mit denen man das auf dem Platz des Gewürzlagers wuchernde Unkraut vernichtet hatte. Der Gestank zwang sie, ihre Aufmerksamkeit auf die Notwendigkeiten zu richten. Hier draußen konnte sie es nicht wagen, sich auf eine mentale Wanderschaft zu begeben! Es wäre ein leichtes für die Schwesternschaft gewesen, sich in der eigenen Falle zu fangen.

Sheeana strauchelte und stieß einen kleinen Schrei aus, der aber mehr Irritation als Schmerz ausdrückte. Waff riß den Kopf herum und sah sie an, bevor er sich wieder auf den Weg konzentrierte. Er hatte gesehen, daß das Kind lediglich über einen Riß in der Oberfläche des Weges gestolpert war. Sandwehen verbargen die Stellen, an denen die Landstraße aufgeplatzt war. Die märchenhafte Struktur des sich vor ihnen ausbreitenden Straßenteils schien jedoch unbeschädigt zu sein. Nicht fest genug, um einen Abkömmling des Propheten zu tragen, aber mehr als ausreichend für einen menschlichen Bittsteller, um in die Wüste zu gelangen.

Waff sah sich in der Rolle eines Bittstellers.

Ich komme als Bettler in das Land deines Kuriers, o Herr!

Was Odrade anbetraf, so war er mißtrauisch. Die Ehrwürdige Mutter hatte ihn hierhergebracht, um ihm sein Wissen zu entreißen, bevor sie ihn tötete. *Mit Gottes Hilfe kann ich sie immer noch übertölpeln.* Er wußte, daß sein Körper gegen eine ixianische Sonde immun war, obwohl sie offensichtlich kein solch sperriges Gerät am Leib trug. Aber es war die Kraft seines eigenen Willens und das Vertrauen in Gottes Gnade, was Waff den Rücken stärkte.

Und was ist, wenn die Hand, die sie uns entgegenstrecken, es ehrlich meint?

Auch das wäre dann Gottes Werk.

Ein Bündnis mit den Bene Gesserit, eine strenge Kontrolle über Rakis: Welch ein Traum dies war! Der Shariat war endlich an der Macht, und die Bene Gesserit waren seine Missionare.

Als Sheeana erneut strauchelte und wieder einen sich beschwerenden Laut von sich gab, sagte Odrade: »Stell dich nicht so an, Kind!«

Odrade sah, wie Waffs Schultern sich versteiften. Es gefiel ihm nicht, wie man mit seiner ›Gesegneten‹ umsprang. Der kleine Mann zeigte Rückgrat. Odrade erkannte daran die Stärke seines Fanatismus. Selbst wenn der Wurm sich anschikken würde, ihn zu töten – Waff würde nicht fliehen. Der Glaube an den Willen Gottes würde ihn geradewegs in den Tod befördern – es sei denn, etwas schüttelte seine religiöse Sicherheit ab.

Odrade unterdrückte ein Lächeln. Sie konnte seinen Gedankenprozeß weiterverfolgen: *Gott wird mir bald ein Zeichen seines Willens geben.*

Aber Waff dachte an seine Zellen, die in der langsamen Erneuerung in Bandalong heranwuchsen. Egal, was hier mit ihm geschah, seine Zellen würden weiterhin für die Bene Tleilax da sein ... – und für Gott! Ein Fortsetzungs-Waff, der stets für den Großen Glauben da war.

»Ich kann Shaitan riechen«, sagte Sheeana.

»Jetzt? In diesem Augenblick?« Odrade warf einen Blick auf die sich vor ihnen ausbreitende Landstraße. Waff befand sich bereits ein paar Schritte voraus auf deren welliger Oberfläche.

»Nein, nur wenn er kommt«, sagte Sheeana.

»Natürlich kannst du es, Kind. Das kann jeder.«

»Ich kann ihn aber schon riechen, wenn er noch weit entfernt ist.«

Odrade atmete tief durch die Nase ein und sondierte die Gerüche, die sich vor dem Hintergrund verbrannten Feuersteins abhoben: ein schwacher Hauch von Melange ... Ozon, etwas entschieden Ätzendes. Sie näherte sich Sheeana, um sie als erste auf die Landstraße gehen zu lassen. Waff behielt seinen Vorsprung von zwanzig Schritten bei. Etwa sechzig Meter vor ihm kippte die Landstraße steil in die Wüste ab.

Bei der ersten Gelegenheit werde ich den Sand probieren, dachte Odrade. *Das wird mir viel erklären.*

Als sie die Landstraße erklomm, die sich über den Wassergraben erhob, sah sie im Südwesten eine niedrige Barriere am Horizont. Abrupt sah sie sich von einer Weitergehenden Erinnerung überfallen. Sie enthielt zwar nicht die Lebhaftigkeit einer wirklichen Vision, aber sie erkannte, was es war: das Verschmelzen von Abbildern in den tiefsten Tiefen ihres Innern.

Verdammt! dachte sie. *Nicht jetzt!*

Es gab keinen Ausweg. Übergriffe dieser Art verfolgten einen Zweck, dem sich ihr Bewußtsein nicht verschließen konnte.

Warnung!

Sie schielte zum Horizont und gestattete es ihrer Weitergehenden Erinnerung, Formen anzunehmen: Vor langer Zeit hatte sich dort draußen eine hohe Barriere erhoben ... – und auf ihrem Kamm hatten sich Menschen bewegt. Die alte Erinnerung präsentierte ihr eine traumhafte Brücke, verschwommen und schön. Sie verband einen Teil der verschwundenen Barriere mit einem anderen, und ohne etwas zu sehen, wußte sie, daß unter der längst nicht mehr existierenden Brücke ein Strom dahingeflossen war. Der Idaho-Fluß! Und jetzt versorgte sie das alles überlagernde Abbild mit Bewegungen: Dinge fielen von der Brücke. Sie waren zu weit entfernt, um sie zu identifizieren, aber nun verstand sie, was ihr Geist abspulte. Mit einem Gefühl des Grauens und der Begeisterung identifizierte sie die Szene.

Die Traumbrücke brach zusammen! Fiel in den darunterliegenden Fluß.

Diese Vision versinnbildlichte nicht irgendein Randereignis. Es handelte sich um einen klassischen Gewaltakt, der in den Erinnerungen vieler verankert war – sie hatte es im Augenblick der Gewürzagonie zum ersten Mal erlebt. Odrade konnte die fein aufeinander abgestimmten Komponenten dieses Abbildes klassifizieren: Tausende ihrer Vorfahren hatten jener Szene während einer imaginativen Rekonstruktion zugesehen. Es war keine echte visuelle Erinnerung, sondern eine Montage von Augenzeugenberichten.

Und hier ist es passiert!

Odrade hielt an und überließ ihren Geist ganz der von innen heraus erfolgenden Projektion. *Warnung!* Etwas Gefährliches war identifiziert worden. Sie machte keinen Versuch, den Hintergrund zu verstehen. Tat sie dies, war ihr klar, konnte die Warnung zerfasern. Dann war möglicherweise jede Faser relevant, aber die ursprüngliche Gewißheit würde sich auflösen.

Was dort draußen passiert war, war ein Bestandteil der Geschichte ihrer Familie. Leto II., der Tyrann ... – er war, als man ihn liquidiert hatte, von dieser Brücke gestürzt. Der große Wurm von Rakis, der tyrannische Gott-Kaiser, war in ureigenster Person während seiner Hochzeitsreise von der Brücke gefallen.

Da! Genau dort, im Idaho-Fluß, unterhalb der zerstörten Brücke, war der Tyrann in Agonie versunken. Genau dort hatte die Umwandlung stattgefunden, die den Zerlegten Gott geboren hatte. Dort hatte alles angefangen.

Warum ist das eine Warnung?

Brücke und Fluß waren nicht mehr. Der hohe Wall, der das Sareer-Trockenland des Tyrannen umschlossen hatte, war erodiert, war nur noch eine gebrochene Linie am hitzeflimmernden Horizont.

Wenn jetzt ein Wurm mit den eingekapselten, seit Unzeiten

traumverlorenen Erinnerungen des Tyrannen kam – würden diese Erinnerungen gefährlich sein? Tarazas Opposition jedenfalls brachte dieses Argument ins Feld.

»*Er wird erwachen!*«

Taraza und ihre Beraterinnen zogen nicht einmal die Möglichkeit in Betracht.

Dennoch, Odrade konnte dieses Warnsignal aus ihrem Inneren nicht einfach ignorieren.

»Ehrwürdige Mutter, warum halten wir an?«

Odrade spürte, daß sich ihre Aufmerksamkeit wieder der unmittelbaren Gegenwart zuwandte. Dort draußen in der warnenden Vision war der Ort, an dem der endlose Traum des Tyrannen begann, in den sich andere Träume einmischten. Sheeana stand mit einem verwirrten Gesichtsausdruck vor ihr.

»Ich habe nach dort drüben geschaut«, sagte Odrade und deutete auf den Horizont. »Dort hat Shai-Hulud seinen Anfang genommen, Sheeana.«

Waff blieb am Ende der Landstraße stehen – einen Schritt vor dem übergreifenden Sand, und nun vierzig Schritte von Odrade und Sheeana entfernt. Odrades Stimme alarmierte ihn und versteifte seine Körperhaltung, aber er drehte sich nicht um. Odrade spürte, wie unwohl er sich fühlte. Waff würde sogar auf den Anschein einer zynischen Bemerkung ungehalten reagieren, wenn sie seinem Propheten galt. Und von den Ehrwürdigen Müttern erwartete er stets Zynismus. Besonders dann, wenn es religiöse Dinge betraf. Waff war noch nicht gänzlich bereit, die Vorstellung hinzunehmen, daß die gefürchteten und verachteten Bene Gesserit möglicherweise seinen Großen Glauben teilten. Man mußte in dieser Angelegenheit mit größter Sorgfalt zu Werke gehen – wie es die Missionaria Protectiva stets tat.

»Es heißt, dort sei ein großer Fluß gewesen«, sagte Sheeana.

Odrade hörte leichten Spott in Sheeanas Stimme. Das Kind lernte schnell!

Waff drehte sich um und sah sie finster an. Er hatte es auch gehört. Was er jetzt wohl über Sheeana dachte?

Odrade umfaßte die Schulter des Mädchens mit der Hand und deutete mit der anderen in die Ferne. »Dort drüben war eine große Brücke. Der große Wall der Sareer war dort offen, damit der Idaho-Fluß hindurchfließen konnte. Die Brücke überspannte die Kluft.«

Sheeana seufzte. »Ein echter Fluß?« fragte sie leise.

»Es war kein Qanat, und für einen Kanal war er zu groß«, sagte Odrade.

»Ich habe noch nie einen Fluß gesehen«, sagte Sheeana.

»Dort haben sie Shai-Hulud in den Fluß geworfen«, sagte Odrade. Sie deutete nach links. »Auf dieser Seite, viele Kilometer von hier, baute er seinen Palast.«

»Jetzt ist da nur noch Sand«, sagte Sheeana.

»Während der Hungerjahre wurde der Palast abgerissen«, sagte Odrade. »Die Leute glaubten, dort sei ein riesiges Gewürzlager verborgen. Aber sie irrten sich natürlich. Dafür war er viel zu gerissen.«

Sheeana lehnte sich eng an Odrade und flüsterte: »Es gibt dort wirklich einen großen Gewürzschatz. Die Lieder berichten davon. Ich habe sie sehr oft gehört. Mein ... – man sagt, er liegt in einer Höhle.«

Odrade lächelte. Sheeana bezog sich natürlich auf die Mündliche Überlieferung. Und beinahe hätte sie gesagt: »Mein Vater ...« Damit meinte sie ihren wirklichen Vater, der in dieser Wüste gestorben war. Odrade hatte diese Geschichte bereits aus dem Mädchen hervorgelockt.

Immer noch in Odrades Ohr flüsternd sagte Sheeana: »Warum ist dieser kleine Mann bei uns? Ich mag ihn nicht.«

»Es ist notwendig – wegen der Demonstration«, erwiderte Odrade.

Waff nutzte den Moment, um die Landstraße zu verlassen und sich auf den ersten weichen Sandabhang zu begeben. Er bewegte sich vorsichtig, aber ohne sichtbares Zögern. Als er sich auf dem Sand befand, drehte er sich um. Seine Augen funkelten im heißen Sonnenlicht, als er erst Sheeana und dann Odrade ansah.

Er ist immer noch voller Ehrfurcht, wenn er Sheeana ansieht, dachte Odrade. *Er glaubt wahrscheinlich, daß er hier draußen großartige Dinge entdecken wird. Das wird ihn rehabilitieren. Und erst das Prestige!*

Sheeana beschirmte mit einer Hand ihre Augen und studierte die Wüste. »Shaitan liebt die Hitze«, sagte sie. »Die Menschen verstecken sich in ihren Häusern, wenn es heiß ist, aber Shaitan kommt dann heraus.«

Nicht Shai-Hulud, dachte Odrade. *Shaitan! Du hast es gut vorausgesagt, Tyrann. Was wußtest du sonst noch über unsere Zeit?*

War es wirklich der Tyrann, der dort draußen in all seinen Wurmnachkommen schlief?

Keine der Analysen, die Odrade gelesen hatte, lieferte eine sichere Erklärung der Frage, was ein menschliches Wesen dazu getrieben hatte, mit dem ursprünglichen Arrakiswurm eine Symbiose einzugehen. Was war während der Jahrtausende dauernden widerwärtigen Umwandlung in seinem Bewußtsein vor sich gegangen? War irgend etwas davon – und wenn es auch nur der kleinste Bruchteil war – in den gegenwärtigen rakisianischen Würmern immer noch enthalten?

»Er ist nahe, Mutter«, sagte Sheeana. »Riechst du ihn?«

Waff beäugte Sheeana ängstlich.

Odrade inhalierte tief: Der reichhaltige Zimtgeruch überlagerte den bitteren Duft von Feuerstein. Feuer, Schwefel – das kristallverwehende Inferno des großen Wurms. Sie blieb stehen und hielt eine Prise Sand an ihre Zunge. Der gesamte Hintergrund war da: der Wüstenplanet der fernen Vergangenheit und das gegenwärtige Rakis.

Sheeana deutete auf eine Ecke zu ihrer Linken. Sie lag direkt in der lichten Brise, die aus der Wüste kam. »Dort drüben. Wir müssen uns beeilen.«

Ohne darauf zu warten, daß Odrade ihr eine Erlaubnis erteilte, rannte Sheeana leichtfüßig über die Landstraße, an Waff vorbei, und lief auf die erste Düne zu. Dort blieb sie stehen, bis Odrade und Waff sie eingeholt hatten. Sheeana führte sie über den Dünenkamm und dann über die nächste Erhebung. Der Sand behinderte ihr Fortkommen. Dann ging es an einer großen Barracan entlang, von deren Kuppe kleine Fontänen staubiger Sandkörner prasselten. Bald hatten sie etwa einen Kilometer zwischen sich und die wassergeschützte Gegend von Dar-es-Balat gebracht.

Sheeana hielt erneut an.

Waff kam keuchend hinter ihr zum Stehen. Dort, wo die Kapuze seines Destillanzuges auf seine Stirn traf, glitzerte Schweiß.

Odrade blieb einen Schritt hinter Waff stehen. Und während sie an ihm vorbei auf den Punkt blickte, der Sheeanas Aufmerksamkeit in Anspruch nahm, atmete sie tief durch, um sich zu beruhigen.

Hinter der Düne, an der sie standen, hatte sich eine vom Sturmwind aufgeworfene große Sandwoge gebildet. Felsiger Untergrund breitete sich offen in einer langen, schmalen Allee von gewaltigen Klötzen aus, die verstreut und umgekippt herumlagen, als hätte ein wütender Riese ganze Häuserblocks zerstört.

Der Sand war wie ein Strom durch diesen chaotischen Irrgarten geflossen und hatte in tiefen Spalten und Löchern seine Zeichen hinterlassen. Dann war er die Klippe hinuntergestürzt und hatte sich in anderen Dünen verloren.

»Da unten«, sagte Sheeana und deutete auf die Felsenallee. Sie lief die Düne hinunter und rutschte durch den sich nach allen Seiten hin ergießenden Sand. Unten angekommen, hielt sie neben einem Felsklotz an, der mindestens doppelt so groß war wie sie.

Waff und Odrade blieben genau hinter ihr stehen.

Neben ihnen erhob sich der Abhang eines weiteren Barracans, glatt wie der sich windende Rücken eines verspielten Wals unter silberblauem Himmel.

Odrade nutzte die Pause, um wieder zu Atem zu kommen. Der verrückte Lauf hatte starke Forderungen an ihren Körper gestellt. Ihr fiel auf, daß Waffs Gesicht gerötet war. Der Mann atmete schwer. Der würzige Zimtgeschmack war in diesem engen Durchgang schier erdrückend. Waff schnüffelte und rieb sich die Nase mit dem Handrücken. Sheeana erhob sich auf die Zehenspitzen eines Beins, vollführte eine Drehung und schoß dann pfeilschnell zehn Schritte über den felsigen Boden. Sie stellte einen Fuß auf den sandigen Ansatz der äußeren Düne und hob beide Arme zum Himmel. Langsam, dann mit zunehmendem Tempo, fing sie an zu tanzen und bewegte sich dabei auf dem Wüstenboden.

Über ihnen wurden die Geräusche der Thopter lauter.

»Hört!« rief Sheeana, ohne ihren Tanz zu unterbrechen.

Es waren nicht die Thopter, denen sie Aufmerksamkeit entgegenbringen sollten. Odrade wandte den Kopf, um das sich nun nähernde Geräusch, das auf sie eindrang, mit beiden Ohren aufzunehmen.

Ein pfeifendes Zischen, unterirdisch und vom Sand gedämpft – und es wurde mit entsetzlicher Schnelligkeit lauter. Es trug Hitze mit sich, eine feststellbare Erwärmung jener Brise, die sich einen Weg durch die Felsenallee bahnte. Das Zischen schwoll zu einem unterirdischen Grollen an. Plötzlich erhob sich über Sheeanas Düne das von kristallenen Ringen umgebene, klaffende Maul eines Wurms.

»Shaitan!« schrie Sheeana, ohne den Rhythmus ihres Tanzes zu unterbrechen. »Hier bin ich, Shaitan!«

Der Wurm schob sich über den Dünenkamm, und sein Maul näherte sich dem Mädchen. Zu Sheeanas Füßen spritzte Sand auf und zwang sie, ihren Tanz zu unterbrechen. Zimtgeruch erfüllte nun die ganze felsige Umgebung. Oberhalb von ihnen hielt der Wurm an.

»Botschafter Gottes!« keuchte Waff.

Die Hitze trocknete die Schweißtropfen auf Odrades unbedecktem Gesicht und ließ die automatische Isolierung ihres Destillanzugs sichtlich Dampf ausstoßen. Sie holte tief Luft und sondierte die Bestandteile dieses Zimtgeruchs. Die Luft, die sie umgab, war ozongeladen und erstaunlich sauerstoffreich. Mit vollwachen Sinnen nahm Odrade Eindrücke in sich auf.

Für den Fall, daß ich überlebe, dachte sie.

Ja, dies waren wertvolle Daten. Es würde der Tag kommen, an dem andere sie benutzen konnten.

Sheeana befreite ihre Füße vom Sand und begab sich auf den offenliegenden Felsboden. Sie nahm ihren Tanz wieder auf, bewegte sich noch wilder, schüttelte den Kopf bei jeder Drehung. Ihr Haar flog ihr ins Gesicht, und jedesmal, wenn sie herumwirbelte und den Wurm ansah, schrie sie: »Shaitan!«

Auf eine geradezu niedliche Weise, wie ein Kind auf unbekanntem Boden, bewegte sich der Wurm weiter vorwärts. Er glitt über den Dünenkamm, ringelte sich zum Felsboden hinunter und öffnete kaum zwei Schritte von Sheeana entfernt sein feuriges Maul.

Als er anhielt, nahm Odrade das schreckliche Höllenfeuer wahr, das im Inneren des Wurms tobte. Sie konnte den Blick nicht von den züngelnden, orangefarbenen Flammen im Innern des Geschöpfes abwenden. Es war eine Grotte voller geheimnisvoller Feuer.

Sheeana hielt in ihrem Tanz inne. Sie preßte die Fäuste gegen ihre Hüften und starrte das Ungeheuer, das sie gerufen hatte, an.

Odrade machte einige genau berechnete Atemzüge, wie es eine Ehrwürdige Mutter tat, um volle Kontrolle über ihre Kräfte zu gewinnen. Wenn dies das Ende war – nun, sie hatte Tarazas Befehlen gehorcht. Sollte die Mutter Oberin das, was sie erfahren wollte, von den über ihr fliegenden Beobachtern erfahren.

»Hallo, Shaitan«, sagte Sheeana. »Ich habe eine Ehrwürdige Mutter und einen Tleilaxu-Mann mitgebracht.«

Waff fiel auf die Knie und verbeugte sich.

Odrade glitt an ihm vorbei und gesellte sich zu Sheeana.

Sheeana atmete schwer. Ihr Gesicht war gerötet.

Odrade hörte das Ticken und Klicken ihrer überlasteten Destillanzüge. Die heiße, zimtdurchtränkte Luft, die sie umgab, war überladen von den Klängen dieser Begegnung. Und über allem lag das murmelnde Flammengeprassel aus dem Innern des reglosen Wurms.

Waff tauchte neben Odrade auf, sein tranceähnlicher Blick ruhte auf dem Wurm.

»Ich bin hier«, flüsterte er.

Odrade verfluchte ihn im stillen. Jedes ungerechtfertigte Geräusch konnte die Bestie auf sie aufmerksam machen. Sie wußte jedoch, was Waff dachte: Kein anderer Tleilaxu war einem Abkömmling seines Propheten jemals so nahe gewesen. Nicht einmal die rakisianischen Priester!

Sheeana machte plötzlich mit ihrer Rechten eine nach unten weisende Geste. »Nieder vor uns, Shaitan!« sagte sie.

Der Wurm senkte sein klaffendes Maul, bis seine innere Feuergrube im Schmutz des felsigen Untergrundes lag.

Mit einer Stimme, die kaum mehr als ein Flüstern war, sagte Sheeana: »Siehst du, wie Shaitan mir gehorcht, Mutter?«

Odrade spürte, daß Sheeana den Wurm kontrollierte. Es gab eine Art geheimer Verständigung zwischen dem Kind und dem Ungeheuer. Es war unheimlich.

Mit einer geradezu frechen Arroganz sagte Sheeana laut: »Ich werde Shaitan fragen, ob er uns auf sich reiten läßt!« Dann erkletterte sie den Abhang der neben dem Wurm befindlichen Düne.

Auf der Stelle hob sich das Maul, um ihre Bewegungen zu verfolgen. »Dableiben!« rief Sheeana. Der Wurm hielt inne.

Es sind nicht ihre Worte, die ihn kommandieren, dachte Odrade. *Es ist etwas anderes ... – etwas anderes ...*

»Mutter, kommt mit!« rief Sheeana.

Indem sie Waff vor sich herschob, gehorchte sie. Über den sandigen Abhang hinweg kletterten sie hinter Sheeana her. Sandwellen rollten nieder, blieben neben dem wartenden Wurm liegen, füllten die Felspassage. Vor ihnen schmiegte sich der spitz zulaufende Schwanz des Wurms über den Dünenkamm. Sheeana führte sie in einem langsamen Trott dem Gipfel entgegen. Dort packte sie den Führungssaum der gerillten Hautoberfläche und zog sich auf das Wüstenungeheuer hinauf.

Odrade und Waff folgten ihr etwas langsamer. Die warme Außenhaut des Wurms fühlte sich für Odrade anorganisch an – als handle es sich um ein künstliches Erzeugnis der Ixianer.

Sheeana kletterte über den langen Rücken nach vorn und hockte sich gleich hinter dem Maul, wo sich dicke, breite Ringe nach außen wölbten, hin.

»Es geht so«, sagte sie. Sie beugte sich vor, griff unter den Führungssaum eines Ringes und hob ihn leicht an, um Odrade das rosafarbene empfindliche, weiche Fleisch zu zeigen, das darunterlag.

Waff gehorchte ihr auf der Stelle, aber Odrade bewegte sich mit großer Bedachtsamkeit und nahm Eindrücke auf. Die Ringoberfläche war hart wie Plaskret und mit winzigen Verkrustungen bedeckt. Ihre Finger überprüften das unter dem Führungssaum liegende weiche Fleisch. Es pulsierte schwach. Die sie umgebende Außenhaut hob und senkte sich in einem kaum wahrnehmbaren Rhythmus. Bei jeder Bewegung vernahm Odrade ein leises Kratzen.

Hinter ihr trat Sheeana auf den Wurmrücken.

»Los, Shaitan!« sagte sie.

Der Wurm zeigte keine Reaktion.

»Bitte, Shaitan!« bettelte sie.

Odrade hörte die Verzweiflung in der Stimme Sheeanas. Das Kind verließ sich absolut auf seinen Shaitan, aber Odrade wußte, daß es Sheeana lediglich beim erstenmal gestattet gewesen war, auf einem Wurm zu reiten. Sie kannte die ganze Geschichte, angefangen von ihrem selbstmörderischen Tun bis zur Verwirrung der Priester – aber nichts davon gab ihr einen Hinweis auf das, was nun passieren würde.

Ganz plötzlich setzte sich der Wurm in Bewegung. Er vollführte einen scharfen Knick, wandte sich nach links und umrundete die Felsenansammlung in einer engen Kurve. Dann entfernte er sich von Dar-es-Balat und hielt auf die offene Wüste zu.

»Wir gehen mit Gott!« rief Waff aus.

Der Klang seiner Stimme erschreckte Odrade. Welche Wildheit in ihr steckte! Sie konnte die Macht seines Glaubens nun erahnen. Von oben drang das Klatschen der Thopterschwingen an ihre Ohren. Der Wind peitschte an Odrade vorbei. Er war voller Ozon und trug die heißen Gerüche des Höllenfeuers mit sich, die der über den Sand jagende Riese in seinem Innern erzeugte.

Odrade warf einen Blick über die Schulter auf die Thopter und dachte daran, wie leicht es dem Feind fallen würde, diesen Planeten von einem lästigen Kind, einer gleichermaßen lästigen Ehrwürdige Mutter und einem geringgeschätzten Tleilaxu zu befreien. All das konnte man mit einem Gewaltakt in der offenen Wüste bewerkstelligen. Dem Priesterklüngel traute sie eine solche Tat zu. Aber dazu mußten sie hoffen, daß Odrades persönliche Beobachter zu langsam waren, um ein solches Unterfangen verhindern zu können.

Würde die Neugier und die Angst sie zurückhalten?

Odrade mußte sich eingestehen, daß sie selbst ebenfalls äußerst neugierig war.

Wohin wird dieses Ding uns bringen?

Auf Keen bewegte es sich ganz gewiß nicht zu. Odrade hob den Kopf und schaute an Sheeana vorbei. Am direkt vor ihnen liegenden Horizont lag der verräterische felsige Einschnitt aus herabgefallenen Steinen. Der Ort, an dem der Tyrann von der Oberfläche seiner Traumbrücke herabgestürzt war.

Der Platz, vor dem ihre Erinnerungen sie gewarnt hatten.

Die abrupte Offenbarung verschloß Odrades Geist. Sie verstand die Warnung. Der Tyrann war an einem Ort gestorben, den er selbst ausgewählt hatte. Viele Tode hatten diesem Platz ihren Stempel aufgedrückt, aber seiner war der größte gewesen.

Der Tyrann hatte seinen Weg mit Vorbedacht gewählt. Sheeana hatte ihrem Wurm nicht befohlen, sich dorthin zu begeben. Er brachte den Weg aufgrund einer eigenen Willensentscheidung hinter sich. Die magnetische Kraft des nichtendenden Tyrannentraums zog ihn an den Ort zurück, an dem der Traum begonnen hatte.

> *Es war einmal ein Trockenländler, der wurde gefragt, was von größerer Bedeutung sei, ein Literkanister voll Wasser oder ein ganzes Wasserloch. Der Trockenländler dachte einen Moment lang nach, dann sagte er: »Der Literkanister ist von größerer Bedeutung. Kein einzelner Mensch könnte ein ganzes Wasserloch sein eigen nennen. Aber einen Literkanister voll Wasser könnte man unter seinem Umhang verstecken und damit weglaufen, ohne daß es jemand bemerkt.«*
>
> Witze des alten Wüstenplaneten
> Bene Gesserit-Archiv

Es war eine lange Sitzung im Übungsraum der Nicht-Kugel. Duncan, in einem mobilen Käfig, trieb die Übungen voran. Er war unnachgiebig gegen sich selbst, denn die Übungsreihe sollte so lange laufen, bis sein neuer Körper sich an die sieben Hauptverhaltensweisen zur Abwehr von Angriffen aus acht Richtungen angepaßt hatte. Sein grüner Kampfanzug war vom Schweiß dunkel eingefärbt. Seit zwanzig Tagen betrieb er nun diese Übung!

Teg kannte die alten Überlieferungen, die Duncan zu neuem Leben erweckt hatte, aber er kannte sie unter anderen Namen und in anderer Abfolge. Nach den ersten fünf Tagen hatte Teg angefangen, die Überlegenheit modernerer Methoden anzuzweifeln; jetzt war er davon überzeugt, daß Duncan etwas völlig Neues praktizierte – er verband das Alte mit dem, was er in der Festung gelernt hatte.

Teg saß hinter einer eigenen Kontrollkonsole. Er war ebenso ein Beobachter wie Teilnehmer. Die Konsolen, die während dieser Übung die gefährlichen Schattenkräfte dirigierten, hatten geistig auf ihn abgestimmt werden müssen, aber jetzt fühlte Teg sich mit ihnen vertraut und führte den Angriff mit Geschicklichkeit und beständiger Begeisterung.

Eine kochende Lucilla warf hin und wieder einen Blick in den Raum. Sie beobachtete sie und ging dann wieder, ohne etwas zu sagen. Teg hatte keine Ahnung, was Duncan mit der Einprägerin vorhatte, aber er wurde das Gefühl nicht los, daß der wiedererwachte Ghola mit seiner *Verführerin* ein Verzögerungsspiel spielte. Teg wußte zwar, daß sie es nicht hinnehmen würde, wenn er es zu lange ausdehnte, aber darauf hatte er jetzt keinen Einfluß mehr. Duncan war für sie und ihre Aufgabe jetzt nicht mehr ›zu jung‹. In seinem jugendlichen Leib befand sich das Bewußtsein eines erwachsenen Mannes, der genügend Erfahrungen hatte, um seine eigenen Entscheidungen zu fällen.

Duncan und Teg hielten sich nun – nur unterbrochen von einer kleinen Pause – den ganzen Morgen im Übungsraum auf. Obwohl Teg mittlerweile starken Hunger verspürte, zögerte er, die Sitzung abzubrechen. Duncans Fähigkeiten hatten heute ein neues Stadium erreicht, und er entwickelte sich immer weiter.

Teg, der in einem unbeweglichen Konsolenkäfigsitz saß, ließ die Angriffskräfte ein kompliziertes Manöver ausüben und schlug von links, rechts und oben zu.

Die Waffenschmiede der Harkonnens hatte eine Unmenge dieser exotischen Waffen und Trainingsgeräte produziert, und manche davon waren Teg nur aus historischen Quellen bekannt gewesen. Duncan kannte sie anscheinend alle, und zwar mit einer Vertrautheit, die Teg bewunderte. Jäger-Sucher, die darauf abgestimmt waren, ein Kraftfeld zu durchdringen, waren nur ein Bestandteil des Schattensystems, dessen sie sich momentan bedienten.

»Sie bremsen automatisch ab, um durch den Schild zu dringen«, erklärte Duncan mit seiner jungenhaften Stimme. »Wenn sie natürlich zu schnell sind, wehrt der Schild sie ab.«

»Schilde dieser Art sind ziemlich aus der Mode gekommen«, sagte Teg. »Ein paar vornehme Welten haben sie für sportliche Zwecke erhalten, aber sonst ...«

Duncan vollzog einen dermaßen schnellen Gegenstoß, daß drei Jäger-Sucher so stark beschädigt auf dem Boden landeten, daß sich der Instandhaltungsdienst der Nicht-Kugel um sie kümmern mußte. Dann entfernte er den Käfig und drosselte das System, aber er ließ es unbeschäftigt, während er tief, aber mühelos atmend zu Teg herüberkam. Duncan sah an ihm vorbei, lächelte und nickte. Teg wirbelte herum, aber er sah nur noch einen Fetzen von Lucillas Gewand, als sie sich verdrückte.

»Es ist wie ein Duell«, sagte Duncan. »Sie versucht meine Deckung zu durchbrechen, und ich starte den Gegenangriff.«

»Sei bloß vorsichtig«, sagte Teg. »Sie ist eine ausgebildete Ehrwürdige Mutter.«

»Ich habe zu meinen Lebzeiten eine Reihe von ihnen gekannt, Bashar.«

Erneut fühlte sich Teg durcheinandergebracht. Man hatte ihm im voraus gesagt, daß er sich auf diesen andersgearteten Duncan Idaho würde einstimmen müssen, aber die konstanten geistigen Anforderungen dieser Einstimmung waren ihm nicht ganz bewußt gewesen. Der Blick aus Duncans Augen war im Moment verunsichernd.

»Unsere Rollen sind etwas verändert, Bashar«, sagte Duncan. Er hob ein Handtuch vom Boden auf und wischte sich das Gesicht ab.

»Ich weiß nicht, ob ich dir noch etwas beibringen kann«, gab Teg zu. Er wünschte sich jedoch, Duncan würde seine Warnung in bezug auf Lucilla ernst nehmen. Glaubte Duncan etwa, die Ehrwürdigen Mütter der alten Zeiten wären identisch mit denen von heute? Es kam Teg äußerst unwahrscheinlich vor. Wie alle anderen Daseinsformen des Lebens hatten sich auch die Ehrwürdigen Mütter weiterentwickelt.

Es war für Teg offensichtlich, daß Duncan bezüglich seiner Mitwirkung in Tarazas Machenschaften zu einem Entschluß gekommen war. Duncan schlug hier nicht nur die Zeit tot. Er trainierte seinen Körper, um ihn an einen bestimmten, selbstgewählten Punkt zu bringen. Und er hatte ein Urteil über die Bene Gesserit gefällt.

Er hat dieses Urteil auf der Basis unzureichender Daten gefällt, dachte Teg.

Duncan ließ das Handtuch sinken und sah es einen Augenblick lang an. »Lassen Sie es mich beurteilen, ob Sie mir noch etwas beibringen können, Bashar!« Er drehte sich um und musterte nachdenklich den in seinem Käfig sitzenden Teg.

Teg holte tief Luft. Er roch den schwachen Ozonduft, den die beständigen Harkonnen-Instrumente allesamt abgaben, die bereitwillig darauf warteten, daß Duncan wieder zur Aktion schritt. Der Schweiß des Gholas enthielt eine bittere Dominante.

Duncan nieste.

Teg schnüffelte und registrierte den unvermeidlichen Staub ihrer Aktivitäten. Manchmal konnte man ihn eher schmecken als riechen. Alkalin. Über allem lag der Geruch von Luftreinigern und Oxy-Regeneratoren. Man hatte das System mit einem bestimmten Blumenaroma durchsetzt, aber Teg konnte es nicht identifizieren. In dem Monat ihrer Anwesenheit hatte die Nicht-Kugel zudem den Geruch menschlicher Ausdünstungen angenommen, die sich langsam mit der ursprünglichen Luftzusammensetzung vermischt hatten: Schweiß, Kochdünste und die nie gänzlich vermeidbare Schärfe von Ausscheidungen. Was Teg betraf, so erschienen ihm diese Mahnungen bezüglich ihres Hierseins höchst ärgerlich. Er stellte fest, daß er ihnen ebenso nachschnüffelte, wie er nach etwaigen störenden Geräuschen horchte. Nach etwas mehr als dem Echo ihrer eigenen Schritte und dem gedämpft metallischen Geklapper aus dem Küchenbereich.

Duncans Stimme drang auf ihn ein. »Sie sind ein seltsamer Mensch, Bashar.«

»Wie meinst du das?«

»Da ist Ihre Ähnlichkeit mit Herzog Leto. Was Ihr Gesicht angeht ... es ist unheimlich. Er war etwas kleiner als Sie, aber das Aussehen ...« Er schüttelte den Kopf und dachte an die Ziele der Bene Gesserit, die für Tegs Erscheinung verantwortlich waren – das raubvogelhafte Gesicht, die faltigen Züge, und diese rein innerliche Sache: Teg erweckte den Eindruck moralischer Überlegenheit.

Aber um welche Moral ging es dabei? Und auf welche Weise funktionierte seine Überlegenheit?

Den Unterlagen entsprechend, die er in der Festung zu Gesicht bekommen hatte (und Duncan zweifelte nicht daran, daß man sie ihn mit Absicht hatte finden lassen), hatte Teg eine beinahe universelle Reputation. Sie spiegelte die menschliche Gesellschaft dieser Ära wider. Während der Schlacht von Markon hatte es dem Gegner gereicht zu wissen, daß Teg ihm höchstpersönlich gegenüberstand: Man hatte nur noch um die Kapitulationsbedingungen gebeten. Wirklich?

Duncan sah den in seinem Konsolenkäfig sitzenden Teg an und fragte ihn danach.

»Der Ruf, den man hat, kann eine wundervolle Waffe sein«, erwiderte Teg. »Manchmal verhindert er ein Blutvergießen.«

»Warum sind Sie auf Arbelough mit Ihren Leuten direkt an die Front gegangen?« fragte Duncan.

Teg zeigte Überraschung. »Woher weißt du davon?«

»Ich habe es in der Festung erfahren. Es hätte Ihr Tod sein können. Wem hätte das genützt?«

Teg rief sich in Erinnerung zurück, daß der vor ihm stehende junge Mann über ein unerforschtes Wissen verfügte, das seine Informationssuche leitete. Und es war dieses unerforschte Wissen, mutmaßte er, daß Duncan für die Schwesternschaft einen unerhörten Wert darstellte.

»Während der beiden vorhergehenden Tage hatten wir bei Arbelough schreckliche Verluste«, sagte Teg. »Es gelang mir leider nicht, die Furcht und den Fanatismus des Gegners richtig einzuschätzen.«

»Aber das Risiko eines ...«

»Meine Anwesenheit an der Front sagte meinen Leuten: ›Ich teile euer Risiko.‹«

»Die Festungsaufzeichnungen besagen, daß die Gestaltwandler Arbelough korrumpiert hatten. Patrin hat mir erzählt, daß Sie ein Veto einlegten, als Ihre Berater vorschlugen, den Planeten umzupflügen, ihn zu sterilisieren und ...«

»Du warst nicht dabei, Duncan.«

»Ich versuche nur, es mir vorzustellen. Sie haben den Gegner also entgegen aller anderslautenden Vorschläge verschont.«

»Ausgenommen die Gestaltwandler.«

»Aber dann sind Sie unbewaffnet durch die gegnerischen Reihen marschiert – noch bevor die andere Seite die Waffen niedergelegt hatte.«

»Um ihnen zu versichern, daß man sie ordnungsgemäß behandeln würde.«

»Das war sehr gefährlich.«

»Tatsächlich? Viele dieser Leute liefen zu uns über, als wir zum letzten Angriff auf Kroinin ansetzten, wo wir die Kräfte schlugen, die der Schwesternschaft Übles wollten.«

Duncan musterte Teg eingehend. Der alte Bashar ähnelte Herzog Leto nicht nur äußerlich – er verfügte auch über das Charisma der Atreides: selbst unter seinen ehemaligen Gegnern galt er als legendäre Gestalt. Teg hatte gesagt, er stamme von Ghanima Atreides ab, aber in ihm mußte mehr sein als nur das. Die Art und Weise, in der die Bene Gesserit ihr Zuchtprogramm steuerten, jagte ihm Ehrfurcht ein.

»Dann üben wir jetzt weiter«, sagte Duncan.

»Du solltest dich nicht selbst auslaugen.«

»Sie vergessen etwas, Bashar. Ich erinnere mich an einen Körper, der so jung war wie dieser – und es war ebenfalls hier auf Giedi Primus.«

»Gammu!«

»Man hat dem Planeten einen passenden neuen Namen gegeben, aber mein Körper erinnert sich noch an das Original. Deswegen hat man mich hierhergebracht. Ich weiß es.«

Klar, daß er es herausfinden würde, dachte Teg.

Durch die kurze Pause mit neuer Kraft versorgt, führte Teg

ein neues Element in den Angriff ein und schickte Duncan von links einen plötzlichen Hieb entgegen.

Wie leicht er den Angriff parierte!

Er bediente sich einer kruden Variation der fünf Verhaltensweisen: jede seiner Reaktionen schien – kurz bevor sie nötig wurde – gerade erst erfunden worden zu sein.

»Jeder Angriff ist eine Feder auf der endlosen Straße«, sagte Duncan. Seine Stimme wies nicht einmal einen Anflug von Erschöpfung auf. »Wenn sich die Feder nähert, wird sie abgelenkt und auf einen anderen Kurs gebracht.«

Während er dies sagte, parierte er den wechselnden Angriff und konterte. Tegs Mentatenlogik folgte seinen Bewegungen in das hinein, was für ihn gefährliche Plätze waren. *Zubehör und Schlüsselstämme!*

Duncan ging zum Angriff über, bewegte sich vorwärts. Er bestimmte seine Bewegungen selbst, statt auf Angriffe lediglich zu reagieren. Als die Schattenkräfte brennend über den Boden flitzten, sah Teg sich gezwungen, seine Fähigkeiten bis zum Äußersten auszuspielen. Duncans dahinfegende Gestalt in dem mobilen Käfig tanzte in dem dazwischenliegenden Raum umher. Nicht einer von Tegs Jäger-Suchern berührte die sich bewegende Gestalt. Duncan war über und unter ihnen; er schien überhaupt keine Angst vor dem realen Schmerz zu haben, den diese Maschinerie ihm zufügen konnte.

Erneut erhöhte Duncan seine Angriffsgeschwindigkeit.

Ein plötzlicher Schmerzensschock durchzuckte Tegs linken Arm von der auf der Konsole ruhenden Hand bis zur Schulter.

Mit einem tiefen Atemzug schaltete Duncan die Anlage ab. »Tut mir leid, Bashar. Sie haben sich wirklich glänzend verteidigt, aber ich glaube, daß das Alter Sie hat verlieren lassen.«

Er durchquerte erneut den Raum und baute sich vor Teg auf.

»Ein kleiner Schmerz, um mich an den Schmerz zu erinnern, den ich dir zugefügt habe«, sagte Teg. Er rieb sich den prikkelnden Arm.

»Schreiben Sie's der Hitze des Gefechts zu«, sagte Duncan. »Für heute haben wir genug getan.«

»Wohl kaum«, sagte Teg. »Es ist nicht damit getan, wenn man nur seine Muskeln stärkt.«

Als Teg dies sagte, empfand Duncan ein seltsames innerliches Gefühl. Er spürte die unsichere Bewegung jenes unvollständigen Dings, das die Wiedererweckung nicht gänzlich hatte aufrütteln können. Duncan glaubte, daß sich in seinem Innern etwas duckte. Es erschien ihm wie eine gesicherte Stahlfeder, die darauf wartete, daß man sie löste.

»Was würden Sie denn gern noch tun?« fragte Duncan. Seine Stimme klang belegt.

»Hier ist dein Überleben in der Balance«, sagte Teg. »Alles, was wir hier tun, dient dazu, dich zu retten und nach Rakis zu bringen.«

»Weil die Bene Gesserit ein Ziel verfolgen, das Sie, wie Sie behaupten, nicht kennen!«

»Ich kenne es wirklich nicht, Duncan.«

»Aber Sie sind doch ein Mentat.«

»Mentaten benötigen Daten, wenn sie eine Hochrechnung vornehmen wollen.«

»Glauben Sie, daß Lucilla etwas weiß?«

»Ich bin mir dessen nicht gewiß, aber ich möchte dich vor ihr warnen. Sie hat den Befehl, dich nach Rakis zu bringen und dich auf das *vorzubreiten*, was du dort tun sollst.«

»Was ich tun *muß*?« Duncan schüttelte heftig den Kopf. »Soll das heißen, daß ich nicht das Recht habe, für mich selbst zu entscheiden? Was, glauben Sie, haben Sie in mir wiedererweckt? Einen verdammten Gestaltwandler, der nichts anderes kann, als Befehlen zu gehorchen?«

»Willst du damit sagen, daß du nicht nach Rakis gehen wirst?«

»Ich will damit sagen, daß ich, sobald ich weiß, was man mit mir vorhat, meine eigenen Entscheidungen treffen werde. Ich bin kein bezahlter Meuchelmörder.«

»Glaubst du, daß ich einer bin, Duncan?«

»Ich halte Sie für einen ehrenwerten Mann, für jemanden, der bewunderungswürdig ist. Aber ich verlange, daß man mich selbst entscheiden läßt, wie ich zu Pflichten und Ehre stehe.«

»Man hat dir eine Chance gegeben, ein neues Leben zu führen, und ...«

»Aber Sie sind nicht mein Vater, und Lucilla ist nicht meine

Mutter. Eine Einprägerin ist sie? Auf was glaubt sie mich *vorbereiten* zu können?«

»Es kann sein, daß es sich um etwas handelt, von dem sie selbst nichts weiß, Duncan. Vielleicht ist sie – wie ich – auch nur ein Rädchen in einem großen Plan. Und da ich weiß, wie die Schwesternschaft arbeitet, ist dies höchst wahrscheinlich.«

»Mit anderen Worten: Ihr beide bildet mich lediglich aus und liefert mich auf Arrakis ab. – Hier ist das Zeug, das Sie bestellt haben!«

»Dieses Universum«, sagte Teg, »unterscheidet sich beträchtlich von dem, in dem du ursprünglich geboren wurdest. Wie damals haben wir immer noch die Große Konvention gegen Atomwaffen und Pseudo-Atomwaffen wie die Lasgunschild-Interaktion. Wir sind immer noch der Meinung, daß Schleichangriffe ungesetzlich sind. Es existieren eine Menge Papiere überall, auf denen unsere Namen stehen, und die besagen ...«

»Aber die Nicht-Schiffe haben die Voraussetzungen für all diese Abkommen verändert«, sagte Duncan. »Ich glaube, daß ich in der Festung meinen Geschichtsunterricht ganz gut bewältigt habe. Sagen Sie, Bashar, warum hat Pauls Sohn die Tleilaxu aufgefordert, ihn fortwährend mit Duncan Idaho-Gholas zu versorgen, mit Hunderten meines Ichs? Und das seit Jahrtausenden?«

»Pauls Sohn?«

»Die Festungsaufzeichnungen nennen ihn den ›Gott-Kaiser‹. Sie nennen ihn den ›Tyrannen‹.«

»Oh. Ich glaube nicht, daß wir wissen, warum er es getan hat. Vielleicht hat er sich nach jemandem gesehnt, der ...«

»Man hat mich ins Leben zurückgebracht, damit ich mich dem Wurm stelle!« sagte Duncan.

Ist dies tatsächlich der Grund? fragte sich Teg. Er hatte diese Möglichkeit mehr als einmal in Betracht gezogen, aber es war eben nur eine Möglichkeit, keine Hochrechnung. Selbst wenn dem so war – an Tarazas Plan mußte noch etwas mehr sein. Teg spürte es mit jeder Faser seines Mentatwissens. Wußte Lucilla etwas? Teg traute sich nicht zu, einer voll ausgebildeten Ehrwürdigen Mutter Informationen zu entlocken, die sie nicht geben wollte. Nein ... Er würde auf einen günstigen Zeitpunkt warten müssen. Er mußte abwarten, aufpassen und zuhören. Und irgendwie war auch Duncan zu diesem Entschluß gelangt. Es war eine gefährliche Sache, Lucilla zu etwas zwingen zu wollen!

Teg schüttelte den Kopf. »Wirklich Duncan, ich weiß von nichts.«

»Aber Sie befolgen Befehle.«

»Das verlangt mein Eid.«

»Irreführungen, Unwahrheiten – bedeutungslose Worte, wenn das Überleben der Schwesternschaft auf dem Spiel steht«, zitierte Duncan ihn.

»Ja, das habe ich gesagt«, gab Teg zu.

»Ich vertraue Ihnen jetzt, *weil* Sie es gesagt haben«, sagte Duncan. »Aber Lucilla traue ich nicht.«

Teg drückte die Kinnspitze gegen seine Brust. *Gefährlich ... gefährlich ...*

Weitaus langsamer als üblich schob Teg diese Gedanken beiseite, richtete seine Aufmerksamkeit auf einen mentalen Reinigungsprozeß und konzentrierte sich auf die Notwendigkeiten, die Taraza ihm auferlegt hatte.

»*Du bist* mein *Bashar.*«

Duncan musterte den Bashar einen Moment lang. Die Erschöpfungslinien im Gesicht des alten Mannes waren unverkennbar. Duncan fühlte sich plötzlich an das hohe Alter Tegs erinnert, und er fragte sich, ob es Männer wie ihn jemals gereizt hatte, zu den Tleilaxu zu gehen und aus sich einen Ghola machen zu lassen. Wahrscheinlich nicht. Sie wußten, daß sie dann eventuell zu Tleilaxu-Marionetten verkommen würden.

Als dieser Gedanke durch Duncans Bewußtsein flutete, blieb er so unbeweglich stehen, daß Teg, der ihn nur ansah, sofort etwas merkte.

»Stimmt etwas nicht?«

»Die Tleilaxu haben irgend etwas mit mir angestellt«, sagte Duncan mit rauher Stimme. »Irgend etwas, das noch niemand herausgefunden hat.«

»Genau wie wir befürchtet haben!« Es war Lucilla. Sie stand hinter Teg im Eingang. Mit zwei Schritten näherte sie sich Duncan. »Ich habe zugehört. Ihr zwei seid sehr informativ.«

Teg, der die Hoffnung hegte, er könne die von ihr ausgehende Verärgerung aufweichen, sagte schnell: »Er hat heute die sieben Verhaltensweisen gemeistert.«

»Er schlägt zu wie der Blitz«, sagte Lucilla, »aber man sollte nie vergessen, daß wir von der Schwesternschaft wie das Wasser fließen und jeden Raum überschwemmen.« Sie sah Teg von oben herab an. »Siehst du eigentlich nicht, daß unser Ghola über die Verhaltensweisen hinausgegangen ist?«

»Gegen eine flexible Haltung kann man mit starren Ritualen nichts ausrichten«, sagte Duncan.

Teg bedachte ihn mit einem scharfen Blick, aber Duncan blieb mit erhobenem Haupt stehen. Seine Stirn blieb glatt und sein Blick klar, während er Tegs Blick erwiderte. Duncan war in der relativ kurzen Zeit, die seit seinem Erwachen vergangen war, überraschend gewachsen.

»Verflucht, Miles!« murmelte Lucilla.

Tegs Blick blieb weiterhin auf Duncan gerichtet. Der gesamte Körper des Jungen schien ein Ausbund an Schlagkraft zu sein. Ihn umgab eine Ausgeglichenheit, die er vorher nicht bemerkt hatte.

Duncan musterte Lucilla. »Du glaubst, du wirst deinen Auftrag nicht erfüllen können?«

»Aber nicht doch«, sagte sie. »Schließlich bist du immer noch ein männliches Wesen.«

Und sie dachte: *Ja, der Fortpflanzungstrieb muß diesem heranwachsenden Leib bereits stark zusetzen. Wirklich, seine Hormonalzünder sind sämtlich intakt und warten nur darauf, daß man sie anstachelt.* Seine gegenwärtige Verfassung und die Art, wie er sie momentan ansah, zwangen sie jedoch dazu, ihre Aufmerksamkeit auf eine andere Ebene zu richten, die all ihre Energien erforderte.

»Was haben die Tleilaxu mit dir gemacht?« wollte sie wissen.

Mit einer Respektlosigkeit, die er gar nicht verspürte, sagte Duncan: »Oh, Große Einprägerin, glaube mir – wenn ich es wüßte, würde ich es dir sagen.«

»Du glaubst wohl, wir machen hier ein Spielchen?« fragte Lucilla.

»Wenn es eins ist, würde ich gern etwas über die Regeln erfahren.«

»Inzwischen wissen viele, daß wir nicht auf Rakis sind«, sagte sie, »denn man hat von uns erwartet, daß wir dorthin fliehen würden.«

»Und auf Gammu wimmelt es von Menschen, die aus der Diaspora zurückkehren«, sagte Teg. »Sie sind zahlreich genug, um hier alles auf den Kopf zu stellen.«

»Wer würde schon die Existenz einer verschollenen Nicht-Kugel aus der Harkonnen-Ära vermuten?« fragte Duncan.

»Jeder, der eine Verbindung zwischen Rakis und Dar-es-Balat ziehen kann«, sagte Teg.

»Wenn du schon glaubst, hier ginge es um ein Spiel, dann solltest du dich auch mit dessen Notwendigkeiten vertraut machen«, sagte Lucilla. Sie wirbelte auf dem Absatz herum und konzentrierte sich auf Teg. »Und *du* hast Taraza den Gehorsam verweigert!«

»Das ist nicht wahr! Ich habe genau das getan, was sie mir aufgetragen hat. Ich bin ihr Bashar. Du vergißt wohl, wie gut sie mich kennt.«

Mit einer Abruptheit, die sie auf der Stelle zum Schweigen brachte, wurden Lucilla die Hintergründe der Schachzüge Tarazas klar ...

Wir sind die Bauern!

Welches Feingefühl Taraza stets unter Beweis stellte, wenn sie ihre Bauern manövrierte. Lucilla fühlte sich bei dem Gedanken, ein Bauer zu sein, nicht gedemütigt. Dies war ein Wissen, das in jede Ehrwürdige Mutter der Schwesternschaft hineingezüchtet und zu dem sie ausgebildet worden war. Selbst Teg wußte es. *Nein, nicht gedemütigt.* Das, was sie umgab, erhöhte Lucilla innerlich. Tegs Worte erfüllten sie mit Ehrfurcht. Wie seicht war doch ihre bisherige Betrachtungsweise jener Kräfte gewesen, mit denen sie verwoben waren. Es war, als hätte sie lediglich die Oberfläche eines reißenden Stromes gesehen – und von dort aus nur einen kurzen Blick auf die tieferliegenden Wirbel erhascht. Aber jetzt spürte sie, daß es um sie herum überall floß. Und das versetzte sie in Furcht.

Bauern sind entbehrlich.

> *Wegen eures Glaubens an Einzigartigkeiten und das granulöse Ganze streitet ihr jegliche Bewegung ab – sogar die der Evolution! Während ihr ein granulöses Universum in eurem Bewußtsein hervorruft, das dortselbst Gestalt annimmt, seid ihr der Bewegung gegenüber blind. Wenn sich die Dinge ändern, löst sich euer absulutes Universum auf, und es ist für eure sich selbst beschränkende Wahrnehmung nicht mehr zugänglich. Das Universum hat sich an euch vorbeibewegt.*
>
> Erste Fassung des Atreides-Manifests,
> Bene Gesserit-Archiv

Taraza legte die Hände gegen ihre Schläfen und preßte beide Handflächen vor den Ohren gegen ihren Kopf. Selbst ihre Finger konnten die dahinterliegende Müdigkeit spüren. Genau zwischen ihren Händen: Erschöpfung. Ein kurzes Flackern ihrer Lider, und sie fiel in eine Entspannungstrance. Die gegen ihren Kopf gepreßten Hände waren der einzige Brennpunkt körperlicher Wahrnehmung.

Einhundert Herzschläge.

Sie hatte dies regelmäßig praktiziert, seit sie ein Kind gewesen war. Ihre erste Bene Gesserit-Technik. Genau einhundert Herzschläge. Nach all den Jahren der Übung konnte ihr Körper die Schläge automatisch abmessen – wie ein inneres Metronom.

Als sie bei hundert angekommen war und die Augen wieder öffnete, hatte sie ein besseres Gefühl im Kopf. Sie hoffte, daß ihr wenigstens zwei Stunden blieben, bis die Erschöpfung sie erneut übermannen würde. Die einhundert Herzschläge hatten ihr diverse Extrajahre des Wachzustandes verschafft.

Am heutigen Abend jedoch führte der Gedanke an diesen alten Trick ihre Erinnerung geradewegs in die Vergangenheit. Sie fand sich gefangen in ihrer eigenen Kindheit, und zwar in jenem Heim, in dem die Schwester Prokuratorin nächtens an den Bettreihen vorbeiging, um sich zu vergewissern, daß alle schlafend in den Betten lagen.

Schwester Baram, die Nacht-Prokuratorin.

Taraza hatte seit Jahren nicht mehr an sie gedacht. Schwester Baram war untersetzt und dick gewesen: eine Ehrwürdige

Mutter, die versagt hatte. Man hatte es ihr einfach nicht sofort angesehen, aber die Medizinerschwestern und ihre Suk-Ärzte hatten etwas gefunden. Man hatte Baram nie erlaubt, an der Gewürz-Agonie teilzunehmen. Das, was sie über ihren Defekt wußte, hatte sie bereitwillig zugegeben. Man hatte es entdeckt, als sie noch eine Halbwüchsige gewesen war: periodische Nervenzuckungen, die auftraten, wenn sie gerade einschlief. Ein Symptom mit tieferer Bedeutung, aufgrund dessen man sie sterilisiert hatte. Die Zuckungen verurteilten sie zur Schlaflosigkeit; deswegen war es nur logisch, daß sie in der Nacht Rundgänge machte.

Aber Baram hatte auch noch andere Schwächen, die ihre Vorgesetzten nicht entdeckt hatten. Ein aufgewecktes Kind, das zum Waschraum tapste, konnte Baram zu einem leisen Gespräch verleiten. Naive Fragen erzeugten meist naive Antworten, aber manchmal offenbarte Baram ein nützliches Wissen. Sie hatte Taraza den Entspannungstrick beigebracht.

Eines Morgens hatte ein älteres Mädchen Schwester Baram tot im Waschraum aufgefunden. Die Zuckungen der Nacht-Prokuratorin waren das Symptom eines fatalen Defekts gewesen, ein Faktum von größter Wichtigkeit für die niemals endenden Aufzeichnungen der Zuchtmeisterinnen.

Da die Bene Gesserit die vollständige »Einzeltod«-Erziehung in der Regel erst auf den Lehrplan setzten, wenn man in das Stadium einer Helferin übergewechselt war, war Schwester Baram die erste Tote, die Taraza zu Gesicht bekam. Man hatte ihre Leiche halb unter einem Waschbecken liegend vorgefunden. Barams rechte Wange lag gegen den gefliesten Boden gepreßt, während ihre linke Hand das unter dem Becken befindliche Abflußrohr umklammert hielt. Sie hatte versucht, ihren geschwächten Körper hinaufzuziehen, und dabei hatte sie der Tod ereilt, der ihre letzte Bewegung nun zur Schau stellte wie ein in Bernstein gefaßtes Insekt.

Als man Schwester Baram umdrehte, um sie fortzutragen, sah Taraza dort, wo ihre Wange den Boden berührt hatte, einen roten Fleck. Die Tages-Prokuratorin erklärte das Mal mit der ihr eigenen wissenschaftlichen Gelassenheit. Jede Erfahrung konnte für die potentiellen Ehrwürdigen Mütter in Daten umgewandelt werden, die man später in die mit den Helferinnen geführten ›Todeskonversationen‹ einbrachte.

Die fahle Farbe des Todes.

Nun, als sie im Domstift an ihrem Tisch saß – nach all den Jahren, die seit diesem Ereignis vergangen waren –, sah Taraza sich gezwungen, ihre sorgfältig konzentrierten Kräfte zu nutzen, um die Erinnerungen abzuschütteln. Sie mußte sich davon freimachen, um mit der vor ihr liegenden Arbeit beginnen zu können. So viele Lektionen. Sie hatte so unheimlich viele Erinnerungen. Viele Lebensalter waren in ihr vereint. Daß sie die Arbeit sah, die vor ihr lag, bestätigte ihr, daß sie noch da war. Daß sie Dinge zu erledigen hatte. Daß man sie brauchte. Eifrig wandte sie sich ihrer Aufgabe zu.

Sie verfluchte die Notwendigkeit, den Ghola auf Gammu auszubilden.

Aber dieser Ghola erforderte es. Wollte man seine ursprüngliche Persönlichkeit wiederherstellen, war es nötig, daß er den Boden, über den sich seine Füße bewegten, wiedererkannte.

Es war weise gewesen, Burzmali in die Gammu-Arena zu schicken. Wenn Miles tatsächlich ein Versteck gefunden hatte ... wenn er jetzt wieder auftauchte, würde er alle Hilfe brauchen, die er kriegen konnte. Erneut zog sie die Frage in Betracht, ob die Zeit reif dazu war, dem ausgeklügelten Plan zu folgen. Es war so gefährlich! Man hatte die Tleilaxu bereits davon in Kenntnis gesetzt, daß man möglicherweise bald ihren Ersatz-Ghola brauchen würde.

»Macht ihn ablieferungsbereit!«

Ihr Geist wandte sich dem Rakis-Problem zu. Man hätte diesen Narren Tuek besser überwachen sollen. Wie lange konnte ein Gestaltwandler ihn imitieren, ohne aufzufallen? Man konnte Odrades spontaner Entscheidung jedoch nichts Übles nachsagen. Sie hatte die Tleilaxu in eine unhaltbare Position gedrängt. Wenn man die Identität des Gestaltwandlers offenbarte, mußte sich eine Welle des Hasses über die Tleilaxu ergießen.

Das, was sich innerhalb des Bene Gesserit-Plans abspielte, wurde heikel. Seit Generationen gaukelte man der rakisianischen Priesterschaft nun die Möglichkeit eines Bündnisses vor.

Aber jetzt? Nun mußten die Tleilaxu glauben, man habe *sie* den Priestern vorgezogen. Odrades auf drei Pfeilern fußendes Bündnis würde die Priester glauben machen, jede Ehrwürdige Mutter sei bereit, dem Zerlegten Gott den Untertaneneid zu schwören. Das priesterliche Konzil würde aufgrund dieser Aussicht in ein aufgeregtes Gestammel verfallen. Die Tleilaxu sahen jetzt natürlich eine Chance, ein Melange-Monopol zu errichten, da sie zumindest eine Quelle kontrollierten, die von ihnen unabhängig war.

Das Geklapper an der Tür machte Taraza klar, daß eine ihrer Helferinnen mit dem Tee angekommen war. Wenn die Mutter Oberin noch spät arbeitete, verstand sich dies von selbst. Taraza warf einen Blick auf den Tischchrono, ein ixianisches Instrument, das so genau funktionierte, daß es in einem Jahrhundert nur eine Sekunde nachging. Es war 1:23:11.

Sie rief die Helferin herein. Das Mädchen, eine Blaßblonde mit kalten, neugierigen Augen, trat ein und beugte sich vor, um das, was auf ihrem Tablett stand, vor Taraza auszubreiten.

Taraza ignorierte das Mädchen und musterte den Rest der ihr verbliebenen Arbeit. Es war noch viel zu tun. Arbeit war wichtiger als Schlaf. Aber ihr Kopf schmerzte, und sie verspürte ein vielsagendes Schwindelgefühl, als sei ihr Gehirn wie gelähmt. Sie wußte, daß auch der Tee ihr keine große Erleichterung bringen würde. Sie hatte dermaßen viel gearbeitet, daß sie dem geistigen Hungertod nahe war, und dies mußte sie in Ordnung bringen, bevor sie weitermachen konnte. Ihre Schultern und ihr Rücken pulsierten.

Die Helferin wollte hinausgehen, aber Taraza hielt sie mit einer Geste zurück. »Massierst du mir bitte den Rücken, Schwester?«

Die ausgebildeten Hände der Helferin bearbeiteten Tarazas verspannten Rücken. *Gutes Mädchen.* Taraza lächelte bei diesem Gedanken. Natürlich war sie gut. Jemand mit weniger Talenten hätte einer Mutter Oberin nicht dienen dürfen.

Als das Mädchen gegangen war, blieb Taraza schweigend und in Gedanken versunken sitzen. *So wenig Zeit.* Sie gönnte sich keine Minute Schlaf. Es gab keinen anderen Weg. Aber irgendwann verlangte ihr Körper das Unausweichliche. Sie hielt sich nun seit Tagen gewaltsam aufrecht. Ohne den vor ihr stehenden Tee eines Blickes zu würdigen, stand Taraza auf und ging durch den Korridor zu ihrer kleinen Schlafzelle. Sie informierte die Nachtwache, daß man sie um 11:00 wecken sollte, dann legte sie sich voll angezogen auf das harte Lager.

Still regulierte sie ihre Atmung. Sie schaltete ihre Sinne aus und ließ sich in ein geistiges Zwischenstadium fallen.

Der Schlaf kam nicht.

Sie spulte ihr gesamtes Repertoire ab, aber sie schlief trotzdem nicht ein.

Taraza blieb lange Zeit einfach liegen. Schließlich erkannte sie, daß sämtliche Techniken, die dazu dienten, ihr Schlaf zu verschaffen, nicht funktionierten. Sie mußte das Zwischenstadium langsam durchlaufen. In dieser Zeit konnte sie ihre Gedanken dahintreiben lassen.

In der rakisianischen Priesterschaft hatte sie nie ein zentrales Problem gesehen. Die Priester waren religiöse Menschen, also konnte man sie auch mit Religion manipulieren. Sie hielten die Bene Gesserit hauptsächlich für eine Macht, die ihre Dogmen noch verstärkte. Sollten sie es weiterhin glauben. Es war der Köder, der sie blenden würde.

Sie verwünschte Miles Teg. Drei Monate waren vergangen, ohne daß er sich gemeldet hatte. Und auch Burzmali hatte keinen Bericht geliefert, der positiv war. Aufgewirbelter Boden, Anzeichen des Starts eines Nicht-Schiffes. Wohin konnte Teg gegangen sein? Vielleicht war der Ghola schon tot. Teg hatte eine solche Sache noch nie getan. Die alte Verläßlichkeit. Deswegen hatte sie ihn ausgewählt. Dies, seine militärischen Fähigkeiten und seine Ähnlichkeit mit dem alten Herzog Leto – all jene Dinge, die man in ihm herangezüchtet hatte.

Teg und Lucilla. Ein perfektes Team.

Wenn der Ghola nicht tot war – war er dann nicht mehr in ihrer Reichweite? Hatten die Tleilaxu ihn erwischt? Angreifer aus der Diaspora? Es gab viele Möglichkeiten. Die alte Verläßlichkeit. Schweigen. War das Schweigen seine Botschaft? Wenn ja: Was versuchte er ihr zu sagen?

Jetzt, wo sowohl Schwangyu als auch Patrin tot waren, rochen die Ereignisse von Gammu mächtig nach einer Verschwörung. Ob die Möglichkeit bestand, daß irgend jemand vor langer Zeit Teg dazu ausersehen hatte, zum Nachteil der Schwesternschaft zu arbeiten? Unmöglich! Seine gesamte Familie war über jeden Verdacht erhaben. Tegs Tochter, die auf seinem Familiensitz lebte, umgaben nicht mehr Rätsel als jeden anderen.

Drei Monate war er jetzt fort. Und ohne ein Zeichen.

Vorsicht. Sie hatte Teg ermahnt, die größtmögliche Vorsicht an den Tag zu legen, wenn er den Ghola schützte. Teg hatte auf Gammu große Gefahren gesehen. Schwangyus letzte Berichte hatten ihr dies verdeutlicht.

Wohin konnten Teg und Lucilla den Ghola gebracht haben? Woher hatten sie das Nicht-Schiff? Gab es doch eine Verschwörung?

Tarazas Bewußtsein umkreiste ihren tiefgehendsten Verdacht. Steckte Odrade dahinter? Und wer konspirierte dann mit ihr? Lucilla? Odrade und Lucilla hatten sich – abgesehen von der kurzen Begegnung auf Gammu – nie gesehen. Oder vielleicht doch? Wer hatte sich Odrade entgegengebeugt und mit ihr geflüstert? Odrade hatte sich nichts anmerken lassen – aber war das ein Beweis? Lucillas Treue war niemals angezweifelt worden. Beide Frauen funktionierten perfekt – so, wie man es von ihnen erwartete. Aber Verschwörer würden nicht anders handeln.

Tatsachen! Taraza hungerte nach Tatsachen! Das Bett unter ihr raschelte. Ihre Konzentration brach zusammen, zerfiel sowohl vor ihren Sorgen als auch vor den Geräuschen ihrer eigenen Bewegungen. Resignierend versuchte sie sich zu entspannen.

Sie mußte sich entspannen und *dann* einschlafen.

Schiffe aus der Diaspora jagten durch Tarazas von der Erschöpfung vernebelte Vorstellungskraft. Verlorene, die in zahllosen Nicht-Schiffen heimkehrten. Hatte Teg dort ein Schiff gefunden? Man mußte diese Möglichkeit mit größter Diskretion prüfen – auf Gammu und anderswo. Taraza versuchte, imaginäre Schiffchen zu zählen, aber sie weigerten sich, in der Weise vor ihrem inneren Auge zu erscheinen, wie es zum Einschlafen erforderlich war. Ohne sich auf ihrem Lager zu bewegen, wurde sie immer wacher.

Tief in ihrem Geist war etwas, das sich ihr zu offenbaren trachtete. Die Erschöpfung hatte diesen Verständigungsweg jedoch blockiert, und nun ... Hellwach ruckte sie hoch.

Die Tleilaxu hatten mit den Leuten, die aus der Diaspora zurückgekehrt waren, Handel getrieben. Sie hatten sowohl mit den hurenhaften Geehrten Matres als auch mit heimgekehrten Bene Gesserit Geschäfte gemacht. Taraza witterte hinter diesen Fakten einen Plan. Die Verlorenen waren nicht aus simpler Neugier über ihre Vergangenheit zurückgekehrt. Das herdentriebartige Verlangen, sich mit der ganzen Menschheit zu vereinen – dieser Grund reichte nicht aus, um zurückzukommen. Die Geehrten Matres waren ganz klar mit Eroberungsplänen wieder aufgetaucht.

Aber was war, wenn die in die Diaspora hinausgegangenen Tleilaxu das Geheimnis ihrer Axolotl-Tanks nicht mitgenommen hatten? Was war dann? Melange. Die orangeäugigen Huren verwendeten offensichtlich ein inadäquates Ersatzmittel. Vielleicht hatten die Völker aus der Diaspora das Geheimnis der Axolotl-Tanks noch nicht gelöst. Aber sie *würden* davon wissen und den Versuch unternehmen, sie nachzubauen. Aber wenn es ihnen mißlang – Melange!

Sie fing an, diese Projektion weiterzuverfolgen.

Die Verlorenen hatten die echte Melange, die ihre Vorfahren mit in die Diaspora genommen hatten, aufgebraucht. Welche Quellen hatten sie gehabt? Die der Würmer von Rakis und die der Bene Tleilax. Die Huren würden es nicht wagen, ihre wirklichen Interessen zu enthüllen. Ihre Vorfahren hatten geglaubt, daß man die Würmer nicht an andere Orte verpflanzen konnte. Ob es möglich war, daß die Verlorenen einen passenden Planeten für die Würmer gefunden hatten? Natürlich war es möglich. Und um davon abzulenken, hatten sie angefangen, mit den Tleilaxu Geschäfte zu machen. Ihr wirkliches Ziel mußte Rakis sein. Aber auch das Umgekehrte konnte stimmen.

Transportierbarer Reichtum.

Sie hatte gelesen, was Teg über den sich auf Gammu ansammelnden Reichtum geschrieben hatte. Manche der Heimkehrer hatten Münzen und andere Verrechnungseinheiten. Für die Bankgeschäfte eine Kleinigkeit.

Aber welche Währung war höher einzustufen als das Gewürz?

Reichtum an sich. Das war es natürlich. Egal, womit man bezahlte, der Handel hatte bereits begonnen.

Taraza hörte plötzlich Stimmen vor ihrer Tür. Die Nachtwache stritt sich mit jemandem. Die Stimmen waren zwar leise, aber Taraza hörte genug, um sofort hellwach zu werden.

»Sie will erst gegen Mittag geweckt werden«, sagte die Nachtwache protestierend.

Jemand flüsterte: »Ich soll nach meiner Rückkehr sofort zu ihr.«

»Ich sagte Ihnen doch, sie ist sehr müde. Sie braucht jetzt ...«

»Was sie braucht, ist Gehorsam! Sagen Sie ihr, daß ich zurück bin!«

Taraza setzte sich aufrecht hin und schwang die Beine über den Rand ihres Lagers. Ihre Füße fanden den Boden. Götter! Wie ihre Knie schmerzten. Aber es schmerzte sie auch, daß sie die eindringliche Stimme nicht erkannte, die dort mit ihrer Nachtwache stritt.

Wessen Rückkehr habe ich ... Burzmali!

»Ich bin wach!« rief sie.

Die Tür öffnete sich, die Nachtwache beugte sich herein. »Burzmali ist von Gammu zurück, Mutter Oberin.«

»Er soll sofort hereinkommen!« Taraza aktivierte einen einsamen Leuchtglobus, der sich am Kopfende ihres Lagers befand. Das gelbe Licht verdrängte die Finsternis des Raumes auf der Stelle.

Burzmali trat ein und schloß hinter sich die Tür. Ohne daß Taraza es ihm sagen mußte, betätigte er den Geräuschisolatorknopf neben der Tür. Alle Außengeräusche verstummten.

Diskretion? Also brachte er schlechte Nachrichten.

Taraza schaute zu Burzmali auf. Er war ein kleiner, schlanker Bursche mit einem spitzen Gesicht, das in einem schmalen Kinn endete. Blondes Haar erhob sich über einer hohen Stirn. Seine weit auseinanderstehenden grünen Augen waren wachsam. Für einen Mann, auf dessen Schultern die Pflichten eines Bashar lasteten, sah er viel zu jung aus, aber bei Arbelough hatte Teg noch jünger ausgesehen. *Wir werden alt, verdammt noch mal!* Sie zwang sich dazu, sich zu entspannen, und setzte ihr Vertrauen in die Tatsache, daß Teg diesen Mann ausgebildet hatte. Teg wußte, daß er absolut verläßlich war.

»Sie haben schlechte Nachrichten«, sagte Taraza. »Ich will sie hören.«

Burzmali räusperte sich. »Es gibt immer noch kein Lebenszeichen des Bashars und seiner Gruppe auf Gammu, Mutter Oberin.« Er hatte eine tiefe, sehr männlich klingende Stimme.

Und das ist noch nicht einmal das Schlimmste, dachte Taraza. Sie sah die Anzeichen von Burzmalis Erregung klar und deutlich.

»Raus mit allem!« befahl sie. »Ich nehme an, Sie haben die Untersuchung der Festungsruine nun abgeschlossen.«

»Keine Überlebenden«, sagte Burzmali. »Die Angreifer waren gründlich.«

»Tleilaxu?«

»Möglicherweise.«

»Sie haben Zweifel?«

»Die Angreifer setzten einen neuen ixianischen Explosivstoff ein: 12-Uri. Ich ... ich glaube, sie haben dies getan, um uns in die Irre zu führen. Wir haben in Schwangyus Schädel außerdem Löcher für mechanische Gehirnsonden gefunden.«

»Was ist mit Patrin?«

»Genau das, was Schwangyu berichtete. Er hat sich mit dem Köderschiff selbst in die Luft gesprengt. Man identifizierte ihn anhand zweier Fingerspitzen und eines intakten Auges. Mehr blieb nicht übrig, das man hätte untersuchen können.«

»Aber Sie haben Zweifel! Heraus damit!«

»Schwangyu hat eine Botschaft hinterlassen, die nur wir lesen dürfen.«

»Auf den Möbeletiketten?«

»Ja, Mutter Oberin, und ...«

»Dann wußte sie, daß man sie angreifen würde und daß sie Zeit hatte, eine Botschaft zu hinterlassen. Ich habe Ihren ersten Bericht über die Verwüstungen des Angriffs gelesen.«

»Er erfolgte schnell und mähte alles nieder. Die Angreifer haben keinen Versuch unternommen, Gefangene zu machen.«

»Wie lautete die Botschaft?«

»Huren.«

Taraza versuchte mit dem Schock fertigzuwerden, obwohl sie genau dieses Wort erwartet hatte. Die Anstrengung, äußerlich gelassen zu bleiben, zehrte an ihren Energien. Das war eine sehr schlechte Sache. Taraza erlaubte sich einen tiefen Seufzer. Schwangyus Opposition hatte bis zum Ende Bestand gehabt. Aber dann, als sie die heraufziehende Katastrophe gesehen hatte, hatte sie eine passende Entscheidung gefällt. Im Bewußtsein, sterben zu müssen, ohne die Möglichkeit zu haben, ihre Erinnerungen an eine andere Ehrwürdige Mutter weitergeben zu können, hatte sie sich auf das Fundament ihrer Loyalität besonnen: Wenn du nichts anderes mehr tun kannst, rüste deine Schwestern aus und frustriere so den Gegner.

Also hatten die Geehrten Matres zugeschlagen!

»Erzählen Sie mir von der Suche nach dem Ghola!« befahl Taraza.

»Wir waren nicht die ersten, die das Gelände abgesucht haben, Mutter Oberin. Das haben wir anhand zahlreicher verbrannter Bäume und Felsen festgestellt.«

»Aber es war ein Nicht-Schiff?«

»Es waren die *Zeichen*, die ein Nicht-Schiff hinterläßt.«

Taraza nickte vor sich hin. Eine stumme Botschaft seiner alten Verläßlichkeit?

»Wie ausführlich haben Sie das Gelände untersucht?«

»Ich bin lediglich während eines Routinetrips von einem Punkt zu einem anderen darüber hinweggeflogen.«

Taraza winkte Burzmali zu einem Sessel am Fußende ihres Lagers. »Setzen Sie sich hin und entspannen Sie sich! Ich möchte, daß Sie für mich einige Vermutungen äußern.«

Burzmali nahm sorgfältig auf dem Sessel Platz. »Vermutungen?«

»Sie waren sein Lieblingsschüler. Ich möchte, daß Sie sich vorstellen, Sie seien Miles Teg. Sie wissen, daß Sie den Ghola aus der Festung bringen müssen. Aber Sie vertrauen niemandem aus Ihrer unmittelbaren Umgebung, nicht einmal Lucilla. Was würden Sie tun?«

»Etwas, das man nicht erwartet, natürlich.«

»Natürlich.«

Burzmali rieb sein schmales Kinn. Plötzlich sagte er: »Ich vertraue Patrin. Und zwar voll und ganz.«

»Na schön, Sie und Patrin. Was tun Sie dann?«

»Patrin wurde auf Gammu geboren.«

»Darüber habe ich auch schon nachgedacht«, sagte Taraza.

Burzmali musterte den vor ihm liegenden Boden. »Patrin und ich ... Wir tüfteln einen Plan für den Notfall aus – und zwar lange bevor wir ihn wirklich brauchen. Ich arbeite stets einen Alternativplan aus, wenn Probleme sich abzeichnen.«

»Sehr gut. Jetzt der Plan. Was tun Sie?«

»Warum hat Patrin sich umgebracht?« fragte Burzmali.

»Sind Sie sicher, daß er das getan hat?«

»Sie haben die Berichte gelesen. Schwangyu und mehrere andere waren sich der Sache sicher. Ich akzeptiere sie. Patrin war seinem Bashar so treu ergeben, daß ich ihm eine solche Handlung zutraue.«

»Ihnen! Sie sind jetzt Miles Teg. Welchen Plan haben Sie mit Patrin zusammen ausgeheckt?«

»Ich würde Patrin nicht mit vollem Bewußtsein in den Tod gehen lassen.«

»Es sei denn?«

»Patrin hat diesen Plan selbst vorbereitet. Dies hätte so sein können, wenn der Plan seine Idee gewesen wäre und nicht die meine. Er hätte dies tun können, um mich zu schützen, um sicherzustellen, daß niemand den Plan durchschaut.«

»Wie hätte Patrin ein Nicht-Schiff rufen können, ohne daß wir davon erfahren hätten?«

»Patrin wurde auf Gammu geboren. Seine Familie hat schon in den Giedi Primus-Zeiten hier gelebt.«

Taraza schloß die Augen und wandte den Kopf von Burzmali ab. Also verfolgte Burzmali die gleichen vorgegebenen Spuren, die auch sie schon im Geiste untersucht hatte. *Wir wissen um Patrins Abstammung.* Was war das Hervorstechende an seiner Beziehung zu Gammu? Ihr Geist weigerte sich, in haltlose Spekulationen einzutreten. Das hatte sie nun davon, daß sie es sich gestattet hatte, so müde zu werden! Erneut sah sie Burzmali an.

»Hat Patrin einen Weg gefunden, mit seiner Familie oder alten Freunden Kontakt aufzunehmen?«

»Wir haben jeden Kontakt untersucht, den wir haben ausmachen können.«

»Bleiben Sie dran! Sie haben sicher noch nicht alle aufgespürt.«

Burzmali zuckte die Achseln. »Natürlich nicht. Aufgrund dieser Annahme haben wir auch noch nicht gehandelt.«

Taraza atmete tief ein. »Kehren Sie nach Gammu zurück! Nehmen Sie so viele Leute mit, wie wir entbehren können, ohne unsere Sicherheit zu gefährden. Sagen Sie Bellonda, daß so meine Befehle lauten! Sie müssen alles mit Hilfe von Agenten unterminieren. Finden Sie heraus, was Patrin wußte! Was ist mit seiner Familie? Seinen Freunden? Quetschen Sie sie aus!«

»Dies dürfte Aufsehen erregen, auch wenn wir so leise wie möglich vorgehen. Andere werden davon erfahren.«

»Wir können es nicht vermeiden. Und ... Burzmali?«

Er sprang auf. »Ja, Mutter Oberin?«

»Was die anderen angeht, die nach ihm suchen: Wir müssen ihnen voraus sein.«

»Darf ich einen Gildennavigator einsetzen?«

»Nein!«

»Aber wie ...«

»Burzmali, was wäre, wenn sich Miles, Lucilla und der Ghola noch immer auf Gammu befänden?«

»Ich habe bereits darauf hingewiesen: Ich kann den Gedanken nicht akzeptieren, daß sie in einem Nicht-Schiff verschwunden sind.«

Taraza musterte den am Fußende ihres Lagers stehenden Mann einen Moment lang schweigend. Miles Teg hatte ihn ausgebildet. Er war der Lieblingsschüler des alten Bashars. Welcher Spur folgte der trainierte Instinkt Burzmalis?

Mit leiser Stimme sagte sie: »Ich höre.«

»Gammu hieß früher Giedi Primis; der Planet gehörte den Harkonnens.«

»Und was sagt Ihnen das?«
»Die waren reich, Mutter Oberin, sehr reich.«
»Und?«
»Reich genug, um sich einen Nicht-Raum installieren zu lassen, von dem niemand je etwas erfahren hat ... – und sogar eine große Nicht-Kugel.«
»Darüber gibt es keine Aufzeichnungen! Ix hat niemals auch nur eine solche Sache angedeutet. Sie haben auf Gammu nichts mehr sondiert seit ...«
»Bestechung. Aktionen über Strohmänner, viele kleine Schiffsladungen«, sagte Burzmali. »Die Hungerjahre waren äußerst brisant, und davor lagen die Jahrtausende des Tyrannen.«
»In denen die Harkonnens entweder die Köpfe hängen ließen oder sie verloren. Aber dennoch, ich kann eine solche Möglichkeit nicht ausschließen.«
»Unterlagen können verlorengehen«, sagte Burzmali.
»Nicht die unseren – oder die anderer noch existierender Regierungen. Was bringt Sie auf diese Spekulation?«
»Patrin.«
»Ahhh.«
Burzmali sagte schnell: »Wäre ein solches Ding je entdeckt worden, dann doch wohl von einem Einheimischen.«
»Wie viele würden dann davon wissen? Glauben Sie, man hätte ein solches Geheimnis so lange bewahren können, bis ... Ja! Ich verstehe, was Sie meinen. Wenn es ein Geheimnis der Familie Patrins wäre ...«
»Ich habe es noch nicht gewagt, jemanden danach zu fragen.«
»Natürlich nicht! Wo sollten Sie auch suchen – ohne Aufmerksamkeit zu erregen?«
»An dem Berg, an dem wir die Nicht-Schiff-Male gefunden haben.«
»Dann wäre es erforderlich, daß Sie allein gingen.«
»Was vor Spitzeln sehr schwer zu verbergen wäre«, stimmte Burzmali ihr zu. »Es sei denn, ich ginge mit einem kleinen Trupp, der scheinbar ein ganz anderes Ziel verfolgt.«
»Welches, zum Beispiel?«

»Um ein Kreuz zum Angedenken an meinen alten Bashar aufzustellen.«

»Und um anzudeuten, daß wir von seinem Tod wissen? Ja!«

»Sie haben die Tleilaxu ja inzwischen angewiesen, unseren Ghola zu ersetzen.«

»Das war eine simple Vorsichtsmaßnahme und hatte nichts zu tun mit ... Burzmali, dies ist eine äußerst gefährliche Angelegenheit. Ich bezweifle, daß wir die Leute, die jeden Ihrer Schritte auf Gammu bespitzeln, dermaßen hinters Licht führen können.«

»Der Kummer, den meine Leute und ich ausstrahlen werden, wird dramatisch und glaubhaft ausfallen.«

»Das Glaubhafte muß einen wachsamen Beobachter nicht unbedingt überzeugen.«

»Vertrauen Sie meiner Loyalität und der Treue der Leute nicht, die ich mitzunehmen gedenke?«

Taraza schürzte nachdenklich die Lippen. Ihr fiel ein, daß manipulierte Treue eine Sache war, die sie von den Atreides übernommen hatten: Wie man Menschen produzierte, die einem äußerste Verehrung entgegenbrachten. Burzmali und Teg waren die besten Beispiele dieser Manipulation.

»Es könnte klappen«, stimmte Taraza ihm zu. Sie musterte Burzmali eingehend. Tegs Lieblingsschüler konnte recht haben!

»Dann gehe ich«, sagte Burzmali. Er wandte sich um.

»Einen Augenblick«, sagte Taraza.

Burzmali drehte sich wieder um.

»Sie pumpen sich und ihre Männer mit Shere voll. Wenn die Gestaltwandler Sie schnappen sollten – die neuen, meine ich –, sorgen Sie dafür, daß ihnen kein Kopf in die Hände fällt. Sie sind zu verbrennen oder völlig zu zerschmettern. Sorgen Sie für alle nötigen Vorsichtsmaßnahmen.«

Der Ausdruck plötzlicher Ernüchterung auf Burzmalis Gesicht machte Taraza zuversichtlich. Er war einen Moment lang stolz auf sich gewesen. Es war besser, sein Stolz wurde etwas gedämpft. Er hatte keinen Grund, zu unbekümmert zu sein.

> *Wir haben lange gewußt, daß die Objekte unserer fühlbaren Sinneserfahrungen nach Belieben beeinflußt werden können – sowohl bewußt als auch unbewußt. Dies ist eine erwiesene Tatsache, die es nicht erforderlich macht, daß wir an irgendeine uns innewohnende Kraft glauben, die hinausreicht und das Universum berührt. Ich spreche damit eine pragmatische Verbindung an zwischen dem Glauben und dem, was wir als ›wirklich‹ bezeichnen. Sämtliche unserer Beurteilungen sind geprägt von der schweren Bürde des Glaubens unserer Altvorderen, dem wir Bene Gesserit mehr als alle anderen gegenüber anfällig sind. Es genügt nicht, sich dessen bewußt zu sein und sich dagegen zu wappnen. Alternativ-Interpretationen müssen stets unsere Aufmerksamkeit in Anspruch nehmen.*
>
> Mutter Oberin Taraza:
> Ratsvortrag

»Hier wird Gott uns prüfen«, freute sich Waff.

Er hatte dies während der langen Reise durch die Wüste immer dann gesagt, wenn man es am wenigsten erwartete. Sheeana tat so, als höre sie nichts, aber Waffs Stimme und seine Kommentare zerrten allmählich an Odrades Nerven.

Die Sonne des Planeten Rakis wandte sich im fernen Westen dem Horizont entgegen, aber der Wurm, der sie beförderte, zeigte keine Anzeichen von Müdigkeit, während er durch die uralte Sareer auf die Überreste der großen Mauer des Tyrannen zujagte.

Warum diese Richtung? fragte sich Odrade.

Keine Antwort befriedigte sie. Der Fanatismus und die neuerliche Gefahr, die Waff ausstrahlte, erforderten jedoch eine augenblickliche Reaktion. Sie verfiel in den Jargon des Shariat, vor dem, wie sie wußte, er sich beugen würde.

»Laßt Gott urteilen, nicht den Menschen!«

Als Waff den tadelnden Tonfall ihrer Stimme bemerkte, verfinsterte sich sein Gesicht. Er blickte auf den sich vor ihnen ausbreitenden Horizont und sah dann zu den Thoptern auf, die mit ihnen Schritt hielten.

»Menschen müssen Gottesarbeit leisten«, murmelte er.

Odrade antwortete nicht. Waff schien wieder in seine alten

Zweifel zu verfallen. Wahrscheinlich fragte er sich jetzt, ob die Bene Gesserit-Hexen wirklich den Großen Glauben teilten.

Odrades Gedanken beschäftigten sich mit unbeantworteten Fragen. Sie rief rasch alles ab, was sie über die Würmer von Rakis wußte. Zusammen mit dem Wissen all jener, die in ihr waren, webten ihre persönlichen Erinnerungen eine wirre Collage. Vor ihrem inneren Auge tauchten in Roben gekleidete Fremen auf. Sie standen auf einem Wurm, der größer war als jener, den sie augenblicklich ritten. Jeder der Reiter lehnte sich gegen einen langen, mit Haken versehenen Stab, der zwischen die Segmentringe des Wurms griff – ebenso wie der, den sie jetzt hielt. Sie spürte den Wind auf den Wangen; ihr Gewand klatschte gegen ihre Schenkel. Dieser und alle anderen Ritte verschmolzen zu etwas, das sie seit langem kannte.

Es ist lange her, seit eine Atreides so geritten ist.

Hatte sie in Dar-es-Balat eine Ahnung gehabt, wohin es sie verschlagen würde? Kaum. Aber es war so heiß gewesen – und ihren Geist hatte es nach der Beantwortung der Frage gedürstet, was wohl während dieses Unternehmens in der Wüste geschehen könnte. Sie hätte etwas wachsamer sein müssen.

Ebenso wie jede andere Gemeinde auf Rakis zog sich Dar-es-Balat während der Hitze des frühen Nachmittags in sich selbst zurück. Odrade erinnerte sich an das Scheuern ihres neuen Destillanzugs, als sie im Schatten eines Gebäudes nahe der Westgrenze Dar-es-Balats gewartet hatte. Sie hatte auf die Eskorten gewartet, die Sheeana und Waff aus den sicheren Unterkünften begleiteten, in denen sie sie untergebracht hatte.

Welch reizendes Ziel sie abgegeben hatte. Aber man war sich der rakisianischen Willfährigkeit sicher gewesen. Die Bene Gesserit-Eskorten hatten sich nur unmaßgeblich verspätet.

»Shaitan mag die Hitze«, hatte Sheeana gesagt.

Die Rakisianer versteckten sich vor der Hitze, aber die Würmer mochten sie. War dies ein signifikantes Faktum? Offenbarte dies den Grund, warum der Wurm eine bestimmte Richtung einschlug?

Meine Gedanken springen umher wie ein Gummiball!

Welche Bedeutung hatte es, daß die Rakisianer vor der Sonne flohen, während ein kleinwüchsiger Tleilaxu, eine Ehr-

würdige Mutter und ein wildes junges Mädchen auf dem Rücken eines Wurms durch die Wüste jagten? Auf Rakis war dies eine uralte Verhaltensweise. Es war überhaupt nichts Überraschendes daran. Aber die alten Fremen hatten derlei Dinge hauptsächlich nachts getan. Ihre modernen Nachfahren verließen sich eher auf den Schatten, um sich vor dem heißen Sonnenlicht zu schützen.

Wie sicher die Priester sich hinter ihren Schutzgräben fühlten!

Jeder Bewohner einer rakisianischen Stadt wußte, daß er von einem Qanat umgeben war, von träge dahinfließendem Wasser in schattiger Dunkelheit, von denen kleine Rinnsale abgeleitet wurden, um die schmalen Kanäle zu speisen, deren Verdunstung von den Windfallen wieder aufgefangen wurde.

»Unsere Gebete schützen uns«, sagten sie, aber sie wußten sehr gut, was sie wirklich beschützte.

»Man sieht seine heilige Erscheinung in der Wüste.«
Der Heilige Wurm.
Der Zerlegte Gott.

Odrade warf einen Blick auf die vor ihr liegenden Ringsegmente des Wurms. *Und hier ist er!*

Sie dachte an die Priester unter den Beobachtern an Bord der über ihnen dahinfliegenden Thopter. Wie gern sie andere bespitzelten! Sie hatte gespürt, daß man sie während ihres Wartens auf Sheeana und Waff in Dar-es-Balat beobachtet hatte. Augen hinter den hochliegenden Gittern versteckter Balkone. Augen, die durch Schlitze in dicken Wänden spähten. Augen, hinter Spiegel-Plaz verborgen, die sie von verdunkelten Orten her anstarrten.

Während Odrade den Verlauf der Zeit anhand der Bewegung der Schattenlinie auf einer vor ihr aufragenden Mauer gemessen hatte, hatte sie sich gezwungen, diese Gefahren zu ignorieren. Die Schatten waren ein sicherer Zeitmesser auf einer Welt, in der sich die meisten nach der Sonne richteten.

In ihr hatte sich Spannung aufgebaut, die sich noch verstärkt hatte durch das Bemühen, unbekümmert zu erscheinen. Würden sie angreifen? Würden sie es wagen, obwohl sie wußten, daß sie alle Vorsichtsmaßnahmen ergriffen hatte? Wie wütend mochten die Priester sein, nachdem man sie gezwungen hatte, in das geheime Bündnis mit den Tleilaxu einzutreten? Ihren Beraterinnen in der Festung hatte es gar nicht gefallen, daß sie vorhatte, die Rolle eines Köders für die Priester abzugeben.

»Laß es eine von *uns* tun!«

Odrade war hart geblieben: »Sie würden nicht darauf hereinfallen. Das Mißtrauen würde sie fernhalten. Außerdem werden sie bestimmt Albertus schicken.«

Also hatte sie im Hofgarten von Dar-es-Balat gewartet, in den schattengrünen Tiefen. Dort hatte sie Posten bezogen und die sechs Stockwerke über ihr verlaufende Schattenlinie gemustert. Vorbei an den geschnitzten Balustraden der mit Balkonen versehenen Ebenen: grüne Pflanzen, leuchtend rote, orangefarbene und blaue Blumen; über den Gebäuden ein Ausschnitt des silberfarbenen Himmels.

Und die heimlichen Blicke.

Eine Bewegung – rechts von ihr, an dem breiten Tor, das zur Straße führte. Eine einsame Gestalt in priesterlichem Gold, Purpur und Weiß betrat den Hofgarten. Odrade studierte ihn, suchte nach Erkennungsmerkmalen, um herauszufinden, ob die Tleilaxu ihren Einflußbereich durch den Einsatz eines weiteren Gestaltwandlers ausgedehnt hatten. Aber die Gestalt gehörte einem Menschen, einem Priester, den sie wiedererkannte: Albertus, der Senior von Dar-es-Balat.

Wie wir erwartet hatten.

Albertus bewegte sich durch das weitläufige Atrium und kam über den Hof auf sie zu. Er ging mit sorgfältig bemessener Würde. War das ein schlechtes Omen? Würde er irgendwelchen Meuchelmördern ein Zeichen geben? Odrade warf einen Blick auf die Balkone: auf den höheren Ebenen gewahrte sie hin- und herhuschende Bewegungen. Der auf sie zukommende Priester war nicht allein.

Ebensowenig wie ich!

Zwei Schritte vor Odrade blieb Albertus stehen. Sein Blick, der bisher auf den komplizierten goldenen und purpurnen Mustern des gefliesten Bodens geruht hatte, richtete sich auf sie.

Er hat weiche Knochen, dachte Odrade.

Sie zeigte ihm nicht, daß sie ihn erkannte. Albertus gehörte zu denjenigen, die wußten, daß man ihren Hohepriester durch einen Gestaltwandler ersetzt hatte.

Albertus räusperte sich und holte bebend Luft.

Weiche Knochen. Und einen weichen Körper.

Obwohl dieser Gedanke Odrade amüsierte, reduzierte er nicht ihre Wachsamkeit. Ehrwürdige Mütter bemerkten solche Dinge stets. Man suchte einfach nach den Merkmalen der Herkunft. Die Elite, von der Albertus abstammte, hatte ihre genetischen Mängel; Grundlagen, die die Schwesternschaft in seinen Nachkommen zu korrigieren versuchen würde, sollte es je wünschenswert erscheinen, ihn zu einem Zuchtobjekt zu machen. Natürlich mußte man dies ins Auge fassen. Albertus war in eine Machtposition aufgestiegen – zwar in aller Stille, aber zweifellos –, deswegen mußte man herausfinden, ob dies auf wertvolles genetisches Material hinwies. Albertus hatte jedoch nur eine jämmerliche Erziehung genossen. Eine Helferin im ersten Jahr wäre mit ihm fertig geworden. Seit den alten Zeiten der Fischredner war es mit der Verfassung der Priesterschaft ständig bergab gegangen.

»Was wollen Sie hier?« verlangte Odrade zu wissen und ließ ihre Frage bewußt wie einen Vorwurf klingen.

Albertus zitterte. »Ich bringe eine Botschaft Ihrer Leute, Ehrwürdige Mutter.«

»Sprechen Sie!«

»Es kam zu einer kurzen Verzögerung ... – wegen des Weges, der zu vielen Leuten bekannt ist.«

Immerhin, es war die Geschichte, die man den Priestern aufzutischen beschlossen hatte. Aber die sonstigen Merkmale auf Albertus' Gesicht waren leicht lesbar. Wer mit ihm ein Geheimnis teilte, mußte darauf gefaßt sein, daß es sein Gesicht verriet.

»Ich wünsche mir fast, ich hätte den Befehl gegeben, Sie umzubringen«, sagte Odrade.

Albertus zog sich zwei Schritte zurück. Sein Blick war leer, als sei er jetzt schon gestorben. Seine Reaktion war sehr aufschlußreich. Albertus war jetzt in das alles enthüllende Stadium eingetreten, in dem die Angst nach seinem Hodensack griff. Er wußte, daß die schreckliche Ehrwürdige Mutter Odrade ihn mit einem Todesbann belegen oder mit ihren eigenen Händen umbringen konnte. Was er auch sagte oder tat – nichts würde ihrem entsetzlichen prüfenden Blick entgehen.

»Sie haben darüber nachgedacht, ob Sie *mich* umbringen und unsere Festung in Keen vernichten sollen«, sagte Odrade im Tonfall einer Anklägerin.

Albertus zitterte jetzt noch stärker. »Warum sagen Sie solche Dinge, Ehrwürdige Mutter?« In seiner Stimme klang ein enthüllendes Winseln mit.

»Sie sollten nicht versuchen, es abzustreiten«, sagte sie. »Ich frage mich, wer schon alles herausgefunden hat, wie leicht Sie zu durchschauen sind. An sich sollten Sie ein Geheimnisbewahrer sein. Niemand erwartet von Ihnen, daß Sie mit einem Gesicht herumlaufen, auf dem alle unsere Geheimnisse offen geschrieben stehen!«

Albertus fiel auf die Knie. Odrade rechnete damit, daß er sich ganz in den Staub warf.

»Aber Ihre Leute haben mich doch geschickt!«

»Und Sie waren nur zu glücklich, dieser Aufforderung Folge zu leisten! Weil Sie herausbekommen wollten, ob es eine Möglichkeit gibt, mich umzubringen!«

»Warum sollten wir ...«

»Schweigen Sie! Sie haben etwas dagegen, daß Sheeana unserer Kontrolle untersteht. Sie haben Angst vor den Tleilaxu. Man hat bestimmte Dinge aus Ihren *priesterlichen* Händen genommen und Dinge in Bewegung gesetzt, die Ihnen Furcht einflößen.«

»Ehrwürdige Mutter! Was sollen wir tun? Was sollen wir tun?«

»Ihr werdet uns gehorchen! Und noch mehr als das: Ihr werdet Sheeana gehorchen! Ihr habt Angst vor dem, was wir heute tun wollen? Ihr solltet euch vor ganz anderen Dingen fürchten!«

Odrade schüttelte in höhnischer Verachtung den Kopf, denn sie wußte genau, welche Auswirkungen ihre Worte auf den armen Albertus haben würden. Er krümmte sich unter der Wucht ihres Zorns.

»Aufstehen!« befahl sie. »Und denken Sie daran, daß Sie ein Priester sind, und daß man von Ihnen Wahrheiten verlangt!«

Stolpernd und mit gesenktem Kopf kam Albertus wieder auf die Beine. Odrade sah die Reaktion seines Körpers auf seinen Entschluß, keine Ausflüchte zu gebrauchen. Welche Prüfung mußte dies für ihn sein! Pflichtgetreu der Ehrwürdigen Mutter gegenüber, die offensichtlich in sein Herz schauen konnte, mußte er nun auch gegenüber seinem Glauben ehrerbietig sein. Er mußte sich dem äußersten Paradoxon aller Religionen stellen:

Gott sieht alles!

»Sie werden nichts vor mir geheimhalten, nichts vor Sheeana, und nichts vor Gott«, sagte Odrade.

»Vergebung, Ehrwürdige Mutter!«

»Vergebung? Weder liegt es in meiner Macht, Ihnen zu vergeben, noch sollten Sie mich darum bitten. Sie sind ein Priester!«

Albertus schaute auf und sah in das zornige Gesicht Odrades. Nun mußte er mit dem Paradoxon allein fertig werden. Gott war gewiß hier! Aber in der Regel befand er sich meist weit entfernt, um Konfrontationen aufzuschieben. Morgen war wieder ein neuer Tag des Lebens. Klar. Und es war ganz in Ordnung, wenn man sich ein paar kleine Sünden gestattete – vielleicht die eine oder andere Lüge. Für den Augenblick. Wenn die Verlockung allzu groß war, konnte man hin und wieder auch im Großformat sündigen. Von den Göttern wußte man ja, daß sie gerade großen Sündern besondere Nachsicht entgegenbrachten. Irgendwann konnte man sich ja bessern.

Odrade musterte Albertus mit dem analytischen Blick der Missionaria Protectiva.

Ahhh, Albertus, dachte sie. *Aber jetzt befindest du dich in Gegenwart eines Mitmenschen, der über alle Dinge Bescheid weiß, von denen du glaubtest, sie seien Geheimnisse zwischen dir und deinem Gott.*

Was Albertus anging, so konnte seine gegenwärtige Lage sich kaum vom Tod und der letzten Reise zur letzten Aburteilung durch seinen Gott unterscheiden. So konnte man gewiß den unbewußten Hintergrund dessen beschreiben, was für den

Zerfall der Willenskraft des Priesters verantwortlich war. Sämtliche religiösen Ängste, die er hatte, waren in ihm hochgestiegen und richteten sich auf eine *Ehrwürdige Mutter*.

In ihrem trockensten Tonfall, wobei sie nicht einmal die Kraft ihrer Stimme einsetzte, sagte Odrade: »Ich wünsche, daß diese Farce sofort aufhört.«

Albertus wollte schlucken. Er wußte, daß er nicht lügen konnte. Möglicherweise wußte er noch, wie man log, aber das nützte ihm jetzt nichts mehr. Unterwürfig fiel sein Blick auf Odrades Stirn, dorthin, wo der Kappenrand ihres Destillanzugs oberhalb ihrer Brauen eine tiefe Linie gezogen hatte. Als er sprach, waren seine Worte nur noch ein Flüstern:

»Ehrwürdige Mutter, es ist nur so, daß wir uns übergangen fühlen. Sie und der Tleilaxu gehen mit *unserer* Sheeana in die Wüste. Sie werden beide etwas von ihr lernen, und ...« Seine Schultern sackten herab. »Warum nehmen Sie den Tleilaxu mit?«

»Weil Sheeana es so wünscht«, log Odrade.

Albertus machte den Mund auf, aber er schloß ihn wieder, ohne etwas gesagt zu haben. Odrade bemerkte, daß er ihre Antwort akzeptierte.

»Sie werden mit meiner Warnung zu den Ihren zurückkehren«, sagte Odrade. »Das Überleben des Planeten Rakis und seiner Priesterschaft hängt allein davon ab, wie bedingunglos man mir gehorcht. Man wird uns keinesfalls mehr behindern! Und was die kindische Verschwörung gegen uns angeht – Sheeana verrät uns jeden bösen Gedanken, den Sie haben!«

Albertus' Reaktion auf diese Worte überraschte sie. Er schüttelte den Kopf und stieß ein trockenes Gekicher aus. Es war Odrade schon aufgefallen, daß viele der Priester sich an Niederlagen erfreuten, aber sie hatte nicht vermutet, daß sie sich auch über ihr eigenes Versagen amüsieren konnten.

»Ich finde Ihr Gelächter nichtssagend«, sagte sie.

Albertus zuckte die Achseln und bemühte sich, gelassen zu erscheinen. Odrade hatte schon mehrere seiner Masken gesehen. Fassaden! Er trug mehrere davon übereinander. Und tief unter ihnen, unter all diesen zur Verteidigung dienenden Tarnungen, befand sich ein Mensch, der sich Sorgen machte, jener

Mensch, den sie gerade noch demaskiert hatte. Wenn man den Priestern jedoch zu sehr mit Fragen zusetzte, verfielen sie auf eine geradezu gefährliche Weise in die blumigsten Erklärungen.

Ich muß den Besorgten wieder in ihm hervorrufen, dachte Odrade. Als Albertus zum Sprechen ansetzte, unterbrach sie ihn.

»Genug! Sie warten auf mich, bis ich aus der Wüste zurückkehre. Und jetzt sind Sie *mein* Kurier! Überbringen Sie meine Nachricht wortwörtlich, und Sie werden eine größere Belohnung erhalten, als Sie sich je erträumt haben. Versagen Sie, werden Sie die Agonie Shaitans erleben!«

Odrade schaute Albertus zu, als er mit eingezogenen Schultern rennend den Hofgarten hinter sich ließ. Er hielt den Kopf vorgereckt, als könne er es gar nicht erwarten, so schnell wie möglich in die Hörweite seiner Brüder zu gelangen.

Insgesamt gesehen, dachte Odrade, hatte alles geklappt. Sie war ein kalkuliertes Risiko und eine sie persönlich bedrohende Gefahr eingegangen. Sie zweifelte nicht daran, daß auf den Balkonen versteckte Meuchelmörder gewartet hatten. Sie hatten nur auf ein Signal von Albertus gewartet. Und die Angst, die er nun in sich zu ihnen zurückbrachte, war eine Sache, die die Bene Gesserit dank ihrer jahrtausendelangen Manipulationen bestens kannten. So ansteckend und so tödlich wie jede Pest. Die ausbildenden Schwestern bezeichneten sie als ›inszenierte Hysterie‹. Man hatte sie inszeniert (›auf ein Ziel gerichtet‹ war wohl treffender), damit sie bis ins Herz der rakisianischen Priesterschaft drang. Man konnte sich auf sie verlassen, besonders angesichts des nun einsetzenden Nachdrucks. Die Priester würden sich fügen. Von nun an brauchte man nur noch die wenigen immunen Ketzer zu fürchten.

> *Dies ist das ehrfurchtgebietende Universum der Magie: Es gibt keine Atome, überall sind nur Wellen und Bewegung. Hier sagt man sich von allen Verständigungsbarrieren los. Man verständigt sich nicht mehr. Man kann dieses Universum weder sehen noch hören, noch auf irgendeine Weise mit herkömmlichen Sinnen erfassen. Es ist die äußerste Leere, in der es keine vorher angeordneten Schirme gibt, auf die man irgendwelche Formen projizieren könnte. Hier wird man nur eines gewahr – des Schirms der Magier: Imagination! Hier erfährt man, was es ist, menschlich zu sein. Du bist der Schöpfer der Ordnung, herrlicher Formen und Systeme, der Organisator des Chaos.*
>
> Das Atreides-Manifest
> Bene Gesserit-Archiv

»Was du tust, ist zu gefährlich«, sagte Teg. »Meine Befehle besagen, daß ich dich beschützen und stärken soll. Ich kann das nicht weiter zulassen.«

Teg und Duncan standen in einem langen, holzgetäfelten Korridor vor dem Übungsraum der Nicht-Kugel. Ihre innere Uhr sagte ihnen, daß es Spätnachmittag war. Lucilla hatte gerade nach einer ärgerlichen Konfrontation das Weite gesucht. Jede der kürzlich erfolgten Begegnungen zwischen Duncan und Lucilla hatte den Charakter einer Auseinandersetzung angenommen. Gerade noch hatte sie im Eingang des Übungsraums gestanden, eine wie angewachsen wirkende Gestalt, deren weiche Formen und verführerische Bewegungen beiden Männern aufgefallen war.

»Hör damit auf, Lucilla!« hatte Duncan befohlen.

Nur ihre Stimme deutete an, daß sie verägert war: »Wie lange, glaubst du, werde ich noch darauf warten, daß du meine Befehle ausführst?«

»So lange, bis mir jemand sagt, daß ich ...«

»Taraza verlangt etwas von dir, wovon wir nichts wissen!« sagte Lucilla.

Teg unternahm einen Versuch, den aufsteigenden Ärger der beiden zu dämpfen. »Bitte«, sagte er, »reicht es denn nicht, daß Duncan hier den Starrkopf spielt? In ein paar Tagen werde ich anfangen, mich draußen umzusehen. Wir können ...«

»Du kannst damit aufhören, dich in meine Angelegenheiten zu mischen, verdammt nochmal!« fauchte Lucilla. Sie wirbelte herum und verschwand.

Als Teg jetzt die sture Entschlossenheit in Duncans Zügen sah, riß ihm beinahe der Geduldsfaden. Die Zwangsläufigkeiten ihrer isolierten Lage gingen ihm auf den Geist. Sein Intellekt, jenes wundervolle Ding, das einen Mentaten aus ihm machte, war von dem mentalen Aufruhr, der sich außerhalb abspielte, abgeschirmt. Er war der Ansicht, daß ihm alles klar werden würde, wenn es ihm nur gelang, sein Bewußtsein zum Schweigen zu bringen, damit es zur Ruhe kam.

»Warum halten Sie die Luft an, Bashar?«

Duncans Stimme durchbohrte ihn. Es erforderte eine äußerste Willensanstrengung, wieder zur normalen Atmung zurückzukehren. Teg spürte die Emotionen der beiden mit ihm in der Nicht-Kugel eingesperrten Gefährten wie Ebbe und Flut, die zeitweise von anderen Kräften in Bewegung versetzt wurden.

Andere Kräfte.

In der Gegenwart anderer Kräfte, die das Universum durchströmten, konnte sich der Geist eines Mentaten idiotisch aufführen. Vielleicht existierten im Universum Völker, deren Dasein mit Kräften ausgestattet war, die er sich nicht einmal vorstellen konnte. Angesichts solcher Kräfte konnte er kaum mehr sein als ein Stück Treibholz auf einem reißenden Strom.

Wer konnte in einen solchen Tumult eintauchen und ihn unbeschädigt überstehen?

»Welche Möglichkeiten stehen Lucilla zur Verfügung, wenn ich mich ihr weiterhin widersetze?« fragte Duncan.

»Hat sie ihre Stimme schon angewandt?« fragte Teg. Seine eigene schien ihm wie aus weiter Ferne zu kommen.

»Einmal.«

»Du hast ihr widerstanden?« Eine leichte Überraschung machte sich irgendwo in Teg breit.

»Wie man das macht, hat mir Paul Muad'dib persönlich beigebracht.«

»Sie ist dazu fähig, dich zu lähmen, und ...«

»Ich dachte, ihre Befehle verbieten Gewalt.«

»Was ist Gewalt, Duncan?«

»Ich gehe unter die Dusche, Bashar. Kommen Sie mit?«
»In ein paar Minuten.« Teg holte tief Luft. Er spürte, wie nahe er der Erschöpfung gekommen war. Der Nachmittag im Übungsraum hatte ihn ausgelaugt. Er sah hinter Duncan her. Wo steckte Lucilla? Was hatte sie vor? Wie lange konnte sie noch warten? Das war die Hauptfrage, die mit Nachdruck auf die Besonderheit hinwies, daß die Nicht-Kugel sie von der Zeit isolierte. Erneut verspürte er Ebbe und Flut, die ihre drei Leben beeinflußte. *Ich muß mit Lucilla reden! Wohin ist sie gegangen? In die Bibliothek? Nein! Zuerst muß ich etwas anderes tun.*

Lucilla befand sich in dem Zimmer, das sie zu ihrem persönlichen Quartier gemacht hatte. Es war ein kleiner Raum mit einem verschnörkelten Bett, das man in der Wand verstauen konnte. Der sie umgebende Prunk und diverse Wappen zeigten, daß der Raum einst die Unterkunft einer Lieblingshetäre der Harkonnens gewesen war. Soweit es die Textilien anbetraf, herrschten pastellfarbene und dunkelblaue Töne vor. Trotz der barocken Bett- und Deckenschnitzereien und des funktionellen Zubehörs konnte man den Raum – hatte man sich einmal in ihm ausgestreckt – sofort aus seinem Bewußtsein streichen. Lucilla lag rücklings auf dem Bett. Angesichts der sich sexuellen Ausschweifungen hingebenden geschnitzten Deckenfiguren hielt sie die Augen geschlossen.

Teg ist ein Problem, mit dem man fertigwerden muß

Man mußte es auf eine Weise tun, die weder Taraza in Rage versetzte, noch den Ghola schwächte. Teg stellte auf vielerlei Art ein spezielles Problem dar – besonders deswegen, weil sein Geist aus dermaßen tiefen Quellen schöpfen konnte, daß sie denen der Bene Gesserit vergleichbar waren.

Die Ehrwürdige Mutter, die ihn geboren hat, ist natürlich dafür verantwortlich!

Eine solche Mutter gab einem Kind etwas mit. Es fing schon im Mutterleib an – und möglicherweise endete es nicht einmal dann, wenn sie voneinander getrennt wurden. Teg hatte nie fiebrige Transmutation durchgemacht, die eine Abscheulichkeit hervorbrachte ... Nein, das nicht. Aber er verfügte über subtile, echte Kräfte. Kinder einer Ehrwürdigen Mutter erlernten Dinge, die andere niemals erlernen konnten.

Teg wußte genau, was Lucilla von der Liebe in all ihren Erscheinungsformen hielt. Sie hatte es in seinem Gesicht gesehen, in seinem Quartier, in der Festung.

»*Berechnende Hexe!*«

Ebensogut hätte er es aussprechen können.

Sie erinnerte sich daran, wie sie vorgegangen war, um ihn mit einem zuvorkommenden Lächeln und ihrem anmaßenden Ausdruck gefügig zu machen. Es war ein Fehler gewesen, der sie beide herabgewürdigt hatte. Wenn sie solche Gedanken hatte, verspürte sie eine leise Sympathie für Teg. Irgendwo in ihrem Innern wies ihr Panzer trotz der gesamten sorgfältig ausgeklügelten Bene Gesserit-Erziehung Schwachstellen auf. Die Ausbilderinnen hatten sie mehr als einmal davor gewarnt.

»Will man die Fähigkeit erringen, echte Liebe zu heucheln, muß man sie auch verspüren können, aber nur zeitweise. Und einmal ist genug!«

Tegs Reaktionen bezüglich des Duncan Idaho-Gholas waren sehr aufschlußreich. Er fühlte sich von ihrem jungen Schützling ebenso angezogen wie abgestoßen.

Wie ich.

Vielleicht war es ein Fehler gewesen, Teg nicht zu verführen.

Im Zuge ihrer Sexualerziehung, als man sie gelehrt hatte, aus einem Geschlechtsakt Kräfte zu gewinnen, statt sie zu verlieren, hatten die Erzieherinnen den Schwerpunkt auf Analyse und historische Vergleiche gelegt: die Weitergehenden Erinnerungen einer Ehrwürdigen Mutter waren voll von Dingen dieser Art.

Lucilla konzentrierte ihre Gedanken auf Tegs Männlichkeit. Sie verspürte augenblicklich eine weibliche Reaktion – ihr Körper wollte ihn in der Nähe haben und einem sexuellen Höhepunkt entgegengetrieben werden; er war bereit für den rätselhaften Augenblick.

Ein Anflug von Erheiterung schob sich in ihre Gedanken. Keinen Orgasmus. Kein wissenschaftliches Etikett! Es war der reinste Bene Gesserit-Jargon: der *rätselhafte Augenblick*, die äußerste Spezialität der Einprägerin. Wer tiefer in die lange Geschichte der Bene Gesserit eintauchte, wußte, daß dieses Konzept erforderlich war. Man hatte sie gelehrt, mit Inbrust an einen Dualismus zu glauben: an die wissenschaftlichen Erfahrungen, aufgrund derer die Zuchtmeisterinnen einen lenkten, gleichzeitig aber *auch* an den rätselhaften Augenblick, der alles Wissen über den Haufen warf. Die Geschichte und Wissenschaft der Bene Gesserit besagten, daß der Fortpflanzungstrieb unwiederbringlich in der Psyche begraben bleiben mußte. Er konnte nicht verlegt werden, ohne die Art zu vernichten.

Das Sicherheitsnetz.

Lucilla fing an, ihre sexuellen Kräfte auf eine Weise in sich zu versammeln, zu der nur eine Bene Gesserit-Einprägerin fähig war. Allmählich konzentrierten sich ihre Gedanken auf Duncan. Inzwischen würde er unter der Dusche stehen und über sein Abendtraining mit seiner Ehrwürdigen Mutter-Lehrerin nachdenken.

Ich werde meinen Schüler auf der Stelle aufsuchen, dachte sie. *Er muß die wichtigste Lektion erhalten, sonst ist er auf Rakis nicht genügend vorbereitet.*

So lauteten Tarazas Instruktionen.

Duncan erschien nun gänzlich im Brennpunkt ihrer Gedanken. Es war beinahe, als könne sie ihn nackt unter der Dusche stehen sehen. Wie wenig er doch von dem verstand, was er noch lernen würde!

Duncan saß allein im Ankleideraum neben den Duschen, die sich an den Übungsraum anschlossen. Er war in tiefe Traurigkeit versunken, was dazu führte, daß er sich an schmerzhafte alte Wunden erinnerte, die dieser junge Leib noch nicht kennengelernt hatte.

Manche Dinge änderten sich nie! Die Schwesternschaft spielte immer noch ihr ur-uraltes Spiel.

Er hob den Kopf und sah sich im dunkelgetäfelten Besitz der Harkonnens um. Die Wände und die Decke waren voller Arabesken. Die Bodenfliesen zeigten seltsame Muster. Ungeheuer und Menschenleiber, lieblich anzuschauen, tummelten sich dort. Nur wenn man genauer hinsah, konnte man sie voneinander unterscheiden.

Duncan sah an sich hinab und musterte den Körper, den die Tleilaxu in ihren Axolotl-Tanks für ihn erzeugt hatten. Manchmal fühlte er sich immer noch eigenartig an. Er war ein

Mann mit den vielen Erfahrungen eines Erwachsenen gewesen im letzten Augenblick seines ursprünglichen Daseins. Er hatte einen Trupp Sardaukar-Soldaten abgewehrt, um seinem jungen Herzog die Flucht zu ermöglichen.

Sein Herzog! Paul war damals nicht älter gewesen als sein jetziger Körper. Aber konditioniert wie alle Atreides: Treue und Ehre standen über allem anderen.

So wie man mich konditioniert hat, nachdem man mich aus den Händen der Harkonnens befreite.

Irgend etwas in seinem Innern konnte sich dieser uralten Schuld nicht verschließen. Er kannte den Grund. Er konnte den Prozeß beschreiben, mit dem man sie in ihn eingebettet hatte.

Und dort blieb sie.

Duncan musterte den gefliesten Boden. Man hatte Worte in die das Spritzbrett umgebenden Fliesen eingearbeitet. Eine Schrift, die er teilweise als eine Sache aus den alten Harkonnen-Zeiten identifizierte, aber andererseits erkannte er in ihr das ihm nur zu gut bekannte Galach:

»SAUBER DUFTIG SAUBER STRAHLEND SAUBER REIN SAUBER.«

Die uralte Schrift wiederholte sich im ganzen Raum, als würden die Worte etwas erzeugen, das, wie Duncan wußte, den Harkonnens seiner Erinnerung absolut fremd war.

Über dem Eingang zu den Duschen stand noch etwas:

»ERLEICHTERE DEIN HERZ UND LASSE DICH LÄUTERN.«

Eine religiöse Ermahnung in einer Harkonnen-Festung? Hatten die Harkonnens sich in den Jahrhunderten nach seinem Tod geändert? Es fiel Duncan schwer, dies zu glauben. Möglicherweise waren diese Worte lediglich Dinge, die die Erbauer für diesen Ort als passend empfunden hatten.

Duncan spürte Lucillas Eintreten eher, als daß er es hörte. Er stand auf und befestigte die Clips der Uniform, die er sich aus den Nullentropie-Behältern besorgt hatte. Natürlich wies sie jetzt keine Insignien der Harkonnens mehr auf.

Ohne sich umzudrehen, sagte er: »Und jetzt, Lucilla?«

Ihre Hand streichelte über den Stoff seines linken Ärmels.

»Die Harkonnens hatten einen prächtigen Geschmack.«

Duncan sagte ruhig: »Lucilla, wenn du mich noch einmal anfaßt, ohne daß ich es dir erlaubt habe, werde ich *versuchen*, dich umzubringen. Und ich werde mir dabei eine solche Mühe geben, daß du keine andere Wahl hast, als *mich* umzubringen.«

Sie zog sich zurück.

Er sah ihr in die Augen. »Ich bin nicht irgendein dämlicher Zuchtbulle für die Hexen!«

»Glaubst du, das ist es, was ich von dir will?«

»Niemand hat mir gesagt, was du von mir willst, aber dein Verhalten ist offensichtlich!«

Er stand starr auf seinen Fußballen. Das ungeweckte Ding in seinem Innern rührte sich, was dazu führte, daß sein Puls zu rasen anfing.

Lucilla musterte ihn eingehend. *Miles Teg – du sollst verdammt sein!* Sie hatte nicht damit gerechnet, daß sein Widerstand solche Formen annähme. Es gab keinen Zweifel, daß Duncan es ernst meinte. Worte würden ihr von nun an nicht mehr dienlich sein. Und der Stimme gegenüber war er immun.

Wahrheit.

Der einzige Weg, der ihr jetzt noch offenstand.

»Duncan, ich weiß nicht genau, was Taraza von dir erwartet, wenn du Rakis erreichst. Ich habe nur eine Vermutung, und die kann ebensogut falsch sein.«

»Dann äußere sie!«

»Auf Rakis lebt ein junges Mädchen, fast noch ein Kind. Ihr Name ist Sheeana. Die Würmer von Rakis gehorchen ihr. Irgendwie muß die Schwesternschaft es erreichen, daß dieses Talent in den Fundus ihrer eigenen Fähigkeiten übergeht.«

»Was könnte ich möglicherweise dazu ...«

»Wenn ich es wüßte, würde ich es dir bestimmt sagen.«

Er hörte, daß sie es ernst meinte; ihre Verzweiflung ließ sich nicht kaschieren.

»Und was hat *dein* Talent damit zu schaffen?« fragte er.

»Das wissen nur Taraza und ihre Beraterinnen.«

»Sie wollen mich irgendwie in die Hand bekommen, damit ich ihnen nicht mehr entwischen kann!«

Lucilla hatte den gleichen Schluß ebenfalls schon gezogen, aber daß Duncan so schnell darauf kam, hatte sie nicht für möglich gehalten. Sein jungenhaftes Gesicht verbarg einen Geist, der auf eine Weise funktionierte, die sie noch nicht ausgelotet hatte. Lucillas Gedanken rasten.

»Wenn man die Würmer kontrolliert, könnte man die alte Religion wieder zum Leben erwecken.« Es war Tegs Stimme. Sie erklang hinter Lucillas Rücken vom Eingang her.

Ich habe ihn nicht kommen hören!

Sie wirbelte herum. Teg stand da; über seinem linken Arm lag eine antike Harkonnen-Lasgun, deren Mündung direkt auf sie zeigte.

»Dies nur, damit ich sichergehen kann, daß du mir auch zuhörst«, sagte er.

»Wie lange hast du uns schon zugehört?«

Ihr erzürnter Blick wandelte sich nicht.

»Von dem Augenblick an, als du zugabst, daß du nicht weißt, was Taraza mit Duncan vorhat«, sagte Teg. »Ich weiß es ebensowenig. Aber ich kann ein paar Mentatberechnungen vornehmen – noch nichts Konkretes, aber genug, um eine Vorstellung zu kriegen. Unterbrich mich, wenn ich mich irre!«

»In bezug auf was?«

Teg streifte Duncan mit einem kurzen Blick. »Eine deiner Aufgaben besteht darin, ihn so zu präparieren, daß er auf die meisten Frauen unwiderstehlich wirkt.«

Lucilla versuchte ihre Bestürzung zu verheimlichen. Taraza hatte ihr aufgetragen, dies so lange wie möglich vor Teg geheimzuhalten. Sie sah ein, daß dies von jetzt an unmöglich geworden war. Teg hatte aufgrund der verfluchten Fähigkeiten, die er seiner ebenso verfluchten Mutter verdankte, ihre Reaktion absolut richtig gedeutet!

»Momentan sammelt man riesige Energiemengen, um sie auf Rakis zu richten«, sagte Teg. Er ließ Duncan nicht aus den Augen. »Egal, was die Tleilaxu in seinem Innern vergraben haben, in seinen Genen ist der Stempel der alten Menschheit. Ist es das, was die Zuchtmeisterinnen brauchen?«

»Ein verdammter Zuchtbulle der Bene Gesserit!« sagte Duncan.

»Was hast du mit der Waffe vor?« fragte Lucilla. Sie deutete mit einem Kopfnicken auf die antike Lasgun in Tegs Armen.

»Mit der? Ich habe sie nicht mal geladen.« Er senkte den Lauf und stellte die Waffe in eine Ecke direkt neben sich.

»Miles Teg, du wirst deiner Strafe nicht entgehen!« knirschte Lucilla.

»Später«, sagte Teg. »Draußen ist es fast Nacht. Ich bin draußen gewesen, unter dem Schutzschild. Burzmali ist dagewesen. Er hat sein Zeichen hinterlassen, um mir zu sagen, daß er die Botschaft gelesen hat, die ich mit den fingierten tierischen Spuren an den Bäumen hinterließ.«

Duncans Blick glitzerte vor Wachsamkeit.

»Was hast du vor?« fragte Lucilla.

»Ich habe neue Markierungen hinterlassen, um ein Treffen zu arrangieren. Wir gehen jetzt hinauf in die Bibliothek und untersuchen das Kartenmaterial. Wir werden sie uns einprägen. Zumindest sollten wir wissen, wo wir sind, wenn wir fliehen.«

Sie erwies ihm die Gunst eines kurzen Nickens.

Duncan registrierte ihre Bewegung nur mit einem Teil seines Bewußtseins. Sein Geist war bereits zum uralten Instrumentarium der Harkonnen-Bibliothek vorausgeeilt. Er war derjenige gewesen, der Lucilla und Teg hatte zeigen müssen, wie man das Material korrekt verwendete. Er hatte sich an eine alte Karte aus den Tagen von Giedi Primus erinnert – bevor man die Nicht-Kugel konstruiert hatte.

Mit Hilfe des alten Wissens aus Duncans vorherigem Leben und seinen eigenen Erfahrungen aus der jüngsten Zeit dieses Planeten hatte Teg versucht, die Karte auf den neuesten Stand zu bringen.

Aus der ›Forststation‹ wurde die ›Bene Gesserit-Festung‹.

»Ein Teil davon war das Jagdhaus der Harkonnens«, hatte Duncan gesagt. »Sie machten sich ein Spiel daraus, hier Menschen zu jagen, die man speziell für diesen Zweck gezüchtet und konditioniert hatte.«

Tegs Bearbeitung der Karte ließ ganze Ortschaften verschwinden. Manche Städte blieben auch, wurden aber mit anderen Namen versehen. ›Ysai‹, die am nächsten liegende Metropole, hatte auf der ursprünglichen Karte noch ›Das Baronat‹ geheißen.

Wenn Duncan daran dachte, nahm sein Blick an Härte zu. »Dort hat man mich gefoltert.«

Nachdem Tegs Wissen sich erschöpft hatte, gab es auf der Karte zahlreiche Stellen, die den Vermerk *unbekannt* trugen, aber in regelmäßigen Abständen wies sie Bene Gesserit-Symbole auf, die Orte markierten, an denen, wie Teg aus den Erzählungen der Leute Tarazas wußte, man hier zeitweise Unterschlupf finden konnte.

Diese Orte waren es, die sie sich einprägen sollten.

Als er sich umdrehte, um sie zur Bibliothek zu führen, sagte er: »Wenn wir uns die Karte eingeprägt haben, werde ich alles ausradieren. Man kann nie wissen, wer eines Tages hier auftaucht und sie sich ansieht.«

Lucilla rauschte an ihm vorbei. »Es geht um deinen Kopf, Miles!« rief sie.

Teg rief hinter ihrem entschwindenden Rücken her: »Laß dir von einem Mentaten sagen, daß das, was ich getan habe, erforderlich war!«

Ohne sich umzudrehen, erwiderte sie: »Wie logisch!«

> *Dieser Raum rekonstruiert einen kleinen Teil der Wüste von Arrakis. Der Sandkriecher direkt vor Ihnen stammt aus der Atreides-Ära. Um ihn herum gruppiert, im Uhrzeigersinn, links von Ihnen beginnend, sehen Sie einen kleinen Ernter, einen Carryall, eine primitive Gewürzfabrik nebst den dazugehörenden Ausrüstungsgegenständen. Sämtliche Teile sind separat gekennzeichnet. Beachten Sie das Leuchtschriftzitat über den Ausstellungsstücken: »DENN SIE SOLLEN SICH LABEN AM ÜBERFLUSS DER MEERE UND DEN SCHÄTZEN DER WÜSTE.« Dieses uralte religiöse Zitat wurde oft von dem berühmten Gurney Halleck ausgesprochen.*
>
> Führer durch das Museum von Dar-es-Balat

Erst als die Dämmerung einsetzte, verlangsamte der Wurm sein unerbittlich durchgehaltenes Tempo. Bis dahin hatte Odrade alle Fragen, die sie hatte, durchgespielt. Aber sie hatte immer noch keine Antworten. Wie kontrollierte Sheeana die

Würmer? Das Mädchen behauptete, es habe nichts damit zu tun, daß *Shaitan* diese Richtung einschlug. Welche geheimnisvolle Art der Verständigung war es, auf die das Wüstenungeheuer reagierte? Odrade wußte, daß die sie bewachenden Schwestern an Bord der mit ihnen Schritt haltenden Thopter sich die gleiche Frage bis zur Erschöpfung gestellt hatten. Und noch eine mehr. Warum ließ sie dies alles mit sich geschehen?

Möglicherweise hegten sie auch ein paar Vermutungen: *Sie ruft uns nicht an, weil dies das Ungeheuer verwirren könnte. Sie traut es uns nicht zu, daß wir sie und die anderen problemlos an Bord holen können.*

Die Wahrheit war viel einfacher: Neugierde.

Der sich zischend voranbewegende Leib des Wurms hatte Ähnlichkeit mit einem Wellenberge durchpflügenden Schiff. Das trockene, versengt riechende Aroma des überhitzten Sandes, den der Fahrtwind an ihnen vorbeifliegen ließ, strafte diese Vorstellung jedoch Lügen. Rings um sie herum breitete sich nun nur noch offene Wüste aus. Kilometerlange Sanddünen beherrschten das Bild. Sie tauchten so regelmäßig auf wie Meereswellen.

Waff hatte seit geraumer Zeit nichts mehr gesagt. Er hockte auf dem Rücken des Wurms wie eine Miniaturausgabe Odrades, deren Stellung er imitierte. Seine Aufmerksamkeit galt der Landschaft voraus. Sein Gesicht wies einen leeren Ausdruck auf. Seine letzten Worte waren gewesen: »Gott, wappne die Gläubigen in der Stunde ihrer Prüfung!«

Für Odrade war er ein lebender Beweis dafür, daß ein stark genug ausgeprägter Fanatismus ganze Zeitalter überdauern konnte, und daß die alten Zensunni und Sufis in den Tleilaxu überlebt hatten. Es war wie eine tödliche Mikrobe, die Jahrtausende im Tiefschlaf überstanden hatte und auf den passenden Wirtskörper wartete, um sich daran gütlich zu tun.

Welches Resultat wird das ›Virus‹ zeitigen, das ich der rakisianischen Priesterschaft untergeschoben habe? fragte sie sich. Die Heilige Sheeana war eine Gewißheit.

Sheeana saß auf einem Ringsegment ihres Shaitans. Sie hatte ihr Gewand hochgezogen, so daß man ihre dünnen Schenkel sah, und hielt sich mit beiden Händen fest.

Sie hatte verlauten lassen, daß ihr erster Ritt auf einem Wurm sie direkt nach Keen geführt hatte. Warum gerade dorthin? Hatte der Wurm sie einfach nur zu Wesen ihrer Art bringen wollen?

Der Wurm, auf dessen Rücken sie jetzt saßen, hatte mit Bestimmtheit ein anderes Ziel. Sheeana stellte keine Fragen mehr, aber schließlich hatte Odrade ihr auch aufgetragen, den Mund zu halten und die Niedrigtrance zu üben. Dies würde wenigstens sicherstellen, daß man später alle Einzelheiten dieser Reise wieder aus ihrer Erinnerung hervorholen konnte. Wenn es eine geheime Verständigung zwischen Sheeana und dem Wurm gab, würde man ihr später auf die Spur kommen.

Odrade peilte den Horizont an. Die Überreste des alten Walls, der einst die Sareer umgeben hatte, lag wenige Kilometer vor ihnen. Das Mauerwerk warf lange Schatten über die Dünen, woraus Odrade ersah, daß es höher war, als sie ursprünglich vermutet hatte. Der Wall war nur noch eine geborstene Linie; dort, wo er den Boden berührte, wimmelte es von verstreut herumliegenden Steinquadern. Die Kluft, jene Stelle, an der der Tyrann von der Brücke in den Idaho-Fluß gefallen war, lag ein gutes Stück rechts von ihnen, etwa drei Kilometer vom Kurs des Wurms entfernt. Den Fluß gab es nicht mehr.

Waff rührte sich neben ihr. »Ich erwarte deinen Ruf, Gott«, sagte er. »Ich bin Waff von den Entio, und ich bete in deinem geheiligten Reich.«

Odrade warf ihm einen Blick zu, ohne den Kopf zu bewegen. *Entio?* Ihre Weitergehenden Erinnerungen wußten, daß ein Entio während der großen Zensunni-Wanderung einen Stammesführer dargestellt hatte. Vor der Ära des Wüstenplaneten. Was war das? Welche uralten Erinnerungen hatten die Tleilaxu lebendig erhalten?

Sheeana brach ihr Schweigen. »Shaitan wird langsamer.«

Die Bruchstücke des alten Walls blockierten ihren Weg. Der Wall überragte die höchsten Dünen um mindestens fünfzig Meter. Der Wurm wandte sich leicht nach rechts und schob sich zwischen zwei gewaltige Quader, die sich über ihnen auftürmten. Dann hielt er an. Sein langer, schartiger Leib lag parallel zu einem größtenteils intakten Mauerabschnitt.

Sheeana stand auf und begutachtete die Barriere.

»Wo sind wir?« fragte Waff. Seine Stimme übertönte die Geräusche, die die über ihnen kreisenden Thopter erzeugten.

Odrade löste ihren ermüdenden Griff und bewegte die Finger. Sie gab ihre kniende Stellung nicht auf, während sie die Umgebung in Augenschein nahm. Die Schatten, die die herumliegenden Quader warfen, zogen harte Linien über den Sand und die kleineren Schuttberge. Aus der Nähe betrachtet – sie waren kaum zwanzig Meter von ihr entfernt – zeigte die Mauer Sprünge, Risse und finstere Öffnungen, die in ihr uraltes Fundament hinabführten.

Waff stand auf und massierte seine Hände.

»Warum sind wir hier?« fragte er. Seine Stimme klang schwach und kläglich.

Der Wurm zuckte.

»Shaitan will, daß wir absteigen«, sagte Sheeana.

Woher weiß sie das? fragte sich Odrade. Die Bewegung des Wurms hatte nicht einmal ausgereicht, um das Gleichgewicht zu verlieren. Nach dieser langen Reise hätte es auch ein gewöhnlicher körperlicher Reflex sein können.

Aber Sheeana musterte das Fundament der alten Mauer, setzte sich auf den gebogenen Wurmrücken und rutschte hinunter. Geduckt fiel sie in den weichen Sand.

Odrade und Waff beobachteten fasziniert, wie Sheeana sich durch den Sand arbeitete und dem Vorderteil des Geschöpfs näherte. Dort blieb sie stehen, preßte beide Hände gegen ihre Hüften und musterte das klaffende Maul. Unsichtbare Flammen warfen orangefarbene Lichtstreifen über ihr junges Gesicht.

»Shaitan, warum sind wir hier?« fragte sie mit Nachdruck.

Der Wurm zuckte erneut.

»Er möchte, daß ihr auch runterkommt«, rief Sheeana.

Waff schaute Odrade an. »Wenn Gott will, daß du stirbst, lenkt er deine Schritte dorthin, wo dich der Tod ereilt.«

Odrade antwortete ihm mit einem Satz aus den Shariat-Sprüchen: »Gehorche Gottes Kurier in allen Dingen!«

Waff seufzte. Die Zweifel standen ihm ins Gesicht geschrieben. Aber dann wandte er sich um und sprang als erster ab. Er erreichte den Boden knapp vor Odrade. Sheeanas Beispiel folgend, begaben sie sich zum Vorderteil der Kreatur. Odrade, nun äußerst wachsam, ließ Sheeana nicht aus den Augen.

Direkt vor dem klaffenden Maul war es viel heißer. Das vertraute Gewürzaroma von Melange erfüllte die sie umgebende Luft.

»Hier sind wir, Gott«, sagte Waff.

Odrade, die der religiösen Ehrfurcht Waffs allmählich überdrüssig wurde, warf einen kurzen Blick auf die Umgebung – die verstreuten Felsen, die erodierte Mauer, die sich in den dämmerigen Himmel erhob, den Sand, der sich vor den von der Zeit zernagten Steinen angesammelt hatte, und der träge Atem der inneren Feuer des Wurms.

Wo sind wir hier? fragte sich Odrade. *Was ist so Besonderes an diesem Ort, daß der Wurm ihn zum Ziel gewählt hat?*

Vier der Beobachtungsthopter flogen nebeneinander über ihnen dahin. Einen Moment lang übertönten das Geräusch ihrer Fächerschwingen und das Zischen ihrer Düsen das leise Grollen des Wurms.

Soll ich sie rufen? fragte sich Odrade. Sie brauchte nur ein Handzeichen zu geben. Statt dessen jedoch hob sie beide Hände, um den Beobachtern zu signalisieren, daß sie in der Schwebe bleiben sollten.

Nun breitete sich die abendliche Kälte über der Wüste aus. Odrade fröstelte und paßte ihren Metabolismus an die neuen Gegebenheiten an. Sie war voller Zuversicht, daß der Wurm sie nicht verschlang, solange Sheeana neben ihnen stand.

Sheeana wandte dem Wurm ihren Rücken zu. »Er will, daß wir hierbleiben«, sagte sie.

Als wären ihre Worte ein Kommando, drehte der Wurm seinen Kopf von ihnen weg und glitt durch die gewaltige Quaderansammlung davon. Man konnte hören, daß er mit rasender Schnelligkeit wieder in der Wüste verschwand.

Odrade musterte das Fundament der alten Mauer. Bald würde es dunkel werden, aber noch herrschte in der langen Wüstendämmerung genug Helligkeit, um auf eine Erklärung dessen zu stoßen, warum das Geschöpf sie hierhergebracht hatte. Ein großer Riß in der Wand zu ihrer Rechten schien ihr ein ebenso guter Punkt für eine Untersuchung zu sein wie jeder andere. Während sie einen Teil ihrer Aufmerksamkeit auf die Geräusche richtete, die Waff erzeugte, kletterte Odrade einen sandigen Abhang hinauf, der an der Öffnung endete. Sheeana blieb auf ihrer Höhe.

»Warum sind wir hier, Mutter?«

Odrade schüttelte den Kopf. Sie hörte, daß Waff ihnen folgte.

Der Riß, der direkt vor ihr lag, entpuppte sich als ein ihr nicht ganz geheures, in die Finsternis führendes Loch. Odrade hielt an, Sheeana blieb neben ihr. Sie schätzte die Breite der Öffnung auf einen Meter; ihre Höhe betrug etwa das Vierfache. Die felsigen Seitenteile waren eigenartig glatt, als hätten menschliche Hände sie poliert. Sand war in den Spalt eingedrungen. Das Licht der untergehenden Sonne wurde vom Sand reflektiert und badete eine Seite der Öffnung in goldenes Licht.

Hinter ihnen sagte Waff: »Was ist das für ein Ort?«

»Es gibt viele alte Höhlen«, sagte Sheeana. »Die Fremen haben dort ihr Gewürz versteckt.« Durch die Nase sog sie tief die Luft ein. »Riechst du es auch, Mutter?«

Odrade stimmte ihr zu: dieser Ort roch eindeutig nach Melange.

Waff schob sich an Odrade vorbei und passierte den Eingang. Er drehte sich um und begutachtete die Wände, die sich in einem scharfen Winkel über ihm trafen. Das Gesicht Odrade und Sheeana zugewandt, drang er rückwärts weiter in die Öffnung vor. Odrade und Sheeana setzten ihm nach. Waffs Blicke galten den Wänden. Plötzlich verschwand er mit einem abrupten Knirschen sich irgendwohin ergießenden Sandes aus ihrem Blickfeld. Im gleichen Augenblick rutschte der Odrade und Sheeana umgebende Sand in den Spalt hinein und riß die beiden mit sich. Odrade packte Sheeanas Hand.

»Mutter!« schrie das Mädchen.

Unsichtbare Felswände warfen den Klang ihrer Stimme zurück, als sie über einen langen, sich bewegenden Abhang aus Sand in eine alles verbergende Finsternis hinabrutschten. Schließlich kam der Sand mit einer sanften, sie umhüllenden

Bewegung zur Ruhe. Odrade, die bis zu den Knien eingesunken war, befreite sich und zog Sheeana zu sich auf die harte Oberfläche.

Sheeana wollte etwas sagen, aber Odrade machte: »Pssst! Horch!«

Links von ihnen bewegte sich etwas und ächzte.

»Waff?«

»Ich stecke bis zum Bauch drin.« Grauen war in seiner Stimme.

Odrade sagte trocken: »Gott wird es so wollen. Befreien Sie sich selbst! Aber vorsichtig! Ich glaube, wir haben festes Gestein unter den Füßen. Seien Sie vorsichtig! Noch eine Lawine hätte uns gerade noch gefehlt.«

Als sich ihre Augen an die Verhältnisse angepaßt hatten, sah Odrade sich den sandigen Abhang an, den sie heruntergerutscht waren. Die Öffnung, durch die sie an diesen Ort gelangt waren, lag hoch über ihnen und wirkte wie ein ferner, goldverbrämter Schlitz.

»Mutter«, sagte Sheeana leise, »ich fürchte mich.«

»Sag die Litanei gegen die Furcht auf!« befahl Odrade. »Und sei still! Unsere Freunde wissen, wo wir sind. Sie werden uns hier heraushelfen.«

»Gott hat uns an diesen Ort gebracht«, sagte Waff.

Odrade antwortete nicht. In der Stille schürzte sie die Lippen und stieß einen hohen, schrillen Pfiff aus, um nach den Echos zu lauschen. Ihre Ohren sagten ihr, daß sie sich in einem gewaltigen Raum aufhielten und sich irgendwo hinter ihnen eine Art Sperre befand. Sie wandte dem engen Spalt den Rücken zu und stieß erneut einen Pfiff aus.

Etwa hundert Meter von ihnen entfernt gab es eine niedrige Barriere.

Odrade ließ Sheeanas Hand los. »Bleib bitte hier! – Waff?«

»Ich höre die Thopter«, meldete sich Waff.

»Wir hören sie auch«, sagte Odrade. »Sie setzen zur Landung an. Wir werden bald Hilfe erhalten. Bleiben Sie solange dort, wo Sie jetzt sind! Und verhalten Sie sich still! Ich brauche die Stille.«

Hin und wieder einen Pfiff ausstoßend und dabei vorsichtig

einen Fuß vor den anderen setzend arbeitete Odrade sich tiefer in die Finsternis hinein. Ihre ausgestreckte Hand berührte plötzlich eine schartige Felsoberfläche. Sie tastete den Fels ab. Er war etwa hüfthoch. Ob etwas dahinter lag, spürte sie nicht. Die Echos ihrer Pfiffe machten ihr klar, daß sich dort ein kleinerer Raum befand, der teilweise umschlossen war.

Aus dem Hintergrund rief eine Stimme: »Ehrwürdige Mutter! Sind Sie dort unten?«

Odrade drehte sich um, legte beide Hände trichterförmig an den Mund und rief: »Bleiben Sie zurück! Wir sind in eine tiefe Höhle gerutscht! Wir brauchen Licht und ein langes Seil.«

Die kleine Gestalt, die sich in der weit entfernten Öffnung bewegte, verschwand. Draußen wurde es nun zunehmend dunkler. Odrade ließ die Hände sinken und sagte in die Finsternis hinein: »Sheeana? Waff? Kommt zehn Schritte auf mich zu und bleibt dort stehen!«

»Wo sind wir, Mutter?« fragte Sheeana.

»Geduld, Kind!«

Ein leises, murmelndes Geräusch kam aus Waffs Richtung. Odrade erkannte darin die uralten Worte des Islamiyat. Er betete. Waff hatte jeden Versuch, seine Herkunft vor ihr zu verbergen, aufgegeben. Gut. Ein Gläubiger war der Behälter, den es mit den süßen Versprechungen der Missionaria Protectiva zu füttern galt.

Aber im Moment erregten sie die Möglichkeiten des Ortes, an den sie der Wurm gebracht hatte, weit mehr. Ihrer Hand folgend, die die Felsenbarriere berührte, bewegte sie sich nach links. Da und dort war die Oberfläche glatt. Der Fels verlief nach innen, von ihr weg. Ihre Weitergehenden Erinnerungen kamen mit einer plötzlichen Erklärung:

Ein Fangbecken!

Die Fremen hatten darin Wasser gesammelt. Odrade holte tief Luft, schnupperte nach Feuchtigkeit. Die Luft war knochentrocken.

Von der Höhlenöffnung her kam jetzt ein helles Licht, das die Dunkelheit vertrieb. Eine Stimme rief ihnen etwas zu. Odrade erkannte, daß sie einer der Schwestern gehörte.

»Wir können euch sehen!«

Odrade zog sich von der niedrigen Barriere zurück und drehte sich um. Sie musterte die Umgebung. Die Felsenkammer war einigermaßen kreisförmig und durchmaß etwa zweihundert Meter. Über ihnen breitete sich in großer Höhe ein Felsendom aus. Sie untersuchte die niedrige Barriere, neben der sie stand: Ja, ein Fangbecken der Fremen. Sie entdeckte die kleine Felseninsel in der Beckenmitte. Dort hatte man einen gefangenen Wurm bereitgehalten, der später im Wasser endete. Ihre Weitergehenden Erinnerungen versahen Odrade mit dem schmerzhaften, zuckenden Tod, der das Gewürzgift produzierte, die man für eine fremenitische Orgie brauchte.

Ein niedriger Bogen umrahmte die auf der anderen Seite des Beckens herrschende Dunkelheit. Sie konnte die Rinne sehen, durch die das Wasser von den Windfallen bis hierher geflossen war. Irgendwo dort hinten mußte es weitere Fangbecken geben, ein ganzer Komplex, den man angelegt hatte, um den gesamten Wasserreichtum eines uralten Stammes zu bewahren. Jetzt wußte sie, wie dieser Ort hieß.

»Sietch Tabr«, flüsterte Odrade.

Diese Worte überschütteten sie mit einer Flut nützlicher Erinnerungen. In den Zeiten Muad'dibs war Stilgar hier der Herrscher gewesen. *Warum hat uns dieser Wurm zum Sietch Tabr gebracht?*

Ein Wurm hatte Sheeana nach Keen gebracht. Damit andere von ihr erfuhren? Aber was gab es hier, das man wissen sollte? Lebten irgendwo in dieser Finsternis Menschen? Odrade verspürte nicht den Anflug eines Lebenszeichens in dieser Richtung.

Die im Eingang stehende Schwester unterbrach ihre diesbezüglichen Gedanken. »Wir mußten ein Seil aus Dar-es-Balat anfordern! Die Leute vom Museum meinen, dies sei möglicherweise der Sietch Tabr! Sie haben angenommen, man hätte ihn zerstört!«

»Beschafft mir eine Lampe, damit ich mich hier umsehen kann!« rief Odrade.

»Die Priester bitten darum, daß wir hier nichts anfassen!«

»Bringt mir eine Lampe!« rief Odrade erneut.

Inmitten einer kleinen Sandlawine rutschte ein dunkler Gegenstand den Abhang herab. Odrade erteilte Sheeana den Auftrag, ihn an sich zu nehmen. Ein Knopfdruck genügte, dann tanzte ein heller Lichtstrahl über den dunklen Bogengang, der hinter dem Fangbecken lag. *Ja, da sind noch mehr.* Und neben diesem Becken hatte man eine schmale Treppe in den Fels gemeißelt. Die Stufen führten nach oben, machten einen Knick und entzogen sich dann ihrem Blickfeld.

Odrade bückte sich und flüsterte in Sheeanas Ohr: »Paß genau auf Waff auf! Wenn er uns folgt, gib mir Bescheid.«

»Ja, Mutter. Wohin gehen wir?«

»Ich muß mir diesen Ort ansehen. Man hat mich aus einem bestimmten Grund hierhergebracht.« Mit einer etwas lauteren Stimme sagte sie zu Waff: »Bitte, warten Sie hier auf das Seil!«

»Was soll das Geflüster?« wollte Waff wissen. »Warum soll ich hier warten? Was haben Sie vor?«

»Ich habe gebetet«, sagte Odrade. »Doch jetzt muß ich allein weiterpilgern.

»Warum allein?«

In der alten Sprache des Islamiyat erwiderte sie: »So steht es geschrieben.«

Das hat ihn aufgehalten!

Odrade wandte sich mit raschen Schritten den in den Fels gehauenen Stufen zu und ging voraus. Sheeana, die sich beeilte, mit ihr Schritt zu halten, sagte: »Wir müssen allen von diesem Ort erzählen. Die alten Höhlen der Fremen sind vor Shaitan sicher.«

»Sei still, Kind«, sagte Odrade. Sie zielte mit dem Lichtstrahl auf die sich vor ihnen ausbreitende Treppe. Sie wand sich durch den Fels und führte in einem scharfen rechten Winkel nach oben. Odrade zögerte. Das warnende Gefühl einer Gefahr, das sie schon im Anbeginn dieses Unternehmens verspürt hatte, kehrte zu ihr zurück – und zwar verstärkt. Sie konnte es beinahe in sich spüren.

Was ist dort oben?

»Warte hier, Sheeana!« sagte sie. »Paß auf, daß Waff mir nicht folgt!«

»Wie soll ich ihn denn aufhalten?« Sheeana warf einen furchtsamen Blick auf den Platz, an dem Waff sich aufhielt.

»Sag ihm, es sei Gottes Wille, daß er hierbleibt! Sag es ihm mit folgenden Worten ...« Sie beugte sich zu Sheeana hinab, wiederholte die Worte in Waffs uralter Sprache und fügte hinzu: »Sag sonst nichts! Versperr ihm den Weg und sag es noch einmal, wenn er versucht, an dir vorbeizugehen!«

Sheeana wiederholte lautlos Odrades Spruch. Odrade erkannte, daß sie sie behalten hatte. Das Mädchen lernte sehr schnell.

»Er hat Angst vor dir«, sagte Odrade. »Du brauchst nicht zu befürchten, daß er dir etwas tut.«

»Ja, Mutter«, sagte Sheeana. Sie drehte sich um, verschränkte die Arme vor der Brust und faßte Waff ins Auge.

Mit der Lampe im Vorhalt ging Odrade die Treppenstufen hinauf. *Sietch Tabr! Welche Überraschung hast du hier für uns zurückgelassen, uralter Wurm?*

Am Ende der Treppe, in einem langen und niedrigen Korridor, stieß Odrade auf die ersten von der Wüste mumifizierten Leichen. Es waren fünf, zwei Männer und drei Frauen, und sie waren weder bekleidet noch sonstwie identifizierbar. Man hatte sie völlig ausgezogen und es der Trockenheit der Wüste überlassen, die Leichen zu erhalten. Der Feuchtigkeitsentzug hatte dazu geführt, daß sich Fleisch und Haut eng um ihre Knochen schmiegten. Die Leichen lagen nebeneinander ausgestreckt im Gang. Odrade war gezwungen, über jedes einzelne dieser makabren Hindernisse hinwegzusteigen.

Während sie dies tat, ließ sie den Strahl ihrer Handlampe über die Toten streifen. Sie waren alle auf die fast gleiche Weise erdolcht worden. Eine scharfe Klinge hatte knapp unterhalb des Brustbeins ihre Leiber durchdrungen.

Ritualmorde?

Vertrocknetes, runzliges Fleisch zeigte sich rings um die Wunden und hinterließ einen dunklen Fleck, der sie kenntlich machte. Diese Leichen entstammten nicht der Fremen-Ära, erkannte sie. Die Todesdestillen der Fremen pflegten einen Körper zu Staub zu zerreiben, um seine Flüssigkeit nicht zu verschwenden.

Odrade ließ den Lichtstrahl vorauswandern und hielt inne, um sich über ihre Position klar zu werden. Die Entdeckung der

Leichen verstärkte das Gefühl der Gefahr. *Ich hätte eine Waffe mitnehmen sollen.* Aber das hätte nur das Mißtrauen Waffs erweckt.

Sie konnte sich der Beständigkeit der inneren Warnung jedoch nicht verschließen. Dieses Relikt des Sietchs Tabr barg Gefahren.

Der Lichtstrahl enthüllte am Ende des Korridors eine weitere Treppe. Vorsichtig ging Odrade weiter. Als sie die unterste Stufe erreicht hatte, schickte sie den Lichtstrahl nach oben voraus. Niedrige Stufen. Eine kurze Treppe. Dann wieder Fels. Dort oben schien ein größerer Raum zu sein. Odrade drehte sich um und ließ den Lichtstrahl durch den Gang wandern, in dem sie sich befand. Brandmale und lädierte Stellen kennzeichneten die Felswände. Erneut warf sie einen Blick die Treppe hinauf.

Was ist dort oben?

Das Gefühl der Gefahr wurde stärker.

Schritt für Schritt – und dabei des öfteren pausierend – kletterte Odrade weiter. Sie kam in einen größeren Gang, der ebenfalls in den Fels gehauen worden war. Wieder fand sie Leichen. Nur waren sie diesmal nicht aufgereiht: sie lagen dort, wo sie ihre letzte Sekunde verbracht hatten. Auch hier: mumifiziertes Fleisch, entkleidet. Sie lagen überall herum, zwanzig, mehr. Odrade schlängelte sich an ihnen vorbei. Manche von ihnen waren auf die gleiche Weise erdolcht worden wie die fünf auf der unteren Ebene. Andere waren von Lasgun-Strahlen zerfetzt, zerrissen und verbrannt worden. Eine der Leichen war kopflos, und der mumifizierte Schädel lag wie ein Ball, den man nach einem schrecklichen Spiel weggeworfen hatte, am Fuß einer Wand.

Der neue Gang führte auf geradem Weg an Eingängen vorbei, die zu beiden Seiten in kleine Kammern führten. Wohin der tastende Strahl ihrer Lampe auch fiel, nirgendwo sah sie einen Gegenstand von Wert: ein paar vereinzelte Gewürzfasern, kleine erstarrte Klumpen geschmolzenen Felsgesteins und da und dort Hitzebläschen auf dem Boden, den Wänden, der Decke.

Was für ein Kampf hat hier getobt?

Auf den Böden mancher Räume konnte man vielsagende Flecken erkennen. Blutspritzer? – Einer der Räume wies in einer Ecke ein kleines Häufchen bräunlicher Kleidungsstücke auf. Unter Odrades Füßen zerfielen brüchigen Textilfetzen.

Staub. Überall Staub. Wenn sie ging, wirbelten ihre Füße ihn auf.

Der Gang endete an einem Torbogen, hinter dem sich ein balkonartiger Vorsprung befand. Sie schickte den Lichtstrahl über den Vorsprung hinaus: eine gewaltige Kammer, noch weit größer als die untere. Die gewölbte Decke war so hoch, daß sie bis ins felsige Fundament der großen Mauer hineinreichen mußte. Breite, flache Stufen führten von hier aus zum Boden der Kammer hinab. Zögernd ging Odrade die Treppe hinunter, bis sie deren Ende erreichte. Der Lichtstrahl wanderte in alle Richtungen. Mehrere Gänge zweigten von der großen Kammer ab. Manche, stellte sie fest, waren mit Gestein blockiert worden; die übriggebliebenen Felsen lagen verstreut überall herum.

Odrade prüfte die Luft. Der Staub, den ihre Füße aufwirbelten, wurde von einem klar erkennbaren Melangegeruch überlagert. Der Geruch vermischte sich mit ihrem Eindruck von Gefahr. Sie wollte gehen, zurück zu den anderen. Aber die Gefahr lockte sie. Sie mußte sich über ihre Natur klar werden.

Sie wußte jetzt, wo sie war. Sie befand sich in der großen Versammlungshalle des ehemaligen Sietch Tabr. Hier hatte man zahllose Gewürzorgien und Stammessitzungen abgehalten. Der Naib Stilgar hatte ihnen vorgesessen. Gurney Halleck hatte sich hier aufgehalten. Lady Jessica. Paul Muad'dib. Chani, die Mutter Ghanimas. Hier hatte Muad'dib seine Krieger ausgebildet! Der ursprüngliche Duncan Idaho war hiergewesen ... und der erste Idaho-Ghola!

Warum sind wir hierhergeleitet worden? Worin besteht die Gefahr?

Sie befand sich hier, genau hier! Sie konnte es fühlen.

An diesem Ort hatte der Tyrann ein Gewürzlager versteckt. Die Unterlagen der Bene Gesserit sagten aus, die gesamte Kammer sei bis zur Decke mit Melange angefüllt gewesen – und das gleiche hatte auch für viele der sie umgebenden Korridore gegolten.

Odrade drehte sich, ihr Blick folgte dem Pfad, den der Lichtstrahl erzeugte. Dort oben lag die Loge der Naibs. Und dort die, die Muad'dib hatte bauen lassen.

Und da ist der Torbogen, durch den ich gekommen bin.

Sie ließ den Lichtstrahl über den Boden huschen und bemerkte jene Stellen, an denen irgendwelche Sucher den Fels verbrannt oder sonstwie bearbeitet hatten, um noch mehr von dem legendären Gewürzvorrat des Tyrannen aufzuspüren. Die Fischredner hatten den größten Teil des Lagers ausgeräumt, nachdem der Idaho-Ghola, der der Gefährte der ruhmreichen Siona gewesen war, die Lage des Verstecks enthüllt hatte. Die Aufzeichnungen besagten, spätere Suchtrupps hätten hinter falschen Wänden und Böden noch weitere Lager gefunden. Die Weitergehenden Erinnerungen enthielten zahlreiche Augenzeugenberichte und Bestätigungen derselben. Während der Hungerjahre war es zu Gewalttätigkeiten gekommen, als verzweifelte Suchtrupps sich zu diesem Ort durchgeschlagen hatten. Vielleicht erklärte dies die Leichen. Mancher hatte hart gekämpft, nur um eine Chance zu erhalten, Sietch Tabr zu durchstöbern.

Wie man es sie gelehrt hatte, versuchte Odrade, das innere Gefühl der Gefahr als Führungsinstrument einzusetzen. Klebte die Ausstrahlung der Gewalt nach all den Jahrtausenden etwa immer noch an diesen Steinen? Nein, das war es nicht. Die Warnung betraf etwas Unmittelbares. Ihr linker Fuß berührte ein Stück unebenen Boden. Das Licht stieß inmitten des Staubes auf eine dunkle Linie. Odrade schob den Unrat mit dem Fuß beiseite. Sie enthüllte einen Buchstaben, dann ein komplettes Wort. Man hatte es in den Boden gebrannt.

Sie las das Wort zunächst stumm, dann sprach sie es aus.
»Arafel.«

Sie kannte es: Die Ehrwürdigen Mütter aus der Tyrannen-Ära hatten es dem Bewußtsein der Bene Gesserit eingeprägt und waren seiner Bedeutung bis zu den ältesten Quellen zurück gefolgt.

»Arafel: die Wolkenfinsternis am Ende des Universums.«

Odrade spürte, daß sich alles in ihr auf diese Warnung konzentrierte. Ihr Geist konzentrierte sich nur noch auf dieses eine Wort.

»Das heilige Gericht des Tyrannen« – so legten die Priester dieses Wort aus. »Die Wolkenfinsternis des heiligen Gerichts.«

Odrade bewegte sich über der in den Boden gebrannten Schrift, starrte sie an. Der letzte Buchstabe endete in einem kleinen Pfeil. Sie schaute in die Richtung, in die er wies. Jemand hatte ihn gesehen und die Felswand, auf die er gerichtet war, mit einem Brenner bearbeitet. Odrade untersuchte die Stelle, an der der Brenner auf dem geschmolzenen Fels einen dunklen Fleck hinterlassen hatte. Ströme geschmolzenen Gesteins liefen wie Finger auseinander. Jeder einzelne dieser Ströme begann an einem tiefen Loch, das mitten in den Fels hineingebrannt worden war.

Odrade beugte sich hinunter und lugte mit Hilfe der Lampe in alle Löcher. Nichts. Trotz des warnenden Gefühls, das sie empfand, verspürte sie die Erregung eines Schatzsuchers. Der Umfang des Reichtums, den diese Felskammer einst enthalten hatte, beflügelte ihre Phantasie. In den schlechtesten Zeiten der Vergangenheit hatte man für einen Handkoffer voll Gewürz einen ganzen Planeten kaufen können. Und die Fischredner hatten diesen Reichtum verschwendet, hatten sich darum gezankt und ihn in völliger Verkennung der Lage verstreut. Die Dummheit, derer sie sich befleißigt hatten, war zu entsetzlich gewesen. Sie hatten sich freudig mit den Ixianern verbündet, als die Tleilaxu das Gewürzmonopol gebrochen hatten.

Haben die Suchtrupps alles gefunden? Der Tyrann war äußerst gerissen.

Arafel.

Am Ende des Universums.

Hatte er den Bene Gesserit der Gegenwart eine Botschaft durch die Äonen zukommen lassen?

Sie ließ den Lichtstrahl erneut durch die Kammer wandern und richtete ihn dann nach oben.

Die Decke, die sich über ihr ausbreitete, formte eine beinahe perfekte Halbkugel. Sie wußte, daß dies absichtlich so war: ein Modell des Nachthimmels, wie man ihn vom Eingang des Sietch Tabr aus sah. Aber die auf die Decke gemalten Sterne waren bereits zu Lebzeiten Liet Kynes', des ersten Planetologen von Arrakis, verblaßt gewesen und hatten sich in den winzigen Felseinschnitten verloren: die Folge kleinerer Beben und des Geschmirgels täglichen Lebens.

Odrade atmete schneller. Das Gefühl der Gefahr war nie größer gewesen. In ihr leuchtete eine Gefahrenlampe auf! Rasch begab sie sich zu den Stufen zurück, über die sie in den Raum hinabgestiegen war. Sie drehte sich um und konzentrierte sich auf ihre Weitergehenden Erinnerungen. Sie wollte den Raum erhellen. Die Erinnerungen kamen nur langsam, schoben sich vorbei an dem Herzklopfen erzeugenden Gefühl der Bedrohung. Odrade ließ den Lichtstrahl aufwärts klettern und folgte ihm mit ihren Blicken. Ihre Erinnerungen schoben sich über die vor ihr liegende Szenerie.

Anflüge gleißender Helligkeit!

Ihre uralten Erinnerungen ordneten sie ein: Hinweise auf die Sterne eines längst vergangenen Himmels, und genau hier! Der silbergelbe Halbkreis der Sonne Arrakis'. Sie erkannte darin das Symbol der untergehenden Sonne.

Der Tag der Fremen beginnt in der Nacht.
Arafel!

Während sie das Licht auf die Sonnenuntergangsmarkierung gerichtet hielt, stieg sie rückwärts die Treppe hinauf, bis zu dem balkonartigen Vorsprung. Dort nahm sie genau die Position ein, die ihre Weitergehenden Erinnerungen ihr vermittelt hatten.

Von dem uralten Sonnenbogen war nichts mehr übrig.

Suchtrupps hatten die Wand, an der er sich befunden hatte, aufgemeißelt. Steinblasen warfen sich dort auf, wo die Brenner über den Fels gegangen waren. Keiner von ihnen hatte Löcher in die Wand gebohrt.

Aufgrund des beklemmenden Gefühls, das Odrade empfand, erkannte sie, daß sie sich auf der Schwelle einer gefährlichen Entdeckung befand. Ihr Gefühl hatte sie richtig geleitet!

Arafel – am Ende des Universums. Jenseits der untergehenden Sonne!

Sie ließ das Licht von rechts nach links wandern. Links von ihr öffnete sich ein Tunneleingang. Felsbrocken, die ihn einstmals blockiert hatten, lagen verstreut auf dem Boden. Odrades Herz klopfte. Sie glitt durch die Öffnung und stieß auf einen kurzen Korridor, der am anderen Ende mit abgeschmolzenem, geronnenem Gestein verstopft war. Rechterhand, genau dort, wo die Sonnenmarkierung gewesen war, fand sie einen Raum, der stark nach Melange roch. Sie trat ein. Auch hier fand sie Zeichen von Brennern und Meißeln an den Wänden und der Decke. Das Gefühl der Gefahr war kaum noch auszuhalten. Odrade sagte die Litanei gegen die Furcht auf und ließ den Lichtstrahl durch den Raum gleiten. Er war beinahe quadratisch, mit einer Seitenlänge von etwa zwei Metern. Die Decke lag kaum einen halben Meter über ihrem Kopf. Der Zimtgeruch reizte ihre Nasenschleimhäute. Odrade nieste, und als sie – mit den Augenlidern flatternd – zu Boden sah, gewahrte sie neben der Schwelle eine kaum wahrnehmbare Verfärbung.

Weitere Merkmale einer vor langer Zeit erfolgten Suche?

Als sie sich hinunterbeugte und das Licht aus einem schrägen Winkel auf diesen Punkt niederfallen ließ, entdeckte sie, daß sie lediglich auf den Schatten von etwas gestoßen war, das jemand tief in den Fels geätzt hatte. Der größte Teil wurde von Staub verhüllt. Odrade kniete sich hin und schob ihn beiseite. Eine äußerst dünne, tiefe Ätzung. Was ihre Bedeutung auch sein mochte, sie sollte die Zeiten überdauern. Die letzte Nachricht einer verschollenen Ehrwürdigen Mutter? Es war eine bekannte Bene Gesserit-Methode. Odrade preßte ihre empfindlichen Fingerspitzen gegen die Ätzung und rekonstruierte in ihrem Geist deren Verlauf.

Erkenntnis machte sich in ihr breit: ein Wort in Alt-Chakobsa. Es bedeutete ›HIER‹.

Es war kein gewöhnliches ›hier‹, um irgendeinen gewöhnlichen Standort zu bezeichnen, sondern das akzentuierte und emphatische ›HIER‹, dessen Bedeutung ausdrückte: »Du hast mich gefunden!« Ihr hämmernder Herzschlag war äußerst nachdrücklich.

Odrade legte die Handlampe neben ihrem rechten Knie auf den Boden und erforschte mit den Fingern die uralte, neben die Schwelle geätzte Aufforderung. Für das Auge schien das Gestein glatt zu sein, aber ihre Finger betasteten winzige Unebenheiten. Odrade tastete sie ab, drehte und wendete sich, änderte mehrere Male den Druckwinkel und wiederholte ihre Anstrengungen.

Nichts.

Auf die Fersen zurückgelehnt überdachte Odrade die Situation.

›HIER.‹

Das warnende Gefühl war noch stärker geworden. Sie spürte, daß es ihre Atmung beeinträchtigte.

Sie zog sich ein Stück zurück, nahm die Lampe wieder an sich und legte sich in voller Länge auf den Boden, um aus nächster Nähe die Umgebung der Schwelle abzusuchen. *HIER!* Ob sie den Fels mit einem Meißel aufstemmen sollte? Nein ... ein Hinweis auf einen Meißel war es nicht. Dieses Ding roch nach dem Tyrannen, nicht nach einer Ehrwürdigen Mutter. Sie versuchte, die Wand zur Seite zu drücken. Nichts geschah.

Unter der Anspannung der Gefahr, der sie sich ausgesetzt fühlte, und angesichts der Frustration stand Odrade auf und versetzte der Schwelle neben dem eingeätzten Wort einen Tritt. Bewegung! Über ihrem Kopf war ein grobes, sandiges Knirschen zu vernehmen.

Als vor ihr eine Sandkaskade zu Boden stürzte, zuckte Odrade zurück. Ein tiefes Rumpeln erfüllte den winzigen Raum. Unter ihren Füßen erbebte das Gestein. Der vor ihr liegende Boden klappte in Richtung Eingang nach unten. Unter dem Eingang und den ihn säumenden Mauern befand sich ein Hohlraum.

Erneut fühlte Odrade sich nach vorn und ins Unbekannte hineingezogen. Ihre Lampe fiel mit, der Lichtstrahl überschlug sich mehrere Male. Dunkle, rötlichbraune Haufen nahmen vor ihr Formen an. Zimtgeruch drängte sich in ihre Nase.

Sie fiel neben ihre Lampe auf einen weichen Melangehaufen. Die Öffnung, durch die sie gerutscht war, lag außerhalb ihrer Reichweite, fünf Meter über ihr. Sie hob die Lampe auf. Der Lichtstrahl fiel auf breite Steinstufen, die man neben der Öffnung ins Gestein gehauen hatte. Auch sie waren beschriftet, aber im Moment sah Odrade in ihnen nur einen Weg zurück. Die erste Panik flaute ab, aber das Gefühl der Gefahr ließ sie kaum zu Atem kommen. Sie zwang sich, ihre Brustmuskulatur in Bewegung zu setzen.

Der Lichtstrahl raste von links nach rechts, um den Ort zu

erkunden, an dem sie gelandet war. Es war ein langgezogener Raum, und er lag genau unter dem Korridor, durch den sie von der großen Kammer aus gegangen war. Und er war vollgestopft mit Melangehaufen!

Odrade ließ den Strahl nach oben wandern und erkannte, warum die Sucher, die durch den über ihr liegenden Korridor gegangen waren, dieses Lager nicht entdeckt hatten. Sich kreuzende Felsverstrebungen leiteten sämtliche Spannung den Felswänden zu. Jeder, der sich über diesem Raum befand, mußte einfach der Illusion eines soliden Felsbodens erliegen.

Erneut warf Odrade einen Blick auf das sie umgebende Gewürz. Selbst bei den heutigen Tank-Billigpreisen stand sie auf einem unermeßlichen Schatz. Das war ihr klar. Dieses Lager enthielt zahllose Tonnen.

Ist das die Gefahr?

Das warnende Gefühl in ihr war noch so akut wie zuvor. Die Melange des Tyrannen war es also nicht, was sie zu fürchten hatte. Das Triumvirat würde diesen Schatz profitabel in den Vertrieb bringen, und damit hatte es sich. Ein Bonus für das Ghola-Projekt.

Aber die andere Gefahr war immer noch da. Sie konnte sich der Warnung nicht verschließen.

Noch einmal ließ sie den Lichtstrahl über die Melangeansammlungen schweifen. Ein Teil der dahinterliegenden Wand erregte ihre Aufmerksamkeit. Noch mehr Worte! Immer noch in Chakobsa. In verschnörkelter Schrift hatte man dort mit einem Schneidegerät eine Nachricht hinterlassen:

»EINE EHRWÜRDIGE MUTTER WIRD MEINE WORTE LESEN.«

In Odrades Magengegend breitete sich Kälte aus. Ihre Lampe fuhr nach rechts, hinweg über ein Riesenvermögen an Melange. Es war noch nicht alles:

»EUCH HINTERLASSE ICH MEINE FURCHT UND MEINE EINSAMKEIT. ICH VERSICHERE EUCH, KÖRPER UND SEELE DER BENE GESSERIT WIRD DAS GLEICHE SCHICKSAL EREILEN WIE KÖRPER UND SEELE ALLER ANDEREN.«

Rechts daneben stand noch etwas. Odrade eilte mit der Lampe in der Hand weiter. Dann hielt sie inne und las:

»WAS IST ÜBERLEBEN, WENN MAN NICHT ALS GESAMTHEIT ÜBERLEBT? STELLT DIESE FRAGE DEN BENE TLEILAX! WAS IST, WENN MAN DIE MUSIK DES LEBENS NICHT MEHR HÖRT? ERINNERUNGEN REICHEN NICHT, WENN SIE DICH NICHT ZU EINEM EDLEN ZIELE RUFEN!«

Am schmalen Ende der langgezogenen Kammer stand noch mehr. Odrade watete durch die Melange und kniete sich hin, um zu lesen:

»WARUM HAT EURE SCHWESTERNSCHAFT DEN GOLDENEN PFAD NICHT GEBAUT? IHR KENNT DIE NOTWENDIGKEIT, EUER VERSAGEN VERURTEILTE MICH, DEN GOTT-KAISER, ZU MILLENNIEN PERSÖNLICHER VERZWEIFLUNG.«

Die Bezeichnung ›Gott-Kaiser‹ war nicht auf Chakobsa geschrieben, sondern in der Islamiyat-Sprache, in der sie eine explizite zweite Bedeutung hatte, wie jeder wußte, der sie beherrschte: »Dein Gott und Kaiser, weil du mich dazu gemacht hast.«

Odrade lächelte grimmig. *Dies* würde Waff in einen religiösen Taumel versetzen! Und je größer sein Anfall ausfiel, desto eher konnte man seinen Schild durchstoßen.

Odrade zweifelte weder an der Stimmigkeit des Vorwurfs des Tyrannen noch an der Richtigkeit seiner Vorhersage über das mögliche Ende der Schwesternschaft. Ihr Gefahrengespür hatte sie auf geradem Wege an diesen Ort geführt. Es mußte noch etwas anderes im Spiel gewesen sein. Die Würmer von Rakis tanzten immer noch nach der alten Tyrannenpfeife. Mochte der Tyrann auch in seinem endlosen Traum schlummern – die monströsen Geschöpfe, von denen jedes einen winzigen Teil seines Selbst enthielt, lebten weiter. Wie der Tyrann es vorausgesagt hatte. – Und sie erinnerten sich!

Was hatte er doch zu seinen Lebzeiten der Schwesternschaft mitgeteilt? Sie erinnerte sich an seine Worte.

»Wenn ich gegangen bin, müssen sie mich Shaitan, Imperator von Gehenna, nennen. Das Rad muß sich ununterbrochen auf dem Goldenen Pfad bewegen.«

Ja – das war es, was Taraza gemeint hatte. »*Aber verstehst du denn nicht? Die gewöhnlichen Menschen auf Rakis nennen ihn seit über tausend Jahren Shaitan!*«

Also hatte Taraza diese Sache gewußt. Sie hatte es gewußt, ohne diese Worte jemals zu lesen.

Ich erkenne deine Absicht, Taraza. Und die Bürde, die du all die Jahre getragen hast, trage nun ich. Ich spüre sie mit jeder Faser, genauso wie du.

Und dann wußte Odrade, daß das warnende Gefühl sie erst verlassen würde, wenn sie starb, die Existenz der Schwesternschaft endete oder die Gefahr beseitigt war.

Odrade hob die Lampe hoch, stand auf und kämpfte sich durch die Melange zu der breiten Treppe, die zum Ausgang führte. Dort angekommen, zuckte sie zusammen. In jede Treppenstufe waren weitere Tyrannenworte eingehauen. Bebend las sie sie, während sie sich auf den Ausgang zubewegte.

MEINE WORTE SIND EURE VERGANGENHEIT,
MEINE FRAGEN SIND EINFACH:
MIT WEM VERBÜNDET IHR EUCH?
MIT DEN SICH SELBST HULDIGENDEN VON TLEILAX?
MIT MEINER FISCHREDNER-BÜROKRATIE?
MIT DER DEN KOSMOS BEFAHRENDEN GILDE?
MIT DEN BLUTOPFERN FRÖNENDEN HARKONNENS?
MIT IRGENDEINER DOGMATISCHEN KLOAKE
EURER EIGENEN SCHÖPFUNG?
WIE WERDET IHR ENDEN?
ALS IRGENDEIN GEHEIMBUND UNTER VIELEN?

Odrade stieg über die Fragen hinweg, und während sie dies tat, las sie sie ein zweitesmal. *Edles Ziel?* Welch ein zerbrechliches Ding dies stets gewesen war. Und wie leicht verzerrbar. Aber Stärke zeigte sich in konstanter Gefahr. Die Wände und Treppenstufen dieser Kammer brachten es an den Tag. Taraza hatte es gewußt, ohne daß man es ihr hatte erklären müssen. Was der Tyrann damit sagen wollte, war klar:

»Schließt euch mir an!«

Als sie wieder in dem kleinen Raum war und einen schmalen

Vorsprung fand, von dem aus sie sich zur Tür schwingen konnte, warf Odrade einen Blick auf den Schatz, den sie gefunden hatte. Tarazas Weisheit verwunderte sie so, daß sie den Kopf schüttelte. Auf diese Weise also konnte die Existenz der Schwesternschaft enden. Tarazas Absicht war klar; alle Teile befanden sich an ihrem Platz. Nichts Bestimmtes. Reichtum und Macht, am Ende war alles dasselbe. Was man in Angriff genommen hatte, war kein edles Vorhaben, aber es mußte beendet werden, selbst wenn es den Tod der Schwesternschaft bedeutete.

Welch armselige Werkzeuge haben wir ausgewählt!

Das Mädchen, das unter der Wüste in der tiefen Kammer wartete; das Mädchen und der Ghola, der hier präpariert werden sollte.

Jetzt spreche ich deine Sprache, uralter Wurm! Sie hat zwar keine Worte, aber ich kenne ihre Natur!

> *Unsere Väter aßen Manna in der Wüste,*
> *unter der brennenden Sonne, durch die Wirbelstürme zogen.*
> *O Herr, errette uns aus diesem Schreckensland!*
> *Errette uns ... oh-h-h-h, errette uns*
> *aus diesem trockenen und durstigen Land.*
>
> Gurney Hallecks Lieder
> Museum von Dar-es-Balat

Schwer bewaffnet verließen Teg und Duncan zusammen mit Lucilla die Nicht-Kugel. Sie fanden sich wieder im kältesten Teil der Nacht. Die Sterne über ihnen wirkten wie Stecknadelköpfe. Die Luft war unbewegt, bis sie sie aufrührten.

In Tegs Nase dominierte der schwach muffige Geruch von Schnee. Mit jedem Atemzug sogen sie ihn ein, und wenn sie ausatmeten, bildeten sich vor ihnen Dunstwölkchen.

In Duncans Augen bildeten sich kalte Tränen. Er hatte während der Vorbereitungen zum Verlassen der Nicht-Kugel sehr oft an den alten Gurney gedacht. Gurney mit der vernarbten Wange; eine Dornenpeitsche der Harkonnens hatte sie gezeichnet. Sie würden nun verläßliche Gefährten brauchen, dachte Duncan. Lucilla vertraute er nicht sonderlich, und Teg war ein sehr alter Mann. Er konnte Tegs Augen im Sternenlicht funkeln sehen.

Duncan hängte sich die schwere alte Lasgun über die Schulter und schob wärmesuchend beide Hände in die Taschen. Er hatte ganz vergessen, wie kalt es auf diesem Planeten werden konnte. Lucilla schien gegen die Kälte immun zu sein; offenbar sorgte einer ihrer Bene Gesserit-Tricks dafür, daß sie nicht fror.

Als er sie ansah, fiel ihm ein, daß er den Hexen nie sonderlich über den Weg getraut hatte – nicht einmal Lady Jessica. Es bereitete ihm kein Problem, sie für Verräter zu halten, bar aller Loyalitätsgefühle, nur der eigenen Organisation verpflichtet. Sie beherrschten so verdammt *viele* Tricks! Lucilla hatte jedoch ihre verführerischen Posen aufgegeben. Sie wußte, daß er das, was er gesagt hatte, ernst meinte. Natürlich kochte ihre Wut auf kleiner Flamme weiter. *Na, wenn schon!*

Teg hielt schweigend inne. Seine Aufmerksamkeit galt der Umgebung. Er lauschte. War es in Ordnung, daß er sich auf den Plan verließ, den er mit Burzmali ausgearbeitet hatte? Sie hatten keinerlei Rückendeckung. War es erst acht Tage her, seit sie ihn ausgeheckt hatten? Es kam ihm länger vor, trotz des Druckes, unter dem sie die Vorbereitungen getroffen hatten. Er sah Duncan und Lucilla kurz an. Duncan trug eine schwere, alte Harkonnen-Lasgun, ein langes Kampfmodell. Sogar die Ersatzladungen waren schwer. Lucilla hatte sich geweigert, mehr als eine kleine Waffe in ihrem Mieder zu tragen. Mehr als einen Schuß konnte man damit nicht abgeben. Ein Spielzeug für Meuchelmörder.

»Wir von der Schwesternschaft sind bekannt dafür, daß wir während eines Kampfes lediglich unsere körperlichen Fähigkeiten einsetzen«, sagte sie. »Es erniedrigt uns, von diesem Muster abzuweichen.«

Allerdings befanden sich in ihren Beinkleidern Messer. Teg hatte sie gesehen. Und er vermutete, daß die Klingen vergiftet waren.

Er selbst hielt eine lange Waffe in den Händen: die moderne Kampflasgun, die er aus der Festung mitgenommen hatte. Über seiner Schulter hing eine Waffe, die vom Typ her mit der Duncans identisch war.

Ich muß mich auf Burzmali verlassen, sagte sich Teg. *Ich habe ihn ausgebildet. Ich kenne seine Qualitäten. Wenn er sagt, wir trauen den neuen Verbündeten, dann trauen wir ihnen.*

Burzmali hatte sich sichtlich erfreut gezeigt, seinen alten Kommandanten sicher und lebend wiedergefunden zu haben.

Aber seit ihrer letzten Begegnung hatte es geschneit, und nun waren sie überall von Schnee umgeben: eine Tabula rasa, auf der man alle Spuren deutlich lesen konnte. Mit Schnee hatten sie nicht gerechnet. Ob es unter den Wettermachern Verräter gab?

Teg fröstelte. Die Luft war kalt. Sie fühlte sich an wie die leere Kälte des Weltraums und verhieß dem Sternenlicht freien Zutritt zum sie umgebenden Waldgebiet. Das magere Licht wurde deutlich vom schneebedeckten Boden und den weißen, das Gestein überziehenden Wächten zurückgeworfen. Die dunklen Umrisse der Koniferen und die blattlosen Äste der Laubbäume waren nur anhand weißlich verschwommener Ränder zu erkennen. Alles andere lag in tiefen Schatten.

Lucilla hauchte auf ihre Finger, beugte sich Teg entgegen und flüsterte: »Müßte er nicht schon hier sein?«

Teg wußte, daß sie in Wahrheit etwas ganz anderes meinte: *»Ist Burzmali vertrauenswürdig?«* Das war die Frage. Sie hatte sie ihm immer wieder gestellt, seit Teg ihr vor acht Tagen den Plan auseinandergelegt hatte.

Er konnte nichts anderes sagen als: »Ich gebe mein Leben dafür hin.«

»Und das unsere auch!«

Teg gefielen die zunehmenden Ungewißheiten ebenso wenig, aber im Endeffekt hing jeder Plan von den Fertigkeiten jener ab, die ihn ausgeheckt hatten.

»Du bist es gewesen, die darauf bestanden hat, daß wir hinausgehen und uns nach Rakis begeben«, erinnerte er sie. Er hoffte, daß sie sein Lächeln sehen konnte; eine Geste, die dazu dienen sollte, seinen Worten die Schärfe zu nehmen.

Lucilla zeigte jedoch nicht, daß sie besänftigt war. Teg war noch keiner Ehrwürdigen Mutter begegnet, die eine derartige Nervosität gezeigt hatte. Wenn sie von ihren neuen Verbündeten erfuhr, würde sie noch nervöser werden! Natürlich war da noch die Tatsache, daß sie es nicht geschafft hatte, den Auftrag auszuführen, den Taraza ihr gegeben hatte. Dies mußte sie ganz schön piesacken!

»Wir haben einen Eid darauf abgelegt, daß wir den Ghola beschützen«, erinnerte sie ihn.

»Burzmali hat den gleichen Eid abgelegt.«

Teg warf Duncan, der schweigend zwischen ihnen stand, einen Blick zu. Duncan ließ nicht erkennen, ob er ihren Wortwechsel gehört hatte oder ihre Nervosität teilte. Eine uralte Gelassenheit hielt seine Züge im Zaum. Teg wurde klar, daß er in die Nacht hineinlauschte, daß er das tat, was sie an sich alle drei hätten tun sollen. Auf seinem jungen Gesicht lag ein seltsamer Ausdruck von altersloser Reife.

Wenn ich je vertrauenswürdige Gefährten gebraucht habe, dachte Duncan, *dann jetzt!* Sein Geist hatte die Vergangenheit durchforscht – bis zurück in die Giedi-Primus-Ära, als er noch ein Mensch gewesen war. Nächte wie diese hatte man damals ›eine Harkonnen-Nacht‹ genannt. In Nächten wie dieser hatten die Harkonnens aus der warmen Sicherheit ihrer suspensorgetriebenen Panzer fröhliche Jagdzüge unternommen. Ein angeschossener Flüchtling konnte in der Kälte sterben. *Die Harkonnens kannten sich aus! Verflucht seien ihre Seelen!*

Wie zu erwarten gewesen war, zog Lucilla Duncans Aufmerksamkeit mit einem Blick auf sich, der besagte: *»Wir beide haben noch etwas miteinander zu erledigen.«*

Duncan wandte sein Gesicht dem Sternenlicht zu, um sicherzugehen, daß sie sein Lächeln auch sah. Sein Blick war angriffslustig und wissend, was dazu führte, daß Lucilla sich innerlich versteifte. Duncan ließ die schwere Lasgun von seiner Schulter gleiten und überprüfte sie. Lucilla fiel auf, daß die Schulterstütze der Waffe mit verschnörkelten Schnitzereien versehen war. Es war zwar eine Antiquität, aber der tödliche Sinn der Waffe war deutlich erkennbar. Duncan legte sie über seinen linken Arm. Seine Rechte umfaßte den Griff. Ein Finger lag auf dem Abzug. Jetzt trug er seine Waffe so wie Teg sein moderneres Modell.

Lucilla wandte ihren beiden Gefährten den Rücken zu und schickte ihre Sinne aus, um das über und unter ihnen liegende

Hügelgebiet zu überprüfen. Sie hatte sich kaum bewegt, als es überall um sie herum laut wurde. Geräusche erfüllten die Nacht – rechts von ihnen ertönte ein mächtiges Gerumpel, dann war Stille. Jetzt kam es von unterhalb. Stille. Von oberhalb! Von allen Seiten zugleich!

Schon beim allerersten Geräusch hatten sie sich allesamt in die felsige Deckung vor dem Eingang zur Nicht-Kugel zurückgezogen.

Die Geräusche, die die Nacht erfüllten, ließen sich nur schwer definieren: teilweise war es ein durchdringendes Geratter, teilweise ein mechanisches Quietschen, Heulen und Zischen. Unverhofft ließ ein unterirdisches Beben den Boden erzittern.

Derlei Geräusche waren Teg nicht unbekannt. Irgendwo dort draußen wurde gekämpft. Er konnte das leise Zischen von Brennern hören und sah am fernen Himmel die lanzenartigen Strahlen von Panzerlasguns.

Über ihnen blitzte etwas auf und erzeugte blaue und rote Flecke. Immer wieder! Die Erde bebte. Teg sog die Luft durch die Nasenlöcher ein: brennende Säure und Knoblauchdunst.

Nicht-Schiffe! Und zwar viele!

Sie landeten im Tal unterhalb der Nicht-Kugel.

»Rein!« befahl Teg.

Er hatte das Wort kaum ausgesprochen, als er sah, daß es schon zu spät war. Aus allen Richtungen kamen sie auf sie zu. Teg hob seine Lasgun und zielte nach unten auf den lautesten, eindringlichsten Krach und die nächste erkennbare Bewegung. Dort unten konnte man das Geschrei vieler Stimmen vernehmen. Freie Leuchtgloben bewegten sich zwischen den sie abschirmenden Bäumen; wer von dort kam, hatte sie losgelassen. Die tanzenden Lichter trieben aufwärts, eine kalte Brise steuerte sie. Finstere Gestalten bewegten sich in ihrem hellen Schein.

»Gestaltwandler!« rief Teg unterdrückt, als er die Angreifer erkannte. Die dahintreibenden Lichter würden die Bäume in wenigen Sekunden hinter sich gelassen haben. Und in einer Minute mußten sie ihre Stellung erreichen!

»Wir sind betrogen worden«, sagte Lucilla.

Von dem über ihnen liegenden Hügel ertönte eine brüllende Stimme. »Bashar!« Andere fielen ein!

Burzmali? fragte sich Teg. Er warf einen Blick in diese Richtung und schaute dann zurück auf die sich nähernden Gestaltwandler. Sie hatten keine Zeit mehr, sich lange Gedanken zu machen. Er beugte sich Lucilla entgegen. »Burzmali ist oberhalb von uns. Nimm Duncan und renn!«

»Aber was ist, wenn ...«

»Es ist deine einzige Chance!«

»Du Narr!« schrie sie ihn an. Aber sie wandte sich um, um ihm zu gehorchen.

Tegs »Ja!« trug nicht dazu bei, ihre Ängste zu lindern. Das hatte man nun davon, wenn man sich auf die Pläne anderer einließ!

Duncan dachte an andere Dinge. Er verstand, was Teg vorhatte. Er wollte sich opfern, damit die beiden anderen entkamen. Duncan zögerte und musterte die Angreifer, die immer weiter vorrückten.

Als Teg sein Zögern bemerkte, brüllte er: »Dies ist ein Kampfbefehl! Ich bin dein Kommandant!«

Er kam der Stimmkraft einer Bene Gesserit damit so nahe, wie ihr noch kein Mann gekommen war. Lucilla starrte ihn mit offenem Mund an.

Duncan sah lediglich das Gesicht des alten Herzogs vor sich. Es verlangte Gehorsam. Es war zuviel. Er packte Lucillas Arm, und bevor er sich daranmachte, den Abhang zu erklimmen, sagte er: »Wenn wir hier raus sind, decken wir Sie mit Sperrfeuer!«

Teg gab keine Antwort. Als Duncan und Lucilla sich nach oben kämpften, lehnte er sich gegen einen schneebedeckten Felsen. Er wußte, daß er sein Leben jetzt so teuer wie möglich verkaufen mußte. Und er mußte noch etwas anderes tun: *das Unerwartete.* Sie sollten zum letzten Mal die Handschrift des alten Bashars zu spüren bekommen.

Die Angreifer, die sich ihm näherten, legten nun ein schärferes Tempo vor und verständigten sich mit aufgeregtem Geschrei.

Teg schaltete die Lasgun auf Maximalkraft und betätigte den

Abzug. Eine Feuerwelle jagte über den Abhang hinweg, der sich unter ihm ausbreitete. Bäume gingen in Flammen auf und stürzten um. Menschen schrien. Die Feuerkraft der Waffe würde nicht lange vorhalten, wenn er ihr weiterhin Maximalkraft abverlangte, aber im Moment erfüllte sie genau den gewünschten Effekt.

In der abrupten Stille, die seiner ersten Feuerwalze folgte, veränderte Teg seine Position, begab sich hinter einen links von ihm liegenden Felsblock und schickte ein weiteres Inferno den dunklen Abhang hinunter. Nur wenige der dahintreibenden Leuchtgloben hatten seine Attacke auf den Wald und die Angreifer überstanden.

Sein zweiter Gegenangriff brachte weitere Schreie hervor. Teg drehte sich um und eilte über den Felsboden zur anderen Seite der Höhle, die zur Nicht-Kugel führte. Dort angekommen, feuerte er auf den gegenüberliegenden Abhang. Wieder Schreie. Und noch mehr Flammen und umstürzende Bäume.

Das Feuer wurde nicht erwidert.

Sie wollen uns lebend haben!

Die Tleilaxu waren darauf vorbereitet, so viele Gestaltwandler in das Feuer seiner Lasgun zu schicken, wie erforderlich waren. Sie warteten darauf, daß ihm die Energie ausging!

Teg verstellte die Schulterschlaufe der alten Harkonnen-Waffe, bis sie optimal saß. Er war bereit, sie einzusetzen. Er entnahm seiner modernen Lasgun das fast leere Magazin, ersetzte es durch ein neues und legte sie vor sich auf den Fels. Er rechnete nicht damit, daß man ihm eine Chance gab, die zweite Waffe noch einmal nachzuladen. Sollte man ruhig denken, ihm sei die Energie ausgegangen. An seinem Gürtel baumelten außerdem noch zwei Harkonnen-Handfeuerwaffen – als letzte Reserve. Im Nahkampf konnten sie allerhand anrichten. Er hoffte, daß er in die Reichweite einiger Tleilaxu-Meister kam; jener Herren, die für dieses Massaker verantwortlich waren.

Teg nahm die Lasgun vorsichtig wieder an sich und bewegte sich rückwärts den Hang hinauf. Er ging erst nach links, dann nach rechts. Er hielt zweimal an und feuerte kurz auf den unter ihm liegenden Abhang, denn er wollte den Eindruck erwecken, daß er sparsam mit seiner Munition umging. Es hatte keinen

Zweck, daß er den Versuch unternahm, seine Bewegungen zu verheimlichen. Inzwischen hatte man sicher schon einen Lebenssucher auf ihn gerichtet, und davon abgesehen hinterließ er auch Spuren im Schnee.

Das Unerwartete! Konnte er sie irgendwie reinlegen?

Ein gutes Stück über dem zur Nicht-Kugel führenden Höhleneingang stieß er auf einen tiefen, zwischen den Felsen verborgenen Trichter. Er war voller Schnee. Teg ging in Stellung und freute sich jetzt schon auf den Feuersturm, den er von diesem Versteck aus entfesseln konnte. Er sah sich kurz um: Von hinten schützten ihn hohe Felsen, an den drei anderen Seiten ging es schräg bergab. Er hob vorsichtig den Kopf und versuchte über das ihn abschirmende Gestein hinweg nach oben zu sehen.

Dort rührte sich nichts.

War dieser Ruf wirklich von Burzmalis Leuten gekommen? Selbst wenn es so gewesen war – es gab keinerlei Garantie, daß Duncan und Lucilla unter diesen Umständen entkommen konnten. Alles hing jetzt von Burzmali ab.

Ist er wirklich so auf Draht, wie ich angenommen habe?

Die Zeit reichte nicht aus, um alle Möglichkeiten in Erwägung zu ziehen oder ein einzelnes Element der Situation zu verändern. Der Kampf hatte begonnen. Er hatte sich ihm gestellt. Teg holte tief Luft und spähte über die Felsen hinweg nach unten.

Ja, sie hatten sich erholt und waren im Begriff, den verlorenen Boden wieder wettzumachen. Diesmal jedoch ohne die verräterischen Leuchtgloben. Und schweigend. Es gab keine aufgeregten Rufe mehr. Teg plazierte die lange Lasgun vor sich auf den Felsen und jagte einen mächtigen Feuerstrahl von links nach rechts. Schließlich ließ er ihn langsam erblassen, damit man sah, daß die Energie sich erschöpft hatte.

Er zog die alte Harkonnen-Waffe nach vorn, entsicherte sie und wartete schweigend ab. Man würde erwarten, daß er bergauf zu entkommen versuchte. Er duckte sich hinter die ihn abschirmenden Felsen und hoffte, daß es über ihm genug Bewegung gab, um die Lebenssucher zu verwirren. Unterhalb seiner Stellung, auf dem vom Feuer mitgenommenen Abhang, konnte er Geräusche ausmachen. Teg zählte stumm vor sich hin, kalkulierte die Entfernung und wußte aufgrund langjähriger Erfahrung, wie lange es noch dauern würde, bis die Angreifer in eine Reichweite kamen, die für sie tödlich war. Und er konzentrierte sich sorgfältig auf einen anderen Laut, den er aufgrund früherer Begegnungen mit den Tleilaxu kannte: das scharfe, befehlende Gebell schriller Stimmen.

Da waren sie!

Die Meister hatten sich viel weiter unterhalb seiner Stellung verteilt, als er erwartet hatte! Feige Bande! Teg stellte die alte Lasgun auf Maximalkraft und erhob sich ganz plötzlich aus dem ihn schützenden Felsentrichter.

Im Licht brennender Bäume und Büsche sah er ein sich näherndes Gestaltwandler-Rudel. Die schrillen Stimmen ihrer Befehlshaber kamen aus weiterer Entfernung. Die Meister selbst waren in der orangefarbenen Helligkeit nicht auszumachen.

Indem er über die Köpfe der ersten Angreiferwelle hinwegzielte, spähte Teg hinter die Flammenwirbel und betätigte den Abzug. Zwei lange Feuerwalzen. Hin und zurück. Einen Moment lang war er von der geballten Zerstörungskraft der antiken Waffe überrascht. Das Ding war offensichtlich das Produkt einer überragenden Handwerkskunst. Leider hatte er keine Möglichkeit gehabt, die Waffe im Innern der Nicht-Kugel zu testen.

Diesmal klangen die Schreie anders: sie waren schrill und von Panik erfüllt!

Teg zielte etwas tiefer und fegte die Gestaltwandler hinweg, die ihm am nächsten waren. Er ließ sie die volle Kraft des Strahls spüren und verheimlichte nun nicht mehr, daß er noch eine Waffe besaß. Der tödliche, hin- und herrasende Bogen gab den Angreifern genügend Gelegenheit, zu erkennen, daß sich das Magazin seiner Waffe mit einem letzten Aufflackern leerte.

So! Er hatte sie genarrt! Von nun an würden sie etwas vorsichtiger zu Werke gehen.

Vielleicht hatte er sogar noch eine Chance, zu Duncan und Lucilla aufzuschließen. Seine Gedanken ganz auf diese Vorstellung gerichtet, drehte Teg sich um und kletterte über das

Felsgestein aus seinem Versteck. Als er den fünften Schritt getan hatte, empfand er plötzlich das Gefühl, gegen eine Mauer gerannt zu sein. Er hatte noch genügend Zeit, um sich klarzumachen, was geschehen war: Jemand hatte mit einem Lähmer voll in sein Gesicht und gegen seine Brust geschossen! Und der Schuß war geradewegs von oben gekommen – aus der Richtung, in die er Duncan und Lucilla geschickt hatte! Als er in die Finsternis stürzte, machte sich Trauer in ihm breit.

Es gab also auch andere, die unerwartete Dinge tun konnten!

> *Alle organisierten Religionen sehen sich dem gleichen Problem gegenüber, einer Schwachstelle, durch die wir sie unterwandern und unseren Zielen gegenüber gefügig machen können: Wie unterscheiden sie einen Frevel von einer Offenbarung?*
>
> Missionaria Protectiva
> Die Inneren Lehren

Odrade hielt den Blick sorgfältig von dem kühlen Grün des unter ihr befindlichen Platzes abgewandt, auf dem Sheeana mit einer Lehrschwester saß. Die Lehrschwester war die beste; sie paßte genau zum nächsten Stadium von Sheeanas Erziehung. Taraza hatte sämtliche Lehrerinnen mit größter Sorgfalt ausgewählt.

Wir kommen mit unserem Plan voran, dachte Odrade. *Aber hast du geahnt, Mutter Oberin, inwiefern uns diese Zufallsentdeckung hier auf Rakis zeichnen würde?*

War es überhaupt ein Zufall gewesen?

Odrades Blick schweifte über die niedrigeren Dächer zu der mächtigen Festung, die das Hauptquartier der Schwesternschaft auf Rakis darstellte. Im heißen Licht der Mittagssonne leuchteten die Regenbogenfliesen.

Es gehört alles uns.

Daß die Festung die größte Botschaft war, die die Priester in der heiligen Stadt Keen duldeten, wußte sie. Und ihre Anwesenheit in der Festung der Bene Gesserit war angesichts der Abmachung, die sie mit Tuek getroffen hatte, reinster Hohn. Aber das war vor der Entdeckung des Sietch Tabr gewesen.

Und außerdem gab es Tuek gar nicht mehr. Der Tuek, der sich in den priesterlichen Bezirken herumtrieb, war ein Gestaltwandler, über dem permanent das Damoklesschwert schwebte.

Odrade richtete ihre Gedanken wieder auf Waff, der mit zwei Wach-Schwestern hinter ihr stand und in der Nähe der Tür seiner Penthouse-Zuflucht wartete, deren plazgepanzerte Fenster eine vorzügliche Aussicht erlaubten. Eine Ehrwürdige Mutter in Robe harmonierte mit der beeindruckend schwarzen Möblierung nur dann, wenn sie einem Besucher die helleren Stellen ihres Gesichtes zeigte.

Hatte sie Waff richtig eingeschätzt? Man war genauestens nach den Lehren der Missionaria Protectiva verfahren. Hatte sie den Spalt seiner psychischen Panzerung genügend weit geöffnet? Man würde ihn zum baldigen Sprechen anstacheln. Dann würden sie es erfahren.

Waff stand gelassen da. Sie konnte sein Abbild im Plaz des Fensters erkennen. Er gab mit keiner Geste zu verstehen, daß er wußte, warum die beiden hochgewachsenen, dunkelhaarigen Schwestern ihn flankierten: um ihn davon abzuhalten, gewalttätig zu werden. Aber gewiß wußte er es.

Sie bewachen mich, nicht ihn.

Waff stand mit gebeugtem Kopf da. Er verbarg seine Züge vor ihr, doch sie wußte, daß er unsicher war. Soviel war sicher. Zweifel konnten wie ein verhungerndes Tier sein, und sie hatte seinem hungrigen Zweifel genügend Nahrung gegeben. Er war sich absolut sicher gewesen, daß ihre Wüstenreise mit seinem Tod enden würde. Sein Zensunni- und Sufi-Glaube redete ihm jetzt ein, es sei Gottes Wille gewesen, daß er verschont worden war.

Und gewiß dachte Waff jetzt über seine Vereinbarung mit den Bene Gesserit nach. Nun erkannte er endlich, auf welche Weise er sein Volk kompromittiert und die wertvolle Tleilaxu-Zivilisation in eine schreckliche Gefahr gebracht hatte. Ja, seine Gelassenheit schwand allmählich dahin, aber nur die Augen einer Bene Gesserit konnten dies erkennen. Bald war es soweit, dann war die Zeit reif, sein Bewußtsein neu aufzubauen, es in eine Form zu bringen, die den Bedürfnissen der Schwesternschaft weiter entgegenkam. Aber zuerst sollte er noch etwas schmoren.

Odrades Aufmerksamkeit richtete sich auf die Aussicht, um die Spannung dieser Verzögerung abzubauen. Die Bene Gesserit hatten diese Örtlichkeit für ihre Botschaft gewählt, weil der umfangreiche Wiederaufbau des nordöstlichen Stadtviertels die gesamte Umgebung verändert hatte. Hier konnte man an- und umbauen, wie es einem gefiel. Die uralten Gebäude, die den Fußgängern leichten Zutritt verschafften, die breiten Straßen für offizielle Bodenfahrzeuge, und die gelegentlichen Plätze, auf denen Ornithopter landen konnten – all das hatte sich verändert.

Um mit der Zeit zu gehen.

Die neuen Gebäude standen viel näher an den grünbepflanzten Alleen, deren hohe und exotisch aussehende Bäume einen enormen Wasserverbrauch aufwiesen. Thopter durften nur noch auf den Landebahnen bestimmter Häuser niedergehen. Fußgängerwege klebten als leichte Erhöhungen an den Gebäuden. Man hatte die Häuser mit Liftschächten ausgestattet, die entweder durch Münze, Schlüssel oder Fingerabdruckmuster in Betrieb gesetzt wurden – ihre glühenden Energiefelder wurden von dunkelbraunen, leicht transparenten Umhüllungen verdeckt. Die Liftschächte wirkten im nichtssagenden Grau des Plastons und des Plaz wie dunkle Höhlen. Die nur vage erkennbaren Benutzer dieser Röhren erzeugten den Effekt sich auf- und abwärts bewegender, schmutziger Würstchen.

Alles im Namen der Modernisierung.

Waff, der hinter ihr stand, rührte und räusperte sich.

Odrade drehte sich nicht um. Die beiden Wach-Schwestern wußten, was sie vorhatte; sie ließen sich nichts anmerken, Waffs zunehmende Nervosität war lediglich eine Bestätigung, daß alles gut verlief.

Odrade hatte jedoch nicht das Gefühl, daß wirklich alles gut verlief.

Sie interpretierte den Blick aus dem Fenster lediglich als ein weiteres beunruhigendes Symptom dieses beunruhigenden Planeten. Tuek, erinnerte sie sich, hatte die Modernisierung der Stadt nicht gewollt. Er hatte sich beschwert und verlangt, daß man einen Weg finden müsse, die Modernisierung aufzuhalten und die alten Landmarken zu erhalten. Der ihn ersetzende Gestaltwandler nahm die gleiche Position ein.

Wie dieser neue Gestaltwandler Tuek doch glich. Dachten diese Wesen eigentlich selbst oder spielten sie ihre Rolle nur nach den Befehlen ihrer Herren? Waren die Neuen immer noch unfruchtbar? Wie sehr unterschieden sich die neuen Gestaltwandler von einem Normalmenschen?

An diesem Betrug war etwas, was Odrade Sorgen machte.

Die Berater des falschen Tuek, jene, die voll über das informiert waren, was sie für ›die Tleilaxu-Verschwörung‹ hielten, sprachen davon, daß die Öffentlichkeit sie in bezug auf die Modernisierung unterstütze, und sie prahlten offen damit, daß sie endlich zum Zuge gekommen waren. Albertus erstattete ihr regelmäßig über alles Bericht. Und jeder neue Bericht beunruhigte sie noch mehr. Selbst die offen erkennbare Unterwürfigkeit Albertus' störte sie.

»Natürlich meint der Rat damit nicht, daß er die Öffentlichkeit je mobilisieren würde«, meinte Albertus.

Sie mußte ihm zustimmen. Das Verhalten des Rates signalisierte jedoch, daß er in den mittleren Rängen der Priesterschaft starke Unterstützung fand – vor allen Dingen unter den Aufsteigern, die es wagten, über ihren Zerlegten Gott auf Wochenendparties Witze zu reißen ... unter jenen, die der Melangeschatz, den Odrade im Sietch Tabr gefunden hatte, besänftigte.

Neunzigtausend Tonnen! Die Ernte eines halben Jahres aus den Wüsten von Rakis. Schon ein Drittel dieser Menge stellte unter dem gegenwärtigen Kurs ein bemerkenswertes Handelsvolumen dar.

Ich wünschte, ich wäre dir niemals begegnet, Albertus.

Sie hatte ihn wieder zu dem Mann machen wollen, der *bekümmert* war. Was sie wirklich getan hatte, war für jemanden, der nach den Methoden der Missionaria Protectiva ausgebildet worden war, leicht zu erkennen.

Ein kriecherischer Speichellecker!

Es machte jetzt keinen Unterschied mehr, daß seine Unterwürfigkeit vom absoluten Glauben an ihre heilige Verbindung mit Sheeana gespeist wurde. Odrade hatte nie zuvor darüber nachgedacht, wie leicht die Lehren der Missionaria Protectiva die menschliche Unabhängigkeit zerstörten. Aber dies war natürlich immer ihr Ziel gewesen: *Macht Jünger aus ihnen, die sich unseren Zielen unterwerfen.*

Die Worte des Tyrannen in der geheimen Kammer hatten mehr getan, als nur ihre Ängste in bezug auf die Zukunft der Schwesternschaft hervorzurufen.

»*Euch hinterlasse ich meine Furcht und meine Einsamkeit.*«

Aus der Entfernung der Jahrtausende hatte er sie ebenso mit Zweifeln versehen, wie sie Waff mit Zweifeln versehen hatte.

Sie sah die Frage des Tyrannen vor sich, als hätte man sie mit strahlender Helligkeit vor ihr inneres Auge gemalt.

»MIT WEM VERBÜNDET IHR EUCH?«

Sind wir lediglich irgendein Geheimbund? Wie wird uns das Ende ereilen? In einem dogmatischen Absud unserer eigenen Schöpfung?

Die Worte des Tyrannen waren in ihr Bewußtsein eingebrannt worden. Worin lag in dem, was die Schwesternschaft tat, ein ›edles Ziel‹? Odrade konnte Tarazas höhnische Antwort auf eine solche Frage förmlich hören.

»*Es geht ums Überleben, Dar! Das ist das einzige edle Ziel, das uns ansteht! Überleben! Das wußte sogar der Tyrann!*«

Vielleicht hatte es sogar Tuek gewußt. Und was hatte es ihm am Ende eingebracht?

Odrade empfand eine geradezu gespenstisch anmutende Sympathie für den verstorbenen Priester. Tuek war ein ausgezeichnetes Beispiel dessen gewesen, was eine Familie, die zusammenhielt, hervorbringen konnte. Selbst sein Name war ein Hinweis: er hatte sich seit der Ära der Atreides nicht verändert. Sein erster Ahne war ein Schmuggler gewesen, der in den Diensten des ersten Leto gestanden hatte. Tuek entstammte einer Familie, die sich eng auf ihre Wurzeln bezog, wenn es hieß: »An unserer Vergangenheit ist etwas, das sich zu bewahren lohnt.« Das Beispiel, das dies den Nachkommen gab, mußte einer Ehrwürdigen Mutter auffallen.

Aber du hast versagt, Tuek.

Die modernisierten Häuserblocks, die man vom Fenster aus sehen konnte, waren ein Ausdruck dieses Versagens – eine Beruhigungspille für jene zur Macht hinstrebenden Elemente der rakisianischen Gesellschaft, deren Aufstieg die Schwesternschaft lange vorausgeplant hatte, die sie heranzog und stärkte. Tuek hatte in diesen Elementen die Vorboten jenes Tages gesehen, an dem er politisch zu schwach sein würde, um die Dinge abzuwehren, die eine solche Modernisierung mit sich brachten:

Kürzere und unterhaltsamere Riten.

Neue Lieder – aber auf moderne Art.

Veränderungen der Tänze (»Die traditionellen Tänze dauern so lange!«).

Und weiter: weniger Reisen in die gefährliche Wüste für die jungen Kandidaten aus den mächtigen Familien.

Odrade seufzte und schenkte Waff einen Blick. Der kleine Tleilaxu nagte an seiner Unterlippe. *Gut!*

Verdammt sollst du sein, Albertus! Ich würde es begrüßen, wenn du dich auflehnst!

Hinter verschlossenen Tempeltüren debattierte man schon die momentane Lage der Hohepriester. Die neuen Rakisianer sprachen von dem Bedürfnis, ›mit der Zeit zu gehen‹. Was sie damit meinten? – »Gebt uns mehr Macht!«

So ist es immer gewesen, dachte Odrade. *Sogar bei den Bene Gesserit.*

Dennoch konnte sie sich einen Gedanken nicht verkneifen: *Armer Tuek.*

Laut Albertus hatte Tuek kurz vor seinem Tod seine Verwandtschaft darüber in Kenntnis gesetzt, daß sie nach seinem Ableben nicht mehr damit rechnen könne, die Gemeinschaft der Hohepriester auch weiterhin zu kontrollieren. Damit hatte er sich als intelligenter und findiger erwiesen, als seine Gegner geglaubt hatten. Schon jetzt war seine Familie dabei, alle Gelder einzutreiben, die sie verliehen hatte. Man sammelte alle Kräfte, es ging um den Erhalt einer Machtbasis.

Und der Gestaltwandler, der Tueks Stelle einnahm, enthüllte durch seine mimische Vorstellung viel. Die Familie Tueks wußte immer noch nichts davon, daß ein anderer den Platz ihres Verwandten eingenommen hatte: der Gestaltwandler war so gut, daß man es kaum glauben konnte, der alte Hohepriester lebe nicht mehr. Beobachtete man ihn in voller Aktion, konnten die wachsamen Augen einer Ehrwürdigen Mutter viel über ihn in Erfahrung bringen. Und das war natürlich einer der Gründe, weshalb Waff im Moment eine ungute Figur abgab.

Odrade drehte sich plötzlich auf dem Absatz um und ging auf den Tleilaxu-Meister zu. *Jetzt ist es an der Zeit, loszulegen!*

Sie blieb zwei Schritte vor Waff stehen und schaute zu ihm hinunter. Waff begegnete ihrem Blick mit Trotz.

»Sie haben jetzt genug Zeit gehabt, um Ihre Lage zu überdenken«, sagte sie herausfordernd. »Warum schweigen Sie?«

»Meine Lage? Glauben Sie, daß Sie uns wirklich eine Wahl zugestehen?«

»Der Mensch ist nur ein Kiesel, den man in einen Teich geworfen hat«, zitierte sie einen seiner eigenen Glaubenssätze.

Waff atmete zitternd ein. Sie sagte die richtigen Worte – aber was lag hinter ihnen? Aus dem Munde einer Powindah-Frau hörten sie sich plötzlich nicht mehr richtig an.

Da Waff nicht reagierte, fuhr Odrade mit dem Zitat fort: »Und wenn der Mensch nur ein Kiesel ist, kann das, was er tut, auch nicht mehr sein.«

Ein unfreiwilliges Frösteln durchfuhr sie, und auf den sorgfältig aufrechterhaltenen Maskengesichtern der zusehenden Schwestern erschien ein verhüllter Ausdruck von Überraschung. Dieses Frösteln war nicht gemimt.

Warum denke ich in diesem Augenblick an die Worte des Tyrannen? fragte sich Odrade.

»KÖRPER UND SEELE DER BENE GESSERIT WIRD DAS GLEICHE SCHICKSAL EREILEN, WIE KÖRPER UND SEELE ALLER ANDEREN.«

Sein Widerhaken war tief in sie eingedrungen.

Was hat mich so verletzlich gemacht? Die Antwort sprang förmlich in ihren Geist: *Das Atreides-Manifest!*

Als ich es unter Tarazas wachsamer Anleitung schrieb, hat sich in mir ein Spalt geöffnet.

War dies Tarazas Ziel gewesen: Odrade verletzlich zu machen? Wie hätte Taraza wissen können, was sie auf Rakis entdecken würde? Die Mutter Oberin verfügte nicht über hellseherische Fähigkeiten. Sie neigte sogar dazu, dieses Talent in anderen zu übersehen. Bei einer seltenen Gelegenheit hatte sie von Odrade verlangt, ihr diesbezügliches Talent unter Beweis zu stellen. Ihre Zurückhaltung dabei war für das ausgebildete Auge einer Schwester offensichtlich gewesen.

Und doch hat sie mich verletzlich gemacht.

War es aus Zufall passiert?

Odrade versenkte sich in ein rasches Rezitieren der Litanei gegen die Furcht. Es dauerte nur ein paar Herzschläge lang, aber während dieser Zeit kam Waff offensichtlich zu einer Entscheidung.

»Sie würden es uns aufzwingen«, sagte er. »Aber Sie wissen nicht, welche Kräfte wir uns für einen solchen Moment aufgespart haben.« Er hob die Arme, um zu zeigen, wo einst seine Pfeilwerfer gewesen waren. »Im Vergleich mit unseren richtigen Waffen waren das hier lediglich Spielzeuge.«

»Daran hat die Schwesternschaft nie gezweifelt«, sagte Odrade.

»Wird es zu einem Gewaltkonflikt zwischen uns kommen?« fragte Waff.

»Es liegt an Ihnen, dies zu entscheiden«, erwiderte Odrade.

»Warum hofieren Sie die Gewalt?«

»Es gibt Kräfte, die es gern sehen würden, wenn sich die Bene Gesserit und die Bene Tleilax an die Gurgel fahren«, sagte Odrade. »Es würde unseren Gegnern großen Spaß machen, auf der Szene zu erscheinen und unsere Reste einzusammeln, wenn wir uns total verausgabt haben.«

»Sie tun so, als wären wir der gleichen Meinung, aber Sie lassen meinem Volk keinen Verhandlungsspielraum! Vielleicht hat die Mutter Oberin Ihnen gar keine Autorität verliehen, um zu verhandeln.«

Wie verlockend es doch war, alles in Tarazas Hände zurückzugeben, so, wie sie es gerne gehabt hätte. Odrade sah die Wach-Schwestern an. Ihre Gesichter waren nichtssagende Masken. Was wußten sie wirklich? Würden sie es merken, wenn sie gegen Tarazas Anweisungen verstieß?

»Haben Sie die nötige Autorität?« hakte Waff ein.

Ein edles Ziel, dachte Odrade. *Der Goldene Pfad des Tyrannen zeigte wenigstens einen Charakterzug eines solchen Ziels auf.*

Odrade entschied sich für eine Notlüge. »Ich bin mit der nötigen Autorität ausgestattet«, sagte sie. Ihre Worte machten die

Lüge zur Wahrheit. Jetzt, wo sie sich die nötige Autorität einfach genommen hatte, konnte Taraza sie ihr unmöglich streitig machen. Odrade wußte jedoch, daß ihre eigenen Worte ihr einen Kurs auferlegten, der sich deutlich von dem, dessen Tarazas Plan zugrundelag, unterschied.

Unabhängiges Handeln. Genau das, was *sie* von Albertus verlangt hatte. *Aber ich bin an der Front, und ich weiß, was unerläßlich ist.*

Odrade sah die beiden Wach-Schwestern an. »Bleibt bitte hier – und achtet darauf, daß wir nicht gestört werden!« Zu Waff sagte sie: »Wir können es uns ebenso gut bequem machen.« Sie deutete auf zwei Stuhlhunde, die sich am anderen Ende des Raumes gegenübersaßen.

Odrade wartete, bis sie sich niedergelassen hatten, dann nahm sie das Gespräch wieder auf. »Wir müssen untereinander zu einem gewissen Grad an Aufrichtigkeit kommen, auch wenn die Diplomatie dies selten erlaubt. Es hängt für uns zuviel in der Schwebe, als daß wir uns seichten Geplänkeln hingeben könnten.«

Waff musterte sie auf eigenartige Weise. Dann sagte er: »Wir wissen, daß es in Ihren höchsten Gremien zu Abweichlertum gekommen ist. Man hat versucht, mit uns in Kontakt zu gelangen. Ist dies Teil einer...«

»Ich bin der Schwesternschaft treu ergeben«, erwiderte Odrade. »Und auch jene, die auf Sie zugekommen sind, waren keine Verräter.«

»Ist dies wieder nur ein Trick der ...«

»Keine Tricks!«

»Die Bene Gesserit hintergehen einen ständig«, sagte Waff in einem anklagenden Tonfall.

»Was fürchten Sie an uns? Sprechen Sie es aus!«

»Vielleicht habe ich von Ihnen zu viel erfahren, als daß Sie es sich noch gestatten könnten, mich leben zu lassen.«

»Könnte ich dasselbe nicht auch von Ihnen sagen?« fragte sie. »Wer weiß sonst noch von unserer geheimen Verbindung? Es ist keine *Powindah*-Frau, die gerade mit Ihnen redet!«

Sie hatte das Wort mit einiger Verzagtheit eingesetzt, aber die Wirkung, die es auslöste, hätte nicht enthüllender sein können. Waff zuckte sichtlich zusammen. Er brauchte eine ganze Minute, um sich davon zu erholen. Dennoch blieben Zweifel in ihm zurück. Weil sie sie ihm eingepflanzt hatte.

»Was beweisen Worte?« fragte Waff. »Sie könnten immer noch alles behalten, was Sie von mir erfahren haben, ohne daß mein Volk eine Gegenleistung erhält. Sie halten immer noch die Peitsche über unseren Kopf.«

»Ich habe aber keine Waffen in den *Ärmeln*«, sagte Odrade.

»Aber in Ihrem Geist ist ein Wissen, das uns vernichten kann!« Er warf den beiden Wach-Schwestern einen Blick zu.

»Sie gehören zu meinem Arsenal«, sagte Odrade. »Soll ich sie fortschicken?«

»Und in ihren Köpfen haben sie alles, was sie hier gehört haben«, sagte Waff. Er maß Odrade mit einem behutsamen Blick. »Es wäre besser, Sie schickten Ihre gesamten Erinnerungen fort.«

Odrade verlieh ihrer Stimme den gelassensten Ton, dessen sie fähig war. »Was würden wir gewinnen, würden wir Ihren missionarischen Eifer enthüllen, bevor Sie handlungsbereit sind? Würde es uns dienen, wenn wir Ihren Ruf dadurch schädigen, daß wir verraten, welche Positionen Ihre neuen Gestaltwandler eingenommen haben? O ja, wir wissen von Ix und den Fischrednern. Nachdem wir Ihre Neuen überprüft hatten, haben wir nach ihnen Ausschau gehalten.«

»Sie wissen!« Waffs Stimme kippte beinahe über.

»Ich sehe keine andere Möglichkeit, unsere Verwandtschaft zu beweisen, als etwas zu enthüllen, das uns gleichermaßen schaden kann«, sagte Odrade.

Waff war sprachlos.

»Wir hatten vor, die Würmer des Propheten auf zahllosen anderen Welten der Diaspora anzusiedeln«, sagte sie. »Was würde die rakisianische Priesterschaft wohl dazu sagen, wenn Sie dies enthüllen würden?«

Die Wach-Schwestern sahen sie mit kaum verhüllter Amüsiertheit an. Sie glaubten, daß sie log.

»*Ich* bin ohne Leibwächter hier«, sagte Waff. »Wenn nur einer ein gefährliches Geheimnis kennt, kann man leicht dafür sorgen, daß er für alle Ewigkeit schweigt.«

Odrade hob ihre leeren Ärmel an.

Waff musterte die beiden Wach-Schwestern.

»Na schön«, sagte Odrade. Sie sah die beiden Schwestern an und machte ein verstecktes Zeichen, um sie zu beruhigen. »Wartet bitte draußen, Schwestern!«

Nachdem sie die Tür hinter sich geschlossen hatten, wandte Waff sich wieder seinen Zweifeln zu. »Meine Leute haben diese Räumlichkeiten nicht durchsucht. Was weiß ich, was Sie möglicherweise hier versteckt haben, um unser Gespräch aufzuzeichnen?«

Odrade wechselte in die Sprache des Islamiyat über.

»Dann sollten wir vielleicht eine Sprache benutzen, die außer uns niemand versteht.«

Waffs Augen funkelten. In der gleichen Sprache sagte er: »Na schön! Ich will mich darauf einlassen. Und jetzt bitte ich Sie, daß Sie mir den wahren Grund der Ketzerei in den Reihen der Bene Gesserit verraten.«

Odrade gestattete sich ein Lächeln. Mit dem Wechseln der Sprache hatte sich nicht nur Waffs Persönlichkeit, sondern auch sein gesamtes Verhalten geändert. Er verhielt sich genauso, wie sie es erwartet hatte. Wenn er sich dieser Sprache befleißigte, gab es für ihn keine Zweifel mehr!

Mit der gleichen Offenheit erwiderte sie: »Die Närrinnen befürchten, daß wir einen neuen Kwisatz Haderach hervorbringen könnten! Einige meiner Schwestern sind darüber sehr ungehalten.«

»Es gibt keinerlei Grund mehr, so etwas zu tun«, sagte Waff. »Der, der zu gleicher Zeit an mehreren Orten sein konnte, hat gelebt und ist nicht mehr. Er kam nur, um den Propheten zu bringen.«

»Gott würde eine solche Botschaft nicht zweimal überbringen lassen«, sagte Odrade.

Das war genau der Spruch, den Waff in seiner Sprache öfters zu hören bekam. Er hielt es jetzt nicht mehr für ungewöhnlich, daß eine Frau derartige Reden führte. Die Sprache und die vertrauten Worte reichten ihm.

»Hat Schwangyus Tod die Einheit der Schwestern wieder hergestellt?« fragte er.

»Wir haben einen gemeinsamen Gegner«, sagte Odrade.
»Die Geehrten Matres!«
»Es war weise von Ihnen, sie zu töten und von ihnen zu lernen.«

Waff beugte sich vor; die vertraute Sprache und der Gesprächsverlauf hielten ihn völlig gefangen. »Sie regieren mit Sex!« stieß er hervor. »Sie kennen eine bemerkenswerte Technik, die den Orgasmus verstärkt! Wir ...« Ernüchtert fiel ihm ein, wer da vor ihm saß und ihm zuhörte.

»Wir kennen derartige Techniken schon lange«, versicherte ihm Odrade. »Es wäre interessant, sie zu vergleichen, aber es gibt bestimmte Gründe, warum wir nie versucht haben, mit solch gefährlichen Mitteln an die Macht zu kommen. Diese Huren aber sind dumm genug, diesen Fehler zu machen!«

»Fehler?« Waff war sichtlich verstört.

»Sie halten die Zügel in der Hand!« sagte Odrade. »Wer an Macht gewinnt, muß auch die Kontrolle über sie verstärken. Sonst wird die eigene Schwungkraft die Sache selbst zerschmettern!«

»Macht, immer geht es um Macht«, murmelte Waff. Dann fiel ihm etwas anderes ein. »Meinen Sie damit, daß der Prophet daran zugrunde gegangen ist?«

»Er wußte, was er tat«, sagte Odrade. »Jahrtausende erzwungenen Friedens. Ihnen folgten die Hungerjahre und die Diaspora. Eine Prophezeiung mit direkten Folgen. Erinnern Sie sich: Er hat weder die Bene Tleilax noch die Bene Gesserit vernichtet!«

»Was erhoffen Sie sich aus einer Allianz zwischen unseren beiden Völkern?« fragte Waff.

»Hoffnung ist das eine, das Überleben das andere«, erwiderte Odrade.

»Pragmatismus, wie immer«, sagte Waff verächtlich. »Und einige der Ihren fürchten, sie könnten den Propheten auf Rakis wiedereinsetzen, mit all seiner Macht?«

»Habe ich das nicht gesagt?« Die Sprache des Islamiyat war in der Frageform besonders potent. Sie schob die Beweislast nämlich Waff zu.

»Sie bezweifeln also, daß Gottes Hand bei der Erschaffung

des Kwisatz Haderach mit im Spiel war«, sagte er. »Stellen Sie auch den Propheten in Frage?«

»Na schön, wollen wir ganz offen darüber reden«, sagte Odrade und begab sich gänzlich auf einen Irreführungskurs: »Schwangyu und jene, die sie unterstützten, sind vom Großen Glauben abgefallen. Wir hegen keinen Zorn auf jene Bene Tleilax, die sie umgebracht haben. Sie haben uns großen Ärger erspart.«

Waff schluckte diese Äußerung ohne Schwierigkeiten. Angesichts der Umstände war dies genau das, was man erwarten konnte. Er wußte, daß er viel gesagt hatte, was besser geheim geblieben wäre, aber es gab immer noch einige Dinge, von denen die Bene Gesserit keine Ahnung hatten. Und die Dinge, die er erfahren hatte!

Odrades nachfolgende Worte schockierten ihn total: »Waff, wenn Sie glauben, daß Ihre Nachfahren unverändert aus der Diaspora zurückgekehrt sind, sind Sie ein absoluter Narr!«

Waff schwieg.

»Es ist doch ganz offensichtlich«, fuhr Odrade fort. »Ihre Nachfahren gehören zu den Huren. Und wenn Sie annehmen, daß auch nur einer dieser Leute noch mit Ihnen übereinstimmt, hat Ihre Dummheit einen Punkt erreicht, den man nicht mehr tolerieren kann.«

Waffs Reaktion zeigte ihr, daß sie ihn jetzt hatte. Die Einzelteile fanden klickend zueinander. Dort, wo es erforderlich gewesen war, hatte sie ihm die Wahrheit gesagt. Seine Zweifel galten nun jenen, bei denen Zweifel angebracht waren: den Völkern der Diaspora. Seine eigene Sprache hatte dies bewirkt.

Waff wollte etwas sagen, aber der Kloß, der sich in seiner Kehle gebildet hatte, hinderte ihn daran. Er mußte seinen Hals massieren, ehe die Sprache zu ihm zurückkehrte. »Was können wir tun?«

»Es ist ganz klar. Die Verlorenen der Diaspora sehen in uns lediglich ein Ding, das sie sich auch noch unter den Nagel reißen werden. Sie planen nichts anderes als ein abschließendes Großreinemachen. Sie nutzen lediglich die momentane Lage.«

»Aber sie sind so viele!«

»Wenn wir uns nicht zu einer gemeinsamen Vorgehensweise

aufraffen können, um sie abzuwehren, werden sie uns schlukken, und zwar so, wie ein Slig sein Abendessen hinunterschlingt!«

»Wir dürfen uns dem Powindah-Dreck nicht unterwerfen! Gott wird es nicht erlauben!«

»Unterwerfen? Wer sagt, daß wir uns unterwerfen?«

»Aber die Bene Gesserit kommen doch stets mit der uralten Entschuldigung, daß man sich jenen, die man nicht schlagen kann, anschließen soll.«

Odrade lächelte grimmig. »Gott wird nicht zulassen, daß *Sie* sich unterwerfen. Soll das etwa heißen, daß er es uns auch verbieten würde?«

»Was also ist Ihr Plan? Was würden Sie gegen diese Massen tun?«

»Genau das gleiche, was Sie auch vorhaben: Wir würden sie bekehren. Sie brauchen nur ein Wort zu sagen, dann wird die Schwesternschaft den Wahren Glauben öffentlich unterstützen.«

Waff saß in gelähmtem Schweigen da. Also kannte sie den Kern des Tleilaxu-Plans. Wußte sie auch, wie die Tleilaxu ihn durchsetzen würden?

Odrade musterte ihn eingehend und nachdenklich.

Pack die Bestie an den Eiern, wenn es nicht anders geht! dachte sie. Aber was war, wenn die Berechnungen der Analytikerinnen der Schwesternschaft nicht stimmten? In einem solchen Fall konnte sich die gesamte *Verhandlung* als Witz entpuppen. Und in Waffs Augen war ein Blick, der eine Weisheit ausdrückte – die viel älter war als sein Körper. Mit einer Zuversicht, die sie so nicht fühlte, sagte sie:

»Für das, was Sie mit den Gholas aus Ihren Tanks errungen und heimlich für sich behalten haben, würden andere Unsummen zahlen.«

Ihre Worte waren zweideutig genug (hörte ihnen jemand zu?), aber Waff bezweifelte nicht einen Augenblick lang, daß die Bene Gesserit sogar von dieser Sache wußten.

»Werden Sie davon auch einen Anteil verlangen?« fragte er. Seine trockene Kehle brachte kaum mehr als ein Krächzen hervor.

»Alles! Wir werden alles miteinander teilen!«
»Was werden Sie in dieses große Aufteilen mit einbringen?«
»Was wollen Sie haben?«
»Ihre gesamten Zuchtunterlagen.«
»Sie gehören Ihnen!«
»Zuchtmütter unserer Wahl.«
»Nennen Sie uns ihre Namen!«

Waff keuchte. Dies war weit mehr als das, was die Mutter Oberin angeboten hatte. Er hatte das Gefühl, als würde sich in seinem Geist eine Blüte entfalten. Natürlich hatte sie bezüglich der Geehrten Matres recht – und auch, was die Tleilaxu-Nachfahren aus der Diaspora anbetraf. Er hatte ihnen niemals völlig über den Weg getraut. Niemals!

»Sie wollen natürlich unbegrenzten Zugang zur Melange haben«, sagte er.

»Natürlich.«

Waff sah sie eindringlich an; er konnte es kaum glauben, daß er soviel Glück gehabt hatte. Die Axolotl-Tanks offerierten nur jenen die Unsterblichkeit, die sich zum Großen Glauben bekannten. Niemand würde es wagen, gegen eine Sache vorzugehen, die, wie jedermann wußte, die Tleilaxu lieber zerstören als verlieren würden. Und jetzt? Er hatte sich die Dienste der mächtigsten und ältesten Missionierungsorganisation gesichert, die es gab. Hier hatte gewiß Gott seine Hand im Spiel gehabt! Waff empfand Ehrfurcht, dann fiel ihm etwas anderes ein. Er sagte leise zu Odrade: »Und als was werden Sie unsere Eintracht bezeichnen, Ehrwürdige Mutter?«

»Das edle Ziel«, sagte Odrade. »Sie wissen doch von den Worten des Propheten im Sietch Tabr. Zweifeln Sie an ihm?«

»Niemals! Aber ... da ist noch eine Sache: Wie werden Sie mit dem Duncan Idaho-Ghola und dem Mädchen Sheeana verfahren?«

»Wir werden sie natürlich kreuzen. Und ihre Nachkommen werden für uns zu all jenen sprechen, die Nachfahren des Propheten sind.«

»Auf allen Welten, zu denen Sie sie bringen würden.«

»Auf all diesen Welten«, stimmte sie ihm zu.

Waff lehnte sich zurück. *Jetzt habe ich dich, Ehrwürdige Mutter!*

dachte er. *Wir werden diese Allianz beherrschen, nicht ihr! Denn der Ghola gehört nicht euch, sondern uns!*

Odrade sah einen Schatten der Reserviertheit in Waffs Augen, aber ihr war klar, daß sie nicht weiter gegangen war, als sie es wagen konnte. Erzählte sie mehr, würde dies seine Zweifel wiedererwecken. Was auch geschah, sie hatte der Schwesternschaft diesen Kurs auferlegt. Taraza konnte sich dieser Verbindung jetzt nicht mehr entziehen.

Waff richtete seine Schultern auf; es war eine seltsam jugendliche Geste, zu der die uralte Intelligenz, die aus seinem Blick sprach, nicht so recht paßte. »Ahhh, und noch etwas«, sagte er, während aus jeder einzelnen Zelle seines Leibes der Meister aller Meister sprach, der Mann, der alle befehligte, die ihn hören konnten: »Werden Sie auch dabei helfen, das Atreides-Manifest zu verbreiten?«

»Warum nicht? Ich habe es geschrieben.«

Waff zuckte zusammen. »Sie?«

»Haben Sie gedacht, jemand mit geringeren Fähigkeiten hätte es schreiben können?«

Waff nickte; es bedurfte keiner weiteren Worte, um ihn zu überzeugen. Es war Nahrung für einen Gedanken, der ihm ohnehin schon gekommen war – ein letzter Punkt ihrer Allianz: Die großen Geisteskräfte der Ehrwürdigen Mütter würden den Tleilaxu bei jedem Schritt beratend zur Seite stehen! Was machte es schon, wenn die Huren aus der Diaspora ihnen zahlenmäßig weit überlegen waren? Wer konnte sich mit ihrem kombinierten Wissen und ihren unüberwindlichen Waffen messen?

»Und der Titel des Manifests ist nicht einmal falsch«, sagte Odrade. »Ich stamme wirklich von den Atreides ab.«

»Würden Sie sich für unsere Zuchtzwecke zur Verfügung stellen?« fragte Waff mutig.

»Ich bin zwar fast über das erforderliche Alter hinaus, aber verfügen Sie über mich!«

Mir fallen Freunde ein, aus unvergeßnen Kriegen.
Von jeder einzelnen Wunde geläutert.
Sie sind die schmerzenden Stellen, an denen wir uns schlugen.
Schlachten, die man lieber vergißt, denn niemand hat sie gesucht.
Was haben wir gegeben? Was hat es uns eingebracht?

Lieder der Diaspora

Die Vorausplanung Burzmalis basierte auf dem Besten, was er von seinem Bashar gelernt hatte: er behielt seine Absichten, soweit es ihre Möglichkeiten und Rückzugspositionen anging, für sich. Das war das Vorrecht eines Kommandanten! Und den Notwendigkeiten entsprechend, lernte er alles über das Terrain, was er nur konnte.

In den Zeiten des alten Imperiums – und sogar noch unter der Herrschaft Muad'dibs – hatte das Gebiet, das die Gammu-Festung umgab, als Waldreserve gedient. Es lag oberhalb des öligen Bodens, der das Land der Harkonnens fast gänzlich bedeckte. Hier hatten die Harkonnens das feinste Pilingitam angepflanzt, ein Holz von gleichbleibendem Wert, das von den reichsten der Reichen hoch geschätzt wurde. Schon in früheren Zeiten hatten die Gebildeten es bevorzugt, sich mit feinem Gehölz zu umgeben. Das in Massen hergestellte Material, das man damals unter Bezeichnungen wie Polastin, Polaz und Pormabat (später: Tin, Laz und Bat) gekannt hatte, gefiel ihnen weniger. Außerdem hatte man in der Ära des alten Imperiums für die gewöhnlichen Reichen der Kleineren Häuser – auch wenn sie den Wert seltener Hölzer kannten – einen bestimmten Ausdruck geprägt.

»Er ist ein 3PO«, hieß es, wenn man über jemanden redete, der sich mit billigen Kopien einer Substanz umgab, die unter aller Würde war. Und wenn die Überreichen einmal gezwungen waren, selbst etwas von diesem jämmerlichen 3PO zu verwenden, verbargen sie es nach Möglichkeit hinter EP (dem einzigen P): Pilingitam.

Daran dachte Burzmali, während er seine Leute einteilte, um in der Nähe der Nicht-Kugel nach strategisch einsetzbarem Pilingitam Ausschau zu halten. Das Holz dieses Baumes wies viele Qualitäten auf und hätte jeden Schreinermeister begeistert: Frisch geschlagen war es wie Nadelholz; getrocknet und abgelagert endete es als Hartholz. Es absorbierte zahlreiche Pigmente, und nach der letzten Appretur sah es aus, als sei seine Maserung völlig natürlich. Was noch wichtiger war: Pilingitam wurde niemals von Pilzen befallen, und es gab auch kein Insekt, das in ihm je eine ernsthaft in Erwägung gezogene Nahrungsquelle gesehen hätte. Zu guter Letzt war es feuerfest. Die älteren Äste des lebenden Baumes sprossen aus einem großen Hohlraum seines Kerns und wuchsen außerhalb weiter.

»Wir werden das Unerwartete tun«, sagte Burzmali zu den Männern seines Suchtrupps.

Als er diese Region zum ersten Mal überflogen hatte, war ihm das charakteristische Zitrusgrün der Pilingitamblätter aufgefallen. Zwar war man den Wäldern dieses Planeten während der Hungerjahre massiv zu Leibe gerückt – falls man sie nicht ganz abgeholzt hatte –, aber die Schwesternschaft hatte angeordnet, zwischen den ewiggrünen Pflanzen und Hartholzbäumen neue heranzuziehen.

Burzmalis Suchtrupp fand einen dieser EPs; er lag oberhalb jener Stelle, unter der sich die Nicht-Kugel befand. Das Blattwerk des Baumes nahm beinahe drei Hektar ein. Am Nachmittag des kritischen Tages ließ Burzmali seine Späher in einiger Entfernung Stellung beziehen und öffnete in der dünnen Borke einen Schacht, der zum geräumigen Kern des Pilingitam führte. Dort richtete er sein Hauptquartier ein und bereitete alles Nötige zur Flucht vor.

»Der Baum ist eine Lebensform«, erklärte er seinen Leuten. »Er wird jeden Lebenssucher narren.«

Das Unerwartete.

Nicht ein einziges Mal während seiner Vorbereitungen war Burzmali davon ausgegangen, daß seine Handlungen unbemerkt bleiben würden. Er konnte seine Verwundbarkeit nur zur Schau stellen.

Als der Angriff dann kam, stellte er fest, daß er einem vorhersehbaren Muster zu folgen schien. Er hatte damit gerechnet, daß die Angreifer sich auf Nicht-Schiffe und einen großen Trupp verließen – so wie sie den Angriff auf die Gammu-Festung unternommen hatten. Die Analytikerinnen der Schwe-

sternschaft hatten ihm versichert, daß die hauptsächliche Bedrohung von den Truppen der Diaspora drohte – Tleilaxu-Nachfahren, die unter der Fuchtel rücksichtsloser Frauen standen, die sich selbst ›Geehrte Matres‹ nannten. Burzmali hielt dies für ein zu großes Selbstvertrauen, weniger für Dreistigkeit. Wirkliche Dreistigkeit gab es nur in den Leuten, die der Bashar Miles Teg ausgebildet hatte. Außerdem half es ihm, daß man sich auf Teg verlassen konnte, wenn man innerhalb der Beschränkungen eines Vorhabens zum improvisieren gezwungen war.

Mit Hilfe seiner Leute verfolgte Burzmali die wirre Flucht Duncans und Lucillas. Während Burzmali und seine ausgewählte Ersatzmannschaft die Angreifer im Auge behielten, ohne ihre Stellungen je zu verraten, erzeugten Soldaten mit Kom-Helmen und Nachtbrillen an den Scheinstellungen den Eindruck hektischer Aktivität. Daran, wie Teg gegen die Angreifer vorging, konnte man seinen Bewegungen leicht folgen.

Burzmali nahm billigend zur Kenntnis, daß Lucilla keine Pause einlegte, als sich der Schlachtenlärm in ihrem Rücken intensivierte. Duncan wollte jedoch stehenbleiben und hätte den Plan beinahe zunichte gemacht. Lucilla rettete den Augenblick, indem sie gegen einen empfindlichen Nerv stieß und ausrief: »Du kannst ihm nicht helfen!«

Burzmali, der ihre Stimme deutlich durch seinen Helmverstärker hörte, hielt fluchend die Luft an. Auch andere würden sie hören! Zweifellos hatte man schon jetzt ihre Fährte aufgenommen.

Burzmali gab durch das in seinen Hals implantierte Mikrofon einen Befehl und bereitete sich darauf vor, seinen Posten zu verlassen. Der größte Teil seiner Aufmerksamkeit galt Duncan und Lucilla, die sich weiterhin näherten. Wenn alles wie geplant verlief, würden seine Leute die beiden aus der Gefahrenzone bringen. Zwei helmlose und verkleidete Soldaten konnten dann die Flucht in Richtung auf die Scheinstellungen fortsetzen.

Inzwischen rief Teg einen Pfad der Zerstörung hervor, der breit genug war, einem großen Bodenfahrzeug Bahn zu brechen.

Einer von Burzmalis Adjutanten meldete: »Zwei Angreifer nähern sich dem Bashar von hinten!«

Burzmali winkte den Mann beiseite. Er konnte sich momentan so gut wie gar nicht mit Tegs Chancen befassen. Es galt, alle Kräfte auf die Rettung des Gholas zu konzentrieren. Seine Gedanken waren ganz im Banne dessen, was er sah.

Los! Renn! Renn doch, verflucht!

Lucilla hegte ähnliche Gedanken, als sie Duncan weiterdrängte und dicht hinter ihm blieb, um ihn mit ihrem Körper abzuschirmen. In ihrem Innern war alles auf äußersten Widerstand eingestellt. Ihre gesamte Konditionierung und Ausbildung kam in diesen Minuten zum Vorschein. *Gib niemals auf!* Aufgeben war gleichbedeutend mit der Weitergabe ihres gesamten Wissens an eine andere Schwester, und das tat man nur im Angesicht des Todes. Selbst Schwangyu hatte alles wieder gutgemacht – sie hatte sich dem totalen Widerstand verschrieben und war in der bewundernswürdigen Tradition der Bene Gesserit untergegangen – kämpfend bis zuletzt. Burzmali hatte sie dies über Teg wissen lassen. Und Lucilla, sich der zahllosen Leben in ihrem Innern bewußt, dachte: *Es ist das mindeste, was man von mir verlangen kann!*

Sie folgte Duncan in ein enges Loch neben dem Stamm eines gewaltigen Pilingitam, und als sich aus der Dunkelheit Männer erhoben, um sie und ihn zu Boden zu zerren, reagierte sie fast wie ein Berserker, ehe eine Stimme, die Chakobsa sprach, in ihr Ohr flüsterte: »Freunde!« Dies verzögerte ihre Reaktion einen Herzschlag lang. Dann sah sie, daß zwei verkleidete Gestalten ihren ursprünglichen Fluchtweg fortsetzten. Dies enthüllte ihr den Plan und die Identität der Männer, die sie gegen den stark modrig riechenden Boden drückten, mehr als alles andere. Vor ihr wurde Duncan in einen Tunnel gezogen. Als die Männer (die immer noch Chakobsa sprachen) größere Schnelligkeit verlangten, verstand sie, daß es hier um einen der typisch dreistesten Schachzüge ging, die auf Tegs Stil hindeuteten.

Duncan erkannte es ebenfalls. Am Eingang des Tunnels identifizierte er sie an ihrem Körpergeruch und signalisierte in der stummen Kampfsprache der alten Atreides eine Botschaft auf ihren Arm.

»Laß sie uns führen!«

Die Form der Botschaft überraschte sie im ersten Augenblick, aber dann wurde ihr klar, daß der Ghola diese Verständigungsmethode natürlich kennen mußte.

Ohne ein Wort zu sagen, nahmen die sie umringenden Männer Duncan die sperrige alte Lasgun ab und schubsten die Flüchtlinge durch die Einstiegsklappe eines Gefährts, das Lucilla nicht identifizieren konnte. In der Finsternis flackerte kurz ein rotes Licht auf.

Mit lautloser Stimme sagte Burzmali zu seinen Leuten: »Sie starten.«

Aus den Scheinstellungen erhoben sich achtundzwanzig Bodenfahrzeuge und elf flatternde Thopter. *Das wird sie ablenken*, dachte Burzmali.

Der auf Lucillas Ohren lastende Druck sagte ihr, daß sich eine Schleuse geschlossen hatte. Erneut kam das rote Licht. Dann wurde es wieder dunkel.

Detonationen brachten den gewaltigen Baum und das Gefährt, in dem sie nun ein Bodenfahrzeug erkannte, zum Erbeben. Mit Hilfe von Suspensoren und Düsen erhob sich das Fahrzeug in die Luft. Den Kurs, den sie nun einschlugen, konnte Lucilla lediglich anhand der Flammenblitze und sichtlich verzerrten Sternenmuster erkennen, die vor den Plazfenstern vorbeizogen. Die sie umgebenden Suspensorfelder machten aus der Bewegung des Fahrzeugs etwas, das man nur mit den Augen wahrnehmen konnte. In Plastahlwannen liegend rasten sie bergab und fegten direkt über Tegs Stellung hinweg. Die Umgebung schoß an ihnen vorbei, als der Wagen blitzschnell die Richtung änderte, aber keine dieser scheinbar unkontrollierten Bewegungen übertrug sich auf die Insassen des Fahrzeugs. Sie sahen nur die tanzenden Flecke der Bäume und Büsche, von denen einige brannten. Und die Sterne.

Sie jagten über die lodernden Wipfel jener Bäume dahin, die Tegs Lasguns in Brand geschossen hatten. Erst jetzt wagte Lucilla zu hoffen, daß ihnen die Flucht glücken würde. Abrupt verlangsamte das Fahrzeug. Die sichtbaren Sterne, umrahmt von den winzigen, ovalen Plazfenstern, kippten um und wurden von einem dunklen Gegenstand verdeckt. Die Schwerkraft kehrte zurück, dann umgab sie mattes Licht. Lucilla sah, daß zu ihrer Linken eine Luke aufgestoßen wurde: Burzmali!

»Raus!« schrie er. »Vergeudet nicht eine Sekunde!«

Duncan war vor ihr. Lucilla sprang durch die Luke auf feuchten Erdboden. Burzmali schlug ihr auf den Rücken, packte Duncans Arm und zerrte sie von dem Fahrzeug weg. »Schnell! Hierher!« Sie brachen durch hohes Buschwerk und erreichten eine schmale, gepflasterte Straße. Burzmali, der sie nun beide festhielt, zerrte sie auf die andere Seite und schubste sie in einen Graben. Dann warf er eine Schilddecke über sie und hob den Kopf, um in die Richtung zu sehen, aus der sie gekommen waren.

Lucilla, die seinem Blick folgte, sah das Sternenlicht auf dem schneebedeckten Hügel. Sie spürte, daß Duncan sich neben ihr bewegte.

Weit von ihnen entfernt jagte ein schnelles Fahrzeug den Abhang hinauf, das Feuer seiner Düsen war weithin sichtbar. Es stieg höher, höher und höher. Plötzlich bog es nach rechts ab.

»Unser Wagen?« flüsterte Duncan.

»Ja.«

»Wie ist er da raufgekommen, ohne ...«

»Durch einen alten Wasserkanal«, gab Burzmali leise zurück. »Man hat ihn programmiert, automatisch weiterzufahren.« Erneut starrte er der verräterischen, sich entfernenden Rauchfahne hinterher. Plötzlich wurde das rote Etwas von einem gewaltigen Ausbruch blauen Lichts umgeben. Dem Licht folgte augenblicklich ein dumpfer Knall.

»Ahhh«, keuchte Burzmali.

Duncan sagte leise: »Sie sollen annehmen, man hätte den Antrieb überlastet.«

Burzmali warf einen überraschten Blick auf das junge Gesicht, das in der Dunkelheit geisterhaft grau wirkte.

»Duncan Idaho gehörte zu den besten Piloten der Atreides-Einheiten«, sagte Lucilla. Es war ein esoterisches Bißchen Wissen, aber es diente seinem Zweck. Burzmali erkannte sofort, daß er nicht nur der Leibwächter zweier Flüchtlinge war. Seine Schützlinge verfügten über Fähigkeiten, die man einsetzen konnte, wenn man sie brauchte.

Dort, wo das modifizierte Bodenfahrzeug explodiert war, blitzten blaue und rote Flecke über den Himmel. Die Nicht-Schiffe würden die fernen und heißen Gasbälle bereits registriert haben. Zu welchem Resultat würden die Schnüffler kommen? Die blauen und roten Flecke sanken hinter den im Sternenlicht liegenden Felsenhügeln zu Boden.

Auf der Straße erklangen Schritte. Burzmali wirbelte herum. Duncan hatte so schnell eine Handfeuerwaffe gezogen, daß Lucilla erschrak. Sie legte eine Hand auf seinen Arm, um ihn zurückzuhalten, aber er schüttelte sie ab. Erkannte er nicht, daß Burzmali diese Störung erwartet hatte?

Von der Straße aus, die über ihnen lag, rief eine leise Stimme: »Folgen Sie mir! Schnell!«

Der Sprecher, ein sich bewegender dunkler Punkt, sprang zu ihnen herab und kam raschelnd durch eine freie Stelle des die Straße säumenden Buschwerks. Dunkle Stellen auf dem schneebedeckten Hang hinter den Büschen erwiesen sich als ein dutzendstarker Trupp von Bewaffneten. Fünf aus der Gruppe umringten Duncan und Lucilla und geleiteten sie schweigend über einen schneebedeckten Pfad, der neben dem Buschwerk verlief. Der Rest der Bewaffneten lief offen über den Hang, auf eine dunkle Baumreihe zu.

Nach hundert Schritten nahmen die fünf schweigenden Gestalten eine Formation ein: zwei von ihnen gingen voraus, drei hinterher. Die Flüchtlinge befanden sich zwischen ihnen, während Burzmali führte und Lucilla sich dicht hinter Duncan hielt. Schließlich erreichten sie eine dunkle Felsengruppe, wo sie unter einem Vorsprung in einem Spalt warteten und dem jetzt leiser werdenden Gebrumm der Bodenfahrzeuge lauschten, das nun hinter ihnen lag.

»Täuschungsmanöver auf Täuschungsmanöver«, sagte Burzmali leise. »Wir führen sie in die Irre, wo wir nur können. Sie *wissen*, daß wir nur in Panik und so schnell wie möglich fliehen müssen. Aber insgeheim warten wir in der Nähe versteckt alles ab. Später gehen wir langsam weiter ... zu Fuß.«

»Das Unerwartete«, sagte Lucilla leise.

»Teg?« Es war Duncan, seine Stimme war kaum mehr als ein Flüstern.

Burzmali beugte sich nahe an Duncans Ohr. »Ich glaube, sie haben ihn erwischt.« Sein Flüstern enthielt einen Ton tiefer Trauer.

Einer ihrer finsteren Begleiter sagte: »Jetzt aber schnell. Hier runter!«

Man führte sie durch einen engen Spalt. Irgendwo in der Nähe erscholl ein knarrendes Geräusch. Duncan und Lucilla wurden in einen umschlossenen Durchgang geschoben. Das Knarren hörte sich an, als käme es von hinten.

»Macht die Tür zu!« sagte jemand.

Um sie herum flammte Licht auf.

Duncan und Lucilla sahen sich in einem großen, vollständig möblierten Raum um, den man offenbar in den Fels hineingebrannt hatte. Weiche Teppiche bedeckten den Boden – dunkelrot und golden, mit einem stilisierten Muster sich wiederholender rechteckiger Mäander in Blaßgrün. Ein Kleiderbündel lag in der Nähe Burzmalis aufgehäuft auf einem Tisch. Er unterhielt sich leise mit einem Angehörigen ihrer Eskorte: einem hellhaarigen Mann mit hoher Stirn und stechenden grünen Augen.

Lucilla hörte aufmerksam zu. Die Worte waren ihr verständlich, es ging darum, wie die Wachen postiert werden sollten, aber den Akzent des Grünäugigen hatte sie nie zuvor gehört. Es war ein Gewirr gutturaler Laute und Konsonanten, das mit überraschender Abruptheit abbrach.

»Ist dies eine Nicht-Kammer?« fragte sie.

»Nein.« Die Antwort kam von einem Mann, der hinter ihr stand und den gleichen Akzent hatte. »Die Algen beschützen uns.«

Sie drehte sich nicht zu dem Sprecher um. Statt dessen hob sie den Kopf, um sich die hellen, gelbgrünen Algen anzusehen, die sowohl die Decke als auch die Wände überwucherten. Nur in Bodennähe sah sie ein paar dunkle Stellen, die auf Felsboden hindeuteten.

Burzmali unterbrach sein Gespräch. »Hier sind wir sicher. Die Algen sind speziell für diesen Zweck gezüchtet worden. Wer hier nach Spuren von Leben sucht, wird nur pflanzliches Leben aufspüren. Die Algen schirmen uns ab.«

Lucilla drehte sich auf dem Absatz herum und untersuchte die sie umgebenden Einzelheiten: das Harkonnen-Symbol auf dem Kristalltisch, die exotischen Stoffe der Sessel und Sofas. In einem an der Wand stehenden Waffenregal entdeckte sie zwei Reihen langläufiger Lasguns – ein Fabrikat, das sie nie zuvor gesehen hatte. Die Mündungen waren glockenförmig, über dem Abzug der Waffen befand sich ein verzierter goldener Handschutz.

Burzmali hatte sein Gespräch mit dem Grünäugigen inzwischen wieder aufgenommen. Sie unterhielten sich darüber, wie sie sich verkleiden sollten. Lucilla lauschte ihnen nur mit einem Teil ihres Geistes – mit dem anderen musterte sie die beiden bei ihnen verbliebenen Mitglieder der Eskorte. Die drei anderen hatten den Raum durch einen Ausgang in der Nähe des Waffenregals verlassen. Diese Öffnung wurde von einem schweren Vorhang aus leuchtenden Silberfäden verdeckt. Wie sie weiterhin sah, beobachtete Duncan jeden ihrer Schritte mit Aufmerksamkeit. Seine Hand lag auf der kleinen Lasgun, die in seinem Gürtel steckte.

Leute aus der Diaspora? fragte sich Lucilla. *Wem dienen sie?*

Ganz beiläufig begab sie sich an Duncans Seite und übermittelte ihm mit Hilfe der Fingersprache ihren Verdacht. Sie sahen beide Burzmali an. *Verrat?*

Lucilla überprüfte erneut den Raum. Wurden sie von unsichtbaren Augen beobachtet?

Der Raum wurde von neun Leuchtgloben erhellt, von denen jeder seine eigene Lichtinsel erzeugte. Das Licht reichte in einer gewöhnlichen Konzentration bis in die Nähe jener Stelle, an der sich Burzmali noch immer mit dem Grünäugigen unterhielt. Ein Teil des Lichts kam direkt von den treibenden Globen, die voll eingeschaltet waren; ein anderer Teil kam als etwas weicherer Reflex von den Algen. Das Ergebnis: kaum wahrnehmbare Schatten, nicht einmal von den Möbeln.

Die schimmernden Silberfäden des Türvorhangs teilten sich. Eine alte Frau betrat den Raum. Lucilla sah sie an. Die Frau hatte ein runzliges Gesicht, das so dunkel war wie altes Rosenholz. Ihre Züge wurden eng von struppigem grauem Haar umrahmt, das fast bis auf ihre Schultern reichte. Sie trug ein langes, schwarzes Gewand, das mit Goldfäden bestickt war und das Muster mythologischer Drachen aufwies. Die Frau blieb hinter einem Sitzkissen stehen und verschränkte ihre mit dicken Venen durchzogenen Arme auf dem Rücken.

Burzmali und sein Gefährte beendeten ihr Gespräch.

Lucillas Blick richtete sich von der alten Frau auf ihr eigenes Gewand. Von den goldenen Drachen abgesehen war der Schnitt der Kleider ähnlich. Die Kapuzen waren auf dem Rücken zusammengefaltet. Nur an den Abnähern und dem Ausschnitt unterschied sich das Drachengewand von ihrem eigenen.

Da die Frau nichts sagte, sah Lucilla Burzmali um eine Erklärung bittend an. Burzmali erwiderte ihren Blick mit einem Anschein von äußerster Konzentration. Die alte Frau sah Lucilla fortwährend an, sagte jedoch nichts.

Die Intensität der Aufmerksamkeit, die ihr entgegengebracht wurde, erfüllte Lucilla mit Unruhe. Sie sah, daß Duncan ähnliche Gefühle zu bewegen schienen. Seine Hand lag immer noch auf der kleinen Lasgun. Die herrschende Stille, während der sie von prüfenden Blicken in Augenschein genommen wurde, verstärkte Lucillas Unbehagen noch. Irgendwie erinnerte sie das Verhalten der schweigend dastehenden alten Frau an die Bene Gesserit.

Duncan unterbrach die Stille, indem er Burzmali fragte: »Wer ist sie?«

»Ich bin jene, die eure Haut retten wird«, sagte die alte Frau. Sie hatte ein dünnes Stimmchen und krächzte schwach, aber sie benutzte den gleichen seltsamen Akzent wie die anderen.

Lucillas weitergehende Erinnerungen kamen mit einem Vergleich, der das Gewand der alten Frau betraf: *Es ist dem ähnlich, das die alten Spielfrauen trugen.*

Lucilla hätte beinahe den Kopf geschüttelt. Für eine Rolle wie diese war die Frau einwandfrei zu alt. Zudem unterschieden sich die Umrisse der Drachen von den Umrissen jener, mit denen die Erinnerungen sie versorgten. Lucilla musterte das Gesicht der Alten eingehender: Augen, feucht von Alterskrankheiten. Viel zu alt für eine Spielfrau.

Burzmali zugewandt, sagte die alte Frau: »Ich glaube, sie

kann es ohne weiteres tragen.« Sie fing an, das Drachengewand auszuziehen. Zu Lucilla sagte sie: »Dies ist für dich. Trage es mit Respekt! Wir mußten töten, um es für dich zu besorgen.«

»Wen habt ihr umgebracht?« fragte Lucilla.

»Eine Kandidatin der Geehrten Matres!« In der heiseren Stimme der alten Frau schwang Stolz mit.

»Warum sollte ich dieses Gewand anziehen?« wollte Lucilla wissen.

»Sie werden mit mir die Kleider tauschen«, sagte die alte Frau.

»Nicht ohne eine Erklärung!« Lucilla weigerte sich, die Rolle zu spielen, die man von ihr erwartete.

Burzmali machte einen Schritt nach vorn. »Sie können ihr vertrauen.«

»Ich bin eine Freundin Ihrer Freunde«, sagte die alte Frau. Sie hielt Lucilla das Gewand hin und schüttelte es. »Hier, nehmen Sie es!«

Lucilla sagte zu Burzmali: »Ich muß Ihren Plan kennen.«

»Wir müssen ihn beide kennen«, sagte Duncan. »Wer erwartet von uns, daß wir diesen Leuten vertrauen?«

»Teg«, erwiderte Burzmali. »Und ich.« Er sah die alte Frau an. »Du kannst es ihnen sagen, Sirafa. Wir haben genug Zeit.«

»Sie werden dieses Gewand tragen, während Sie Burzmali nach Ysai begleiten«, sagte Sirafa.

Sirafa, dachte Lucilla. Der Name klang beinahe Bene Gesserit-verwandt.

Sirafa schaute Duncan an. »Ja, er ist noch klein genug. Wir werden ihn verkleiden und einen separaten Weg nehmen lassen.«

»Nein!« sagte Lucilla. »Ich habe Befehl, ihn zu bewachen!«

»Seien Sie nicht kindisch!« sagte Sirafa. »Man wird nach einer Frau Ausschau halten, deren Äußeres dem Ihren entspricht, und die von einem Jungen begleitet wird, der aussieht wie er. Niemand wird auf eine Spielfrau der Geehrten Matres achten, die jemanden für die Nacht bei sich hat. Das gleiche gilt für einen Tleilaxu-Meister mit seinem Gefolge.«

Lucilla befeuchtete mit der Zunge ihre Lippen. Sirafa drückte sich mit der beruhigenden Zuversicht einer Haus-Prokuratorin aus.

Sirafa legte das Drachengewand über eine Sofalehne. Sie stand jetzt in einem enganliegenden, schwarzen Trikot da, das nichts von ihrem gelenkigen und biegsamen – ja, sogar wohlgerundeten – Körper verbarg. Ihr Leib sah viel jünger aus als ihr Gesicht. Als Lucilla sie ansah, legte Sirafa beide Handflächen über ihre Stirn und ihre Wangen und glättete sie. Ihre Altersrunzeln schwanden, ein jüngeres Gesicht kam zum Vorschein.

Ein Gestaltwandler?

Lucilla starrte die Frau an. Sonst wies sie keinerlei Anzeichen eines Gestaltwandlers auf. Aber dennoch ...

»Ziehen Sie das Gewand aus!« befahl Sirafa. Auch ihre Stimme war nun jünger – und klang befehlender.

»Sie müssen es tun«, bat Burzmali. »Sirafa wird Ihre Stelle einnehmen. Ein weiteres Täuschungsmanöver. Sonst kommen wir nicht durch.«

»Durch?« fragte Duncan. »Wohin?«

»Zu einem Nicht-Schiff«, sagte Burzmali.

»Und wohin wird es uns bringen?« wollte Lucilla wissen.

»In Sicherheit«, sagte Burzmali. »Man wird uns mit Shere vollpumpen, mehr kann ich nicht sagen. Selbst die Wirkung von Shere vergeht mit der Zeit.«

»Wie will man mich denn wie einen Tleilaxu maskieren?« fragte Duncan.

»Vertraut uns, es geht«, sagte Burzmali. Er wandte sich wieder Lucilla zu. »Ehrwürdige Mutter?«

»Sie lassen mir keine andere Wahl«, sagte Lucilla. Sie öffnete die Verschlüsse ihres Gewandes und ließ es zu Boden fallen. Dann entnahm sie ihrem Mieder die kleine Handwaffe und warf sie auf das Sofa. Das Trikot, das sie trug, war hellgrau. Sie sah, daß Sirafa es zur Kenntnis nahm – und ebenso die Messer in den Scheiden ihrer Beinkleider.

»Manchmal tragen wir schwarze Unterkleider«, sagte Lucilla, während sie in das Drachengewand schlüpfte. Der Stoff sah zwar schwer aus, trug sich aber leicht. Sie drehte sich darin, um ein Gefühl dafür zu bekommen, wie es sich ihren Körperformen anpaßte, wenn sie sich bewegte. Es schien, als hätte man das Gewand für sie gemacht. Am Hals fand sie eine rauhe Stelle. Sie hob den Arm und betastete sie mit einem Finger.

»Die Stelle, an der sie der Pfeil getroffen hat«, sagte Sirafa. »Wir waren zwar schnell, aber die Säure hat das Gewebe etwas angegriffen. Mit bloßem Auge kann man jedoch nichts davon sehen.«

»Trägt sie es so richtig?« fragte Burzmali Sirafa.

»Sehr gut. Aber ich muß sie instruieren. Sie darf keinen Fehler machen, sonst ist es mit euch beiden aus.« Sie schlug beide Handflächen aufeinander, um ihren Worten Nachdruck zu verleihen.

Wo habe ich diese Geste schon einmal gesehen? fragte sich Lucilla.

Duncan berührte die Unterseite ihres rechten Arms und morste ihr mit flinken Fingern zu: »*Der Handschlag! Eine Sitte auf Giedi Primus.*«

Lucillas weitergehende Erinnerungen bestätigten seine Antwort. Gehörte diese Frau einer zurückgezogen lebenden Gemeinschaft an, die die archaischen Traditionen bewahrte?

»Der Bursche muß jetzt gehen«, sagte Sirafa. Sie deutete auf die beiden zurückgebliebenen Mitglieder der Eskorte. »Bringt ihn hin!«

»Das gefällt mir nicht«, sagte Lucilla.

»Wir haben keine andere Wahl!« fuhr Burzmali sie an.

Lucilla hatte keine andere Möglichkeit, als ihm zuzustimmen. Sie wußte, sie verließ sich auf den Eid, den Burzmali vor der Schwesternschaft abgelegt hatte. Und sie erinnerte sich daran, daß Duncan keineswegs ein Kind war. Sie und der alte Bashar hatten seine Prana-Bindu-Reaktionen persönlich konditioniert. Der Ghola verfügte über Fähigkeiten, gegen die außerhalb des Bene Gesserit-Zirkels nur wenige etwas ins Feld führen konnten. Schweigend sah sie zu, wie Duncan und die beiden Männer hinter dem schimmernden Vorhang verschwanden.

Nachdem sie gegangen waren, kam Sirafa um das Sofa herum und blieb – die Hände in die Hüften gestützt – vor Lucilla stehen. Die Blicke der beiden Frauen trafen sich auf einer Ebene.

Burzmali räusperte sich und durchwühlte den Kleiderstapel, der neben ihm auf dem Tisch lag.

Sirafas Gesicht – ganz besonders ihre Augen – war von einer bemerkenswerten Anziehungskraft. Ihre Pupillen waren grün, ihre Augäpfel weiß. Sie wurden weder von einer Linse noch von einem anderen künstlichen Hilfsmittel bedeckt.

»Sie haben genau das richtige Aussehen«, sagte Sirafa. »Vergessen Sie nicht, daß Sie eine besondere Art von Spielfrau darstellen! Burzmali ist Ihr Kunde. Kein gewöhnlicher Mensch würde es wagen, sich da einzumischen.«

Lucilla witterte eine geheime Bedeutung hinter diesen Worten. »Aber es gibt Menschen, die es wagen würden?«

»Momentan gibt es auf Gammu Niederlassungen vieler großer Religionen«, sagte Sirafa. »Manche werden Ihnen noch nie begegnet sein. Sie kommen aus jenem Bereich, den Sie die Diaspora nennen.«

»Und wie nennen Sie diese Leute?«

»Die Suchenden.« Sirafa hob besänftigend eine Hand. »Haben Sie keine Angst! Wir haben einen gemeinsamen Gegner.«

»Die Geehrten Matres?«

Sirafa beugte den Kopf nach links und spuckte auf den Boden. »Sehen Sie mich an, Bene Gesserit! Man hat mich dazu ausgebildet, sie umzubringen! Dies ist meine einzige Funktion und mein einziges Ziel!«

Lucilla sagte vorsichtig: »Und soweit wir wissen, sind Sie sehr gut darin.«

»In manchen Dingen bin ich vielleicht besser als Sie. Hören Sie mir zu! Sie sind eine Sex-Spezialistin. Verstehen Sie?«

»Warum sollten mich Priester ansprechen?«

»Sie nennen *die* Priester? Nun ... ja. Sie würden Sie sicher nicht aus einem Grund ansprechen, den Sie sich vorstellen könnten. Sex als Selbstzweck – der Feind der Religion, eh?«

»Kein Ersatz für die heilige Ekstase«, sagte Lucilla.

»Tantrus beschütze Sie, Frau! Unter den Suchenden gibt es Priester *anderer* Art; solche, die nichts dagegen haben, sofortige Ekstase zu versprechen, statt einen auf die Freuden des Lebens nach dem Tode zu vertrösten.«

Lucilla hätte beinahe gelächelt. Glaubte diese selbsternannte

Mater-Killerin etwa, sie könnte einer Ehrwürdigen Mutter Nachhilfe in Religion geben?

»Es gibt hier Leute, die als Priester verkleidet umgehen«, sagte Sirafa. »Sehr gefährliche Leute. Die gefährlichsten sind die Jünger Tantrus', die behaupten, die höchste Verehrung ihres Gottes läge in der sexuellen Betätigung.«

»Woran kann ich sie erkennen?« Lucilla erkannte Aufrichtigkeit in Sirafas Stimme, aber auch eine Spur von schlimmer Vorahnung.

»Das ist nichts, was Sie zu kümmern hätte. Sie dürfen nie den Eindruck erwecken, als könnten Sie derartige Unterscheidungen treffen. In erster Linie müssen Sie sich für Ihr Honorar interessieren. Sie sollten, glaube ich, fünfzig Solari verlangen.«

»Sie haben mir noch nicht erzählt, warum ich das Interesse dieser Leute hervorrufen sollte.« Lucilla warf einen Blick auf Burzmali. Er hatte die grobgewebten Kleider ausgebreitet und legte seinen Kampfanzug ab. Dann wandte sie sich wieder Sirafa zu.

»Manche folgen einer uralten Konvention, die ihnen das Recht garantiert, Ihr Arrangement mit Burzmali für ungültig zu erklären. Tatsächlich werden andere Sie lediglich prüfen wollen.«

»Hören Sie genau zu!« sagte Burzmali. »Es ist sehr wichtig.«

Sirafa sagte: »Burzmali wird sich wie ein Feldarbeiter kleiden. Nichts anderes könnte die Ausbuchtungen seiner Waffen besser verhüllen. Sie werden ihn ›Skar‹ nennen, das ist ein Name, der hier oft vorkommt.«

»Aber wie verhalte ich mich, wenn mich ein Priester anspricht?«

Sirafa entnahm ihrem Ausschnitt einen kleinen Beutel und gab ihn Lucilla, die ihn in der Hand hielt. »Er enthält zweihundertunddreiundachtzig Solari. Wenn sich jemand als göttlicher ... Können Sie das behalten: *Göttlicher?*«

»Wie könnte ich es je vergessen?« Lucillas Stimme klang fast höhnisch, aber Sirafa ging einfach darüber hinweg.

»Wenn ein solcher Mann Sie anspricht, geben Sie Burzmali fünfzig Solari und drücken ihm Ihr Bedauern aus. In dem Beutel befindet sich außerdem ein Ausweis, der Sie als Spielfrau identifiziert. Ihr Name ist Pira. Wiederholen Sie ihn.«

»Píra.«

»Nein! Die Betonung liegt mehr auf dem ›a‹!«

»Pirá!«

»So wird es gehen. Und jetzt hören Sie mir genau zu! Sie und Burzmali werden sich spät auf den Straßen aufhalten. Man wird erwarten, daß Sie schon vorher einige Kunden hatten. Es muß offensichtlich sein. Deswegen werden Sie ... äh ... Burzmali ... unterhalten, bevor Sie von hier fortgehen. Verstehen Sie?«

»Wie gerissen!« sagte Lucilla.

Sirafa nahm ihre Worte als Kompliment und lächelte, aber ihre Reaktion erweckte den Eindruck äußerster Selbstkontrolle. Wie fremd sie war!

»Noch etwas«, sagte Lucilla. »Wenn ich wirklich einen Göttlichen *unterhalten* muß ... wie werde ich Burzmali anschließend wiederfinden?«

»Skar!«

»Ja. Wie werde ich Skar wiederfinden?«

»Wo Sie auch hingehen – er wird in der Nähe warten. Er wird Sie finden, wenn Sie wieder auftauchen.«

»Na schön. Wenn mich also ein *Göttlicher* anspricht, gebe ich Skar hundert Solari zurück und ...«

»Fünfzig!«

»Da bin ich anderer Meinung, Sirafa.« Lucilla schüttelte heftig den Kopf. »Der Göttliche wird nämlich sofort merken, daß fünfzig Solari zu wenig sind, wenn ich ihn erst einmal *unterhalten* habe.«

Sirafa schürzte die Lippen und schaute an Lucilla vorbei auf Burzmali. »Sie haben mich zwar vor ihrer Art gewarnt, aber ich hätte nicht gedacht, daß ...«

Mit einem Anflug ihrer Stimmkraft sagte Lucilla: »Denken Sie lieber gar nichts, es sei denn, Sie hören es von mir!«

Sirafa runzelte die Stirn. Die Stimme hatte sie offensichtlich überrascht, aber als sie den Faden wieder aufnahm, klang ihr Tonfall nicht weniger arrogant. »Darf ich annehmen, daß Sie keine Erklärung sexueller Variationen benötigen?«

»Sie treffen den Nagel auf den Kopf«, sagte Lucilla.

»Und es erübrigt sich auch, Ihnen zu sagen, daß dieses Gewand Sie als Jüngerin des Hormu-Ordens im fünften Stadium ausweist?«

Jetzt war Lucilla an der Reihe, die Stirn zu runzeln. »Was ist, wenn ich Fähigkeiten zeige, die über dieses Stadium hinausgehen?«

»Ahhh«, sagte Sirafa. »Sie wollen mir also doch weiter zuhören?«

Lucilla nickte kurz.

»Sehr gut«, sagte Sirafa. »Kann ich also davon ausgehen, daß Sie die Technik der Vaginalvibration beherrschen?«

»Sie können.«

»In jeder Stellung?«

»Ich beherrsche jeden Muskel meines Körpers.«

Sirafa warf Burzmali einen Blick zu. »Stimmt das?«

Burzmali, der dicht hinter Lucilla stand, erwiderte: »Sonst würde sie es nicht behaupten.«

Sirafa schaute nachdenklich drein. Ihr Blick heftete sich auf Lucillas Kinn. »Das kompliziert die Sache, glaube ich.«

»Damit Sie nichts Falsches denken«, warf Lucilla ein, »die Fähigkeiten, die man mich gelehrt hat, werden in der Regel nicht auf dem Markt angeboten. Sie dienen einem anderen Zweck.«

»Oh, dessen bin ich mir sicher«, sagte Sirafa. »Aber sexuelle Gewandtheit ist ein ...«

»Gewandtheit?« Lucilla gestattete es sich, die volle Kraft des Zorns einer Ehrwürdigen Mutter in ihre Stimme zu legen. Auch wenn Sirafa es möglicherweise darauf anlegte – sie mußte ihr zeigen, wo ihr Platz war! »*Gewandtheit*, sagen Sie? Ich kann meine Genitaltemperatur kontrollieren. Ich kenne nicht nur die einundfünfzig erogenen Zonen, ich kann sie auch bearbeiten. Ich ...«

»Einundfünfzig? Aber es gibt doch nur ...«

»Einundfünfzig!« fauchte Lucilla. »In ihrer Reihenfolge, plus der zweitausendundacht Kombinationen. Außerdem, in Kombination mit den zweihundertundfünf sexuellen Stellungen ...«

»Zweihundertundfünf?« Sirafa war offensichtlich überrascht. »Sie meinen doch gewiß nicht ...«

»Es gibt tatsächlich noch mehr, wenn man die kleineren Variationen mitrechnet. Ich bin eine Einprägerin, und das heißt, daß ich die dreihundert Stufen des verstärkten Orgasmus gemeistert habe!«

Sirafa räusperte sich und befeuchtete mit der Zunge ihre Lippen. »Ich muß Sie bitten, sich zurückzuhalten, meine Liebe! Sie müssen Ihre vollen Fähigkeiten unterdrücken, sonst ...« Erneut sah sie Burzmali an. »Warum haben Sie mich nicht gewarnt?«

»Habe ich ja.«

Lucilla hörte Erheiterung in seiner Stimme, aber sie wandte nicht den Kopf, um sich dies bestätigen zu lassen.

Sirafa atmete ein und stieß zweimal tief die Luft aus. »Sollte man Ihnen deswegen Fragen stellen, sagen Sie, es handele sich um Übungen für eine weitere Qualifikation. Das könnte ein eventuelles Mißtrauen ersticken.«

»Und wenn man mich nach der Natur der Übungen fragt?«

»Oh, das ist einfach. Sie lächeln rätselhaft und schweigen.«

»Was ist, wenn man mich nach diesem Hormu-Orden fragt?«

»Dann drohen Sie dem Fragesteller, daß Sie ihn Ihren Vorgesetzten melden werden. Das sollte sein Fragen beenden.«

»Und wenn nicht?«

Sirafa zuckte die Achseln. »Erfinden Sie irgendeine Geschichte nach eigenem Geschmack! Selbst ein Wahrsager würde sich über Ihre Ausflüchte amüsieren.«

Lucillas Gesicht blieb gelassen, als sie über ihre gegenwärtige Lage nachdachte. Sie hörte, daß Burzmali – Skar! – sich direkt hinter ihr rührte. Was die geplante Täuschung anging, so sah sie keine ernsthaften Schwierigkeiten auf sich zukommen. Vielleicht stellte sich im Endeffekt alles als ein amüsantes Zwischenspiel heraus, das sie später im Domstift zum besten geben konnte. Sirafa, bemerkte sie, grinste Burz ... – Skar! – an, als Lucilla sich umdrehte und ihren *Kunden* in Augenschein nahm.

Burzmali war nackt. Sein Kampfanzug und sein Helm lagen neben einem kleinen Kleiderstapel aus grobem Stoff.

»Ich stelle fest, daß Skar gegen die Vorbereitungen dieses Unternehmens nichts einzuwenden hat«, sagte Sirafa und deutete mit einer Hand auf Burzmalis erigiertes Glied. »Ich lasse Sie dann jetzt allein.«

Lucilla hörte, wie sie hinter dem schimmernden Vorhang verschwand. Grimmig machte sie sich klar: »An sich hätte es der Ghola sein sollen!«

> *Vergeßlichkeit ist euer Schicksal. Ihr verliert sämtliche Lehren des Lebens, gewinnt sie neu und verliert sie, um sie wieder neu zu gewinnen.*
>
> Leto II.
> Die Stimme von Dar-es-Balat

»Im Namen unseres Ordens und seiner ungebrochenen Schwesternschaft – diese Zusammenfassung ist als verläßlich und würdig bewertet worden, in die Chronik des Domstifts einzugehen.«

Taraza musterte die Worte auf dem Projektionsschirm mit einem Ausdruck des Unwillens. Das Morgenlicht malte gelbe Streifen auf die Projektion, was dazu führte, daß die Worte ihr irgendwie geheimnisvoll erschienen.

Mit einer wütenden Bewegung schob sie sich von dem Projektionstisch zurück, stand auf und begab sich ans Südfenster. Der Tag war noch jung, und die Schatten auf dem Hof lang.

Soll ich persönlich hingehen?

Der Gedanke ließ sie zögern. Diese Unterkunft machte einen so ... sicheren Eindruck. Aber sie wußte mit jeder Faser ihres Körpers, daß dies die reinste Torheit war. Die Bene Gesserit hielten sich nun seit vierzehnhundert Jahren hier auf – trotzdem mußte der Domstiftplanet nur als Zwischenstation gesehen werden.

Sie legte die linke Hand auf den glatten Fensterrahmen. Man hatte jedes einzelne Fenster so plaziert, daß es einen besonderen Ausblick bot. Alles an diesem Raum – seine Proportionen, Möbel und Farben – reflektierte das Werk der Architekten und Erbauer. Ein jeder von ihnen hatte etwas dazu beigetragen, in den Bewohnern des Raums das Gefühl zu erzeugen, seine Umgebung sei dazu da, ihn zu unterstützen.

Taraza unternahm den Versuch, sich auf dieses Gefühl einzustimmen, aber es gelang ihr nicht.

Die Auseinandersetzungen, die sie gerade hinter sich gebracht hatte, hinterließen in diesem Raum eine Bitterkeit, selbst angesichts der Tatsache, daß man sich nur in den mildesten Tönen geäußert hatte. Ihre Beraterinnen waren stur geblieben – aus verständlichen Gründen (mit denen Taraza ohne Einschränkung übereinstimmte).

Zu Missionaren werden? Wir? Für die Tleilaxu?

Sie berührte einen neben dem Fenster befindlichen Kontrolldeckel und öffnete ihn. Eine warme Brise aromatischen Frühlingsblütendufts aus dem Obstgarten durchwehte den Raum. Die Schwesternschaft war stolz auf die Äpfel, die hier, im Machtzentrum all ihrer Niederlassungen, wuchsen. Es gab keine besseren Obstgärten in den Festungen und Stiftfilialen, die die meisten von Menschen bewohnten Planeten des Alten Imperiums wie ein Netz überzogen.

»An ihren Früchten sollt ihr sie erkennen«, dachte sie.

Einige der alten Religionen können immer noch Weisheiten hervorbringen.

Taraza konnte von ihrer hohen Position aus den gesamten südlichen Gebäudekomplex des Domstifts überblicken. Der Schatten eines nahegelegenen Wachtturms zog eine lange, vielfach gebrochene Linie über Dächer und Innenhöfe.

Wenn sie darüber nachdachte, wurde ihr stets klar, wie überraschend klein diese Anlage war, die so viel Macht verkörperte. Hinter dem Ring aus Obst- und sonstigen Gärten erstreckte sich ein sorgfältig abgegrenztes Schachbrettmuster von Privatresidenzen, die allesamt von Vegetation umgeben waren. Diese privilegierten Landsitze wurden von pensionierten Schwestern und ausgewählten, treuen Familien bewohnt. Gezackte Berge, deren Gipfel oft von leuchtendweißem Schnee bedeckt waren, zogen die Grenze im Westen. Der Raumhafen lag zwanzig Kilometer östlich. Der Kern des Domstifts wurde von einer offenen Ebene umgeben, auf der eine besondere Rinderart graste: das Vieh war fremden Gerüchen gegenüber so empfindlich, daß es beim geringsten Versuch Fremder, in die Anlage einzudringen, in höchste Aufregung geraten und Lärm schlagen würde. Die inneren Heimstätten mit den Dornenhecken hatte vor langer Zeit ein Bashar angelegt – und zwar so, daß niemand – egal ob bei Tag oder Nacht – durch die verdrehten Bodenkanäle gelangen konnte, ohne gesehen zu werden.

All dies erschien zufällig und beiläufig, aber dennoch steckte dahinter eine bestimmte Ordnung. Und das, wußte Taraza, personifizierte die Schwesternschaft.

Das Räuspern im Hintergrund erinnerte sie daran, daß eine der vehementesten Streiterinnen der Sitzung noch immer geduldig auf der Türschwelle stand.

Sie wartet auf meine Entscheidung.

Die Ehrwürdige Mutter Bellonda wollte, daß man Odrade »auf der Stelle« umbrachte. Man war zu keiner Entscheidung gekommen.

Diesmal bist du zu weit gegangen, Dar. Ich habe erwartet, daß du unabhängig und unerwartet reagierst. Ich habe es sogar gewollt. Aber so?

Die alte, dicke, gesunde, kaltäugige Bellonda, deren Bösartigkeit von besonderer Bedeutung war, wollte, daß man Odrade wie eine Verräterin behandelte.

»Der Tyrann hätte sie auf der Stelle zerschmettert!« sagte sie.

Ist das alles, was wir von ihm gelernt haben? fragte sich Taraza.

Bellonda hatte darauf hingewiesen, daß Odrade nicht nur eine Atreides, sondern auch eine Corrino war. Unter ihren Vorfahren hatte es sehr viele Kaiser, Vize-Regenten und mächtige Verwalter gegeben.

Mit dem ganzen Machthunger, den dies impliziert.

»Ihre Vorfahren haben Salusa Secundus überlebt!« wurde Bellonda nicht müde, zu wiederholen. »Haben wir aus unseren Zuchterfahrungen denn nichts gelernt?«

Wir haben gelernt, Odrade hervorzubringen, dachte Taraza.

Nachdem sie die Gewürzagonie überlebt hatte, hatte man Odrade nach Al Dhanab geschickt, einer Welt, die Salusa Secundus nicht unähnlich war. Sie sollte absichtlich auf einem Planeten konditioniert werden, der einem ständige Prüfungen auferlegte: hohe Klippen und ausgetrocknete Schluchten, heiße und kalte Winde, wenig Feuchtigkeit, zuviel davon. Man hielt diese Welt für ein passendes Testgelände – zumal es um jemanden ging, dessen Bestimmung möglicherweise Rakis war. Aus solchen Konditionierungsprogrammen gingen zähe Überlebende hervor. Und die hochgewachsene, biegsame, muskulöse Odrade gehörte zu den Zähesten überhaupt.

Wie kann ich diese Situation retten?

Odrades neueste Botschaft besagte, daß jede Art von Frieden, sogar die Jahrtausende der Unterdrückung durch den Tyrannen, eine falsche Aura ausstrahlte, die sich für jene, die ihr zu sehr vertrauten, fatal auswirken könne. Und darin lag sowohl die Stärke als auch die Schwäche von Bellondas Argument.

Taraza hob den Blick und sah die auf der Schwelle wartende Bellonda an. *Sie ist zu fett! Und sie protzt damit auch noch vor uns!*

»Wir können Odrade ebensowenig eliminieren wie den Ghola«, sagte Taraza.

Bellondas Stimme war ruhig und gelassen: »Beide sind für uns nun zu gefährlich. Sieh doch nur, wie sie dich mit ihrem Bericht über diese Worte von Sietch Tabr aufgeweicht hat!«

»Hat die Botschaft des Tyrannen mich aufgeweicht, Bell?«

»Du weißt, was ich meine. Die Bene Tleilax haben keine Moral.«

»Lenk nicht vom Thema ab, Bell! Deine Gedanken sind mir zu sprunghaft. Was witterst du wirklich hinter der Sache?«

»Die Tleilaxu! Sie haben den Ghola für ihre eigenen Ziele eingespannt. Und jetzt will Odrade, daß wir ...«

»Du wiederholst dich, Bell.«

»Die Tleilaxu nehmen eine Abkürzung. Sie sehen etwas anderes in der Genetik als wir. Sie sehen die Sache nicht *menschlich*. Sie erzeugen Ungeheuer.«

»Tun sie das wirklich?«

Bellonda kam in den Raum hinein. Sie ging um den Tisch herum und blieb kurz vor Taraza stehen, wobei sie der Mutter Oberin die Sicht auf die Nische mit der Statuette Chenoehs blockierte.

»Eine Allianz mit den Priestern von Rakis: ja. Aber nicht mit den Tleilaxu.« Bellondas Gewand raschelte, als sie die geballte Faust schwang.

»Bell! Der Hohepriester ... er wird jetzt von einem Gestaltwandler imitiert. Und mit ihm willst du dich verbünden?«

Bellonda schüttelte wütend den Kopf. »Jene, die an Shai-Hulud glauben, sind Legion! Du kannst sie überall finden. Wie werden sie reagieren, wenn es je herauskommen sollte, daß *wir* an dieser Sache beteiligt waren?«

»Nun aber wirklich, Bell! Wir haben doch selbst festgestellt, daß dies nur den Tleilaxu schaden kann! Was das angeht, hat Odrade völlig recht.«

»Das stimmt nicht! Wenn wir uns mit ihnen verbünden, sind wir beide angreifbar. Man wird uns zwingen, uns den Zielen der Tleilaxu unterzuordnen. Es wird schlimmer werden als in jener Zeit, da wir uns dem Tyrannen unterordnen mußten.«

Taraza sah ein boshaftes Glitzern in Bellondas Augen. Ihre Reaktion war verständlich. Keine Ehrwürdige Mutter konnte von der Sonderfesselung reden, die sie unter dem Tyrannen erduldet hatten, ohne wenigstens einige wütende Erinnerungen zu fühlen. Gegen ihren Willen hatte man sie vorangepeitscht, und niemand hatte gewußt, ob sie als Organisation am nächsten Tag noch da sein würden.

»Glaubst du, wir würden uns aufgrund dieses dummen Bündnisses unsere Gewürzlieferungen sichern?« fragte Bellonda.

Wieder das gleiche alte Argument, sah Taraza. Ohne Melange und die Agonie seiner Umwandlung konnte es keine Ehrwürdigen Mütter geben. Die Huren aus der Diaspora sahen in der Melange gewiß einen ihrer Angriffspunkte. Es ging um das Gewürz und darum, wie die Bene Gesserit mit ihm verfuhren.

Taraza kehrte an ihren Tisch zurück und setzte sich auf ihren Stuhlhund. Sie lehnte sich zurück; er paßte sich ihren Konturen an. Es war ein Problem. Ein spezielles Bene Gesserit-Problem. Obwohl sie ständig danach suchten und experimentierten, hatten sie nie einen Ersatz für das Gewürz gefunden. Die Raumgilde verlangte nur danach, weil sie es für ihre Navigatoren brauchte, aber *die* konnten auch durch ixianische Instrumente ersetzt werden. Der Planet Ix und die, die ihm nahestanden, wetteiferten mit der Gilde. *Sie* hatten Alternativen.

Wir haben keine.

Bellonda begab sich an die gegenüberliegende Seite von Tarazas Tisch, legte beide Fäuste auf die glatte Oberfläche und beugte sich vor, um auf die Mutter Oberin hinabzusehen.

»Und wir wissen immer noch nicht, was die Tleilaxu mit unserem Ghola angestellt haben!«

»Das wird Odrade herausfinden.«

»Was als Grund nicht ausreicht, um ihr ihren Verrat zu vergeben!«

Taraza sagte leise: »Wir haben seit Generationen auf diesen Augenblick gewartet – und du würdest das Projekt einfach so fallenlassen?« Sie schlug leicht mit der flachen Hand gegen den Tisch.

»Das kostbare Rakis-Projekt«, sagte Bellonda, »ist nicht mehr das unsere. Vielleicht ist es das nie gewesen.«

Mit allen ihr zur Verfügung stehenden Geisteskräften konzentrierte sich Taraza auf die Implikationen dieses ihr nicht unbekannten Arguments. Es war eine Sache, über die man während der Auseinandersetzung, die erst vor kurzem zu Ende gegangen war, offen geredet hatte.

War der Ghola das ausführende Organ eines Plans, den der Tyrann ersonnen hatte? Wenn ja, was konnte man jetzt noch dagegen unternehmen? Was *sollte* man dagegen unternehmen?

Während des langen Disputs war einer jeden von ihnen der Minderheitsbericht voll bewußt gewesen. Schwangyu mochte tot sein – aber ihre Fraktion existierte noch, und jetzt sah es sogar so aus, als hätte Bellonda sich ihr angeschlossen. Hielt die Schwesternschaft angesichts einer fatalen Möglichkeit die Augen geschlossen? Odrades Bericht über die geheime Botschaft von Rakis konnte als versteckte Warnung interpretiert werden. Odrade verlieh der Nachricht besonderen Nachdruck dadurch, daß sie darauf hingewiesen hatte, ein starkes inneres Gefühl habe sie alarmiert. Keine Ehrwürdige Mutter würde ein solches Ereignis leichten Herzens hinnehmen.

Bellonda richtete sich auf und verschränkte die Arme vor der Brust. »Wir schaffen es nie ganz, uns den Ausbildern unserer Kindheit oder den Mustern, die uns geformt haben, zu entziehen, nicht wahr?«

Ein Argument, das besonders in einen Bene Gesserit-Disput paßte. Es erinnerte sie an die Anfälligkeit, die ihnen zu eigen war.

Wir sind die heimlichen Aristokraten, und unsere Nachkommen sind die Erben der Macht. Ja, wir sind anfällig für dergleichen Dinge, und Miles Teg ist ein ausgezeichnetes Beispiel dafür.

Bellonda fand einen Stuhl, setzte sich hin und brachte ihre Augen auf eine Ebene mit denen Tarazas. »Auf dem Höhepunkt der Diaspora«, sagte sie, »sind wir zwanzig Prozent unserer Versager losgeworden.«

»Es sind keine Versager, die jetzt zu uns zurückkehren.«

»Aber der Tyrann wußte genau, daß dies passieren würde!«

»Die Diaspora war sein Ziel, Bell. Es war sein Goldener Pfad: das Überleben der Menschheit!«

»Aber wir wissen, was er von den Tleilaxu hielt, und er hat sie trotzdem nicht ausgelöscht. Er hätte es tun können, aber er hat es nicht getan!«

»Er wollte Vielfalt.«

Bellonda ließ eine Faust auf den Tisch fallen. »Und das hat er auch bekommen!«

»Über all das haben wir schon bis zum Erbrechen geredet, Bellonda, und ich sehe immer noch keinen Weg, wie wir dem, was Odrade arrangiert hat, entgehen könnten.«

»Unterwerfung!«

»Überhaupt nicht! Haben wir uns etwa je ganz und gar einem jener Kaiser unterworfen, die vor dem Tyrannen herrschten? Nicht einmal Muad'dib haben wir uns unterworfen!«

»Wir sitzen immer noch in der Falle, die der Tyrann uns gestellt hat«, sagte Bellonda anklagend. »Sag mal, wieso haben die Tleilaxu überhaupt weiterhin seine Lieblingsghola produziert? Das geht doch nun seit Jahrtausenden so! Der Ghola spaziert aus ihren Tanks wie ein Aufziehpüppchen.«

»Glaubst du, daß die Tleilaxu einen Geheimbefehl des Tyrannen befolgen? Dann würdest du nur *für* Odrade sprechen, denn sie hat die ausgezeichneten Umstände geschaffen, die es uns ermöglichen, dies herauszufinden.«

»Er hat nie einen Befehl dieser Art gegeben! Er hat nur dafür gesorgt, daß der Ghola auf die Bene Tleilax äußerst anziehend wirkt.«

»Und auf uns nicht?«

»Mutter Oberin, wir müssen auf der Stelle dafür sorgen, daß

wir uns aus der Falle des Tyrannen befreien. Und zwar mit der direktesten Methode.«

»Die Entscheidung liegt bei mir, Bell. Ich neige immer noch zu einer vorsichtigen Allianz.«

»Dann sollten wir wenigstens den Ghola umbringen. Sheeana kann Kinder haben. Wir könnten ...«

»Dies hier ist kein reines Zuchtprojekt, und es war auch nie als solches geplant!«

»Aber es könnte eines werden. Was ist, wenn du dich bezüglich der Macht geirrt hast, die die Hellsichtigkeit der Atreides ausmacht?«

»Alle deine Vorschläge führen uns von Rakis und den Tleilaxu fort, Bell!«

»Mit der Melange, die wir gegenwärtig eingelagert haben, könnte die Schwesternschaft fünfzig Generationen überdauern. Wenn wir rationieren, noch mehr.«

»Hältst du fünfzig Generationen für eine lange Zeit, Bell? Erkennst du nicht, daß diese Haltung genau der Grund ist, aus dem du *nicht* meine Position einnimmst?«

Bellonda stieß sich von dem Tisch ab, ihr Stuhl scharrte rauh über den Boden. Taraza erkannte, daß sie sie nicht überzeugt hatte. Man konnte Bellonda nicht mehr länger trauen. Vielleicht würde sie sogar diejenige sein, die sterben mußte. Und wo lag darin das edle Ziel?

»Wir kommen so nicht weiter«, sagte Taraza. »Laß mich allein!«

Nachdem Bellonda gegangen war, dachte Taraza erneut über die Nachricht Odrades nach. Sie verkündete Unheil. Es war leicht zu verstehen, warum Bellonda und die anderen so gewalttätig reagiert hatten. Es zeigte deutlich ihre Unbeherrschtheit.

Es ist noch nicht an der Zeit, den Letzten Willen und das Testament der Schwesternschaft niederzuschreiben.

Auf eine seltsame Weise teilten Odrade und Bellonda zwar die gleiche Angst, aber die Angst brachte sie auch zu unterschiedlichen Entscheidungen. Odrades Interpretation der Botschaft, die sie auf den Stufen von Rakis gelesen hatte, übermittelte eine alte Warnung:

Auch dies ist vergänglich.

Kommt das Ende auf uns zu? Werden die raubgierigen Horden aus der Diaspora uns zerschmettern?

Aber das Geheimnis der Axolotl-Tanks lag fast in Reichweite der Schwesternschaft.

Wenn wir es erringen, kann uns nichts mehr aufhalten!

Taraza ließ ihren Blick über die Einzelheiten des Raumes schweifen. Die Macht der Bene Gesserit hatte noch Bestand. Das Domstift lag verborgen hinter einem Wall aus Nicht-Schiffen. Niemand kannte seine Position – nur ihre eigenen Leute. Unsichtbarkeit.

Zeitweilige Unsichtbarkeit! Zufälle konnte es immer geben.

Taraza reckte die Schultern. *Ergreife Vorsichtsmaßnahmen, aber lebe nicht in ständiger Heimlichkeit in ihren Schatten!* Die Litanei gegen die Furcht diente einem nützlichen Zweck, wenn es galt, den Schatten aus dem Weg zu gehen.

Abgesehen von Odrade hätte jeder andere weniger ängstlich auf die warnende Botschaft reagiert, daß der Tyrann möglicherweise immer noch seinen Goldenen Pfad behütete.

Das verfluchte Atreides-Talent!

»*Nicht mehr als irgendein Geheimbund?*«

Taraza knirschte frustriert mit den Zähnen.

»*Erinnerungen reichen nicht, wenn sie dich nicht zu einem edlen Ziele führen!*«

Und was war, wenn es stimmte? Wenn die Schwesternschaft die Musik des Lebens wirklich nicht mehr hörte?

Er soll verflucht sein! Der Tyrann konnte also noch immer auf sie einwirken.

Was will er uns damit sagen? Sein Goldener Pfad konnte nicht in Gefahr sein. Dafür hatte die Diaspora gesorgt. Die Menschheit hatte sich in zahllose Richtungen hin ausgebreitet – wie die Borsten eines Stachelschweins.

Hatte er eine Vision gehabt, die die Heimkehr der zurückkehrenden Verlorenen betraf? Hatte er möglicherweise diesen Dornenteppich auf seinem Goldenen Pfad vorausgesehen?

Er wußte, daß wir seine Kräfte richtig einschätzen würden! Er wußte es!

Taraza dachte an die immer zahlreicher werdenden Berichte

über die Verlorenen, die an ihren Ursprungsort zurückkehrten. Eine bemerkenswerte Mannigfaltigkeit von Völkern und Artefakten, die ein ebenso bemerkenswerter Grad an Heimlichtuerei umgab. Es roch stark nach Konspiration. Nicht-Schiffe eigentümlicher Bauart, Waffen und Artefakte von atemberaubender Qualität. Verschiedene Völker und verschiedene Methoden.

Manche sind von einer erstaunlichen Primitivität. Jedenfalls oberflächlich betrachtet.

Und sie wollten mehr als nur Melange. Taraza wußte, was hinter dem eigentümlichen Mystizismus steckte, der die Verlorenen zurücktrieb: »*Wir wollen eure alten Geheimnisse!*«

Die Botschaft der Geehrten Matres war ihr äußerst verständlich: »Wir werden uns nehmen, was wir wollen.«

Odrade hat alles in der Hand, dachte sie. Sie hatte Sheeana. Und bald, wenn Burzmali Erfolg hatte, würde sie auch den Ghola haben. Sie hatte den obersten Meister der Tleilaxu. Sie hätte Rakis selbst haben können!

Wenn sie doch nur keine Atreides wäre!

Taraza warf den Worten, die noch immer über die Oberfläche der Tischplatte tanzten, einen Blick zu: ein Vergleich des neuesten Duncan Idaho mit all jenen, die man umgebracht hatte. Jeder neue Ghola hatte sich von seinem Vorgänger unterschieden. Das war bekannt. Die Tleilaxu perfektionierten etwas. Aber was? Lag der Hinweis in ihren neuen Gestaltwandlern? Die Tleilaxu arbeiteten fraglos an einem Gestaltwandler, den man nicht erkennen konnte – an einem Wesen, dessen Mimikryfähigkeiten perfekt waren. Imitatoren, die die Erinnerungen ihrer Opfer nicht nur oberflächlich kopierten, sondern auch ihre tiefsten Überzeugungen und ihre Identität. Es ging um eine Form der Unsterblichkeit, die weit über das hinausging, was die Tleilaxu-Meister gegenwärtig schon vollbringen konnten. Und aus diesem Grund folgten sie offenbar ihrem derzeitigen Kurs.

Tarazas persönliche Analyse stimmte mit der ihrer Beraterinnen überein: ein Imitator dieser Art würde mit der kopierten Person *identisch* sein. Odrades Berichte über den falschen Tuek gaben ihr in höchstem Maße zu denken. Möglicherweise waren nicht einmal mehr die Tleilaxu-Meister fähig, einen Gestaltwandler dieser Art in seiner Tarnexistenz und seinem Verhalten zu erschüttern.

Und in seinem Glauben.

Verdammte Odrade! Sie hatte ihre Schwestern ganz schön in die Ecke gedrängt. Jetzt hatten sie keine Wahl mehr, als sich ihrer Führung anzuvertrauen. Und das wußte sie!

Woher wußte sie es? Lag es wieder einmal an diesem unkontrollierbaren Talent?

Ich kann nicht blind handeln. Ich muß Gewißheit haben.

Taraza wandte eine alte, wohlbekannte Methode an, um wieder zur Ruhe zu kommen. Sie wagte es nicht, in einer frustrierten Stimmung Entscheidungen zu treffen. Ein Blick auf die Statuette Chenoehs half. Sie erhob sich von ihrem Stuhlhund und begab sich an ihr Lieblingsfenster.

Oftmals regte es sie ab, wenn sie die Landschaft musterte und beobachtete, wie sich die Distanzen während der täglichen Bewegungen des Sonnenlichts und des wohlgeplanten planetaren Wetters änderten.

Sie verspürte ein starkes Hungergefühl.

Heute werde ich die Helferinnen und Laienschwestern verspeisen.

Manchmal half es ihr, die Jüngeren um sich zu versammeln und sich die gleichbleibenden Essensriten in Erinnerung zu rufen – den täglichen Ablauf: Morgen, Mittag, Abend. Das erzeugte ein verläßliches Fundament. Es machte ihr Spaß, sich die Leute anzusehen. Sie waren wie tiefere Erkenntnisse verheißende Gezeiten, die von nie geschauten Kräften und starken Mächten sprechen, und sie hatten Bestand, weil die Bene Gesserit einen Weg gefunden hatten, mit der Beständigkeit dahinzufließen.

Diese Gedanken erneuerten Tarazas Gleichgewicht. Die an ihr nagenden Fragen konnten zeitweise auf Distanz gehalten werden. Sie konnte sie von einem leidenschaftslosen Punkt aus betrachten.

Odrade und der Tyrann hatten recht: *Ohne ein edles Ziel sind wir nichts!*

Man konnte sich der Tatsache jedoch nicht verschließen, daß auf Rakis sämtliche kritischen Entscheidungen von einer Person gefällt wurden, die unter den immer wieder auftauchenden Schwächen der Atreides litt. Odrade hatte stets die typischen Atreides-Schwächen gezeigt. Irrenden Lernschwestern war sie mit Wohlwollen entgegengekommen. Aus einem solchen Verhalten heraus entstand Zuneigung!

Gefährliche und bewußtseinsvernebelnde *Zuneigung*.

Die andere wiederum schwächte, wenn von ihnen verlangt wurde, derartige Laxheiten zu kompensieren. Kompetentere Schwestern mußten herangezogen werden, um die mangelhaften Leistungen der Lernschwestern zu korrigieren. Natürlich hatte Odrades Vorgehensweise diese Mängel in den Lernschwestern erst offengelegt. Das mußte man zugeben. Vielleicht hatte sie einen Grund dafür gehabt.

Wenn Taraza Gedanken dieser Art hegte, fand in ihrem Wahrnehmungsvermögen ein subtiler, aber starker Wechsel statt. Sie war gezwungen, ein tiefempfundenes Gefühl der Einsamkeit zu verdrängen. Es schwelte in ihr. Melancholie diente mindestens ebenso dazu, einem den Geist zu vernebeln, wie Zuneigung ... – oder gar Liebe. Taraza und ihre wachsamen Mitschwestern hielten derartige emotionale Reaktionen der Tatsache ihrer eigenen Sterblichkeit zugute. Sie war gezwungen, dem Faktum ins Auge zu sehen, daß sie eines Tages nicht mehr sein würde als ein Erinnerungssatz im Körper einer anderen.

Sie erkannte, daß es die Erinnerungen und beiläufigen Entdeckungen gewesen waren, die sie verwundbar gemacht hatten. Und das jetzt, wo sie jede nur mögliche Kraft brauchte!

Aber ich bin noch nicht tot!

Taraza wußte, wie man sich wieder aufrichtete. Und sie kannte die Konsequenzen. Nach diesen melancholischen Anflügen erlangte sie stets noch stärkere Gewalt über ihr Leben und den Zweck, dem es diente. Odrades mangelhaftes Verhalten war eine Quelle, aus der die Mutter Oberin Stärke bezog.

Odrade wußte es. Taraza lächelte grimmig, als sie sich dessen bewußt wurde. Die Autorität der Mutter Oberin über ihre Schwestern wurde stets stärker, wenn sie die Melancholie von sich abschüttelte. Auch anderen war dies aufgefallen, aber nur Odrade wußte von dieser Sucht.

Da!
Taraza wurde klar, daß sie der jämmerlichen Saat ihrer Frustration gegenüberstand.

Odrade hatte bei mehreren Gelegenheiten klar erkannt, welcher Kern für das Verhalten der Mutter Oberin verantwortlich war. Ein brüllendes Wutgeheul gegen die Gewohnheiten, die andere ihrem Leben aufgezwungen hatten. Die Stärke dieser unterdrückten Wut war beängstigend, auch wenn sie nie auf eine Weise ausgedrückt werden konnte, die ihr Erleichterung verschaffte. Man durfte diese Wut nicht zum Erlöschen bringen. Wie sie schmerzte! Und daß Odrade davon wußte, machte den Schmerz noch stärker.

Dinge dieser Art erzeugten natürlich nur das, was man von ihnen erwartete. Die Bürde, die eine Bene Gesserit zu tragen hatte, entwickelte eine bestimmte Geistesmuskulatur. Sie schichtete Lagen der Gefühllosigkeit auf, die Außenstehenden niemals offenbart werden konnten. Die Liebe war eine der gefährlichsten Kräfte des Universums. Man mußte sich gegen sie schützen. Eine Ehrwürdige Mutter konnte niemals persönlich oder vertraulich werden, nicht einmal in den Diensten der Bene Gesserit.

Heuchelei: Wir spielen die notwendige Rolle, die uns retten wird. Die Bene Gesserit werden weiterexistieren!

Wie lange würden sie sich diesmal unterordnen müssen? Noch einmal dreitausendfünfhundert Jahre? Die Hölle sollte sie verschlingen, allesamt! Auch das würde vorübergehen.

Taraza wandte dem Fenster und der restaurativen Aussicht den Rücken zu. Sie fühlte sich *tatsächlich* wie restauriert. Neue Kräfte durchströmten sie. Sie hatte jetzt Kraft genug, um sich der qualvollen Zurückhaltung zu stellen, die sie davon abgehalten hatte, grundlegende Entscheidungen zu fällen.

Ich werde nach Rakis gehen.

Und jetzt ging sie auch dem Grund ihrer Zurückhaltung nicht mehr aus dem Weg.

Vielleicht muß ich das tun, was Bellonda verlangt.

> *Das Überleben des Ichs, der Art, der Umwelt – das ist die Triebkraft der Menschheit. Man kann zusehen, wie sich im Laufe eines Lebenszeitraums die Reihenfolge der Wichtigkeiten verschiebt. Welchen Dingen bringt man in einem beliebigen Alter sofortige Aufmerksamkeit entgegen? Etwa dem Wetter oder dem Zustand seiner Verdauung? Hat man (oder frau) überhaupt noch andere Sorgen? All diese unterschiedlichen Begierden, die ein Körper zu verspüren vermag und zu befriedigen hofft. Was könnte da sonst noch von Wichtigkeit sein?*
>
> Leto II. zu Hwi Noree
> Seine Stimme: Dar-es-Balat

Miles Teg erwachte in der Finsternis und stellte fest, daß man ihn auf einer suspensorgestützten Trage transportierte. Anhand des matten, energetischen Leuchtens, das sie ausstrahlten, erkannte er die winzigen, baumelnden Suspensorkugeln, die ihn umgaben.

In seinem Mund steckte ein Knebel. Man hatte ihm die Hände fachmännisch auf dem Rücken zusammengebunden. Seine Augen waren unbedeckt.

Also ist es ihnen egal, was ich sehe.

Wer *sie* waren, konnte er nicht sagen. Die ruckartigen Bewegungen der ihn umgebenden Gestalten deuteten darauf hin, daß man sich auf unebenem Gelände befand. Ein Trampelpfad? Die Trage bewegte sich auf den Suspensoren erschütterungsfrei. Als die Gruppe anhielt, um über einen komplizierteren Teil des vor ihnen liegenden Weges zu beraten, konnte Teg das leise Summen der Suspensoren hören.

Hin und wieder – wenn ihm gerade niemand die Sicht verstellte – konnte er vor sich ein flackerndes Licht ausmachen. Dann erreichten sie das beleuchtete Gebiet und hielten an. Teg sah etwa drei Meter über dem Boden einen einzelnen Leuchtglobus; er war an einen Pfahl gebunden und bewegte sich träge im kalten Windzug. In dem gelben Licht, das er verbreitete, erkannte Teg im Mittelpunkt einer morastigen Lichtung eine Hütte. Der verschneite Boden war voller Fußabdrücke. Er sah Buschwerk und ein paar spärliche Bäume, die die Lichtung umgaben. Jemand leuchtete mit einer hellen Handlampe in sein Gesicht. Niemand sprach ein Wort, aber Teg sah eine Hand, die auf die Hütte deutete. Er hatte selten ein derart heruntergekommenes Bauwerk gesehen. Es sah aus, als würde es bei der geringsten Berührung in sich zusammenfallen. Er ging jede Wette ein, daß auch das Dach undicht war.

Die Gruppe setzte sich erneut in Bewegung und richtete die Trage auf die Hütte aus. In dem gedämpften Licht studierte Teg seine Eskorte: bis zu den Augen vermummte Gesichter, verborgen hinter einem Stoff, der Mund- und Kinnpartien nur schwer erahnen ließ. Kapuzen verbargen das Haar der Männer. Ihre Kleidung war sackähnlich und verheimlichte sämtliche körperlichen Einzelheiten – außer Armen und Beinen.

Der an den Pfahl gebundene Leuchtglobus wurde dunkel.

In der Hütte öffnete sich eine Tür, ein helles Strahlen fiel über die Lichtung. Die Unbekannten schoben Teg hinein und überließen ihn sich selbst. Er hörte, wie sich die Tür hinter ihm schloß.

Für jemanden, der aus der Dunkelheit kam, war es im Innern der Hütte von einer beinahe blendenden Helligkeit. Teg blinzelte, bis sich seine Augen dem Wechsel angepaßt hatten. Mit dem seltsamen Gefühl, sich am falschen Ort aufzuhalten, sah er sich um. Er hatte damit gerechnet, daß das Innere der Hütte dem Äußeren entsprach, aber er befand sich in einem sauberen Zimmer mit spärlicher Möblierung: drei Stühle, ein kleiner Tisch, und ... Er holte tief Luft: eine ixianische Sonde! Konnten sie denn nicht riechen, wie sehr sein Atem nach Shere roch?

Wenn sie sich dessen nicht bewußt waren, sollten sie halt die Sonde ausprobieren. Drei Gestalten kamen in seinen Sichtbereich und nahmen am Fuß der Trage Aufstellung. Sie sahen Teg schweigend an. Teg musterte sie, einen nach dem anderen. Der Mann zu seiner Linken trug einen dunklen Einteiler mit breiten Aufschlägen. Er hatte das eckige Gesicht, das Teg schon bei mehreren Gammu-Geborenen untergekommen war. Seine Augen waren klein und rund, wie Perlen. Sie schienen ihn förmlich zu durchbohren. Der Mann hatte das Gesicht eines Inquisitors; das Aussehen eines Menschen, der sich von den Schmerzen seiner Opfer nicht im geringsten beeindrucken

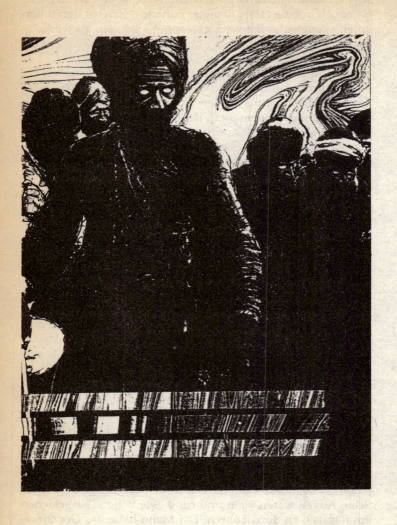

ließ. Die Harkonnens hatten während der Zeit ihrer Herrschaft eine Menge Leute dieser Art hierhergebracht. Charaktere dieser Art hatten nur einen Daseinszweck: Sie riefen Schmerzen hervor, ohne dabei auch nur mit einer Wimper zu zucken.

Die Gestalt, die direkt zu Tegs Füßen stand, trug ein sackähnliches Gewand von schwarzgrauer Farbe. Es war denen ähnlich, die auch seine Begleiter getragen hatten. Die Kapuze war jedoch zurückgezogen und offenbarte ein umgängliches, von kurzgeschnittenem grauem Haar umrahmtes Gesicht. Das Gesicht selbst war nichtssagend, und die Kleidung der Gestalt enthüllte nur wenig. Schwer zu sagen, ob es ein Mann oder eine Frau war. Teg prägte sich das Gesicht ein: eine breite Stirn, ein eckiges Kinn, große grüne Augen, eine Hexennase; ein winziger Mund, der einen angewiderten Ausdruck zeigte.

Der dritte Angehörige der Gruppe zog Tegs Aufmerksamkeit am längsten auf sich: Er war hochgewachsen und trug unter einer sorgfältig sitzenden Jacke einen maßgeschneiderten Einteiler. Perfekt angepaßt. Teuer. Ohne Verzierungen oder Insignien. Ein Mann, ganz sicher. Er gab sich gelangweilt, und das war für Teg sehr aufschlußreich. Er hatte ein schmales, hochnäsiges Gesicht, braune Augen und einen dünnlippigen Mund. Und wie er sich langweilte! Alles an ihm wies darauf hin, daß er zu diesem Zeitpunkt eigentlich ganz woanders sein müsse, schließlich hatte er wichtigere Geschäfte zu erledigen, aber das mußte man diesen beiden *Unterlingen* erst einmal begreiflich machen.

Dieser da, dachte Teg, *ist der offizielle Beobachter.*

Der Gelangweilte war von seinen Herren ausgesandt worden, um über das, was er hier zu sehen bekam, einen Bericht abzufassen. Wo war sein Datenkoffer? Ahhh, ja: da hinten, an der Wand. Koffer dieser Art waren der Ausweis dieser Erfüllungsgehilfen. Während seiner Inspektionsreise hatte Teg dergleichen Leute auf den Straßen von Ysai und anderen Gammu-Städten gesehen. Kleine, dünne Köfferchen. Je wichtiger der Funktionar, desto kleiner der Koffer. Der Koffer dieses Mannes konnte kaum mehr enthalten als ein par Datenspulen und ein winziges Kom-Auge. Er würde sich niemals auf eine Reise begeben, ohne durch das Auge mit seinen Vorgesetzten verbunden zu sein. Sein Köfferchen war sehr klein. Er war also ein wichtiger Mann.

Teg fragte sich, was der Beobachter wohl sagen würde, wenn er ihn fragte: »Was werden Sie ihnen über meine Gelassenheit erzählen?«

Die Antwort stand bereits auf dem gelangweilten Gesicht seines Gegenübers geschrieben: Er würde überhaupt nicht antworten. Er war nicht hier, um Antworten zu geben. Wenn er wieder geht, dachte Teg, wird er lange Schritte machen. Er wird seine Aufmerksamkeit in die Ferne richten, wo Mächte ihn erwarten, die nur er alleine kennt. Und er würde das Köfferchen gegen seinen Oberschenkel schlagen, um sich daran zu erinnern, wie wichtig er war. Und natürlich auch deswegen, damit die anderen die Macht seiner Autorität erkannten.

Die in das sackähnliche Gewand gekleidete Gestalt ergriff nun das Wort. Ihre Stimme hatte nicht nur einen verlockenden Klang, sie war auch äußerst weiblich in ihrem Tonfall.

»Sehen Sie, wie er sich zusammenreißt und uns ansieht? Stille wird ihn nicht zerbrechen. Das sagte ich schon, bevor wir hereinkamen. Sie verschwenden unsere Zeit, und für einen solchen Unsinn haben wir nicht allzuviel Zeit übrig.«

Teg sah sie an. Irgend etwas an dieser Stimme kam ihm bekannt vor. Sie hatte die gleiche verlockende Ausstrahlung wie die einer Ehrwürdigen Mutter. Was das möglich?

Der grobgesichtige Gammu-Geborene nickte. »Sie haben recht, Materly. Aber ich gebe ja hier nicht die Befehle.«

Materly? dachte Teg. Ein Name? – Ein Titel?

Die beiden sahen den Funktionär an. Der drehte sich um und beugte sich zu seinem Datenkoffer hinab. Er entnahm ihm ein kleines Kom-Auge und blieb stehen, wobei er sorgsam darauf achtete, daß weder seine Begleiter noch Teg einen Blick auf dessen Schirm erhaschen konnten. Das Auge sandte ein grünes Leuchten aus, das das Gesicht des Beobachters mit einer kränklichen Blässe überzog. Das selbstbewußte Lächeln des Mannes erlosch. Er bewegte lautlos die Lippen und formte Worte für jemanden, der seinen Mund durch das Auge sah.

Teg ließ nicht erkennen, daß er die Lippenbewegungen lesen konnte. Jeder, den die Bene Gesserit ausgebildet hatten, besaß diese Fähigkeit. Es kam nur darauf an, aus welchem Winkel man sie sah. Der Mann sprach in einer Version des Alt-Galach.

»Es ist ganz sicher der Bashar Teg«, sagte er. »Ich habe ihn identifiziert.«

Während der Funktionär auf das Auge starrte, tanzte grünes Licht über sein Gesicht. Wenn das Licht überhaupt eine Bedeutung hatte, dann sagte es aus, daß der Gesprächspartner des Mannes sich aufgeregt hin- und herbewegte.

Wieder bewegten sich die Lippen des Funktionärs auf lautlose Weise. »Keiner von uns bezweifelt, daß man ihn gegen Schmerz konditioniert hat – außerdem riecht er nach Shere. Er wird ...«

Er schwieg, während das grüne Licht erneut über sein Gesicht tanzte.

»Es soll keine Entschuldigung sein.« Die Lippen des Mannes formten die Worte in Alt-Galach mit Sorgfalt. »Sie wissen, daß wir unser Bestes geben werden, aber ich empfehle, daß wir mit Nachdruck alles in unserer Kraft Stehende tun, um das Entkommen des Gholas unmöglich zu machen.«

Das grüne Licht ging aus.

Der Funktionär heftete das Auge an seine Hüfte, drehte sich zu seinen Begleitern um und nickte einmal.

»Die T-Sonde«, sagte die Frau.

Sie schwenkten die Sonde über seinen Kopf.

Sie hat sie eine T-Sonde genannt, dachte Teg. Er musterte die sich auf ihn herabsenkende Haube. Das Ding wies kein ixianisches Markenzeichen auf.

Teg hatte plötzlich das eigenartige Gefühl, dies alles schon einmal erlebt zu haben. Er wurde den Eindruck nicht los, als sei er hier schon des öfteren gefangen gewesen. Es war kein simples Déjà-vu-Erlebnis, das auf ein bestimmtes Ereignis hinwies, sondern etwas, das ihm zutiefst bekannt vorkam: der Gefangene und die Verhörbeamten – diese drei ... die Sonde. Er fühlte sich leer. Wieso kannte er diesen Augenblick? Er hatte zwar nie persönlich eine Sonde verwendet, aber ihre Verwendungsmöglichkeiten kannte er durch und durch. Die Bene Gesserit setzten oftmals Schmerzen ein, aber meistens verließen sie sich auf ihre Wahrsager. Des weiteren glaubten sie, daß der Einsatz mancher technischen Geräte sie zu sehr dem ixianischen Einfluß aussetzen könnte. Es war ein Eingeständnis von Schwäche, ein Zeichen dafür, daß sie ohne dergleichen verachtenswerte Gerätschaften nicht auskommen konnten. Teg war sogar davon ausgegangen, daß sich in diesem Verhalten der große Katzenjammer manifestierte, der Butlers Djihad gefolgt war – der Revolte gegen jene Maschinen, die die Grundlagen menschlicher Intelligenz hatten kopieren können.

Déjà vu!

Die Logik des Mentaten wollte von ihm wissen: *Wieso kenne ich diesen Augenblick?* Er *wußte,* daß er nie zuvor in Gefangenschaft geraten war. Es war ein geradezu lachhafter Rollentausch. Der große Bashar Teg – ein Gefangener? Er hätte beinahe gelächelt. Aber das tiefe Gefühl der Bekanntheit wich nicht von ihm.

Die Leute, die ihn gefangenhielten, brachten die Haube direkt über seinem Kopf in Stellung. Sie lösten nacheinander die Medusa-Kontakte und befestigten sie an seiner Kopfhaut. Der Funktionär sah seinen beiden Gefährten bei der Arbeit zu. Hin und wieder erschienen auf seinem ansonsten emotionslosen Gesicht Zeichen von Ungeduld.

Teg sah sich die Gesichter der drei Leute genauer an. Welcher von ihnen würde die Rolle des ›Freundes‹ übernehmen? Ahhh, ja: die Frau, die man ›Materly‹ nannte. Faszinierend. Ob es eine andere Form für Geehrte Mater war? Aber keiner der beiden anderen verhielt sich in ihrer Gegenwart so, wie man es – dem Hörensagen nach – von denen, die aus der Diaspora zurückgekehrt waren, erwarten konnte.

Daß sie zu den Verlorenen gehörten, stand außer Frage. Die einzige Ausnahme war möglicherweise der eckiggesichtige Mann in dem braunen Einteiler. Teg musterte die Frau mit Sorgfalt: den grauen Haarteppich, den gelassenen Ausdruck ihrer weit auseinanderstehenden grünen Augen, das leicht vorstehende Kinn, das Solidität und Verläßlichkeit signalisierte. Für die Rolle des ›Freundes‹ war sie eine gute Wahl. Das Gesicht Materlys war die personifizierte Achtbarkeit; man konnte ihr vertrauen. Teg sah allerdings noch eine andere Qualität in ihr, die sie unterdrückte: Sie gehörte zu jenen Menschen, die den Augenblick, in dem sie selbst zur Tat schreiten, genauestens abpassen. Mit ziemlicher Sicherheit hatte sie eine Bene Gesserit-Ausbildung genossen.

Oder die der Geehrten Matres.

Die Befestigung der Kontakte an seinem Kopf endete. Der Gammu-Geborene schwang die Sondenkonsole in eine Position, die es allen dreien ermöglichte, den Bildschirm zu beobachten. Teg konnte den Schirm nicht sehen.

Die Frau löste seinen Knebel und bestätigte damit sein Urteil. Sie würde diejenige sein, die sich um ihn ›kümmerte‹. Er bewegte die Zunge in seiner Mundhöhle; allmählich empfand er wieder etwas. Sein Gesicht und sein Brustkorb fühlten sich noch immer etwas taub an – eine Reaktion auf den Lähmer, der ihn von den Beinen gerissen hatte. Wie lange war das nun her? Wenn er den stummen Worten des Beobachters glauben konnte, war Duncan jedoch entkommen.

Der Gammu-Geborene sah den Beobachter an.

»Du darfst anfangen, Yar«, sagte der Funktionär.

Yar? dachte Teg. *Komischer Name.* Hörte sich irgendwie nach einem Tleilaxu an. Aber Yar war kein Gestaltwandler ... oder ein Tleilaxu-Meister. Für das eine war er zu groß, für das andere gab es keine Anzeichen. Teg, der eine Bene Gesserit-Ausbildung genossen hatte, war sich dessen sicher.

Yar berührte eine Kontrolle der Sondenkonsole.

Teg hörte sich vor Schmerz aufstöhnen. Auf soviel Pein hatte ihn niemand vorbereitet. Offenbar hatten sie ihre Teufelsmaschine schon beim ersten Versuch auf Maximalleistung eingestellt. Keine Frage! Sie wußten, daß er ein Mentat war. Ein Mentat konnte sich von gewissen körperlichen Bedürfnissen befreien. Aber dies hier war physische *Qual*! Er konnte ihr nicht entgehen. Agonie machte sich in seinem ganzen Körper breit und drohte, ihn in einer Ohnmacht versinken zu lassen. Konnte das Shere ihn vor dieser Folter bewahren?

Der Schmerz flaute ab und löste sich auf. Er hinterließ lediglich bebende Erinnerungen.

Und wieder!

Unverhofft dachte er daran, daß sich die Gewürzagonie auf eine Ehrwürdige Mutter ähnlich auswirken mußte. Einen größeren Schmerz konnte es wohl kaum geben. Teg tat alles, um still zu bleiben, aber er hörte sein eigenes Stöhnen. Er wandte jede Technik an, die er je gelernt hatte – ob es sich nun um Bene Gesserit- oder Mentat-Methoden handelte –, um sich daran zu hindern, Worte zu formulieren, um Gnade zu winseln oder das Versprechen abzulegen, alles zu sagen, wenn sie nur damit aufhörten.

Wieder flaute die Agonie ab. Und kehrte zurück.

»Genug!« Das war die Frau. Teg versuchte sich an ihren Namen zu erinnern. *Materly?*

Yar sagte verdrossen: »Er ist so mit Shere vollgepumpt, daß er mindestens ein Jahr durchhält.« Er deutete auf die Konsole: »Leer.«

Teg atmete keuchend und flach. *Der Schmerz!* Er wich nicht von ihm, trotz Materlys Befehl.

»Ich sagte, es ist *genug!*« fauchte Materly.

Diese Aufrichtigkeit, dachte Teg. Er fühlte, daß der Schmerz sich zurückzog. Es war ein Gefühl, als würde man seinen Leib von sämtlichen Nervensträngen befreien, als würde man sie aus ihm herausziehen ...

»Was wir tun«, sagte Materly, »ist falsch ... Dieser Mann ist ...«

»Er ist ein Mensch wie jeder andere«, sagte Yar. »Soll ich den Spezialkontakt an seinem Penis befestigen?«

»Nicht, solange ich hier bin!« sagte Materly.

Teg spürte, daß ihre Aufrichtigkeit ihn beinahe für sie einnahm. Der letzte schmerzende Faden verließ seinen Körper, und er lag da und hatte das Gefühl, über der Trage, auf der er lag, zu schweben. Das Déjà vu blieb. Er war hier und doch wieder nicht. Er war hiergewesen und nicht hiergewesen.

»Es wird ihnen nicht gefallen, wenn wir versagen«, sagte Yar. »Könnten Sie ihnen nach einem erneuten Fehlschlag noch einmal gegenübertreten?«

Materly schüttelte heftig den Kopf. Sie beugte sich vornüber, um ihr Gesicht in Tegs Blickfeld zu bringen. Das Medusennetz der Sonde bedeckte noch immer seinen Kopf. »Bashar, es tut mir leid, was wir mit Ihnen anstellen müssen. Glauben Sie mir, dies ist nicht mein Stil. Bitte, ich finde dies alles abscheulich.

Sagen Sie uns, was wir wissen müssen, dann sorge ich dafür, daß es Ihnen besser geht!«

Tegs Antwort war ein Lächeln. Sie war gut! Er ließ seinen Blick auf den wachsamen Funktionär fallen. »Sagen Sie Ihren Vorgesetzten, ich hätte gesagt, daß sie wirklich etwas kann.«

Dem Funktionär schoß das Blut ins Gesicht. Er sah finster drein. »Gib ihm das Maximum, Yar!« Seine Stimmlage war ein klassischer Tenor, der im Gegensatz zu der Materlys keinerlei Ausbildung aufwies.

»Bitte!« sagte Materly. Sie richtete sich wieder auf, ließ Teg aber nicht aus den Augen.

Tegs Bene Gesserit-Ausbilderinnen hatten gesagt: »Achte auf die Augen! Achte darauf, wie sie den Fokus ändern. Wenn sie von dir abweichen, heißt das höchste Gedankentätigkeit.«

Teg konzentrierte sich mit Vorbedacht auf ihre Nase. Ihr Gesicht war nicht direkt häßlich zu nennen, eher eigenartig. Er fragte sich, wie sie wohl unter ihrem groben Gewand aussah.

»Yar!« Das war der Funktionär.

Yar stellte auf seiner Konsole etwas ein und betätigte einen Schalter.

Der Schmerz, der Teg nun durchraste, sagte ihm, daß das, was er vorher ausgehalten hatte, weniger schlimm gewesen war. Mit dem erneuten Schmerz überkam ihn eine seltsame Klarheit. Er fand heraus, daß er beinahe in der Lage war, seinen Geist von dem, was auf ihn eindrang, zu trennen. Der Schmerz ... er betraf einen anderen, nicht ihn. Er hatte eine Nische gefunden, in der ihn nichts mehr berührte. Gewiß, er hatte Schmerzen. Er fühlte die Agonie. Er akzeptierte die Berichte, die sein Gehirn erreichten. All das hatte er der Shere-Ladung zu verdanken. Er war sich dessen bewußt.

Materlys Stimme drang zu ihm vor: »Ich glaube, wir verlieren ihn. Schalt besser ab!«

Eine andere Stimme antwortete, aber ihr Klang verwandelte sich in Stille, bevor Teg die Worte identifizieren konnte. Abrupt wurde ihm klar, daß sein Geist keinen Ankerpunkt mehr hatte. Stille! Er glaubte, sein Herz vor Angst laut schlagen zu hören, aber Gewißheit hatte er nicht. Alles war still, eine grundlegende Ruhe, hinter der sich nichts verbarg.

Lebe ich noch?

Dann nahm er den Schlag eines Herzens wahr, aber es war ungewiß, ob es sein eigenes war.

Wumm-wumm! Wumm-wumm! Das Gefühl einer lautlosen Bewegung. Er konnte ihre Quelle nicht ausfindig machen.

Was geschieht mit mir?

Vor seinem inneren Auge, vor einem schwarzen Hintergrund, liefen strahlend helle Worte ab:

»Ich bin auf ein Drittel zurückgegangen.«

»Belassen wir es dabei. Wir sollten jetzt versuchen, seine körperlichen Reaktionen zu lesen.«

»Kann er uns noch hören?«

»Nicht mehr bewußt.«

Teg hatte noch nie gehört, daß Sonden ihr böses Werk auch angesichts einer Shere-Ladung vollbringen konnten. Aber sie hatten diese Sonde als T-Sonde bezeichnet. Konnten seine körperlichen Reaktionen diesen Leuten Hinweise auf seine zurückgehaltenen Gedanken liefern? Konnte man seine Geheimnisse mit Hilfe ärztlicher Instrumente enthüllen?

Wieder liefen Worte vor seinem inneren Auge ab:

»Ist er noch isoliert?«

»Völlig.«

»Wir brauchen Gewißheit. Weiterbehandeln!«

Teg unternahm den Versuch, trotz seiner Furcht klar zu denken.

Ich muß die Kontrolle über mich behalten!

Was konnte sein Körper ihnen verraten, wenn sie seinen Geist von ihm trennten? Er konnte sich vorstellen, daß sie genau dies taten. Sein Ich reagierte darauf mit Panik, aber sein Körper blieb völlig gefühllos.

Das Objekt isolieren. Sein Ego darf sich nirgendwo festklammern.

Wer hatte das gesagt? Irgend jemand. Das Gefühl des Déjà vu kehrte mit voller Kraft zurück.

Ich bin ein Mentat, dachte er. *Mein Geist und seine Funktionsweise machen mich aus.* Er hatte Erfahrungen, auf die sich sein Ego stützen konnte.

Der Schmerz war wieder da. Klänge. Und wie *laut*! Viel zu *laut*!

»Er hört wieder.« Das war Yar.

»Wie kann das sein?« Der Tenor des Funktionärs.

»Vielleicht ist es zu niedrig eingestellt.« Materly.

Teg wollte die Augen öffnen. Seine Lider gehorchten ihm nicht. Dann fiel ihm etwas ein. Sie hatten von einer T-Sonde gesprochen. Dies hier war kein ixianisches Gerät. Es kam aus der Diaspora. Er spürte, wo das Gerät seine Muskeln und Sinne übernahm. Er hatte das Gefühl, als teile er seinen Leib mit einem anderen, als taste jemand seine körperlichen Reaktionsmuster ab. Er überließ sich der Funktion der ihn übernehmenden Maschine. Ein teuflisches Instrument! Es konnte ihm befehlen zu zwinkern, zu furzen, zu keuchen, zu scheißen und zu pissen – alles mögliche. Es konnte seinen Körper steuern, als hätte er selbst überhaupt keinen Einfluß mehr auf sein Verhalten. Man hatte ihn in die Rolle des Beobachters zurückgedrängt.

Gerüche drangen auf ihn ein – widerliche Gerüche. Obwohl er nicht vorhatte, sein Mißfallen zu zeigen, dachte er daran. Das reichte ihm. Die Sonde hatte diese Gerüche entstehen lassen. Sie spielte mit seinen Sinnen, stimmte sich auf sie ein.

»Hast du genug, um ihn zu lesen?« Der Tenor des Funktionärs.

»Er hört uns immer noch!« Yar.

»Verflucht seien alle Mentaten!« Materly.

»Dit, Dat und Dot«, sagte Teg und nannte damit die Namen der Marionetten aus einer Wintervorstellung, die er in seiner Kindheit auf Lernaeus erlebt hatte.

»Er redet!« Der Funktionär.

Teg spürte, daß die Maschine sein Bewußtsein abblockte. Yar tat etwas an der Konsole. Dennoch wußte Teg, daß seine Mentatenlogik ihm etwas Wichtiges gesagt hatte: diese drei Leute waren Marionetten. Nur die Puppenspieler waren wichtig. Anhand der Bewegungen, die die Marionetten ausführten, konnte man erkennen, wie die Puppenspieler sich bewegten.

Die Sonde drang weiterhin in ihn ein. Trotz der Kraft, die es ihn kostete, spürte Teg, daß sein Bewußtsein ihr ebenbürtig war. Das Ding lernte von ihm, aber er lernte auch von dem Ding.

Jetzt verstand er. Das gesamte Spektrum seiner Sinne konnte von dieser T-Sonde kopiert und identifiziert werden. Yar konnte es speichern und bei Bedarf abrufen. In Tegs Innerm existierte eine organische Kette von Reaktionen. Die Maschine konnte sie aufspüren und duplizieren. Die Shere-Ladung und sein Mentat-Widerstand lenkten die Sucher zwar von seinen Erinnerungen ab, aber alles andere konnte kopiert werden.

Sie wird nicht so denken wie ich, beruhigte er sich.

Die Maschine würde nicht das gleiche sein wie seine Nerven und sein Leib. Sie würde weder Tegs Erfahrungen noch seine Erinnerungen aufweisen. Sie war nicht von einer Frau geboren worden. Sie war niemals in einem Mutterleib gewesen und plötzlich in diesem erstaunlichen Universum erschienen.

Ein Teil seines Bewußtseins bezog sich auf eine Erinnerungsmarkierung, woraufhin ihm klar wurde, daß seine Beobachtung etwas über den Ghola offenbarte.

Duncan wurde aus einem Axolotl-Tank dekantiert.

Diese Erkenntnis verschaffte ihm das Gefühl eines beißend sauren Geschmacks auf der Zunge.

Schon wieder die T-Sonde!

Teg überließ sich dem Fluß durch ein multiples Simultanbewußtsein. Er unterwarf sich der Tätigkeit der Sonde und setzte seine Beobachtung der Erkenntnisse über den Ghola weiter fort. Gleichzeitig lauschte er Dit, Dat und Dot. Aber die drei Marionetten waren auf seltsame Weise still. Ja, sie warteten darauf, daß ihre T-Sonde ihren Auftrag erfüllte.

Der Ghola: Duncan war eine Zellausdehnung, die von einer Frau geboren worden war, die ein Mann geschwängert hatte.

Maschine und Ghola!

Erkenntnis: *Die Maschine kann die Erfahrung einer Geburt nicht nachvollziehen, es sei denn auf eine Weise, die wichtige persönliche Nuancen dieser Erfahrung nicht mitbekommt.*

Und ebensowenig bekam sie in diesem Augenblick nicht alles mit, was ihn ausmachte.

Die T-Sonde spielte ihm wieder Gerüche zu. Jedesmal, wenn sie auf ihn eindrangen, zeigten Tegs Erinnerungen, daß sie noch vorhanden waren. Er spürte die große Schnelligkeit der T-Sonde, aber sein Bewußtsein befand sich außerhalb dieser ungestümen, hastigen Suche. Sie hielten seine innere Ordnung aufrecht – und zwar so lange, wie er nach den Erinnerungen verlangte, die dort abgerufen wurden.

Da!

Das war das heiße Wachs, das er als vierzehnjähriger Schüler auf der Bene Gesserit-Schule über seine Hand geschüttet hatte. Er erinnerte sich an die Schule und das Labor, als existiere er momentan nur dort. *Die Schule gehört zum Domstift.* Als man ihm den Zutritt gewährt hatte, hatte Teg gewußt, daß in seinen Adern das Blut Sionas war. Hier konnte ihn keine Vorsehung aufspüren.

Er sah das Labor und roch das Wachs – eine Zusammensetzung künstlicher Ester und des natürlichen Produkts der Bienen, die von durchgefallenen Schwestern und deren Helferinnen gehalten wurden. Er richtete seine Erinnerungen auf einen Augenblick, in dem er die Bienen und die Arbeiter in den Obstgärten beobachtet hatte.

Die Funktion der Sozialstruktur der Bene Gesserit erschien äußerst kompliziert, bis man ihre Notwendigkeiten erkannte: Nahrung, Kleidung, Wärme, Kommunikation, Lernen, Schutz vor Feinden (was mit dem Überlebenstrieb zu tun hatte). Auch der Überlebenswille der Bene Gesserit benötigte eine Zeit der Anpassung, ehe man ihn verstehen konnte. Sie brachten kein Leben für die Menschheit im allgemeinen hervor. Sie mischten sich in nichts ein, was sie nicht auch überwachten! Sie zeugten Leben, um ihren Machtbereich auszuweiten, um den Bestand der Bene Gesserit zu sichern. Dies war ihnen genug Dienst an der Menschheit. Vielleicht hatten sie damit sogar recht. Die Gründe, aus denen man Leben erschuf, waren vielfältig. Und die Bene Gesserit waren gründlich.

Ein neuer Geruch drang auf ihn ein.

Teg erkannte in ihm die feuchte Wolle seiner Kleidung. Nach der Schlacht von Ponciard war er in seinen Kommandostand gekommen. Der Geruch füllte seine Nase und verstärkte den Ozonduft der Geräte und den Schweißgeruch des Personals. *Wolle!* Die Schwesternschaft hatte es stets als komisch angesehen, daß er Naturstoffe bevorzugte und Synthetics ablehnte, die die Gefangenenfabriken produzierten.

Ebensowenig hielt er etwas von Stuhlhunden.
Ich mag den Geruch der Unterdrückung nicht – ganz gleich, in welcher Form!
Wußten diese Marionetten – Dit, Dat und Dot – überhaupt, wie unterdrückt sie waren?

Die Logik des Mentaten reagierte mit Hohn. Waren Wollstoffe nicht ebenso Produkte von Gefangenenfabriken?

Es war etwas anderes.

Ein Teil seines Ichs war andrer Meinung. Synthetische Erzeugnisse konnte man beinahe ewig aufbewahren. Man brauchte sich nur anzusehen, wie lange sie in den Nullentropie-Behältern der Harkonnenschen Nicht-Kugel gehalten hatten.

»Trotzdem bin ich mehr für Wollstoffe zu haben!«
So sei es!
»Aber wieso sind sie mir lieber?«
Weil es auf ein Vorurteil der Atreides zurückgeht. Du hast es geerbt.

Teg drängte die Gerüche beiseite und konzentrierte sich auf die Gesamtbewegung der ihn abtastenden Sonde. Er fand heraus, daß er dem Ding zuvorkommen konnte. Es war ein neuer Muskel. Während er weiterhin die hervorgerufenen Erinnerungen nach wertvollen Einsichten absuchte, gestattete er es sich, diesen neuen Muskel zusammenzuziehen.

Ich sitze vor der Tür meiner Mutter auf Lernaeus.

Teg entledigte sich eines Teils seines Bewußtseins und beobachtete die Szenerie. – Alter: elf Jahre. Er unterhält sich mit einer kleinen Bene Gesserit-Lernschwester, die zu einer Eskorte gehört, die eine Wichtige Persönlichkeit begleitet. Die Lernschwester ist ein winziges Ding mit rotblondem Haar und einem Puppengesicht. Sie hat eine Himmelfahrtsnase und grüngraue Augen. Die WP ist eine schwarzgekleidete Ehrwürdige Mutter, die wirklich uralt aussieht. Sie ist mit Tegs Mutter hinter der nahen Tür verschwunden. Die Lernschwester – ihr Name ist Carlana – ist noch ein Grünschnabel, aber sie versucht den kleinen Sohn des Hauses auszuhorchen.

Bevor Carlana zwanzig Worte gesagt hat, durchschaut Miles Teg ihren Plan. Sie will Informationen aus ihm hervorlocken!

Gut, daß seine Mutter ihn schon ganz zu Anfang auf derlei Dinge hingewiesen hat. Es gibt also tatsächlich Leute, die einen kleinen Jungen über den Haushalt einer Ehrwürdigen Mutter auszuhorchen versuchen – in der Hoffnung, verkäufliche Informationen zu erringen. Ein Markt für Informationen über Ehrwürdige Mütter ist stets dagewesen.

Seine Mutter hat ihm erklärt: »Man schätzt den Fragesteller ein und paßt seine Reaktion seiner Empfänglichkeit an.« Einer voll ausgebildeten Ehrwürdigen Mutter gegenüber hätte dieser Ratschlag natürlich nichts genützt – aber angesichts einer Lernschwester? Und besonders dieser?

Speziell für Carlana umgibt er sich mit einem Anflug von scheuer Zurückhaltung. Carlana überschätzt ihre Anziehungskraft natürlich. Nachdem er auf passende Weise seine Kräfte mit den ihren gemessen hat, gestattet er ihr, seine Zurückhaltung zu meistern. Was sie sich dafür einhandelt, sind eine Handvoll Lügen, die, sollte sie sie je an die WP hinter der geschlossenen Tür weitergeben, ihr ganz gewiß einen gesalzenen Tadel einbringen werden – falls nicht noch etwas Schlimmeres.

Worte von Dit, Dat und Dot: »Ich glaube, jetzt haben wir ihn.«

Teg erkannte Yars Stimme, die ihn aus seinen alten Erinnerungen herausriß. »*Paß deine Reaktionen ihrer Empfänglichkeit an!*« Es war die Stimme seiner Mutter, die diese Worte äußerte.

Marionetten.

Und dahinter: *Puppenspieler.*

Der Funktionär sagt: »Frage die Simulation, wohin sie den Ghola gebracht haben!«

Stille, dann ein schwaches Summen.

»Ich kriege überhaupt nichts.« Yar.

Teg hört ihre Stimmen mit schmerzhafter Intensität. Trotz der gegenteiligen Befehle der Sonde versucht er die Augen zu öffnen.

»Seht!« sagt Yar.

Drei Augenpaare starren Teg an. Wie langsam sie sich bewegen. Dit, Dat und Dot: Ihre Augen gehen auf ... und zu. Es dauert mindestens eine Minute. Yar greift nach etwas an seiner Konsole. Seine Finger werden eine Woche brauchen, um ihr Ziel zu erreichen.

Teg betastet die Fesseln, die seine Arme und Hände halten. Gewöhnliche Stricke! Ganz langsam krümmt er die Finger, um die Knoten zu berühren. Sie lösen sich, zunächst langsam, dann fliegen sie auseinander. Er wendet sich den Gurten zu, die ihn an die Trage fesseln. Sie machen weniger Mühe. Einfache Steckschlösser. Yars Hand hat noch nicht einmal den vierten Teil des Weges zur Konsole zurückgelegt.

Blinzel ... Blinzel ... Blinzel ...

Die drei Augenpaare zeigen gelinde Überraschung.

Teg befreit sich vom Medusennetz der Sondenkontakte. *Plop! Plop! Plop!* Die Halter fliegen von ihm weg. Er ist überrascht, auf seinem rechten Handrücken eine allmählich zu bluten anfangende Wunde zu entdecken – an der Stelle, wo er einen Sondenkontakt beiseitegefegt hat.

Mentalprojektion: *Ich bewege mich mit gefährlicher Geschwindigkeit.*

Aber nun ist er von der Trage herunter. Der Funktionär faßt mit äußerst langsamer Hand nach einer Ausbuchtung in seiner Seitentasche. Teg zermalmt ihm die Kehle. Der Funktionär wird nie wieder die kleine Lasgun anfassen, die er stets bei sich trägt. Yars ausgestreckte Hand hat noch immer kein Drittel der Strecke zur Sondenkonsole zurückgelegt. In seinen Augen spiegelt sich unendliche Überraschung. Teg bezweifelt, ob der Mann die Handkante, die ihm das Genick bricht, überhaupt sieht. Materly bewegt sich etwas schneller. Ihr linkes Bein nähert sich der Stelle, an der Teg sich vor dem Bruchteil einer Sekunde aufgehalten hat. Immer noch zu langsam! Materly wirft den Kopf zurück, ihre Kehle bietet sich Tegs niedersausender Handkante förmlich an.

Wie langsam sie zu Boden fallen!

Teg bemerkt plötzlich, daß ihm der Schweiß in Bächen von der Stirn herabläuft, aber er hat jetzt keine Zeit, sich darüber Gedanken zu machen.

Ich kannte jeden ihrer Schritte, bevor sie ihn taten! Was ist mit mir geschehen?

Mentalprojektion: *Die Sonden-Agonie hat mich auf eine neue Bewußtseinsebene gehoben.*

Ein starkes Hungergefühl machte ihm klar, wieviel Energie

er verschwendet hatte. Er verdrängte das Gefühl und erkannte, daß er allmählich wieder in den normalen Zeitverlauf zurückkehrte. Drei dumpfe Aufschläge: zu Boden fallende Körper.

Teg untersuchte die Sondenkonsole. Es war kein ixianisches Fabrikat. Die Kontrollen waren jedoch ähnlich. Er schloß den Datenspeicher kurz und löschte ihn.

Zimmerbeleuchtung?

Der Schalter war neben dem Ausgang. Teg löschte das Licht, holte dreimal tief Luft. Ein rasend schneller dunkler Fleck jagte durch die Nacht.

Die Männer, die ihn hierhergebracht hatten, hatten aufgrund ihrer dicken Kleidung, die sie vor der winterlichen Kälte schützte, kaum Zeit, sich dem seltsamen Geräusch zuzuwenden, bevor der rasende Fleck sie zu Boden fegte.

Teg kehrte jetzt schneller in den normalen Zeitverlauf zurück. Das Sternenlicht zeigte ihm einen Weg, der durch dichtes Buschwerk einen Hang hinunterführte. Er rutschte eine Weile über schneebedeckten Morastboden, dann fand er eine Möglichkeit, sein Gleichgewicht zu bewahren. Er kam auf eine Ebene zu. Jeder Schritt, den er tat, war wohlberechnet. Dann fand er sich in offenem Gelände wieder und blickte auf ein Tal.

Die Lichter einer Stadt. Das große, finstere Rechteck eines Gebäudes in ihrem Zentrum. Teg kannte diesen Ort: Es war Ysai. Dort hielten sich die Puppenspieler auf.

Ich bin frei!

> *Es war einmal ein Mann, der saß jeden Tag vor einem großen Bretterzaun und blickte durch eine Öffnung, die durch ein fehlendes Brett zustandegekommen war. Auf der anderen Seite des Zaunes kam jeden Tag ein wilder Wüstenesel vorbei: zuerst seine Nase, dann der Kopf, die Vorderläufe, sein länglicher brauner Rücken, seine Hinterläufe, und am Ende sein Schwanz. Eines Tages nun sprang der Mann mit der Erleuchtung eines Entdeckers in den Augen auf und schrie allen zu, die in Hörweite waren: »Es ist ganz klar! Die Nase ist die Ursache des Schwanzes!«*
>
> Geschichten geheimer Weisheit
> Aus den Mündlichen Überlieferungen von Rakis

Seit sie nach Rakis gekommen war, hatte Odrade sich mehrmals dabei ertappt, daß sie an das alte Gemälde dachte, das an der Wand von Tarazas Domstift-Quartier einen derart prominenten Platz einnahm. Wenn sie diese Erinnerungen überkamen, spürte sie, daß ihre Hände wie unter der Berührung eines Pinsels erzitterten. Ihre Nasenflügel bebten, wenn sie den Geruch der Öle und Pigmente einsog. Ihre Emotionen vergewaltigten die Leinwand. Jedesmal, wenn Odrade aus diesen Erinnerungen zurückkehrte, erwuchsen in ihr neue Zweifel, ob Sheeana wirklich ihre Leinwand war.

Wer von uns formt den anderen?

An diesem Morgen war es schon wieder passiert. Es war noch dunkel vor dem Penthouse gewesen, das zur Festung gehörte und ihre und Sheeanas Unterkunft beherbergte. Eine Lernschwester war lautlos eingetreten, um Odrade zu wecken und ihr zu sagen, daß Taraza in Kürze eintreffen würde. Odrade hatte in das sanft beleuchtete Gesicht der dunkelhaarigen Helferin geschaut und auf der Stelle das Bild aus ihrer Erinnerung vor sich gesehen.

Wer von uns erschafft wirklich den anderen?

»Sheeana soll noch etwas schlafen«, hatte sie gesagt, bevor sie die Helferin entließ.

»Wollen Sie vor der Ankunft der Mutter Oberin noch frühstücken?« hatte die Helferin gefragt.

»Wir werden ihr zu Ehren damit warten.«

Odrade stand auf, brachte rasch ihre Toilette hinter sich und kleidete sich in ihre beste schwarze Robe. Dann begab sie sich ans Ostfenster des Unterkunfts-Gemeinschaftsraums und blickte in Richtung Raumhafen. Zahlreiche sich bewegende Lichter erhellten den dämmrigen Himmel. Sie aktivierte sämtliche Leuchtgloben des Raums, um den Blick nach außen angenehmer zu machen. Die Globen verwandelten sich auf dem dicken Panzer-Plaz der Fenster zu reflektierenden Funkelsternen. Die matte Oberfläche der Plaz-Beschichtung spiegelte auch die Umrisse ihrer eigenen Züge wider. Sie sah deutliche Erschöpfungslinien auf ihrem Gesicht.

Ich wußte, daß sie kommen würde, dachte Odrade.

Im gleichen Moment, in dem sie diesen Gedanken hatte, kam die Sonne des Planeten Rakis über den staubwolkenverhangenen Horizont wie der orangefarbene Ball eines Kindes in ihr Blickfeld. Auf der Stelle breitete sich jene Hitze aus, von der Rakis-Besucher so oft berichteten. Odrade drehte sich um und sah, wie sich die Korridortür öffnete.

Taraza trat mit raschelnden Gewändern ein. Eine Hand schloß die Tür hinter ihr. Man ließ die beiden allein. Die Mutter Oberin näherte sich Odrade. Sie trug ihre Kapuze, und ihr Gesicht wirkte wie eingerahmt. Sie bot keinen Anblick, der einen ermutigte.

Als Taraza Odrades Unsicherheit bemerkte, ging sie darauf ein. »Nun, Dar, ich glaube, wir sind einander fremd geworden.«

Die Wirkung ihrer Worte brachte Odrade in Verwirrung. Sie interpretierte die Drohung so, wie sie gemeint war, aber nun verließ sie die Angst. Sie wich von ihr wie Wasser aus einem schadhaften Schlauch. Zum ersten Mal in ihrem Leben wurde Odrade bewußt, wo genau die Grenzen waren. Sie stand vor einer Linie, von deren Existenz sicher nur wenige Schwestern wußten. Als sie sie überschritt, wurde ihr klar, daß sie schon immer gewußt hatte, wo sie sich befand: Hier war der Ort, an dem sie in die Leere eintreten und sich frei bewegen konnte. Sie war nicht mehr verwundbar. Man konnte sie zwar umbringen, aber nicht schlagen.

»Also ist es aus mit Dar und Tar«, sagte sie.

Taraza vernahm den klaren, leeren Tonfall von Odrades Stimme und interpretierte ihn als Selbstsicherheit. »Vielleicht hat es Dar und Tar nie gegeben«, sagte sie mit eisiger Stimme. »Ich stelle fest, daß du glaubst, du seist ungeheuer gerissen gewesen.«

Die Schlacht ist eröffnet, dachte Odrade. *Aber ich werde ihr keine Angriffsfläche bieten.*

Sie sagte: »Die Alternativen zu einer Allianz mit den Tleilaxu waren unakzeptabel. Besonders dann, als ich erkannte, was du uns wirklich zugedacht hast.«

Taraza fühlte sich plötzlich wie ausgelaugt. Es war eine lange Reise gewesen – auch angesichts der Raumfaltensprünge ihres Nicht-Schiffes. Der Körper wußte immer, wann er aus seinem normalen Rhythmus herausgerissen wurde. Sie suchte sich einen weichen Diwan und setzte sich. Die luxuriöse Bequemlichkeit ließ sie aufseufzen.

Odrade erkannte den Erschöpfungszustand der Mutter Oberin und verspürte auf der Stelle Sympathie für sie. Plötzlich waren sie zwei Ehrwürdige Mütter mit einem gemeinsamen Problem.

Taraza schien dies zu spüren. Sie tätschelte das neben ihr liegende Kissen und wartete darauf, daß Odrade sich ebenfalls setzte.

»Wir müssen die Schwesternschaft bewahren«, sagte Taraza. »Das ist das einzig Wichtige.«

»Gewiß.«

Taraza maß Odrades Züge mit einem forschenden Blick. *Ja, auch sie ist sehr erschöpft.* »Du bist hier gewesen ... in allernächster Nähe des Volkes und des Problems«, sagte sie. »Ich möchte ... nein, Dar, ich *muß* deinen Standpunkt kennenlernen.«

»Die Tleilaxu tun so, als würden sie voll kooperieren«, sagte Odrade. »Aber dennoch verheimlichen sie uns etwas. Ich stelle mir allmählich einige äußerst unangenehme Fragen.«

»Zum Beispiel?«

»Was ist, wenn die Axolotl-Tanks – gar keine Tanks sind?«

»Was soll das heißen?«

»Waff verhält sich so, wie man es nur zu sehen kriegt, wenn eine Familie ein behindertes Kind oder einen verrückten Onkel zu verbergen versucht. Ich schwöre dir, daß er aus der Fassung gerät, wenn wir anfangen, die Tanks zu einem Thema zu machen.«

»Aber was könnten sie denn möglicherweise ...«

»Surrogat-Mütter.«

»Aber dann müßten sie ...« Taraza schwieg, die Möglichkeiten, die diese Frage eröffnete, schockierten sie.

»Wer hat je eine Tleilaxu-Frau gesehen?« fragte Odrade.

Tarazas Geist war voller Einwände. »Aber die genaue chemische Kontrolle, die nötige Limitierung von Variablen ...« Sie warf ihre Kapuze nach hinten und schüttelte ihr Haar, bis es frei war. »Du hast recht: Wir müssen alles in Frage stellen. Aber dies ... dies ist ungeheuerlich.«

»Er sagt uns immer noch nicht die volle Wahrheit über den Ghola.«

»Was sagt er denn überhaupt?«

»Nicht mehr als das, was ich bereits berichtet habe: Daß er eine Variante des ursprünglichen Duncan Idaho ist, der alle Prana-Bindu-Qualitäten aufweist, die wir für erforderlich halten.«

»Das erklärt nicht, warum sie unsere sämtlichen vorherigen Erwerbungen getötet oder zu töten versucht haben.«

»Er schwört den heiligen Eid des Großen Glaubens, daß sie es aus Scham darüber getan haben, weil die elf vorherigen Gholas unsere Erwartungen nicht erfüllten.«

»Woher will er das wissen? Will er damit etwa andeuten, daß er Spione unter ...«

»Er schwört, das sei nicht der Fall. Ich habe ihm dies entgegengehalten, und daraufhin sagte er, ein erfolgreicher Ghola würde in unseren Reihen eine sichtbare Veränderung hervorgerufen haben.«

»Welche sichtbare Veränderung? Was will er damit ...«

»Das sagt er nicht. Er kehrt jedesmal zu der Behauptung zurück, daß sie ihren vertraglichen Verpflichtungen gerecht geworden sind. Wo ist der Ghola, Tar?«

»Was ... oh. Auf Gammu.«

»Ich höre Gerüchte, die ...«

»Burzmali hat die Lage voll in der Hand.« Taraza preßte die

Lippen fest aufeinander und hoffte, daß sie die Wahrheit sprach. Der letzte eingegangene Bericht erfüllte sie nicht gerade mit Zuversicht.

»Ihr habt fraglos darüber diskutiert, ob der Ghola umgebracht werden soll«, sagte Odrade.

»Nicht nur der Ghola!«

Odrade lächelte. »Dann stimmt es also, daß Bellonda darauf besteht, daß ich ohne Verzug umgebracht werde.«

»Woher hast du ...«

»Freundschaften können manchmal tatsächlich ein wertvolles Plus einbringen, Tar.«

»Du bewegst dich auf gefährlichem Boden, Ehrwürdige Mutter Odrade.«

»Aber ohne zu stolpern, Mutter Oberin Taraza. Ich denke lange und ausführlich über das nach, was mir Waff über diese Geehrten Matres erzählt hat.«

»Erzähl mir von deinen Gedanken!« Tarazas Stimme legte eine unerbittliche Entschlossenheit an den Tag.

»Wir sollten sie nicht fehlerhaft einschätzen«, sagte Odrade. »Sie sind den sexuellen Fähigkeiten unserer Einprägerinnen überlegen.«

»Huren!«

»Ja, sie wenden ihre Fähigkeiten auf eine Weise an, die sich ihnen und anderen gegenüber als fatal erweisen kann. Ihre eigene Stärke hat sie geblendet.«

»Ist das das Resultat deiner langen und ausführlichen Nachdenkerei?«

»Sag mal, Tar, warum hat man unsere Festung auf Gammu angegriffen und vernichtet?«

»Offensichtlich deswegen, weil man hinter unserem Idaho-Ghola her war. Um ihn gefangenzunehmen oder zu töten.«

»Warum sollte er ihnen so wichtig sein?«

»Was willst du damit sagen?« fragte Taraza.

»Könnte es sein, daß die *Huren* auf eine Information reagierten, die ihnen die Tleilaxu gesteckt haben? Tar, was ist, wenn diese geheime Sache, die Waffs Leute in unseren Ghola eingebaut haben, etwas ist, das aus ihm ein männliches Äquivalent der Geehrten Matres macht?«

Taraza bedeckte ihren Mund mit der Hand, aber sie ließ sie sofort wieder sinken, als sie bemerkte, wieviel diese Geste offenbarte. Es war zu spät. Egal. Hier saßen immer noch zwei Ehrwürdige Mütter beieinander.

Odrade sagte: »Und wir haben Lucilla befohlen, ihn den meisten Frauen gegenüber unwiderstehlich zu machen.«

»Wie lange geben sich die Tleilaxu schon mit diesen Huren ab?« wollte Taraza wissen.

Odrade zuckte die Achseln. »Eine bessere Frage wäre: Wie lange geben sie sich schon mit ihren eigenen Verlorenen ab, die aus der Diaspora zurückgekommen sind? Wenn ein Tleilaxu mit einem anderen spricht, können viele Geheimnisse ihren Wert verlieren.«

»Eine brillante Projektion, was dich angeht«, sagte Taraza. »Welchen Wahrscheinlichkeitswert gibst du ihr?«

»Das weißt du ebenso gut wie ich. Es würde viele Dinge erklären.«

Taraza sagte verbittert: »Was hältst du jetzt von unserem Bündnis mit den Tleilaxu?«

»Es ist notwendiger als je zuvor. Wir können uns nicht abkapseln. Wir müssen dort sein, wo wir jene beeinflussen können, die sich streiten.«

»Abscheulichkeit!«

»Was?«

»Dieser Ghola ist wie ein Aufzeichnungsgerät, das einen menschlichen Körper hat. Sie haben ihn uns untergeschoben. Wenn die Tleilaxu ihn in die Hände bekommen, werden sie viel über uns erfahren.«

»Das wäre nicht gerade elegant gelöst.«

»Das ist auch nicht ihre Art!«

»Ich meine ja auch, daß unsere Lage noch nicht ganz überschaubar ist«, sagte Odrade, »aber Argumente dieser Art sagen mir nichts anderes, als daß wir den Ghola erst dann umbringen dürfen, nachdem wir ihn selbst untersucht haben.«

»Dann könnte es zu spät sein! Verflucht sei dieses Bündnis, Dar! Du hast ihnen etwas geliefert, mit dem sie uns packen können ... so wie wir sie packen können. Aber keiner von uns wagt es, den ersten Schritt zu tun.«

»Ist das nicht ein perfektes Bündnis?«

Taraza seufzte. »Wann müssen wir ihnen den Zutritt zu unseren Zuchtunterlagen gewähren?«

»Bald. Waff wird schon ganz ungeduldig.«

»Und wann werden wir ihre ... Axolotl-Tanks zu sehen kriegen?«

»Das ist natürlich der Hebel, mit dem ich ansetze. Er hat nur zögernd zugestimmt.«

»Tiefer und tiefer hinab in die Tasche des anderen«, brummte Taraza.

In völlig unschuldigem Tonfall sagte Odrade: »Ein perfektes Bündnis, wie ich schon sagte.«

»Verdammt, verdammt, verdammt!« murmelte Taraza. »Und Teg hat dem Ghola seine Originalerinnerungen wieder zugänglich gemacht.«

»Aber hat Lucilla ...«

»Ich habe keine Ahnung!« Taraza maß Odrade mit einem grimmigen Ausdruck und rief sich die letzten Berichte von Gammu ins Gedächtnis zurück: Man hatte Teg und seine Gruppe aufgespürt. Einzelheiten gab es nur in Kürze; von Lucilla kein Wort. Ein Plan, um sie von Gammu fortzubringen, existierte.

Tarazas eigene Worte erzeugten in ihrem Geist ein beunruhigendes Bild. Was war dieser Ghola? Sie hatten stets gewußt, daß die Duncan Idaho-Gholas keine gewöhnlichen Gholas waren. Aber bei dem jetzigen – der mit verbesserter Muskulatur und erhöhter Kaltblütigkeit ausgestattet war – war es, als hielte man eine brennende Keule in der Hand. Man wußte, daß man sie zum Überleben brauchte, aber die Flammen näherten sich mit furchterregender Geschwindigkeit der eigenen Hand.

Odrade sagte nachdenklich: »Hast du dir jemals vorzustellen versucht, wie es für einen Ghola sein muß, wenn er plötzlich in einem neuen Körper erwacht?«

»Was? Was willst du damit ...«

»Wenn man sich klarmacht, daß sein Körper aus den Zellen einer Leiche herangewachsen ist«, sagte Odrade. »Er erinnert sich an seinen eigenen Tod.«

»Die Idahos waren nie gewöhnliche Menschen«, sagte Taraza.

»Das gleiche gilt für diese Tleilaxu-Meister.«

»Auf was willst du hinaus?«

Odrade fuhr sich mit der Hand über die Stirn. Sie benötigte einen Augenblick, um sich über ihre eigenen Gedanken klarzuwerden. Es war so schwierig, wenn man jemandem gegenübersaß, der Herzlichkeiten ablehnte, weil sein Kern aus Rage bestand, die ständig nach außen drängte. Taraza brachte niemandem *Sympathien* entgegen. Sie konnte sich nicht in die Lage eines anderen versetzen – es sei denn innerhalb einer logischen Übung.

»Für einen Ghola muß das Erwachen eine niederschmetternde Erfahrung sein«, sagte Odrade und senkte den Kopf. »Nur der kann sie überleben, der eine hochgradige geistige Widerstandskraft hat.«

»Wir nehmen an, daß die Tleilaxu-Meister mehr sind, als sie zu sein vorgeben.«

»Und die Duncan Idahos?«

»Natürlich auch. Warum sonst sollte der Tyrann sie fortwährend von den Tleilaxu erworben haben?«

Odrade sah, daß dies ein schwaches Argument war. Sie sagte: »Bekannterweise waren die Idahos den Atreides treu ergeben, und wir sollten nicht vergessen, daß auch ich eine Atreides bin.«

»Du meinst, diese Treue wird ihn an dich binden?«

»Besonders nachdem Lucilla ...«

»Das könnte zu gefährlich werden!«

Odrade richtete sich in ihrer Ecke des Diwans auf. Taraza wollte Gewißheit haben. Und dabei war das Dasein der serienmäßig erstellten Gholas wie Melange – die in anderer Umgebung auch anders schmeckte. Wie konnten sie sich ihres Gholas je sicher sein?

»Die Tleilaxu mischen sich in jene Dinge ein, die unseren Kwisatz Haderach hervorgebracht haben«, murmelte Taraza.

»Meinst du, daß sie sich deswegen für unsere Zuchtunterlagen interessieren?«

»Ich weiß es nicht! Verdammt, Dar! Siehst du nicht, was du angerichtet hast?«

»Ich glaube, ich hatte keine andere Wahl«, sagte Odrade.

Taraza zeigte ihr ein kaltes Lächeln. Odrades Verhaltensweise war zwar untadelig, aber man mußte ihr zeigen, wo ihre Grenzen waren.

»Du glaubst, ich hätte das gleiche getan?« fragte Taraza.

Sie hat immer noch nicht erkannt, was mit mir passiert ist, dachte Odrade. Taraza hatte zwar erwartet, daß ihre umgängliche Odrade von sich aus handeln würde – aber nun hatte der Umfang ihrer Selbständigkeit den Rat aufgeschreckt. Taraza weigerte sich einzusehen, daß sie daran selbst schuld war.

»Der übliche Kniff«, sagte Odrade.

Die Worte trafen Taraza wie eine Ohrfeige. Es war nur der harten, lebenslangen Ausbildung der Bene Gesserit zu verdanken, daß sie darauf nicht mit einer Handgreiflichkeit antwortete.

Der übliche Kniff!

Wie oft hatte Taraza sich selbst eingestanden, daß dies eine Quelle der Verunsicherung war, ein permanenter Ansporn ihrer sorgfältig unter Verschluß gehaltenen Rage? Odrade hatte es oft vernommen.

Und jetzt zitierte sie die Mutter Oberin: »Starre Bräuche sind gefährlich. Ein Feind kann ein Muster in ihnen sehen und sie gegen einen verwenden.«

Ohne sich dagegen wehren zu können, hörte Taraza sich sagen: »Das ist eine Schwäche, ja.«

»Unsere Feinde glaubten zu wissen, wie wir vorgehen würden«, sagte Odrade. »Selbst du, *Mutter Oberin*, hast geglaubt, du würdest die Grenzen kennen, innerhalb derer ich mich bewegen würde. Ich war für dich wie Bellonda: Du weißt schon, was sie sagen will, noch bevor sie den Mund aufmacht.«

»Haben wir einen Fehler gemacht, indem wir dich nicht über mich erhoben haben?« fragte Taraza. Sie sprach aus tiefster Sorge um die Organisation.

»Nein, Mutter Oberin. Wir bewegen uns zwar am Rande eines Abgrundes entlang, aber wir wissen beide, wohin wir gehen.«

»Wo ist Waff jetzt?« fragte Taraza.

»Er schläft – wohlbewacht.«

»Laß Sheeana rufen! Wir müssen entscheiden, ob wir diesen Teil des Projekts abblasen.«

»Wie du meinst, Dar.«

Sheeana war immer noch schläfrig und rieb sich die Augen, als sie in den Gemeinschaftsraum kam, aber sie hatte sich offensichtlich die Zeit genommen, ihr Gesicht zu waschen und eine saubere, weiße Robe anzuziehen. Ihr Haar war immer noch feucht.

Taraza und Odrade standen in der Nähe des Ostfensters und drehten dem Licht den Rücken zu.

»Dies ist Sheeana, Mutter Oberin«, sagte Odrade.

Sheeana wurde plötzlich hellwach, ihr Hals versteifte sich. Sie hatte von dieser mächtigen Frau namens Taraza, die in einer fernen Zitadelle, die man ›Domstift‹ nannte, schon gehört. Sie befehligte die Schwesternschaft. Das helle Sonnenlicht, das hinter den beiden Frauen durch das Fenster drang, schien voll in Sheeanas Gesicht, was sie verwirrte. Sie war so geblendet, daß sie die Gesichter der beiden Ehrwürdigen Mütter nur erahnen konnte. Die schwarzen Umrisse ihrer Gestalten wirkten vor dem hellen Glanz verwaschen.

Lernschwestern hatten sie auf diese Begegnung vorbereitet. »Wenn du vor der Mutter Oberin stehst, erweist du ihr deinen Respekt und hörst ihr genau zu! Rede nur, wenn sie dich etwas gefragt hat!«

Sheeana stand aufrecht da, genauso, wie man es ihr gesagt hatte.

»Ich habe gehört, daß du möglicherweise eine der Unseren werden wirst«, sagte Taraza.

Sie sahen beide, welchen Effekt diese Worte auf das Mädchen hatten. Sheeana war sich inzwischen der Fertigkeiten einer Ehrwürdigen Mutter voll bewußt. Der mächtige Strahl der Wahrheit hatte sich ganz auf sie gerichtet. Sie hatte allmählich mitbekommen, welche enorme Menge an Wissen die Schwesternschaft im Laufe der Jahrtausende angesammelt hatte. Man hatte ihr sowohl von der selektiven Erinnerungstransmission als auch vom Nutzen der Weitergehenden Erinnerungen erzählt – und von der Gewürzagonie. Und jetzt stand sie vor der mächtigsten aller Ehrwürdigen Mütter – vor einer Frau, der nichts verborgen war.

Als Sheeana nicht antwortete, sagte Taraza: »Hast du nichts zu sagen, Kind?«

»Was soll ich noch sagen, Mutter Oberin? Sie haben alles gesagt.«

Taraza maß Odrade mit einem forschenden Blick. »Hast du noch andere kleine Überraschungen für mich parat, Dar?«

»Ich sagte doch, daß sie überragend ist.«

Taraza wandte sich wieder dem Kind zu. »Bist du stolz auf diese Ansicht, Kind?«

»Sie ängstigt mich, Mutter Oberin.«

Sheeana, deren Gesicht noch immer keinerlei Regung zeigte, atmete nun etwas leichter. *Sage nach bestem Wissen immer nur die reine Wahrheit!* erinnerte sie sich. Die warnenden Worte der Lehrerinnen bekamen für sie erst jetzt einen Sinn. Mit leicht geistesabwesendem Blick sah sie zu Boden, wo der größte Teil des blendenden Lichts sie nicht erreichte. Sie fühlte, daß ihr Herz noch immer zu heftig schlug, und ihr war klar, daß die Ehrwürdigen Mütter dies bemerken würden. Daß sie es konnten, hatte Odrade mehrmals bewiesen.

»Nun, es sollte dich auch ängstigen«, sagte Taraza.

Odrade fragte: »Verstehst du, was man dir sagt, Sheeana?«

»Die Mutter Oberin wünscht zu wissen, ob ich bereit bin, mich der Schwesternschaft ganz und gar zu geben«, sagte Sheeana.

Odrade sah Taraza an und zuckte die Achseln. Sie hatten keine Veranlassung, weiter über dieses Thema zu diskutieren. Genauso mußte es sein, wenn man ein Teil einer Familie war, wie die Bene Gesserit sie darstellte.

Taraza sah Sheeana fortwährend an und schwieg. Ihr Blick war durchdringend und entzog Sheeana Energie, aber sie wußte, daß sie still bleiben und die Prüfung über sich ergehen lassen mußte.

Odrade beachtete ihre Sympathiegefühle nicht. Sheeana war auf vielerlei Art so, wie sie als junges Mädchen selbst gewesen war. Ihr Intellekt war grenzenlos; sie hatte eine rasche Auffassungsgabe. Odrade erinnerte sich daran, daß ihre Lehrerinnen sie deswegen bewundert hatten. Aber man hatte sie auch mit Vorsicht angesehen; mit der gleichen Vorsicht, mit der Taraza nun Sheeana musterte. Odrade hatte diese Vorsicht erkannt, obwohl sie damals jünger gewesen war als Sheeana, aber sie bezweifelte nicht, daß das Mädchen sie ebenfalls bemerkte. Intellekt hatte seinen Nutzen.

»Mmmmmm«, machte Taraza.

Odrade hörte in diesem summenden Ton der Mutter Oberin die innere Reflektion des Simulflusses. Odrades Erinnerungen hatten sich in die Vergangenheit begeben. Die Schwestern, die ihr das Essen gebracht hatten, wenn sie spätabends noch lernte, hatten stets herumgebummelt, um sie auf ihre eigene Weise zu beobachten – genauso, wie Sheeana pausenlos beobachtet und überwacht wurde. Odrade hatte schon früh erkannt, daß man sie auf eine besondere Weise im Blickfeld behielt. Immerhin ging es hier um jene Dinge, die einen in die Reihen der Bene Gesserit lockten: Man wollte die gleichen geheimnisvollen Fähigkeiten beherrschen. Das war der Traum jeder Kandidatin.

Was würde es mir für Möglichkeiten eröffnen!

Schließlich sagte Taraza: »Was, glaubst du, willst du von uns, Kind?«

»Das gleiche, was Sie sich zu wünschen glaubten, als Sie in meinem Alter waren, Mutter Oberin.«

Odrade unterdrückte ein Lächeln. Sheeanas ungestümer Freiheitsdrang hatte sie in bedenkliche Nähe der Anmaßung gerückt, und Taraza hatte dies sicherlich erkannt.

»Du glaubst, dies sei die passende Verwendung für das Geschenk des Lebens?« fragte Taraza.

»Die einzige, die ich kenne, Mutter Oberin.«

»Deine Aufrichtigkeit ist begrüßenswert, aber ich muß dich bitten, sie nur äußerst vorsichtig einzusetzen«, sagte Taraza.

»Ja, Mutter Oberin.«

»Du schuldest uns jetzt schon viel, und du wirst uns noch mehr schulden«, sagte Taraza. »Vergiß das nicht! Wir geben nichts zu Schleuderpreisen ab.«

Sheeana hat nicht die leiseste Ahnung, wie sie für das, was wir ihr geben, bezahlen wird, dachte Odrade.

Die Schwesternschaft ließ ihre Eingeweihten niemals vergessen, was sie ihr schuldeten und daß sie es zurückzahlen mußten. Man zahlte nicht mit Liebe zurück. Liebe war gefährlich, und das lernte Sheeana im Augenblick. *Das Geschenk des Lebens?* Ein

Frösteln durchlief Odrade, und sie räusperte sich, um auf andere Gedanken zu kommen.

Lebe ich? Vielleicht bin ich gestorben, als man mich von Mama Sibia wegholte. Damals, in diesem Haus – da habe ich gelebt, aber auch noch, nachdem die Schwestern mich dort fortholten?

»Du kannst nun gehen, Sheeana«, sagte Taraza.

Sheeana wandte sich auf dem Absatz um und verließ den Raum. Odrade sah ein kleines Lächeln auf ihrem Gesicht. Sheeana wußte, daß sie die Überprüfung durch die Mutter Oberin bestanden hatte.

Als die Tür sich hinter ihr schloß, sagte Taraza: »Du hast erwähnt, daß die Kraft der Stimme ihr angeboren ist. Ich habe es natürlich gehört. Bemerkenswert.«

»Sie hält sie gut im Zaum«, sagte Odrade. »Sie hat gelernt, sie uns gegenüber nicht anzuwenden.«

»Was haben wir da gefunden, Dar?«

»Vielleicht ... – irgendeines Tages eine Mutter Oberin mit außergewöhnlichen Fähigkeiten.«

»Nicht *zu* außergewöhnlich?«

»Wir werden abwarten müssen.«

»Glaubst du, sie ist fähig, für uns zu töten?«

Odrade war überrrascht. Sie verbarg es nicht. »Jetzt?«

»Ja, natürlich.«

»Den Ghola?«

»Teg würde es nicht tun«, sagte Taraza. »Ich habe sogar Zweifel, was Lucilla angeht. Ihre Berichte sagen ganz eindeutig, daß er fähig ist, einzigartige Zuneigungsgefühle in einem zu erzeugen.«

»Etwa so wie ich?«

»Nicht mal Schwangyu war ganz immun.«

»Wo ist das edle Ziel in einer solchen Handlung?« fragte Odrade. »Ist dies nicht das, was die Warnung des Tyrannen ...«

»Er? Er hat sehr oft getötet!«

»Und dafür bezahlt!«

»Wir bezahlen für alles, was wir uns nehmen, Dar.«

»Selbst für das Leben?«

»Du darfst nie – nicht einmal für eine Sekunde – vergessen,

daß eine Mutter Oberin in der Lage ist, jede notwendige Entscheidung für das Überleben der Schwesternschaft zu treffen, Dar!«

»So sei es«, sagte Odrade. »Nimm dir, was du willst – und zahle dafür!«

Es war die rituelle Antwort, aber sie verstärkte die neue Kraft, die Odrade in sich fühlte; die Freiheit, in einem neuen Universum auf ihre eigene Weise zu reagieren. Woher hatte sie diese Zähigkeit? Entsprang sie der grausamen Bene Gesserit-Konditionierung? War ihre Atreides-Abstammung dafür verantwortlich? Sie versuchte erst gar nicht, sich einzureden, daß dies ein Resultat ihrer Entscheidung war, nie wieder der moralischen Führung eines anderen zu folgen. Die innere Festigkeit, auf die sie sich nun berief, war kein purer Moralismus. Auch kein Übermut. Beides würde dazu nicht ausreichen.

»Du bist deinem Vater sehr ähnlich«, sagte Taraza. »Meistens ist es das Muttertier, das für den größten Teil der Courage zuständig ist, aber diesmal war es, glaube ich, der Vater.«

»Miles Teg ist von bewundernswerter Courage, aber ich glaube, daß du es dir jetzt zu einfach machst«, sagte Odrade.

»Vielleicht tue ich das. Aber ich habe bis jetzt noch immer recht behalten, wenn es um dich ging, Dar. Schon damals, als wir noch Schul-Kandidatinnen waren.«

Sie weiß es! dachte Odrade.

»Wir brauchen es nicht zu erklären«, sagte Odrade. Und sie dachte: *Es kommt daher, weil ich bin, wie ich geboren wurde. Und weil man mich dementsprechend ausgebildet und geformt hat ... So wie wir beide waren: Dar und Tar.*

»Irgend etwas ist an den Atreides, das wir nicht völlig analysiert haben«, sagte Taraza.

»Doch keine genetischen Störungen?«

»Manchmal frage ich mich, ob wir seit der Zeit des Tyrannen überhaupt echte Störungen erlebt haben«, sagte Taraza.

»Ob er sich dort draußen in seiner Zitadelle einfach ausgestreckt und durch die Jahrtausende geblickt hat, nur um diesen Moment zu sehen?«

»Wie weit würdest du zurückgehen, um an die Wurzeln zu kommen?« fragte Taraza.

Odrade sagte: »Was passiert wirklich, wenn eine Mutter Oberin den Zuchtmeisterinnen befiehlt: ›Kreuzt diese da mit jenem?‹«

Taraza zeigte ein kaltes Lächeln.

Odrade hatte plötzlich das Gefühl, sich auf einem Wellenkamm zu befinden; ihr Bewußtsein jagte weit voraus. *Taraza will, daß ich rebelliere! Sie will, daß ich gegen sie arbeite!*

»Willst du Waff jetzt sehen?« fragte sie.

»Zuerst möchte ich wissen, wie du ihn einschätzt.«

»Er sieht in uns das optimale Werkzeug, um den ›Aufstieg der Tleilaxu‹ einzuleiten. Für sein Volk sind wir ein Geschenk Gottes.«

»Sie haben lange auf diesen Augenblick warten müssen«, sagte Taraza. »Seit Äonen haben sie sich verstellen müssen, einer wie der andere!«

»Sie deuten die Zeiten so wie wir«, stimmte Odrade ihr zu. »Das war das letzte, das sie überzeugte, daß wir den Großen Glauben teilen.«

»Aber warum diese Plumpheit?« fragte Taraza. »Sie sind doch nicht dumm.«

»Damit haben sie unsere Aufmerksamkeit von dem abgelenkt, was sie wirklich mit dem Ghola gemacht haben«, sagte Odrade. »Wer käme auf die Idee, daß Dummköpfe so etwas tun würden?«

»Und was haben sie erzeugt?« fragte Taraza. »Nur das *Abbild* einer bösartigen Dummheit?«

»Wer sich lange genug dumm aufführt«, sagte Odrade, »der verblödet tatsächlich. Perfektioniere die Mimikry eines Gestaltwandlers, und ...«

»Was auch geschieht, wir müssen sie bestrafen«, sagte Taraza. »Das weiß ich jedenfalls. Laß ihn jetzt raufbringen!«

Nachdem Odrade den Befehl dazu gegeben hatte und sie warteten, sagte Taraza: »Das Ausbildungsprogramm des Gholas war schon ein Trümmerfeld, bevor ihnen die Flucht aus der Gammu-Festung gelang. Er ist seinen Lehrern so weit vorausgeeilt, daß er Dinge schon begriff, noch ehe man sie mehr als angerissen hatte. Und zwar mit alarmierender Geschwindigkeit. Wer weiß, was inzwischen aus ihm geworden ist?«

> *Historiker üben große Macht aus, und einige von ihnen sind sich dessen bewußt. Sie erschaffen die Vergangenheit neu und ändern sie so, daß sie zu ihren Interpretationen paßt. Und damit verändern sie die Zukunft.*
>
> Leto II.
> Seine Stimme
> Von Dar-es-Balat

Duncan folgte seinem Führer widerspruchslos durch das Licht der Morgendämmerung. Der Mann sah möglicherweise alt aus, aber er war gelenkig wie eine Gazelle und zeigte keinerlei Ermüdungserscheinungen.

Sie hatten ihre Nachtbrillen erst wenige Minuten zuvor abgenommen. Duncan war froh, sie los zu sein. Im matten Sternenlicht, das durch die dicken Äste fiel, hatte alles so finster ausgesehen. Hinter den Brillengläsern war die Welt überhaupt nicht mehr existent gewesen, und das, was er aus den Augenwinkeln sah, schien unablässig zu tanzen und zu fließen – da eine Ansammlung gelber Sträucher, dort zwei Silberborkenbäume, und schließlich eine Steinmauer mit einem eingebauten Plastahl-Tor, umgeben vom flackernden Blau eines Brennschildes. Schließlich eine gewölbte Brücke aus einheimischem Felsgestein. Unter seinen Füßen war es grün und schwarz. Dann ein gewölbter Einstieg aus weißem, poliertem Stein. Die Bauweise erschien ihm ausnahmslos alt und teuer und handgefertigt.

Duncan hatte keine Ahnung, wo er war. Nichts in dieser Umgebung tauchte in seinen Erinnerungen aus den alten Zeiten von Giedi Primus auf.

Die Morgendämmerung zeigte ihm, daß sie einem dreifach abgeschirmten Wildwechsel bergauf folgten. Es wurde steiler. Hin und wieder sah er durch das Geäst der Bäume; links von ihnen lag ein Tal. Am Himmel hing eine Nebelwolke. Sie wirkte wie ein Wächter, verbarg die Entfernungen und schloß sie während des Weiterkletterns ein. Ihre Welt wurde mit jedem Schritt kleiner; der Ort, an dem sie sich befanden, schien den Kontakt mit dem restlichen Universum zu verlieren.

Während einer kurzen Pause, die weniger dem Ausruhen als einem Hineinlauschen in den sie umgebenden Wald diente, musterte Duncan das vom Nebel verdeckte Gelände genauer.

Er fühlte sich verdrängt, aus einem Universum entfernt, das einen Himmel hatte und über ein Aussehen verfügte, das es mit anderen Planeten verband.

Seine Verkleidung war einfach: Tleilaxu-Kaltwetter-Kleidung und Wangenfüller, um sein Gesicht runder erscheinen zu lassen. Sein gelocktes, schwarzes Haar war mit Hilfe einer Chemikalie unter Verwendung von Hitze geglättet worden. Man hatte sein Haar zu einem sandfarbenen Blond gefärbt und unter einer dunklen Kappe verborgen. Man hatte ihm die Schamhaare rasiert. Er hatte sich in dem Spiegel, den man ihm vorgehalten hatte, kaum selbst wiedererkannt.

Ein dreckiger Tleilaxu!

Die Verwandlungskünstlerin war eine alte Frau mit glitzernden, graugrünen Augen gewesen. »Sie sind nun ein Tleilaxu-Meister«, sagte sie. »Ihr Name ist Wose. Ein Führer wird Sie zum nächsten Ort bringen. Wenn Ihnen Fremde begegnen, behandeln Sie ihn wie einen Gestaltwandler. Ansonsten richten Sie sich nach seinen Anweisungen.«

Man brachte ihn durch einen sich windenden Gang aus der Höhle, deren Wände und Decke dicht von nach Moschus riechenden grünen Algen bedeckt waren. In sternenerhellter Finsternis schoben sie ihn aus dem Gang in eine kalte Nacht – in die Hände eines unsichtbaren Mannes, einer schwerfälligen Gestalt in wattierter Kleidung.

Hinter Duncan flüsterte eine Stimme: »Hier ist er, Ambitorn. Bring ihn durch!«

Der Führer sagte mit kehligem Akzent: »Folgen Sie mir!« Er hakte eine Führungsleine in Duncans Gurt, setzte ihm eine Nachtbrille auf und drehte sich um. Duncan spürte den Zug der Leine, dann waren sie auch schon unterwegs.

Der Sinn der Führungsleine war ihm klar. Er bestand nicht darin, daß er in der Nähe seines Führers blieb. Mit der Nachtbrille konnte er diesen Ambitorn deutlich genug sehen. Nein, die Leine diente dazu, ihn schnell von den Beinen zu reißen, wenn Gefahr im Anmarsch war. So brauchte man keine Worte zu wechseln.

Während der Nacht überquerten sie viele eisbedeckte Rinnsale. Das Land war flach. Das Licht der Frühmonde Gammus drang hin und wieder durch die neben ihnen aufragenden Gewächse. Schließlich erreichten sie einen niedrigen Hügel, der ihnen einen Ausblick auf buschbedecktes Ödland gewährte. Im silbernen Mondlicht wirkte die schneebedeckte Landschaft seltsam hell. Dann ging es abwärts. Das Buschwerk, das Duncans Führer um Manneslänge überragte, wölbte sich über sumpfigen Wildwechseln, die nur wenig breiter waren als die Tunnels, in denen ihre Reise begonnen hatte. Hier war es zwar wärmer, aber die Wärme war die eines Komposthaufens. Nur wenig Licht drang bis auf den Boden, auf dem eine verrottende Vegetation Pilze wachsen ließ. Duncan inhalierte den Pilzgeruch verfaulenden Pflanzenwuchses. Die Nachtbrille führte ihm auf beiden Seiten eine scheinbar endlose Wiederholung dichten Wachstums vor. Die Leine, die ihn an Ambitorn fesselte, war seine Verbindung zu einer fremdartigen Welt.

Vom Reden schien Ambitorn wenig zu halten. Als Duncan ihn fragte, ob er seinen Namen richtig verstanden habe, bekam er zwar ein »Ja« zur Antwort, aber dann hieß es: »Reden Sie nicht!«

Für Duncan war die ganze Nacht ein beunruhigendes Hindernis. Er mochte es nicht, in seine eigenen Gedanken zurückgeworfen zu werden. Die Erinnerungen an Giedi Primus blieben hartnäckig bestehen. Dieser Ort hatte nichts mit dem zu tun, das er noch aus seiner ursprünglichen Jugend kannte. Er fragte sich, wie Ambitorn diesen Weg kennengelernt hatte und wie er ihn sich ins Gedächtnis zurückrief. Jeder dieser tierischen Durchgänge wirkte wie der andere.

Aber während der gleichbleibenden Geschwindigkeit, die sie vorlegten, hatten Duncans Gedanken genügend Zeit, um abzuschweifen.

Darf ich es der Schwesternschaft erlauben, daß sie mich benutzt? Was bin ich ihr schuldig?

Und er dachte an Teg, den letzten Helden, der zurückgeblieben war, damit sie entkommen konnten.

Ich habe für Paul und Jessica das gleiche getan.

Dies verband ihn mit Teg, deswegen verspürte er Kummer. Teg war der Schwesternschaft treu ergeben. *Hat er mit diesem tapferen Verhalten meine Treue erkauft?*

Verdammte Atreides!

Die nächtliche Anspannung führte dazu, daß Duncan sich in seinem neuen Körper heimischer fühlte. Wie jung sein Körper war! Seine Gedanken schweiften ein wenig ab, und da war wieder die letzte Erinnerung seines ursprünglichen Lebens; er spürte, wie die Sardaukar-Klinge seinen Kopf traf – eine blendende Explosion von Schmerz und Licht. Das Wissen um seinen sicheren Tod, und dann ... – nichts mehr, bis zu jenem Augenblick mit Teg in der Nicht-Kugel der Harkonnens.

Das Geschenk eines neuen Lebens. War es mehr als ein Geschenk – oder etwas anderes? Die Atreides verlangten eine erneute Rückzahlung von ihm.

Kurz vor dem Einsetzen des Morgengrauens führte Ambitorn ihn eine ganze Weile an einem schmalen, von Morast gesäumten Fluß entlang, dessen eisige Kälte sich sogar durch die wasserdichten Stiefel seiner Tleilaxu-Kleidung bemerkbar machte. Der Wasserlauf reflektierte das von den Büschen gefilterte Licht eines Mondes, der vor ihnen aufgegangen war.

Im Tageslicht erreichten sie dann den breiteren, dreiseitig abgeschirmten Wildwechsel, der den steilen Hügel hinaufführte. Dieser Weg führte auf einen schmalen, felsigen Vorsprung unterhalb einer Bergkette aus scharfgezackten Klötzen. Ambitorn führte ihn hinter eine Wand aus abgestorbenen braunen Büschen, deren Wipfel von angewehtem Schnee bedeckt waren. Er löste die Führungsleine von Duncans Gürtel. Direkt vor ihnen in den Felsen befand sich eine leichte Einbuchtung. Es handelte sich zwar nicht direkt um eine Höhle, aber Duncan stellte fest, daß sie ihnen einigen Schutz gewähren würde, wenn der Wind nicht gerade mit Gewalt über die hinter ihnen liegenden Sträucher wehte. Der Boden der Einbuchtung war schneefrei.

Ambitorn begab sich an die Rückwand der Einbuchtung und entfernte vorsichtig eine Schicht vereisten Schmutzes und mehrere flache Steine, die eine kleine Höhlung verbargen. Dieser entnahm er einen runden, schwarzen Gegenstand, über den er sich geschäftig beugte.

Duncan hockte sich unter den Überhang und musterte seinen Führer eingehend. Ambitorn hatte ein Gesicht, dessen dunkelbraune Lederhaut aussah, als hätten Wind und Wetter sie gegerbt. Ja, so konnte ein Gestaltwandler aussehen. Die braunen Augen des Mannes waren von tiefen Falten umgeben. Auch die Winkel seines dünnlippigen Mundes und seine Stirn wiesen Falten auf. Sie begannen neben seiner flachen Nase und vertieften sich, je näher sie dem schmalen Spalt in seinem Kinn kamen. Sein ganzes Gesicht war von Runzeln übersät.

Appetitanregende Düfte entströmten nun dem schwarzen Gegenstand, den Ambitorn bediente.

»Wir werden hier essen und etwas warten, bevor wir weitergehen«, sagte Ambitorn.

Er sprach Alt-Galach, aber mit dem kehligen Akzent, den Duncan nie zuvor gehört hatte; er zog die Vokale ziemlich lang. War Ambitorn ein Angehöriger der Diaspora oder ein Gammu-Geborener? Die Sprache hatte sich offensichtlich seit den Tagen Muad'dibs in unterschiedliche Richtungen hin entwickelt. Was dies anbetraf, so hatte Duncan gemerkt, daß die Bewohner der Gammu-Festung – einschließlich Teg und Lucilla – ein Galach sprachen, das dem, das er als Kind in seinem ursprünglichen Leben gelernt hatte, sehr ähnlich war.

»Ambitorn«, sagte Duncan. »Ist das ein Gammu-Name?«
»Sie werden mich Tormsa nennen«, sagte der Führer.
»Ist das ein Spitzname?«
»Es ist das, was Sie mich nennen werden.«
»Warum haben die anderen Sie Ambitorn genannt?«
»Weil sie mich unter diesem Namen kennen.«
»Aber warum sollten Sie ...«
»Sie haben unter den Harkonnens gelebt und nicht gelernt, wie man seine Identität ändert?«

Duncan verfiel in Schweigen. War es das? Eine neue Verkleidung? Ambi ... Tormsa hatte sein Äußeres nicht verändert. Tormsa. War es ein Tleilaxu-Name?

Der Führer reichte Duncan eine dampfende Tasse. »Ein Getränk, um Sie mit neuen Kräften zu versorgen, *Wose*. Trinken Sie es schnell! Es wird Sie warmhalten.«

Duncan umschloß die Tasse mit beiden Händen. *Wose. Wose und Tormsa. Ein Tleilaxu-Meister mit einem Gestaltwandler als Gefährten.*

Duncan prostete Tormsa mit der uralten Geste der Atreides-Schlachtkameraden zu, dann führte er die Tasse an die Lippen. Heiß! Aber als er es hinunterschluckte, wärmte es ihn. Das Getränk hatte den süßen Beigeschmack eßbaren Seetangs. Um es etwas abzukühlen, blies er hinein. Dann folgte er Tormsas Beispiel und trank es leer.

Komisch, daß ich nicht an Gift oder eine Droge denke, dachte Duncan. Aber dieser Tormsa und die anderen, die er während der Nacht kennengelernt hatte, strahlten etwas aus, das ihn an den Bashar erinnerte. Die Geste, die er sonst nur Kameraden gegenüber ausführte, war ganz automatisch von ihm gekommen.

»Warum riskieren Sie so Ihr Leben?« fragte Duncan.

»Sie kennen den Bashar und fragen trotzdem?«

Duncan schwieg verblüfft.

Tormsa beugte sich vor und nahm Duncans Tasse an sich. Kurz darauf lagen alle Beweise ihres Frühstücks wieder unter allesverbergendem Schmutz und Gestein.

Das Essen, fand Duncan, deutete auf eine sorgfältige Planung hin. Er drehte sich um und hockte sich auf den kalten Boden. Hinter den sie abschirmenden Büschen hing immer noch der Nebel. Kahle Äste begrenzten die Aussicht auf wenige Punkte. Noch während Duncan auf die Büsche starrte, fing der Nebel an, sich zu heben, und enthüllte die verwaschenen Umrisse einer Stadt, die am anderen Ende des Tales lag.

Tormsa hockte sich neben ihn. »Sehr alt, die Stadt«, sagte er. »Hat den Harkonnens gehört. Sehen Sie!« Er reichte Duncan ein kleines Fernrohr. »Dort gehen wir heute abend hin.«

Duncan hob das Fernrohr an sein linkes Auge und versuchte das Objektiv zu justieren. Die Schaltung fühlte sich ungewohnt an und deckte sich nicht mit den Erfahrungen, die er in bezug auf Fernrohre in seinem ursprünglichen Leben – nicht mal in der Festung – gesammelt hatte. Er senkte das Fernrohr wieder und untersuchte es.

»Ixianisch?« fragte er.

»Nein. Wir haben es gemacht.« Tormsa beugte sich vor und deutete auf zwei winzige Knöpfe, die sich auf dem schwarzen Rohr erhoben. »Langsam, schnell. Links drücken heißt fern, rechts ranholen.«

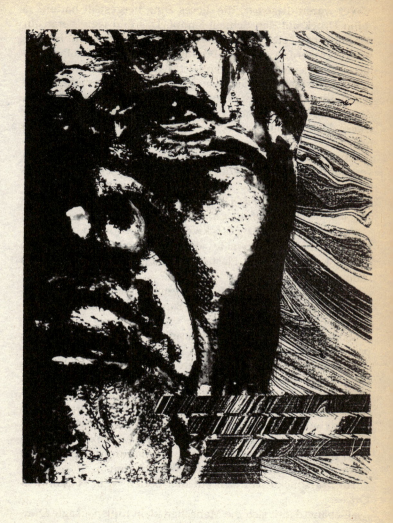

Duncan hob das Fernrohr erneut ans Auge.

Wer waren diese *wir*, die dieses Ding hergestellt hatten?

Ein Druck auf den Schnell-Knopf. Das Bild jagte heran. In der Stadt bewegten sich kleine Pünktchen. Menschen! Er ging auf Vergrößerung. Aus den Pünktchen wurden kleine Puppen. Jetzt, wo er einen Größenvergleich hatte, wurde Duncan klar, daß die Ausmaße der Stadt am Ende des Tales immens waren ... – und sie war weiter entfernt, als er angenommen hatte. Im Zentrum der Stadt erhob sich ein einzelnes, rechteckiges Bauwerk, dessen Spitze zwischen den Wolken verschwand. Gigantisch.

Duncan erkannte den Ort jetzt. Die Umgebung hatte sich verändert, aber das Gebäude im Zentrum war fest in seinen Erinnerungen verankert.

Wie viele von uns sind in diesem finsteren Höllenloch verschwunden, um nie wieder aufzutauchen?

»Neunhundertfünfzig Stockwerke«, sagte Tormsa, als er sah, wo Duncans Blick verweilte. »Fünfundvierzig Kilometer lang, dreißig Kilometer breit. Plastahl und Panzerplaz – von oben bis unten.«

»Ich weiß.« Duncan ließ das Fernrohr sinken und gab es Tormsa zurück. »Es wurde ›das Baronat‹ genannt.«

»Ysai«, sagte Tormsa.

»So heißt es heute«, sagte Duncan. »Ich kenne auch noch ein paar weitere Namen.«

Er holte tief Luft, um den alten Haß in sich zu verdrängen. Diese Leute waren jetzt alle tot. Nur das Gebäude war geblieben. Und die Erinnerungen. Er nahm die Stadt, die das gewaltige Bauwerk umgab, näher in Augenschein. Der Ort war eine ausgedehnte Masse von Ameisenhaufen. Da und dort gab es Grünflächen, die hinter hohen Mauern lagen. Einzelresidenzen mit Privatparks, hatte Teg gesagt. Das Fernrohr ließ Wächter erkennen, die auf den Mauern patrouillierten.

Tormsa spuckte vor sich auf den Boden. »Ein Harkonnen-Ort.«

»Gebaut, damit sich die Menschen klein fühlen«, sagte Duncan.

Tormsa nickte. »Klein, damit man sich schwach vorkommt.«

Duncan fand, daß sein Führer beinahe redselig wurde. Während der Nacht hatte Duncan hin und wieder gegen das Redeverbot verstoßen und versucht, ein Gespräch anzufangen.

»Was ist das hier für ein Wildwechsel?«

Für jemanden, der ganz offensichtlich einem Wildwechsel folgte, der sogar nach Tieren roch, schien dies eine logische Frage zu sein.

»Seien Sie still!« hatte Tormsa gefaucht.

Später hatte Duncan gefragt, warum sie für ihre Flucht nicht irgendein Fahrzeug benutzten. Selbst ein Bodenfahrzeug wäre ihm lieber gewesen angesichts dieses schmerzenden Marsches durch eine Gegend, in der der eine Weg wie der andere auszusehen schien.

Auf diese Frage hin war Tormsa stehengeblieben. Sie standen nun beide im Mondlicht, und Tormsa schaute Duncan an, als sei er sich plötzlich dessen bewußt geworden, daß sein Schützling ein Recht darauf habe, daß man seine Fragen beantwortete.

»Fahrzeuge können uns folgen!«

»Und wenn wir zu Fuß gehen, geht das nicht?«

»Verfolger müssen auch zu Fuß gehen. Hier kostet es sie das Leben. Das wissen sie.«

Welch verrückte Umgebung! Welch primitiver Ort.

Als er noch in der Bene Gesserit-Festung gelebt hatte, war Duncan die Natur des ihn umgebenden Planeten überhaupt nicht klar geworden. Später, in der Nicht-Kugel, war er vom Kontakt mit der Außenwelt abgeschnitten gewesen. Zwar besaß er die Erinnerungen seines ursprünglichen Daseins und das Wissen, das er als Ghola gesammelt hatte – aber wie nutzlos beides war! Jetzt, als er darüber nachdachte, verstand er, daß er einige Hinweise übersehen hatte. Es war offensichtlich, daß Gammu über eine rudimentäre Wetterkontrolle verfügte. Und Teg hatte gesagt, daß die den Planeten umkreisenden Wacheinheiten, die Gammu vor einem Angriff bewahrten, zu den besten gehörten.

Für den Schutz tat man alles, aber für die Bequemlichkeit verdammt wenig! In dieser Hinsicht glich Gammu Arrakis.

Rakis, korrigierte er sich.

Teg. Hatte der alte Mann überlebt? Hatte man ihn gefangengenommen? Was bedeutete es, wenn man in diesem Alter gefangengenommen wurde? In der Harkonnen-Ära hatte es brutale Sklaverei bedeutet. Burzmali und Lucilla ... Er sah Tormsa an.

»Werden wir Lucilla und Burzmali in der Stadt finden?«
»Wenn sie durchkommen.«

Duncan musterte seine Kleider. Reichte diese Kostümierung überhaupt aus?

Ein Tleilaxu-Meister mit seinem Begleiter? Die Leute würden Tormsa natürlich für einen Gestaltwandler halten. Und Gestaltwandler waren gefährlich.

Die sackähnlichen Hosen waren aus einem Material, das Duncan nie zuvor gesehen hatte. Wenn er es mit der Hand berührte, fühlte es sich wie Wolle an, aber er spürte, daß es künstlichen Ursprungs war. Spuckte er darauf, blieb die Flüssigkeit nicht haften – und es roch auch nicht nach Wolle. Seine Finger entdeckten eine gewisse Einförmigkeit des Materials. Natürliches Gewebe wies diese Eigenschaft nicht auf. Die hohen, weichen Stiefel und die Kappe waren aus dem gleichen Gewebe. Seine Beinkleider waren lose und aufgebläht, außer an den Schenkeln. Aber nicht wattiert. Sie waren auf eine Weise isoliert, die die Luft mit einem Trick zwischen den Schichten festhielt. Die Farbe war ein marmoriertes Graugrün – in einer Umgebung wie dieser die beste Tarnung, die es gab. Tormsa trug ähnliche Kleider.

»Wie lange werden wir hier warten?« fragte Duncan.

Tormsa schüttelte den Kopf, damit Duncan schweigen sollte. Er saß nun auf dem Boden, hatte die Beine hochgezogen und umklammerte die Knie mit den Armen. Er legte den Kopf auf seine Knie und überblickte mit offenen Augen das Tal.

Während der nächtlichen Wanderung war die Kleidung Duncan äußerst bequem erschienen. Abgesehen davon, daß er einmal in einen Wassertümpel getreten hatte, blieben seine Füße warm. Jedoch nicht zu warm. In seinen Hosen, seinem Hemd und seiner Jacke war genug Platz, so daß er sich leichtfüßig bewegen konnte. Nichts behinderte seinen Körper.

»Wer macht solche Kleidung?« fragte Duncan.

»Wir haben sie gemacht«, sagte Tormsa brummend. »Seien Sie jetzt still!«

Irgendwie fühlte Duncan sich an jene Zeit erinnert, die er als Junge in der Festung der Schwesternschaft verbracht hatte. Tormsa sagte nichts anderes zu ihm als: »Das brauchst du nicht zu wissen.«

Plötzlich streckte Tormsa die Beine aus und reckte sich. Er schien sich zu entspannen. Er sah Duncan an und sagte: »Freunde in der Stadt signalisieren, daß über uns ein Suchkommando ist.«

»Thopter?«

»Ja.«

»Was sollen wir also tun?«

»Sie tun das, was ich sage – nichts anderes!«

»Aber Sie sitzen doch nur da.«

»Im Moment. Wir werden bald ins Tal runtergehen.«

»Aber wie ...«

»Wenn man ein Land wie dieses durchquert, wird man zu einem hier lebenden Tier. Sehen Sie sich ihre Spuren an; schauen Sie, wie sie sich bewegen und wie sie sich zur Ruhe niederlegen.«

»Aber kann das Suchkommando denn nicht den Unterschied zwischen ...«

»Wenn die Tiere weiden, macht man die gleichen Bewegungen wie sie. Wenn Sucher sich nähern, verhält man sich so, wie man sich auch vorher verhalten hat, denn das würde auch jedes Tier tun. Das Suchkommando ist hoch in der Luft. Das ist gut für uns. Sie können Menschen von Tieren nicht unterscheiden, es sei denn, sie gehen herunter.«

»Aber werden sie nicht ...«

»Sie vertrauen ihren Maschinen. Und den Bewegungen, die sie wahrnehmen. Sie sind faul. Sie fliegen hoch. Auf diese Weise geht die Suche schneller voran. Sie verlassen sich auf ihre Intelligenz und ihre Instrumente. Sie lesen die Instrumente ab und entscheiden so, was Mensch und was Tier ist.«

»Und wenn sie uns für wilde Tiere halten, werden sie an uns vorbeifliegen.«

»Wenn sie an dem zweifeln, was sie sehen, werden sie uns

noch einmal überprüfen. Wir dürfen, nachdem sie uns das erstemal geprüft haben, unser Bewegungsmuster nicht verändern.«

Für den schweigsamen Tormsa war dies eine lange Rede. Jetzt musterte er Duncan eingehend. »Verstanden?«

»Woran erkenne ich, daß wir überprüft werden?«

»An einem Kitzeln im Magen. Sie werden ein Gefühl im Bauch haben, als hätten Sie etwas ungewöhnlich Starkes getrunken.«

Duncan nickte. »Ixianische Scanner.«

»Machen Sie sich keine Sorgen!« sagte Tormsa. »Die hiesigen Tiere sind daran gewöhnt. Manchmal kommt es vor, daß sie eine Pause einlegen, aber nur für einen Moment. Und dann machen sie weiter, als sei nichts geschehen. Für sie stimmt das auch. Nur für uns kann es böse Auswirkungen haben.«

Tormsa stand auf. »Wir gehen jetzt runter ins Tal. Bleiben Sie nahe bei mir. Tun Sie genau das, was ich tue – und nichts anderes!«

Duncan folgte seinem Führer, er nahm dessen Schritt auf. Bald befanden sie sich unter den schützenden Bäumen. Irgendwann während des Nachtmarsches, wurde ihm klar, hatte er allmählich seinen Platz im Ränkespiel der anderen akzeptiert. Eine neue Art von Geduld übernahm seinen Geist. Er war aufgeregt und neugierig.

Welches Universum hatte die Atreides-Ära hervorgebracht? *Gammu.* Welch seltsame Welt aus Giedi Primus geworden war!

Langsam, aber unmißverständlich enthüllten sich die Dinge, und jede neue Erkenntnis öffnete den Weg zu etwas Neuem, das er lernen mußte. Er spürte, daß der Plan allmählich Formen annahm. Eines Tages, dachte er, mußte es sich zu einem Ganzen zusammenfügen, und dann würde er wissen, warum man ihn von den Toten zurückgeholt hatte.

Ja, dachte er, es ist eine Frage sich öffnender Türen. Man öffnete die erste, und die brachte einen dann an einen Ort, wo sich weitere Türen befanden. Wenn man dort angekommen war, wählte man eine weitere Tür und untersuchte, was sie einem zu enthüllen hatte. Es würde Zeiten geben, in denen man gezwungen war, alle Türen zu versuchen, aber je mehr man öffnete, desto gewisser wurde einem, welche man als nächste öffnen mußte. Schlußendlich würde man eine Tür öffnen, die zu einem Ort führte, den man wiedererkannte. Und dann konnte man sagen: »Ahhh, das erklärt alles.«

»Die Sucher kommen«, sagte Tormsa. »Wir sind jetzt weidende Tiere.«

Er langte nach einem sie abschirmenden Gebüsch und riß einen kleinen Zweig ab.

Duncan tat das gleiche.

> »Ich muß herrschen mit Augen und Klauen –
> wie der Falke unter den niederen Vögeln.«
>
> Atreides-Erklärung
> Quelle: BG-Archiv

Bei Tagesanbruch ließ Teg die Windschutzmauern an der Hauptstraße hinter sich. Die Straße war breit und völlig glatt – Strahlen hatten sie gehärtet und von jeglichem Pflanzenleben befreit. Zehn Fahrspuren, schätzte Teg, für Fahrzeuge und Fußgänger. Zu dieser Stunde dienten sie hauptsächlich dem Fußgängerstrom.

Er hatte den größten Teil des Staubes von seinen Kleidern entfernt und nachgesehen, daß er keinerlei Rangabzeichen trug. Sein graues Haar war zwar nicht so sauber, wie er es gern gehabt hätte, aber zum Kämmen hatte er nur die Finger.

Der Verkehr hielt auf die Stadt Ysai zu, die sich viele Kilometer durch das Tal erstreckte. Der Morgen war wolkenlos. Eine leichte Brise berührte sein Gesicht. Sie bewegte sich auf das weit hinter ihm liegende Meer zu.

Während der Nacht hatte er sein neues Bewußtsein behutsam ins Gleichgewicht gebracht. Eine Art zweites Gesicht spulte unablässig Ereignisse vor ihm ab: Teg wußte von Dingen in seiner Nähe, bevor sie geschahen, und ihm war klar, wohin er beim nächsten Schritt den Fuß setzen mußte. Hinter diesem Wissen lag eine Gefahr, die, wie er wußte, ihn in Schwierigkeiten bringen konnte, verwaschene Reaktionen, denen sein Körper sich nicht würde anpassen können. Mit Vernunft allein konnte man diese Sache nicht erklären. Er spürte, daß er unsicher über die Schneide eines Messers dahinlief.

Was er auch versuchte – er konnte nicht erklären, was unter der T-Sonde mit ihm passiert war. Ähnelte es dem, was eine Ehrwürdige Mutter während der Gewürzagonie erlebte? Aber er spürte nichts von einer Ansammlung Weitergehender Erinnerungen aus seiner Vergangenheit. Er glaubte nicht, daß die Schwestern das konnten, was er konnte. Die verdoppelte Vision, die ihm sagte, was er vor jeder Bewegung zu erwarten hatte, die seine Sinne erahnen konnte, schien eine neue Art von Wahrheit zu sein.

Seine Mentat-Lehrer hatten ihm stets versichert, daß es eine Form lebendiger Wahrheit gäbe, die nicht durch die Einbeziehung gewöhnlicher Fakten beeinflußbar sei. Man fand sie manchmal in Fabeln und Gedichten, und wie man ihm erzählt hatte, stand sie oft im Gegensatz zum Ersehnten.

»Die schwierigste Erfahrung, die ein Mentat anerkennen muß«, hatte es geheißen.

Teg hatte stets gezögert, diese Behauptung zu beurteilen, aber nun war er gezwungen, sie hinzunehmen. Die T-Sonde hatte ihn über eine Barriere hinweg in eine neue Wirklichkeit gestoßen.

Er hatte keine Ahnung, warum er ausgerechnet jetzt aus seinem Versteck gekommen war – außer, daß er sich damit in einen annehmbaren Strom aus menschlichen Bewegungen einfädelte.

Der größte Teil der Menschen, die sich auf der Straße befanden, waren Bauern. Sie wollten zum Markt und hatten Kiepen voller Gemüse und Obst bei sich. Die Kiepen schwebten auf billigen Suspensoren hinter ihnen her. Angesichts der Nahrungsmittel empfand Teg den stechenden Schmerz des Hungers, aber er zwang sich, ihn zu ignorieren. Aufgrund der Erfahrung, die er während seiner langen Dienstzeit in den Reihen der Bene Gesserit auf noch primitiveren Planeten gesammelt hatte, sah er in dieser menschlichen Aktivität kaum einen Unterschied zu jenen Bauern, die beladene Tiere mit sich führten. Der Strom der Fußgänger kam ihm wie eine groteske Mischung aus Antike und Moderne vor: Bauern zu Fuß, aber ihre Produkte schwebten auf perfekten technischen Gerätschaften hinter ihnen her. Abgesehen von den Suspensoren war die Szenerie jener der urältesten menschlichen Vergangenheit sehr ähnlich. Ein Zugtier war nun einmal ein Zugtier, auch wenn es von einem Fließband einer ixianischen Bio-Fabrik stammte.

Unter Einsatz seines neuen zweiten Gesichts konzentrierte Teg sich auf einen der Bauern, einen vierschrötigen, dunkelhäutigen Mann mit knochigen Zügen und schwieligen Händen. Der Mann verbreitete eine trotzige Form der Unabhängigkeit. Er zog acht große Kiepen, die voller rauhhäutiger Melonen waren. Der Geruch, den sie ausströmten, ließ Teg das Wasser im Munde zusammenlaufen, als er seinen Schritt dem des Bauern anpaßte. Ein paar Minuten lang ging er schweigend neben ihm her, dann fragte er: »Ist dies die beste Straße nach Ysai?«

»Es ist ein langer Weg«, sagte der Mann. Er hatte eine gutturale Stimme, und sie zeugte von Vorsicht.

Teg schaute auf die beladenen Kiepen zurück.

Der Bauer musterte Teg von der Seite. »Wir gehen zu einem Marktzentrum. Unsere Produkte werden dann von anderen nach Ysai gebracht.«

Während sie sich unterhielten, stellte Teg fest, daß der Bauer ihn ziemlich an den Straßenrand drängte. Der Mann sah sich um, zuckte leicht mit dem Kopf und deutete dann voraus. Drei weitere Bauern schlossen auf, näherten sich ihnen und isolierten Teg und seinen Begleiter, bis ihre großen Kiepen sie vom Rest der Fußgänger abschirmten.

In Teg machte sich Spannung breit. Was hatten sie vor? Er witterte jedoch keine Gefahr. Seine verdoppelte Vision entdeckte in dieser plötzlichen Umzingelung keinerlei Feindseligkeit.

Ein schweres Fahrzeug jagte an ihnen vorbei und fuhr weiter. Teg erfuhr nur deswegen davon, weil er den Geruch verbrannten Treibstoffs roch. Der Fahrtwind brachte die Kiepen zum Erbeben, dann hörte er das Brummen eines starken Motors und spürte, daß auch seine Begleiter ihre Muskeln anspannten. Die hohen Kiepen verdeckten das vorbeifahrende Fahrzeug völlig.

»Wir haben Sie gesucht, um Sie zu beschützen, Bashar«,

sagte der Bauer neben ihm. »Es sind viele hinter Ihnen her, aber von denen, die bei uns sind, droht keine Gefahr.«

Teg warf dem Mann einen überraschten Blick zu.

»Wir haben mit Ihnen auf Renditai gedient«, sagte der Bauer.

Teg schluckte. *Renditai?* Dann fiel es ihm wieder ein – ein kleines Scharmützel, wenn man sämtliche Auseinandersetzungen und Verhandlungen in Betracht zog, an denen er beteiligt gewesen war.

»Es tut mir leid«, sagte Teg, »aber ich kenne Ihren Namen nicht.«

»Freuen Sie sich, daß Sie unsere Namen nicht kennen. Es ist besser so.«

»Aber ich bin Ihnen sehr dankbar.«

»Wir schulden Ihnen noch etwas, Bashar. Und wir sind froh, daß wir es zurückzahlen können.«

»Ich muß nach Ysai«, sagte Teg.

»Dort ist es gefährlich.«

»Gefährlich ist es überall.«

»Wir dachten uns schon, daß Sie nach Ysai wollen. Bald wird jemand kommen, dann können Sie im Verborgenen weiterreisen. Ahhh, da ist er ja schon. Wir haben Sie hier nicht gesehen, Bashar. Sie sind nicht hier gewesen.«

Einer der anderen Bauern übernahm das Geschirr der Ladung seines Kollegen. Er zog jetzt zwei Kiepenleinen, während der Mann, mit dem Teg sich unterhalten hatte, ihn in ein dunkles Gefährt hineinschob. Teg erblickte funkelnden Plastahl und Plaz, denn er sah das ihn aufnehmende Fahrzeug nur kurz. Hinter ihm schloß sich eine Tür, dann fand er sich auf einem gepolsterten Sitz wieder – allein im hinteren Teil eines Bodenfahrzeugs. Der Wagen wurde schneller, und bald hatte er die wandernden Bauern hinter sich gelassen. Die Fenster, die Teg umgaben, waren verdunkelt worden und ließen ihn nur schemenhaft die Außenwelt erahnen. Der Fahrer war nur eine schattenhafte Silhouette.

Die erste Möglichkeit, sich nach der Gefangenschaft in warmer Bequemlichkeit zu entspannen, verführte Teg beinahe zum Schlafen. Er witterte keinerlei Bedrohung. Sein Körper schmerzte noch immer, denn er hatte ihm allerlei abverlangt.

Dazu kamen die Auswirkungen der Behandlung durch die T-Sonde. Trotzdem sagte er sich: Bleibe wach und alarmbereit!

Der Fahrer beugte sich zur Seite und sagte, ohne sich umzudrehen, über die Schulter hinweg: »Sie sind jetzt seit zwei Tagen hinter Ihnen her, Bashar. Es gibt Leute, die glauben, Sie hätten den Planeten längst verlassen.«

Zwei Tage?

Der Lähmer – und was sie sonst noch mit ihm angestellt hatten – hatte ihn lange in Bewußtlosigkeit verharren lassen. Kein Wunder, daß er so hungrig war. Er versuchte seine innere Uhr zu befragen, aber alles, was er wahrnehmen konnte, war ein seltsames Geflatter – wie immer, wenn er dies tat, seit man ihn der T-Sonde ausgesetzt hatte. Sein Zeitsinn und alles, was damit zusammenhing, war nicht mehr der gleiche.

Es gab also Leute, die glaubten, er hätte den Planeten verlassen. Teg fragte nicht, wer ihn jagte. Während des Angriffs und der anschließenden Folterung hatte er sowohl Tleilaxu als auch Angehörige der Diaspora gesehen.

Er sah sich in dem Fahrzeug um. Es war eines dieser ansehnlichen Bodenfahrzeuge aus der Zeit vor der Diaspora, und es wies die Merkmale bester ixianischer Produktion auf. Obwohl er noch nie in einem Fahrzeug dieses Typs gefahren war, waren sie ihm nicht unbekannt. Restauratoren kauften sie, um sie von Grund auf zu erneuern. Sie taten alles, um die Qualitäten der alten Zeit wieder aufleben zu lassen. Teg hatte gehört, daß man Fahrzeuge dieser Art oft an seltsamen Orten fand – in eingestürzten Gebäuden, in Kanälen, auf Bauernhöfen – und eingeschlossen in unterirdischen Lagerhallen.

Der Fahrer lehnte sich erneut zur Seite und sagte über die Schulter hinweg: »Haben Sie eine bestimmte Adresse, die Sie in Ysai aufsuchen möchten, Bashar?«

Teg dachte an die Kontaktpunkte, die er während seiner ersten Reise auf Gammu festgelegt hatte. Er gab dem Mann eine Adresse und fragte: »Kennen Sie den Laden?«

»Es ist hauptsächlich ein Treffpunkt, Bashar, an dem man trinkt. Ich habe aber gehört, daß man dort auch gutes Essen serviert. Aber jeder kann dort hinein, wenn er es sich erlauben kann.«

Ohne zu wissen, warum er gerade diese Wahl getroffen hatte, sagte Teg: »Wir versuchen es dort.« Er hielt es nicht für notwendig, dem Fahrer zu erzählen, daß es an dieser Adresse auch private Speisezimmer gab.

Die Erwähnung von Essen verursachte ihm erneute Magenkrämpfe. Tegs Arme fingen an zu zittern, und er brauchte mehrere Minuten, um wieder ruhig zu werden. Die Aktivitäten der vergangenen Nacht hatten ihn ausgelaugt, wurde ihm klar. Er ließ seinen suchenden Blick durch den Wagen wandern und fragte sich, ob es hier wohl irgendwo etwas Eß- und Trinkbares gab. Man hatte den Wagen zwar mit liebevoller Sorgfalt restauriert, aber versteckte Behältnisse sah er nirgendwo.

Teg wußte, daß solche Fahrzeuge in gewissen Gegenden alles andere als selten waren, aber wer eins besaß, mußte wohlhabend sein. Wem gehörte dieses? Dem Fahrer bestimmt nicht, denn er wies alle Anzeichen eines angeheuerten Profis auf. Aber wenn jemand diesen Wagen angefordert hatte, dann wußten auch andere von seinem Aufenthaltsort.

»Wird man uns anhalten und durchsuchen?« fragte Teg.

»Diesen Wagen nicht, Bashar. Er gehört der Planetarischen Bank von Gammu.«

Schweigend verdaute Teg diese Antwort. Die Bank gehörte zu seinen Kontaktpunkten. Er hatte sämtliche Zweigstellen während seiner Inspektionsreise sorgfältig unter die Lupe genommen. Als er sich daran erinnerte, fiel ihm seine Verpflichtung als Beschützer des Gholas wieder ein.

»Meine Gefährten«, fragte er. »Sind sie ...«

»Das liegt in den Händen anderer, Bashar. Ich kann dazu nichts sagen.«

»Könnte man eine Nachricht zu ...?«

»Sobald alles sicher ist, Bashar.«

»Natürlich.«

Teg sank in die Kissen zurück und musterte seine Umgebung. Diese Bodenfahrzeuge wiesen eine Menge Plaz und beinahe unzerstörbaren Plastahl auf. Nur die anderen Teile fielen dem Zahn der Zeit zum Opfer: die Polsterung, die Kopfstützen, die Elektronik, die eingearbeiteten Suspensoren und die Auspuffrohre. Und die Zierleisten lösten sich ab, egal wie man sie befestigte. Die Restauratoren hatten dem Wagen ein Aussehen verpaßt, als sei er eben erst aus der Werkshalle gekommen – die Metallteile glänzten matt, und die Polsterung umschmiegte nachgiebig seinen Köprer. Und dann die Gerüche: dieses undefinierbare Aroma des Neuen; eine Mischung aus Poliermitteln und feinem Gewebe, das nur ganz leicht nach dem Ozon der gelassen vor sich hinarbeitenden Elektronik roch. Aber nirgendwo roch es nach etwas Eßbarem.

»Wie lange dauert es bis Ysai?« fragte Teg.

»Noch eine halbe Stunde, Bashar. Gibt es ein Problem, das eine höhere Geschwindigkeit erfordert? Ich möchte nicht gern die Aufmerksamkeit gewisser Leute erregen ...«

»Ich habe ziemlichen Hunger.«

Der Fahrer schaute nach links und nach rechts. Sie waren jetzt nicht mehr von Bauern umgeben. Die Straße war fast leer, wenn man von zwei schweren Tiefladern, den dazugehörenden Traktoren und einem großen Laster absah, der einen riesigen automatischen Obstpflücker hinter sich herzog.

»Es ist gefährlich, wenn wir uns zu lange aufhalten«, sagte der Führer. »Aber ich glaube, ich kenne eine Ecke, an der ich zumindest einen Teller Suppe für Sie auftreiben könnte.«

»Mir wäre alles recht. Ich habe seit zwei Tagen nichts mehr gegessen. Und ich habe viel Energie verbraucht.«

Sie kamen an eine Straßenkreuzung, und der Fahrer bog links ab. Schließlich befanden sie sich auf einem schmalen Weg und fuhren an hohen, in gleichmäßigen Abständen gepflanzten Koniferen vorbei. Plötzlich bogen sie auf einen zwischen den Bäumen liegenden einspurigen Weg ab. Das Gebäude am Ende des Weges war aus dunklen Steinen erbaut und hatte ein Plaz-Dach von der gleichen Farbe. Die Fenster waren schmal, ihre Schutzbeschichtung glänzte.

»Einen Augenblick, Sir«, sagte der Fahrer. Er stieg aus, und zum ersten Mal konnte Teg sein Gesicht sehen. Es war extrem schmal, mit einer langen Nase und einem winzigen Mund. Alles deutete darauf hin, daß eine kosmetische Operation seine Wangen verändert hatte. Die Augen des Mannes glänzten silbern, sie waren offenbar künstlich. Er drehte sich um und wandte sich dem Haus zu. Als er zurückkehrte, öffnete er Tegs

Tür. »Beeilen Sie sich bitte, Sir. Drinnen bereitet man eine Suppe für Sie vor. Ich habe gesagt, Sie seien ein Bankier. Sie brauchen nicht zu zahlen.«

Der Boden unter Tegs Füßen war hart gefroren. Gebückt ging er auf die Eingangstür zu und betrat einen dunklen, holzgetäfelten Korridor, an dessen Ende ein gutbeleuchteter Raum zu erkennen war. Der Essensgeruch zog ihn an wie ein Magnet. Erneut zitterten seine Arme. An einem Fenster, das den Ausblick auf einen ummauerten und überdachten Garten erlaubte, stand ein kleiner Tisch. Büsche mit dicken roten Blüten bedeckten die steinerne Mauer, die den Garten umschloß. Über dem Garten leuchtete gelbes Heizplaz; es badete ihn in künstlich sommerliches Licht. Teg ließ sich dankbar auf den vor dem Tisch stehenden Stuhl sinken. Er sah ein weißes Leinentischtuch mit Spitzenrand. Und einen einzelnen Suppenlöffel.

Rechts von ihm quietschte eine Tür. Eine untersetzte Gestalt trat ein. Sie trug eine dampfende Schüssel. Als der Mann Teg erblickte, zögerte er, doch dann brachte er die Schüssel zum Tisch und stellte sie vor Teg ab. Vom Zögern des Mannes alarmiert, zwang Teg sich, die seine Nasenflügel reizenden Düfte zu ignorieren. Statt dessen warf er einen konzentrierten Blick auf den Fremden.

»Die Suppe ist gut, Sir. Ich habe sie selbst gekocht.«

Eine künstliche Stimme. Teg sah die Narben auf dem Unterkiefer des Mannes. Irgendwie erweckte er den Eindruck einer steinalten mechanischen Apparatur. Er hatte einen fast halslosen Kopf, breite Schultern und Arme, die auf seltsame Weise mit ihnen verbunden waren. Seine Beine schienen sich nur oberhalb der Kniegelenke wirklich zu bewegen. Jetzt stand er bewegungslos da, aber als er hereingekommen war, hatte man deutlich erkennen können, daß er hauptsächlich aus Ersatzteilen bestand. Der leidende Blick seiner Augen war unübersehbar.

»Ich weiß, daß ich nicht gerade hübsch aussehe, Sir«, sagte der Mann heiser. »Aber die Alajory-Explosion hat mich so zugerichtet.«

Teg hatte zwar keine Ahnung, was die Alajory-Explosion gewesen war, aber offenbar nahm man an, daß er darüber Bescheid wußte.

»Ich habe darüber nachgedacht, ob ich Sie vielleicht kenne«, sagte Teg.

»Hier kennt niemand einen anderen«, sagte der Mann. »Essen Sie die Suppe!«

Er deutete nach oben – auf den zusammengerollten Schnorchel des schweigenden Schnüfflers, dessen blinkende Lichter anzeigten, daß er die Umgebung überprüft und keinerlei Gift gefunden hatte. »Hier können Sie in Ruhe essen.«

Teg sah sich die dunkelbraune Flüssigkeit an, die die Schüssel enthielt. Fleischbrocken waren deutlich zu erkennen. Er griff nach dem Löffel. Seine zitternde Hand machte zwei Versuche, bevor er ihn erwischte, und selbst dann noch verschüttete er den größten Teil der Suppe, bevor er den Löffel auch nur einen Millimeter gehoben hatte.

Eine helfende Hand ergriff Tegs Gelenk, dann sagte die künstliche Stimme leise in sein Ohr: »Ich weiß zwar nicht, was man Ihnen angetan hat, Bashar, aber ich versichere Ihnen, daß man hier nur über meine Leiche an Sie herankommt!«

»Sie kennen mich?«

»Viele würden für Sie sterben, Bashar. Daß mein Sohn lebt, verdanke ich nur Ihnen.«

Teg ließ es zu, daß man ihm half. Er mußte es, wenn er etwas in den Magen bekommen wollte. Die Flüssigkeit war nahrhaft, heiß und sättigend. Die Kraft seiner Hände nahm zu; schließlich gab er dem Mann mit einem Nicken zu verstehen, daß er allein weitermachen konnte.

»Noch etwas, Sir?«

Erst jetzt wurde Teg klar, daß er die ganze Schüssel geleert hatte. Er war drauf und dran, »ja« zu sagen, aber der Fahrer hatte gesagt, er solle sich beeilen.

»Vielen Dank, aber ich muß gehen.«

»Sie sind nicht hiergewesen«, sagte der Mann.

Als sie wieder auf der Hauptstraße waren, lehnte Teg sich in die Kissen des Fahrzeugs zurück und dachte über den seltsamen Satz nach, den der Mann von sich gegeben hatte. Die gleichen Worte hatte auch der Bauer benutzt: »Sie sind nicht hiergewesen.« Irgendwie klang dieser Satz nach einer allgemein benutzten Redensart. Und das sagte etwas aus über die Veränderungen, die auf Gammu stattgefunden hatten, seit Teg zum letztenmal an der Oberfläche gewesen war.

Schließlich erreichten sie den Stadtrand von Ysai, und Teg fragte sich, ob es nicht besser sei, wenn er sich tarnte. Der Versehrte hatte ihn sehr schnell erkannt.

»Wo suchen die Geehrten Matres im Moment nach mir?« fragte er.

»Überall, Bashar. Wir können für Ihre Sicherheit nicht garantieren, aber wir geben uns alle Mühe. Ich werde bekanntgeben, wo ich Sie abgeliefert habe.«

»Ist der Grund, aus dem man mich jagt, bekannt?«

»Sie erklären niemals etwas, Bashar.«

»Wie lange halten sie sich nun auf Gammu auf?«

»Zu lange, Sir. Seit ich ein Kind war und in der Nähe von Renditai lebte.«

Also mindestens hundert Jahre, dachte Teg. *Zeit genug, um jede Menge Truppen zu sammeln ... wenn Tarazas Ängste glaubhaft sind.*

Teg glaubte, daß sie glaubhaft waren.

»Traue niemandem, den diese Huren manipulieren können«, hatte Taraza gesagt.

Teg sah sich jedoch im Moment keiner Bedrohung ausgesetzt. Er konnte die momentane Geheimnistuerei, soweit sie ihn betraf, nur hinnehmen. Er drängte nicht auf weitere Einzelheiten.

Sie befanden sich nun inmitten der Stadt, und hin und wieder, wenn sie sich zwischen den gewaltigen, ummauerten Privatresidenzen bewegten, konnte er einen Blick auf den Standort des alten Harkonnen-Baronats werfen. Der Wagen bog in eine Geschäftsstraße ein, die allerlei Läden beherbergte: billige Gebäude, die hauptsächlich aus Altmaterial bestanden. Man konnte ihren Ursprung an den nicht zueinander passenden Bauteilen und Farbanstrichen erkennen. Schreiend bunte Reklametafeln wiesen darauf hin, daß die hier angebotenen Waren von bester Qualität waren und die Dienstleistungsunternehmen besser waren als anderswo.

Es war nicht so, daß Ysai heruntergekommen oder verblüht wirkte, fiel Teg auf. Aber das Wachstum hatte hier zu einem

Zustand geführt, der schlimmer war als nur häßlich: Jemand hatte den Beschluß gefaßt, diesen Ort abstoßend zu machen. Und überall, wo Teg hinsah, hatte er den gleichen Eindruck.

Die Zeit war hier nicht stehengeblieben. Man hatte sie zurückgedreht. Dies hier war keine moderne Stadt voller funkelnder Transportröhren und freistehender Nutzgebäude, sondern ein undurchschaubares Durcheinander von alten Häusern, die an anderen alten Häusern klebten, auch wenn einige von individuellem Geschmack kündeten und andere dem Anschein nach mit bestimmten nutzbringenden Hintergedanken konstruiert worden waren. Alles in Ysai hing auf eine Weise aneinander, daß die Unordnung nur noch eine Vorstufe zum absoluten Chaos war. Was die Situation davor bewahrte, vollends ins Tohuwabohu abzugleiten, war das alte Muster der Durchgangsstraßen, an deren Rändern der Gebäudemischmasch lag. Man hielt sich das Chaos auf Armeslänge vom Hals, obwohl das, was sich einem auf den Straßen bot, gewiß keinem Meisterplan entsprang. Die Straßen trafen und kreuzten einander in den seltsamsten Winkeln, die nur sehr selten parallel verliefen. Aus der Luft betrachtet mußte der Ort wie ein unter Drogeneinfluß gewebter Teppich aussehen, auf dem nur das gewaltige, schwarze Rechteck des alten Baronats von irgendeiner Ordnung kündete. Der Rest der Stadt war die reinste architektonische Revolte.

Teg erkannte jetzt, daß dieser Ort eine einzige Vorspiegelung falscher Tatsachen war. Man hatte ihn dermaßen auf Lügen und Verdrehungen aufgebaut, daß es unmöglich war, das Gewebe zu durchdringen und zum Kern einer brauchbaren Wahrheit durchzustoßen. Auf Gammu war alles so. Aber wo lag der Anfang eines solchen Wahnsinns? War alles auf die Harkonnens zurückzuführen?

»Wir sind da, Sir.«

Der Fahrer bugsierte den Wagen an den Bordstein. Neben ihnen befand sich eine fensterlose Gebäudefront. Sie war aus glattem, schwarzem Plastahl, und im Parterre befand sich eine einzige Tür. Dieses Gebäude wies keinerlei Altmaterial auf. Teg erkannte es: Es war das von ihm ausgewählte Schlupfloch. Unidentifizierbare Dinge spulten sich vor seinem zweiten Gesicht ab, aber Teg witterte keine unmittelbare Gefahr. Der Fahrer öffnete seine Tür und baute sich neben Teg auf.

»Momentan ist hier nicht viel los, Sir. Ich würde an Ihrer Stelle schnell hineingehen.«

Ohne einen Blick nach hinten zu werfen, jagte Teg über den schmalen Bürgersteig in das Gebäude hinein. Er kam in ein hellerleuchtetes Foyer aus poliertem Weißplaz. Kom-Augen begrüßten ihn, sonst niemand. Er warf sich in eine Liftröhre und stellte die Koordinaten ein, an die er sich erinnerte. Diese Röhre, das wußte er, führte durch das Gebäude bis zum siebenundfünfzigsten Stockwerk – an die Rückseite, wo es einige Fenster gab. Er erinnerte sich an ein privates Speisezimmer in Dunkelrot, mit schweren braunen Möbeln, und eine Frau mit festem Blick, die zwar alle Anzeichen einer Bene Gesserit-Ausbildung aufwies, aber keine Ehrwürdige Mutter war.

Die Röhre brachte ihn zwar in den Raum, an den er sich erinnerte, aber es war niemand da, um ihn in Empfang zu nehmen. Teg warf einen Blick auf die soliden Möbel. In der gegenüberliegenden Wand befanden sich vier Fenster, aber sie waren hinter dicken, kastanienbraunen Vorhängen verborgen.

Teg wußte, daß man ihn gesehen hatte. Er wartete geduldig ab und bediente sich seiner neu erlernten Fähigkeit der verdoppelten Vision, um herauszufinden, ob es Ärger geben würde. Es gab keinen Hinweis auf einen Angriff. Teg bezog Stellung neben dem Röhreneinstieg und sah sich noch einmal um.

Er hatte eine Theorie, die die Beziehungen zwischen Räumen und ihren Fenstern anbetraf – die Anzahl der Fenster, ihren Standort, ihre Größe, wie weit sie vom Fußboden entfernt waren, welches Größenverhältnis sie zur Größe des Raumes hatten, in welchem Stockwerk sich der Raum befand, ob die Vorhänge zugezogen waren oder nicht. All dieses Wissen interpretierte er auf Mentatenart unter Einbeziehung der Frage, welchem Zweck ein Raum diente. Man konnte einen Raum hackordnungsmäßig höchsten Ansprüchen anpassen. Nutzte man sie in Notfällen anders, war dies natürlich ein Nachteil, aber andererseits waren sie ziemlich verläßlich.

Fehlende Fenster in einem oberhalb des Bodens liegenden Raum teilten einem eine besondere Botschaft mit: Den Menschen, die ihn benutzten, mußte nicht notwendigerweise an Heimlichtuerei gelegen sein. In Lernzentren hatte er unmißverständlich erfahren, daß fensterlose Büros sowohl einem Rückzug aus der Außenwelt dienten, als auch ein offenes Bekenntnis davon ablegten, daß man eine Abneigung gegen Kinder hatte.

Dieser Raum jedoch zeigte Teg etwas anderes: Man wollte sich hier unbeobachtet fühlen und gleichzeitig dem Bedürfnis nachkommen können, gelegentlich einen Blick auf die Außenwelt zu werfen. *Man will abgeschieden sein, falls es erforderlich ist.* Tegs Ansicht wurde noch bestärkt, als er den Raum durchquerte und einen der Vorhänge beiseite schob. Die Fenster bestanden aus dreischichtigem Panzer-Plaz. Aha! Es konnte also einen Angriff nach sich ziehen, wenn man hinaussah. Jedenfalls glaubte dies derjenige, der angeordnet hatte, den Raum auf dieser Weise zu sichern.

Teg schob den Vorhang erneut beiseite und warf einen Blick auf die Eckverglasung: Prismenreflektoren, die dort angebracht waren, verbesserten die Aussicht auf die sich zu beiden Seiten erhebende Wand – vom Dach bis zum Boden.

Na bitte!

Als er damals hiergewesen war, hatte er keine Gelegenheit gehabt, den Raum eingehend zu untersuchen; immerhin war ihm nun eine bessere Einschätzung der Lage gelungen. Ein äußerst interessanter Raum. Teg zog den Vorhang wieder an seinen Platz und wandte sich um – gerade rechtzeitig genug, um einen hochgewachsenen Mann aus der Liftröhre steigen zu sehen.

Seine verdoppelte Vision sagte etwas über den Fremden aus. Dieser Mann stellte eine heimliche Gefahr für ihn dar. Der Neuankömmling war ganz offensichtlich Soldat – man sah es an der Art, wie er sich bewegte. Sein Blick fing alle Details ein, die nur ein ausgebildeter und erfahrener Offizier beachten würde. Und an seinem Verhalten war etwas, das dafür sorte, daß sich in Teg etwas versteifte. Ein Verräter! Ein Söldner, der dem diente, der am meisten bot.

»Man hat Ihnen ja ganz schön zugesetzt«, begrüßte ihn der Mann. Seine Stimme war ein tiefer Bariton, der die unbewußte Überheblichkeit eines Menschen ausstrahlte, der über persönliche Macht verfügte. Der Akzent, dessen er sich befleißigte, war Teg völlig unbekannt. Es war jemand aus der Diaspora! Ein Bashar, schätzte Teg, oder etwas, das diesem Rang nahekam.

Es gab immer noch keine Anzeichen eines bevorstehenden Angriffs.

Als Teg keine Antwort gab, sagte der Mann: »Oh, Verzeihung: Ich bin Muzzafar. Jafa Muzzafar, der regionale Oberbefehlshaber der Streitkräfte von Dur.«

Teg hatte noch nie von den Streitkräften von Dur gehört.

Obwohl sich in seinem Geist die Fragen sammelten, behielt Teg sie für sich. Alles, war er hier sagte, konnte dazu beitragen, ihn zu schwächen.

Wo waren die Leute, denen er früher hier begegnet war? *Warum bin ich hierhergekommen?* Er hatte die Entscheidung getroffen und war sich ihrer Richtigkeit so sicher gewesen.

»Machen Sie's sich doch bequem!« sagte Muzzafar und deutete auf einen kleinen Diwan, vor dem ein niedriges Beistelltischchen stand. »Ich versichere Ihnen, daß nichts von dem, was Ihnen widerfahren ist, auf irgendwelche Anweisungen von mir zurückgeht. Ich versuchte alles zu stoppen, als ich davon hörte, aber da hatten Sie die ... die Szene schon verlassen.«

Teg hörte jetzt noch etwas anderes in Muzzafars Stimme: Vorsicht, nahe an der Grenze zur Angst. Also hatte dieser Mann entweder von der Hütte und der Lichtung gehört oder beides gesehen.

»Es war verdammt gerissen von Ihnen«, sagte Muzzafar, »daß Sie die Angreiftruppen warten ließen, bis die, die Sie gefangenhielten, sich darauf konzentrierten, Informationen aus Ihnen herauszuholen. Haben sie irgend etwas erfahren?«

Teg schüttelte stumm und heftig den Kopf. Er hatte den nebelhaften Eindruck, als werde er sich gleich gegen einen stürmischen Angriff zur Wehr setzen müssen – aber dennoch witterte er nirgendwo eine unmittelbare Gefahr. Was hatten diese Verlorenen vor? Aber Muzzafar und seine Leute waren bezüglich dessen, was in dem Raum mit der T-Sonde vorgefallen war, zu einer falschen Beurteilung gekommen. Soviel war klar.

»Nehmen Sie doch Platz, bitte!« sagte Muzzafar.

Teg nahm den angebotenen Platz auf dem Diwan ein.

Muzzafar setzte sich in einen tiefen Sessel, der Teg etwas schräg gegenüberlag. Der Tisch war zwischen ihnen. In Muzzafar schien sich etwas anzuspannen. Er war auf einen Gewaltakt vorbereitet.

Teg musterte den Mann mit Interesse. Muzzafar hatte ihm keinen echten Dienstgrad angegeben – nur, daß er Oberbefehlshaber war. Er war ein großer Bursche mit einem breiten, frisch aussehenden Gesicht und einer großen Nase. Seine Augen waren graugrün und schienen ständig einen Punkt hinter Tegs rechter Schulter anzupeilen, wenn einer von ihnen etwas sagte. Teg hatte einst einen Spitzel gekannt, der sich ebenso verhalten hatte.

»Nun ja«, sagte Muzzafar. »Ich habe eine Menge über Sie gehört und gelesen, seit Sie hergekommen sind.«

Teg sah ihn weiterhin konzentriert an. Muzzafars Haar war kurzgeschnitten, und etwa drei Zentimeter über seinem linken Auge – unterhalb des Haaransatzes – befand sich eine dunkelrote Narbe. Er trug eine offene Buschjacke von hellgrüner Farbe und dazu passende Hosen. Es war nicht gerade eine Uniform, aber er strahlte eine Reinlichkeit aus, die andeutete, daß er Wert auf einen ordnungsgemäßen Aufzug legte. Auch seine Schuhe zeigten dies. Teg glaubte einen Moment lang, sein Spiegelbild auf dem hellbraunen Oberleder sehen zu können.

»Ich hab natürlich nie erwartet, Sie mal persönlich kennenzulernen«, sagte Muzzafar. »'s ist eine große Ehre für mich.«

»Ich weiß sehr wenig von Ihnen«, sagte Teg, »– außer, daß Sie einen Truppenteil der Diaspora kommandieren.«

»Mmmmmpf«, machte Muzzafar. »Das ist auch wirklich ohne jeden Belang.«

Erneut wurde Teg von einem starken Hungergefühl gepackt. Sein Blick fiel auf den Knopf neben dem Röhreneinstieg, mit dem man, wie er wußte, einen Kellner herbeirufen konnte. Dies war ein Ort, an dem Menschen eine Arbeit taten, die normalerweise Automaten überlassen blieb – eine Entschuldigung dafür, ständig eine große Streitmacht bereithalten zu können.

Muzzafar, der Tegs Interesse an dem Knopf falsch einschätzte, sagte: »Bitte, denken Sie nicht ans Gehen! Lassen Sie sich doch von meinem Leibarzt untersuchen! Er müßte jeden Augenblick hier sein. Wäre nett, wenn Sie warten würden, bis er kommt.«

»Ich hatte eigentlich daran gedacht, mir etwas zu essen zu bestellen«, sagte Teg.

»Ich würd Ihnen raten, damit zu warten, bis der Arzt Sie untersucht hat. Lähmer haben manchmal üble Nebenwirkungen.«

»Sie wissen also Bescheid.«

»Ich weiß von dem ganzen verdammten Fiasko. Sie und dieser Burzmali stellen eine Truppe dar, mit der man wirklich rechnen muß.«

Bevor Teg eine Antwort geben konnte, spuckte die Liftröhre einen großen Mann in einem roten Einteiler mit Jacke aus. Er war so klapperdürr, daß seine Kleider ihn regelrecht umflatterten. Die Diamant-Tätowierung eines Suk-Arztes befand sich auf seiner hohen Stirn, aber sie war orangefarben statt – wie üblich – schwarz. Die Augen des Arztes waren hinter einer leuchtend roten Schicht verborgen, so daß man ihre Farbe nicht erkennen konnte.

Irgendein Süchtiger? fragte sich Teg. Der Arzt verbreitete jedoch keinen der ihm bekannten Narkotika-Düfte. Er roch nicht einmal nach Melange. Dennoch strömte er irgend etwas aus. Teg fühlte sich an eine Frucht erinnert.

»Da sind Sie ja, Solitz!« sagte Muzzafar. Er deutete auf Teg. »Sehen Sie ihn sich gut an. Gestern abend hat ihn ein Lähmer getroffen.«

Solitz förderte einen Suk-Scanner zu Tage; ein Kompaktmodell, das bequem in seiner Handfläche Platz fand. Das Prüffeld des Scanners erzeugte ein leises Summen.

»Sie sind also ein Suk-Arzt«, sagte Teg und nahm das orangefarbene Mal, das der Mann auf der Stirn trug, ungeniert in Augenschein.

»Ja, Bashar. Meine Ausbildung und meine Konditionierung gehören zum Besten, was unsere alten Traditionen zu bieten haben.«

»Ein Identifikationsmal dieser Farbe habe ich noch nie gesehen«, sagte Teg.

Der Arzt umrundete mit seinem Scanner Tegs Kopf. »Die Farbe der Tätowierung macht keinen Unterschied, Bashar. Es zählt nur das, was dahinter ist.« Er fuhr mit dem Scanner über Tegs Schultern, dann über seinen Oberkörper.

Teg wartete darauf, daß das Summen verstummte.

Der Arzt trat zurück und sagte, Muzzafar zugewandt: »Er ist ganz in Ordnung, Feldmarschall. Wenn man sein hohes Alter in Betracht zieht, sogar bemerkenswert fit. Aber er benötigt dringend eine Mahlzeit.«

»Ja... Nun, gut gemacht, Solitz. Veranlassen Sie alles weitere! Der Bashar ist unser Gast.«

»Ich werde eine Mahlzeit bestellen, die alles enthält, was er braucht«, sagte Solitz. »Aber essen Sie langsam, Bashar.« Dann drehte er sich auf dem Absatz herum. Seine Kleider flogen. Der Röhreneinstieg verschluckte ihn wieder.

»Feldmarschall?« fragte Teg.

»Eine Wiederbelebung alter Titel in Dur«, sagte Muzzafar.

»Dur?« fragte Teg.

»Wie dumm von mir!« Muzzafar entnahm einer Seitentasche seiner Jacke ein kleines Etui und holte daraus ein dünnes Mäppchen hervor. Teg erkannte einen Holostaten, der jenem ähnlich war, den er während seiner langen Dienstzeit selbst mit sich herumgetragen hatte: Bilder von zu Hause und von der Familie. Muzzafar stellte den Holostaten auf den zwischen ihnen stehenden Tisch und berührte den Kontrollknopf.

Das farbige Abbild einer dichten, grünen Dschungellandschaft entstand in Miniaturausführung auf der Tischplatte.

»Mein Zuhause«, sagte Muzzafar. »Der Aufbauwald, hier in der Mitte.« Ein Finger deutete auf eine Stelle innerhalb der Projektion. »Der erste, der mir je gehorchte. Die Leute haben mich ausgelacht, daß ich mir den ersten so ausgesucht habe und bei ihm geblieben bin.«

Teg musterte die Projektion und spürte in Muzzafars Stimme einen traurigen Unterton. Der Wald, auf den er deutete, war eine jämmerliche Ansammlung dünner, unansehnlicher Gewächse, an deren Wipfeln blaue Knollen hingen.

Aufbauwald?

»Nichts Besonderes, ich weiß«, sagte Muzzafar und zog den

Finger von der Projektion zurück. »Und überhaupt nicht gesichert. Mußte mich während der ersten Monate ein paarmal verteidigen. Wurde dann aber ziemlich vernarrt in die Sache, wissen Sie. Sie reagieren darauf. Jetzt ist es das beste Zuhause in sämtlichen Tälern, beim Ewigen Felsen von Dur!«

Muzzafar sah Tegs verwirrten Gesichtsausdruck. »Verdammt! Sie haben natürlich keine Aufbauwälder. Sie müssen mir meine himmelschreiende Unwissenheit vergeben. Ich glaube, wir haben uns gegenseitig eine Menge beizubringen.«

»Sie haben es Ihr Zuhause genannt«, sagte Teg.

»O ja. Wenn man einen Aufbauwald richtig führt – und wenn er zu gehorchen gelernt hat, natürlich –, wächst er zu einer wundervollen Residenz heran. Es dauert nur vier oder fünf Standards.«

Standards, dachte Teg. Also galt für die Verlorenen das Standardjahr noch immer.

Der Röhreneinstieg zischte. Eine junge Frau in einem blauen Serviererinnengewand betrat den Raum. Sie zog eine auf Suspensoren schwebende Warmhaltebox hinter sich her, die sie vor Teg neben den Tisch plazierte. Ihre Kleider waren vom gleichen Typ wie jene, die Teg während seiner Inspektionsreise hier gesehen hatte, aber das anziehende, rundliche Gesicht, das sich ihm zuwandte, kannte er nicht. Das Haupthaar der Frau war geschoren worden, man konnte auf ihrer Kopfhaut hervorstehende Adern sehen. Ihre Augen waren von einem wäßrigen Blau, und irgend etwas an ihrer Haltung wirkte eingeschüchtert. Sie öffnete die Warmhaltebox; würzige Nahrungsdüfte drangen in Tegs Nase.

Teg war zwar wachsam, aber er verspürte noch immer keine unmittelbare Bedrohung. Er sah sich selbst – wie er aß, ohne daß ihm dabei etwas passierte.

Die junge Frau baute eine Reihe von Tellern vor ihm auf dem Tisch auf und legte das Besteck fein säuberlich daneben.

»Ich habe keinen Schnüffler hier«, sagte Muzzafar. »Aber wenn Sie möchten, kann ich das Essen für Sie vorkosten.«

»Nicht nötig«, sagte Teg. Er wußte, daß seine Antwort Fragen aufwerfen würde, aber er rechnete damit, daß man ihn wahrscheinlich als Wahrsager einstufen würde. Sein Blick saugte sich an der Mahlzeit fest. Ohne sich einen bewußten Befehl zu geben, beugte er sich vor und fing an zu essen. An den Hunger eines Mentaten gewöhnt, überraschte ihn seine Reaktion selbst. Sein Mentatwissen sagte ihm, daß er in geradezu alarmierenden Mengen Kalorien in sich hineinstopfte, aber hinter dem, was ihn antrieb, war eine unbekannte Notwendigkeit. Er spürte, daß sein Überlebenswille seine Reaktionen kontrollierte. Er hatte noch nie ein derartig starkes Hungergefühl erlebt. Die Suppe, die er ziemlich vorsichtig im Hause des Versehrten gegessen hatte, hatte keine dermaßen gierige Reaktion in ihm hervorgerufen.

Der Suk-Arzt hat die richtige Auswahl getroffen, dachte Teg. Er hatte die Mahlzeit anhand der Analyse seines Scanners zusammenstellen lassen.

Die junge Frau brachte ihm weitere Portionen. Sie kamen per Warmhaltebox durch die Liftröhre.

Inmitten der Mahlzeit sah Teg sich gezwungen, aufzustehen und sich in einem angrenzenden Waschraum zu erleichtern. Dabei vergaß er keinen Augenblick die verborgenen Kom-Augen, die ihn unter ständiger Beobachtung hielten. Anhand seiner physischen Reaktionen erkannte er, daß sein Verdauungssystem schneller arbeitete und sich den körperlichen Notwendigkeiten angepaßt hatte. Als er an den Tisch zurückkehrte, war er wieder so hungrig, als hätte er gar nichts gegessen.

Die Serviererin fing allmählich an sich zu wundern. Und schließlich schien sie es kaum noch fassen zu können. Trotzdem brachte sie auf seinen Wunsch hin noch mehr zu essen.

Muzzafar sah Teg mit wachsender Erheiterung zu, sagte aber nichts.

Allmählich spürte Teg, daß das Essen ihn nährte. Die Kalorienregulierung, die der Suk-Arzt angeordnet hatte, war in Ordnung, aber wieviel er davon haben mußte, hatte offenbar niemand gewußt. Das Mädchen folgte seinen Wünschen nun wie ein wandelndes Gespenst.

Schließlich sagte Muzzafar: »Ich muß schon sagen, ich habe noch nie jemanden gesehen, der auf einmal soviel verdrücken konnte. Ich verstehe einfach nicht, wie Sie das machen. Und warum.«

»Mentaten sind so«, log Teg. »Ich habe eine ziemlich starke Streßsituation durchgemacht.«

»Erstaunlich«, sagte Muzzafar. Er stand auf.

Als Teg sich ebenfalls erheben wollte, gab Muzzafar ihm mit einer Geste zu verstehen, daß er sitzenbleiben solle. »Bleiben Sie! Wir haben direkt nebenan eine Unterkunft für Sie vorbereitet. Es ist sicherer, wenn Sie jetzt nirgendwo anders hingehen.«

Die junge Frau verschwand mit den leeren Warmhalteboxen.

Teg schaute Muzzafar an. Während der Mahlzeit hatte sich etwas verändert. Muzzafar musterte ihn mit einem kalten, abschätzenden Blick.

»Sie verfügen über einen implantierten Kommunikator«, sagte Teg. »Sie haben neue Befehle erhalten.«

»Es wäre nicht ratsam für Ihre Freunde, dieses Haus anzugreifen«, sagte Muzzafar.

»Sie glauben, das ist mein Plan?«

»Was ist Ihr Plan, Bashar?«

Teg lächelte.

»Na schön.« Muzzafars Blick verschleierte sich, während er in sich hineinlauschte. Als er sich wieder auf Teg konzentrierte, hatte sein Blick etwas Raubtierhaftes. Teg empfand diesen Blick wie einen Schlag. Er erkannte, daß sich jemand diesem Raum näherte. Der Feldmarschall schien diese neue Entwicklung für etwas zu halten, das seinem Gast äußerst gefährlich werden konnte, aber Teg sah nichts, was seine neuen Fähigkeiten bezwingen konnte.

»Sie halten mich für Ihren Gefangenen«, sagte Teg.

»Beim Ewigen Felsen, Bashar! Sie sind nicht das, was ich erwartet habe!«

»Und die Geehrte Mater, die gerade kommt? Was erwartet sie?« fragte Teg.

»Ich warne Sie, Bashar! Reden Sie nicht in diesem Ton mit ihr. Sie haben nicht die geringste Vorstellung, was mit Ihnen passieren wird.«

»Eine Geehrte Mater wird mir passieren«, sagte Teg.

»Ich wünsche Ihnen, daß sie gut mit Ihnen auskommt!«

Muzzafar wirbelte herum und verließ ihn durch die Röhre des Lifts.

Teg schaute ihm nach. Er nahm das Geflimmer seiner zweiten Vision wahr wie ein blinkendes Licht am Ende eines Liftschachtes. Die Geehrte Mutter war in der Nähe, aber sie war noch nicht bereit, diesen Raum zu betreten. Zuerst würde sie Muzzafar konsultieren. Der Feldmarschall würde jedoch nicht in der Lage sein, dieser gefährlichen Frau etwas von wirklicher Wichtigkeit zu erzählen.

> *Die Erinnerung fängt die Wirklichkeit niemals ein. Die Erinnerung rekonstruiert. Alle Rekonstruktionen verändern das Original und werden zu einem äußerlichen Bezugsrahmen, der unausweichlich danebentrifft.*
>
> Mentatenhandbuch

Lucilla und Burzmali betraten Ysai aus südlicher Richtung und kamen in ein drittklassiges Viertel mit weit auseinanderstehenden Straßenlaternen. Es war nur noch eine Stunde bis Mitternacht, aber dennoch wimmelte es auf den Straßen dieses Viertels von Menschen. Manche bewegten sich schweigend dahin, andere unterhielten sich mit einer Lebhaftigkeit, die auf den Genuß von Drogen hindeutete; andere wiederum sahen sich nur erwartungsvoll um. Die Menschen, die an den Straßenecken herumlungerten, zogen Lucillas faszinierte Aufmerksamkeit auf sich, während sie an ihnen vorbeiging.

Burzmali drängte sie, schneller zu gehen, wie ein begieriger Kunde, der wild darauf war, sie allein für sich zu haben. Lucilla jedoch beobachtete heimlich die Leute.

Was taten sie hier? Die Männer da im Torweg: Auf was warteten sie? Als Lucilla und Burzmali an einer breiten Gasse vorbeikamen, sahen sie Arbeiter in ihrer typischen Kleidung. Sie rochen nach schmutzigen Abwässern und Schweiß. Die Arbeiter – sie waren ungefähr zur Hälfte weiblichen, zur anderen männlichen Geschlechts – waren groß, starkknochig und hatten dicke Arme. Lucilla konnte sich zwar nicht vorstellen, welchem Beruf sie nachgingen, aber sie glichen einander so sehr, daß ihr klarwurde, wie wenig sie im Grunde über Gammu wußte.

Die Arbeiter räusperten sich vernehmlich und spuckten in

den Rinnstein, als sie in der Nacht untertauchten. *Weil sie sich von irgendwelchem Schmutz befreien wollen?*

Burzmalis Mund näherte sich Lucillas Ohr, und er flüsterte: »Diese Arbeiter sind Bordanos.«

Lucilla riskierte es, noch einen Blick auf sie zu werfen, bevor sie in einer Seitenstraße verschwanden. *Bordanos?* Ahhh, ja: Menschen, die man ausgebildet und herangezogen hatte, damit sie die Kompressoren bedienten, die Gase der Abwasserkanäle nutzbar machten. Man hatte ihnen den Geruchsinn genommen und sie so gezüchtet, daß die Muskulatur ihrer Schultern und Arme stärker geworden war. Burzmali führte Lucilla um eine Ecke, so daß die Bordanos sie nicht mehr sehen konnten.

Aus einem neben ihnen liegenden dunklen Torweg tauchten fünf Kinder auf, die eine Kette bildeten und Lucilla und Burzmali folgten. Lucilla sah, daß ihre Hände kleine Gegenstände umklammert hielten. Sie folgten ihnen mit einer seltsamen Hartnäckigkeit. Plötzlich blieb Burzmali stehen und drehte sich um. Die Kinder blieben ebenfalls stehen und starrten ihn an. Lucilla erkannte, daß die Kinder irgendeine Boshaftigkeit vorhatten.

Burzmali klatschte in die Hände, verbeugte sich vor den Kindern und sagte: »Guldur!«

Während er Lucilla weiter durch die Straßen führte, gaben die Kinder ihre Verfolgung auf.

»Sie hätten uns gesteinigt«, sagte er.

»Warum?«

»Sie gehören einer Sekte an, die auf Guldur eingeschworen ist. So nennt man den Tyrannen hier.«

Lucilla schaute zurück, aber die Kinder waren nicht mehr zu sehen. Sie waren verschwunden, um nach einem anderen Opfer Ausschau zu halten.

Burzmali führte sie um eine weitere Ecke. Jetzt befanden sie sich auf einer Straße, in der es von fliegenden Händlern wimmelte, die ihre Waren von kleinen Karren aus verkauften – Nahrungsmittel, Kleidung, kleine Werkzeuge und Messer. Ein Singsang von Ausrufen erfüllte die Luft, mit dem die Händler Käufer anzulocken versuchten. Ihre Stimmen waren alltäglich – sie transportierten einen falschen Glanz, der die Hoffnung ausdrückte, daß ihre Träume sich erfüllen würden, während die Tonkoloratur gleichzeitig aussagte, daß es für sie keine Veränderung ihres Daseins gab. Es erschien Lucilla, als ob die Menschen in diesen Straßen einen sich ständig weiter entfernenden Traum verfolgten, als sei das Aufspüren desselben nicht ihr Hauptziel, sondern der Mythos der fortwährenden Suche. Man hatte sie konditioniert, wie ein Hund hinter einem davonjagenden Köder herzurennen – auf dem endlosen Rund einer Rennbahn.

In der vor ihnen liegenden Straße war eine korpulente Gestalt in einem dickwattierten Überhang in einen lauten Disput mit einem Händler verwickelt, der ein Netz mit den dunkelroten Kolben einer süßlichen Frucht anbot. Der Obstgeruch, der die beiden Männer umgab, war weithin spürbar. Der Händler sagte gerade anklagend: »Sie würden meinen Kindern noch das Essen aus dem Mund stehlen!«

Die korpulente Gestalt sagte mit einer piepsenden Stimme: »Auch ich habe Kinder!«

Lucilla hielt sich mit Gewalt im Zaum.

Als sie die Marktstraße überquert hatten, flüsterte sie Burzmali zu: »Der Mann da mit dem dicken Mantel – er ist ein Tleilaxu-Meister!«

»Unmöglich«, protestierte Burzmali. »Er ist zu groß!«

»Es sind zwei. Einer sitzt auf den Schultern des anderen.«

»Sind Sie sicher?«

»Ganz sicher!«

»Ich sehe das nicht zum erstenmal, seit wir hier sind, aber ich habe mir bisher nichts dabei gedacht.«

»Es sind viele Suchtrupps in diesen Straßen«, sagte Lucilla.

Ihr wurde klar, daß sie das alltägliche Leben der Rinnsteinbewohner dieses Rinnsteinplaneten nicht interessierte. Sie glaubte jetzt nicht mehr an die Erklärung, weshalb man den Ghola hierhergebracht hatte. Von allen Planeten, auf denen man den kostbaren Ghola hätte aufziehen können, hatte die Schwesternschaft sich ausgerechnet diesen ausgesucht. Warum? War der Ghola wirklich so kostbar? Oder konnte es sein, daß er nur einen ... einen Köder darstellte?

Der Eingang zu einer engen Gasse, die sich seitlich von ihnen befand, wurde beinahe ganz von einem Mann ausgefüllt, der eine aufragende Vorrichtung aus wirbelnden Lichtern drehte. »Eine Neuheit!« schrie er. »Eine Neuheit!«

Lucilla verlangsamte ihren Schritt und beobachtete einen der Umstehenden. Er ging in die Gasse hinein, gab dem Schausteller eine Münze und beugte sich dann über ein konkaves Becken, das von den Lichtern erhellt wurde. Der Schausteller maß Lucilla mit einem Blick. Sie sah einen Mann mit einem schmalen, dunkelhäutigen Gesicht. Es war das Gesicht eines caladanischen Primitiven, das auf einem Körper saß, der kaum größer war als der eines Tleilaxu-Meisters. Auf seinem brütenden Gesicht hatte ein geringschätziger Ausdruck gelegen, als er das Geld seines Kunden in Empfang genommen hatte.

Der Kunde hob mit einem Frösteln den Kopf aus dem Becken und verließ die Gasse. Er schwankte leicht, sein Blick war glasig.

Lucilla erkannte die Vorrichtung nun wieder. Diejenigen, die sich ihrer bedienten, nannten sie ›Hypnobong‹. Auf den meisten zivilisierten Welten war sie verboten.

Burzmali beeilte sich, Lucilla aus dem Blickfeld des nachdenklich starrenden Schaustellers zu entfernen.

Sie gelangten auf eine breite Straße. Das ihnen gegenüberliegende Gebäude wies eine Ecktür auf. Sie waren ausschließlich von Fußgängern umgeben; nirgendwo war ein Fahrzeug zu sehen. Ein großer Mann, der vor der Tür auf der untersten Treppenstufe saß, hatte die Knie bis zum Kinn hochgezogen. Lange Arme umschlangen seine Beine; seine dünnfingrigen Hände waren fest ineinandergefaltet. Er trug einen breitkrempigen, schwarzen Hut, der sein Gesicht vor den Straßenlaternen verbarg, aber zwei leuchtende Punkte, die unter der Krempe hervorschienen, sagten Lucilla, daß dies ein Wesen war, das sie noch nie zuvor gesehen hatte. Ein Geschöpf, über das die Bene Gesserit bisher nur Spekulationen angestellt hatten.

Burzmali wartete, bis sie von der sitzenden Gestalt weit entfernt waren. Erst dann befriedigte er Lucillas Neugier.

»Futar«, flüsterte er. »So nennen sie sich. Sie sind erst seit kurzer Zeit hier auf Gammu.«

»Ein Tleilaxu-Experiment?« mutmaßte Lucilla. Und sie dachte: *Ein Irrtum, der aus der Diaspora zurückgekehrt ist.* »Was tun sie hier?« fragte sie.

»Sie betreiben eine Handelsmission, sagen die Einheimischen.«

»Glauben Sie nicht daran! Es sind Jagdtiere, die man mit Menschen gekreuzt hat.«

»Ahhh, da sind wir«, sagte Burzmali.

Er führte Lucilla durch einen engen Eingang in ein Speiserestaurant. Lucilla wußte, daß dies zu ihrer Tarnung gehörte: Sie mußten das tun, was auch die anderen Leute in diesem Viertel taten – auch wenn es ihr widerstrebte, an einem Ort wie diesem zu essen. Und das lag daran, weil sie an den Speisegerüchen erkennen konnte, was hier verarbeitet wurde.

Das Lokal war voll, aber als sie eintraten, leerte es sich zusehends. »Dieses Restaurant wird überall empfohlen«, sagte Burzmali, als sie sich in eine Nische setzten und darauf warteten, daß die Karte projiziert wurde.

Lucilla musterte die aufbrechenden Gäste. Sie hielt sie für die Nachtschicht der in der Umgebung befindlichen Fabriken und Büros. Sie wirkten ängstlich in ihrer Eile, als fürchteten sie sich vor dem, was über sie hereinbrechen möchte, wenn sie zu spät kamen.

Wie isoliert sie doch in der Festung gewesen war. Dennoch gefiel es ihr nicht, was sie auf Gammu zu sehen bekam. Wie heruntergekommen dieses Lokal wirkte! Die Barhocker an der Theke zu ihrer Rechten waren abgewetzt und gesplittert. Die Tischplatte vor ihnen hatte man so lange mit Sandseife gescheuert, daß der Absauger, dessen Mündung sie neben ihrem linken Ellbogen sehen konnte, nicht mehr in der Lage war, sie reinzuhalten. Es gab nicht einmal das Anzeichen des billigsten Schallprojektors, um die Sauberkeit aufrechtzuerhalten. Die Kratzer auf der Tischplatte enthielten Nahrungs- und andere Schmutzreste. Lucilla fröstelte vor Ekel. Sie konnte sich des Gefühls nicht erwehren, daß es ein Fehler gewesen war, sich von dem Ghola zu trennen.

Sie sah jetzt, daß die Karte projiziert wurde. Burzmali las sie gerade durch.

»Ich werde für Sie mitbestellen«, sagte er.

Es war seine Art, ihr mitzuteilen, er lege keinen Wert darauf, daß sie einen Fehler machte, der einer Hormu-Frau niemals unterlief.

Es paßte ihr überhaupt nicht, daß sie sich so abhängig fühlte. Sie war eine Ehrwürdige Mutter! Man hatte sie dazu ausgebildet, in jeder Situation das Kommando zu übernehmen, sie war die Herrin ihres eigenen Schicksals. Wie ermüdend dies alles war. Sie deutete auf das schmutzige Fenster zu ihrer Linken, von dem aus man Leute sehen konnte, die durch die enge Straße gingen.

»Ich verliere eine Menge, solange wir hier herumtändeln, Skar«, sagte sie.

Na bitte! Das entsprach genau ihrem Charakter.

Burzmali hätte beinahe einen Seufzer von sich gegeben. *Endlich!* dachte er. Sie hatte wieder als Ehrwürdige Mutter zu funktionieren begonnen. Er verstand ihre zerstreute Verhaltensweise nicht, mit der sie die Stadt und ihre Bewohner betrachtete.

Aus dem Speiseschlitz glitten zwei milchige Getränke auf den Tisch. Burzmali leerte sein Glas in einem Zug, Lucilla prüfte ihr Getränk mit der Zungenspitze, analysierte seine Bestandteile. Ein imitiertes Kaffeat, durchsetzt mit Nußgeschmack.

Mit einer Kinnbewegung gab Burzmali ihr zu verstehen, daß sie schneller trinken sollte. Sie gehorchte und unterdrückte angesichts des künstlichen Aromas eine Grimasse. Die Aufmerksamkeit Burzmalis galt nun einer Sache, die sich hinter ihrer rechten Schulter befand, aber sie wagte nicht, sich umzudrehen. Es würde gegen ihre Rolle verstoßen.

»Kommen Sie!« Er legte eine Münze auf den Tisch und drängte sie auf die Straße hinaus. Dabei zeigte er das Lächeln eines begierigen Kunden, während sein Blick äußerste Wachsamkeit signalisierte.

Das Tempo auf den Straßen hatte sich gewandelt. Nun waren weniger Menschen unterwegs. Die im Schatten liegenden Hauseingänge wirkten bedrohlicher als zuvor. Lucilla erinnerte sich daran, daß sie die Angehörige einer mächtigen Gilde verkörperte. Die gewöhnlichen Kriminellen der Straße würden ihr nichts tun. Und tatsächlich machten die wenigen Menschen, die noch unterwegs waren, bereitwillig Platz für sie, sobald sie die Drachen auf ihrem Gewand sahen. Sie sahen dabei ehrfürchtig drein.

Burzmali blieb vor einem Eingang stehen.

Er sah aus wie die anderen auf dieser Straße auch und lag etwas vom Bürgersteig ab. Er war so hoch, daß er schmaler erschien, als er tatsächlich war. Ein altmodischer Sicherheitsstrahl bewachte ihn. Offensichtlich war noch keins der neueren Systeme bis in die Slums vorgedrungen. Die Straßen selbst waren eine weitere Bestätigung: Man hatte sie für Bodenfahrzeuge konstruiert. Lucilla zweifelte daran, daß es irgendwo in der Umgebung einen Dachlandeplatz gab. Nirgendwo gab es ein Anzeichen von Thoptern oder Seglern. Aber da war Musik – und der schwache Eindruck von Semuta. Etwas Neues bezüglich der Semutaabhängigkeit? Diese Umgebung war wie geschaffen für Süchtige, die zugrundegehen wollten.

Lucilla sah an der Gebäudefront hoch, während Burzmali vor ihr herging und ihre Anwesenheit dadurch bekanntmachte, daß er durch den Türstrahl schritt.

Auf der Vorderseite des Gebäudes gab es keine Fenster. Auf der mattglänzenden Plastahlschicht glitzerten da und dort Oberflächenaugen auf. Sie bemerkte, daß es sich dabei um altmodische Kom-Augen handelte, die viel größer waren als die modernen.

Tief in den Schatten schwang auf lautlosen Scharnieren eine Tür auf.

»Hierher!« Burzmali griff nach hinten und schob sie – eine Hand auf ihrem Ellbogen – nach vorn.

Sie betraten einen mattbeleuchteten Korridor, der nach exotischem Essen und bitteren Essenzen roch. Es kostete Lucilla nur einen Augenblick, jene Düfte zu identifizieren, die den Angriff auf ihre Nasenschleimhäute starteten. Melange! Der Geruch reifen Zimts war unverkennbar. Und ja: Semuta! Sie identifizierte angebrannten Reis und verschiedene Salze. Irgend jemand tat hier so, als würde er etwas kochen. Hier wurden Explosivstoffe hergestellt. Sie dachte daran, Burzmali zu warnen, doch dann überlegte sie es sich anders. Es war nicht nötig, daß er davon erfuhr, und vielleicht gab es in diesem engen Raum Ohren, die alles hörten, was sie sagte.

Burzmali ging vor ihr eine im Halbdunkel liegende Treppenflucht hinauf, an deren schräggeneigter Scheuerleiste ein Leuchtstreifen entlanglief. Oben angekommen, fand er unter der überall geflickten Wand einen verborgenen Schalter. Es gab keinen Laut, als er ihn betätigte, aber Lucilla spürte, daß die sie umgebenden Bewegungen sich veränderten. Stille. Soweit es ihre Erfahrung betraf, war diese Stille völlig neuartig – wie ein heimliches Vorbereiten auf eine Flucht oder einen Angriff.

Es war kalt im Treppenhaus, und sie fröstelte – aber nicht wegen der Kälte. Hinter der Tür, die neben dem vom Flickwerk verborgenen Schalter lag, ertönten Schritte. Eine grauhaarige Hexe in einem gelben Kittel öffnete die Tür und schaute zu ihnen auf. Lucilla sah buschige Augenbrauen.

»Sie sind es«, sagte die Alte mit bebender Stimme. Sie machte Platz, damit sie eintreten konnten.

Als Lucilla hörte, daß die Tür sich hinter ihnen schloß, sah sie sich rasch in dem Raum um. Für einen nicht sehr aufmerksamen Menschen hätte er einfach schäbig gewirkt, aber das war nur Tarnung. Er hatte seine Qualitäten. Die Schäbigkeit war nichts als eine Maske. Man hatte den Raum den Bedürfnissen einer bestimmten Person angepaßt: Das kommt hierhin, basta! Und das kommt dahin – und da bleibt es auch! Die Möbel und das Zubehör – alles wirkte ein wenig schäbig, ein wenig abgewetzt, aber wer hier lebte, machte sich nichts daraus. Dem Raum war so besser gedient. Er wirkte so, als müsse es hier so aussehen.

Wem gehörte er? Der alten Frau? Sie ging gerade gebückt auf eine Tür zu, die links von Lucilla lag.

»Wir wollen bis zum Morgengrauen nicht gestört werden«, sagte Burzmali.

Die alte Frau blieb stehen und drehte sich um.

Lucilla studierte sie eingehend. Hatte sie es schon wieder mit jemandem zu tun, der sein hohes Alter nur vortäuschte? Nein. Sie war wirklich so alt. Jede ihrer Bewegungen zeugte von zerstreuter Unbeständigkeit – das Zittern ihres Halses deutete auf eine körperliche Schwäche hin, gegen die sie nichts tun konnte.

»Selbst wenn es jemand von Wichtigkeit ist?« fragte die alte Frau mit ihrer zittrigen Stimme.

Wenn sie sprach, zuckten ihre Lider. Ihre Lippen bewegten sich nur minimal, um die notwendigen Töne hervorzubringen. Die Worte kamen aus ihrem Mund, als müsse sie sie tief aus ihrem Inneren hervorholen. Ihre Schultern, vom Alter und jahrelanger gebückter Arbeit rund geworden, richteten sie nicht genügend auf, als daß sie Burzmali hätte in die Augen sehen können. So lugte sie irgendwie verstohlen unter ihren Brauen hervor.

»Welche wichtigen Persönlichkeiten erwarten Sie?« fragte Burzmali.

Die alte Frau schüttelte sich; sie schien viel Zeit zu brauchen, um ihn zu verstehen.

»Hier kommen wichtige Leute her«, sagte sie.

Lucilla erkannte jetzt ihre Körpersprache, und weil Burzmali es einfach wissen mußte, platzte sie heraus: »Sie stammt von Rakis!«

Die alte Frau warf Lucilla einen überraschten Blick zu. Dann sagte sie mit ihrer uralten Stimme: »Ich war Priesterin, Dame der Hormu.«

»Natürlich stammt sie von Rakis«, sagte Burzmali. Sein warnender Tonfall sagte ihr, daß sie keine Fragen stellen sollte.

»Ich würde Ihnen nie ein Leid zufügen«, sagte die Hexe weinerlich.

»Dienst du immer noch dem Zerlegten Gott?«

Wieder dauerte es geraume Zeit, bis die alte Frau reagierte.

»Viele dienen dem Großen Guldur«, sagte sie.

Lucilla schürzte die Lippen und sah sich erneut in dem Raum um. Die Wichtigkeit der alten Frau hatte für sie rapide abgenommen. »Ich freue mich, daß ich dich nicht umzubringen brauche«, sagte sie.

Das Kinn der alten Frau sank überrascht herab, während Speichel von ihren Lippen rann.

Und dies war eine Nachfahrin der Fremen? Lucilla zeigte ihren Ekel, indem sie sich unbändig schüttelte. Dieses armselige

Stück Strandgut stammte von einem Volk ab, das aufrecht und stolz gewesen und mutig in den Tod gegangen war? Sie würde winselnd sterben.

»Bitte, vertrauen Sie mir«, jammerte die Hexe und verließ fluchtartig den Raum.

»Warum haben Sie das getan?« fragte Burzmali aufgebracht. »Diese Leute hier werden uns nach Rakis bringen!«

Sie sah ihn nur an und erkannte, daß hinter seiner Frage die Angst lauerte. Die Angst vor *ihr*.

Aber ich habe sie ihm doch gar nicht eingeprägt, dachte sie.

Mit einem plötzlichen Schock wurde ihr klar, daß Burzmali ihren inneren Haß erkannt hatte. *Ich hasse sie!* dachte sie. *Ich hasse die Völker dieses Planeten!*

Für eine Ehrwürdige Mutter war dies eine gefährliche Emotion. Trotzdem brannte es in ihr. Dieser Planet hatte sie auf eine Weise verändert, die ihr nicht gefiel. Sie wollte nicht einmal wissen, daß Dinge dieser Art vorkommen konnten. Intellektuelles Verständnis war eine Sache; Erfahrung eine andere.

Verdammt sollen sie sein!

Sie verspürte einen Schmerz in ihrem Brustkorb. Frustration! Es gab keine Möglichkeit, diesem neuen Wissen zu entkommen. Was war mit diesen Völkern passiert?

Völker?

Sie trugen zwar noch ihr Gehäuse, aber wirklich lebendig konnte man sie kaum noch nennen. Es war gefährlich. Ungeheuer gefährlich.

»Wir müssen uns ausruhen, solange wir es noch können«, sagte Burzmali.

»Muß ich mir nicht erst noch mein Geld verdienen?« gab Lucilla zurück.

Burzmali erbleichte. »Wir haben getan, was nötig war! Wir haben Glück gehabt, daß man uns nicht angehalten hat – aber es hätte passieren können!«

»Sind wir hier sicher?«

»So sicher, wie wir es machen konnten. Meine Leute und ich haben jeden hier äußerst genau überprüft.«

Lucilla fand ein langes Sofa, das nach altem Parfüm roch. Dort legte sie sich nieder, um ihre Gefühle und ihren gefährlichen Haß zu überwinden. Wer zu Haßgefühlen fähig war, konnte vielleicht auch lieben! Sie hörte, daß Burzmali sich auf einigen Kissen an der nahen Wand ausstreckte. Bald zeugte sein Atem von tiefem Schlaf, der zu ihr jedoch nicht kommen wollte. Viele, viele Gedanken wirbelten durch Lucillas Kopf und brachten Dinge an die Oberfläche, die von denjenigen hervorgerufen wurden, die die Innenwelt ihres Denkens teilten. Plötzlich sah sie vor ihrem geistigen Auge das Bild einer Straße und zahlreicher Gesichter: Menschen, die in hellem Sonnenlicht spazieren gingen. Es dauerte eine Weile, ehe sie begriff, daß sie all dies aus einem bestimmten Winkel wahrnahm – daß sie jemand auf den Armen trug. Erst jetzt wußte sie, daß es sich um eine ihrer persönlichen Erinnerungen handelte. Sie konnte den Menschen, der sie trug, nun einordnen. Und sie spürte eine warme Wange an der ihren und einen Herzschlag, der von Zuneigung kündete.

Lucilla schmeckte das Salz ihrer eigenen Tränen.

Dann wurde ihr bewußt, daß Gammu sie tiefer getroffen hatte als alle Erfahrungen seit ihren ersten Tagen auf der Bene Gesserit-Schule.

> *Hinter starken Barrieren verborgen*
> *wird das Herz zu Eis.*
>
> Darwi Odrade
> Während einer Ratssitzung

Die Gruppe litt unter einer heftigen Anspannung: Taraza (die unter ihrem Gewand einen Panzer trug und ständig an die anderen Sicherheitsvorkehrungen dachte, die sie in Szene gesetzt hatte), Odrade (die davon überzeugt war, daß es zu Gewalttätigkeiten kommen konnte, und dementsprechend wachsam war), Sheeana (die man gründlich von dem in Kenntnis gesetzt hatte, was hier passieren konnte, und die von drei Ehrwürdigen Müttern abgeschirmt wurde, die ihr wie ein menschlicher Schutzpanzer überallhin folgten), Waff (der sich darüber Sorgen machte, daß irgendeine unheimliche Apparatur der Bene Gesserit seine Vernunft außer Kraft gesetzt haben könnte), der falsche Tuek (der den Eindruck erweckte, als sei er drauf und dran, jeden Moment in die Luft zu gehen), und neun von Tueks rakisianischen Beratern (von denen jeder einzelne eifersüchtig darauf bedacht war, für sich oder seine Familie eine Statuserhöhung durchzusetzen).

Dazu kamen noch fünf Hilfsschwestern als Wachen, die von der Schwesternschaft dazu herangezogen und ausgebildet worden waren, sich mit Körperkraft durchzusetzen. Sie blieben in Tarazas Nähe. Waff war von einer gleichstarken Gruppe von Gestaltwandlern umgeben.

Man hatte sich im Penthouse auf dem Dach des Museums von Dar-es-Balat getroffen, in einem langen Raum mit einer Plaz-Wand, die nach Westen zeigte. Dahinter breitete sich ein grüner, blühender Dachgarten aus. Der Raum war mit weichen Sofas ausgestattet und mit Kunstgegenständen aus dem Nicht-Raum des Tyrannen dekoriert.

Odrade hatte sich dagegen ausgesprochen, Sheeana in dieses Treffen einzubeziehen, aber Taraza war unerbittlich geblieben. Die Wirkung, die das Mädchen auf Waff und einen Teil der Priesterschaft ausübte, würde sich für die Bene Gesserit zu einem erheblichen Vorteil auswachsen.

Man hatte einen Dolban-Schirm über die lange Fensterwand gezogen, um sich die schlimmsten Auswirkungen der im Westen stehenden Sonne vom Leibe zu halten. Es war sehr aufschlußreich für Odrade, daß der Raum nach Westen wies. Die Fenster überschauten das Land der Abenddämmerung – in dem sich der Shai-Hulud zur Ruhe legte. Es war ein Raum, der in die Vergangenheit blickte – auf den Tod.

Sie bewunderte die Dolbane. Es waren flache, schwarze Leisten, zehn Moleküle breit, und sie rotierten in einem transparenten, flüssigen Medium. Stellte man sie auf Automatik, erzeugten die besten ixianischen Dolbane einen vorherbestimmten Lichteinfall, ohne einem die Sicht zu versperren. Odrade wußte, daß Künstler und Antiquitätenhändler sie lieber benutzten als herkömmliche Systeme, denn sie ließen das volle Spektrum des vorhandenen Lichts herein. Daß man sie hier installiert hatte, deutete an, welchen Zwecken dieser Raum diente. Er war ein Schaukasten der wertvollsten Reliquien des Gott-Kaisers. Ja, da war auch das Gewand, das seine Braut getragen hatte.

Die priesterlichen Ratsmitglieder stritten sich am anderen Ende des Raums. Sie ignorierten den falschen Tuek. Taraza stand in ihrer Nähe und hörte zu. Ihr Gesichtsausdruck sagte, daß sie die Priester für ausgemachte Narren hielt.

Waff stand mit seinem Gestaltwandler-Gefolge in der Nähe der breiten Eingangstür. Seine Aufmerksamkeit wanderte von Sheeana über Odrade zu Taraza und wandte sich nur gelegentlich den streitenden Priestern zu. Jede Bewegung, die Waff machte, verriet seine Unsicherheit. Würden die Bene Gesserit ihn wirklich unterstützen? Konnten sie zusammen die rakisianische Opposition mit friedlichen Mitteln von der Bildfläche verdrängen?

Sheeana – und mit ihr die sie abschirmende Eskorte – stand plötzlich an Odrades Seite. Die Muskulatur des Mädchens, stellte Odrade fest, war zwar immer noch kindhaft, aber allmählich setzte Sheeana Fleisch an, und ihre Kräfte deckten sich mit denen einer angehenden Bene Gesserit. Die hohen Wangenknochen unter der olivfarbenen Haut wirkten jetzt etwas fülliger. Sheeanas braune Augen glänzten mehr als zuvor, aber ihr Haar wies immer noch hellrote Streifen auf. Die Aufmerksamkeit, mit der sie die streitenden Priester bedachte, zeigte, daß sie das, was man ihr enthüllt hatte, dann auch verarbeitete.

»Werden sie wirklich übereinander herfallen?« fragte sie flüsternd.

»Hör ihnen zu!« erwiderte Odrade.

»Was wird die Mutter Oberin tun?«

»Behalte sie sorgfältig im Auge!«

Zusammen musterten sie Taraza, die von ihren muskulösen Helferinnen umgeben war. Sie beobachtete fortwährend die Priester und schien sich nun köstlich zu amüsieren.

Die Rakisianer hatten ihren Streit draußen auf dem Dachgarten angefangen. Und sobald die Schatten länger geworden waren, hatten sie ihn hier drin fortgesetzt. Sie keuchten wütend, murmelten manchmal vor sich hin, und dann wurden sie wieder laut. Sahen sie überhaupt nicht, wie der falsche Tuek sie beobachtete?

Odrade wandte ihre Aufmerksamkeit wieder dem Horizont

zu, der hinter dem Rand des Dachgartens sichtbar war: es gab dort draußen in der Wüste kein Anzeichen von Leben. Wohin man von Dar-es-Balat aus auch blickte, überall bekam man nur Sand zu Gesicht. Die Menschen, die hier geboren und aufgewachsen waren, sahen das Leben und ihren Planeten aus einem anderen Blickwinkel als die priesterlichen Ratsmitglieder. Dies hier war nicht die Zone der Grüngürtel und bewässerten Oasen, die in den höheren Breitengraden wie ausgestreckte Finger in das Wüstengebiet hineingriffen. Dar-es-Balat war von einer Sandlandschaft umgeben, die sich wie eine Klammer um den Äquator des gesamten Planeten zog.

»Ich habe mir diesen Unsinn nun lange genug angehört«, explodierte der falsche Tuek. Er schubste einen der Berater brutal zur Seite und begab sich in den Mittelpunkt der sich streitenden Gruppe. Er beugte sich vor und sah einen nach dem anderen genau an. »Seid ihr denn alle verrückt geworden?«

Einer der Priester (es war der alte Albertus, bei allen Göttern!) richtete den Blick quer durch den Raum auf Waff und schrie: »Ser Waff! Würden Sie sich bitte um Ihren Gestaltwandler kümmern?«

Waff zögerte, dann ging er auf die Disputanten zu. Seine Leute folgten ihm.

Der falsche Tuek wirbelte herum und deutete mit einem Finger auf Waff: »Sie! Bleiben Sie, wo Sie sind! Ich werde es nicht dulden, daß sich die Tleilaxu hier einmischen! Ich weiß sehr wohl, daß Sie etwas im Schilde führen!«

Odrade hatte, während der falsche Tuek diese Worte aussprach, Waff gemustert. Welch eine Überraschung! Der Bene Tleilaxu-Meister war noch nie zuvor von einem seiner Untergebenen auf eine solche Weise angesprochen worden. Welch ein Schock! Wut verzerrte sein Gesicht. Über seine Lippen kamen brummende Geräusche, die an das Summen aufgeregter Insekten erinnnerten. Hinter diesen Tönen steckte ein System, gewiß handelte es sich um eine Art Sprache. Die Gestaltwandler, die zu Waffs Gefolge gehörten, erstarrten, aber der falsche Tuek wandte seine Aufmerksamkeit wieder den Ratsmitgliedern zu.

Waff hörte mit seinem Brummen auf. Er war fassungslos!

Sein Untergebener strafte ihn mit Mißachtung! Waff setzte sich in Richtung auf die Priester in Bewegung. Als der falsche Tuek dies sah, deutete er mit ausgestrecktem Arm auf ihn. Seine Finger zitterten.

»Ich habe gesagt, Sie sollen sich da raushalten! Sie können mich vielleicht beiseite schaffen, aber Sie werden mich auf keinen Fall mit Ihrem Tleilaxu-Dreck beeinflussen!«

Das saß. Waff blieb stehen. Er begriff jetzt. Er warf Taraza einen kurzen Blick zu und sah, daß sie sich über seine prekäre Lage köstlich zu amüsieren schien. Jetzt jedoch fand seine Wut ein anderes Ziel.

»Sie haben davon gewußt!«

»Ich habe es vermutet.«

»Sie ... Sie ...«

»Sie haben zu gut gearbeitet«, sagte Taraza. »Es ist Ihre eigene Schuld.«

Die Priester bekamen von diesem Wortwechsel nichts mit. Sie redeten laut auf den falschen Tuek ein, befahlen ihm zu schweigen, rieten ihm, zu verschwinden, und nannten ihn einen »verdammten Gestaltwandler«.

Odrade musterte das Objekt dieses Angriffs mit äußerster Genauigkeit. Wie tief saß die Einprägung? War der Gestaltwandler wirklich davon überzeugt, er sei Tuek?

Der Imitator schien sich plötzlich seiner Würde zu besinnen; er riß sich zusammen und musterte seine Ankläger mit einem zornigen Blick. »Ihr kennt mich alle«, sagte er. »Ihr alle wißt, wie viele Jahre ich dem Zerlegten Gott, der der einzige Gott ist, gedient habe. Wenn eure Verschwörung sich noch weiter ausbreitet, werde ich zu ihm gehen, aber eines solltet ihr nicht vergessen: Er schaut in eure Herzen hinein!«

Die Priester musterten Waff wie ein Mann. Keiner von ihnen hatte gesehen, daß ein Gestaltwandler die Position ihres Hohepriesters eingenommen hatte. Niemand war dabeigewesen. Und nun fragten sie sich, ob die Möglichkeit bestand, daß man sie hintergangen hatte. Einige von ihnen sahen jetzt Odrade an. Ihre Stimme gehörte zu denjenigen, die sie überzeugt hatten.

Auch Waff sah Odrade an.

Sie wandte sich lächelnd dem Tleilaxu-Meister zu. »Es ist unseren Zielen dienlich, wenn der Posten des Hohepriesters jetzt nicht in andere Hände übergeht«, sagte sie.

Waff sah augenblicklich einen Vorteil für sich. Der Keil, der zwischen die Priester und die Bene Gesserit getrieben wurde. Damit löste sich einer der gefährlichsten Griffe, mit denen die Schwesternschaft die Tleilaxu umklammert hielt.

»Es ist auch unseren Zielen dienlich«, sagte er.

Als die Priester erneut verärgert ihre Stimmen erhoben, warf Taraza ein: »Wer von euch will unsere Übereinkunft brechen?«

Tuek schubste zwei seiner Berater zur Seite, durchquerte den Raum und näherte sich der Mutter Oberin. Nur einen Schritt vor ihr blieb er stehen.

»Was wird hier gespielt?« fragte er.

»Wir stehen Ihnen gegen jene, die Sie ablösen wollen, zur Seite«, sagte sie. »Und die Bene Tleilax stehen in diesem Fall zu uns. Auf diese Weise geben wir zu erkennen, daß auch wir eine Stimme bei der Wahl des Hohepriesters haben.«

Mehrere der Priester riefen wie aus einem Munde: »Ist er nun ein Gestaltwandler oder nicht?«

Taraza bedachte den vor ihr stehenden Mann mit einem Blick.

»Sind Sie ein Gestaltwandler?«

»Natürlich nicht!«

Taraza schaute Odrade an, die sagte: »Jemand scheint da einen Fehler gemacht zu haben.«

Odrade visierte Albertus an und suchte seinen Blick. »Sheeana«, sagte sie dann, »was sollte die Kirche des Zerlegten Gottes jetzt tun?«

Wie man es ihr eingetrichtert hatte, verließ Sheeana den Kreis ihrer Leibwächterinnen und sagte mit aller Überzeugungskraft, derer sie fähig war: »Sie soll Gott weiterhin dienen!«

»Der Zweck dieses Treffens scheint mir damit erfüllt zu sein«, sagte Taraza. »Falls Sie Schutz benötigen, Hohepriester Tuek, eine Schwadron unserer Wächterinnen wartet in der Halle. Verfügen Sie über sie!«

Sie erkannte, daß Tuek ihre Worte verstand und akzeptierte.

Er war zu einer Kreatur der Bene Gesserit geworden. Er wußte nicht mehr, daß er ursprünglich ein Gestaltwandler gewesen war.

Nachdem Tuek und die Priester gegangen waren, sagte Waff nur ein einziges Wort, das in der Sprache des Islamiyat an Tarazas Adresse gerichtet war: »Erklärung?«

Taraza verließ den Kreis ihrer Wächterinnen und rief so den Eindruck hervor, verwundbarer geworden zu sein. Es war eine kalkulierte Bewegung, über die man in Anwesenheit Sheeanas gesprochen hatte. In der gleichen Sprache erwiderte sie: »Wir lösen unseren Griff um die Bene Tleilax.«

Während Waff ihre Worte abwägte, wartete Taraza ab. Ihr fiel ein, daß man die Bezeichnung »Tleilaxu« mit dem Begriff »die Unbenennbaren« übersetzen konnte. Eine Bezeichnung, die meist Göttern vorbehalten blieb.

Dieser *Gott* hatte jedoch offenbar die Auswirkungen der gerade gemachten Entdeckung noch nicht durchgespielt. Er ahnte nicht, was mit seinen Imitatoren passieren würde, die sich in den Reihen der Ixianer und Fischredner aufhielten. Auf Waff warteten noch mehrere Schocks. Er schien jedoch etwas verwundert zu sein.

Waff sah sich mehreren unbeantworteten Fragen gegenüber. Die Berichte, die ihn von Gammu erreicht hatten, waren unbefriedigend. Er spielte nun ein gefährliches Doppelspiel. Sah es auf seiten der Schwesternschaft ähnlich aus? Die unter den Verlorenen lebenden Tleilaxu konnte er sich nicht vom Halse schaffen, ohne einen Angriff der Geehrten Matres zu provozieren. Taraza hatte ihn selbst davor gewarnt. Und der alte Bashar auf Gammu? War er immer noch ein Machtfaktor, mit dem man rechnen mußte?

Waff äußerte seine Frage.

Taraza konterte mit einer Gegenfrage: »Auf welche Weise haben Sie unseren Ghola manipuliert? Was hoffen Sie damit zu erreichen?« Sie hatte zwar das sichere Gefühl, die Antwort bereits zu wissen, aber die Pose der Unwissenden war notwendig.

Waff wollte sagen: »Den Tod aller Bene Gesserit!« Sie waren ihm zu gefährlich. Dennoch war ihr Wert unberechenbar. Er versank in ein verdrießliches Schweigen und musterte die Ehrwürdigen Mütter mit einem dermaßen nachdenklichen Ausdruck, daß seine elfenhaften Gesichtszüge noch kindlicher wirkten.

Ein störrisches Kind, dachte Taraza. Dann machte sie sich klar, daß es gefährlich war, wenn man Waff unterschätzte. Zerbrach man das Ei der Tleilaxu, fand man unter der Schale nichts anderes als ein neues – ad infinitum! Alles in ihr kreiste um das von Odrade geäußerte Mißtrauen, daß es in diesem Raum zu einer gewaltsamen Auseinandersetzung kommen könnte. Hatten die Tleilaxu wirklich alles enthüllt, was sie von den Huren und den anderen Verlorenen erfahren hatten? War der Ghola nur eine potentielle Tleilaxu-Waffe?

Taraza faßte den Entschluß, ihn noch einmal aufzustacheln, und bediente sich dazu der Methode, die der »neunten Analyse« der Ratsversammlung zugrunde lag. Immer noch die Sprache des Islamiyat benutzend, sagte sie: »Würden Sie sich im Lande des Propheten selbst entehren? Sie haben gesagt, Sie würden alles mit uns teilen.«

»Wir haben Ihnen die sexuellen ...«

»Sie teilen überhaupt nichts mit uns!« unterbrach sie ihn. »Es ist wegen des Gholas, das wissen wir.«

Sie erkannte seine Reaktionen. Er war ein in die Enge getriebenes Tier. Tiere dieser Art waren von extremer Gefährlichkeit. Einst hatte sie die Promenadenmischung eines Hundes gesehen, einen brutalen, schwanzlosen Nachkommen uralter Haustierrassen von Dan, den eine Bande Jugendlicher in die Enge getrieben hatte. Das Tier hatte sich seinen Verfolgern zugewandt und sich den Weg in die Freiheit mit unerwarteter Grausamkeit erkämpft. Zwei der Jungen hatten als Krüppel geendet, und nur einer war völlig unverletzt davongekommen! Diesem Tier glich Waff in diesem Moment. Sie sah, wie seine Hände nach imaginären Waffen tasteten, aber Tleilaxu und Bene Gesserit hatten einander mit äußerster Sorgfalt untersucht, bevor sie hier zusammengekommen waren. Taraza glaubte genau zu wissen, daß er keine Waffe hatte. Dennoch ...

Waff sagte, während seine Haltung gequälte Spannung ausdrückte: »Sie glauben wohl, daß ich nicht weiß, wie Sie uns unterwerfen wollen.«

»Ich rieche die Verwesung, die die Völker der Diaspora mit sich hinausgenommen haben«, sagte Taraza. »Sie befindet sich im tiefsten Innern.«

Waffs Verhalten änderte sich. Es brachte nichts ein, wenn man das ignorierte, was die Bene Gesserit an Hintergedanken hatten. Wollte sie Zwietracht säen?

»Der Prophet«, sagte Taraza, »hat den Geist eines jeden Menschen – ob Verlorener oder nicht – mit einem Standortbestimmer versehen. Er hat sie alle zu uns zurückgebracht – inklusive ihrer Schlechtigkeit.«

Waff knirschte mit den Zähnen. Was hatte sie vor? Er entwickelte die verrückte Idee, daß die Schwesternschaft seinen Geist mit irgendeiner Droge vernebelt hatte, die sich in der Luft befand. Sie *wußten* Dinge, die anderen nicht zugänglich waren! Er schaute von Taraza zu Odrade und dann wieder auf Taraza. Er wußte zwar, daß er – nach serienmäßigen Ghola-Wiedererweckungen gerechnet – alt war, aber nicht so wie die Bene Gesserit. Diese Leute waren wirklich *alt*! Sie sahen zwar nur selten alt aus, aber sie waren alt, älter als alles, was er sich vorzustellen wagte.

Taraza hatte ähnliche Gedanken. Sie hatte das Aufblitzen eines tieferen Wissens in Waffs Augen gesehen. Die Notwendigkeit öffnete der Vernunft neue Wege. Wie weit gingen die Tleilaxu wirklich zurück? Waff hatte einen so *alten* Blick! Sie hatte den Eindruck, daß das, was in diesen Tleilaxu-Meistern einst ein Gehirn gewesen war, jetzt etwas anderes darstellte – eine Holoaufzeichnung, die man jeglicher schwächender Gefühle entkleidet hatte. Gleichermaßen mißtraute sie den Emotionen, die sie in ihm vermutete. War das ein Band, das sie einte?

Gleiche Gedanken rufen gleiche Verhaltensweisen hervor.

»Sie sagen, Sie würden den Griff um uns lösen«, sagte Waff, »aber ich spüre Ihre Finger immer noch um meinen Hals.«

»Dann will ich ihn jetzt einmal richtig umklammern«, entgegnete Taraza. »Einige Ihrer Verlorenen sind zu Ihnen zurückgekehrt. Zu uns ist jedoch keine Ehrwürdige Mutter aus der Diaspora gekommen.«

»Aber Sie haben gesagt, Sie würden sämtliche ...«

»Wir haben andere Methoden, Wissen zu erlangen. Was ist Ihrer Meinung nach mit den Ehrwürdigen Müttern geschehen, die wir in die Diaspora hinausgeschickt haben?«

»Irgendeine Katastrophe?« Waff schüttelte den Kopf. Dies war eine absolut neue Information. Keiner der zurückgekehrten Tleilaxu hatte auch nur ein Wort darüber fallen gelassen. Diese Diskrepanz nährte sein Mißtrauen. Wem sollte er glauben?

»Man hat sie in den Untergang getrieben«, sagte Taraza.

Odrade, die diesen allgemeinen Verdacht nun zum erstenmal aus dem Munde der Mutter Oberin zu hören bekam, spürte deutlich, auf welch enorme Macht Tarazas simple Aussage hinwies. Sie fühlte sich eingeschüchtert. Sie kannte die Kraftreserven, die Eventualpläne und Improvisationsmöglichkeiten, die einer Ehrwürdigen Mutter zur Verfügung standen, wenn es darum ging, Barrieren zu überwinden. Und ›dort draußen‹ gab es etwas, das all diesem Einhalt gebieten konnte?

Da Waff keine Antwort gab, sagte Taraza: »Sie kommen mit schmutzigen Händen zu uns.«

»Sie wagen es, das zu sagen?« fuhr Waff auf. »Sie, die fortwährend unsere Reserven anzapfen, wie es Ihnen die Mutter des Bashars beigebracht hat?«

»Wir wußten, daß Sie sich den Verlust würden erlauben können – nach den Reserven, die Ihnen aus der Diaspora zugeflossen sind«, sagte Taraza.

Waff holte bebend Luft. Also wußten die Bene Gesserit auch das! Ihm war teilweise klar, wie sie es erfahren hatten. Nun, man mußte einen Weg finden, um den falschen Tuek wieder unter Kontrolle zu bringen. Der Preis, auf den es den Verlorenen der Diaspora wirklich ankam, war Rakis, und wahrscheinlich würde man ihn noch von den Tleilaxu verlangen.

Taraza ging noch näher an Waff heran – allein und verwundbar. Sie sah, daß die Spannung ihrer Wachen stieg. Sheeana machte einen kleinen Schritt auf die Mutter Oberin zu und wurde von Odrade zurückgehalten.

Odrades Aufmerksamkeit galt der Mutter Oberin, nicht potentiellen Angreifern. Waren die Tleilaxu wirklich davon überzeugt, daß die Bene Gesserit ihnen dienen würden? Daß Taraza die Grenzen ihrer Bewegungsmöglichkeiten überprüft hatte, war unzweifelhaft. Und zwar in der Sprache des Islamiyat. Aber sie wirkte ziemlich allein, so weit von ihren Wächterinnen entfernt – und Waff und den seinen so nahe. Wohin würde das offensichtliche Mißtrauen Waffs ihn jetzt führen?

Taraza fröstelte.

Odrade sah es. Taraza war als Kind unnormal dünn gewesen und hatte nie eine überflüssige Unze Fett angesetzt. Dies machte sie in bezug auf Temperaturschwankungen überempfindlich. Sie reagierte sofort auf Kälte, aber Odrade nahm innerhalb des Raums keine Veränderung wahr. Also hatte Taraza eine gefährliche Entscheidung gefällt, eine Entscheidung, die so gefährlich war, daß ihr Körper sie widerspiegelte. Natürlich nicht gefährlich für sie persönlich, aber für die Schwesternschaft. Und *das* war das größte Verbrechen, das eine Bene Gesserit begehen konnte: Sich der eigenen Organisation gegenüber untreu erweisen.

»Außer in einem Fall werden wir euch überall dienen«, sagte Taraza. »Wir werden niemals als *Behälter* für einen Ghola zur Verfügung stehen!«

Waff erbleichte.

Taraza fuhr fort: »Keine von uns wird jetzt oder in Zukunft ...« – sie machte eine Pause – »... zu einem Axolotl-Tank werden.«

Waff hob die rechte Hand, um eine Geste zu vollführen, die jede Ehrwürdige Mutter kannte: das Angriffssignal für die Gestaltwandler.

Taraza deutete auf seinen erhobenen Arm. »Wenn Sie diese Geste vollenden, werden die Tleilaxu alles verlieren. Der Kurier Gottes ...« – sie nickte Sheeana über die Schulter hinweg zu – »wird euch ignorieren, und die Worte des Propheten werden sich in eurem Mund in Staub verwandeln.«

In der Sprache des Islamiyat waren Worte dieser Art zuviel für Waff. Er ließ die Hand sinken, aber er musterte Taraza weiterhin mit einem vernichtenden Blick.

»Meine Botschafterin sagt, wir würden jetzt alles miteinander teilen«, sagte Taraza. »Und Sie haben ebenfalls gesagt, wir würden alles miteinander teilen. Der Kurier Gottes hört alles mit den Ohren des Propheten! Was werden wir aus dem Abdl der Tleilaxu zu hören bekommen?«

Waffs Schultern sackten nach unten.

Taraza wandte ihm den Rücken zu. Es war eine geschickte Bewegung, aber sie und die anwesenden Ehrwürdigen Mütter wußten, daß sie sie jetzt in absoluter Sicherheit ausführte. Taraza blickte durch den Raum, sah Odrade und gestattete sich ein Lächeln. Odrade würde es korrekt interpretieren, das wußte sie. Jetzt war der richtige Zeitpunkt, auf Bene Gesserit-Art ein paar kleinere Strafen zu verhängen!

»Die Tleilaxu verlangt es für ihr Zuchtprogramm nach einer Atreides«, sagte sie. »Ich überlasse Ihnen Darwi Odrade. Später bekommen Sie dann mehr.«

Waff kam zu einem Entschluß. »Sie mögen viel über die Geehrten Matres wissen«, sagte er, »aber Sie ...«

»Huren!« Taraza wirbelte zu ihm herum.

»Wie Sie wünschen. Aber da gibt es eine Sache, die sie betrifft ... – und ich entnehme Ihren Worten, daß Sie davon keine Ahnung haben. Ich besiegele unseren Handel damit, indem ich Ihnen davon erzähle. – Sie können das Gefühl des Orgasmus dermaßen verstärken, daß es den ganzen männlichen Körper erfaßt. Sie erreichen damit die totale emotionale Hingabe des Mannes. Sie erzeugen multiple Orgasmuswellen, die ... die weibliche Beteiligte zeitlich in die Länge ziehen kann.«

»Totale Hingabe?« Taraza machte keine Anstalten, ihr Erstaunen zu verbergen.

Auch Odrade hörte schockiert zu. Den anwesenden Schwestern und Helferinnen schien es ähnlich zu ergehen. Nur Sheeana erweckte den Eindruck, als verstünde sie nichts.

»Ich sage Ihnen, Mutter Oberin Taraza«, sagte Waff mit einem triumphierenden Lächeln, »daß wir diesen Effekt in unserem eigenen Volk ebenfalls erzielt haben. Sogar ich! – In meiner Raserei befahl ich dem Gestaltwandler, der die ... die weibliche Rolle spielte, sich selbst zu vernichten. Niemand ... ich wiederhole: *niemand!* ... darf eine solche Macht über mich haben!«

»Welche Macht?«

»Wäre es eine von diesen ... diesen Huren gewesen, wie Sie

sie nennen – ich hätte ihr gehorcht, ohne auch nur eine einzige Frage zu stellen.« Waff schüttelte sich. »Ich brachte kaum den Willen auf ... den Gestaltwandler zu vernichten.« Bei dem Gedanken daran schüttelte er verwirrt den Kopf. »Es war die Rage, die mich gerettet hat.«

Trotz ihrer trockenen Kehle versuchte Taraza zu schlucken. »Wie ...«

»Wie man es macht? Na schön! Aber bevor ich dieses Wissen mit Ihnen teile, muß ich Sie warnen: Sollte einer von Ihnen je versuchen, diese Macht über einen von uns zu erringen, wird dies unweigerlich zu einem blutigen Gemetzel führen! Unser Domel und unser gesamtes Volk sind darauf vorbereitet, jede Ehrwürdige Mutter umzubringen, die greifbar ist – und zwar beim geringsten Anzeichen des Verdachts, daß Sie versuchen, uns mit dieser Macht auszuspielen!«

»Keine von uns würde das tun, aber nicht aufgrund Ihrer Drohung. Das Wissen, daß ein solches Vorgehen uns vernichten würde, hält uns im Zaum. Ihr blutiges Gemetzel wäre gar nicht nötig.«

»Oh? Und warum vernichtet es dann nicht diese ... diese Huren?«

»Es vernichtet sie ja! Und des weiteren jeden, den sie berühren!«

»Mich hat es nicht vernichtet!«

»Gott beschützt uns, mein Abdl«, sagte Taraza. »Wie er alle Gläubigen beschützt.«

Überzeugt sah Waff sich um. Dann fiel sein Blick wieder auf Taraza. »Alle sollen wissen, daß ich den Bund im Lande des Propheten erfülle. So soll es denn sein ...« Er winkte zweien seiner Gestaltwandler-Wächter zu. »Wir werden es Ihnen vorführen.«

Viel später, als sie allein im Penthouse war, fragte sich Odrade, ob es weise gewesen war, Sheeana die ganze Vorstellung mit ansehen zu lassen. Nun, warum nicht? Immerhin hatte sie sich der Schwesternschaft zur Verfügung gestellt. Und es hätte Waffs Mißtrauen hervorgerufen, hätte man sie hinausgeschickt.

Während Sheeana die Demonstration der beiden Gestaltwandler beobachtet hatte, war in ihrem Innern offensichtlich etwas vor sich gegangen. Die Ausbildungsprokuratorinnen würden ihre männlichen Assistenten in bezug auf Sheeana früher als gewöhnlich zu Hilfe rufen müssen. Was würde Sheeana dann tun? Würde sie ihre neuen Kenntnisse an den Männern ausprobieren? Man würde sie mit einer Hemmung ausstatten müssen, um es zu verhindern. Zuerst mußte sie sich der Gefahren bewußt werden.

Die anwesenden Schwestern und Helferinnen hatten sich bestens unter Kontrolle gehabt. Sie hatten alles, was sie erfahren hatten, gespeichert. Sheeanas Erziehung mußte auf dieser Beobachtung aufgebaut werden. Andere meisterten diese inneren Kräfte ebenfalls.

Die zusehenden Gestaltwandler waren unergründlich geblieben, aber in Waff hatte man gewisse Dinge erkannt. Er hatte gesagt, daß er die beiden Demonstratoren vernichten würde, aber was würde er zuerst tun? Würde er der Verlokkung erliegen? Welche Gedanken waren ihm beim Anblick des sich in ohnmächtiger Ekstase windenden männlichen Gestaltwandlers durch den Kopf gegangen?

Irgendwie hatte die Demonstration Odrade an den rakisianischen Tanz erinnert, den sie auf dem Großen Viereck in Keen gesehen hatte. Oberflächlich betrachtet war der Tanz mit Vorbedacht arhythmisch gewesen, aber je weiter er sich entwickelte, hatte er einen Rhythmus erzeugt, der sich etwa alle zweihundert Schritte wiederholte. Die Tänzer hatten ihn zu einem bemerkenswerten Grad in die Länge gezogen.

Wie die Gestaltwandler während ihrer Demonstration.

Der Siaynoq hat die ungezählten Milliarden der Diaspora in seinem Griff.

Odrade dachte über den Tanz nach, den langen Rhythmus, dem eine chaotische Gewalttätigkeit gefolgt war. Die starke Bündelung der religiösen Energien des Siaynoq hatte eine andere Art der Umwandlung hervorgerufen. Sie dachte an Sheeanas aufgeregte Reaktion, als sie den Tanz auf dem Großen Viereck gesehen hatte. Ihr fiel ein, daß sie Sheeana gefragt hatte: »Was haben sie dort unten getrieben?«

»Die Tänzer? Unsinn.«

Sie konnte diese Antwort nicht durchgehen lassen. »Ich habe dir gesagt, du sollst nicht in diesem Ton reden, Sheeana. Oder möchtest du gerne sofort erfahren, was eine Ehrwürdige Mutter tun kann, um dich zu bestrafen?«

Die Worte kamen ihr jetzt wie eine geisterhafte Botschaft vor, als sie sich die zunehmende Dunkelheit vor dem Penthouse von Dar-es-Balat ansah. Eine große Einsamkeit wallte in ihr auf. Alle anderen hatten den Raum verlassen.

Nur die Bestrafte bleibt zurück!

Mit welch interessiertem Blick Sheeana sie in dem Zimmer über dem Großen Viereck angesehen hatte. Ihr Geist war voller Fragen gewesen. »Warum redest du ständig davon, jemandem wehzutun oder ihn zu bestrafen?«

»Du mußt Disziplin lernen. Wie willst du andere kontrollieren, wenn du dich nicht selbst beherrschen kannst?«

»Ich mag dieses Fach nicht.«

»Keiner von uns hat es gern ... – aber später, wenn wir seinen Wert aufgrund von Erfahrungen schätzen gelernt haben ...«

Wie erwartet, hatte diese Antwort Sheeana sehr nachdenklich gestimmt. Und dann hatte sie alles enthüllt, was sie über den Tanz wußte.

»Manche Tänzer entwischen. Andere gehen geradewegs zu Shaitan. Die Priester sagen, daß sie zu Shai-Hulud gehen.«

»Und was ist mit denen, die überleben?«

»Wenn sie sich erholen, müssen sie an einem großen Tanz in der Wüste teilnehmen. Wenn Shaitan dann kommt, sterben sie. Wenn Shaitan nicht kommt, werden sie belohnt.«

Odrade hatte das Muster durchschaut. Die erklärenden Worte Sheeanas, die über diesen Punkt hinausgingen, wären gar nicht mehr nötig gewesen; dennoch hatte sie sie weiterreden lassen. Wie bitter Sheeanas Stimme geklungen hatte!

»Sie kriegen Geld, einen Platz im Basar; so sieht die Belohnung aus. Die Priester sagen, sie hätten ihre Menschlichkeit bewiesen.«

»Sind jene, die es nicht schaffen, dann unmenschlich?«

Sheeana war für eine geraume Weile zutiefst nachdenklich gewesen. Für Odrade war die Sache jedoch klar: die Menschlichkeitsprüfung der Schwesternschaft! Sheeana hatte diese Prüfung bereits hinter sich gebracht. Wie leicht dieser Übergang im Vergleich mit den anderen Schmerzen erschienen war!

Im matten Licht des Museums hob Odrade die rechte Hand, sah sie sich an und dachte an die Agoniebox und das direkt auf ihren Hals zielende Gom Jabbar: beim geringsten Zurückzukken oder Aufschrei hätte es sie getötet.

Sheeana hatte ebenfalls nicht aufgeschrien. Aber sie hatte die Antwort auf Odrades Frage schon vor der Agoniebox gekannt.

»Sie sind menschlich – aber anders.«

Angesichts der ausgestellten Relikte aus dem Nicht-Raum des Tyrannen sagte Odrade vor sich hin: »Was hast du mit uns vor, Leto? Bist du nur der Shaitan, der zu uns spricht? Was würdest du uns jetzt gern aufzwängen?«

Würde aus dem fossilen Tanz eine fossile Geschlechtlichkeit werden?

»Mit wem redest du, Mutter?«

Es war die Stimme Sheeanas, die von der offenen Tür her durch den Raum drang. Ihre graue Kandidatinnenrobe war nur eine verwaschene Silhouette, die größer wurde, während sie sich näherte.

»Die Mutter Oberin hat mich zu dir geschickt«, sagte Sheeana, als sie in Odrades Nähe stehenblieb.

»Ich habe mit mir selbst gesprochen«, sagte Odrade. Sie musterte das seltsam stille Mädchen und erinnerte sich an die übelkeiterzeugende Erregung des Augenblicks, in dem man Sheeana die Kernfrage gestellt hatte.

»Möchtest du eine Ehrwürdige Mutter werden?«

»Warum führst du Selbstgespräche, Mutter?« In Sheeanas Stimme klang Besorgnis mit. Die Ausbilderinnen würden eine Menge Arbeit haben, ihr diese Emotionen auszutreiben.

»Mir fiel gerade ein, wie ich dich fragte, ob du eine Ehrwürdige Mutter werden willst«, sagte Odrade. »Und das führte mich zu weiterem Nachdenken.«

»Du sagtest, ich müsse mich dir in allen Dingen unterordnen, dürfe dir nichts verschweigen und niemals ungehorsam sein.«

»Und du sagtest: ›Ist das alles?‹«

»Ich wußte nicht sehr viel, nicht wahr? Ich weiß immer noch nicht sehr viel.«

»Das geht uns allen so, Kind. Wir wissen nur, daß wir alle aufeinander angewiesen sind. Und daß Shaitan ganz bestimmt kommt, wenn die Geringste unter uns versagt.«

> *Wenn Fremde einander begegnen, sollte man auf unterschiedliche Sitten und Schulung allergrößte Rücksicht nehmen.*
>
> Lady Jessica
> ›Die Weisheit von Arrakis‹

Als Burzmali das Zeichen zum Aufbruch gab, fiel gerade das letzte grünliche Licht über den Horizont. Als sie die andere Seite Ysais erreichten und die Ringstraße fanden, die sie zu Duncan führen würde, war es dunkel. Der Himmel war von Wolken bedeckt und reflektierte die Lichter der Stadt auf die Umrisse der vorstädtischen Hütten, zwischen denen sie hinter ihren Führern hergingen.

Die Führer störten Lucilla. Sie erschienen aus Seitenstraßen und sich plötzlich öffnenden Haustüren und flüsterten ihnen Richtungswechsel zu.

Zu viele Menschen wußten von dem flüchtenden Paar und dem geplanten Treffen.

Ihre Haßgefühle hatte sie zwar in den Griff bekommen, aber in Lucilla war ein tiefes Mißtrauen zurückgeblieben, das sich gegen jede Person richtete, die sie sahen. Und dieses Gefühl hinter der mechanischen Verhaltensweise einer Spielfrau zu verstecken, die mit einem Kunden unterwegs war, fiel ihr immer schwerer.

Auf dem Fußgängerweg, der an der Straße vorbeiführte, lag Schneematsch, zur Seite gedrückt von vorbeifahrenden Bodenfahrzeugen. Lucilla hatte kalte Füße, noch ehe sie einen halben Kilometer gegangen waren. Sie sah sich gezwungen, einen zusätzlichen Teil ihrer vorhandenen Energie dem Blutfluß ihrer Glieder zuzuleiten.

Burzmali bewegte sich schweigend und mit gesenktem Kopf voran. Er schien sich in seinen eigenen Sorgen verloren zu haben. Aber Lucilla ließ sich nicht täuschen. Er hörte jedes Geräusch in der Umgebung und sah jedes sich ihnen nähernde Fahrzeug. Kam ihnen ein Wagen entgegen, riß er Lucilla zu Boden. Die Fahrzeuge jagten auf Suspensoren an ihnen vorbei, wirbelten den Matsch auf und beschmutzten die am Straßenrand stehenden Büsche. Burzmali hielt Lucilla so lange unten, bis sie außer Sicht und nicht mehr zu hören waren. Nicht, daß einer der Fahrer etwas hätte hören können – außer dem Krach, den sein Fahrzeug selbst verursachte.

Sie waren zwei Stunden lang marschiert, als Burzmali anhielt und den vor ihnen liegenden Weg prüfte. Ihr Ziel war eine Stadtrandgemeinde, die man ihnen als »absolut sicher« beschrieben hatte. Lucilla wußte es besser. Auf Gammu gab es keinen absolut sicheren Ort.

Gelbe Lichter warfen einen schwachen Schein auf die sich vor ihnen ausbreitenden Wolken und markierten so den Standort der Gemeinde. Sie stapften durch den Schneematsch und durchquerten einen Tunnel, über den sich die Ringstraße dahinzog. Dann gingen sie einen Abhang hinauf, vorbei an einer Art Obstgarten. Im schwachen Licht wirkten die Zweige kahl.

Lucilla sah zum Himmel. Die Wolken wurden dünner. Gammu hatte viele kleine Monde – festungsähnliche Nicht-Schiffe. Einige davon hatte Teg in Betrieb gestellt, aber Lucilla erblickte ganze Reihen anderer, die die Wächterrolle ebenfalls übernommen hatten. Sie schienen etwa viermal so groß zu sein wie die hellsten Sterne, und sie bewegten sich häufig nebeneinander dahin, was ihren reflektierenden Schein zwar nützlich, aber auch unberechenbar machte, da sie sich schnell bewegten. Innerhalb weniger Stunden waren sie einmal am Himmel, und dann wieder hinter dem Horizont. Durch einen Riß in den Wolken sah sie eine Kette von sechs dieser Satelliten, und sie fragte sich, ob sie zu Tegs Verteidigungssystem gehörten.

Sie dachte über die Schwäche erzeugende Belagerungsmentalität nach, die Verteidigungssysteme dieser Art repräsentierten. Teg hatte recht gehabt, was dies betraf. Mobilität war der Schlüssel zum militärischen Erfolg. Aber sie bezweifelte, daß er damit die Mobilität des Fußgängers gemeint hatte.

Auf dem schneebedeckten Hang gab es kein Versteck, das man leicht hätte aufsuchen können. Lucilla bemerkte Burzmalis Nervosität. Was sollten sie tun, wenn jetzt jemand auf sie zukam? Von ihrem Standort aus führte eine schneebedeckte Vertiefung nach links, führte in einem Winkel auf die Gemeinde zu. Es war keine Straße, aber wahrscheinlich, wie Lucilla dachte, ein Pfad.

»Hier herunter!« sagte Burzmali und führte sie auf die Vertiefung zu.

Der Schnee reichte ihnen bis an die Schenkel.

»Ich hoffe, diese Leute sind vertrauenswürdig«, sagte sie.

»Sie hassen die Geehrten Matres«, sagte Burzmali. »Das reicht mir.«

»Wehe, wenn der Ghola nicht dort ist!« Obwohl ihr noch etwas ganz anderes auf den Lippen lag, zwang sie sich, nicht mehr zu sagen als: »Mir reicht das noch lange nicht!«

Es ist besser, man erwartet das Schlimmste, war ihr Gedanke.

Was Burzmali anging, so war sie jedoch zu einer zufriedenstellenden Beurteilung gekommen. Er war wie Teg. Keiner von ihnen folgte einem Kurs, der sie in eine Sackgasse führen würde – nicht, wenn sie es vermeiden konnten. Sie vermutete, daß sie sogar in diesem Augenblick von Truppen bewacht wurden, die hinter den Büschen versteckt waren.

Der schneebedeckte Pfad endete an einem gepflasterten Weg, der sich von den Rändern her sanft nach innen wölbte und dank irgendeines Schmelzsystems schneefrei gehalten wurde. In der Straßenmitte war die Luftfeuchtigkeit höher. Lucilla hatte bereits mehrere Meter auf dem Weg zurückgelegt, als sie erkannte, womit sie es zu tun hatte – es war eine Magnetrutsche, ein uraltes Transportsystem, mit dem man irgendwann Waren oder Rohstoffe zu einer Fabrik geleitet hatte.

»Hier wird es abschüssiger«, warnte sie Burzmali. »Man hat Stufen hineingeschlagen, aber passen Sie auf! Sie sind nicht sehr tief.«

Plötzlich erreichten sie das Ende der Magnetrutsche. Sie hörte vor einer altersschwachen Mauer auf – einheimische Ziegel auf einem Plastahl-Fundament. Das schwache Sternenlicht am aufklarenden Himmel zeigte, daß hier Dilettanten an der Arbeit gewesen waren – eine typische Konstruktion aus der Zeit der Hungerjahre. Die Mauer war beinahe ganz von Ranken und Pilzen überwachsen, aber auch dies trug nicht dazu bei, das geborstene Mauerwerk und die mit schwerfälliger Hand erfolgten Flickversuche zu verbergen. Eine einzige Reihe schmaler Fenster blickte auf den Platz hinab, auf dem sich die Magnetrutsche zwischen Büschen und Gräsern verlor. Hinter drei Fenstern leuchtete es elektrisch blau. Dies zeigte an, daß hier Aktivität herrschte, aber das sagten ihr auch die leisen, knisternden Geräusche.

»Früher war dies eine Fabrik«, sagte Burzmali.

»Ich habe Augen und ein Gedächtnis«, fauchte Lucilla. Glaubte dieser grunzende Kerl etwa, sie sei vollkommen verblödet?

Irendwo links von ihnen ertönte ein leises Knarren. Eine gras- und buschbewachsene Kellertür klappte auf. Von unten drang hellgelbes Licht herauf.

»Schnell!« Burzmali führte sie mit einigen schnellen Schritten über die dichte Vegetation und dann eine Treppenflucht hinab, die hinter der sich hebenden Tür erkennbar geworden war. Die Tür schloß sich knarrend hinter ihnen. Lucilla hörte das Brummen von Maschinen.

Sie fand sich schließlich in einem großen Raum mit niedriger Decke wieder. Das Licht wurde von langen Reihen moderner Leuchtgloben erzeugt, die an massiven Plastahlträgern über ihren Köpfen hingen. Der Boden war zwar sauber geputzt, aber er wies Kratzer auf, die anzeigten, daß hier gearbeitet worden war. Hier hatten zweifellos Maschinen gestanden, die es jetzt nicht mehr gab. Irgendwo vor ihr nahm sie eine schwache Bewegung wahr. Eine junge Frau kam langsam auf sie zu. Ihr Gewand sah Lucillas Drachenrobe sehr ähnlich.

Lucilla schnüffelte. Im Innern des Raums roch es nach Säure. Ihr kam die Sache nicht ganz geheuer vor.

»Dies war eine Harkonnen-Fabrik«, sagte Burzmali. »Ich frage mich, was man hier wohl produziert hat?«

Die junge Frau blieb vor Lucilla stehen. Sie hatte eine biegsame Figur, wirkte elegant und schien unter ihrer Robe in ständiger Bewegung zu sein. Ihr Gesicht strahlte irgendwie von innen heraus, was von Erfahrung und bester Gesundheit zeugte. Ihre grünen Augen waren jedoch hart und wirkten kalt, sobald sie etwas in Augenschein nahmen.

»Man hat also mehr als eine von uns geschickt, um diesen Platz zu hüten«, sagte sie.

Als Burzmali eine Antwort geben wollte, brachte Lucilla ihn mit ausgestreckter Hand zum Schweigen. Diese Frau war nicht das, was sie zu sein schien. *So wie ich!* Lucilla wählte ihre Worte mit Bedacht. »Es scheint, daß wir einander stets erkennen.«

Die junge Frau lächelte. »Ich habe gesehen, wie du dich genähert hast. Ich konnte meinen Augen nicht trauen.« Sie maß Burzmali mit einem abfälligen Blick. »Und er sollte der Kunde sein?«

»Und der Führer«, sagte Lucilla. Sie bemerkte die Verwirrung auf Burzmalis Gesicht und betete darum, daß er keine falschen Fragen stellte. Diese junge Frau war die Gefahr in Person!

»Hat man uns nicht erwartet?« fragte Burzmali.

»Ahhh, es spricht«, sagte die junge Frau lachend. Ihr Gelächter war so kalt wie ihre Augen.

»Ich hätte es lieber, wenn Sie mich nicht als *Es* bezeichnen«, sagte Burzmali.

»Ich nenne den Gammu-Abschaum so, wie es mir paßt«, sagte die junge Frau. »Was du lieber hättest, ist mir völlig egal.«

»Was haben Sie mich genannt?« Burzmali war müde, und die unerwartete Beleidigung führte dazu, daß ihm beinahe der Kragen platzte.

»Ich nenne dich so, wie ich es will, *Abschaum!*«

Das reichte ihm. Bevor Lucilla ihn stoppen konnte, hatte Burzmali ein leises Knurren ausgestoßen und versetzte der jungen Frau eine heftige Ohrfeige.

Aber der Schlag traf sie nicht.

Lucilla beobachtete fasziniert, wie die junge Frau sich unter dem Angriff hinwegduckte. Sie packte Burzmalis Ärmel, wie man ein durch die Luft segelndes Stück Stoff ergreift, und vollführte eine dermaßen schnelle Pirouette, daß er hilflos zu Boden segelte. Die junge Frau blieb halb geduckt auf einem Bein stehen und hob das andere zu einem Tritt.

»Ich werde ihn jetzt töten«, sagte sie.

Lucilla, die keine Ahnung hatte, was nun folgen würde, bog den Körper beiseite, entkam in letzter Sekunde dem nun vorschnellenden Fuß der Frau und konterte mit einem Schlag aus dem Standardrepertoire der Bene Gesserit. Die junge Frau klappte in der Mitte zusammen und fiel auf den Rücken. Lucilla hatte sie genau in die Magengrube getroffen.

»Nur ein kleiner Hinweis darauf, daß kein Grund besteht, meinen Führer umzubringen«, sagte sie. »Wie immer du auch heißen magst.«

Die junge Frau schnappte nach Luft, dann stieß sie keuchend hervor: »Man nennt mich Murbella, Große Geehrte Mater. Du beschämst mich, daß du mich mit einem solch langsamen Schlag abwehrst. Warum tust du das?«

»Um dir eine Lektion zu erteilen«, sagte Lucilla.

»Ich trage die Robe noch nicht lange, Große Geehrte Mater. Bitte, verzeihe mir! Ich danke dir für die ausgezeichnete Lektion, und ich werde dir jedesmal danken, wenn ich mich an sie erinnere, denn vergessen werde ich sie nie.« Sie senkte den Kopf, sprang leichtfüßig auf und lächelte koboldhaft.

So kalt wie sie konnte, sagte Lucilla: »Weißt du, wer ich bin?«

Aus den Augenwinkeln heraus sah sie, daß Burzmali mit schmerzhafter Langsamkeit wieder auf die Beine kam. Er blieb abseits und beobachtete die beiden Frauen. Sein Gesicht war rot vor Zorn.

»An deiner Fähigkeit, mir eine solche Lektion zu erteilen, sehe ich, daß du die bist, die du bist, Große Geehrte Mater. Ist mir vergeben?« Das koboldhafte Lächeln war aus Murbellas Gesicht verschwunden. Sie stand mit gesenktem Kopf da.

»Dir ist vergeben. Kommt ein Nicht-Schiff hierher?«

»So sagt man. Wir sind darauf vorbereitet.« Murbella warf einen Blick auf Burzmali.

»Er ist mir noch immer nützlich, und es ist erforderlich, daß er mich begleitet«, sagte Lucilla.

»Sehr gut, Große Geehrte Mater. Schließt deine Gnade auch mit ein, daß du mir deinen Namen nennst?«

»Nein!«

Murbella seufzte. »Wir haben den Ghola gefangen«, sagte

sie. »Er kam von Süden, als Tleilaxu verkleidet. Ich wollte ihn gerade zu Bett bringen, als du ankamst.«

Burzmali humpelte auf sie zu. Lucilla erkannte, daß er die Gefahr nun erkannt hatte. Dieser »absolut sichere« Ort war in den Händen des Gegners! Aber der Gegner wußte immer noch sehr wenig.

»Der Ghola wurde nicht verletzt?« fragte Burzmali.

»Es redet immer noch«, sagte Murbella. »Wie komisch.«

»Du wirst den Ghola nicht zu Bett bringen«, sagte Lucilla. »Er ist mein ganz persönlicher Auftrag!«

»Er ist deine Beute, Große Geehrte Mater. Und ich habe ihn als erste gekennzeichnet. Er ist bereits teilweise unterworfen.«

Sie lachte erneut, und zwar mit einem gefühllosen Sichgehenlassen, das Lucilla schockierte. »Hierher. Hier ist ein Platz, von dem aus du zusehen kannst.«

Mögest du auf Caladan sterben!

Alter Trinkspruch

Duncan versuchte sich zu erinnern, wo er war. Daß Tormsa nicht mehr lebte, wußte er. Das Blut war ihm aus den Augen gespritzt. Ja, daran erinnerte er sich deutlich. Sie hatten ein finsteres Haus betreten, und plötzlich war um sie herum Licht aufgeflammt. Duncan hatte einen Schmerz im Hinterkopf verspürt. Ein Schlag? Als er sich zu bewegen versuchte, versagten die Muskeln ihm den Dienst.

Er erinnerte sich, daß er am Rande einer großen Wiese gesessen hatte. Eine Art Bowlingspiel fand dort statt – komisch anzusehende Bälle, die hin- und herflogen, ohne einer ersichtlichen Regel zu folgen. Die Spieler: junge Männer in der Nationaltracht von ... Giedi Primus!

»Sie bereiten sich darauf vor, alte Männer zu werden«, sagte er. Er erinnerte sich daran, dies gesagt zu haben.

Seine Begleiterin – eine junge Frau – hatte ihn verständnislos angesehen.

»Nur alte Männer sollten solche Spiele spielen«, sagte er.

»Oh?«

Es war eine Frage, auf die es keine Antwort gab. Sie brachte ihn mit der einfachsten aller mündlichen Gesten zum Schweigen.

Und verriet mich im nächsten Augenblick an die Harkonnens!

Also war dies eine Erinnerung aus seiner Vor-Ghola-Zeit.

Ghola!

Er erinnerte sich an die Festung der Bene Gesserit auf Gammu. Die Bibliothek: Holo- und Trifotos des Atreides-Herzogs. Leto I.! Tegs Ähnlichkeit mit ihm war kein Zufall. Er war etwas größer, aber sonst war alles gleich: das lange, schmale Gesicht mit der hohen Nase, das bekannte Atreides-Charisma ...

Teg!

Er erinnerte sich an den ritterlichen Schutz, den der alte Bashar ihm während der Nacht auf Gammu gewährt hatte.

Wo bin ich?

Tormsa hatte ihn hierhergebracht. Sie waren an einem überwachsenen Pfad in den Außenbezirken von Ysai gewesen. *Das Baronat.* Bevor sie auch nur zweihundert Meter zurückgelegt hatten, hatte es zu schneien angefangen. Nasser Schnee, der an ihm hängenblieb. Kalter, elender Schnee, der ihnen innerhalb einer Minute Zähneklappern verursacht hatte. Sie hielten an, um die Kapuzen überzuziehen und die isolierten Jacken zu schließen. So ging es besser. Aber bald würde es Nacht sein. Und viel kälter.

»Da oben werden wir Obdach finden«, sagte Tormsa. »Wir warten dort die Nacht ab.«

Als Duncan nichts sagte, meinte Tormsa: »Es ist zwar nicht warm dort, aber trocken.«

Duncan sah die grauen Umrisse eines Hauses, das dreihundert Schritte entfernt war. Es hob sich von dem schmutzigen Schnee ab und war zwei Stockwerke hoch. Er erkannte es sofort: ein Zählaußenposten der Harkonnens. Die Beobachter zählten die Menschen, die hier vorbeikamen (und manchmal töteten sie sie). Er bestand aus Lehm und war in einen einzigen Ziegelstein verwandelt worden – durch Überhitzung mit einem Brenner, der ansonsten dazu diente, den Harkonnens die Massen vom Leib zu halten.

Als sie sich dem Gebäude näherten, sah Duncan die Überreste eines Vollfeld-Abwehrschirms mit Feuerstrahlschlitzen. Sie zielten auf die Ankömmlinge. Irgend jemand hatte das System vor langer Zeit unbrauchbar gemacht. Die gezackten Löcher des Feldnetzes waren teilweise von Gebüsch überwachsen. Aber die Feuerstrahlschlitze waren offengeblieben. O ja – um den Leuten drinnen einen Blick auf Ankömmlinge zu gestatten.

Tormsa blieb stehen und lauschte. Er studierte die Umgebung mit Sorgfalt.

Duncan sah sich die Zählstation an. Er erinnerte sich gut an sie. Er sah sich nun einer Sache gegenüber, die sich wie ein deformiertes Gewächs über ein ursprüngliches Röhrengestänge ausgebreitet hatte. Die Oberseite war zu einer glasartigen Masse zerkocht. Buckel und Vorsprünge zeigten, wo sie überhitzt worden war. Der Zahn der Zeit hatte feine Kratzer hinterlassen, aber die ursprüngliche Form war geblieben. Als er aufschaute, erkannte er einen Teil des alten Suspensorliftsystems. Jemand hatte einen Block und einen Flaschenzug am Außenbalken angebracht.

Also stammte die Öffnung im Vollfeldschirm aus jüngster Vergangenheit.

Tormsa verschwand in der Öffnung.

Als hätte jemand einen Schalter betätigt, veränderte sich Duncans Erinnerung. Er befand sich mit Teg in der Bibliothek der Nicht-Kugel. Der Projektor erzeugte eine Reihe von Ansichten des modernen Ysai. Die Vorstellung des *Modernen* brachte ihn auf einen Hintergedanken. Das Baronat war eine moderne Stadt gewesen, wenn man unter modern etwas verstand, das den letzten Schrei der Technik wiedergab. Sie hatte sich bezüglich des Transports von Menschen und Material ausschließlich auf Suspensor-Leitstrahlen verlassen – alle hoch in der Luft. Keine Öffnungen auf Bodenebene. Er erklärte es Teg.

Der Plan setzte sich körperlich in eine Stadt um, die jeden möglichen Quadratmeter vertikalen und horizontalen Raums für Dinge verwendete, die mit dem Transport von Waren und Menschen nichts zu tun hatte. Die Leitstrahlenöffnungen erforderten gerade soviel Kopf- und Ellbogenfreiheit, wie man für die Universaltransporthülsen brauchte.

Teg sagte: »Die ideale Form wäre eine Röhre mit flacher Oberfläche für die Thopter.«

»Die Harkonnens bevorzugten Quadrate und Rechtecke.«

Das stimmte.

Duncan erinnerte sich mit solcher Deutlichkeit an das Baronat, daß es ihm kalt den Rücken hinunterlief. Suspensorbahnen durchzogen es wie Wurmlöcher – gerade, gewölbt, in schrägen Winkeln abbiegend ... rauf, runter, zur Seite. Abgesehen von der rechteckigen Vollkommenheit, die die Launen der Harkonnens ihm aufbürdeten, war das Baronat nach einem ausgeprägten bevölkerungsbestimmten Kriterium erbaut: maximal vollgestopft, aber mit einem Minimalaufwand an Material.

»Das Flachdach war der einzige am Menschen orientierte Platz in dem ganzen verdammten Ding!« Er erinnerte sich, dies sowohl zu Teg als auch zu Lucilla gesagt zu haben.

Oben auf den Dächern waren die Penthäuser. Wachstationen an allen Ecken: an den Thopter-Landebahnen, sämtlichen Eingängen zu ebener Erde, an allen Parks. Jene Leute, die in den obersten Etagen lebten, konnten die Menschenmassen, die sich unter ihnen in der Enge fortbewegten, vergessen. Zu ihnen drangen weder Geräusche noch Gerüche hinauf. Die Angestellten waren angehalten, ein Bad zu nehmen und die Kleider zu wechseln, bevor sie sich zeigen durften.

Teg hatte eine Frage: »Warum haben die Menschenmassen widerspruchslos in diesem engen Gewimmel ausgehalten?«

Die Antwort war offensichtlich, und Duncan gab sie ihm. Außerhalb der Häuser war es gefährlich. Und die Stadtverwalter sorgten dafür, daß es noch gefährlicher wirkte, als es so schon war. Abgesehen davon wußten nur wenige Menschen, wie ein besseres Leben aussah. Das einzige bessere Leben, das sie kannten, spielte sich für sie in den Penthäusern ab. Und der einzige Weg, sich dorthin vorzuarbeiten, bestand in absoluter Unterwürfigkeit.

»Es wird passieren, und es gibt nichts, was man dagegen tun kann!«

Wieder erklang das Echo einer Stimme in Duncans Kopf. Er hörte sie deutlich.

Paul!

Es kam Duncan komisch vor. In dieser Voraussage lag eine Arroganz, die der eines Mentaten ähnlich war, der sich ganz auf seine Logik verließ.

Ich habe Paul nie zuvor für arrogant gehalten.

Duncan schaute in einen Spiegel und musterte sein Gesicht. Mit einem Teil seines Bewußtseins erkannte er, daß auch dies eine Vor-Ghola-Erinnerung war. Abrupt war es ein anderer Spiegel – mit seinem Gesicht, aber anders. Das dunkle, rundliche Gesicht hatte härtere Züge angenommen, als sei er gealtert. Er sah in seine Augen. Ja, es waren die seinen. Er hatte einmal gehört, wie jemand seine Augen als ›Hohlräume‹ bezeichnet hatte. Sie lagen über seinen gebräunten und hohen Wangenknochen in tiefen Höhlen. Er hatte gehört, daß es schwer zu bestimmen sei, ob sie nun dunkelblau oder dunkelgrün waren. Dazu brauchte man das richtige Licht.

Eine Frau hatte dies gesagt, aber er konnte sich nicht mehr an sie erinnern.

Er wollte den Arm heben und sein Haar berühren, aber seine Hände wollten ihm nicht gehorchen. Dann fiel ihm ein, daß sein Haar gebleicht worden war. Wer hatte das getan? Eine alte Frau. Seine Frisur war jetzt nicht mehr die dunkle, lockige Kappe.

Auf der Schwelle zum Speisezimmer von Caladan stand Herzog Leto und schaute ihn an.

»Wir werden jetzt essen«, sagte der Herzog. Das war ein fürstlicher Befehl, und seine Arroganz wurde von einem dünnen Lächeln begleitet, das sagte: »Irgendeiner muß ihn ja geben.«

Was ist mit meinem Kopf los?

Er erinnerte sich, daß er Tormsa an einen Ort gefolgt war, an dem ihn angeblich ein Nicht-Schiff erwarten würde.

In der Nacht tauchte ein großes Gebäude vor ihnen auf. Unterhalb des gewaltigen Bauwerks befanden sich mehrere kleinere Anbauten. Sie schienen bewohnt zu sein. Stimmen und Maschinengeräusche drangen aus ihnen hervor. In den schmalen Fenstern zeigten sich keine Gesichter. Keine Türen öffneten sich. Duncan erkannte, daß hier irgendwo gekocht wurde, als sie an einem der größeren Anbauten vorbeikamen. Dies erinnerte ihn daran, daß er heute nur drei Streifen einer ledrigen

Substanz gegessen hatte, die Tormsa als ›Wegzehrung‹ bezeichnete.

Sie betraten das finstere Gebäude.

Lichter flammten auf.

Tormsas Augen explodierten in Blut.

Dunkelheit.

Duncan sah in das Gesicht einer Frau. Er hatte ein solches Gesicht schon einmal gesehen: als Ausschnitt in einer längeren Holosequenz. Wo war das gewesen? Wo hatte er das gesehen? Es war ein fast ovales Gesicht.

Die Frau sagte: »Mein Name ist Murbella. Du wirst dich nicht daran erinnern, aber jetzt, wo ich dich kennzeichne, sage ich es dir. Ich habe dich ausgewählt.«

Ich werde mich an dich erinnern, Murbella.

Grüne Augen, die unter gewölbten Brauen weit auseinanderstanden, versahen ihre Züge mit einem Brennpunkt, der ihr Kinn und ihren kleinen Mund für eine spätere Musterung übrigließ. Der Mund war vollippig, und er wußte, daß er sich in Ruhestellung aufwerfen konnte.

Grüne Augen starrten in die seinen. Wie kalt dieser Blick war. Und welche Macht er ausdrückte.

Etwas berührte seine Wange.

Er öffnete die Augen. Dies war keine Erinnerung! Es geschah in diesem Augenblick mit ihm! Es geschah jetzt!

Murbella! Sie war hier gewesen und hatte ihn verlassen. Jetzt war sie wieder da. Er erinnerte sich daran, daß er nackt auf einer weichen Unterlage zu sich gekommen war ... auf einer Matratze. Seine Hände ertasteten sie. Murbella stand über ihm und zog sich gerade aus. Ihre grünen Augen musterten ihn mit schrecklicher Intensität. Sie berührte ihn gleichzeitig an mehreren Stellen. Über ihre Lippen drang ein leises Summen.

Er spürte eine rasche Erektion, die in ihrer Starrheit schmerzhaft war.

In ihm war keinerlei Widerstandskraft mehr. Ihre Hände fuhren über seinen Leib. Ihre Zunge. Dieses Summen! Ihr Mund berührte ihn überall. Ihre Brustwarzen streiften über seine Wangen, seinen Oberkörper. Als er ihre Augen sah, erkannte er ihre Absicht.

Murbella war zurückgekehrt – und machte weiter!

Über ihrer rechten Schulter erblickte er ein breites Plaz-Fenster – und dahinter standen Lucilla und Burzmali. *Ein Traum?* Burzmali drückte beide Handflächen gegen das Plaz. Lucilla hatte die Arme vor der Brust verschränkt. Auf ihrem Gesicht spiegelten sich Zorn und Neugier.

Murbella flüsterte in sein rechtes Ohr: »Meine Hände sind das Feuer.«

Ihr Leib verhüllte nun die Gesichter hinter der Plaz-Scheibe. Er spürte das Feuer, überall wo sie ihn berührte.

Plötzlich verschlang die Flamme seinen Geist. Verborgene Zonen in seinem Innern erwachten zum Leben. Vor seinen Augen bewegten sich rote Kapseln, sie waren wie glänzende Kugeln auf einer Leine aufgereiht. Er glaubte Fieber zu haben. Er war eine verschluckte Kapsel. In seinem Geist flammte die Erregung. Diese Kapseln! Er kannte sie! Sie waren sein Ich ... sie waren ...

Sämtliche Duncan Idahos – der ursprüngliche und die serienmäßig hergestellten Gholas – ergossen sich in sein Bewußtsein. Sie waren wie platzende Samenschoten, die außer sich selbst jegliche Existenz verleugneten. Er sah sich, wie er unter einem riesigen Wurm mit einem menschlichen Gesicht zerschmettert wurde.

»*Verdammt sollst du sein, Leto!*«

Zerschmettert ... zerschmettert ... zerschmettert ... wieder und immer wieder.

»Verdammt! Verdammt! Verdammt!«

Er starb unter dem Hieb eines Sardaukar-Schwertes. In ihm explodierte eine gleißende Helligkeit, die von Finsternis verschluckt wurde.

Er starb bei einem Thopterabsturz. Er starb an einem Messerstich, den ihm ein Meuchelmörder der Fischredner versetzte. Er starb und starb und starb ...

Und er lebte.

Die Erinnerungen überfluteten ihn, bis er sich fragte, wie er sie alle bewahren sollte. Der Liebreiz einer neugeborenen Tochter, die er in den Armen hielt. Der Moschusduft einer leidenschaftlichen Gefährtin. Die charakteristische Würze feinster caladanischer Weine. Die schweißtreibenden Anstrengungen im Übungssaal.

Die Axolotl-Tanks!

Er erinnerte sich daran, daß er immer und immer wieder emporgestiegen war: helle Lichter und weiche, mechanische Hände. Die Hände versetzten ihn in Rotation, und mit dem verschwommenen Blick eines Neugeborenen erkannte er eine gewaltige Erhebung weiblichen Fleisches, die in ihrer beinahe unbeweglichen Korpulenz geradezu monströs war ... ein Irrgarten aus dunklen Röhren verband ihren Leib mit riesigen Metallbehältern.

Ein Axolotl-Tank?

Die auf ihn einstürzenden Erinnerungen hatten ihn voll im Griff und ließen ihn aufkeuchen. *All diese Leben! All diese Leben!* Jetzt wußte er, was die Tleilaxu in ihn eingepflanzt hatten: das verborgene Bewußtsein, das nur auf diesen Moment der Verführung durch eine Einprägerin der Bene Gesserit wartete.

Nur daß dies Murbella war – und sie war *keine* Bene Gesserit!

Aber sie war da, zu allem bereit, und der Tleilaxu-Plan steuerte seine Reaktionen.

Duncan summte leise und berührte sie. Er bewegte sich mit einer Geschmeidigkeit, die Murbella schockierte. *Er dürfte so leidenschaftlich nicht reagieren! Nicht auf diese Weise!* Seine rechte Hand strich tastend über ihre Schamlippen, während seine Linke ihre Brüste liebkoste. Gleichzeitig glitt sein Mund zärtlich über ihre Nase, bis zu ihren Lippen hinab, und dann zu ihrer linken Achselhöhle.

Und die ganze Zeit über summte er einen leisen Rhythmus, der ihren Leib erbeben ließ, sie einlullte ... und schwächte.

Sie versuchte sich von ihm zu lösen, als er den Rhythmus ihrer Reaktionen erhöhte.

Woher wußte er, daß er mich in genau diesem Augenblick dort berühren mußte? Und dort! Und dort! Oh, Heiliger Felsen von Dur, woher weiß er es?

Duncan bemerkte das Anschwellen ihrer Brüste und sah das Beben ihrer Nasenflügel. Er stellte fest, daß ihre Brustwarzen steil aufgerichtet waren und die sie umgebenden Warzenhöfe sich verdunkelten. Sie stöhnte und spreizte weit die Beine.

Große Mater, steh mir bei!

Aber die einzige Große Mater, an die sie jetzt zu denken vermochte, stand in sicherer Entfernung von diesem Raum – zurückgehalten von einer verschlossenen Tür und einer Plaz-Barriere.

Die Kraft der Verzweiflung durchfloß Murbella. Sie reagierte auf die einzige Weise, die sie kannte: mit Berührungen und Liebkosungen. Sie setzte alle Techniken ein, die sie in den langen Jahren ihrer Schulung mit größter Sorgfalt studiert hatte.

Und auf alles, was sie tat, reagierte Duncan mit einer Gegenbewegung, die sie noch mehr in Erregung versetzte.

Murbella sah ein, daß sie nicht mehr fähig war, ihre gesamten Kenntnisse einzusetzen. Sie reagierte nur noch automatisch – aufgrund von Reflexen, die tiefer lagen als alles, was ihre Schulung ihr beigebracht hatte. Sie spürte, wie ihre Vaginalmuskeln sich verengten. Sie spürte, daß sie unkontrolliert Gleitflüssigkeit abgab. Als Duncan in sie eindrang, hörte sie sich aufstöhnen. Ihre Arme, ihre Hände, ihre Beine – ihr gesamter Körper bewegte sich aufgrund zweier Reaktionssysteme: dem der geschulten Gliederpuppe und dem des tiefer und tiefer eintauchenden Wissens um das eigene Verlangen.

Wie hat er das gemacht?

In ihren geschmeidigen Beckenmuskeln kam es zu ekstatischen Kontraktionswellen. Sie spürte seine simultane Reaktion und dann das mächtige Kommen seiner Ejakulation. Dies erhöhte ihre eigene Reaktion noch. Ein ekstatisches Beben durchlief ihre verengte Vagina nach außen hin ... nach außen hin ... nach außen hin. Die Ekstase legte ihr gesamtes Sensorium lahm. Vor den geschlossenen Lidern sah sie einen weißen, sich ausbreitenden Feuerfunken. Jeder ihrer Muskeln bebte in einer Ekstase, die sie für sich persönlich für unmöglich gehalten hatte.

Und wieder drängten die Wellen nach außen.

Und wieder. Und wieder ...

Sie zählte nicht mehr mit.

Als Duncan stöhnte, stöhnte sie ebenfalls. Und dann ging es wieder von vorne los.

Und wieder ...

Sie verlor das Gefühl für die Zeit und die Umgebung. Sie gab sich ganz der fortwährenden Ekstase hin.

Sie wollte, daß es bis in alle Ewigkeit so weiterging. Sie wollte, daß es aufhörte. Dies durfte einer Frau nicht passieren! Eine Geehrte Mater durfte solche Erfahrungen nicht machen. Mit Gefühlen dieser Art wurden Männer beherrscht, nicht Geehrte Matres!

Duncan tauchte aus der Reaktionsweise, die man ihm implantiert hatte, auf. Es gab noch etwas, daß er tun mußte. Aber er konnte sich nicht daran erinnern.

Lucilla?

Er stellte sich vor, daß sie tot vor ihm lag. Aber diese Frau hier war nicht Lucilla. Sie hieß ... – sie hieß Murbella.

Es war nur noch sehr wenig Kraft in ihm. Er ließ von Murbella ab und brachte es fertig, sich auf die Knie sinken zu lassen. Ihre Hände tasteten ziellos und aufgeregt hin und her. Das verstand er nicht.

Murbella versuchte Duncan von sich zu schieben, aber er war nicht mehr da. Sie riß die Augen auf.

Duncan kniete über ihr. Sie hatte keine Ahnung, wieviel Zeit vergangen war. Sie wollte sich aufrappeln, aber sie schaffte es nicht. Langsam kehrte ihre Vernunft zurück.

Sie starrte in Duncans Augen. Sie wußte jetzt, wer dieser Mann war. Mann? Er war nur ein Junge. Aber er hatte Dinge vollbracht ... Dinge ... Man hatte die Geehrten Matres ausnahmslos gewarnt. Es gab einen Ghola, der mit dem verbotenen Wissen der Tleilaxu ausgestattet war. Dieser Ghola mußte getötet werden!

Ein wenig Energie kehrte in ihre Muskeln zurück. Sie erhob sich auf die Ellbogen. Nach Luft ringend versuchte sie sich von ihm wegzurollen. Aber sie fiel auf die weiche Unterlage zurück.

Beim Heiligen Felsen von Dur! Dieser Mann durfte nicht weiterleben! Er war ein Ghola und konnte Dinge vollbringen, die nur den Geehrten Matres erlaubt waren. Sie wollte auf ihn einschlagen – und ihn zur gleichen Zeit auf ihren Leib zurückziehen. *Diese Ekstase!* Sie wußte, daß sie alles tun würde, was er in diesem Moment von ihr verlangen würde.

Nein! Ich muß ihn töten!

Erneut erhob sie sich auf die Ellbogen, und schließlich schaffte sie es, sich aufrecht hinzusetzen. Ihr geschwächter Blick fiel auf das Fenster, hinter dem sie die Große Geehrte Mater und ihren Führer erblickte. Sie standen immer noch da und sahen sie an. Das Gesicht des Mannes war gerötet. Das Gesicht der Großen Geehrten Mater war so unbeweglich wie der Felsen von Dur.

Wie kann sie nur so dastehen, nach dem, was sie hier gesehen hat? Die Große Geehrte Mater muß diesen Ghola umbringen!

Murbella winkte der Frau hinter dem Plaz-Fenster zu und rollte sich zur neben der Unterlage befindlichen Tür. Sie schaffte es gerade noch, sie aufzuschließen und zu öffnen, bevor sie nach hinten fiel. Ihre Augen musterten den knienden Jungen. Auf seinem Körper glitzerte Schweiß. Sein lieblicher Körper ...

Nein!

Die Verzweiflung brachte sie wieder auf die Beine. Sie kam auf die Knie, und dann, mit letzter Willenskraft, stand sie auf. Allmählich kehrte die Kraft in sie zurück, aber ihre Beine zitterten, als sie um die Matratze herumstolperte.

Ich werde es tun, ohne dabei zu denken. Ich muß es tun.

Sie torkelte von einer Seite zur anderen. Sie versuchte sich aufrecht zu halten und zielte nach seinem Hals. Sie hatte diesen Schlag lange geübt. Er würde seinen Kehlkopf zermalmen. Er würde an Asphyxie sterben.

Duncan wehrte den Schlag mit Leichtigkeit ab, aber er war langsam ... langsam.

Murbella wäre beinahe neben ihn hingefallen, aber die Große Geehrte Mater fing sie auf.

»Töte ihn!« röchelte Murbella. »Er ist derjenige, vor dem man uns gewarnt hat! Er ist es!«

Sie spürte, wie Hände ihren Hals berührten. Finger drückten blitzschnell auf die Nervenbündel unterhalb ihrer Ohren.

Das letzte, was sie zu hören bekam, bevor sie die Besinnung verlor, war die Große Geehrte Mater, die sagte: »Wir bringen niemanden um. Dieser Ghola geht nach Rakis.«

> *Die schlimmstmögliche Konkurrenz eines jedweden Organismus kann aus seiner eigenen Art erwachsen. Die Spezies verschleißt Notwendigkeiten. Wachstum wird von jener Notwendigkeit begrenzt, die in der geringsten Menge enthalten ist. Der am wenigsten geliebte Umstand kontrolliert die Wachstumsrate (Gesetz des Minimums).*
>
> Aus ›Lehren von Arrakis‹

Das Gebäude lag ein Stück von der Allee ab. Es stand hinter einer Baumreihe und sorgfältig arrangierten, blühenden Hecken. Man hatte die Hecken nach dem Muster eines Irrgartens angelegt – mit mannshohen weißen Pfosten, um die bepflanzten Zonen anzuzeigen. Auf diese Weise konnte kein Fahrzeug, das das Grundstück verließ, schneller als im Schneckentempo vorwärtskommen. Tegs militärisches Verständnis erkannte all dies mit einem Blick, während das gepanzerte Bodenfahrzeug auf das Tor zusteuerte. Feldmarschall Muzzafar, der einzige, der außer ihm im Fond des Wagens saß, erkannte Tegs Feststellung und sagte:

»Wir werden von oben durch ein Strahl-Flankenfeuersystem beschützt.«

Ein Soldat im Tarnanzug, der eine lange Lasgun an einer Schlinge über der Schulter trug, öffnete das Tor und knallte die Hacken zusammen, als Muzzafar ausstieg.

Teg folgte ihm. Er kannte diesen Ort. Es war eine der ›sicheren‹ Adressen, mit denen der Sicherheitsdienst der Bene Gesserit ihn versorgt hatte. Die Informationen der Schwesternschaft waren offenbar nicht gerade auf dem neuesten Stand. Vielleicht erst seit kurzem, denn Muzzafar machte keine Andeutung, daß Teg dieses Haus kennen müsse.

Während sie zur Tür gingen, fiel Teg auf, daß eins der Schutzsysteme, das er während seiner Inspektionsreise gesehen hatte, immer noch intakt war. Es war ein kaum merklicher Unterschied in den Pfosten, die an den Baum- und Heckenbarrieren standen. Diese Pfosten waren Scanlyzer, die von einem Raum im Innern des Gebäudes bedient wurden. Ihre diamantenförmigen Verbindungsklemmen beobachteten das zwischen ihnen und dem Haus liegende Gebiet. Ein sanfter Druck auf einen Knopf im Beobachterraum genügte – dann würden die Scanlyzer aus jedem lebenden Wesen, das sich hier herumtrieb, winzige Fleischfetzchen machen.

Muzzafar blieb an der Tür stehen und sagte zu Teg: »Die Geehrte Mater, die Sie gleich treffen werden, ist von allen, die hierhergekommen sind, die mächtigste. Sie toleriert außer totalem Gehorsam nichts.«

»Ich nehme an, das soll eine Warnung sein.«

»Ich dachte mir, daß Sie es verstehen würden. Nennen Sie sie Geehrte Mater. Nichts anderes. Wir gehen jetzt rein. Ich habe mir die Freiheit genommen, Ihnen eine neue Uniform anfertigen zu lassen.«

Der Raum, in den Muzzafar ihn führte, gehörte zu jenen, die Teg während seiner Reise nicht gesehen hatte. Er war klein und mit schwarzen, hölzernen Kisten vollgestopft, so daß sie kaum genug Platz für sich hatten. Ein einzelner gelber Leuchtglobus an der Decke erhellte die Kammer. Muzzafar drückte sich in eine Ecke, während Teg aus seinem zerknitterten und beschmutzten Einteiler stieg, den er seit dem Verlassen der Nicht-Kugel getragen hatte.

»Tut mir leid, daß ich Ihnen nicht auch mit einem Bad dienen kann«, sagte Muzzafar. »Aber wir dürfen uns nicht verspäten. Sie wird sonst ungeduldig.«

Als Teg die Uniform angezogen hatte, fühlte er sich wie ein anderer Mensch. Der schwarze Stoff war ihm bekannt, und auch die funkelnden Sterne am Kragen. Er sollte also als der Bashar der Schwesternschaft vor dieser Geehrten Mater erscheinen. Interessant. Er fühlte sich jetzt wieder ganz als Bashar, obwohl ihn das starke Bewußtsein seiner Identität nie ganz verlassen hatte. Aber die Uniform schloß den Kreis. In diesem Aufzug gab es für ihn keinen Grund mehr, auf eine andere Art darauf hinzuweisen, wer er war.

»Schon besser«, sagte Muzzafar, als er Teg durch die Eingangshalle und durch eine Tür führte, an die er sich erinnerte. Ja, hier war er gewesen. Hier hatte er die »sicheren« Kontaktleute getroffen. Er hatte den Zweck, dem der Raum diente, damals durchschaut, und seither schien sich nichts verändert zu haben. Dort, wo Wände und Decke einander trafen, befanden sich Reihen mikroskopisch kleiner Kom-Augen. Man hatte sie als Silberleitstreifen für die schwebenden Leuchtgloben getarnt.

Wer beobachtet wird, sieht nichts, dachte Teg. *Aber die Beobachter haben eine Milliarde Augen.*

Seine verdoppelte Vision sagte ihm, daß es hier nicht ungefährlich war. Aber momentan drohte keine Gewaltanwendung.

Dieser Raum – er war etwa fünf Meter lang und vier Meter breit – diente zur Klärung von Geschäften auf allerhöchster Ebene. Der Handel stellte seinen monetären Reichtum nie wirklich zu Schau. Wer hier zu Gast war, bekam nichts anderes zu sehen als die beweglichen Pendants dessen, was eine Währung ausmachte – Melange vielleicht, oder augapfelgroße, milchige Soosteine, perfekt gerundet, von glattem, weichem Äußeren. Wenn man sie berührte oder Licht auf sie einwirken ließ, strahlten sie in allen Farben des Regenbogens. Dies war ein Ort, an dem man einen Koffer voller Melange oder eine Schürze voller Soosteine wie ein ganz gewöhnliches Ereignis hinnahm. Hier konnte man den Preis für einen ganzen Planeten mit einem einzigen Nicken, einem Blinzeln oder einem leisen Murmeln festlegen. An diesem Ort würde niemals jemand eine Geldbörse zücken. Was dem am nächsten kam, war vielleicht ein dünnes Transluxköfferchen, aus dessen von Giftnadeln beschütztem Inneren dünne Scheiben ridulianischen Kristalls entnommen wurden, auf denen – von unfälschbaren Datendruckern erzeugt – sehr große Zahlen geschrieben standen.

»Dies ist eine Bank«, sagte Teg.

»Was?« Muzzafar hatte auf die geschlossene Tür in der gegenüberliegenden Wand gestarrt. »O ja. Sie wird gleich hier sein.«

»Natürlich beobachtet sie uns jetzt.«

Muzzafar antwortete nicht, sah aber finster vor sich hin.

Teg schaute sich um. Hatte sich seit seinem letzten Besuch irgend etwas hier verändert? Er stellte keine umwerfenden Veränderungen fest. Er fragte sich, ob Tempel dieser Art überhaupt während der vergangenen Äonen viele Veränderungen erfahren hatten. Auf dem Boden lag ein Tauteppich, der so weich war wie Vogelgefieder und so weiß wie der Bauch eines Pelzwals. Er glänzte in einer trügerischen Feuchtigkeit, die nur das Auge wahrnahm. Ein nackter Fuß (der sich über diesen Teppich natürlich noch nie hinwegbewegt hatte), würde ihn als absolut trocken empfinden.

Etwa im Mittelpunkt des Raumes stand ein etwa zwei Meter langer Tisch. Die Platte war beinahe zwei Zentimeter dick. Wahrscheinlich danisches Jacarandaholz. Man hatte die tiefbraune Oberfläche poliert. Sie glänzte so, daß man sich in ihr spiegeln konnte, und offenbarte Adern, die wie reißende Ströme wirkten. Um den Tisch herum standen vier Admiralsstühle wie der Tisch. Die Sitzfläche der Stühle – und die Rückenlehnen – waren aus Lyrleder und wiesen die gleiche Färbung auf wie das polierte Holz.

Nur vier Stühle. Mehr wären eine Übertreibung gewesen. Er hatte zwar damals keinen dieser Stühle ausprobiert und setzte sich auch jetzt nicht hin, aber er wußte, auf was sein Körper dort stoßen würde – auf eine Bequemlichkeit, die der eines geringgeschätzen Stuhlhundes nahekam. Natürlich wiesen die Stühle nicht den hundertprozentig gleichen Grad an Weichheit und Anpassung bezüglich des Körpers auf. Übertriebene Bequemlichkeit konnte dazu führen, daß der Sitzende sich entspannte. Dieser Raum und seine Möblierung sagten: »Mach es dir bequem, aber bleibe vorsichtig.«

Man mußte an diesem Ort nicht nur seine fünf Sinne beisammenhalten, dachte Teg, sondern auch eine ordentliche Streitmacht im Rücken. Zu dieser Ansicht war er schon damals gekommen, und daran hatte sich nichts geändert.

Es gab keine Fenster hier, aber diejenigen, die er von draußen gesehen hatte, hatten tanzende Lichtstrahlen aufgewiesen – energetische Barrieren, um Eindringlinge abzuwehren und Fluchtversuche zu vereiteln. Barrieren dieser Art brachten ihre eigenen Gefahren mit sich, das war Teg klar, aber die Implikationen waren von Wichtigkeit. Nur um ihren Energiefluß aufrechtzuerhalten, bedurfte es des Stromes einer ganzen Großstadt – und zwar für das Lebensalter ihres langlebigsten Einwohners.

Es war nichts Zufälliges an dieser Zurschaustellung des Reichtums. Die Tür, die Muzzafar ansah, öffnete sich mit einem leisen Klicken.

Gefahr!

Eine Frau in einer schimmernden, goldenen Robe huschte in den Raum. Das Gewebe ihres Gewandes wies rot-orangefarbene Streifen auf.

Sie ist alt!

Teg hatte nicht damit gerechnet, daß sie *so* alt war. Ihr Gesicht war eine runzlige Maske. Ihre Augen lagen tief in den Höhlen und schimmerten wie grüne Eisblöcke. Ihre Nase war ein langgezogener Zinken, der einen so langen Schatten warf, daß er ihre dünnen Lippen berührte und den spitzen Winkel ihres Kinns betonte. Ein schwarzes Seidenkäppchen bedeckte ihr graues Haar fast völlig.

Muzzafar verbeugte sich.

»Laß uns allein!« sagte sie.

Er ging wortlos hinaus – durch jene Tür, durch die sie eingetreten war. Als sie sich hinter ihm geschlossen hatte, sagte Teg: »Geehrte Mater?«

»Sie haben also erkannt, daß es eine Bank ist.« Ihre Stimme zitterte nur leicht.

»Natürlich.«

»Es gibt stets Mittel und Wege, große Summen an Kaufkraft zu transferieren«, sagte sie. »Und wenn ich von Kraft spreche, meine ich damit nicht die Energie, mit deren Hilfe man Fabriken am Laufen hält, sondern Kräfte, die das Volk am Laufen halten.«

»Und die belegt man dann mit solchen Namen wie Regierung, Gesellschaft oder Zivilisation«, sagte Teg.

»Ich dachte mir schon, daß Sie sehr intelligent sein müssen«, sagte sie. Sie zog einen Stuhl zurück und setzte sich, ohne Teg zu verstehen zu geben, daß er ebenfalls Platz nehmen solle. »Ich sehe mich als Bankier. Das erspart mir eine Menge tiefschürfender und qualvoller Worte.«

Teg gab keine Antwort. Es schien kein Grund dafür vorhanden zu sein. Er starrte sie an.

»Warum starren Sie mich so an?« fragte sie.

»Ich hatte nicht erwartet, daß Sie so alt sind«, erwiderte er.

»Wir haben noch viele Überraschungen für Sie, Bashar. Später wird vielleicht eine jüngere Geehrte Mater Ihren Namen flüstern, um Sie zu kennzeichnen. Preisen Sie Dur, wenn es soweit ist!«

Teg nickte, obwohl er nicht viel von dem verstand, was sie sagte.

»Auch dieses Gebäude ist sehr alt«, sagte sie. »Ich habe Sie beobachtet, als Sie eintraten. Überrascht Sie das auch?«

»Nein.«

»Dieses Gebäude ist seit mehreren Jahrtausenden nicht mehr verändert worden. Es wurde aus einem Material gebaut, das noch viel länger halten wird.«

Teg sah sich den Tisch an.

»Oh, nicht das Holz. Aber darunter befinden sich Polastin, Polaz und Pormabat. Wenn sie sich als notwendig erweisen, rümpft niemand über die 3-PO's die Nase.«

Teg sagte immer noch nichts.

»Die Notwendigkeit«, sagte sie. »Haben Sie Einwände gegen irgendeine der Notwendigkeiten, mit denen gegen Sie verfahren wurde?«

»Meine Einwände spielen doch keine Rolle«, sagte Teg. Auf was zielte sie ab? Sie studierte ihn natürlich. So, wie er sie studierte.

»Glauben Sie, daß andere je Einwände gegen das vorzubringen hatten, wie Sie mit ihnen verfahren sind?«

»Zweifellos.«

»Sie sind ein geborener Kommandant, Bashar. Ich glaube, Sie werden sich für uns als äußerst wertvoll erweisen.«

»Ich habe immer gedacht, ich sei mir selbst am meisten wert.«

»Bashar! Sehen Sie mir in die Augen!«

Er gehorchte und sah, daß in ihrem Augenweiß kleine orangefarbene Flecke hin- und hertrieben. Der Eindruck der Gefahr verstärkte sich.

»Wenn Sie meine Augen je völlig orangefarben sehen, geben Sie auf sich acht!« sagte sie. »Dann haben Sie mich dermaßen provoziert, daß ich Sie nicht mehr tolerieren kann!«

Teg nickte.

»Es gefällt mir, daß Sie kommandieren können, aber kommandieren Sie nicht mich! Sie kommandieren die Proleten – und das ist die einzige Aufgabe, die wir für jemanden wie Sie haben.«

»Die Proleten?«

Sie machte eine wegwerfende Handbewegung. »Die da draußen. Sie kennen sie. Die mit dem Schmalspurverständnis. Denen große Dinge nicht einmal zu Bewußtsein kommen.«

»Also habe ich Sie doch richtig verstanden.«

»Wir arbeiten daran, daß es auch so bleibt«, sagte sie. »Alles, was sie erfahren, geht zunächst durch einen engen Filter, der alles zurückhält außer dem, was für sie von momentanem Überlebenswert ist.«

»Also keine großen Dinge«, sagte Teg.

»Sie fühlen sich abgestoßen, aber das tut nichts zur Sache«, erwiderte sie. »Für die da draußen sind die großen Dinge die folgenden: ›Werde ich heute was zu essen kriegen?‹ – ›Werde ich heute nacht ein Obdach haben, über das kein Gesindel hereinbricht?‹ Luxus? Luxus ist der Besitz einer Droge oder eines Angehörigen des anderen Geschlechts, der die Bestie für eine Zeit im Zaume halten kann.«

Und die Bestie bist du, dachte Teg.

»Ich opfere Ihnen einige Zeit, Bashar, weil ich sehe, daß Sie für uns von noch größerem Wert sein könnten als Muzzafar. Und er ist schon ein einem ungeheuren Wert. Momentan erhält er gerade seine Belohnung dafür, daß er Sie in einem aufnahmebereiten Zustand zu uns gebracht hat.«

Als Teg keine Antwort gab, kicherte sie. »Sie halten sich nicht für aufnahmebereit?«

Teg zwang sich zur Ruhe. Hatte man ihm mit der Nahrung irgendeine Droge verabreicht? Er sah das Geflimmer seiner verdoppelten Vision, aber das, was auf Gewalt hindeutete, war mit dem Verschwinden der orangefarbenen Punkte aus den Augen der Geehrten Mater erloschen. Dennoch mußte er auf ihre Beine achten. Es waren tödliche Waffen.

»Es ist nur so, daß Sie die Proleten völlig falsch einschätzen«, sagte sie. »Glücklicherweise setzen sie sich ihre Grenzen selber. Irgendwie scheint ihr beschränkter Geist ihnen klarzumachen, daß sie keine Zeit dafür haben, sich mit etwas anderem zu beschäftigen als ihrem gegenwärtigen Dasein.«

»Kann man sie nicht weiterentwickeln?«

»Man darf sie nicht weiterentwickeln! Oh, wir achten schon darauf, daß sie Weiterbildung bestenfalls für ein Hobby halten. Und so erreichen sie natürlich nichts.«

»Noch ein Luxus, den man ihnen verwehren muß«, sagte Teg.

»Es ist kein Luxus! Es gibt keinen! Er muß jederzeit hinter einer Barriere liegen, die wir protektive Ignoranz nennen.«

»Was man nicht weiß, kann einem auch nicht wehtun.«

»Ihr Ton gefällt mir nicht, Bashar.«

Erneut tanzten orangefarbene Flecke über ihre Augäpfel. Das Gefühl der Gefahr nahm jedoch wieder ab, als sie kicherte. »Die Sache, vor der man sich in acht nimmt, ist das Gegenteil dessen, *was man nicht weiß*. Wir lehren, daß neues Wissen gefährlich sein kann. Und die Auswirkung dessen ist: Neues Wissen ist Anti-Überleben!«

Die Tür hinter der Geehrten Mater öffnete sich und Muzzafar kehrte zurück. Er wirkte wie ausgewechselt: sein Gesicht war gerötet, seine Augen glänzten. Hinter dem Stuhl der Geehrten Mater blieb er stehen.

»Eines Tages«, sagte sie zu Teg, »werde ich auch Ihnen gestatten, so hinter mir zu stehen. Er steht in meiner Macht.«

Teg fragte sich, was sie mit Muzzafar angestellt hatten. Der Mann sah fast so aus, als stünde er unter Drogen.

»Verstehen Sie, daß ich diese Macht habe?« fragte die Geehrte Mater.

Teg räusperte sich. »Es ist offensichtlich.«

»Ich betreibe eine Bank, wissen Sie es noch? Wir haben für unseren treuen Muzzafar gerade eine Einzahlung getätigt. Bist du uns dankbar dafür, Muzzafar?«

»Das bin ich, Geehrte Mater.« Seine Stimme war heiser.

»Ich bin sicher, daß Sie diese Art der Macht ganz allgemein verstehen, Bashar«, sagte sie. »Die Bene Gesserit haben Sie bestens geschult. Sie sind ziemlich talentiert, aber ich fürchte, nicht so wie wir.«

»Und mir hat man gesagt, Sie seien ziemlich zahlreich«, sagte Teg.

»Unsere Anzahl macht es nicht aus, Bashar. Eine Macht wie die unsere verfügt über Kanalisierungsmethoden, die auch von kleinen Gruppen gesteuert werden kann.«

Sie war wie eine Ehrwürdige Mutter, fiel Teg auf. Jedenfalls in dem, wie sie Antworten zu geben schien, ohne viel dabei zu enthüllen.

»Im wesentlichen«, sagte sie, »ist es einer Macht wie der unseren gestattet, zum Kern des Überlebenswillens vieler Völker zu werden. Und *dann* reicht uns die Drohung des Rückzuges, um uns die Herrschaft zu sichern.« Sie warf einen Blick über die Schulter. »Hast du den Wunsch, daß wir dir unsere Gnade entziehen, Muzzafar?«

»Nein, Geehrte Mater.« Er zitterte tatsächlich!

»Sie haben eine neue Droge gefunden«, sagte Teg.

Ihr Gelächter war spontan und laut, beinahe heiser. »Nein, Bashar! Wir haben eine alte.«

»Und Sie wollen, daß ich davon abhängig werde?«

»Wie alle anderen, die wir beherrschen, haben Sie die Wahl, Bashar: Tod oder Unterwerfung.«

»Eine Wahl, die man wohl schon vor Urzeiten gehabt hat«, sagte Teg. War das die Bedrohung, die ihm unmittelbar bevorstand? Er witterte keinerlei Gewalt. Eher das Gegenteil. Seine verdoppelte Vision ließ ihn Dinge mit extrem sinnlichen Obertönen erkennen. Glaubte sie, man könnte ihn einer Einprägung unterziehen?

Sie lächelte ihn an. Es war ein wissender Ausdruck in ihrem Gesicht, doch dahinter verbarg sich Kälte.

»Wird er uns bestens dienen, Muzzafar?«

»Ich glaube schon, Geehrte Mater.«

Teg runzelte nachdenklich die Stirn. Irgendwie verkörperte dieses Paar etwas zutiefst Böses. Es wandte sich gegen jede Moral, auf der sein Verhalten basierte. Es war gut, fiel ihm ein, daß keiner der beiden von diesem seltsamen Phänomen wußte, das seine Reaktionen beschleunigte.

Sie schienen seine Verwirrung und Fassungslosigkeit zu genießen.

Teg beruhigte sich, indem er sich klarmachte, daß keiner der beiden das Leben wirklich liebte. Er sah dies mit dem klaren Blick des Bene Gesserit-Geschulten. Die Geehrte Mater und Muzzafar hatten alles vergessen – oder, was wahrscheinlicher war: aufgegeben –, was den Überlebenswillen des glücklichen Menschen unterstützte. Wahrscheinlich waren sie nicht einmal mehr fähig, an ihrem eigenen Körper eine echte Quelle der Freude zu finden. Ihre Existenz war in erster Linie die von Voyeuren, ewigen Beobachtern, die sich stets daran erinnern mußten, wie es gewesen war, bevor aus ihnen das geworden war, was immer sie jetzt auch sein mochten. Und sogar wenn sie in einer Vorstellung dessen wateten, was einst für sie eine Befriedigung dargestellt hatte: Sie mußten jedesmal in neue Extreme verfallen, um auch nur die Außenzonen ihrer Erinnerung zu erreichen.

Das Grinsen der Geehrten Mater wurde breiter. Sie zeigte eine Reihe blitzend weißer Zähne. »Sieh ihn dir an, Muzzafar! Er hat nicht die geringste Vorstellung von dem, was wir können.«

Teg hörte zu – aber mit seinem Bene Gesserit-Blick nahm er auch wahr. In diesen beiden war nicht einmal mehr ein Milligramm an Unbefangenheit. Sie erwarteten keine Überraschungen mehr. Nichts war mehr wirklich neu für sie. Dennoch planten und ersannen sie weiter, hoffend, daß *dieses* Extrem die Erregung, an die sie sich erinnerten, hervorrufen würde. Natürlich wußten sie, daß dem nicht so war, und sie waren darauf eingestellt, daß dieses Erlebnis ihnen nur noch mehr brennende Unrast eintragen würde – bis sie für den nächsten Versuch, das Unerreichbare zu erringen, bereit waren. Das war ihr Gedankengang.

Teg produzierte ein Lächeln für sie, in das er alle Fähigkeiten hineinlegte, die ihm die Bene Gesserit beigebracht hatten. Es war ein Lächeln voller Mitleid; ein Lächeln, das sein Verständnis und die echte Freude über seine Existenz ausdrückte. Er wußte, daß es die tödlichste Beleidigung war, die er ihnen entgegenschleudern konnte, und er sah, daß sie traf. Muzzafar stierte ihn an. Die Geehrte Mater wechselte von orangeäugiger Wut in abrupte Überraschung über, und dann, ziemlich langsam, zeigte sie allmählich Freude. Das hatte sie nicht erwartet! Es war völlig neu für sie!

»Muzzafar«, sagte sie, während der orangefarbene Farbton aus ihren Augen verschwand, »bringe die Geehrte Mater herein, die auserwählt wurde, unseren Bashar zu kennzeichnen.«

Teg – seine verdoppelte Vision ließ ihn die Gefahr nun erkennen – verstand endlich. Er war sich seiner eigenen Zukunft bewußt. Je weiter die Wellen der Stärke in ihm zunahmen, desto weiter reichte auch sie. Die unfaßbare Veränderung fand weiter in ihm statt! Er fühlte expandierende Energien. Mit ihnen kam das Verstehen. Und die Wahl, die er hatte. Er sah sich selbst wie einen Tornado durch das Gebäude fegen. Hinter ihm: verstreut herumliegende Leichen (darunter auch Muzzafar und die Geehrte Mater). Als er ging, sah der gesamte Komplex wie ein Schlachthaus aus.

Muß ich es tun? fragte er sich.

Für jeden, den er umbrachte, würden noch mehr sterben müssen. Er sah die Notwendigkeit jedoch ein, ebenso, wie er endlich den Plan des Tyrannen erkannte. Der Schmerz, der ihn persönlich erwartete, brachte ihn beinahe zum Weinen, aber er hielt sich zurück.

»Ja, bringen Sie die Geehrte Mater zu mir«, sagte er in dem Bewußtsein, daß es dann eine weniger gab, die er in diesem Gebäude aufspüren und vernichten mußte. Der Raum, der die Scanalyzer-Kontrollen beherbergte, mußte als erster in Angriff genommen werden.

> *Oh, ihr, die ihr wißt, was wir hier erleiden,*
> *vergeßt uns nicht in euren Gebeten.*
>
> Schild auf dem Landefeld von Arrakeen
> (Historische Aufzeichnungen: Dar-es-Balat)

Taraza beobachtete vor dem silbernen Himmel eines rakisianischen Morgens ein Gestöber fallender Blütenblätter. Der Himmel wies einen Opalglanz auf, den sie – trotz aller sie vorbereitenden Erklärungen – nicht erwartet hatte. Rakis hielt viele Überraschungen für einen bereit. Hier, am Rand des Dachgartens, war der Duft von Orangen so übermächtig, daß er alle anderen Gerüche überlagerte.

Glaube nie, daß du einen Ort vollkommen durchschaut hast ... oder einen Menschen, war ihr Gedanke.

Das Gespräch war hier draußen zu Ende gegangen, aber die Echos der ausgesprochenen Gedanken, die sie noch vor wenigen Minuten ausgetauscht hatten, verweilten noch. Alle waren jedoch der Meinung, daß es Zeit zum Handeln sei. Bald würde Sheeana für sie ›einen Wurm tanzen‹ und erneut ihre Meisterschaft beweisen.

Waff und ein neuer Vertreter der Priesterschaft würden an diesem ›heiligen Ereignis‹ Anteil haben, aber Taraza war sich sicher, daß keiner von beiden die tatsächliche Natur dessen, was sie erblickten, sehen würde. Waff würde natürlich darauf bestehen, dabeizusein. Ihn umgab noch immer die Ausstrahlung eines irritierten Unverständnisses in allem, was er sah oder hörte. Die Ehrfurcht, daß er sich auf Rakis befand, ließ ihn gemischte Gefühle hegen. Der Katalysator war offensichtlich seine Wut über die Tatsache, daß hier Narren regierten.

Odrade kehrte aus dem Raum zurück, in dem man sich getroffen hatte, und hielt neben Taraza an.

»Ich bin äußerst beunruhigt über die Berichte von Gammu«, sagte Taraza. »Bringst du eine Neuigkeit?«

»Nein. Ganz offenbar herrscht dort immer noch das Chaos.«

»Sag mal, Dar, was, glaubst du, sollten wir tun?«

»Ich denke ständig an das, was der Tyrann zu Chenoeh gesagt hat: ›Die Bene Gesserit sind dem, was sie sein sollten, so nah – und doch so fern.‹«

Taraza deutete auf die offene Wüste, die sich hinter dem Qanat der Museumsstadt zeigte. »Er ist immer noch dort draußen, Dar. Ich bin mir dessen sicher.« Sie drehte sich um und sah Odrade an. »Und Sheeana spricht mit ihm.«

»Er hat viele Lügen erzählt«, sagte Odrade.

»Aber bezüglich seiner persönlichen Inkarnation hat er nicht gelogen. Erinnere dich daran, was er sagte: ›Jeder Abkömmling meines Ichs wird ein Teil meines Bewußtseins in sich tragen – eingeschlossen, verloren, hilflos. Perlen meines Ichs, die sich blind durch den Sand bewegen, in einem endlosen Traum gefangen.‹«

»Du investierst einen Großteil deines Glaubens in die Macht dieses Traumes«, sagte Odrade.

»Wir müssen den Plan des Tyrannen aufdecken! Restlos!«

Odrade seufzte, sagte aber nichts.

»Unterschätze niemals die Macht einer Idee«, sagte Taraza. »Die Atreides waren in ihrer Regierungsführung stets Philosophen. Philosophie ist immer gefährlich, weil sie das Hervorbringen neuer Ideen fördert.«

Odrade sagte immer noch nichts.

»Der Wurm hat alles in sich, Dar! Sämtliche Kräfte, die er in Bewegung gesetzt hat, sind noch immer in ihm.«

»Willst du mich oder dich selbst überzeugen, Tar?«

»Ich bestrafe dich, Dar. So wie der Tyrann uns noch immer bestraft.«

»Weil wir nicht das sind, was wir sein sollten? Ahh, da kommt Sheeana mit den anderen.«

»Die Sprache des Wurms, Dar. Das ist die entscheidende Sache.«

»Wenn du meinst, Mutter Oberin.«

Taraza bedachte Odrade mit einem wütenden Blick, während sie auf die anderen zuging, um sie zu begrüßen. Odrade wirkte auf verwirrende Weise fatalistisch.

Die Gegenwart Sheeanas ließ Taraza jedoch wieder an ihre Ziele denken. Diese Sheeana war ein wachsames, kleines Ding. Sehr gutes Material. Am vergangenen Abend hatte sie den Tanz vorgeführt – im großen Museumssaal, vor einem von Baldachinen verdeckten Hintergrund: ein exotischer Tanz vor einem exotischen Gewürzfaservorhang, mit Abbildern von Wüsten und Würmern. Sie war beinahe mit ihm verschmolzen und hatte gewirkt wie eine Gestalt, die sich aus den stilisierten Dünen und den fein ausgearbeiteten, sich schlängelnd dahinbewegenden Würmern heraushob. Taraza erinnerte sich daran, wie die wirbelnden Bewegungen des Tanzes Sheeanas braunes Haar in einem weichen Bogen hatten schwingen lassen. Die Beleuchtung hatte die rötliche Tönung ihres Haars noch betont. Ihre Augen waren geschlossen gewesen, aber ihr Gesicht hatte keinerlei Gelassenheit gezeigt. Der leidenschaftliche Ausdruck ihres Mundes hatte Erregung verraten, ebenso ihre bebenden Nasenflügel und ihr vorgeschobenes Kinn. Ihre Bewegungen hatten einen inneren Anspruch ausgedrückt, zu dem ihre Jugend nicht paßte.

Der Tanz ist ihre Sprache, dachte Taraza. *Odrade hat vollkommen recht. Wenn wir ihn uns ansehen, werden wir sie lernen.*

Waff wirkte an diesem Morgen etwas zugeknöpft. Es war schwer zu sagen, ob sein Blick nach außen oder nach innen gerichtet war.

Tulushan war mit ihm gekommen – ein dunkelhäutiger, gutaussehender Rakisianer, der auserwählte Repräsentant der Priesterschaft, der am ›heiligen Ereignis‹ des heutigen Tages teilnehmen sollte. Taraza, die ihn während der Tanzdemonstration kennengelernt hatte, war äußerst erstaunt über seine Fähigkeit, niemals das Wort ›aber‹ in den Mund zu nehmen – obwohl dieses Wort in jedem Satz enthalten war, den er äußerte. Ein perfekter Bürokrat. Mit Recht ging er davon aus, daß er es noch weit bringen würde, aber bald würden seine Erwartungen ihrer letztendlichen Überraschung entgegensehen. Wenn sie daran dachte, verspürte sie kein Mitleid. Tulushan war ein weichgesichtiger junger Mann, der für eine Vertrauensstellung dieser Art zu wenig mitbrachte. Natürlich war er mehr als jemand, mit dem man lediglich einen Blick tauschte. Aber viel mehr nicht.

Waff hielt sich im Garten abseits. Er ließ Odrade und Taraza mit Tulushan allein.

Der junge Priester war natürlich entbehrlich. Es war sehr aufschlußreich, daß man gerade ihn für das Unternehmen ausgewählt hatte. Für Taraza stand damit fest, daß sie damit die passende Ebene eines potentiellen Gewaltaktes erreicht hatte. Sie glaubte jedoch nicht, daß es eine der Priester-Fraktionen wagen würde, Sheeana etwas anzutun.

Wir werden in ihrer Nähe bleiben.

Seit der Demonstration der sexuellen Leistungsfähigkeit der Huren hatten sie eine arbeitsreiche Woche hinter sich gebracht. Eine äußerst verwirrende Woche, wenn man es genau nahm. Odrade war mit Sheeana beschäftigt gewesen. Taraza hätte es zwar lieber gesehen, wenn sich Lucilla dieser Aufgabe angenommen hätte, aber man mußte eben mit dem auskommen, was einem zur Verfügung stand – und was eine Schulung dieser Art anging, war Odrade die beste Lehrerin, die es auf Rakis gab.

Taraza warf einen Blick auf die Wüste zurück. Sie hatten auf die Thopter aus Keen und deren aus Sehr Wichtigen Beobachtern bestehende Fracht gewartet. Die SWB's hatten sich zwar nicht gerade verspätet, aber sie waren zahlreich gewesen, wie es bei solchen Leuten immer der Fall war.

Sheeana schien ihre Sexualerziehung bestens zu bewältigen, obwohl laut Tarazas Einschätzung die auf Rakis zur Verfügung stehenden männlichen Schulungsobjekte der Schwesternschaft dünn gesät sein mußten. In ihrer ersten Nacht auf dieser Welt hatte sie selbst einen der dienenden Männer zu sich gerufen. Hinterher war sie zu der Erkenntnis gelangt, daß es bezüglich der geringen Freude und des Vergessens, das dies ihr gab, zuviel Aufwand erforderte. Außerdem: Was hatte sie zu vergessen? Etwas zu vergessen bedeutete, sich einer Schwäche hinzugeben.

Vergiß niemals!

Das jedoch taten die Huren. Sie handelten geradezu mit der Vergeßlichkeit. Und ihnen war nicht einmal ansatzweise bewußt, daß der Tyrann immer noch das Schicksal der Menschheit steuerte. Ihnen war nicht einmal klar, daß es galt, den Griff des Tyrannen abzuschütteln.

Taraza hatte am vergangenen Tag heimlich dem Unterricht gelauscht, den Odrade Sheeana erteilt hatte.

Wonach habe ich gelauscht?

Das junge Mädchen und die Lehrerin waren draußen auf dem Dachgarten gewesen. Sie hatten einander auf zwei Bänken gegenübergesessen, und ein tragbarer ixianischer Dämpfer hatte ihre Worte für jeden unverständlich gemacht, der nicht ein kodiertes Übersetzungsgerät besaß. Der auf Suspensoren schwebende Dämpfer hielt sich über ihnen wie ein seltsam geformter Regenschirm – eine schwarze Scheibe, die Störungen erzeugte, um die Bewegungen ihrer Lippen und den Klang ihrer Stimmen zu verzerren.

Auf Taraza, die sich in dem langgezogenen Konferenzraum aufhielt (das winzige Übersetzungsgerät steckte in ihrem linken Ohr), hatte die Stunde gleichermaßen wie eine verzerrte Erinnerung gewirkt.

Als man mich diese Dinge lehrte, wußten wir noch nicht, zu was die Huren der Diaspora fähig sind.

»Warum spricht man von der Kompliziertheit der Sexualität?« fragte Sheeana. »Der Mann, den du mir vergangene Nacht schicktest, sprach unentwegt davon.«

»Viele glauben, daß sie sie verstehen, Sheeana. Vielleicht hat niemand sie je verstanden, weil Worte dieser Art mehr vom Geist verlangen als vom Körper.«

»Warum darf ich nicht jene Dinge zum Einsatz bringen, die uns die Gestaltwandler vorgeführt haben?«

»Sheeana, Kompliziertheit steckt in der Kompliziertheit selbst. Mit dem Einsatz sexueller Macht sind große und üble Taten vollbracht worden. Wir reden von ›sexueller Stärke‹, ›sexueller Energie‹ und Dingen wie ›dem überwältigenden Trieb des Verlangens‹. Ich streite nicht ab, daß man solche Dinge beobachten kann. Aber was wir hier vor uns sehen, ist eine Macht, die so stark ist, daß sie dich – und jeden, den du gern hast – vernichten kann.«

»Das ist es ja, was ich zu verstehen versuche. Was ist es, was die Huren falsch machen?«

»Sie ignorieren die Eigenart der Spezies, Sheeana. Ich glaube, daß auch du es schon spüren kannst. Der Tyrann hat ganz sicher davon gewußt. Was war denn sein Goldener Pfad anderes, als eine Vision sexueller Mächte, die daran arbeiten, die Menschheit endlos zu erschaffen?«

»Und die Huren erschaffen nichts?«

»Hauptsächlich versuchen sie mit dieser Macht ihre Welten zu beherrschen.«

»Das scheinen sie tatsächlich zu tun.«

»Ahhh, aber welche Gegenmächte rufen sie damit hervor?«

»Ich verstehe nicht.«

»Du weißt von der Kraft der Stimme – und wie man mit ihr Menschen beherrschen kann?«

»Aber nicht alle Menschen.«

»Genau. Eine Zivilisation, die der Kraft der Stimme über einen langen Zeitraum hinweg unterworfen ist, entwickelt Methoden, diese Kraft zu adaptieren, um damit eine Manipulation durch jene zu verhindern, die sich ihrer bedienen.«

»Es gibt also Menschen, die wissen, wie man gegen die Huren immun wird?«

»Wir sehen unmißverständliche Anzeichen dafür. Und das ist nicht zuletzt der Grund, warum wir uns auf Rakis aufhalten.«

»Werden die Huren herkommen?«

»Ich fürchte, ja. Sie wollen die Herrschaft über den Kernplaneten des Alten Imperiums, weil sie in uns eine leichte Beute sehen.«

»Hast du keine Angst, daß sie gewinnen könnten?«

»Sie werden nicht gewinnen, Sheeana. Verlaß dich drauf! Aber sie sind gut für uns.«

»Wie das?«

Sheeanas Tonfall gab Tarazas persönliche Schockiertheit wieder. Solche Worte aus Odrades Mund? Wie weit gingen ihre Vermutungen? Im nächsten Augenblick verstand Taraza, und sie fragte sich, ob die Stunde für das junge Mädchen gleichermaßen verständlich gewesen war.

»Der Kern ist statisch, Sheeana. Wir haben seit Jahrtausenden praktisch einen Stillstand gehabt. Das Leben und die Bewegung spielen sich ›draußen‹ ab, bei den Völkern der Diaspora, die den Huren widerstehen. Was wir auch tun, wir müssen diesen Widerstand verstärken.«

Das Geräusch sich nähernder Thopter riß Taraza aus ihrer träumerischen Erinnerung. Die SWB's kamen aus Keen. Sie waren noch immer weit entfernt, aber in der klaren Luft trugen die Geräusche weit.

Während sie den Himmel absuchte, um einen ersten Blick auf die Maschinen zu werfen, mußte Taraza zugeben, daß Odrades Lehrmethoden in Ordnung waren. Die Thopter kamen anscheinend im Tiefflug und von der anderen Gebäudeseite heran. Das hieß, daß sie aus der falschen Richtung kamen – es sei denn, man hatte die SWB's zu einem kurzen Ausflug an die Überreste der Tyrannenmauer mitgenommen. Viele Menschen waren neugierig auf den Platz, an dem Odrade das Gewürzlager gefunden hatte.

Sheeana, Odrade und Tulushan kehrten in den langgezogenen Raum zurück. Auch sie hatten die Thopter gehört. Sheeana war mit Ungeduld darauf bedacht, ihnen ihre Macht über die Würmer vorzuführen. Taraza zögerte. Die sich nähernden Thopter klangen, als hätten sie schwer zu arbeiten. Waren sie überladen worden? Wie viele Beobachter brachten sie?

Der erste Thopter schwebte über das Penthousedach. Taraza sah das gepanzerte Cockpit. Noch bevor der erste Strahl aus der Maschine hervorzuckte und ihr die Beine unterhalb der Knie wegbrannte, witterte sie Verrat. Sie stürzte schwer gegen ein eingetopftes Bäumchen. Ihre Beine waren nur noch rauchende Stümpfe. Ein weiterer Strahl jagte auf sie zu und zischte über ihre Hüfte. Dann röhrten die Düsen des Thopters abrupt auf. Die Maschine hob sich wieder und schwebte nach links.

Taraza klammerte sich an den Baum und verdrängte den aufschießenden Schmerz. Es gelang ihr zwar, den Blutfluß ihrer Wunden zum Einhalten zu zwingen, aber ihre Schmerzen waren schrecklich. Aber nicht so qualvoll wie der Schmerz der Gewürzagonie, fiel ihr ein. Der Gedanke half ihr zwar, aber sie wußte, daß sie zum Tode verurteilt war. Jetzt hörte sie Schreie. In der ganzen Umgebung des Museums schienen sich Gewaltakte abzuspielen.

Ich habe gewonnen! dachte Taraza.

Odrade kam wie ein Pfeil aus dem Penthouse und beugte sich über sie. Sie sprachen kein Wort miteinander, aber Odrade zeigte, daß sie verstanden hatte, indem sie ihre Stirn gegen die Stirn Tarazas preßte. Es war der uralte Brauch der Bene Gesserit. Taraza ließ ihr Leben in Odrade hineinfließen – ihre Weitergehenden Erinnerungen, Hoffnungen, Ängste, alles.

Eine von ihnen konnte vielleicht noch entkommen.

Sheeana sah ihnen vom Penthouse aus zu. Sie blieb dort, wo man ihr zu warten aufgetragen hatte. Sie wußte, was draußen auf dem Dachgarten vor sich ging. Dies war das letzte Geheimnis der Bene Gesserit, und jede Kandidatin wußte davon.

Waff und Tulushan, die den Raum schon verlassen hatten, bevor der Angriff erfolgt war, kehrten nicht zurück.

Sheeana schüttelte sich vor Furcht.

Plötzlich stand Odrade auf und rannte ins Penthouse zurück. In ihren Augen war ein wilder Ausdruck, aber ihre Schritte waren zielbewußt. Sie sprang in die Luft und sammelte Leuchtgloben ein, riß sie bündelweise an ihren Kordeln herunter und drückte sie Sheeana in die Hände. Sheeana spürte, wie die Suspensorfelder der Globen sie leichter werden ließen und anhoben. Odrade, die weiteren Globenansammlungen nacheilte, die sich außerhalb ihrer Reichweite befanden, rannte schließlich an das schmale Ende des Raums, wo ein in der Wand befestigtes Gitter ihr zeigte, was sie suchte. Mit Sheeanas Hilfe löste sie das Gitter aus seiner Verankerung und enthüllte einen tiefen Luftschacht. Das Licht der eingesammelten Leuchtgloben zeigte, daß die Schachtwände nicht gerade glatt waren.

»Halt sie eng zusammen, damit du einen maximalen Feldeffekt erzielst!« sagte Odrade. »Drück sie beiseite, damit du sinkst! Rein mit dir!«

Sheeana umklammerte mit schweißfeuchter Hand die Kordeln und warf sich über die Brüstung. Sie ließ sich fallen und achtete sorgsam darauf, daß die Globen beieinander blieben. Ein von oben kommendes Licht zeigte ihr, daß Odrade ihr folgte.

Unten angekommen, fanden sie sich in einem Pumpenraum wieder, in dem das Surren zahlreicher Ventilatoren die Hintergrundmusik zu der sich draußen abspielenden Auseinandersetzung abgab.

»Wir müssen in den Nicht-Raum und dann in die Wüste«, sagte Odrade. »All diese Mechanismen sind miteinander verbunden. Es wird einen Durchgang geben.«

»Ist sie tot?« flüsterte Sheeana.

»Ja.«

»Arme Mutter Oberin.«

»Jetzt bin ich die Mutter Oberin, Sheeana. Zumindest zeitweilig.« Odrade deutete nach oben. »Es waren die Huren, die uns angegriffen haben. Wir müssen uns beeilen.«

The world is for the living. Who are they?
We dared the dark to reach the white and warm.
She was the wind when the wind was in my way.
Alive at noon, I perished in her form.
Who rise from the flesh to spirit know the fall:
The world outleaps the world and light is all.*

Theodore Roethke
(Historisches Zitat: Dar-es-Balat)

Es kostete Teg nur wenig bewußte Willenskraft, zu einem Tornado zu werden. Er hatte endlich den Charakter der Bedrohung erkannt, den die Geehrten Matres darstellten. Die Erkenntnis paßte sich selbst den vagen Erfordernissen an, denen sein neues Mentatenbewußtsein, das auch für seine überhöhte Schnelligkeit verantwortlich war, ihm auferlegte.

Eine monströse Bedrohung erforderte monströse Gegenmaßnahmen. Blut spritzte um ihn herum auf, als er durch das HQ-Gebäude jagte und jeden erschlug, der ihm über den Weg lief.

Wie er von seinen Bene Gesserit-Ausbildern gelernt hatte, lag das große Problem des Universums der Menschen darin, wie man die Fortpflanzung bewerkstelligte. Er konnte die Stimme seiner ersten Lehrerin hören, während er die Zerstörung durch das Gebäude trug.

»Du hältst es vielleicht nur für Sexualität, aber wir bevorzugen den grundlegenderen Terminus: Fortpflanzung. Sie ist facettenreich, schießt leicht über das Ziel hinaus und verfügt über scheinbar grenzenlose Energie. Jene Emotion, die man ›Liebe‹ nennt, ist nur ein kleiner Aspekt.«

Teg zerschmetterte den Kehlkopf eines Mannes, der ihm den Weg verbaute, und fand endlich den Kontrollraum für die Verteidigungssysteme des Gebäudes. Nur ein Mann hielt sich

---

* Die Welt gehört den Lebenden. Wer sind sie?
 Wir wagten uns ins Dunkel, um das Weiße, das Warme zu erreichen.
 Sie war der Wind, als der Wind auf meinem Wege war.
 Lebendig zu Mittag ging ein ich in ihre Gestalt.
 Was aus dem Fleisch zum Geiste sich erhebt, das kennt den Fall:
 Die Welt entspringt der Welt, und alles ist licht.

darin auf. Seine rechte Hand berührte fast einen roten Knopf auf der vor ihm befindlichen Schalttafel.

Tegs sausende Linke hätte den Mann beinahe enthauptet. Sein Körper fiel wie im Zeitlupentempo nach hinten; aus seinem aufgerissenen Hals quoll Blut.

Die Schwesternschaft bezeichnet sie mit Recht als Huren!

Wenn man die gewaltigen Energien des Fortpflanzungstriebes manipulierte, konnte man mit der Menschheit nahezu alles machen. Man konnte Menschen zu Handlungen verleiten, die sie niemals für möglich gehalten hätten. Eine seiner Lehrerinnen hatte es offen ausgesprochen:

»Diese Energie benötigt ein Ventil. Kapselt man sie ein, wird sie zu einer monströsen Gefahr. Übt man die Kontrolle über sie aus, wird sie alles niederwalzen, was sich ihr in den Weg stellt. Dies ist das letzte Geheimnis sämtlicher Religionen.«

Teg wußte, daß hinter ihm über fünfzig Leichen zurückgeblieben waren, als er das Gebäude verließ. Der letzte, den es traf, war ein Soldat im Tarnanzug, der in der offenen Eingangstür stand und offenbar im Begriff gewesen war, das Haus zu betreten.

Als er an den scheinbar bewegungslosen Menschen und Fahrzeugen vorbeirannte, hatte Tegs wiedererstarktes Bewußtsein Zeit, über das nachzudenken, was er hinterlassen hatte. Er fragte sich, ob es irgendeine Bedeutung hatte, daß der letzte Ausdruck, mit dem die Geehrte Mater ihn vor ihrem Tode bedacht hatte, der echter Überraschung gewesen war. Konnte er sich dafür gratulieren, daß Muzzafar seine heimischen Wälder niemals wiedersehen würde?

Die Notwendigkeit dessen, was er während weniger Herzschläge getan hatte, war für jemanden, den die Bene Gesserit geschult hatten, jedoch klar. Teg kannte die Historie. Es gab eine Menge paradiesischer Planeten im Alten Imperium – und möglicherweise noch viel mehr im Bereich der Völker der Diaspora. Menschen schienen stets fähig zu sein, sich auf dermaßen närrische Experimente einzulassen. Völker, die an solchen Orten lebten, trödelten meist herum. Eine rasche und schlaue Analyse besagte, daß dies auf die angenehmen Umweltbedingungen solcher Planeten zurückzuführen war. Teg wußte, daß dies Unfug war: Es lag daran, daß man seine sexuelle Energie an Orten dieser Art leicht freisetzte. Wenn die Missionare des Zerlegten Gottes oder irgendeiner anderen Sekte in eines dieser Paradiese vordrangen, war offene Gewalt die natürliche Folge.

»Die Angehörigen der Schwesternschaft wissen«, hatte eine von Tegs Lehrerinnen gesagt. »Wir haben mit unserer Missionaria Protectiva mehr als einmal die Flamme an diese Zündschnur gehalten.«

Teg hörte erst auf zu laufen, als er sich in einer Gasse befand, die mindestens fünf Kilometer von dem Schlachthaus entfernt war, das den Geehrten Matres als Hauptquartier gedient hatte. Er wußte, daß sehr wenig Zeit vergangen war, aber es gab noch etwas von größerer Wichtigkeit, auf das er sich konzentrieren mußte. Er hatte nicht alle Bewohner des Gebäudes getötet. In ihm waren Augen zurückgeblieben, die nun wußten, wozu er fähig war. Sie hatten gesehen, wie er die Geehrte Mater getötet hatte. Sie hatten Muzzafar tot unter seinen Händen zusammenbrechen sehen. Die Beweiskraft der zurückgebliebenen Leichen und verlangsamte Abspielung der Aufzeichnungen würde ihnen alles verraten.

Teg lehnte sich gegen eine Mauer. An seiner linken Handfläche hatte er sich die Haut zerfetzt. Er kehrte in die Normalzeit zurück und sah zu, wie das Blut aus seiner Wunde quoll. Es war fast schwarz.

Enthält es mehr Sauerstoff?

Er keuchte, aber nicht so stark, wie man es nach einer solchen Anstrengung hätte erwarten müssen.

Was ist mit mir passiert?

Es hatte etwas damit zu tun, daß er von den Atreides abstammte, wurde ihm klar. Im entscheidenden Augenblick war er in eine andere Dimension menschlicher Möglichkeiten vorgestoßen. Welche Umwandlung er auch durchlebt hatte, sie war unergründlich. Er sah nun die äußeren Umrisse zahlreicher Notwendigkeiten. Die Menschen, an denen er während seines Laufes durch diese Gasse vorbeigekommen war, waren ihm wie Statuen erschienen.

Werde ich sie jemals für etwas Minderwertiges halten?

Er wußte, daß es nur so kommen würde, wenn er es selbst zuließ. Aber die Verlockung war da, und er erlaubte sich ein kurzes Mitleidsgefühl für die Geehrten Matres. Die große Verlockung hatte sie selbst in die Tiefe stürzen lassen.

Was jetzt?

Die Hauptlinie lag offen vor ihm. Es gab einen Mann in Ysai, ein Mann, der bestimmt jeden kannte, den es jetzt erforderte. Teg sah sich in der Gasse um. Ja, dieser Mann war nahe.

Von irgendwoher drang der Wohlgeruch von Blumen und Kräutern auf Teg ein. Auf ihn bewegte er sich zu. Und er wußte dabei, daß er ihn dorthin führen würde, wo er hinmußte, ohne daß ihn dort ein Angriff erwartete. Es handelte sich um ein abseits liegendes, stilles Haus.

Er fand die Quelle des Wohlgeruchs sehr schnell. Ein eingeschalter Torbogen, markiert von einer blauen Markise, auf der in modernem Galach zwei Worte standen: ›Persönliche Bedienung.‹

Teg trat ein und sah augenblicklich, auf was er gestoßen war. Im Alten Imperium hatte man sie an vielen Orten sehen können: Eßlokale, deren Aufmachung der der alten Zeiten glich, und die vom Tisch bis zur Küche keinerlei Automaten aufwiesen. Die meisten davon galten als ›in‹. Wenn man seinen Freunden von seiner neuesten ›Entdeckung‹ berichtete, dann nur mit dem Zusatz, es auf keinen Fall weiterzuerzählen.

»Damit die Massen es nicht überlaufen.«

Dieser Gedanke hatte Teg immer erheitert. Jeder gab die Information weiter – stets unter dem Siegel strengster Verschwiegenheit.

Küchendüfte, die einem das Wasser im Mund zusammenlaufen ließen, drangen aus der Küche am anderen Ende. Ein Kellner ging mit einem dampfenden Tablett an ihm vorbei, er transportierte das Versprechen leckerer Speisen.

Eine junge Frau in einem kurzen schwarzen Kleid mit weißen Säumen kam auf ihn zu. »Hier bitte, Sir. Wir haben einen Tisch in der Ecke frei.«

Sie rückte ihm einen Stuhl zurecht, damit er mit dem Rücken zur Wand sitzen konnte. »Jemand wird sich sofort um Sie kümmern, mein Herr.« Sie reichte ihm einen steifen Bogen aus billigem, doppeldickem Papier. »Unsere Speisekarte ist gedruckt. Ich hoffe, Sie haben nichts dagegen.«

Er sah ihr nach, als sie ging. Der Kellner, der an ihm vorbeigekommen war, bewegte sich auf einem anderen Kurs auf die Küche zu. Das Tablett war leer.

Die Beine hatten Teg hierhergetragen, als hätte er sich auf einer festgelegten Route befunden. Und hier war der Mann, den es erforderte. Er aß ganz in der Nähe.

Der Kellner war bei dem Mann, der, wie Teg wußte, über die nächsten erforderlichen Schritte informiert war, stehengeblieben, um mit ihm zu reden. Die beiden Männer lachten miteinander. Teg musterte den Rest des Raumes: Es waren nur drei weitere Tische besetzt. An einem Tisch in der gegenüberliegenden Ecke saß eine ältere Frau und knabberte an irgendwelchem Eiskonfekt. Sie war mit etwas bekleidet, das Teg für den Gipfel der gegenwärtigen Mode hielt – einem enganliegenden, kurzen roten Kleid, das den Hals freiließ. Ihre Schuhe paßten dazu. Zu seiner Rechten saß ein junges Paar an einem Tisch, das nur Augen füreinander hatte. An einem Tisch in Türnähe verzehrte ein älterer Mann in einer zu engen, altmodischen Tunika eine karg aussehende Portion Salat. Er hatte nur Augen für seine Mahlzeit.

Der Mann, der sich mit dem Kellner unterhielt, lachte laut.

Teg starrte auf den Hinterkopf des Kellners. Blonde Haarbüschel sprossen wie vertrocknetes Gras aus dem Nacken des Mannes. Sein Kragen war unterhalb des Haaransatzes verschlissen. Tegs Blick glitt tiefer. Die Schuhe des Kellners waren an den Absätzen abgelaufen. Der Saum seiner schwarzen Jacke war ausgebessert worden. Achtete man in diesem Haus auf Sparsamkeit? War es Sparsamkeit oder eine andere Art ökonomischen Drucks? Die Küchendüfte deuteten nicht darauf hin, daß man hier knauserte. Die Bestecke waren glänzend und sauber. Nirgendwo Teller mit einem Sprung. Aber das rotweißgestreifte Tischtuch war an mehreren Stellen ausgebessert worden, wobei man sich die Mühe gemacht hatte, das ursprüngliche Muster zu erhalten.

Teg studierte die restlichen Gäste erneut. Sie sahen ansehnlich aus. Dieses Lokal wurde nicht von Hungernden besucht.

Dann kam er dahinter. Dieses Lokal war nicht nur »in«, jemand hatte es, um genau diesen Effekt zu erzielen, sorgfältig entworfen. Hinter einem solchen Lokal stand ein gerissener Geist. Dies war jene Art Restaurant, in das aufstiegsbewußte Jungmanager potentielle Kunden oder ihre Vorgesetzten einluden, wenn sie Eindruck schinden wollten. Denn das Essen war hier ausgezeichnet und die Portionen reichlich. Teg wurde klar, daß sein Instinkt ihn in die richtige Richtung geführt hatte. Schließlich wandte er sich der Speisekarte zu. Er bemerkte, daß er ein überwältigendes Hungergefühl hatte. Sein Hunger war mindestens so groß wie in dem Moment, als er den Feldmarschall Muzzafar mit seinem Appetit in Erstaunen versetzt hatte.

Der Kellner tauchte mit einem Tablett neben ihm auf, auf dem sich eine kleine, offene Schachtel und ein Glas befanden, aus dem sich der stechende Geruch von Neuhaut-Salbe erhob.

»Ich sehe, Sie haben sich die Hand verletzt, Bashar«, sagte der Mann. Er stellte sein Tablett auf dem Tisch ab. »Erlauben Sie mir, daß ich Sie verbinde, bevor Sie bestellen.«

Teg hob die verletzte Hand und sah der schnell und geschickt ausgeführten Behandlung zu.

»Sie kennen mich?« fragte Teg.

»Ja, Sir. Und nach allem, was ich so gehört habe, erscheint es mir ungewöhnlich, Sie in voller Uniform zu sehen.«

»Was haben Sie gehört?« fragte Teg leise.

»Daß die Geehrten Matres Sie jagen.«

»Ich habe gerade einige von ihnen getötet, und viele ihrer... Wie soll man sie nennen?«

Der Mann erbleichte, aber er sagte ernst: »Sklaven wäre eine gute Bezeichnung, Sir.«

»Sie waren auf Renditai dabei, nicht wahr?« sagte Teg.

»Ja, Sir. Viele von uns haben sich später hier niedergelassen.«

»Ich brauche etwas zu essen, aber ich kann nicht dafür bezahlen«, sagte Teg.

»Keiner, der auf Renditai dabei war, verlangt nach Ihrem Geld, Bashar. Weiß man, daß Sie diesen Weg genommen haben?«

»Ich glaube nicht.«

»Die Leute, die jetzt hier sind, sind Stammgäste. Keiner von ihnen würde Sie verraten. Ich werde versuchen, Sie zu warnen, wenn jemand kommt, der gefährlich ist. Was möchten Sie essen?«

»Ich brauche eine Menge. Den Rest überlasse ich Ihnen. Etwa doppelt soviel Kohlehydrate wie Proteine. Keine Stimulantien.«

»Was meinen Sie mit ›eine Menge‹, Sir?«

»Tischen Sie einfach auf, bis ich sage, Sie sollen aufhören – oder bis Sie das Gefühl haben, ich hätte Ihre Großzügigkeit über Gebühr ausgenutzt.«

»Trotz des äußeren Rahmens, Sir: dies ist kein armes Unternehmen. Allein die Trinkgelder, die man hier gibt, haben mich zu einem vermögenden Mann gemacht.«

Eins zu null für ihn, dachte Teg. Die Sparsamkeit, die dieser Ort ausstrahlte, gehörte also tatsächlich zur einkalkulierten Pose.

Der Kellner sprach erneut mit dem Mann am Mitteltisch. Nachdem er wieder in der Küche verschwunden war, sah sich Teg den Mann ungeniert an. Ja, das war der Mann. Seine Mahlzeit füllte turmhoch einen Teller mit grüngarnierter Pasta.

Teg erkannte gleich, daß er nicht unter der treusorgenden Obhut einer Frauenhand stand. Sein Kragen war schief geknöpft, seine Schnürriemen verknotet. Auf seiner linken Manschette waren grünliche Soßenflecken. Er war natürlich ein Rechtshänder, aber die Linke kam ihm während des Essens unablässig in die Quere. Seine Hosenbeine waren ausgefranst. Das Stoßband eines seiner Hosenbeine hatte sich von der Naht gelöst und baumelte an seiner Ferse. Seine Strümpfe paßten nicht zusammen: einer war blau, der andere blaßgelb. Nichts davon schien ihn zu stören. Diesen Mann hatte niemals eine Mutter oder Frau angehalten, sich etwas ordentlicher herzurichten. Seine ganze Erscheinung spiegelte seine grundsätzliche Einstellung wider: »Besser krieg' ich es nicht hin.«

Der Mann schaute plötzlich auf, so abrupt, als hätte ihm jemand auf die Schulter gehauen. Ein Blick aus braunen Augen wanderte durch den Raum. Er verharrte nacheinander auf jedem Gesicht, als suche er nach einem bestimmten. Als er damit fertig war, widmete er sich wieder seinem Teller.

Der Kellner kehrte mit einer klaren Suppe zurück, in der Eierfusseln und etwas Grünzeug zu erkennen waren.

»Um Ihnen die Wartezeit etwas zu verkürzen, Sir«, sagte er.

»Sind Sie nach Renditai direkt hierhergekommen?« erkundigte sich Teg.

»Ja, Sir. Aber ich habe auch bei Acline unter Ihnen gedient.«

»Gammu, sechzig bis siebzig«, sagte Teg.

»Ja, Sir!«

»Wir haben damals eine Menge Leben gerettet«, sagte Teg. »Unsere – und die der anderen.«

Da Teg immer noch nicht mit dem Essen anfing, sagte der Kellner mit etwas kühlerer Stimme: »Halten Sie einen Schnüffler für erforderlich, Sir?«

»Nicht, wenn Sie mich bedienen«, sagte Teg. Er meinte es zwar ernst, aber er kam sich ein bißchen wie ein Schwindler vor, weil es seine verdoppelte Vision war, die ihm sagte, daß das Essen in Ordnung war.

Der Kellner freute sich. Er wollte sich gerade umdrehen, als Teg sagte: »Einen Augenblick.«

»Sir?«

»Der Mann da am Mitteltisch. Gehört er zu den Stammgästen?«

»Professor Delnay? Oh, gewiß, Sir.«

»Delnay? Ja, dachte ich mir.«

»Er ist Professor der Kriegskünste, Sir. Und der dazugehörenden Geschichte.«

»Ich weiß. Wenn Sie mir den Nachtisch servieren, könnten Sie ihn dann bitte fragen, ob er sich zu mir setzen möchte?«

»Soll ich ihm sagen, wer Sie sind, Sir?«

»Glauben Sie, daß er das noch nicht weiß?«

»Das wäre sehr wahrscheinlich, Sir, aber immerhin ...«

»Die Vorsicht dahin, wo sie hingehört«, sagte Teg. »Tischen Sie auf!«

Delnays Interesse war schon lange erwacht, bevor der Kellner ihm Tegs Botschaft überbrachte. Die ersten Worte, die er von sich gab, als er Teg gegenüber Platz nahm, waren: »Das war die bemerkenswerteste gastronomische Vorstellung, die ich je gesehen habe. Sind Sie sicher, daß Sie noch einen Nachtisch vertragen können?«

»Zwei oder drei mindestens noch«, sagte Teg.

»Verblüffend!«

Teg belud einen Löffel mit honigsüßem Konfekt. Er verzehrte die Ladung und sagte dann: »Dieses Lokal ist ein Juwel.«

»Ich habe seine Existenz sorgfältig geheimgehalten«, sagte Delnay. »Ein paar ausgewählten Freunden habe ich natürlich davon erzählt. Auf was darf ich die Ehre Ihrer Einladung zurückführen?«

»Sind Sie je von einer Geehrten Mater ... äh ... *gekennzeichnet* worden?«

»Götter der Verdammnis, nein! Dafür bin ich nicht wichtig genug.«

»Ich bin in der Hoffnung hergekommen, Sie bitten zu können, Ihr Leben zu riskieren, Delnay.«

»Auf welche Weise?« Er zögerte nicht eine Sekunde. Das war beruhigend.

»Es gibt einen Ort in Ysai, an dem sich meine Veteranen treffen. Ich möchte dort hingehen und so viele wie möglich von ihnen treffen.«

»Über die Straße? In voller Uniform?«

»Auf jedwede Weise, die Sie arrangieren können.«

Delnay legte einen Finger auf seine Unterlippe, lehnte sich zurück und sah Teg an. »Wissen Sie, eine Gestalt wie Sie kann man nicht so einfach tarnen. Es könnte allerdings eine Möglichkeit geben ...« Er nickte nachdenklich vor sich hin. »Ja.« Er lächelte. »Aber ich fürchte, sie wird Ihnen nicht zusagen.«

»An was denken Sie?«

»Man müßte Sie etwas ausstopfen und ein paar andere Veränderungen vornehmen. Wir staffieren Sie als Bordano-Vorarbeiter aus. Sie werden natürlich nach Abwässern riechen. Und Sie müssen dabei so tun, als würden Sie's nicht mal bemerken.«

»Warum, glauben Sie, könnte das klappen?« fragte Teg.

»Oh, es wird heute nacht einen Sturm geben. Eine normale Sache um diese Jahreszeit. Damit die Feuchtigkeit runterkommt, für das Getreide des nächsten Jahres. Und um die Reservoirs für die beheizten Felder aufzufüllen, wissen Sie?«

»Ich verstehe Ihre Bedenken nicht, aber wenn ich den nächsten Nachtisch hinter mir habe, ziehen wir sofort los.«

»Der Ort, an dem wir unterkriechen, wenn der Sturm losbricht, wird Ihnen gefallen«, sagte Delnay. »Ich muß verrückt sein, das zu tun. Aber der Inhaber dieses Lokals hat mir gesagt, ich solle Ihnen entweder helfen oder mich hier nie wieder sehen lassen.«

Eine Stunde nachdem die Dunkelheit hereingebrochen war, führte Delnay ihn zum Treffpunkt. Teg, nun in Leder gekleidet und ein Hinken vortäuschend, mußte einen Großteil seiner geistigen Kraft zum Einsatz bringen, um seinen eigenen Geruch zu ertragen. Delnays Freunde hatten ihn mit Abwässern gebadet und ihn dann abgespritzt. Die Zwangstrockung, die man ihm verpaßte, ließ die abscheulichsten Gerüche wieder aufleben.

Ein Thermometer an der Tür ihres Treffpunktes sagte Teg, daß es draußen während der letzten Stunde fünfzehn Grad kälter geworden war. Delnay ging ihm voran und begab sich eilig in einen übervölkerten Raum, in dem ein ziemlicher Lärm herrschte. Gläserklirren war zu hören. Teg hielt an, um das Türenthermometer zu mustern. Der Wind war stark, sah er. Das Barometer fiel. Er sah sich das über den Anzeigen befindliche Schild an: »Ein Dienst an unseren Kunden.«

Wahrscheinlich war es auch ein Dienst an der Bar. Gäste, die aufbrechen wollten, würden wahrscheinlich beim Hinausgehen einen Blick auf die Anzeige werfen und dann in die Wärme und die Kumpanei zurückkehren.

In einer Kaminecke mit einer großen Feuerstelle am anderen Ende der Bar waren tatsächlich Flammen zu sehen. Aromaholz.

Delnay kam zurück. Mit gerümpfter Nase führte er Teg am Rande der Menge vorbei in ein Hinterzimmer, und von dort aus in einen privaten Baderaum. Dort lag Tegs Uniform – gereinigt und gebügelt – über einem Stuhl.

»Wenn Sie rauskommen, bin ich am Kamin«, sagte Delnay.

»In voller Uniform, eh?« fragte Teg.

»Es ist nur auf der Straße gefährlich«, sagte Delnay. Er ging den Weg zurück, den sie gekommen waren.

Kurz darauf ging Teg ebenfalls zurück und suchte sich einen Weg zum Kamin. Ganze Gruppen von Männern drehten sich plötzlich um und schwiegen, als sie ihn erkannten. Gemurmelte Kommentare gingen durch den Raum. »Der alte Bashar höchstpersönlich.« – »O ja, es ist Teg. Ich habe unter ihm gedient, habe ich wirklich. Ich würde diese Gestalt und das Gesicht immer wiedererkennen.«

Die Gäste hatten sich um die atavistische Wärme der Feuerstelle versammelt. Es roch nach nasser Kleidung und alkoholgeschwängertem Atem.

Der Sturm hatte die Menge also in die Bar getrieben? Teg sah sich die ihn umgebenden kampferprobten Gesichter an und dachte, daß dies kein zufälliges Treffen sein konnte, was immer Delnay auch behauptete. Die Anwesenden kannten einander jedoch, und jeder hatte vom anderen erwartet, ihn zu dieser Zeit an diesem Ort zu treffen.

Delnay saß auf einer der Kaminbänke und hielt ein Glas mit einer bernsteingelben Flüssigkeit in der Hand.

»Sie haben's rumgehen lassen, daß wir uns heute hier treffen«, sagte Teg.

»War es das nicht, was Sie wollten, Bashar?«

»Wer sind Sie, Delnay?«

»Mir gehört eine Winterfarm, ein paar Steinwürfe südlich von hier, und ich habe ein paar Bankiersfreunde, die mir gelegentlich ein Bodenfahrzeug leihen. Wenn Sie möchten, daß ich genauer werde: Ich bin wie der Rest der Leute in diesem Raum. Jemand, der die Geehrten Matres vom Hals haben will.«

Ein Mann hinter Teg fragte: »Stimmt es, daß Sie heute hundert von ihnen umgebracht haben, Bashar?«

Teg sagte trocken und ohne sich umzudrehen: »Die Zahl ist stark übertrieben. Könnte ich bitte was zu trinken haben?«

Da er größer war als die anderen, konnte er den Raum einer Prüfung unterziehen, während jemand ihm ein Glas besorgte. Als es ihm in die Hand gedrückt wurde, war es – wie er erwartet hatte – das tiefe Blau des danischen Marinete. Diese alten Soldaten kannten seine Vorlieben.

Die Anwesenden tranken weiter, aber langsamer als zuvor. Sie warteten darauf, daß er ihnen sagte, was er wollte.

Stürmische Nächte dieser Art, dachte Teg, verliehen der Natur des geselligen Menschen einen natürlichen Aufschwung. Sammelt euch hinter dem Feuer am Höhleneingang, Stammesgenossen! Nichts Gefährliches kommt dann an uns vorbei, besonders dann nicht, wenn das Ungeheuer unser Feuer sieht. Wie viele Versammlungen dieser Art mochte es in einer solchen Nacht auf Gammu geben? Teg stellte sich diese Frage, während er an seinem Drink nippte. Schlechtes Wetter konnte Bewegungen maskieren, die die versammelten Genossen unbeobachtet wissen wollten. Und vielleicht führte das Wetter sogar dazu, daß gewisse Leute daheim blieben, von denen man es sonst nicht erwarten konnte.

Teg erkannte ein paar Gesichter aus der Vergangenheit wieder – Offiziere und gemeine Soldaten. Ein gemischter Haufen. An einige der Männer hatte er gute Erinnerungen: verläßliche Burschen. Einige von ihnen würden heute nacht sterben.

Der Geräuschpegel nahm zu, als die Leute sich in seiner Gegenwart entspannten. Niemand drängte auf eine Erklärung. Auch das wußten sie über ihn: Teg hatte seinen eigenen Zeitplan.

Die von den Gesprächen und dem Gelächter hervorgerufenen Geräusche waren von einer Art, wie sie derartige Versammlungen schon seit Anbeginn der Zeit begleitet hatten. Stets dann, wenn man sich zum gegenseitigen Schutz zusammentat. Gegenseitiges Zutrinken, ein plötzlicher Ausbruch von Gelächter. Nur wenige grinsten still vor sich hin. Es würden die sein, die sich ihrer persönlichen Kraft bewußter waren. Ein verhaltenes Grinsen sagte aus, daß man zwar amüsiert war, daß aber kein Grund vorlag, einen brüllend lachenden Tölpel aus sich zu machen. Delnay gehörte zu denen, die lieber still waren.

Teg schaute auf und stellte fest, daß die gewölbte Decke ziemlich niedrig war. Sie machte den ummauerten Raum auf der Stelle größer und heimeliger. Hier hatte man der menschlichen Psyche sorgfältig Aufmerksamkeit geschenkt. Eine Sache, die er auf diesem Planeten schon des öfteren beobachtet hatte.

Man bemühte sich, unerwünschten Lauschern eine Abfuhr zu erteilen. Die Gäste sollten sich bequem und sicher fühlen. Sicher waren sie natürlich nicht, aber man mußte ja nicht direkt darauf hingewiesen werden.

Eine ganze Weile sah Teg dem geschickt hantierenden Bedienungspersonal zu, das die Gäste mit Getränken versorgte: dunkles, einheimisches Bier – und einige teure Importe. Auf der Theke und den schwach beleuchteten Tischen standen da und dort Schüsseln mit stark gesalzenen, knusprig gebackenen Gemüsen. Die offensichtliche Absicht, das Durstgefühl zu steigern, stieß scheinbar niemanden ab. Derlei Dinge erwartete man einfach von dieser Branche.

Einige der Gruppen wurden lauter. Die Getränke übten nun ihre uralte Zauberkraft aus. Bacchus war anwesend! Teg wußte: Wenn die Versammlung jetzt so weiterging, würde der Raum mit fortschreitendem Abend ein Crescendo erreichen, und dann – Schritt für Schritt – würde der Geräuschpegel sinken. Irgend jemand würde zur Tür gehen und einen Blick auf das Barometer werfen. Und dann kam es darauf an, was er sah, denn danach würde sich entscheiden, ob sich das Lokal rasch leerte, oder ob man noch eine gewisse Zeit etwas langsamer weitermachte. Ihm wurde klar, daß es hinter der Theke möglicherweise einen Mechanismus gab, mit dem man das Barometer beeinflussen konnte. Lokale dieser Art würden eine solche Möglichkeit nicht außer acht lassen, wenn es damit den Umsatz heben konnte.

Bringt sie rein und haltet sie drinnen – mit allen Tricks, die sie nicht für allzu ungebührlich halten.

Die Leute, denen dieser Laden gehörte, sagte sich Teg, würden ohne mit der Wimper zu zucken auch mit den Geehrten Matres gemeinsame Sache machen.

Teg stellte sein Glas beiseite und rief: »Darf ich um eure Aufmerksamkeit bitten?«

Stille.

Selbst das Bedienungspersonal unterbrach seine Arbeit.

»Ein paar von euch bewachen die Ausgänge!« sagte Teg. »Es geht niemand raus oder rein, bevor ich nicht den Befehl dazu gebe! Auch die Hintertüren dort, wenn ich bitten darf!«

Nachdem dies erledigt war, sah Teg sich genau um und suchte sich jene Männer heraus, die seine verdoppelte Vision und seine militärische Erfahrung als besonders vertrauenswürdig einstuften. Er wußte genau, was er jetzt tun mußte. Burzmali, Lucilla und Duncan tauchten am Rande seines neuen Wahrnehmungsvermögens auf. Wessen sie bedurften, war ihm klar.

»Ich nehme an, ihr könnt euch ziemlich schnell mit Waffen versorgen«, sagte er.

»Wir sind nicht unvorbereitet gekommen, Bashar!« rief jemand aus dem Hintergrund. An der Stimme erkannte Teg, daß der Mann nicht mehr ganz nüchtern war, aber er spürte auch, daß die Männer danach dürsteten, etwas zu tun.

»Wir werden ein Nicht-Schiff kapern«, sagte Teg.

Das ernüchterte sie sofort. Kein Artefakt der Zivilisation wurde schwerer bewacht. Schiffe dieser Art gingen auf einer Landebahn oder anderswo herunter und verschwanden wieder. Ihre gepanzerten Außenhüllen starrten vor Waffen. In besonders gefährdeten Abschnitten bestand ständige Alarmbereitschaft. Mit einem Trick konnte man vielleicht erfolgreich sein; ein offener Angriff hatte so gut wie keine Chance. Aber Teg hatte in diesem Raum ein neues Bewußtseinsstadium erreicht, das die Notwendigkeiten und die unkontrollierbaren Gene seiner Atreides-Vorfahren hervorgerufen hatten. Die Positionen der Nicht-Schiffe auf Gammu und im Orbit des Planeten waren für ihn sichtbar geworden. Helle Punkte beherrschten seine innere Vision, und sein Zweites Gesicht sah einen Weg, der durch diesen Irrgarten führte. Es war wie ein Faden, der von einem Knäuel zum anderen verlief.

Oh, dachte er, *und doch ist es gegen meinen Willen.*

Das, was ihn antrieb, konnte er jedoch nicht verleugnen.

»Genaugenommen: Wir werden ein Nicht-Schiff der Diaspora kapern«, sagte er. »Sie haben einige der besten. Du, du, du und du!« Er deutete auf vier Männer. »Ihr bleibt hier und paßt auf, daß niemand hinausgeht oder mit jemandem Kontakt aufnimmt, der sich außerhalb dieses Lokals befindet! Ich glaube, man wird euch angreifen. Haltet so lange aus, wie ihr könnt! Ihr anderen – holt eure Waffen, und dann laßt uns gehen!«

> *Gerechtigkeit? Wer bittet um Gerechtigkeit? Wir machen uns unsere Gerechtigkeit selber. Wir machen sie hier auf Arrakis – wir gewinnen oder wir sterben. Laßt uns nicht über die Gerechtigkeit herziehen, solange wir noch Waffen und die Freiheit haben, sie zu benutzen.*
>
> Leto I.:
> Bene Gesserit-Archiv

Das Nicht-Schiff jagte im Tiefflug über die rakisianische Wüste und erzeugte sandhaltige Wirbelwinde, die es umkreisten, bis es sich mit einem gewaltigen Knirschen zwischen die Dünen setzte. Die silbergelbe Sonne sank einem Horizont entgegen, den die teuflische Hitze eines langen Tages hatte verschwimmen lassen. Das Nicht-Schiff hockte knackend auf dem Sand, ein glitzernder, stählerner Ball, den man zwar mit Hilfe seiner Augen und Ohren wahrnehmen konnte, aber nicht mittels technischer Instrumente. Tegs verdoppelte Vision zeigte zudem, daß kein unerwünschter Beobachter die Ankunft des Schiffes miterlebt hatte.

»In spätestens zehn Minuten müssen die gepanzerten Thopter und Wagen draußen sein«, sagte Teg.

Hinter ihm machten sich die Männer an die Arbeit.

»Sind Sie sicher, daß sie hier sind, Bashar?« Die Stimme gehörte einem seiner Trinkgefährten aus der Gammu-Bar, einem verläßlichen Renditai-Offizier. Er hatte nicht mehr viel gemein mit dem Mann, der noch vor kurzem dem aufregenden Leben seiner Jugend nachgehangen hatte. Dieser Mann hatte während des Kampfes auf Gammu alte Freunde sterben sehen. Und wie die meisten, die den Kampf überlebt hatten und hierhergekommen waren, hatte er eine Familie zurückgelassen, von deren Schicksal er nichts wußte. Ein Anflug von Bitterkeit war in seiner Stimme, als müsse er sich selbst davon überzeugen, daß man ihn zu diesem Unternehmen überredet hatte.

»Sie werden bald hier sein«, sagte Teg. »Sie werden auf dem Rücken eines Wurmes hier ankommen.«

»Woher wissen Sie das?«

»Es wurde alles so arrangiert.«

Teg schloß die Augen. Er brauchte keine Augen, um die Aktivitäten zu sehen, die um ihn herum vor sich gingen. Er fühlte sich an die zahlreichen Kommandostände erinnert, in denen er gewesen war: ovale Räume voller Instrumente; Leute, die sie bedienten; Offiziere, die darauf warteten, daß er ihnen Befehle erteilte.

»Wo sind wir hier?« fragte jemand.

»Die Felsen dort im Norden«, sagte Teg. »Seht ihr sie? Früher war da eine hohe Klippe. Sie wurde als Windfalle bezeichnet. Dort gab es einen Fremen-Sietch, der heute kaum mehr als eine Höhle ist. Ein paar rakisianische Pioniere leben dort.«

»Fremen«, flüsterte jemand. »Götter! Ich möchte diesen Wurm herankommen sehen. Ich hätte nie gedacht, daß ich sowas je zu Gesicht bekommen würde.«

»Noch eins Ihrer unerwarteten Arrangements, wie?« fragte der Offizier mit zunehmender Verbitterung.

Was würde er wohl sagen, dachte Teg, *wenn ich ihm meine neuen Fähigkeiten enthüllen würde? Er würde annehmen, ich halte Ziele geheim, die einer näheren Untersuchung nicht standhalten. Und damit hätte er recht. Dieser Mann steht vor einer sensationellen Offenbarung. Würde er loyal bleiben, wenn ihm die Augen geöffnet würden?* Er schüttelte den Kopf. Der Offizier würde keine Wahl haben. Keiner von ihnen hatte die Wahl – außer der, zu kämpfen und zu sterben. Dann dachte Teg daran, daß es stimmte: der Prozeß des Konfliktearrangierens machte die Irreführung großer Menschenmassen erforderlich. Wie leicht war es da, die Verhaltensweise der Geehrten Matres anzunehmen.

Proleten!

Die Täuschung war nicht so schwierig, wie manche annahmen. Die meisten Menschen wollten geführt werden. Der Offizier hinter ihm wollte es ebenso. Es gab tiefliegende Stammesinstinkte (starke unbewußte Motivationen), die dazu noch beitrugen. Die natürliche Reaktion desjenigen, dem es allmählich dämmerte, wie leicht man ihn führte, bestand darin, nach einem Sündenbock zu suchen. Und der Offizier hinter ihm hielt jetzt ebenfalls nach einem Sündenbock Ausschau.

»Burzmali möchte Sie sprechen«, sagte jemand, der von links an Teg herantrat.

»Jetzt nicht«, sagte Teg.

Burzmali konnte warten. Er würde noch früh genug zum

Kommandieren kommen. Im Moment lenkte er nur ab. Es würde später noch genügend Zeit für ihn sein, sich in die gefährliche Position des Sündenbockes zu begeben.

Wie einfach es doch war, Sündenböcke zu erwählen, und wie bereitwillig sie doch akzeptiert wurden! Dies traf besonders dann zu, wenn die einzige Alternative darin bestand, sich selbst in der Rolle des Schuldigen oder Dummen (oder in beiden) wiederzufinden. Am liebsten hätte Teg zu sämtlichen Umstehenden gesagt: Seht euch die Irreführungen an! An ihnen könnt ihr die wahren Absichten jener erkennen, die sie bewerkstelligen!

Der Funkoffizier, der links von ihm stand, sagte: »Die Ehrwürdige Mutter ist jetzt bei Burzmali. Sie besteht darauf, daß sie zu Ihnen vorgelassen wird.«

»Sagen Sie Burzmali, ich möchte, daß er zu Duncan geht und dort bleibt!« sagte Teg. »Und er soll auch mal nach Murbella sehen und feststellen, ob sie ausreichend gesichert ist. Lucilla soll hereinkommen.«

Es mußte so sein, dachte Teg.

Lucilla zeigte zunehmendes Mißtrauen, was seine inneren Veränderungen anbetraf. Bau auf eine Ehrwürdige Mutter, um den Unterschied zu sehen!

Lucilla rauschte herein, ihre Robe knisterte, um ihre Unrast noch zu betonen. Sie war wütend, aber sie verheimlichte ihren Zorn gut.

»Ich verlange eine Erklärung, Miles!«

Ein guter Eröffnungssatz, dachte er. Und er fragte: »Inwiefern?«

»Warum sind wir nicht einfach ...«

»Weil die Geehrten Matres und ihre Tleilaxu-Vasallen aus der Diaspora den größten Teil der rakisianischen Zentren eingenommen haben.«

»Woher ... woher weißt du ...«

»Sie haben Taraza umgebracht, mußt du wissen«, sagte er.

Das hielt sie erst einmal auf, aber nicht für lange. »Miles, ich bestehe darauf, daß du mir sagst ...«

»Wir haben nicht viel Zeit«, sagte er. »Der nächste Satellit, der über uns seine Kreisbahn zieht, wird uns hier sehen.«

»Aber die Abwehrsysteme Rakis' ...«

»Sind so verwundbar wie alle anderen Systeme, wenn sie nicht weiterentwickelt werden«, sagte Teg. »Die Familien der Verteidiger sind hier unten. Nimm die Familien gefangen, dann hast du auch eine wirksame Kontrolle über die Verteidiger!«

»Aber warum sind wir hier draußen in ...«

»Um Odrade und mit ihr das Mädchen aufzunehmen. Oh, und ihren Wurm auch.«

»Was sollen wir mit einem ...«

»Odrade wird schon wissen, was mit dem Wurm geschehen soll. Du mußt wissen, daß sie jetzt deine Mutter Oberin ist.«

»Du hast also vor, uns irgendwo hinzubefördern, wo ...«

»Ihr werdet euch selber befördern. Meine Leute und ich bleiben hier, um ein Täuschungsmanöver durchzuführen.«

Ihr schockiertes Schweigen erfaßte die gesamte Kommandozentrale.

Täuschungsmanöver, dachte Teg. *Welch unpassendes Wort.*

Der Widerstand, an den er dachte, würde unter den Geehrten Matres Hysterie erzeugen – besonders dann, wenn man sie glauben machen konnte, daß der Ghola hier sei. Sie würden nicht nur einen Gegenangriff starten, sondern möglicherweise eine umfassende Sterilisation vornehmen. Der größte Teil des Planeten Rakis würde sich in eine öde Ruinenlandschaft verwandeln. Es war sehr unwahrscheinlich, daß irgendwelche Menschen, Würmer oder Sandforellen dies überleben würden.

»Die Geehrten Matres haben erfolglos versucht, einen Wurm aufzuspüren und einzufangen«, sagte er. »Ich verstehe wirklich nicht, wie sie sich dermaßen von der Vorstellung blenden lassen konnten, einen von ihnen zu transplantieren.«

»Transplantieren?« Lucilla tappte völlig im dunkeln. Teg hatte selten eine Ehrwürdige Mutter in solcher Verlegenheit gesehen. Sie versuchte die Dinge, die er gesagt hatte, zusammenzufügen. Teg hatte beobachtet, daß die Angehörigen der Schwesternschaft manche der Mentatfähigkeiten auch besaßen. Aber ein Mentat konnte auch ohne ausreichende Daten zu einer qualifizierten Überzeugung kommen. Wahrscheinlich würde er längst außer ihrer Reichweite (oder der Reichweite einer x-beliebigen anderen Ehrwürdigen Mutter) sein, bevor sie alle Daten beisammen hatte. Und dann würde man panisch nach seinen Nachkommen suchen! Dimela würde natürlich bei ihren Zuchtmeisterinnen landen. Und Odrade. Sie würde dem nicht entgehen.

Dann hatten sie auch den Schlüssel zu den Axolotl-Tanks der Tleilaxu. Es war nur eine Frage der Zeit, bis die Bene Gesserit ihre Skrupel überwanden und die Gewürzquelle beherrschten. Ein menschlicher Körper produzierte das Gewürz!

»Dann sind wir hier in Gefahr«, sagte Lucilla.

»In ziemlich großer Gefahr, ja. Das Schlimme an den Geehrten Matres ist, daß sie zu reich sind. Die machen die typischen Fehler der Reichen.«

»Diese verkommenen Huren!« sagte Lucilla.

»Ich schlage vor, du gehst zur Einstiegsluke«, sagte Teg. »Odrade wird bald hier sein.«

Sie ging ohne ein weiteres Wort hinaus.

»Es ist alles draußen und startbereit«, sagte der Funkoffizier.

»Sagen Sie Burzmali Bescheid, daß er hier das Kommando übernehmen soll!« sagte Teg. »Der Rest wird bald von Bord gehen.«

»Erwarten Sie, daß wir alle mit Ihnen gehen?« Das war der Mann, der nach einem Sündenbock suchte.

»Ich gehe jedenfalls«, sagte Teg. »Und ich werde, falls nötig, allein gehen. Nur die, die wollen, sollen sich mir anschließen.«

Er wußte, daß nach diesen Worten alle mitgehen würden. Wer nicht gerade von den Bene Gesserit geschult worden war, hatte keine Vorstellung, wie man mit beispielhaftem Verhalten Menschen in Bewegung setzte.

In der Kommandozentrale wurde es ruhig. Man hörte nur noch das schwache Summen und Klicken der Instrumente. Teg dachte über die ›verkommenen Huren‹ nach.

Es war nicht korrekt, sie als ›verkommen‹ zu bezeichnen, dachte er. Manchmal verkamen die übermäßig Reichen. Das kam daher, weil sie glaubten, man könne mit Geld (Macht) alles und jedes kaufen. Und warum sollten sie es nicht glauben, wo sie es doch Tag für Tag sahen? Es war leicht, in Absoluta zu denken.

Hoffnung erblüht ewiglich – wie auch das letzte Unkraut!
Ein Glaube wie jeder andere. Mit Geld konnte man das Unmögliche erkaufen.
Dann kam die Verkommenheit.
Für die Geehrten Matres war es nicht das gleiche. Sie hatten irgendwie die Verkommenheit überwunden. Sie hatten sie durchlaufen, das sah er. Aber jetzt waren sie in etwas vorgestoßen, von dem die Verkommenheit so weit entfernt war, daß Teg sich fragte, ob er davon wirklich etwas wissen wollte.
Das Wissen war jedoch da und konnte aus seinem neuen Bewußtsein nicht entschlüpfen. Keiner dieser Leute würde auch nur einen Augenblick zögern, einen ganzen Planeten der Folter zu unterziehen, wenn sich daraus ein persönlicher Vorteil ziehen ließ. Oder wenn der Gewinn auch nur aus einem eingebildeten Vorteil bestand. Oder wenn die Folter nur dazu diente, jemanden ein paar Tage oder ein paar Stunden länger am Leben zu erhalten.
Woraus zogen sie ihren Genuß? Was befriedigte sie? Sie waren wie Semuta-Abhängige. Von allem, was ihnen Genuß vorgaukelte, brauchten sie jedesmal mehr.
Und das wissen sie!
Wie geladen sie innerlich sein mußten! In einer solchen Falle gefangen! Sie hatten alles erlebt, aber nichts hatte ihnen gereicht – es war ihnen entweder nicht gut oder nicht schlecht genug. Die Fähigkeit der Mäßigung war ihnen völlig abhanden gekommen.
Aber sie waren gefährlich. Und vielleicht hatte er sich in einem geirrt: Vielleicht erinnerten sie sich überhaupt nicht mehr daran, wie es gewesen war, bevor sie sich jener abscheulichen Umwandlung unterzogen hatten, von denen das sauer riechende Stimulans kündete, das orangefarbene Flecke auf ihren Augäpfeln hervorrief. Man konnte seine Erinnerungsfähigkeit verlieren. Jeder Mentat wurde diesem Mangel, den er selbst in sich trug, gegenüber empfindlich gemacht.
»Da ist der Wurm!«
Es war der Funkoffizier.
Teg schwenkte seinen Sitz herum und schaute auf die Projektion, ein Miniatur-Holo, das die südwestliche Umgebung

zeigte. Der Wurm mit den zwei kleinen Pünktchen, die seine Passagiere waren, war ein Faden in der Ferne, der sich schlängelnd vorwärtsbewegte.

»Bringt Odrade allein zu mir, wenn sie angekommen sind!« sagte er. »Sheeana – das ist das junge Mädchen – wird draußen bleiben und dabei helfen, den Wurm in den Laderaum zu bringen! Er wird ihr gehorchen. Sorgt dafür, daß Burzmali einsatzbereit ist! Wir werden nicht viel Zeit haben, das Kommando zu übergeben.«

Als Odrade die Kommandozentrale betrat, atmete sie noch immer schwer, und sie strömte die Gerüche der Wüste aus: eine Mischung aus Melange, Feuerstein und menschlichem Schweiß. Teg saß da, scheinbar ruhend. Seine Augen waren geschlossen.

Odrade glaubte, den Bashar in einer für ihn untypischen Haltung der Gelassenheit zu erleben – fast in Gedanken versunken. Dann öffnete er die Augen, und sie nahm die Veränderung an ihm wahr, von der Lucilla sie nur mit einer knappen Warnung hatte in Kenntnis setzen können – mitsamt einiger hastig hervorgestoßener Worte bezüglich der Umwandlung des Gholas. Was war mit Teg geschehen? Er stellte sich vor ihr beinahe zur Schau, damit sie es auch richtig erkannte. Sein Kinn wirkte unerschütterlich und in der für ihn typischen Weise, wenn er jemanden beobachtete, etwas emporgereckt. Das schmale Gesicht, das von zahllosen Altersfältchen überzogen war, hatte nichts von seiner Wachsamkeit verloren. Die lange, dünne Nase, die charakteristisch war für die Corrinos und Atreides unter seinen Vorfahren, schien mit zunehmendem Alter noch länger geworden zu sein. Aber sein graues Haar war dicht geblieben, und der kleine Wirbel auf seiner Stirn zog den Blick eines Beobachters unweigerlich auf ...

Auf seine Augen!

»Woher wußtest du, daß wir einander hier begegnen würden?« fragte Odrade. »Wir hatten keine Vorstellung, wohin der Wurm uns bringen würde.«

»Es gibt nur ein paar bewohnte Orte hier in der mittleren Wüste«, sagte Teg. »Spielerglück. Es war ziemlich wahrscheinlich.«

Spielerglück? Sie kannte diese Mentatenphrase, aber sie hatte sie nie verstanden.

Teg stand auf. »Nimm dieses Schiff und gehe dorthin, wo du dich am besten auskennst!« sagte er.

Zum Domstift? Sie hätte es beinahe laut ausgesprochen, aber dann fielen ihr die Umstehenden ein, diese fremden Soldaten, die Teg um sich versammelt hatte. Wer waren sie? Lucillas kurze Erklärung hatte sie nicht befriedigt.

»Wir werden Tarazas Plan ein wenig abändern«, sagte Teg. »Der Ghola bleibt nicht hier. Er wird mit euch gehen.«

Sie verstand. Man würde Duncan Idahos neue Talente benötigen, um die Huren zu züchtigen. Er war jetzt kein Köder mehr, der dazu diente, Rakis zu vernichten.

»Natürlich wird er nicht in der Lage sein, das ihn verbergende Nicht-Schiff zu verlassen«, sagte Teg.

Odrade nickte. Duncan war vor Suchern, die in die Zukunft sehen, nicht abgeschirmt. Die Gildennavigatoren ...

»Bashar!« Es war der Funkoffizier. »Wir sind von einem Satelliten angepeilt worden!«

»Also los!« brüllte Teg. »Alle Mann von Bord! Holt Burzmali her!«

Am hinteren Ende der Zentrale flog ein Schott auf. Burzmali zwängte sich hindurch. »Bashar, was sollen wir ...«

»Keine Zeit! Übernehmen Sie!«

Teg erhob sich aus seinem Kommandosessel und gab Burzmali mit einem Wink zu verstehen, daß er sich setzen solle. »Odrade wird Ihnen sagen, wohin die Reise geht.« Aus einem Impuls heraus, der, wie Teg wußte, teilweise rachsüchtig war, packte er Odrades Arm, beugte sich zu ihr und küßte ihre Wange. »Tu das, was du tun mußt, Tochter!« sagte er leise. »Der Wurm im Laderaum wird möglicherweise bald der einzige im Universum sein.«

Und Odrade verstand: Teg kannte Tarazas Gesamtplan und hatte vor, die Befehle der Mutter Oberin bis zur letzten Konsequenz auszuführen.

»Tu das, was du tun mußt!«

Das sagte alles.

> *Was wir vor uns haben, ist keine neue Lage, sondern ein neuer Ausblick auf die Beziehungen zwischen Geist und Materie, der einen durchdringenderen Einblick in die Arbeitsweise der Vorsehung ermöglicht. Das Orakel formt ein projektiertes inneres Universum, um aus unverstandenen Kräften neue Scheinmöglichkeiten zu erzeugen. Es ist nicht nötig, diese Kräfte zu verstehen, bevor man sie nicht einsetzt, um das physikalische Universum zu formen. Metallarbeiter der Antike brauchten die molekulare und submolekulare Kompliziertheit von Stahl, Bronze, Kupfer, Gold und Zinn auch nicht zu verstehen. Sie erfanden mystische Kräfte, um das Unbekannte zu beschreiben, während sie ihren Schmelzofen bedienten und ihren Hammer schwangen.*
>
> Mutter Oberin Taraza
> Rede auf der Ratsversammlung

Der uralte Gebäudekomplex, in dem die Schwesternschaft ihr Domstift, ihre Archive und die Büros ihrer sakrosanktesten Führungsspitze untergebracht hatte, erzeugte während der Nacht nicht nur einfach Geräusche. Manche Geräusche waren eher Signale. Während der langen Jahre, die Odrade hier verbracht hatte, hatte sie diese Signale zu verstehen gelernt. Das Geräusch, das gerade hörbar geworden war, dieses langgezogene Knirschen, kam von einem Bodenbalken, den man seit achthundert Jahren nicht ausgetauscht hatte. Nachts zog er sich zusammen, und dann erzeugte er solche Geräusche.

Sie hatte Tarazas Erinnerungen, um derartige Signale zu deuten. Die Erinnerungen waren noch nicht voll integriert; dazu war zu wenig Zeit gewesen. Wenn sie sich in der Nacht in Tarazas altem Arbeitszimmer aufhielt, nahm Odrade hin und wieder die Gelegenheit wahr, die Integration fortzusetzen.

Dar und Tar. Und jetzt nur noch eine.

Ein Kommentar, den man fraglos Taraza zuschreiben konnte.

Die Weitergehenden Erinnerungen aufzurühren, erforderte die Existenz auf mehreren Ebenen gleichzeitig. Einige von ihnen waren tief unten, aber Taraza blieb ziemlich an der Oberfläche. Odrade erlaubte es sich, tiefer in die multiplen Existenzen hinabzusinken. Plötzlich erkannte sie ein Ich, das zwar gegenwärtig atmete, aber sich still verhielt, während andere verlangten, daß sie in die allesumhüllenden Visionen hineintauchte, die einschließlich der Gerüche, Berührungen und Emotionen alles enthielten. In ihrem Bewußtsein war all dies unbeschädigt erhalten geblieben.

Es schafft Unordnung, die Träume der anderen zu träumen.
Schon wieder Taraza.

Taraza, die ein so gefährliches Spiel mit der Zukunft der gesamten Schwesternschaft gespielt hatte, daß sie noch immer in der Schwebe hing! Wie sorgfältig sie den richtigen Zeitpunkt abgepaßt hatte, um zu den Huren durchsickern zu lassen, daß die Tleilaxu den Ghola mit gefährlichen Fähigkeiten ausgestattet hatten. Und der Angriff auf die Gammu-Festung hatte bestätigt, daß diese Information ihren Adressaten erreicht hatte. Der brutale Charakter des Überfalls hatte Taraza jedoch gewarnt, daß sie nur noch wenig Zeit hatte. Die Huren würden ohne Frage Truppen zusammenziehen, um Gammu völlig zu vernichten – nur um diesen einen Ghola zu töten.

Und was nicht alles von Teg abgehangen hatte.

Sie sah den Bashar in den Erinnerungen, die sie selbst gesammelt hatte: den Vater, den sie nie richtig gekannt hatte.

Und am Ende habe ich ihn auch nicht kennengelernt.

Es konnte sie schwächen, allzu tief in diese Erinnerungen einzudringen, aber sie konnte sich der Tatsache nicht verschließen, daß es verlockend war.

Odrade dachte an die Worte des Tyrannen: »Der schreckliche Acker meiner Vergangenheit! Antworten fliegen auf wie ein verängstigter Vogelschwarm, der den Himmel meiner unentrinnbaren Erinnerungen verdunkelt.«

Odrade kam sich wie eine Schwimmerin vor, die sich nur knapp an der Wasseroberfläche halten konnte.

Man wird mich sehr wahrscheinlich ersetzen, dachte sie. *Vielleicht wird man mich sogar schmähen.* Bellonda würde sich nicht so einfach mit der neuen Kommandolage einverstanden erklären. Egal. Das Überleben der Schwesternschaft war eine Sache, die sie alle anging.

Odrade ließ sich aus ihren Erinnerungen nach oben treiben

und hob den Blick, um quer durch den Raum in die Nische zu sehen, in der man im matten Licht der Leuchtgloben die Büste einer Frau erkennen konnte. Da sie im Schatten lag, war sie nur vage auszumachen, aber Odrade kannte ihr Gesicht gut: Chenoeh, die symbolische Wächterin des Domstifts.

»Da nur wegen der Gnade Gottes ...«

Jede Schwester, die die Gewürzagonie durchlaufen hatte (Chenoeh hatte es nicht getan), sagte oder dachte ebenso, aber was bedeutete es wirklich? Eine sorgfältige Zucht und eine sorgfältige Ausbildung produzierte die Erfolgreichen in hinreichender Anzahl. War darin die Hand Gottes zu erkennen? Gott war gewiß nicht der Wurm, den sie von Rakis mitgebracht hatten. Spürte man Gottes Gegenwart nur in den Erfolgen der Schwesternschaft?

Ich falle noch auf die Behauptungen meiner eigenen Missionaria Protectiva herein!

Sie wußte, daß Gedanken und Fragen dieser Art unzählige Male in diesem Raum geäußert worden waren. Zwecklos! Trotzdem, sie brachte es nicht über sich, die Büste der Wächterin aus der Nische zu entfernen, in der sie so lange gestanden hatte.

Ich bin nicht abergläubisch, redete sie sich ein. *Ich bin kein Zwangsneurotiker. Es ist eine Sache der Tradition. Solche Dinge haben einen Wert, den wir gut kennen.*

Eine Statue von mir wird man gewiß nie so ehren.

Sie dachte an Waff und seine Gestaltwandler, die mit Miles Teg während der schrecklichen Vernichtung des Planeten Rakis gestorben waren. Es führte zu nichts Gutem, wenn man an den blutigen Zermürbungskrieg dachte, den das Alte Imperium nun erlitt. Man sollte lieber über die weitreichenden Vergeltungsschläge nachdenken, die die aus heiterem Himmel kommende Gewalttätigkeit der Geehrten Matres hervorbrachte.

Teg wußte es!

Die kürzlich beendete Ratssitzung hatte sich, ohne Beschlüsse zu fassen, erschöpft vertagt. Odrade hatte sich glücklich geschätzt, daß es ihr gelungen war, die Aufmerksamkeit der anderen auf bestimmte Probleme zu lenken, deren Lösung ihnen allen am Herzen lag.

Die Strafen: Sie hatten sie eine Zeit beschäftigt gehalten. Die Archive hatten sie mit Präzedenzfällen aus der Vergangenheit überschüttet, die nun in eine befriedigende Form gebracht wurden. Jene Gruppen von Menschen, die sich mit den Geehrten Matres zusammengetan hatten, konnten sich auf einige Schocks gefaßt machen.

Ix würde sich gewiß über Gebühr ausbreiten. Sie hatten nicht die geringste Vorstellung davon, wie der Wettkampf mit der Diaspora sie aufreiben würde.

Die Gilde würde beiseitegedrängt werden und hatte in Zukunft teuer für ihre Melange und ihre Maschinerie zu bezahlen. Die Gilde und Ix, auf Gedeih und Verderb miteinander verbunden, würden zusammen untergehen.

Die Fischredner konnte man weitgehend ignorieren. Sie waren ixianische Satelliten und gehörten bereits jetzt einer Vergangenheit an, die die Menschheit preiszugeben im Begriff war.

Und die Bene Tleilax. Ah ja, die Tleilaxu. Waff hatte sich den Geehrten Matres unterworfen. Er hatte es zwar nie zugegeben, aber so sah die volle Wahrheit aus. *»Nur einmal, und mit einem meiner Gestaltwandler.«*

Odrade lächelte grimmig und erinnerte sich an den Kuß ihres Vaters.

Ich werde noch eine Nische einrichten lassen, dachte sie. *Und ich werde eine zweite Büste bestellen: Miles Teg, der Große Ketzer!*

Lucillas Vermutungen waren jedoch, soweit sie Teg betrafen, beunruhigend. War er am Ende Hellseher gewesen? Hatte er die Nicht-Schiffe tatsächlich *sehen* können? Nun, dieser Vermutung sollten die Zuchtmeisterinnen auf den Grund gehen.

»Man hat uns eingemacht!« lautete der Vorwurf Bellondas.

Jeder kannte die Bedeutung dieses Wortes: Sie hatten sich für die Zeit der langen Nacht der Huren in eine Festungsstellung zurückgezogen.

Odrade machte sich klar, daß sie weder etwas von Bellonda noch etwas von der Art hielt, wie sie beim Lachen ihre großen, derb wirkenden Zähne entblößte.

Sie hatten lange Zeit über die Sheeana entnommenen Zellproben diskutiert. Sie enthielten den ›Siona-Beweis‹. Sie hatte die Abstammung, die sie von der Vorhersehung abschirmte, und konnte das Nicht-Schiff verlassen.

Duncan nicht.

Odrades Gedanken wandten sich dem Ghola zu, der sich draußen in dem gelandeten Nicht-Schiff befand. Sie stemmte sich aus ihrem Stuhl hoch, durchquerte den Raum bis an das dunkle Fenster und schaute in Richtung auf das entfernte Landefeld.

Ob sie das Risiko eingehen konnten, Duncan aus der Abschirmung des Schiffes herauszuholen? Seine Gewebeproben hatten ausgesagt, daß er eine Mixtur aus vielen Idaho-Gholas war – manche davon stammten von Siona ab. Aber was war mit dem Quentchen des Originals?

Nein. Es muß eingesperrt bleiben.

Und was war mit Murbella? Mit der *schwangeren* Murbella? Eine Geehrte Mater – entehrt.

»Die Tleilaxu haben mich mit der Absicht gemacht, daß ich die Einprägerin töte«, hatte Duncan gesagt.

»Wirst du versuchen, diese Hure umzubringen?« hatte Lucillas Frage gelautet.

»Sie ist keine Einprägerin«, hatte Duncan erwidert.

Die Ratsversammlung hatte ausführlich über den möglichen Charakter einer Verbindung zwischen Duncan und Murbella diskutiert. Lucilla hatte den Standpunkt eingenommen, daß es überhaupt keine Verbindung gab, daß die beiden aufeinander achtende Gegenspieler seien.

»Wir können nicht riskieren, die beiden zusammenzulassen.«

Man würde die sexuelle Überlegenheit der Huren jedoch eingehend studieren müssen. Vielleicht konnte man ein Treffen Duncans mit Murbella auf dem Nicht-Schiff riskieren. Mit sorgfältigen Schutzmaßnahmen natürlich.

Schließlich dachte sie über den Wurm im Laderaum des Nicht-Schiffes nach – ein Wurm, der sich dem Stadium seiner Metamorphose näherte. Auf ihn wartete ein kleines, von Erde umgebenes Melangebecken. Wenn der Augenblick kam, würde Sheeana ihn in das Melangebad locken. Die daraufhin entstehenden Sandforellen konnten dann mit ihrer langen Transformation beginnen.

Du hattest recht, Vater. Es war so einfach, nachdem du es dir genau angesehen hattest.

Es lag kein Grund vor, für die Würmer einen Wüstenplaneten zu suchen. Die Sandforellen würden dem Shai-Hulud einen eigenen Lebensbereich erschaffen. Es war zwar kein angenehmer Gedanke, den Domstift-Planeten in eine riesenhafte Ödlandschaft verwandelt zu sehen, aber es mußte sein.

Miles Tegs ›Letzter Wille‹, den sie in die submolekularen Lagersysteme des Nicht-Schiffes eingebracht hatte, konnte nicht angefochten werden. Damit war sogar Bellonda einverstanden.

Das Domstift mußte sich auf eine komplette Revision seiner geschichtlichen Aufzeichnungen vorbereiten. Das, was Teg in den Verlorenen – den Huren aus der Diaspora – gesehen hatte, verlangte, daß sie sich eine neue Sichtweise zu eigen machten.

»Die Namen der wirklich Reichen und Mächtigen erfährt man nur selten. Man sieht nur ihre Strohmänner. Die politische Arena macht zwar hin und wieder Ausnahmen, aber die gesamte Machtstruktur wird dadurch nicht enthüllt.«

Der Mentat-Philosoph hatte sich in alles tief verbissen, was sie akzeptierten, aber das, was er ausspie, korrespondierte nicht mit dem, auf was sich das Archiv als ›unsere unumstößlichen Schlüsse‹ verließ.

Wir wußten es, Miles, wir haben es uns bloß nie bewußt gemacht. Wir werden alle während der nächsten Generationen damit zu tun haben, unsere Erinnerungen umzugraben.

Man konnte starren Datenspeichersystemen nicht trauen.

»Wenn ihr das meiste davon vernichtet, wird sich die Zeit um den Rest kümmern.«

Wie das Archiv bei dieser Äußerung des Bashars geschäumt hatte!

»Die Geschichtsschreibung ist größtenteils eine Irreführung. Die meisten historischen Aufrechnungen lenken die Aufmerksamkeit nur von den geheimen Kräften im Umfeld der aufgezeichneten Ereignisse ab.«

Das hatte Bellonda wirklich den Rest gegeben. Sie hatte sich damit auseinandergesetzt und erklärt: »Die paar Histörchen, die bei einer restriktiven Vorgehensweise unberücksichtigt bleiben, lösen sich aufgrund naheliegender Prozesse in Wohlgefallen auf.«

Einige dieser Prozesse hatte Teg aufgelistet: »Die Vernichtung von möglichst vielen Abschriften, das Überschütten allzu enthüllender Materialsammlungen mit Spott, der Hinweis darauf, daß sie nirgendwo anders zitiert werden, und – in Einzelfällen – die Eliminierung des Autors.«

Gar nicht zu reden von der Sündenbock-Methode, die mehr als einem Überbringer unwillkommener Nachrichten den Tod beschert hat, dachte Odrade. Und ihr fiel ein Potentat der ältesten Vergangenheit ein, der stets einen Morgenstern bereitgehalten hatte, um Kurieren, die schlechte Nachrichten brachten, damit den Schädel einzuschlagen.

»Wir haben eine gute Informationsbasis, auf der wir zu einem besseren Verständnis unserer Vergangenheit kommen können«, hatte Odrade eingeworfen. »Wir haben stets gewußt, daß das, worauf es bei einem Konflikt ankommt, die Entschlossenheit desjenigen ist, der den Reichtum oder dessen Äquivalent kontrollieren möchte.«

Möglicherweise war es kein echtes ›edles Ziel‹, aber für den Moment mußte es reichen.

Ich drücke mich um die Hauptsache herum, dachte sie.

Irgend etwas mußte mit Duncan Idaho geschehen, das war ihnen allen bewußt.

Mit einem Seufzen ließ sie nach einem Thopter schicken und bereitete sich auf die kurze Reise zum Nicht-Schiff vor.

Duncans Gefängnis ist zumindest komfortabel, dachte sie, als sie es betrat. Hier war das Quartier des Schiffskommandanten gewesen, das zuletzt Miles Teg bewohnt hatte. Es gab immer noch Anzeichen seiner Präsenz: einen kleinen Holostat-Projektor, der eine Szene aus seiner Heimat Lernaeus zeigte: das eindrucksvolle Haus, die große Rasenfläche, den Fluß. Teg hatte auf einem Nachttisch sein Nähzeug zurückgelassen.

Der Ghola saß in einem Schlingensessel und sah sich die Projektion an. Als Odrade eintrat, schaute er teilnahmslos auf.

»Ihr habt ihn da draußen zurückgelassen, damit er stirbt, nicht wahr?« fragte er.

»Wir tun das, was wir tun müssen«, sagte Odrade. »Ich habe seinem Befehl gehorcht.«

»Ich weiß, warum Sie hier sind«, sagte Duncan. »Und Sie werden mich nicht umstimmen. Ich bin kein Deckhengst für die Hexen. Ist das klar?«

Odrade glättete ihr Gewand und setzte sich Duncan gegenüber auf die Bettkante. »Haben Sie die Aufzeichnung untersucht, die mein Vater uns zurückgelassen hat?« fragte sie.

»Ihr Vater?«

»Miles Teg war mein Vater. Ich vertraue Ihnen seine letzten Worte an. Als es zu Ende ging, war er dort unser Auge. Er mußte den Tod auf Rakis *sehen*. Sein Geist verstand, wie man mit Zubehör und Schlüsselstämmen verfährt.«

Als Duncan sie verwirrt ansah, erklärte sie: »Wir waren zu lange im unergründlichen Irrgarten des Tyrannen gefangen.«

Sie sah, daß er sich – jetzt wachsamer – aufrichtete. Seine Muskulatur zeugte von einer Geschmeidigkeit, die ihm bei einem Angriff gute Dienste leisten würde.

»Es gibt keine Möglichkeit für Sie, dieses Schiff lebend zu verlassen«, sagte Odrade. »Sie wissen, warum.«

»Siona.«

»Sie stellen eine Gefahr für uns dar, aber wir würden es bevorzugen, Sie lebten ein nützliches Leben.«

»Deswegen werde ich mich trotzdem nicht für Ihre Zuchtzwecke zur Verfügung stellen. Besonders nicht für diese kleine Schnepfe von Rakis.«

Odrade lächelte und fragte sich, wie wohl Sheeana auf diese Bezeichnung reagieren würde.

»Halten Sie das für komisch?« fragte Duncan.

»Nicht besonders. Aber natürlich werden wir immer noch Murbellas Kind haben. Ich schätze, wir werden uns damit zufriedengeben müssen.«

»Ich habe mich mit Murbella via Kom unterhalten«, sagte Duncan. »Sie glaubt, sie würde eine gute Ehrwürdige Mutter abgeben, wenn die Bene Gesserit sie akzeptieren würden.«

»Warum nicht? Ihre Zellen haben den Siona-Beweis erbracht. Ich glaube, sie würde eine ausgezeichnete Schwester abgeben.«

»Hat sie Sie wirklich schon eingewickelt?«

»Meinen Sie damit, wir hätten übersehen, daß sie glaubt, sie könnte so lange bei uns bleiben, bis sie alle unsere Geheimnisse kennt, um sich dann davonzumachen? Oh, natürlich wissen wir das, Duncan.«

»Sie glauben nicht, daß sie von hier entkommen kann?«

»Wenn wir einmal jemanden haben, Duncan, verlieren wir ihn nie wieder.«

»Sie glauben nicht, daß Sie Lady Jessica verloren haben?«

»Am Ende ist sie zu uns zurückgekommen.«

»Warum sind Sie wirklich zu mir gekommen?«

»Ich dachte mir, Sie hätten eine Erklärung des Plans der Mutter Oberin verdient. Er zielte auf die Zerstörung des Planeten Rakis ab, verstehen Sie? Aber was sie wirklich wollte, war die Eliminierung fast aller Würmer.«

»Große Götter der Unterwelt! Warum?«

»Sie waren eine geheimnisvolle Kraft, die uns an sie fesselte. Die Perlen des Tyrannengeistes übten eine starke Macht auf uns aus. Er sagte keine Ereignisse voraus – *er rief sie hervor!*«

Duncan deutete auf das Heck des Schiffes. »Aber was ist mit ...«

»Mit ihm? Jetzt ist es nur noch einer. Sollte er sich wieder so verbreiten, um erneut an Einfluß zu gewinnen, ist die Menschheit schon auf ihrem eigenen Weg an ihm vorbeigegangen. Nie wieder wird je eine einzelne Macht sämtliche unserer Zukünfte total beherrschen. Nie wieder!«

Sie stand auf.

Als Duncan keine Reaktion zeigte, sagte sie: »Bitte, denken Sie – innerhalb der Ihnen auferlegten Grenzen, die Sie, wie ich weiß, akzeptieren – darüber nach, wie das Leben aussehen soll, das Sie zu führen gedenken. Ich verspreche Ihnen jede Hilfe, die ich Ihnen geben kann.«

»Warum sollten Sie das tun?«

»Weil meine Vorfahren Sie geliebt haben. Weil mein Vater Sie liebte.«

»Liebe? Ihr Hexen könnt sowas doch gar nicht empfinden!«

Odrade sah ihn fast eine Minute lang schweigend an. Sein

gebleichtes Haar wurde an den Wurzeln schon wieder dunkel. Und es kräuselte sich auch schon wieder, stellte sie fest.

»Ich fühle das, was ich fühle«, sagte sie. »Und Ihr Wasser ist das unsere, Duncan Idaho.«

Sie sah, daß der fremenitische Ausspruch seine Wirkung auf ihn nicht verfehlte. Dann drehte sie sich um und wurde von den Wachen aus dem Raum gebracht.

Bevor sie das Schiff verließ, ging sie noch einmal zum Laderaum und warf einen Blick auf den reglosen Wurm in seinem Bett aus rakisianischem Sand. Sie sah aus einer Höhe von zweihundert Metern auf den Gefangenen hinab. Und während sie ihn sich ansah, teilte sie sich mit der sich zunehmend mit ihr integrierenden Taraza ein stummes Lachen.

Wir hatten recht, und Schwangyu und die Ihren lagen falsch. Wir wußten, daß er hinaus wollte. Er mußte es wollen, nach dem, was er getan hat.

Vernehmlich genug, damit nicht nur sie selbst, sondern auch die in der Nähe stationierten Beobachterinnen, die auf den Augenblick der Metamorphose warteten, ihre Worte mitbekamen, sagte sie: »Wir kennen jetzt deine Sprache.«

Die Sprache bestand nicht aus Worten, sondern nur aus der wogenden, tanzenden Anpassung an ein wogendes, tanzendes Universum. Man konnte die Sprache nur *sprechen,* aber nicht übersetzen. Um die Bedeutung zu verstehen, mußte man sie erleben, und sie änderte sich selbst dann noch, während man sie erfuhr. Ein ›edles Ziel‹ war schließlich auch eine Erfahrung, die man nicht übertragen konnte. Als sie hinuntersah auf die rauhe, hitzeunempfindliche Haut dieses Wurms aus der rakisianischen Wüste, wußte Odrade, was sie sah: den sichtbaren Beweis eines edlen Ziels.

Leise rief sie zu ihm hinunter: »He! Alter Wurm! War das dein Plan?«

Es kam keine Antwort, aber eine Antwort hatte sie nun auch wirklich nicht erwartet.

Top Hits der Science Fiction

Man kann nicht alles lesen – deshalb ein paar heiße Tips

Ursula K. Le Guin
Die Geißel des Himmels
06/3373

Poul Anderson
Korridore der Zeit
06/3115

Wolfgang Jeschke
Der letzte Tag der Schöpfung
06/4200

John Brunner
Die Opfer der Nova
06/4341

Harry Harrison
New York 1999
06/4351

Wilhelm Heyne Verlag
München

Lois McMaster Bujold

Barrayar-Zyklus

Die Vorkosigan sind ein altes Feldherren- und Herrschergeschlecht auf Barrayar, einem Planeten, die sich seit Jahren im Krieg gegen Escobar befindet. Als einer der Söhne eine gegnerische Raumschiffkommandantin zur Frau nimmt, bricht für viele eine Welt zusammen, und die Gegner der herrschenden Dynastie wittern ihre Chance.

Der erfolgreiche Zyklus einer jungen amerikanischen Autorin - zweimal ausgezeichnet mit dem begehrten HUGO GERNSBACK AWARD

Scherben der Ehre
06/4968

Barrayar
06/5061

Der Kadett
06/5020

Der Prinz und der Söldner
06/5109

Ethan von Athos
06/5293

Wilhelm Heyne Verlag
München